芥川龍之介における海外文学受容
——旧蔵書越しに見える風景——

澤西祐典
Sawanishi Yuten

Through Akutagawa Ryunosuke's Bookshelves: Western Literatures He Read and the Works He Wrote

ひつじ書房

⦿ひつじ研究叢書〈文学編〉

第一巻	江戸和学論考	鈴木淳著
第二巻	中世王朝物語の引用と話型	中島泰貴著
第三巻	平家物語の多角的研究	千明守編
第四巻	高度経済成長期の文学	石川巧著
第五巻	日本統治期台湾と帝国の〈文壇〉	和泉司著
第六巻	〈崇高〉と〈帝国〉の明治	森本隆子著
第七巻	明治の翻訳ディスクール	高橋修著
第八巻	短篇小説の生成	新保邦寛著
第九巻	村上春樹のフィクション	西田谷洋著
第一〇巻	小説とは何か？	小谷瑛輔著
第一一巻	太宰治と戦争	内海紀子・小澤純・平浩一編
第一二巻	合理的なものの詩学	加藤夢三著
第一三巻	文学と戦争	松本和也著
第一四巻	横光利一と台湾	謝惠貞著
第一五巻	村上春樹 〈物語〉の行方	山根由美恵著
第一六巻	農村青年の文学	牧千夏著
第一七巻	中島敦 意識のゆらぎから複数の世界へ	石井要著
第一八巻	芥川龍之介における海外文学受容	澤西祐典著

目次

第1章　作家旧蔵書研究の可能性
芥川龍之介旧蔵書・洋書を例に考える — 1
1. 本書の構成について — 1
2. 旧蔵書を通して見えてくるもの — 5
   - 2.1 作品の材源 — 5
   - 2.2 手沢本と未読本（アンカット本）について — 6
   - 2.3 伝記の更新：読了日、学習参考書 — 7
   - 2.4 作家の文学観・読書傾向：アンデルセン、ゲーテ評伝、『ピーター・パン』、ドーデー、森鷗外 — 10
   - 2.5 旧蔵書全体の傾向 — 17
3. 書物を通したネットワーク — 19
   - 3.1 謹呈本など — 19
   - 3.2 散逸した芥川旧蔵書：松村みね子、堀辰雄文庫 — 20
   - 3.3 他作家の旧蔵書書き入れとの比較：トルストイ『アンナ・カレーニナ』 — 21
4. 結語に代えて — 24

第2章　芥川龍之介と卒業論文ウィリアム・モリス研究
旧蔵書への書き込みを手掛かりに — 29
1. 芥川龍之介の卒業論文ウィリアム・モリス論をめぐる問題点 — 29
2. 卒論提出までの経緯 — 30
3. 詩人モリス — 34
4. モリス関連書籍を手掛かりに — 37
5. 「MYSTERIOUS な話し」への興味 — 42
6. モリス研究を通して — 48

7　その他の書籍について	53
8　失恋者、放浪者、そして一大橋梁としてのモリス	56

第3章　芥川龍之介のバーナード・ショー受容について
受容遍歴・東京帝国大学時代・「西方の人」を中心に ─── 63

1　先行研究	63
2　受容の時期について	64
3　戯曲家としてのショー（東京帝国大学時代）	67
4　大正期後半の受容	69
5　「小説の戯曲化」と *The Admirable Bashville* 序文	78
6　ショーと芥川の〈ジヤアナリズム〉観	80
7　キリストの精神錯乱	86
8　「西方の人」の先行研究（典拠論を中心に）	88
9　*Androcles and the Lion* 序文と正続「西方の人」	89
10　結びに代えて	91

第4章　「地獄変」とピエール・ルイス「芸術家の勝利」
〈プロメテウス〉から〈地獄変〉へ ─── 97

1　はじめに	97
2　「地獄変」執筆経緯：薄田泣菫宛書簡など	98
3　「芸術家の勝利」と芥川の読了時期について	99
3.1　「芸術家の勝利」の梗概	99
3.2　読了時期について	100
4　「地獄変」と「芸術家の勝利」の共通項	101
4.1　「芸術家の勝利」第一章と「地獄変」について	101
4.2　〈プロメテウス〉から〈地獄変〉へ	105
5　日本におけるピエール・ルイス受容	117
6　〈火〉を受け継ぐもの	124

第5章　芥川龍之介旧蔵書の洋書調査
新資料、本を通じての交際など ─── 131
1　芥川龍之介の旧蔵書・洋書（日本近代文学館所蔵） ─── 131
2　『出家とその弟子』を求める手紙 ─── 132
3　英英辞典に挟まれていた紙片について ─── 134
　3.1　新資料の紙片について ─── 134
　3.2　資料解題──辞書愛好家としての芥川龍之介 ─── 136
4　『赤い百合』と押し花に込められた想い ─── 140
5　本を通じての交際 ─── 143
6　モーパッサンの読書記録について ─── 148
7　アンカット本について ─── 149

第6章　芥川龍之介編 *The Modern Series of English Literature*
テクストの特色、第七・八巻の出典、「近頃の幽霊」・「南京の基督」との関わりを中心に ─── 153
1　書誌 ─── 153
2　背景 ─── 154
3　編集方針 ─── 155
4　採録されたテクストの特色 ─── 157
5　第7巻 *More Modern Ghost Stories* 及び第8巻 *Modern Magazine Stories* の出典 ─── 158
6　その他の芥川旧蔵書における編集の跡 ─── 164
7　*Modern Series* 収録作品と芥川の諸テクスト ─── 165
　7.1　戦争と幽霊譚 ─── 165
　7.2　「南京の基督」と "The Elixir of Youth" ─── 166
8　田端文士村記念館所蔵〈序文〉原稿について ─── 168
　8.1　翻刻および校異 ─── 168
　8.2　特記事項 ─── 174
9　*Modern Series* 収録作品について ─── 182
　9.1　セント・ジョン・G・アーヴィン「劇評家たち」について ─── 182

9.2　アンブローズ・ビアス「未来人における喪失」と芥川龍之介
　　　　「鼻」 ———————————————————————— 186
　10　収録作品と出典一覧 ————————————————————— 187
　11　結語に代えて ———————————————————————— 196

第7章　英文との対応から見た芥川の文体
　　　　三人称代名詞「彼／彼女／彼等」、文末詞「である」を中心に ── 205
　1　問題意識 ——————————————————————————— 205
　2　方法 ————————————————————————————— 206
　3　三人称代名詞「彼／彼女／彼等」 ———————————————— 207
　　3.1　『バルタザアル』における三人称代名詞の避用 —————————— 207
　　3.2　「彼／彼女／彼等」の変遷 ————————————————— 210
　　3.3　芥川における「彼／彼女／彼等」の使用規範 —————————— 212
　4　文末詞「である」 ——————————————————————— 216
　　4.1　従属を示すマーカー ———————————————————— 216
　　4.2　「からである／からだ」 —————————————————— 225
　5　結語 ————————————————————————————— 228

第8章　「世界文学」として読まれるとは？ ———————————— 231
　1　芥川龍之介の「翻訳」観 ———————————————————— 231
　2　「世界文学」市場における芥川作品 ——————————————— 246
　3　芥川旧蔵書越しに見える「世界文学」像 ————————————— 253

第9章　カリフォルニア大学バークレー校C. V. スター東アジア
　　　　図書館所蔵・芥川龍之介「母」原稿について ——————— 261
　1　はじめに ——————————————————————————— 261
　2　原稿について ————————————————————————— 264
　3　本文翻刻 ——————————————————————————— 265
　4　校異 ————————————————————————————— 282
　5　解題 ————————————————————————————— 284

6 「母」直筆原稿本文 ……………………………………………… 288

あとがき ……………………………………………………………………… 303
初出一覧 ……………………………………………………………………… 311
索引 …………………………………………………………………………… 313
巻末附録 ……………………………………………………………………… 319
  1. 芥川龍之介旧蔵書の書き入れに基づく読書年譜 ……………… 321
  2. 芥川龍之介旧蔵書・洋書に関する書き入れ調査結果一覧表 … 331

第 1 章
作家旧蔵書研究の可能性
芥川龍之介旧蔵書・洋書を例に考える

1 本書の構成について

　芥川龍之介は、日本近代文学研究において夏目漱石・森鷗外に次いでさかんに研究が進められてきた作家である。イギリスに留学した夏目漱石、ドイツに留学した森鷗外と異なり、芥川は欧米への渡航経験こそないが、東京帝国大学の英文科を卒業し、海軍機関学校で英語教師として教鞭をとるなど、英語が堪能で、洋書を読みこなした。その海外文学受容の軌跡については、これまでも様々に研究されてきた。本書は、芥川の海外文学との折衝について、彼の旧蔵書の洋書を手掛かりに再検討を試みようという論考である。

　現在、芥川旧蔵書・洋書について、まとまった形で確認できるのは、日本近代文学館に保管されている洋書639点819冊が最大のコレクションである。これは1970（昭和45）年2月に長男の芥川比呂志が原稿その他の関係資料と共に寄贈したもの（「芥川文庫」）である。次いで、山梨県立文学館にある洋書20冊がある。また、神奈川近代文学館にある堀辰雄旧蔵書（堀辰雄文庫）にも、芥川のものと考えられる旧蔵書が5点確認できる[1]（この堀辰雄文庫に含まれる芥川文庫については、本章の「3.2　散逸した芥川旧蔵書」で改めてくわしく言及する）。日本近代文学館・山梨県立文学館・神奈川近代文学にある芥川旧蔵書・洋書は総数844冊にのぼる。

　日本近代文学館に芥川の遺族より旧蔵書が委託された際、三好行雄は、『日本近代文学館図書・資料委員会ニュース　第12号』（1970・7）の「芥川龍之介旧蔵書」で、次のように述べている（下線は引用者による。以下同様）。

芥川龍之介の旧蔵書が原稿や写真などの資料とともに、芥川家から館に寄贈された。洋書にはかなりの手沢本がふくまれている。それらを調査して図書委員会ニュースで報告しろという厳命なのだが、なにしろ勤務先は安保騒ぎが一段落して、六月からの新学期がやっと軌道にのったばかりという有様で、宝の山を前にしながら腰を据えて調査する暇がない。以下は当座の責をふたぐべく、忽忙の間に試みたアト・ランダムな印象記に過ぎない。〔中略〕その他、ワイルド夫人の"Ancien Legends of Ireland"（この本は一九一九年に発行されている）の欄外に〈大食ノ呪ヒ徴アリ今秋ノ秋〉という俳句ふうな書入れがあったり、アナトール・フランスの英訳短篇集"The Path of Glory"の表紙裏に〈呈芥川龍之介様　大正六年二月・紐育市正／S Naruse／Nov. 28ty 1916／New York City〉という、成瀬正一からの献辞があったりする例もある。詳細に調査すれば、芥川龍之介論の有力な論点がいくつも引出せそうな、予感に満ちた旧蔵書の充棟は壮観である。

　この「宝の山」を有効活用できているかどうか、我々研究者は問われてきた。書誌や書き込み等に関するまとまった報告としてこれまでに、日本近代文学館の芥川文庫については、三好行雄「芥川龍之介旧蔵書」（前掲）、『〈日本近代文学館所蔵資料目録2〉芥川龍之介文庫目録』（日本近代文学館、1977・7）、饗庭孝男「芥川の読書」（館報『日本近代文学館』第38号、1977・7）、三好行雄「芥川龍之介の書き入れ」（館報『日本近代文学館』第45号、1978・9）、「〈所蔵資料公開〉芥川龍之介資料」（館報『日本近代文学館』第51、57、58、59、61、62、63、64、65、66、71、73、78号）、倉智恒夫「芥川龍之介読書年譜──フランス文学関係図書──」（『比較文学研究』1983・4）、倉智恒夫「芥川龍之介読書年譜──英・露・独・北欧文学関係図書──」（『現代文学』1983・6）、「芥川龍之介資料──旧蔵書への書入れ──」（石割透編『日本文学研究資料新集20 芥川龍之介 作家とその時代』有精堂、1987・12）、Ganderska Katarzyna「芥川龍之介旧蔵書への書き入れに関する書誌学的研究：1915年8月末までに読んだ西洋文学作品を対象に」（埼玉大学、博士論文（学術）、甲第5号、2007・3）、拙稿「芥川龍之介旧蔵

書の洋書調査・補遺」(『芥川龍之介研究』2013・9)、拙稿「芥川龍之介における海外文学受容について ── 旧蔵書を通して見える風景 ──」(京都大学、学位論文、2015・3) などがある。山梨県立文学館については、飯野正仁「山梨県立文学館所蔵「芥川龍之介旧蔵洋書」目録」(『資料と研究　第5輯』(山梨県立文学館、2000・1)、藤沢市文書館については、『芥川龍之介自筆資料目録（附・葛巻家資料目録稿）』(藤沢市文書館、2006・3)、庄司達也「葛巻義敏 ── アテネ・フランセの青い季 ──」(『青い馬　復刻版　別冊解題・総目次・執筆者一覧』三人社、2019・6) にくわしい。

　芥川の創作との関係についても調査・研究が進み、多くの事実が明るみになった。しかし、それらの調査はひとつの傾向があったことも事実であろう。それは、調査の対象が邦訳の文献の有無によって左右されていたことだ。すでに邦訳がある書物との関係は研究が進み、邦訳のない、あるいは乏しい作家や作品の場合は蔑ろにされ、注目を集めることが少なかった。私自身への内省を込めて正直に綴るならば、国文学者の英語（あるいは諸外国語）への苦手意識が根底にあったことはまず間違いないだろう。しかし、芥川のように洋書を自在に読みこなした作家を研究にするにあたって、果たしてそれで十分なのだろうか。私が研究を始めた頃には、先輩の研究者から「芥川研究はやり尽くされた」といったような言をしばしば耳にした。当時は岩波書店から注釈や書誌の整備された最新の『芥川龍之介全集』全24巻が出版されて、間もないころでもあった。間違いなく、芥川研究は日本文学研究においてもっとも充実した研究状況にあった作家の一人だったことは疑いがない。それでも、学部の卒業論文において芥川と海外文学とのつながりについて研究をはじめた私は、全集を繙くたびに欧米の作家に対する注釈に「未詳」と書かれているのをたびたび目にした。そして、その多くは日本近代文学館等に旧蔵書を確認できる作家でもあった。

　三好行雄が「予感に満ちた旧蔵書の充棟」と高らかに宣言してから、すでに半世紀が過ぎた。改めて、この「宝の山」を我々研究者が十分に活かすことができているのか、問いたい。そこで本書では、邦訳文献の有無にとらわれることなく、芥川資料において第一級の価値がある旧蔵書の洋書を手掛かりに、できるかぎり芥川研究の可能性を探った。各章は個別の作家や各リ

サーチ・クエッションに沿ったケース・スタディの形を取っている。第2章、第3章では、ウィリアム・モリスとバーナード・ショーをそれぞれ取りあげ、芥川の受容の実態に迫った。前者は東京帝国大学の卒業論文で芥川が研究対象として取り上げている。後者については、芥川が自著で多数言及しているだけでなく、旧蔵書で作家別で見た蔵書数が二番目に多い作家である。旧蔵書が芥川の実作にもたらした大きな影響として、第4章では、芥川の代表作「地獄変」におけるピエール・ルイス「芸術家の勝利」との関わりを取りあげる。両作はモチーフや話の筋において多くの共通点があり、読了の時期などから、芥川が「芸術家の勝利」を「地獄変」の下敷きに使ったことは固い。第5章では旧蔵書の調査で見つかった新資料の紹介や知人との本の贈答の様子などから芥川の交際ぶりについて論じている。第6章では、旧制高等学校の学生用に芥川が編纂した英語副読本 The Modern Series of English Literature を取り上げた。当該叢書は、英米の短篇を集めたアンソロジーとも呼べる叢書で、編者の芥川の趣味が色濃く出ている。第7章においては、芥川が英語から翻訳した作品と原本との比較を手掛かりに、芥川の文体について考察する。第8章では、「翻訳」を通じて、世界の文芸に触れていた芥川にとって、「翻訳」とは何を意味したのか、また今日の「世界文学」議論における芥川作品の位置づけや、旧蔵書越しに見える「世界文学」の輪郭について確かめる。第9章では旧蔵書を離れ、海外に渡った芥川の直筆原稿について触れる。また、本書の附録には、日本近代文学館・山梨県立文学館・神奈川近代文学館における芥川旧蔵書・洋書の悉皆調査の結果をまとめている。

　しかし詳しい個別研究に降りる前に、まずは個人作家の旧蔵書研究という、文学研究においていわばニッチな研究の意義について、本章でまずは概観しておきたい。作家の旧蔵書を辿ることで、どのような事実がわかり、どのような問題大系が新たに浮かび上がってくるのか。芥川の旧蔵書を繙くことでどのように研究が更新されるのか、できるだけ実例を挙げながらまとめてみたい。書き込みの有無や保管状況などは各作家によって状況が異なるだろうが、作家の旧蔵書群の可能性について改めて考える場となれば幸いである。

2 旧蔵書を通して見えてくるもの

2.1 作品の材源

　吉田精一が「芥川龍之介の生涯と芸術」(『芥川龍之介案内』岩波書店、1955) で 62 作品の材源に触れたように、芥川は古今東西の書物を渉猟し、自家薬籠中の物としたことで知られる。旧蔵書を手掛かりに、作品の材源が見つかることも少なくない。すでに述べた通り、本書第 4 章では芥川の代表作「地獄変」の典拠として、ピエール・ルイス「芸術家の勝利」を指摘している。また、小説ではないが、例えば随筆「近頃の幽霊」(『新家庭』1921・1) は、Dorothy Scarborough 著 *The Supernatural in modern English Fiction* (New York, Putnam, 1917) に拠って執筆されており、随筆「骨董羹」中の「妖婆」(『人間』1920・4) も同書に拠って執筆されていると推測される[(2)]。焼失した、ウィリアム・モリスに関する芥川の卒業論文についても、旧蔵書の書き入れなどを手掛かりにおおよその内容が推測できた[(3)]。

　しかし、芥川が読んだ書籍は現存する旧蔵書だけではない。「芥川龍之介文庫和漢書の書き込みについて」(『日本近代文学館年誌　資料探索』2009) や『日本近代文学館所蔵芥川龍之介文庫和漢書の書き込みに関する文献学的研究』(私家版、科学研究費補助金成果報告書、2011) で日本近代文学館所蔵の芥川旧蔵書・和漢書について網羅的な調査報告を行った須田千里は『芥川龍之介ハンドブック』(庄司達也編、鼎書房、2015) 中の「蔵書」欄で、「芥川は、素材として使用した本を処分し、踪跡を眩まそうとしたのではないかとさえ思われる。特に和書に関して言えば、現存する蔵書はほんの氷山の一角であり、芥川の読過した書物は遥かに多かったと推察される。蔵書の分析が重要なのはもちろんだが、これらに縛れず、明治期の活版本も含めて幅広く探究する必要があろう」と文章を締めくくっている。須田の言及は、和書を中心とした所感ではあるが、洋書に関しても当てはまる。書簡や作品内での言及を基に、芥川の読書書誌をまとめた志保田務・山田忠彦・赤瀬雅子編『芥川龍之介の読書遍歴　壮烈な読書のクロノロジー』(学芸図書株式会社、2003) を繙いてみるだけで、芥川文庫として現存する旧蔵書が「氷山の一角」であることが容易に理解できる。また、たとえば須田「芥川龍之介

「切支丹物」の材源（二）：『さまよへる猶太人』」（『京都大学國文學論叢』第26巻、2011・9）が指摘した「さまよへる猶太人」（『新潮』1917・6）の典拠Sabine Baring-Gould 著 Curious Myths of the Middle Ages (vol.1、1966) や、今野喜和人「芥川龍之介「二つの手紙」の世界――クロウ夫人『自然の夜の側面』の寄与――」で「二つの手紙」（『黒潮』1917・9）の材源として指摘のある Catherine Crowe 著 The Night Side of Nature (1848) などは芥川文庫に見当たらず、芥川が編纂した The Modern Series of English Literature の選書元の一つである Edward J. Obrien 編 The Best Short Stories of 1918 (1919)[4] も同様に見つからない。他にも、「さまよえる猶太人」内で「基督教国にはどこにでも、「さまよえる猶太人」の伝説が残っている。〔中略〕最近では、フィオナ・マクレオドと称したウイリアム・シャアプが、これを材料にして、何とか云ふ短篇を書いた。」という記述は、William Sharp の短篇 "The Gypsy Christ" を指すと考えられるが、芥川文庫に同作を収録している William Sharp の著作は見当たらない。どうにも「素材として使用した本を処分し、踪跡を眩まそうとしたのではないかとさえ思」えてくるが、須田が提言するように、材源に関しては旧蔵書に縛られず、幅広く探究していくことが肝要といえよう。

2.2　手沢本と未読本（アンカット本）について

　芥川の旧蔵書・洋書には書き入れがある手沢本も多く、主要な書き込みについては、倉智恒夫「芥川龍之介読書年譜――フランス文学関係図書――」（前掲）、倉智恒夫「芥川龍之介読書年譜――英・露・独・北欧文学関係図書――」（前掲）、「芥川龍之介資料――旧蔵書への書入れ――」（前掲）、Ganderska Katarzyna「芥川龍之介旧蔵書への書き入れに関する書誌学的研究：1915年8月末までに読んだ西洋文学作品を対象に」（前掲）などに報告がある。しかし、遺漏も多く、留意が必要である。たとえば、Ambrose Bierce の全集中の評論・随筆集 Collected works vol.10 The opinionator (New York, Neale, 1911) について、管見の限り、これまで書き込みの指摘はないが、27頁の "On literary criticism" の章に「後代モ後代ノ色眼鏡デ現代ヲ見ルサ」とある。このような見落とされた例は少なくない。そこで本書巻末附録の書き入れ一覧

では、改めて悉皆調査を行い、これらの不備を補うことを試みた。

　一方で、書架にある図書であっても、芥川が目を通したとは限らない。しかし、洋書に限っては、未読の図書を特定できるケースがある。製本時に小口の三方ないし一方を裁ち切りしない「アンカット製本」の書物が芥川旧蔵書に含まれていて、そのアンカット部分が裁断されずに、袋とじ状態のまま残っている場合が少なくないのだ。例えば、未開社会の神話・呪術・信仰を蒐集したジェームズ・フレイザーの『金枝篇』に関して、日本近代文学館の芥川文庫目録には11巻本（第三版）の第3巻（Sir James George Frazer 著 *The golden bough: a study in magic and religion Part 3 The dying god. 3rd ed*〔London, Macmillan, 1920〕）が含まれている。本書はアンカット製本で、17頁以降がすべて袋とじ（アンカット）のままになっていて、芥川が冒頭で読み止めたと考えられる。このようなアンカット状態で放置された未読（箇所を含む）本が、芥川文庫には相当数含まれており、巻末附録では、書き込みと合わせて、アンカットの状態についても併せて報告をしている。

2.3　伝記の更新：読了日、学習参考書

　旧蔵書の書き入れから作家の足跡について、新たな発見があることもある。傍線や下線などを除いて「書き込みでもっとも多いのは、読了の日付」であり、芥川は「読み終えたときに、日付と場所を記入する習慣があった」ようだ[5]。倉智恒夫による前掲の二論文では、フランス文学関連図書とその他の洋書に分けて、それぞれ読了した日付と書籍名が編年体で報告されている。とはいえ、ここでも遺漏や誤謬も少なからず散見される。たとえば、J. M. バリーの *Peter Pan and Wendy*（Hodder & Stoughton, London,〔n. d.〕）について、本文末尾には「Nov. 3rd '15 ／ Tabata」と二行にわたって日付と芥川の自宅があった田端の地名が記されている。この書き込みについて、倉智恒夫「芥川龍之介読書年譜――英・露・独・北欧文学関係図書――」では、「Nov. 3rd '25 Tabata」と誤った数字が報告されている。また、読書年譜にも書名があがっていない。芥川の読了日を示すと思われる書き込み「Nov. 3rd '15」の「'15」は、〈1915年〉もしくは〈大正15（1926）年〉の二通りに解釈できるが、本書には Mabel Lucie Attwell の挿絵が使われており、

Attwell が *Peter Pan* の挿絵を描いたのは 1921 年のことであるから、「'15」は「大正 15（1926）年」と確定できる。そのため、この書き込みは芥川が本書を 1926 年 11 月 3 日に読了したということを示していることになる[6]。この時期、芥川は田端の自宅と鵠沼の下宿を行き来しているが、10 月 22 日付け中根駒十郎宛て書簡、10 月 29 日付け佐々木茂索宛て書簡、11 月 1 日付け小沢碧童宛て書簡などはいずれも鵠沼から出されており、芥川が 11 月 3 日に田端の自宅に戻っていた事実は *Peter Pan and Wendy* の書き入れだけが示す新事実である。この時期に書かれた短篇「彼」（1926・11・13 脱稿、『女性』1927・1・1 掲載）には、「あいつはどう考へても、永遠に子供でゐるやつだね」と *Peter Pan and Wendy* を髣髴とさせる一節もある。

　その他、同様の例として、Max Beerbohm のエッセイ集 *And even now* (London, Heinemann, 1920) の書き込みについて、倉智「芥川龍之介読書年譜――英・露・独・北欧文学関係図書――」では「July 4th 1921」とのみ報告されているが、現物には「July 4th 1921 Hankow」と地名「Hankow（漢口）」まで記されている。芥川の中国滞在中に読んだ一冊と考えられる。芥川は大阪毎日新聞の特派員として、1921 年 3 月 19 日から 7 月 20 日頃まで中国に渡航している。Max Beerbohm の随筆集 *And even now* の本文末尾（320 頁）に「July 4th 1921 Hankow」と 7 月 4 日に漢口で読了とある。しかし、芥川は 7 月 4 日には北京におり、漢口滞在は 6 月上旬であるから、「July 4th」は「June 4th」の誤記であろう。この随筆集所収のエッセイ 'How Shall I Word it?' は、「江南游記」（1921 年 1 月 1 日 –2 月 13 日。休載を含む）と縁が深いと考えられる。Max Beerbohm のエッセイは、鉄道旅行に出かける際に書店で入手した 'How Shall I Word it?' と題された手紙の書き方のハウツー本をめぐる内容である。Beerbohm は、この類の本にしては非常によく書けていて、実例も申し分ないが、何かが決定的に欠けているように感じてしまう。そして、実例として瑕疵のない完璧な文言ばかりが並んでいるために面白みが欠けているのだと気づく。つまり、私信に含まれるような秘密事めいた文言や、心を許した相手だからこそ不用意にでる辛辣な表現が含まれていないのである。そこで、Beerbohm は実際に幾つか具体的な文面を仕立てあげ、送り手と受け取り手の間柄によって文面がどのように変わるのか、実例

を列記してみせる。

　さて、この芥川の読書体験を踏まえて「江南游記」を読むと「十二　霊隠寺」が目を引く。同章では、霊隠寺を訪れた際の印象記が、豊島与志雄や小穴隆一ら五名に宛てた私信の体で綴られている。芥川はそれぞれの相手によって諧謔を交える力点や文体を巧みに変えながら霊隠寺の芳しくない様を次々と描出してゆく。この部分は'How Shall I Word it?'で Beerbohm が披露した趣向に倣って、芥川が印象記を書簡体で列記したと考えられる。また、ある種 Beerbohm の論を後ろ盾にして、私信に紛れ込ませる形で当地の悪印象を書き殴ったともとれる。いずれにせよ、'How Shall I Word it?'は、*The Modern Series of English Literature* の Vol.V Modern Essays に採録されていて、芥川のお気に入りの一篇であったことは疑いがない。また、*And even now* 所収の "William and Mary" も同巻に採られている。こちらは友人夫妻の話で、亡くなった友人の妻 Mary の笑い声にまじわる想い出が鮮やかに描かれており、芥川文庫の本文末尾（285 頁）には「ウマイ　往年ノ MAX デハナイ　敬服シタ」と黒インクで書き入れがある。但し、同書はアンカット本で173-176 頁（"Servants"の章）が袋とじのまま裁断されておらず、隅から隅まで通読したというわけではないようだ。同様のことは、Arnold Bennett の随筆集 *Things that have interested me* にも当てはまり、77-80 頁（"Football Match"の章）、201-204 頁（"Coupons"の章）、216-220 頁（"Egyptology"の章）が未裁断であった。反対に、56 頁左上に折れ目跡（"The Barber"の章）、196 頁左上に折れ目跡（"Short Stories"の章）、272 頁左上に折れ目跡（"The Prize Fight"の章）があり、芥川の関心のあり所を知る手がかりとなる。その他、芥川中国渡航時期に読んだ洋書については、拙稿（章瑋との共著）「新資料紹介（1）日本近代文学館所蔵・芥川旧蔵書に挟まれていたメモ二点と関連書籍への書き込みについて：『志那游記』、中国渡航時期の読書など」（『芥川龍之介研究』第 17 号、2023）に詳しく述べているが、旧蔵書を丹念に（再）調査することによって、これまで見過ごされてきた作家の足跡を知る手掛かりが眠っている可能性がある。

　また、Leonid Andreieff 著 *The seven that were hanged*（London, Fifield, 1909）や Algernon Blackwood 著 *The empty house, and other ghost stories*（London, Nash,

1916)、Stopford Brooke 著 *English literature, with chapters on the literature of the Victorian age by Charles F. Johnson* (New York, American Book Co, 1900) などには、語句の意味を単語の下や本文脇に記すなど、多量の書き込みが確認できる。これらは英語学習や授業の教科書として使われた形跡と考えられるが、学生時代の芥川龍之介の横顔を偲ばせる貴重な資料といえる。芥川の学生時代の語学学習と学校との関わりについては、Ganderska Katarzyna 氏の博士論文（前掲）に詳しくまとめられている。

2.4　作家の文学観・読書傾向：アンデルセン、ゲーテ評伝、『ピーター・パン』、ドーデー、森鷗外

　旧蔵書にある書き込みを辿ると、作家の文学観や読書傾向が見えてくることがある。たとえば日本近代文学科の芥川文庫には、童話作家 Hans Christian Andersen の著作が二冊ある。一冊目の *Fairy Stories for children* (London, Ward, [n.d.]) には、「教科書以外に始めて英語で書いた本を読んだのはこれが／始である、中学の二年の三学期の始めであった、と思ふ　一番はじ／めの Heartfelt sorrow が何度よんでもわからなかつた／此本は先生に頂いたのである／一九〇九年二月　龍之介記」[7]と記され、芥川が初めて読んだ洋書であることがわかる。全36作品が収録されているが、そのうち19作品について、目次部分に赤色の「・」が附されている。赤いマークがある作品を列記すると次の通りである。"A Heartfelt Sorrow（心からの悲しみ）"、"In Years to Come（千年後には）"、"Thumbelina（親指姫）"、"Everything in its Right Place（みんなその正しい場所に！）"、"The Red Shoes（赤い靴）"、"The Silent Book（もの言わぬ本）"、"The Little Match Girl（マッチ売りの少女）"、"The Jumpers（高とび選手）"、"The Flying Trunk（空飛ぶトランク）"、"A Story（ある物語）"、"The Old Street Lamp（古い街灯）"、"The Metal Pig（青銅のイノシシ）"、"A Rose from the Grave of Homer（ホメロスの墓のバラ一輪）"、"The Little Mermaid（人魚姫）"、"The Shadow（影法師）"、"The Old House"、"The Jewish Maiden（ユダヤ娘）"、"A Picture from the Fortress Wall（城の土手から見た風景画）"、"The Golden Treasure（金の宝）"である。このうち "Thumbelina（親指姫）" の本文には下線が施されている[8]。

もう一冊のアンデルセンの著作 *Fairy tales*（London, Dent, 1918）の表見返しには、中西屋書店の購入シールが貼られている。本書収録の"What the Moon Saw（絵のない絵本）"には芥川のコメントが散見される[9]。"What the Moon Saw（絵のない絵本）"は一夜ごとに、月が見た景色が語られる形式をとるが、各話の末尾に感想が書き込まれていて、第2夜末尾（230頁）には「ウマイ」、第3夜末尾（231頁）にも「ウマイ」、第5夜末尾（233頁）も「ウマイ」、第14夜末尾（242頁）には「good」とある[10]。第16夜（242-243頁）には二箇所書き込みがあり、242頁末尾に「ウマイ」、第16夜の末尾（243頁）には「ボオドレエル以前コノ人アリ／ウマイ」と書かれている。第16夜は、ある道化役者の物語である。彼は生来の道化役者で、あらゆる言動が見る人の物笑いの種となり、そこかしこに笑いの渦を巻き起こしてしまう。そのため、どのような苦痛や憂鬱で気が塞がっていても、彼の顔に滑稽さを加えてしまうだけで、人びとをいっそう笑わしてしまう結果となるのだ。彼はある女優を愛するようになるが、彼女は別の道化役者と結婚してしまう。その結婚式でさえ、もっとも愉快そうに見えたのは、招待客の中にいた道化役者に他ならなかった。そして女優が亡くなってしまって、その葬式の日、傷心の道化役者は舞台にのぼるが、やはりいつも以上に観客を笑わせ、拍手喝さいを浴びることになる。その夜、彼はひとりぼっちで女優の墓に参るが、その哀愁漂う姿でさえ、誰かに見かけられたら「ブラボー、いいぞ！」と大喝采を浴びたであろう、と話はしめくくられる。相反する内面と表層という二重性が引き起こすアイロニーという主題は、いかにも芥川好みの作品で、初期作品の「ひょっとこ」（『帝国文学』1915・4）を髣髴とさせる。第16夜の書き込み「ボオドレエル以前コノ人アリ」は、同作が「地獄変」の典拠の一つとしても挙げられるボードレールの「英雄的な死（悲壮なる死）」[11]あるいは「愚者とヴィーナス（愚人と女神）」（共に『パリの憂鬱』所収）などを連想させるからだろう。前者は王と道化をめぐる為政と芸術の相克の散文詩、後者は巨大な女神像に向かって孤独と悲哀を嘆く道化役者をうたったものである。「人生はボードレールの一行にも若かない」（「文芸的な、余りに文藝的な」『改造』1927・4〜6・8）という一節が殊に有名で、芥川のボードレール受容は『悪の華』への傾倒でも知られる[12]が、

"What the Moon Saw（絵のない絵本）"の書き入れは、芥川のボードレール理解の補助線ともなるだろう。

　また、"What the Moon Saw（絵のない絵本）"に見られた「ウマイ」「good」などの率直な感想やエピソードに対する合いの手のようなコメントが書き込まれているケースも多い。一例をあげると、ゲーテの評伝 Paul Carus 著 *Goethe with special consideration of his philosophy*（Chicago, Open Court, 1915）の147頁には「fool!」という未報告の書き込みがある。この頁は、ゲーテの人間性を示す逸話が披露されている部分である。とある晩餐の席で和やかに会食が進んでいたところに、ゲーテと初対面の敬虔な牧師が、お前は『若きウェルテルの悩み』の著者のゲーテなのかと問いただした後、『若きウェルテルの悩み』がいかに恐ろしい著作で、倒錯した作者の心を救うには神に頼むほか望みはない、とゲーテに言い放ったことで、気まずい沈黙が生じる。それに対して、ゲーテは当意即妙な切り返しをみせて場を和ませ、牧師を含めて全員の信頼を勝ち得たというエピソードだが、「fool!」という感想は、牧師の不躾な言動を指して述べられていると考えられる。

　他にも、手沢本には芥川の読書趣味や内面を偲ばせる下線が多数ある。たとえば *Peter Pan and Wendy*（前掲）にはすでに紹介した読了日の書き込みのほか、二箇所に傍線の書き込みがある。一つ目は Chapter X "The Happy Home（第10章「楽しい一家団欒」）"の200頁1行目から16行目にかけて、黒鉛筆と思われる線で、行横に縦にラインが引かれている。下記がその引用だが、ここでは前後を含めて引用した。また、本文の脇（行横）にあった縦線は、当該部分の文章に下線を施すことで置き換えている。夢の国（ネバーランド）の子どもたちが、ウェンディを母親、ピーター・パンを父親に見立ててやり取りを繰り広げた場面に続くシーンで、ウェンディとピーター・パンが会話している。

　　"Dear Peter, "she said," with such a large family, of course, I have now passed my best, but you don't want to change me, do you?"
　　"No, Wendy."
　　<u>Certainly he did not want a change, but he looked at her uncomfortably;</u>

blinking, you know, like one not sure whether he was awake or asleep.

  "Peter, what is it?"

  "I was just thinking," he said, a little scared. "It is only make-believe, isn't it, that I am their father?"

  "Oh yes," Wendy said primly.

  "You see," he continued apologetically, "it would make me seem so old to be their real father."

  "But they are ours, Peter, yours and mine."

  "But not really, Wendy?" he asked anxiously.

  "Not if you don't wish it," she replied; and she distinctly heard his sigh of relief. "Peter," she asked, trying to speak firmly, "what are your exact feelings for me?"

  "Those of a devoted son, Wendy."

  "I thought so," she said, and went and sat by her-self at the extreme end of the room.

  "You are so queer," he said, frankly puzzled, "and Tiger Lily is just the same. There is something she wants to be to me, but she says it is not my mother."

　〔「ねえ、ピーター」ウェンディは言いました。「こんなにたくさん子どもを生んで、もちろん、わたしはもう女の盛りをすぎているわ。でも、あなた、このままのわたしでいいですね？」

「いいとも、ウェンディ」

　ピーターは確かにこのままでいいと言いましたが、落ち着かないようすでウェンディを見ました。起きているのか寝ているのかわからない人のように、目をしばたたきながら。

「ピーター、どうしたの？」

「ちょっと考えていただけだよ」ピーターは少しビクビクしているように言いました。「ぼくがお父さんだというのは、ただのまねごとなんだろ？」

「ええ、そうよ」ウェンディはとりすまして言いました。

「だってさ」ピーターはすまなさそうに話を続けました。「みんなの本当のお父さんならね、ぼくはすごく年をとっていなくちゃおかしいだろ」
「でも、みんなわたしたちの子どもよ、ピーター、あなたとわたしの」
「でも、本当じゃないだろ、ウェンディ？」ピーターは心配そうにききました。
「ええ、あなたが望まないなら」ウェンディは答えました。ピーターの安堵のため息がはっきりと聞きとれました。「ピーター」ウェンディはできるかぎりきっぱりとした口調でききました。「本当のところ、あなた、わたしをどう思っているの？」
「お母さん思いの息子と同じ気持ちだよ、ウェンディ」
「だと思っていたわ」ウェンディはそう言うと、部屋の一番奥まで行って座りました。
「きみって、ものすごく変だな」ピーターは本気でとまどいながら言いました。「タイガー・リリーも同じだけどね。彼女、ぼくの何かになりたがっているんだけど、お母さんじゃないって言うのさ」
「ええ、そうじゃないでしょうよ」ウェンディは怖いほど強い口調で言いました。」[13]

　割り振られたジェンダーに戸惑うピーター・パンや、女心を察せられず、ウェンディの機嫌を損ねてしまうピーター・パンが巧みに描かれている。芥川が自身を仮託して読んでだのではないか、とつい想像を逞しくしてしまう。同書 Chapter XIII "Do You Believe in Fairies?（第13章「妖精を信じてくれる？」）"にも、同様にラインが引かれている。傍線は244頁7行目から246頁13行目まで、3頁わたって引かれている。ここでは、紙幅の都合上、中心となる一部分だけを引用する。場面は、ティンカーベルがピーター・パンの身代わりに毒薬を飲んだことで、絶命しかけているところである。

　Her voice was so low that at first he could not make out what she said. Then he made it out. She was saying that she thought she could get well again if children believed in fairies. Peter flung out his arms. There were no children there, and it was night-time; but he addressed all who might be dreaming of the Neverland, and who were therefore nearer to him than you think: boys and girls in their nighties, and naked papooses in their baskets hung from trees.

"Do you believe?" he cried.

Tink sat up in bed almost briskly to listen to her fate.

She fancied she heard answers in the affirmative, and then again she wasn't sure.

"What do you think?" she asked Peter.

"If you believe," he shouted to them, "clap your hands; don't let Tink die."

Many clapped.

Some didn't.

A few little beasts hissed.

The clapping stopped suddenly; as if countless mothers had rushed to their nurseries to see what on earth was happening; but already Tink was saved. First her voice grew strong; then she popped out of bed; then she was flashing through the room more merry and impudent than ever. She never thought of thanking those who believed, but she would have liked to get at the ones who had hissed.

"And now to rescue Wendy."

〔ティンクの声はあまりに低かったので、ピーターは初め、ティンクが何を言っているのかわかりませんでした。でも、じきにわかりました。ティンクはこう言っていたのです——もし子どもたちが妖精を信じてくれるなら、きっとあたしはまだ元気になれる、と。

　ピーターは両手を前に差しだしました。そこには一人も子どもはいませんでした。それに、今は夜です。でも、ピーターは、ネバーランドの夢を見ているすべての子どもたちに——その夢を見ているので、みなさんが考えているよりもずっとピーターの近くにいる子どもたちに呼びかけました。寝間着の少年少女に呼びかけました。吊るされたかごの中に

いるインディアンの裸の幼子に呼びかけました。
「妖精を信じてくれる?」ピーターは叫びました。
ティンクは自分の運命を聞こうと、もう元気になったくらい勢いよくベッドに起き上がりました。
ティンクには「信じる」という返事が聞こえたような気がしましたが、やっぱり聞こえなかったようにも思えました。
「どう思う?」ティンクはピーターに聞きました。
「もし妖精が本当にいると思うなら」ピーターは子どもたちに向かって訴えました。「手をたたいて。ティンクを死なせないで」
たくさんの子どもが手をたたきました。
何人かはたたきませんでした。
ほんのわずかですが、シーッなどと言うひどい子もいました。
拍手が急にやみました。まるで、無数の母親が、いったい何事か確かめようと子ども部屋に駆けつけたようでした。でも、ティンクの命はもう救われていました。まず、声が力強くなりました。ティンクはベッドから飛びました。そして、これまで以上に陽気で生意気な様子で部屋を飛びまわりました。妖精を信じてくれた子どもたちに感謝しようなどという気はさらさらなく、シーッと言った子どもたちをこらしめてやりたいと思っていました。
「さあ、ウェンディを助けに行くぞ」

　この場面は、"Do you believe?"、"If you believe," he shouted to them, "clap your hands; don't let Tink die." と、ピーター・パンが妖精を信じるかどうか、(夢の国の子どもたちに問いかけているのだが) まるで読者に問いかけているかのような文章となっている("Many clapped."以下はその応答である)。芥川が物語展開に心惹かれたのか、読者へ語り掛けるような文章スタイルに引かれたのか、傍線の意図を定かにすることは難しいが、妖精という想像上の存在の生死を読者に委ねるというフィクショナルな試みに芥川が感心させられたのではないか、と考えられる。このように、書き入れや傍線部分と当該箇所を対照させて蓄積させていくことによって、随筆や書簡などの

他者に宛てた文章からは立ちあがらない側面や読書趣味が見えてくる可能性がある。

　また、アンデルセンに書き込まれたボードレールに関連する文言のように、作品の書き入れが別の作家と結びつくケースもある。Alphonse Daudet の *The novels and romances vol.2*（Boston, Little, c1900）の 248 頁にある書き込み「昔水沫集でよんだ時にも感心したが／今読んでもうまい」もその一つであろう。当該書き込みは短篇 "A Book-keeper" の末尾に記されている。この小品は、ドーデーの『月曜物語』所収の一篇で、森鷗外が『水沫集』（春陽堂、1892）に「みくづ」として訳出されている作品に他ならない。芥川は英訳で当該作品を再読したことになる。鷗外訳で読んだ時と変わらず「うまい」と感想を書きつけているが、芥川とドーデーの結びつきのみならず、森鷗外（『水沫集』）との新たな接点を明かす書き込みでもある。

2.5　旧蔵書全体の傾向

　これまで芥川旧蔵書について、個別の事例について検討してきた。この項では、旧蔵書（洋書）全体として眺めた際の問題について取りあげる。すでに述べた通り、日本近代文学館・山梨県立文学館・神奈川近代文学館に保管されている洋書は述べ 844 冊ある。それらの洋書が、どの言語で書かれたものなのか調査を行った。その分布をユーザーローカル AI テキストマイニング（https://textmining.userlocal.jp/）によって図示したのが次の図である。

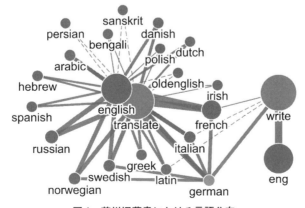

図 1　芥川旧蔵書における言語分布

円が大きいほど、その言語を原語とする書物の数が多いことを示している。また、書物が原書そのものである場合は「write」の円に紐づけられ、元の言語から翻訳されたものである場合は「translate」の円と紐づけられている。図1の中では"translate"の円が"write"より大きく、芥川文庫では翻訳書が最も大きな割合を占めていたことがわかる。また、その翻訳がどの言語から訳されたものなのか、については、"translate"から繋がる線を辿るとわかる。例えばロシア語（russian）は、"translate"と"english"と線で繋がっており、芥川が英訳でロシア語の書物を読んでいたことがわかる。フランス語（french）、イタリア語（italian）、スウェーデン語（swedish）、ノルウェー語（norwegian）は、"translate"と"english"と"german"と結びついており、英語訳およびドイツ語訳の書物が芥川文庫に含まれていることを表している。

　芥川の読書空間が多言語・多地域に広がっていること、英語が中心的な地位を占めるが、英語原書より英訳書が若干数多いことなどが表からも見てとれるはずである。実数で示せば、原語が英語の書物（英語原書）は399点、英訳書は414点、原語がドイツ語のドイツ語書物が18点、ドイツ語訳が11点（内訳はフランス語から7冊、スウェーデン語から1冊、ノルウェー語から1冊、フランス語から1冊、イタリア語から1冊）、原語がフランス語のフランス語書物が3点、原語がイタリア語のイタリア語書物1点、原語がラテン語のラテン語書1点となる[14]。芥川の読書体験の中で、英語が大きなハブ言語として機能していたことが改めてわかっていただけるだろう。ドイツ語やフランス語・その他の言語も散見されるが、英語の果たした役割に比べればきわめて僅少だったといえる。

　英訳書の内訳は、フランス語から173点、ロシア語から56点、ドイツ語33点、ノルウェー語30点、スウェーデン語27点、イタリア語26点、アラビア語17点、デンマーク語11点、ギリシャ語8点、ラテン語7点、スペイン語6点、オランダ語5点、ヘブライ語5点、ベンガル語2点、ポーランド語2点、（古）アイルランド語2点、ペルシア語・サンスクリット語・古英語からそれぞれ1冊である。芥川の関心が多国・他地域に跨っていることがわかる。全844冊中、英訳書が413点、ドイツ語訳が11点あり、芥川が世界

文学を読む際に「翻訳（translate）」が大きな役割を果たしていたことも重要な点である。書架には持ち主の好みが強く出る。レーベルの偏りを把握することで、芥川の読書趣味を把握することができると考えるが、さらなる詳細については第8章にて詳しく報告することとするが、このような書架の全体像を把握していくことも旧蔵書研究においては重要なことだと考える。

3 書物を通したネットワーク

3.1 謹呈本など

　三好行雄「芥川龍之介旧蔵書」（前掲）で、「アナトール・フランスの英訳短篇集　"The Path of Glory"の表紙裏に〈呈芥川龍之介様　大正六年二月・紐育市正／S Naruse／Nov. 28th 1916／New York City〉という、成瀬正一からの献辞」があることが報告されているが、同様のケースは他にもある。第5章にくわしく報告しているが、海軍機関学校時代の同僚E.S.スティーブンソンや東京府立第三中学校の恩師・広瀬雄、友人の原善一郎からの献本が確認できる。これらの外にも、旧蔵書中に名刺が挟まれていることから、芥川の交際ぶりがわかるほか、Maxim Gorky著 *The Note-books of Anton Tchekhov together with Reminiscences of Tchekhov*（Richmond, Hogarth, 1921）には、見返し部分などに「芥川比呂シ」の署名入りで落書きがあり、家族の交流の様子が窺える貴重な資料である。詳しくは第5章で論じる。

3.2 散逸した芥川旧蔵書：松村みね子、堀辰雄文庫

　芥川文庫に現存しない書籍があることは、すでに本章第2.1項「作品の材源」で触れた。有名なものでいうと、フィオナ・マクラウド（ウィリアム・シャープ）全集の第二巻がある。これは、もともと松村みね子の蔵書だったと推察される[15]。松村の旧蔵書は、洋書は日本女子大学図書館、和書は東洋英和女学院図書館に寄贈されているのだが、洋書の中にマクラウド全集はあるが、『かなしき女王』（松村みね子訳、第一書房、1925）の原典に当たるはずのマクラウド全集第二巻だけが歯抜けとなっている。同全集の第二巻を、関川左木夫氏が偶然、古書店で入手したところ、それが芥川の署名入り

であることが南條竹則氏の指摘で判明した。現在は南條氏の所有となっている当該書は、松村から芥川に渡ったものと推察されている。

　このような親しい間柄での貸借や贈答が頻繁にあったと考えられる。芥川から、堀辰雄へ送った初めての書簡（1922 年 11 月 18 日付け）の「二伸」には「なほわたしの書架にある本で読みたい本があれば御使ひなさい」という文言が認められる。また、随筆「「スタヴロギンの告白」の訳者に」（『作品』、1934・7）や「プルウスト雑記　神西清に」には、芥川の没後に旧蔵書の整理を行った様子が記されている。また、芥川の死が契機となって執筆された「聖家族」（『改造』1930・11）[16]には、師である九鬼の旧蔵書の整理を行う様子が記され、「九鬼さんにずっと前に貰ったの〔引用者注：ラファエロの画集〕を、あの方の亡くなられる四五日前に、どうにも仕様がなくなって売ってしまったんです。今になってたいへん後悔しているんですけれども……」という台詞がある。これらを踏まえると、すでに触れた神奈川近代文学館に保管されている堀辰雄文庫中の芥川の旧蔵書については、芥川が生前に貸与した可能性から没後に堀が持ち出した可能性まで、いくつかの経緯が考えられるが、少なくとも下記 5 点は芥川の旧蔵書と同定して間違いないだろう。

　①Ernest Dowson 著 *Dilemmas ; stories and studies in sentiment*（London, Mathews, 1912）、②Paul Claudel 著 *The Tidings brought to Mary: a mystery*（London, Chatto & Windus, 1916）、③Anatole France 著 *Little Pierre*（London, John Lane, The Bodley Head, 1920）、④Anatole France 著 *My Friend's Book*（London John Lane, The Bodley Head, 1913）、⑤Anatole France 著 *Pierre Nozière*（London John Lane, The Bodley Head, 1916）。それぞれ、①本文最終頁（139 頁）に「R. Akutagawa ／ Jan. 12th '16」と書き込み、②表見返しに「R. Akutagawa」の書き込み、③本文最終頁（297 頁）に「15th ／ March 1924 ／ Tabata」、④本文最終頁（296 頁）に「Jan 29th '18 ／ Kamakura」、⑤ 38-39 頁、46 頁、93 頁、99 頁、104 頁に傍線や「good」などの書き込みがあり、芥川の筆致・書き入れの特徴と一致する。ポール・クローデルの『マリアのお告げ』など、堀辰雄にとって重要な書物も含まれているが、これらについてはまた稿を改めてくわしく検討したいと思う。

書架に現存しない書物については、このほか図書館や貸本屋での貸借、芥川自らの手に拠って処分されたもの、遺族による紛失など多数のケースがあると想定される。蔵書が形あるものであるからこそ、移動や消失が宿命づけられているものである一方で、松村や堀の例のように、移動によって明かされる交流の形態やドラマがあるともいえる。

3.3　他作家の旧蔵書書き入れとの比較：トルストイ『アンナ・カレーニナ』

　ここまで芥川の旧蔵書のみを取りあげて論じてきたが、複数の作家の旧蔵書を可視化することによって見えてくるものもあると考える。例えば作家たちの旧蔵書に同一の書籍が含まれている場合、書き込み部分を比較することで、所有者が読書時に重要視している部分が浮き彫りになる。このような研究事例としては、奥野久美子「恒藤恭、芥川龍之介の日露戦争：トルストイの読書体験とあわせて」（『大阪市立大学史紀要』第7号、2014）がある。トルストイ『戦争と平和』について、恒藤恭がノートに筆写した部分と芥川が作品内で再構築したり、講演などで述べた眼目を比較したもので、厳密には旧蔵書研究ではないが、恒藤が「末期の眼に映る自然や人生の美しさ」にフォーカスしているのに対して、芥川が「細部の表現の大切さ」を重視している点など、両者の違いが浮き彫りにされている。私自身が共同研究者として加わっている科研課題「近代作家旧蔵書群を対象とする調査・保護・データ化と横断的分析に関する総合的研究（22H00641）」では、作家の旧蔵書群のデータベースの構築を目指しているが、各作家の書き込み等の情報が蓄積されることによって、このような比較がより進むことが期待される。

　例えば多田蔵人「劇の位相―正宗白鳥旧蔵『アンナ・カレーニナ』より」（『近代作家旧蔵書研究会年報』第2号、2024・3）で、日本近代文学館所蔵の正宗白鳥旧蔵書について研究報告を行っている。そこで、正宗白鳥の書き入れの特徴としていくつかの点が挙げられている。「アンナとヴロンスキーの関係よりも、不貞をめぐる夫・カレーニンの反応」への書き入れが目立ち、「「姦婦の夫」への「同情」を求める白鳥の態度」を指摘している。その他、「長編小説のレトリックよりも、トルストイが小説内の意味を暗示してゆく　表　象　の技術」にもコメントが多く付され、演劇への関心も深かった

白鳥が「小道具の生動ぶりに目をとめる」様子を報告している。

正宗白鳥が所有していた『アンナ・カレーニナ』(Nathan Haskell Dole 英語訳)[17]は、芥川が所有していたのも同じ訳である (London, Walter Scott, [n.d.]。挿絵は Paul Frénzeny)。残念ながら作品に関する感想と思しき書き込みはないが、下線を中心に 29 箇所の書き入れがあった。一例をあげると、舞踏会での Kitty の装いの描写（86 頁 19-23 行）に赤色のアンダーラインが施されている。

Kitty was looking her prettiest. Her dress was not too tight; her rosettes were just as she liked to have them, and did not pull off; her rose-colored slippers with their high heels did not pinch her, but were agreeable to her feet. All the buttons on her long gloves which enveloped and enhanced the beauty of her hands fastened easily, and did not tear. The black velvet ribbon, attached to a medallion, was thrown daintily about her neck. This ribbon was charming; and at home, as she saw it in her mirror adorning her neck, Kitty felt that this ribbon spoke. Every thing else might be dubious, but this ribbon was charming. Kitty smiled, even there at the ball, as she saw it in the mirror. As she saw her shoulders and her arms, Kitty felt a sensation of marble coolness which pleased her. Her eyes shone and her rosy lips could not refrain from smiling with the consciousness of how charming she was.

〔それはキチイにとって、幸運な日の一つにあたっていた。衣装はどこも窮屈なところがなく、レースの襟もたるんだところがなく、リボンの花飾りもしわになったり、ちぎれたりしていなかった。弓なりにそったばらの色のハイ・ヒールの靴は、足をしめつけないところか、かえっていい気持にしてくれた。ふさふさしたブロンドのかもじは、まるで自分の毛のように、かわいい頭の上にぴったりのっていた。少しも形を変えないで、その手をつつんでいる長い手袋のボタンは、三つともはずれないで、ちゃんとかかっていた。ロケットの黒いビロードは、とりわけやさしく首を巻いていた。このビロードはまったくすばらしかった。いや、キチイは家で、鏡に自分の首を映しながら、そのビロードが話しか

けているような気分におそわれたほどである。ほかのものはどれにも、まだいくらか問題の余地があったけれど、ただ、このビロードだけは優雅そのものであった。キチイは舞踏会へ来てからも、それを鏡に映してみて、にっこりほほえんだ。あらわな肩と腕に、キチイは大理石のような冷たさを感じたが、それは彼女のとくに好きな感じだった。そのひとみはきらきらと輝き、赤い唇は、わが身の美しさに、思わずほほえまないではいられなかった。」[18]

　芥川はKittyの舞踏会での心動きや煌びやかな衣装全体ではなく、衣裳の一部、非の打ち所がない黒いベルベットのリボンとそれにうっとりと見惚れるKittyの描写に注目している。大河を織りなす、このような細部に芥川は感じ入っていたのだろう。芥川の文章論として「眼に見るやうな文章」(『文章倶楽部』1918・5) を標榜していたことは承知の通りであるが、トルストイの文章を読むにあたっても同様の興味が働いていたとみえる。これは、演出的な効果に着目する白鳥と必ずしも一致しないかもしれないが、「スペクタルや議論の導入といった長篇小説のレトリックより」細部に目を向ける二人の小説家の均質性を示してもいるようで興味深い。このような比較対照は、各作家の旧蔵書研究が進むことで比較する対象が増すほど有意義なものとなっていくことが期待される。

4　結語に代えて

　芥川旧蔵書の洋書に着目して、いくつかの項目に分けて旧蔵書研究の可能性について、できるかぎり新規な具体例を出しつつ述べてみた。むろん、旧蔵書研究の課題や展望について網羅できたわけではない。たとえば書店票の問題がある。旧蔵書には購入元の書店のシールが貼られている書籍が多くある。これらをマッピングすることによって、作家の行動範囲（行きつけの書店）を特定することや、書店票の版によって購入時期をある程度特定することも可能かもしれない。芥川文庫の全冊と堀辰雄文庫の数十点の洋書を実見した限り、明らかに購入元が異なっている。また、手元に置きたい本の造形

にも人それぞれに好みがあるはずだ。芥川文庫と堀辰雄文庫ではやはりずいぶんと印象が異なっていた。書籍に含まれる挿絵についても別に述べるべきだったかもしれない。また、本の端を折って、マーキングを行っているケースなど、本書で取りあげられなかったものはまだまだある。

例えば、蔵書印についても考える必要がある。例えば、洋書全844冊のうち芥川のものと考えられる蔵書印は次の通りである。「芥川文庫」印が85冊、「我鬼A」[19]印が33冊、「我鬼B」印が22冊、「龍之介」印が9冊、「龍之」印が3冊、「維鰻蕖柳」印が2冊、「河郎之舎」印が1冊。芥川がどの時期にどの蔵書印を好んで使用していたか、など、くわしい分析が必要だが、それについては今後の研究の課題とさせていただきたい。また、旧蔵書には芥川以外の者の蔵書印と考えられる蔵書印も認められた。たとえば、日本近代文学館に Bourget, Paul 著 *Antigone and other portraits of women* (*Voyageuses*) (New York, C. Scribner's sons, [c1898]) には「花袋」と翻刻できる蔵書印が押されている。この蔵書の44頁には「シミジミトヨク書イテアル／甘クナイ所ガイイ／ソレニ郷土色モヨハド effect ヲツヨ／メルノニ手伝ツテヰル／カウ云フモノモ書イテ見タイ」〔"Antigone" 末尾〕という文章が黒インクで書き入れられている。この書き入れについて、前出の倉智論文では芥川のものと考え、次のように報告している。

> ポール・ブールジェの『旅の女達』(*Antigone and other portraits of women voyageuses*) は、(一)「アンチゴーヌ」、(二)「二組の夫婦」、(三)「ネプチュヌヴァル」、(四)「女の憐み」、(五)「オデイル」、(六)「ラ・ピア」の六篇の中編小説を含むが、その(一)「アンチゴーヌ」の末尾、四十四頁に、「シミジミトヨク書イテアル／甘クナラナイ所ガイイ／ソレニ郷土色モヨホド effect ヲツヨ／メルノニ手伝ツテヰル／カウ云フモノモ書イテ見タイ」とある。小説というよりは紀行文のような味わいのある文体で、旅の途上で拾った挿話を素材のまま記しながら、人間性のある側面を巧まずえぐり出してしまう、ブールジェの「パステル」のジャンルに属する作品である。芥川がやがて「筋のない小説」に傾いて行ったことを思うときに、こうしたブールジェの方法と無縁とは思えな

いのである。

　しかし、蔵書印や書き入れ文章の内容を考えると、これは田山花袋のものと考えるの妥当であろう。花袋は『小説作法』(博文館、1909・6)で「郷土色」を意味する「ローカル、カラー」について、言及している他、『近代の小説』(1923・2　近代文明社)の第40章でPaul Bourgetに言及している[20]。これが花袋の旧蔵書だとして、どのような経緯で花袋から芥川に渡ったかは不明であるが、芥川と花袋は座談会などでしばしば顔を合わせていたので、貸し借りがあったと考えても不自然ではない。たとえば『女性』誌の対談「女？」(『女性』1925・2)で二人は同席しているが、当該蔵書や書き入れの内容からはこの座談会後の蔵書の貸し借りではなかったかと想定される。

　蔵書印のような小さな手がかりであっても、それらを丹念に繙くことで、これまでの研究史で看過されてきた事実が広がることがある。とはいえ、全844冊ある洋書に対し、網羅的に論じることが困難であることも事実である。そこで、本書では洋書から浮かび上がる問題の中で、芥川研究において重要と思われる事柄を優先的に取り扱って論じていく。それらの論考を通して、芥川と海外文学との関わりについて新たな光を投げかけたい。

註

(1) 　神奈川近代文学館HP (https://www.kanabun.or.jp/reading_room/keeping-collection/) の「収蔵コレクション」の堀辰雄文庫の内容欄に「890点。仏・独・英文学など堀旧蔵の洋書と洋雑誌。プルースト、リルケらの著作、研究書には傍線や書き入れも多く、芥川龍之介の署名がある図書も含む。」と紹介されている。

(2) 　スカボローの著作と「近頃の幽霊」の関りについては、本書第6章並びに鈴木暁世「イギリス怪奇幻想ミステリと近代日本文学——A・ブラックウッドと芥川龍之介を中心に」(怪異怪談研究会・監修、乾英治郎・小松史生子・鈴木優作・谷口基編『〈怪異〉とミステリ　近代日本文学は何を「謎」としてきたか』青弓社、2022)に詳しい。随筆「骨董羹」中の「妖婆」との関りについては本書第8章で触れている。

(3) 　本書第2章。

(4) 註(2)の通り、本書第8章に詳しい。また、芥川編 The Modern Series of English Literature（全8巻、興文社、1924-1925）の一部は、『芥川龍之介選 英米怪異・幻想譚』（澤西祐典・柴田元幸・共編訳、岩波書店、2018）として日本語訳の刊行を行った。

(5) 倉智恒夫「芥川龍之介読書年譜──フランス文学関係図書──」（前掲）

(6) The Modern Series of English Literature の第1巻序文で、芥川は「この巻を編するにあたり、Wilde や Lady Gregory の外に Barrie を加へるつもりであつた。が、頁数の都合その他の理由により、やむを得ず "Peter Pan" の数篇を "The Jungle Book" の数篇に取り換へたのである」と記している。The Modern Series of English Literature の編纂が1924年ごろのことであるから、（序文に偽りがないなら）芥川は1926年11月に Peter Pan and Wendy を再読したことになる。芥川の没後に刊行された菊池寛・芥川龍之介共訳『アリス物語』（『小学生全集』第28巻、興文社・文藝春秋社、1927）の前書きで、菊池寛は、「不思議の国のアリス」と「ピーターパン」の翻訳は、芥川が担当予定だったと証言しており、この再読が小学生全集の構想に寄与した可能性や翻訳準備のための再読であった可能性などが考えられる。

(7) 三好「芥川龍之介の書入れ」（館報「日本近代文学館 第45号」）、倉智「芥川龍之介読書年譜──英・露・独・北欧文学関係図書──」に報告がある。表記に異同があるが、現物に従った。

(8) 260頁、261頁、265頁に確認できる。260頁30行目 "tiny as she is" と261頁5行目 "decking out"、同頁20行目 "to and fro" の三箇所の黒色下線は、英語のイディオムに引かれているところから英語学習用のアンダーラインと考えられる。赤線は261頁25-26行目 "And what is more, they determined that it should never happen"、同頁33行目 "right out of the country" の二箇所に確認でき、親指姫をみにくいヒキガエルから逃がそうとする小魚たちの心情を表す文章に引かれている。265頁15-19行目の黒線は、モグラが通路で瀕死で横たわる小鳥に投げかける心無い台詞 "He will not chirp again. It must be a pitiable lot to be born a bird. Heaven be praised that that will not befall any of my children ; a bird like this has nothing in the world but his tweet, tweet ! and so he has to die of hunger in the winter." に引かれている。

(9) 244頁と387頁の書き込みについては日本近代文学館館報第57号に報告がある。倉智「芥川龍之介読書年譜──英・露・独・北欧文学関係図書──」にはその他の書き込みも含めて報告がある。ただし、「「good」（241ページ）」とあるのは、242頁の誤りである。

(10) 「絵のない絵本」は、英訳版のほぼすべての版で、新婚初夜を思わせる第十一

夜が割愛されているという（荒俣宏「解説　アンデルセン生誕二百年の、ささやかな贈りもの」『アンデルセン童話集』下巻、文春文庫、2012）が、芥川の所有していた版では第十一夜も訳され、オリジナルと同じ全三十三夜構成である。

(11) 諸田京子「芥川龍之介「地獄変」論：ボオドレールの「英雄的な死」をめぐって」（『香椎潟』第40号、1995年3月）

(12) 芥川のボードレール受容に関しては、饗庭孝男『日本近代の世紀末』（文藝春秋社、1990）、小澤純「芥川龍之介「歯車」に宿るアーカイヴの病：日本近代文学館・山梨県立文学館・藤沢市文書館の所蔵資料を関連させて（『日本近代文学館年誌：資料探索』第14号、2019）などに詳しい。

(13) 邦訳には大久保寛訳『ピーターパンとウェンディ』（新潮文庫、2015）を用いた。

(14) このような統計的な研究については、木内やちよ・宝林和子・太田三郎編「芥川龍之介と外国作家の関係──統計的調査──」（『比較文学』1959・4）がある。そこでは芥川の作品や書簡に登場する作家名・書名を国別でカウントし、次のように報告されている。「フランス72人644回／イギリス61人434回／中国40人180回／ドイツ31人239回／ロシア19人328回／アメリカ16人176回／イタリア10人83回／ギリシア7人23回／アイルランド6人18回／その他22人218回」。

(15) 中野善夫「訳者あとがき」（フィオナ・マクラウド／ウィリアム・シャープ『夢のラウド　F・マクラウド／W・シャープ幻想小説』国書刊行会、2018）。以下、この段落は主として同「訳者あとがき」に拠っている。

(16) 初出は「一」が『新潮』1932年8月、「二」が『椎の木』1932年8月、「三」が『作品』1932年8月。該当部分の初出は『椎の木』。引用した部分には、初刊本『狐の手套』（野田書房、1936・3）に収録される際に、修正が施されている。引用は改定後の本文を底本とする『堀辰雄全集 第三巻』（筑摩書房、1977・11）に拠ったが、内容に関わる改訂は以下の通り。①初出「僕はこの頃、屢、数年前澄江堂の蔵書を整理してゐるうちに、」→全集「僕は、数年前澄江堂の蔵書を整理してゐるうちに、」。②初出「英訳本の巻末に見出した数行の書入れ」→全集「英訳本の余白に見出した数行の書入れ」、③初出「僕はいまハルトマンまで読んでみる気はしない」→全集「僕はいまバトラアまで読んで見る気はしない」、④初出「ハルトマンを頭に入れて帰つてきた」→「バトラアを頭に入れて帰つてきた」。このうち②の、「数行の書入れ」を見いだしたのが、英訳本の「巻末」から「余白」に改められているのは、堀辰雄が芥川旧蔵書を検め直したからとうかはわからないが、事実に即している。

(17) 剣持武彦「トルストイ『アンナ・カレーニナ』と島崎藤村『家』」(『近代の小説　比較文学の視点と方法』笠間書院、1975)
(18) 邦訳は木村浩訳『アンナ・カレーニナ（上）』(新潮文庫、1972)
(19) 芥川の蔵書印中、「我鬼」と読める印が二種類存在した。便宜上、「我鬼A」印、「我鬼B」印と呼ぶ。本書附録の書き入れ一覧の凡例に画像を掲載しているので、くわしくはそちらを参照されたい。
(20) この点について、高野順子氏より多くをご教示賜った。ここに御礼申し上げます。

第 2 章

芥川龍之介と卒業論文ウィリアム・モリス研究

旧蔵書への書き込みを手掛かりに

1 芥川龍之介の卒業論文ウィリアム・モリス論をめぐる問題点

　芥川龍之介は 1916（大正 5）年 7 月に、20 名中 2 番の成績で東京帝国大学英吉利文学科を卒業した。その際の卒業論文で取り上げたのがウィリアム・モリス（William Morris, 1834-1896）であった事実は広く知られている。しかし、帝大図書館に保管されていたはずの当の論文は、関東大震災の折に焼失している。また、その草稿が岩波書店編集部に存在していたようだが[1]、今は所在が分からなくなっているため、その全容を知ることは現在叶わない。

　芥川はウィリアム・モリスのどこに惹かれたのか。モリスはレオナルド・ダ・ヴィンチを想起させるような多芸多才な人物で、「高名な詩人、デザイナー、作家、印刷家、社会主義者、思想家であった」のみならず、「歴史・絵画・建築・彫刻・北欧神話にも造詣が深かった」（名古忠行『イギリス思想叢書 11 ウィリアム・モリス』研究社、2004・6）人物である。その活躍ぶりから、彼が亡くなった際には「モリスの死因は、彼がモリスであったこと」（同）と言われた。現在では、機械による量産ではなく手仕事を尊重するアーツ・アンド・クラフツ運動の主導者や、壁紙やインテリアのデザイナーとしての印象が強いモリスだが、芥川の関心の在り処を探ろうとする先行論は、その手掛かりの少なさも相まってか、膨大な量の芥川研究中にあって甚だ僅少である。各論については適宜触れることとしたいが、それらの論は、藤井貴志「芥川龍之介と W・モリス『News from Nowhere』──モリス受容を媒介とした〈美学イデオロギー〉分析──」（『日本近代文学』2006・5）の言を借りれば、現物が焼失しているがために「灰塵を弄び、自らの欲

望を投射しつつ思いのままにその虚像を構築」しようとする嫌いがある。また論の中心が、芥川晩年の作「河童」(『改造』、1927・3) と、社会主義のプロパガンダとして書かれたモリスの小説『ユートピアだより (*News from Nowhere*)』の連関へ傾きがちである。卒論の現物がない上に、モリスに関する芥川の発言が殆と残っていないのがその一因と考えらえるが、本章では芥川が所持していたモリス関連書籍への書き込みを新たな手掛かりとして提出し、芥川が読んだモリス像についていま一度漸近してみたいと思う。

2　卒論提出までの経緯

現存する資料の中で、芥川のモリスへの最初の言及は 1914 (大正 3) 年 8 月 30 日付け井川恭宛ての長い書簡中に見出せる。

> 僕は卒業論文に W. Morris をかかうと思つてゐるんで本をとりよせたいんだが戦争でお断りを食つてる　前にたのんだ本も来るか来ないかわからないさうだ　何より之が悲観だ　事によるとプリラフアエライトムーブメント全体にするかもわからないが

卒業論文のテーマにモリスを選ぶつもりだが、第一次世界大戦の煽りで、モリス関連書籍が思うように手に入れられず、モリスもその構成員であったラファエル前派にテーマを広げる可能性を示唆している。この手紙は 1914 年 8 月 30 日付けであり、卒業論文の実際の提出は 1916 年 4 月末なので、締め切りの約 1 年 8 ヶ月以前から卒業論文の準備に取り掛かっていたことが分かる。

この手紙から約 1 年 3 ヶ月後、卒論提出の約 5 ヶ月前にあたる、1915 年 12 月 3 日井川宛書簡では、更に具体的な記述が成されている。

> 兎に角いろんな事がしたいのでよはる　論文をかく為によむ本ばかりでも可成ある (テキストは別にしても) 題は W. M. as poet と云ふやうな事にして Poems の中に Morris の全精神生活を辿つて行かうと云ふのだ

が何だかうまく行きさうもない
　僕はすべてのPersonal studyはそのGegenstandになる人格の行為とか言辞とかを思想とか感情とかにreduceする事によつて始まると思ふ云はゞ外面的事象の内面化だ　その上でそれにある統一を作つて個々の事実を或纏つた有機体的なものにむすびつける　その統一を何によつてつくるかがさし当りの問題だが

　芥川は「Gegenstand〔論者註・対象〕になる人格の行為とか言辞」といった「外面的事象」に注目し、それを「思想とか感情とかにreduce〔還元〕」する、即ち「内面化」することから出発し、「ある統一」でもって「個々の事実を或纏つた有機体的なものにむすびつけ」ようと試みている。つまりはモリスの「Poemsの中にMorrisの全精神生活を辿」ろうというのである。ここで、芥川が「W. M. as poet」、〈詩人としてのモリス〉に注目していたことがわかる。しかし、この時点で実際に研究に着手していたかは疑問が残る。何故ならこの書簡の冒頭で、芥川は次のように卒業論文の展望を語っているからである。

　この手紙をかくのが大へんおくれた　それはさしせまつた仕事があつたからだ　仕事と云つても論文ではない　論文は一月の一日から手をつけて三月の末までに拵へて四月一杯で清書する予定になつてゐる　まだTextの来ないのがあつて弱つてゐる

　つまり、この手紙を書いている段階では、ぼんやりとした青写真を抱いていただけだったのであろう。しかし、卒論の執筆は芥川の思惑通りにすんなりとは進まない。論文着手を目論んでいた年明けから、芥川は多忙を極める。第四次『新思潮』発足の資金づくりの為に、同人たちと共訳でロマン・ロラン『トルストイ』を訳し（成瀬正一訳名義で1916年3月に新潮社より出版）、『新思潮』に載せる「鼻」（『新思潮』1916・2）、「孤独地獄」（『新思潮』1916・4）の原稿を執筆したのに加え、塚本文との縁談、趣味の読書や美術鑑賞等と多忙な日々を送っていた。卒業論文の内容にこそ踏み込まない

が、井川恭に宛てた手紙には「論文と原稿とが忙しかつたので大へん御ぶさたした」（1916年3月11日付け）、「論文で多忙」（1916年3月24日付け）、「本をよむ事とかく事とが（論文も）一日の大部分をしめてゐる　ねてもそんな夢ばかり見る（中略）論文をかきあげたらどこかへ行きたい　それまでは駄目」（同）、「僕は非常に多忙だ　せつぱつまつてかき出した論文の進歩が遅くてよはりきつてゐる（中略）何しろ半分死んだ気になつてかいてゐる　いくらかいても百頁にならない論文くらいいやなものはないと思ふ」（1916・4〔年月推定〕）といった文面が見出せる。

　久米正雄「隠れたる一中節の天才」（『新潮』1917・10）は、当時の芥川の様子を「書き始めは William Morris, as Man and Artist だったが、十日ほど過ぎて会ふと、as a Poet に縮小し、その五日ほど後になつたら Young Morris と益々退却してゐた、成瀬たちと僕らはよく芥川のこの軍備縮小を笑って Morris in teen から、よく Morris as an infant まで退却しなかったものだと云ったものだ」と揶揄的に記している。『英語青年』（1916・6・15）の「（東京）帝大英文科卒業論文題目」の欄を見ると、芥川の卒業論文の題目は最終的に「'Young Morris'」に落ち着いたようである。

　座談会「芥川龍之介研究」（『明治大正文豪研究』新潮社、1936・9）で、久米は同趣旨のことを述べている。以下が上司小剣に促されて、芥川の卒論に言及した箇所である（下線は引用者、引用内の括弧は原文ママ）。

　　久米。初めはウキリアム・モリスの<u>詩人としてのモリス</u>からやり出したのです。<u>それから社会改良家としてのモリスに及び、全体のモリスの研究をやる積りだつた</u>が、段々時間がなくなつてしまつて……。
　　上司。むろん、モリスはアナアキズムの詩人だから。
　　久米。まあ、アナアキスチックの思想から見たものと──あの時分上司さん頻りにユートピア物を書いて居られたけれども、しかし<u>彼の研究そのものはどつちかといへばアズ・ザ・ポーエットとして──エスシエイティックの、美的な社会改造家としてばかり考へて居つた</u>。
　　上司。それは、そうでせうね。
　　久米。段々論文が縮小して来るので、僕は外にも書いて置いたけれど、

一番しまひには――大学で一番先へ出した時はウヰリアム・モリス・アズ・マン・ザ・アーテスト（人及び藝術家としてのモリス）それからアズ・ザ・ポーエット、それから<u>ヤング・モリス（若き日のモリス）といふ題で芥川が美文的な伝記を書いて</u>、研究といつたらいゝか、研究も勿論あるけれども、<u>美文的な文章で、ヤング・モリスといふ題で大学へ出した</u>。僕等ウヰリアム・モリス・イン・ヂズ・モリス（重大なモリス）_{原文ママ} _{原文ママ}となりやしないかと冷やかしたりしたものです。

　最後の「ウヰリアム・モリス・イン・ヂズ・モリス（重大なモリス）」は十代のモリスの誤記と考えられるが、芥川の卒論の内容について「隠れたる一中節の天才」より更に踏み込んだ発言がなされている。芥川がモリスを「アナアキスチックの思想」主義者ではなく、「アズ・ザ・ポーエットとして――エスシエイテイク〔aesthetic 審美的な〕の、美的な社会改造家」として捉えていたこと、「美文的な伝記」のようなものであったことが証言されている。
　この社会主義思想家としてのモリスを退け、詩人としてモリスを捉えようとする姿勢は、晩年の芥川の手紙からも読み取ることが出来る。大熊信行が上梓した『社会思想家としてのラスキンとモリス』（新潮社、1927・2）について、御礼と感想を述べる手紙（大熊信行宛て、1927年2月17日付け）で、芥川はモリスを「詩人、兼小説家兼画家兼工芸美術家兼社会主義者として立てるモリス」と記している。「詩人」と「兼小説家兼画家兼工芸美術家兼社会主義者」との間に付されたこの「、〔読点〕」は看過すべきではない。更に芥川は続けて「老年のモリスの社会主義運動に加はり、いろいろ不快な目に遭ひし事は如何にも人生落莫の感有之候。（そは勿論高著の問題外に属し候へども。）小生は詩人モリス、――殊に Love is Enough の詩人モリスの心事を忖度し、同情する所少なからず、モリスは便宜上の国家社会主義者たるのみならず、便宜上の共産主義者たりしを思ふこと屢々に御座候。以上」と記して、手紙を結んでいる。
　この書簡は卒論執筆の十年以上後のものであるから、そのまま卒業論文の内容に適用できないが、先の久米の証言と考えあわせると、芥川の眼に映じ

たのは「便宜上の国家社会主義者」でも「便宜上の共産主義者」でもなく、「詩人モリス」であったのではなかろうか。その「詩人モリス」について、芥川はどのように受け取っていたのか。次節以降で、芥川と「詩人モリス」の関わりについて考えていきたい。

3　詩人モリス

　現在では、モリスの画家や詩人としての印象は薄く、アーツ・アンド・クラフト運動やデザイナー、共産主義者としての印象が強い。それでは、芥川が卒業論文に取り組んだ大正初期においては、どうだったのか。

　富田文雄編「日本モリス文献目録」(モリス生誕百年記念協会『モリス記念論集』川瀬書店、1934・10)に拠れば、日本にモリスを紹介したものとしてはまず、渋江保『英国文学史』(博文館、1891・11)が挙げられ、「第四篇　近世の生活　第二章最近の著述家」なる章に詩人「ウヰリアム・モーリス、(一八三四年生)」の名が見出せる。続いて、『早稲田文学』第26号 (1892・10・30) の海外文学欄「未来の英国勅選詩宗は誰ぞ」の項で、「ウヰリヤム・モリスは一種の微妙なる歌人にして彼れが一流に於ては真成の詩家たるに恥ぢざるものなりしかれども彼れが社会的民主党の一人なることは人も知りみづからも屡々公言せり彼れもまた恐らく宮廷に入ることを得ざるならん」と紹介されているものが、もっとも早い部類に数えられる。モリスが亡くなった際には、『帝国文学』(1895・12) の雑録で島文次郎 (「B. S.」名義) が「ウキリヤム、モリス」と題してモリスの業績を報じ、『国民之友』(1896・1・9及び1・16) には「詩人ウイリアム・モリス」(上、下) という追悼記事が出されている。その後も、上田敏『文藝論集』(春陽堂、1901・12) で「近世の三詩伯」としてラファエル前派である「モリス、ロゼッテイ、スウインバーン」が詩人として論じられ、各種文学史に採り上げられた他、島村抱月『滞欧文談』(春陽堂、1906・7) や夏目漱石『文学論』(大倉書店、1907・5) でも言及されている。また、小泉八雲 (Lafcadio Hearn) の講義録である *Appreciations of Poetry* (NewYork, 1916)[2] を見ると「William Morris」の章が設けられ、1896年から1902年にかけて八雲が東京帝国大学英吉利文

学科の講義で、モリスの詩を取り上げたことがわかる。芥川の卒論執筆時期に近いものを見ても、厨川白村[(3)]『近代文学十講』（大日本図書株式会社、1912・3）や、芥川と親交があった山宮允が訳したイェーツ『善悪の観念』（東雲堂、1915・3）で詩人モリスが論じられるなど、大正初期の日本においてモリスの詩人という側面は充分に伝わっていたと考えられる。

　一方、モリスの社会思想に関しては、大正デモクラシーの興隆と共に盛んに紹介されるようになる。富田文雄「文献より見たる日本に於けるモリス」（前掲『モリス記念論集』）は、日本に於けるモリス受容の傾向を分析し、「世界に於けるかのデモクラシー思潮氾濫の波」が押し寄せたことで、「何れの方面を見てみても時代から見て大正時代の後半に於て最も盛に紹介された」とする。それから「日本に於てはモリスの社会思想に関連した方面の紹介が最も盛に行はれたこと、次が文学方面であるがこれとても思想上の取扱ひが主となつてゐる様」だと見解を述べている。そして、その思想を喧伝する作品として中心にあったものこそ、ユートピア小説 *News from Nowhere* に他ならない。つまり、大正時代の後期にはモリスの詩人としての側面は注目されなくなり、代わりに *News from Nowhere* を著した共産主義者、民衆芸術運動家としてのモリス像が形成されてゆくのである。

　これまで芥川のモリス受容について、社会主義思想に引き寄せて把握しようとする動きがあるのは、座談会「芥川龍之介研究」（前掲）での上司小剣の発言からも読み取れたが、そうした理解は現在まで続いているように思われる。たとえば、安藤一郎が「唯美主義と社会主義思想の両方をもっているの」に惹かれた（五島茂・安藤一郎の対談、附録「人間と自然の美しさ」、『世界の名著41　ラスキン・モリス』中央公論社、1971・3）としたのを始め、窪川鶴次郎「芥川の思想について」（『國文学』1957・3）の「モリス研究にいたる道すじは、芥川の人生的思想における人道主義思想を社会主義から切りはなして考えることのできぬことを明らかにしている」という発言、松澤信祐「芥川とウィリアム・モリス」（『新時代の芥川龍之介』洋々社、1999・11）の「芥川が、詩人としてのモリスに魅力を感じ影響を受けたと同時に、社会主義者としてのモリスの思想や文学にも魅力を感じ影響を受けていたはず」といった見解は、大正後期以降に形成されたモリス像からの逆照

射と考えられる。News from Nowhere を中心に、芥川のモリス受容を読み解こうとする姿勢も、同様の陥穽に陥っていよう[(4)]。

では、詩人モリスから思想家モリスへの移行は、どのように形成されたのだろうか。その嚆矢として、本間久雄「生活の芸術化・芸術の生活化」(『新小説』、1917・5)が挙げられる。その冒頭部分、

> ウイリアム・モリスはこゝに改めていふまでもなく、主としてかのロセテやバアンジヨオンスなどのラフアエル前派の詩人・芸術家として夙に我が国にも知られてゐた。しかし、彼れの芸術家としての特色は、彼れが「社会主義・その発達と効果」の著者である一個熱烈な社会主義者であるところにあつた。言葉を換へていへば社会主義の立場から芸術を解釈して、芸術と民衆生活との関係を明かにしたところにあつた。

という発言は、上述のごとき文脈で発せられている。この本間の「生活の芸術化・芸術の生活化」論に対して、芥川は「あの新小説で、本間久雄の評論（モリス論）をよんで悲観しちまつた　ああなつちや救はれない。救はれない以上に気の毒でしようがない」(1917年5月7日付け松岡譲宛て書簡)と反駁を加えている。「芥川が過剰に反応し消去せずにいられなかったのは、〈詩人〉の抑圧と引き換えにモリスを政治的読解の下に領略するこの種の言説だった」とする藤井貴志（前掲「芥川龍之介とW・モリス『News from Nowhere』」）の主張は首肯できる。もちろん芥川が「Morris の全精神生活を辿」ろうとした以上、久米の証言にもある通り「社会改造家」としてのモリスに一定の注意を払っていたであろうが、総合的に考えれば、モリスの本質を社会主義者ではなく、aesthetic の詩人として捉えようとする芥川の姿勢が窺われよう。

芥川が読んだ詩人モリスはどのようなものだったのか。芥川と詩人モリスについて考察したものとして、島田謹二「『傀儡師』前後のイギリス的・ロシア的材源」(『日本における外国文学（上）』第3章、朝日新聞社、1975・12)がある。芥川の卒論について「詩人としてのモリスをよく読」み、「初期のもの、それからいくらかあとのものを含めて『地上楽園』へんまでが、

芥川の取り扱った卒業論文の主題であった」と推測し、島田自身の学生時代の経験から「かれはあんまりたくさん読んでいなかった」、「読んでも必ずしもよくわからなかった」と推断している。また、その影響については「散文でもって詩を書く」ことであり、「散文の詩人モリス」から「中世趣味」の手口あるいは取り扱い方を学んだとして、モリスの詩が平安朝ものの淵源であるとした。また「偸盗」(『中央公論』1917・4・7) が、モリスの代表詩集『地上楽園 The Earthly Paradise』中で最も有名な詩 "The Lovers of Gudrun"(「グードルンの恋人たち」) の翻案であるとし、その翻案ぶりを指摘している。島田論はその根拠の薄さから、しばしば批判にさらされてきたが、次節以降で、日本近代文学館に所蔵されている芥川のモリス関連書籍を手掛かりに、芥川の研究ぶりを明らかにしたい。

4　モリス関連書籍を手掛かりに

第1章で述べたように、日本近代文学館には芥川龍之介の旧蔵書が所蔵されているが、その中にあるウィリアム・モリスの著作は以下の8冊。モリスの代表作 The Earthly Paradise (London, Longmans, 1905) 全四巻、初期詩集 Poems by the Way & Love is Enough (London, Longmans, 1912)、初期作品集 Prose and Poetry (1856–1870) (London, Oxford University, 1913)、小説 The Story of Glittering Plain or the Land of Living Men (Pocket Edition 版, London, Longmans, 1913)、そして『ユートピアだより』News from Nowhere or an Epoch of Rest (Pocket Edition 版, London, Longmans, 1914) である。このうち The Story of Glittering Plain (『輝く平原の物語』) には最終頁に「April 19th '15 Tabata」という書き込みがあった。読了日と考えられる。また日本近代文学館『日本近代文学館所蔵資料目録2　芥川龍之介文庫目録』(1977・7) には News from Nowhere に「なんらかの書き込み」があった印がついており、これが芥川の愛読書だった根拠の一つにされるが、表見返しに「R. Akutagawa」という書き込みがあるだけだった。その他の書籍に関しては随時報告する。

島田謹二は芥川や周囲の証言から「芥川がどんなふうに、どのへんまで読

んだかは推定がつくつもりです。つまり、詩人としてのモリスをよく読んだ．．．．．．．．．．．．．．
ということだろうと思います。詩人としてのモリスは、要するに初期のもの、それからいくらかあとのものを含めて『地上楽園』へんまでが、芥川の取り扱った卒業論文の主題であったといふうに、私は推定」すると述べている（傍点ママ）。芥川が持っていたモリスの詩集が *The Earthly Paradise*、*Poems by the Way & Love is Enough*、*Prose and Poetry*（*1856-1870*）の三タイトルであることは、これを裏付けている。*Poems by the Way & Love is Enough* の中の "Poems by the Way"（1891）は晩年に発表された詩集だが、*Prose and Poetry*（*1856-1870*）には、モリスの処女詩集 "The Defence of Guenevere"（1858）と、成功を収めた第二詩集 "The Life and Death of Jason"（1867）が含まれ、"The Earthly Paradise" は 1868-70 年、"Love is Enough" は 1873 年に出版されている。

　旧蔵書中の J. W. Mackail による伝記 *The Life of William Morris* の目次には、第一章「Walthamstow, Woodford, and Marlborough : 1834-1852」の「1834」の下に黒鉛筆の二重線、第 4 章「Red Lion Square : The Oxford Union : The Defence of Guenevere : 1857-1859」の「1859」の下に同じく黒鉛筆の二重線が引かれ、芥川が年代を気にしていた様子が見て取れる。第 11 章の「The Society for Protection of Ancient Buildings : The Easton Question Association : Period of Textiles : 1877-1878」の「1878」にも黒いインクの太めの下線が引かれており、卒業論文の Young Morris という題目を考えると、短く見積もって 1859 年まで、長く見積もると 1878 年頃までが射程範囲だったのではないか。詩集で言えば、短く見積もると "The Defence of Guenevere" のみ、後者だと "The Life and Death of Jason"、"The Earthly Paradise"、"Love is Enough" までが射程に入ることになる。

　さて、実際芥川はどれほどそれらを読み込んでいたのか。島田は「かれ〔註・芥川〕はあまりたくさん読んでいなかった。これは私自身の卒業論文のときの体験を踏まえてわかるのであります。これがまず第一の事実。第二は、読んで必ずしもよくわからなかった。これも私の体験から割り出した事実であります。それではたくさん読んでないとすると、読んだものは何か？ 今まではネガティヴな点で芥川の読み方を推定しましたが、ポジティヴにか

れ流の読み方の特色を推定してみると、私はごく有名なものはきっと読んでいたという意見であります」(傍点ママ) とした。その「ごく有名なもの」として The Earthly Paradise の「グードルンの恋人たち」を挙げ、「偸盗」と比較する。

　芥川の所持していた The Earthly Paradise はアンカット本であり、本の状態から、芥川が読んだものと読んでないものがわかる[5]。本の状態を確認したところ、非常に多くの箇所が未裁断のままだった。島田の「あまりたくさん読んでいなかった」という推測は、この The Earthly Paradise に関しては当たっていたことになるが、裁断されていない詩の中には島田が挙げた「グードルンの恋人たち」も含まれている。

　未裁断の箇所があり、通読できない状態にあったのは以下の14作品である。"The Proud King"、"The Story of Cupid and Psyche"、"The Love of Alcestis"、"The Lady of the Land"、"The Son of Croesus"、"The Watching of the Falcon"、"Pygmalion and the Image"、"Ogier the Dane"、"The Land East of the Sun"、"The Story of Rhodope"、"The Lovers of Gudrun"、"The Fostering of Aslaug"、"Bellerophon at Argos"、"Bellerophon in Lycia"[6]。The Earthly Paradise には "Prologue" を含めて、全部で25篇の物語詩があるが、その大半が読まれていない状態であった。

　反対に通読できる状態だったのは、Vol.1では Prologue の "The Wanderers"、"Atlanta's Race"、"The Man Born to be King"、"The Doom of King's Acrisius" の4作品、Vol.2では "The Writing on the Image" の1作品、Vol.3では "The Death of Paris"、"The Story of Acontius and Cydippe"、"The Man Who Never Laughed Again" の3作品、Vol.4は "The Golden Apples"、"The Ring Given to Venus"、"The Hill of Venus" の3作品の計11作品である。これらに関しては芥川が通読した可能性がある。

　何らかの書き込みがあった作品は "The Wanderers"、"The Land East of The Sun and West of the Moon"、"The Hill of Venus" の3作品である。このうち "The Land East of The Sun and West of the Moon" は後半に未裁断の箇所がある為、中途で読み止めたと推測できる[7]。

　また Poems by the Way & Love is Enough もアンカット本であり、未裁断の部

分があった。裁断されていない箇所は"Love is Enough"（223頁以降）に集中しており、本書を芥川が通読していなかったことは明白である[8]。以上から、芥川の卒業論文の射程は *The Earthly Paradise* までとする島田論は妥当と言えよう。なお、本書への書き込みについては後述する。

最後に *Prose and Poetry（1856–1870）* だが、製本されているため本の状態からは読書状況がわからない。代わりに幾つかの作品に、線やカギ括弧などが書き込まれていた。書き込みがあった作品は小説 "The Hollow Land" と、詩作 "The Defence of Guenevere"、"The Chapel in Lyoness"、"Sir Peter Harpdon's End" である。

以上のような旧蔵書の状態から、芥川がモリスの詩作に注目しながらも、網羅的に読んでいなかった様子が浮かび上がってくる。とはいえ、卒業論文で詩人モリスを取り上げた以上、芥川は彼の詩に一定の魅力を覚えていた筈である。では、芥川はモリスの詩のどのような部分に惹かれていたのだろうか。以下、旧蔵書のモリス作品で線が引かれている箇所をいくつか見てみよう（以下、線は書き込みを再現したもの）。

["Prologue" *The Earthly Paradise* Vol.1 p.10, ll.1–4：赤ペン下線]
　It was a bright September afternoon,
　The parched-up beech trees would be yellowing soon;
　The yellow flowers grown deeper with the sun
　Were letting fall their petals one by one;

["The Land East of the Sun and West of the Moon"
The Earthly Paradise Vol.3 p.45, ll.1–9：黒鉛筆、左脇に縦線]
　Nigher than where her unkissed feet
　Had kissed the clover-blossoms sweet,
　The snowy swan-skin lay cast down.
　His heart thought, "She will get her gone
　E'en as she came, unless I take
　This snow-white thing for her sweet sake;

Then whether death or life shall be,
She needs must speak one word to me
Before I die."

[*"The Hill of Venus"* *The Earthly Paradise Vol.4*　p.370, l.6：赤ペン下線]

But the third thought at last, unnamed for long,
Bloomed, a weak flower of hope within his heart;
And by its side unrest grew bitter strong,
And, though his lips said not the word, "Depart;"
Yet would he murmur: "Hopeless fair thou art!
Is there no love amid earth's sorrowing folk?"
So glared the dreadful dawn–and thus it broke.—

[同前 p.375, ll.8–10：赤ペン下線]

Again he looked about: the sun was bright,
And leafless were the trees of that lone place,
Last seen by him amid the storm's wild light;
He passed his hand across his haggard face,
And touched his brow; and therefrom did he raise,
Unwittingly, a strange-wrought golden crown,
Mingled with roses, faded now and brown.

["The Hollow Land" *Prose and Poetry* (1856–1870)
　　　　　　　　　　　　　　　p.131, ll.14–17：赤ペン下線]

'Queen Mary's crown was gold,
　King Joseph's crown was red,
But Jesus' crown was diamond
　That lit up all the bed
　　　　Mariae Virginis

［同前 p.136, ll.14–17：赤ペン下線］

……albeit the king feared somewhat, because every third man you met in the streets had <u>a blue cross on his shoulder, and some likeness of a lily, cut out or painted, stuck in his hat; and this blue cross and lily were the bearings of our house, called "De Liliis."</u>

［"The Chapel in Lyoness" *Prose and Poetry* (*1856–1870*)
　　　　　　　　　　　　　p.217, ll.1–4：黒鉛筆、右脇縦線］

Within the tress of her hair
　That shineth gloriously,
Thinly outspread in the clear air
　Against the jasper sea.

　引用した箇所から明らかなように、芥川はモリスの象徴的な賦彩に注目している。それは唯美主義を表明するラファエル前派全体の特徴ともいえるが、モリスの詩の鮮烈な色遣いに敏感に反応している様相は、芥川のモリス像を言い表すのに久米が「エスシエイテイック」という評語を使ったのとも符合する。芥川が詩人モリスのどこに惹かれていたのか、という問いの答えの一つとして、豊かな色彩を誇る詩人モリスをまずは挙げることができよう。

5　「MYSTERIOUS な話し」への興味

　次に、ラファエル前派運動全体の特徴から、もう一点考えたい。井川恭宛て書簡（1914年8月30日付け）で、芥川が「卒業論文に W. Morris をかかうと思つてゐる（中略）事によるとプリラフアエライト　ムーブメント全体にするかもわからないが」と述べていることについては、既に触れた。篠永佳代子（「芥川文学形成期の一問題――ウィリアム・モリス体験をめぐって――」『近代文学　研究と資料』1979・4）は、この書簡を手掛かりに、ラ

ファエル前派運動の絵画芸術にまで視野を広げ、「理想主義的でしかも美的世界を合せもつ」ラファエル前派の芸術が芥川に与えた影響の大きさを主張した。篠永の指摘の通り、モリスへの関心が、ラファエル前派との接触のなかで育まれた可能性は高く、1912年7月16日付け井川恭宛ての有名な書簡には次のようにある（下線は引用者）。

> <u>MYSTERIOUS な話しがあつたら教へてくれ給へ</u>　あの八百万の神々の軍馬の蹄のひゞく社の名もその時序にかいてよこしてくれ給へ　<u>ろせつちの詩集の序に彼は超自然な事のかいてある本は何でも耽読したと書いてある</u>　大に我意を得たと思ふ一笑　時々ろせちをよむ　<u>願くは此詩人のやうに純なる詩の三昧堺に生きたいと思ふ</u>　ADIEU

若き日の芥川が怪談を蒐集して「椒図志異」なるノートを作っていたことは有名だが、この「MYSTERIOUS な話し」への興味とラファエル前派のロセッティの詩は直結している。ここで言及されている「ろせつちの詩集」は、*The Poetical Works of Dante Gabriel Rosetti* (New York, Thomas Y. Crowell & Company) と考えられる。芥川旧蔵書にある本書の後ろ見返しには「一九一二年六月　芥川文庫」と書かれ、本文には多数の下線が引かれている。この本の、ロセッティの弟にあたるウィリアム・マイケル・ロセッティによって書かれた"Preface"の xxi 頁 28–32 行目には、

> Any writing about devils, spectres, or the supernatural generally, whether in poetry or in prose, had always a fascination for him; at one time, say 1844, his supreme delight was the blood-curdling romance of Maturin, *Melmoth the Wanderer.*
> （拙訳：詩にしろ散文にしろ、悪魔や幽霊、その他広く超常現象的なものに彼〔ロセッティ〕はいつも魅了されていた。かつて、たぶん1844年のことだが、彼はマチューリンが書いた血も凍るようなロマンス『放浪者メルモス』によって、至上の喜びを得たと述べていた）

という一文が見出せ、全体に赤鉛筆で下線が引かれている。*Melmoth the Wanderer* は、その題名からも察せられる通り、いわゆる「さまよえるユダヤ人」伝説を下敷きにした物語で、作者の Charles Robert Maturin（1782–1824）は、（直接の血縁関係にはないが）オスカー・ワイルドの大叔父に当たり、ワイルドの母 Lady Wilde（Speranza, 1821–1896）のおじ（Lady Wilde の母親の姉妹の夫）である。他にも序文中では、ロセッティの読書遍歴が記されている箇所に赤鉛筆で下線が付され[9]、ロセッティの詩自体にも大量の下線が引かれている[10]。

　この「MYSTERIOUS な話し」への興味は、芥川の卒論研究にも接続していたと思われる。例えば *The Earthly Paradise* 中、芥川が読んだ可能性のある "The Writing on the Image（木像上の彫文）" と "The Man Who Never Laughed Again（二度と笑わなかった男）" の梗概を述べると次のようなものである。前者は、ローマの街角に、「ここを打て」という言葉が右手に刻まれた不思議な木像が立っており、貧しい学者がその意味に気付き、真昼時にその手の影が地上に落ちた地点を夜になってひそかに掘り起こす。そこには地下へ下る螺旋階段があり、奥へ進んでいくとランプに照らされた大広間へ出る。上段の間には王や王妃が死んだ姿で座っており、そこから少し離れた所に一人の騎士の姿があった。学者は部屋に散らかっている宝を漁り、最後に床の上の宝玉を堀出そうとするが、その玉を掘り出すにしたがって、ランプを狙っていた騎士の弓が徐々に引かれる仕組みになっており、遂には矢が放たれ、ランプの光を失った学者は帰り道がわからなくなり、そのまま死に絶えることになる。『黄金伝説』と併せて度々芥川によって言及される『ゲスタ・ローマノールム』を典拠とした物語詩である。また、"The Man Who Never Laughed Again" は、元は富豪の子であったが今は落ちぶれた青年 Bharam の物語である。彼は古い知人に助けられ、とある家へ雇い入れられる。そこで罪を悔い悲しんでいる老人たちと暮らすが、その最後の一人が亡くなる際、なぜそれほど嘆き悲しんでいるのかを問う。老人は訳を語らず、鍵の掛かった扉を開けぬよう戒める。一度はこの誘惑を退けた Bharam だが、再び戻ってきて扉を開けてしまう。彼はその先にある美しい姫と出会い、結婚する運びになるが、その直前また或る扉を開けてはならぬと戒められる。彼は姫が

留守にしている間に、好奇心に負けてその扉を開ける。すると青年の危惧は杞憂だったらしく、部屋のテーブルにコップが置いてあるだけで変わった所はない。水を飲み干せば、思いもよらぬことが起こるという書きつけに促され、コップを飲み干すと、元の庭に戻る。しかし呪いで、Bharam はもはやその場所に安息を見出すことができず、死ぬまで各地を放浪しなければならない運命となる。この話には「杜子春」に通じる妙味があり、芥川の「MYSTERIOUS な話し」への興味を満たしたものと察せられる。

そもそもこの The Earthly Paradise は、三月から翌年二月までの十二カ月の物語で、各月に二つの物語が語られる。そのうち「十二篇がギリシア物語、残りの十二篇は、フランスとドイツのロマンスや北欧アイスランド・サガによって西ヨーロッパに流布している物語、また東洋の物語」(川端康雄・志田均・永江敦訳、フィリップ・ヘンダーソン『ウィリアム・モリス伝』晶文社、1990・3)である。時代はヨーロッパにおける黒死病時代であり、ノルウェーの船乗りたちが地上楽園を夢見て出航し、「彼らが聞いたこともないとある西方の地」(同)に到着する。そこには、古代ギリシアの民が古代の生活を保ったまま生き残っており、双方が互いの物語を知りたがる。そこで、月に二回ずつ、お互いの物語を語り合うこととなるのである。つまり、本編の二十四篇は、古今東西の伝説の再話であり、島田論や松澤論が芥川とモリスを重ねる所以であるが、それと同時に、芥川の「MYSTERIOUS な話し」への興味を引くものであっただろう。

さらに"The Hill of Venus(ウェヌスの丘)"の書き込みからは、芥川の趣味がより顕著に読み取れる。"The Hill of Venus"は二月の二番目の詩、つまり The Earthly Paradise の最後を飾る作品である。この詩はタンホイザー伝説を基に書かれている。主人公の Walter はウェヌスの丘に至り、幸福と歓喜の生活を送るが、放蕩生活に良心の呵責を覚え、ローマ法王のもとを訪れて、自分の罪を清めてもらおうとする。しかし法王は、お前に期待するのは、自分の枯れた杖に実や花がつくのを期待するのと同じぐらい望みが薄いとし、永久にウェヌスの丘に住むよう言い渡して Walter を拒絶する。Walter は失望し、ウェヌスの丘へ帰る。翌日、法王が庭園内を散歩し、Walter のことを悔いている場面から、この詩の最後まで、芥川は赤ペンで線を引いてい

る（p.402, l.5 から p.403, l.12 の文章脇）。

The sun was sunken now, the west was red,
And still the birds poured forth their melody,
A marvellous scent about him seemed to spread,
Mid strange new bliss the tears his eyes drew nigh;
He smiled and said; "Too old to weep am I;
Unless the very end be drawing near,
And unimagined sounds I soon shall hear.

 "And yet, before I die, I needs must go
Back to my house, and try if I may write,
For there are some things left for me to do,
Ere my face glow with that ineffable light."
He moved and stooped down for his staff; still bright
The sky was, as he cast his eyes adown,
And his hand sought the well-worn wood and brown.
With a great cry he sprang up; in his hand
He held against the sky a wondrous thing,
That might have been the bright archangel's wand,
Who brought to Mary that fair summoning;
For lo, in God's unfaltering timeless spring,
Summer, and autumn, had that dry rod been,
And from its barrenness the leaves sprang green,

And on its barrenness grew wondrous flowers,
That earth knew not; and on its barrenness
Hung the ripe fruit of heaven's unmeasured hours;
And with strange scent the soft dusk did it bless,
And glowed with fair light as earth's light grew less,—

Yea, and its gleam the old man's face did reach,
Too glad for smiles, or tears, or any speech.

Who seeth such things and liveth? That high-tide
The Pope was missed from throne and chapel-stall,
And when his frightened people sought him wide,
They found him lying by the garden wall,
Set out on that last pilgrimage of all,
Grasping his staff—"and surely," all folk said,
 "None ever saw such joy on visage dead."

　法王が脇に置いていた杖に再び手を伸ばそうとしたところ、杖から青葉が生え、花が咲きみだれる。この世のものでない美麗な花には、天国の無限の時が育んだ果実がなっている。神はWalterを許したのである。法王はそれを目撃し、何人もかつて見たことのないほどの喜びを顔に湛えて息絶えるのである。
　ここには「きりしとほろ上人伝」(『新小説』1919・3、5)や「じゅりあの・吉助」(『新小説』1919・9)、「往生絵巻」(『国粋』1921・4)といった芥川の作品と共通のモチーフがある。「きりしとほろ上人伝」では物語の最後に「えす・きりしと」と邂逅した主人公きりしとほろがこの世から姿を消し、その場に残された柳の太杖に赤い薔薇が咲き誇る。「じゅりあの・吉助」では「さんた・まりや姫」に恋い焦がれて死んだ「えす・きりすと様」を奉じる、じゅりあの・吉助が磔刑に処せられ、その口から一本の白百合が水々しく咲き出でる。「往生絵巻」では、阿弥陀仏との邂逅を一心に求めた五位の入道が餓死し、死骸の口から真っ白な蓮華が生える。どれも臨終に際して咲く花が神の許しや往生の証として登場する話であり、"The Hill of Venus"と共通している。勿論これらは、作品の直接的な典拠とされるJacobus de Voragine『黄金伝説』の「聖クリストファー伝」における杖がナツメヤシの樹になる描写、アナトール・フランスの「聖母の軽業師」に登場する、マリアを熱心に信奉した修道士が死んだ際に口から五本の薔薇が咲い

た逸話、『今昔物語集巻十九第十四』の「讃岐国多度群五位聞法師即出家語」で入道の口から美しい蓮の花が生えることに、それぞれ拠っていると考えられる。

とはいえ、"The Hill of Venus"の読書体験はこれらの創作に先立つ出来事である。さらに杖に青葉が芽吹き花咲く場面に傍線が書き込まれていたことは、芥川がこの場面に強く惹かれた証左であり、神の許しや往生の証への芥川の嗜好がすでにこの時に芽生えていたことを示している。言い換えれば「きりしとほろ上人伝」等の執筆に先立つ"The Hill of Venus"の読書体験は、単に芥川の「MYSTERIOUSな話し」への興味を満たしただけでなく、後の創作を支える雛型体験の一つだったとも言えよう。古今東西の伝説の再話を試みたモリスの詩は「MYSTERIOUSな話し」であっただけでなく、芥川の嗜好を研ぎすまし、後の作家活動にも少なくない影響を及ぼしていたと言える。

6　モリス研究を通して

モリス研究は、別の形でも芥川に強い影響力を持ったと考えられる。旧蔵書中にある H. A. Beers 著 *A History of English Romanticism in the Nineteenth Century* (New York, Holt, [Pref.1901]) の "Pre-Raphaelites" の章には「モリス論」、「ロセッテとモリスの相違点」、「モリスとスコット」等といった書き込みがあり、芥川が卒論作成に使用したと考えられる。この本の前巻にあたる *A History of English Romanticism in the Eighteenth Century* (New York, Holt, [Pref.1898]) の第一章には、興味深い書き込みがある。

"The Subject Defend" と題されたこの章では、著者が "Romanticism" という語の定義を試みている。その議論の変遷に丹念に下線が引かれている。主要なものだけを抜粋するが、初めに、

[p.2, ll.8-10：赤ペン下線]
Nevertheless a rough, working definition may be useful to start with. Romanticism, then, in the sense in which I shall commonly employ the word,

means the reproduction in modern art or literature of the life and thought of the Middle Ages. Some other elements will have to be added to this definition, and some modifications of it will suggest themselves from time to time.
（拙訳：だが、素朴で機能的な定義が議論を始める上では便利かもしれない。そこで、Romanticism という頻繁に使うであろう語について、中世の生活や思想を現代芸術ないし文学に再生させたものという意味で用いることにする。この定義に他の要素を付け足さなければいけないだろうし、時には自ずといくつかの修正も出てくるだろう）

と仮の定義が与えられる（下線は再現）。その後、romance の語源が「familiar 身近なもの」であることが示され、元はラテン方言の総称であり、17 世紀の後半から 18 世紀初めに Romantic という語が一般に浸透したと語誌が繙かれており、同様に下線や鍵括弧が付されている。次に、スタンダールの説が引かれる。

　　［p.10, ll.9–16：赤ペン下線、及び同 ll.13–15：黒鉛筆縦線］
　　……Pater quotes De Stendhal's say-
　　ing that all good art was romantic in its day.
　　　"Romanticism," says De Stendhal, "is the art of pre-
　　senting to the nations the literary works which, in the
　　actual state of their habits and beliefs, are capable of
　　giving them the greatest possible pleasure: classicism,
　　on the contrary, presents them with what gave the
　　greatest possible pleasure to their great grand-
　　fathers"　—a definition which is epigrammatic, if not
　　convincing.
　　（拙訳：ペイターはスタンダールの言を引用している。いわく、すべての優れた芸術がロマンティックなものであった。「ロマン主義とは国民に彼らの実際の習慣や信念に適った形で、可能な最大の喜びを与えう

る文芸上の作品を示す芸術である。反対に古典主義とは祖父の代に最大の喜びをもたらしたもののことである」とスタンダールは述べている。説得力があるとはいえないが、警句的な定義である。）

　［p.11, ll.1–3：黒鉛筆右脇縦線、p.11, ll.4–8 黒鉛筆右脇縦線］
　……De Stendhal (Henri Beyle) was a pioneer and a special pleader in the cause of French romanticism, and, in his use of the terms, romanticism stands for progress, liberty, originality, and the spirit of the future; classicism, for conservatism, authority, imitation, the spirit of the past. According to him, every good piece of romantic art is a classic in the making. Decried by the classicists of to-day, for its failure to observe traditions, it will be used by the classicists of the future as a pattern to which new artists must conform.
　（拙訳：スタンダールはフランスのロマン主義運動の先駆者であり、格別擁護者であったが、彼の用語の使い方においては、ロマン主義は進化を意味し、自由と、独創性と、未来の精神を表す言葉であった。彼に拠れば、ロマン主義芸術のすべての優れた作品は進行中の古典である。今日の古典主義者によって、伝統に沿っていないと非難されているところのものが、未来における古典主義者によって、新しい芸術家が従うべき様式として用いられることになるだろう。）

　後に、芥川は「僕と同時代の作家達は、より人間らしい忠直卿や俊寛僧都を描いて居る。然しそれらは、遅かれ早かれ「よりより人間らしい」忠直卿や俊寛僧都に改められるであらう」（「文藝雑談」、『文芸春秋』1927・1）と述べるが、それを先取りしたような議論が繰り広げられていることは興味深い。この章の中で、芥川がもっとも心惹かれたであろう部分は以下である。

［p.11, ll.23-24：赤ペン二重下線］
　Dr. Hedge himself finds the origin of romantic feeling in wonder and the sense of mystery. "The essence of romance," he writes, "is mystery"; and he enforces the point by noting the application of the word to scenery.
　（拙訳：ヘッジ博士自身はロマンティックな感情の起源は驚きの念とミステリー（不思議）の感覚にあるとしている。彼は「ロマンスの本質はミステリーである」とする。そして何よりも風景へのこの語の適用において、この点を強調している。）

　この部分は赤ペンで唯一、二重線が引かれており、芥川の興味を強く引いたものと考えられる。「ろせつちの詩集の序に彼は超自然な事のかいてある本は何でも耽読したと書いてある」ことを見つけて喜んだ芥川が、"The essence of romance," he writes, "is mystery" という一文を見つけて心躍らせたことは想像に難くない。勿論、芥川自身はロマン主義を表明したことはないが、「鼻」、「孤独地獄」、「羅生門」、「芋粥」と創作を重ねていく芥川にとって、卒業論文で作風の類似したモリスを研究したことは、創作を推し進めていく論理的な後ろ盾を得る行為でもあったのではないか。
　話題をモリスに戻すと、*A History of English Romanticism in the Nineteenth Century* の "Pre-Raphaelites" の章（pp.282–351）に「モリス論」(p.316, l.20 左脇・黒鉛筆)、「ロセッテとモリスの相違点」(p.318, l.7 左脇・黒鉛筆)、「モリスとスコット」(p.320, l.18 左脇・黒鉛筆) という書き込みがあることについては既に触れた。この章ではラファエル前派の詩人としてロセッティ、モリス、それからスウィンバーンが扱われている。書き込みや書籍の所持[11]、またラフカディオ・ハーンの講義録の状態[12]を見ると、芥川はロセッティとモリスだけでなく、スウィンバーンにも興味を寄せていたようである。井川恭宛て書簡（1914年8月30日付け）で、卒業論文の主題を「事によるとプリラファエライト　ムーブメント全体にするかもわからないが」と述べた時、おそらくロセッティだけでなくスウィンバーンの詩もその範囲に入っていたことであろう。
　さて、上記の書き込み以外にも、多数の線が引かれ、その勉強ぶりが窺え

るが、その中に芥川のモリス理解を示す重要な箇所がある。

[p.325, ll.2-13：黄色鉛筆右脇縦線、同 ll.15-16：黒鉛筆右脇縦線]
Morris' first volume, " The Defence of Guenevere and Other Poems," was put forth in 1858 (reprint in 1875);

"a book," says Saintsbury, "almost as much the herald or the second school of Victorian poetry as Tennyson's early work was of the first." " Many of the poems," wrote William Bell Scott, "represent the mediaeval spirit in a new way, not by a sentimental, nineteenth-century-revival mediaevalism, but they give a poetical sense of a barbaric age strongly and sharply real." These last words point at Tennyson. The first four pieces in the volume are on Arthurian subjects, but are wholly different in style and conception even from such poems as

" The Lady of Shalott " and " Sir Lancelot and Queen Guinevere." They are more mannerised, more in the spirit of Pre-Raphaelite art, than anything in Morris' later work. If the name-poem is put beside Tennyson's idyl " Guinevere " ; or " Sir Galahad, a Christmas Mystery," beside Tennyson's " Sir Galahad," the difference is striking. In place of the refined ethics and sentiment, and purely modern spiritual ideals which find a somewhat rhetorical expression in Tennyson, Morris endeavours to render the genuine Catholic mediaeval materialistic religious temper as it appears in Malory; where unquestioning belief, devotion, childish superstition, and the fear of hell coexist with fleshly love and hate — a passion of sin and a passion of repentance.

最初の詩集"The Defence of Guenevere and Other Poems"の分析が、テニスンと比較される形で展開されている。著者はWilliam Bell Scottの言を引きながら、モリスが19世紀の感傷的な復古趣味ではなく、新しい方法で中世の精神を表現しているとし、それは野蛮な時代において理想視されていた感性を力強く、そして鮮烈に描出したものであった、とする。それはテニスンが描いたような理想化された穏やかな中世ではなく、猛々しい中世だったというのである。

ここに、芥川の中学生時代の文章「義仲論」(『校友会雑誌』1910・2・10)との類似を見出すことは容易い。白井吉見「『木曾義仲』をめぐって」(『現代日本文学大系』1968・8)や伊豆俊彦「芥川文学の原点——初期文章の世界——」(『日本文学』1973・7)が明らかにしたように、「義仲論」には「野生の愛児」であり、「情熱の愛児」であり、「革命の健児」であり、「極めて大胆にして、しかも極めて性急」であった「義仲」像に対する憧憬が露骨なまでに描かれている。そこに、モリスの中世観と共鳴する芥川の資質が窺える。加えて、モリスの中世観として、ここで論じられている特徴は、そのまま芥川の『今昔物語』の鑑賞のあり方と繋がってはいないだろうか。

「今昔物語鑑賞」(『日本文学講座』第6巻、新潮社、1927・4)で、芥川は『今昔物語』の魅力として、「美しい生ま々々しさ」を挙げ、「この生ま々々しさは、本朝の部には一層野蛮に輝いてゐる。一層野蛮に？——僕はやつと『今昔物語』の本来の面目を発見した。『今昔物語』の芸術的生命は生ま々々しさだけには終つてゐない。それは紅毛人の言葉を借りれば、brutality（野性）の美しさである。或は優美とか華奢とかには最も縁の遠い美しさである」と述べている。『今昔物語』に心酔したのは、芥川本人の資質の問題が大きいと思われるが、モリス論の執筆は、彼に自身の方向性をより明確に自覚する契機となっていたのではないだろうか。

7　その他の書籍について

既述を除き、管見の限り、芥川の旧蔵書には以下のモリス関連書籍があった。

- J. W. Mackail 著 *The Life of William Morris Vol.I & II*（London, Longmans, 1912）
- A Clutton-Brock 著 *William Morris : His Work and Influence*（London, Williams, 1914）
- William Morris 訳 *Old French Romances*（London, Allen, 1914）
- H. Halliday Sparling 著 *The Kelmscott Press and William Morris Master-Craftsman*（London, Macmillan, 1924）
- Ford Madox Hueffer 著 *The Pre-Raphaelite Brotherhood ; A Critical Monograph*（London, Duckwoth,［n.d.］）

このうち、最後の *The Pre-Raphaelite Brotherhood* には「July 2nd '24」という日付の書き込みがあった。J. W. Mackail 著 *The Life of William Morris Vol.I* と A Clutton-Brock 著 *William Morris : His Work and Influence* にもそれぞれ書き込みがある。

William Morris : His Work and Influence では 25 頁 17-28 行目（"Introduction"）脇に黒インク縦線、48 頁 1-28 と 49 頁 8-15 行目（"The Influence of Rossetti"の章）脇にそれぞれ黒インク縦線、83 頁 14-17 行目（"Morris as a Romantic Poet"の章）脇に赤鉛筆縦線、84 頁 5-11 行目（同前）脇に赤鉛筆縦線がある。84 頁には他にも、縦線に向けて矢印が記され、上部余白に「This maybe compare with Tennyson」と黒ペンで書かれ、頁下余白には同じく黒ペンで「morris dreams the old-story」と書かれている。ここにはテニスンが中世の出来事を昔物語として描いたのに対し、モリスはアーサー王伝説の登場人物を生きた人間として捉えており、彼らについて書くにあたり、彼らの生きた世界も同時に創出しなければならなかったことが論述されている。また、197 頁 9-15 行目（"The Prose Romance"）脇にも黒ペンで縦線が引かれていた。

先の「美文的な伝記を書い」たという久米の証言から推測するに、実際の卒業論文で芥川が最も参考にしたのは J. W. Mackail の伝記 *The Life of William Morris Vol.I* だったのではないかと想像できる。多量の書き込み線が散見されるが、その多くは 40 頁までの部分に集中している[13]。年代で言えば

1853 年、モリス 20 歳前後の部分までで、読書家であった話やよく森を散歩していたなどの逸話が書かれている。もし仮に卒業論文の範囲がここまでであったとすれば、「書き始めは William Morris, as Man and Artist だったが、十日ほど過ぎて会ふと、as a Poet に縮小し、その五日ほど後になったら Young Morris と益々退却してゐた、成瀬たちと僕らはよく芥川のこの軍備縮小を笑って Morris in teen から、よく Morris as an infant まで退却しなかったものだと云ったものだ」(前掲「隠れたる一中節の天才」) という皮肉は芥川の卒業論文の現状を精確になぞった皮肉だったことになる。

ところで、大阪市立大学図書館にある新村出文庫には、加田哲二『ウヰリアム・モリス』(岩波書店、1924・4) が所蔵されている。その見返しに新村出が本書を落手した経緯が記されている。それに拠ると「一九二一年 (大正十年) 在英のをりおくればせにモーリスの工藝にあこがれて帰りし後いくたびかをりにふれて彼レの人物と□□とをたゝへしことぞ、昭和の二年 (一九二七) 夏高野山上の講演においてモーリスを説きしをり、知人の参考書に本書を薦めしが、下山して『書物の趣味』創刊号に光悦と□照しつつ、そのケルムスコット版をたたへたりしことあり、越えて二年、この四月東京にをりしをり、偶々菊池寛氏と、岩波茂雄氏と、故人芥川龍之介氏のモーリス研究の遺稿のことを質しことありしが、かゝる因縁にて岩波氏より加賀氏の本旧著を寄贈せらるゝこととなりぬ／昭和四年 (一九二九) 四月二十六日先批通忌の夜に／新村出」と書かれている。「故人芥川龍之介氏のモーリス研究の遺稿」とは芥川没後に岩波書店で全集が編まれた際に収録を見送った芥川の卒論の草稿 (本章註 (1) 参照) を指すと思われる。その返答として、加田哲二『ウヰリアム・モリス』が贈られたことになるが、この本の前半部は J. W. Mackail. *The Life of William Morris* の要約である。

既に本章で述べた通りこの *The Life of William Morris* こそ、芥川が卒論の種本として使ったと目される本である。芥川の親友である菊池寛と芥川の全集が編集された岩波書店の創始者であり社長である岩波茂雄は、その立場から、芥川の卒論草稿に当然目を通していたと考えられる。また岩波茂雄は同じく岩波書店から出版された加田の本のことを知っていたと考えられ、新村出に当書を送った経緯が推察されると共に、新村出の書き込みは、芥川の卒

論がJ. W. Mackail. *The Life of William Morris* に依拠していたと考える一つの有力な証拠となろう。この加田の本と芥川旧蔵にある *The Life of William Morris Vol.1* の傍線箇所を比べると、(偶然であろうが)傍線のあるほとんどの箇所が訳出されている。草稿がないため断定できないが、内容が酷似していたのであれば、全集に芥川の卒論草稿の掲載が見送りになったのは芥川の名誉の為であったとも推察される。

また、*The Life of William Morris* の第二巻には目立った書き込みは見当たらないが、わずかに索引部分に、「Keats, one of Morris' masters」と、ロセッティの項中の「extinction of Rossetti's artistic influence over Morris, 206」、「Tolstoi, L」の三箇所に下線が引かれており、芥川の関心を如実に映していて興味深い。芥川の旧蔵書中にある Lafcadio Hearn の *Appreciations of Poetry* (New York, Dodd, c1916) と Gilbert Keith Chesterton の *The Victorian Age in Literature* (London, Williams, [n.d.]) にも詩人としてのモリスへの言及が見出せるが、前者は発売が1916年であり、卒論執筆に役立てたか定かでないので取り扱わなかった(確認した範囲では、書き込みはなかった)。後者については大量の下線、書き込みが確認できたが、その中心は Browning についてであったため、今回は分析の対象としなかった。

8　失恋者、放浪者、そして一大橋梁としてのモリス

モリスが最初の妻ジェーンを巡ってロセッティとの間に三角関係を生じていたことは広く知られている。これは *The Earthly Paradise* 執筆時期にあたり、依然としてジェーンを愛していたモリスを捨てて、彼女はロセッティを選ぶ。松澤（前掲）が指摘するように「それは、ちょうど芥川が、初恋の人吉田弥生との不本意な離別、そして弥生が陸軍中尉金田一光男と結婚して去っていく時期（大正三、四年）の芥川の心境と重ねてみることができる」。晩年の大熊信行宛て書簡（前掲）にある「小生は詩人モリス、――殊に Love is Enough の詩人モリスの心事を忖度し、同情する所少からず」というのも、指摘がある通り、モリスの失恋を踏まえてなされているのであろう。"Love is Enough" は、*The Earthly Paradise* と同時期に創作されたモリス

の作品のタイトルである。この作品の梗概をごく簡単に述べると、夢の中で出会った愛する人を求めて、王がすべてを捨ててさすらいの旅に出るというものである。旧蔵書にある Poems by the Way & Love is Enough の "Love is Enough" の部分が通読できない状態であったことは既に述べたが、作品の冒頭近くにある詩は、芥川も目にしたことであろう。登場人物の一人「MUSIC」曰く、

> LOVE IS ENOUGH: though the World be a-waning
> And the woods have no voice but the voice of complainings,
> Though the sky be too dark for dim eyes to discover
> The gold-cups and daisies fair blooming thereunder,
> Though the hills be held shadows, and the sea a dark wonder,
> And this day draw a veil over all deeds passed over,
> Yet their hands shall not tremble, their feet shall not falter ;
> The void shall not weary, the fear shall not alter
> These lips and these eyes of the loved and the lover.
> (愛さえあれば足りぬべし。よもや世界は衰えて
> 森には嘆きの声の外、聞ゆる声はなしとても。
> 空の光はほの暗く、我等の眼には地上なる
> 万づの花は見えずとも。
> 丘は動かぬ翳、海はふかき謎となり
> 日が過日の行いを覆おうとも、
> 彼らの手はわななかず、足取りは躊躇うことを知らぬ。
> 虚ろな世にも怯えず、恐怖にも変えられぬ、
> 愛し、愛される二人の目と唇は[14]。)

愛さえあれば、万物がどれほど悲惨になっても恋人たちは乗り越えられる、という主旨が歌われている。この作品中、挿入歌の如く、「MUSIC」は「LOVE IS ENOUGH」という節から始まる詩を繰り返し詠み上げる。執拗なまでのその様は、モリスの悲鳴のようにも感じられ、芥川が「小生は詩人モ

リス、――殊に Love is Enough の詩人モリスの心事を忖度し、同情する所少なからず」と述べるのも肯ける。更に、同書の労働詩として有名な "The Message of the March Wind" の文章脇に赤ペンで縦線の書き込みがあった。当該箇所を見ると、

> For it beareth the message : "Rise up on the morrow
> And go on your ways toward the doubt and the strife;
> Join hope to our hope and blend sorrow with sorrow,
> And seek for men's love in the short days of life."
>
> But lo, the old inn, and the lights, and the fire,
> And the fiddler's old tune and the shuffling of feet ;
> Soon for us shall be quiet and rest and desire.
> And to-morrow's uprising to deeds shall be sweet.
> (風が言葉を送る。明日は起き出で
> 戦いと疑いの道に向かって雄々しく歩め
> 我らの希望と希望を合わせ、我等の悲哀に悲哀を混ぜ
> 短き生の日々の間に、人の愛をば求め行けかし。
>
> しかし見よ、古宿に、灯りと火が見える、
> ヴァイオリン弾きが懐かしき音を奏で、すり足で踊る。
> もうすぐ安穏と憩が得られ、欲求が満たされるだろう。
> そして明日の戦いはさぞ心地よかろう[15]）

　晩年の詩集 *Poems by the Way* の中でも有名な労働詩の一つである。闘いに疲れた男が人の愛を求める姿が描写されている。芥川の失恋の傷は時とともに癒えたに違いないが、芥川の中のモリスの姿は「Love is Enough の詩人」として記憶され続けたのではないだろうか。「老年のモリスの社会主義運動に加はり、いろいろ不快な目に遭ひし事は如何にも人生落莫の感有之候。（中略）小生は詩人モリス、――殊に Love is Enough の詩人モリスの心事を

忖度し、同情する所少なからず、モリスは便宜上の国家社会主義者たるのみならず、便宜上の共産主義者たりしを思ふこと屢々に御座候」という感傷的な言葉は読み返せば読み返す程に、モリスの作品の内幕に自身を仮託する芥川の姿が透けて見える。

　前述の通り、「グードルンの恋人たち」を熟読玩味したとする島田説は疑わしいが、『今昔物語』への芥川の眼差しとモリスの中世観は近いものであった。「グードルンの恋人たち」が「偸盗」の直接の典拠ではないにせよ、モリスの小説 "The Hollow Land" や "The Story of Glittering Plain" も愛と復讐の物語であり、「偸盗」との近似性が見られる。さらに、鈴木暁世「芥川龍之介「シング紹介」論」(『日本近代文学』2008・5、後に『越境する想像力』大阪大学出版会、2014・2 に収録) によって提出された芥川の「放浪者」への憧憬を併せて考えたとき、「偸盗」の他に、「芋粥」(『新小説』1916・9) もモリス作品の強い影響下にあったのではないかと考えられる。「偸盗」は「羅生門」(『帝国文学』1915・11) の続編のような形で一度構想されたが、行き詰まりを見せ、代わりに「芋粥」が執筆された経緯がある。主人公の五位は、貴重な芋粥を飽きるほど飲めると約束され、藤原利仁に連れられて敦賀への旅に連れだされる。この旅程が作品の半分近くを占めるが、モリスの作品もユートピアを主題にした作品が多いため、放浪の旅が執拗につづく。大量の芋粥が作られる利仁の館は、五位にとって一種のユートピアと捉えることもでき、その喪失が主題でもある。作品の発表時期からしても、モリスの諸作品との連関が問われる必要があろう。

　さて、本書では触れる余裕がなかったが、ウィリアム・モリスはカクストン訳『黄金伝説』の装幀者でケルムスコット・プレスから出版している。このケルムスコット・プレス版ではないが、芥川がカクストン訳『黄金伝説』を愛読し、種本としたことは遍く知られている所である。また、芥川の自著への拘りは、装幀家モリスからの影響も考える必要があろう。こうして考えてみると、モリスを卒業論文として選んだことは、多岐にわたって後年の芥川へ影響していることになる。芥川は、大熊宛て書簡で「詩人、兼小説家兼画家兼工芸美術家兼社会主義者として立てるモリスは前世紀後半の一大橋梁と存候」と記しているが、立ち戻ることは少なかったかもしれないにせよ、

モリスは芥川にとってまさに「一大橋梁」だったに違いない。

註

(1) 「芥川龍之介全集月報 第八号」(岩波書店、1929・2) の佐々木茂索「編纂余言」に「それから、大学卒業論文の草稿「ウヰリアム・モリス」は一旦組版までしたが、都合で除却した」とある。

(2) 芥川の旧蔵書にも確認できる。本章第 4 節でも取り上げている。

(3) 厨川白村に対する芥川の発言は幾つか散見される。海外に詩作に対して「僕に上田敏と厨川白村とを一丸にした語学の素養を与へたとしても、果して彼等の血肉を啖ひ得たかどうかは疑問である」(「僻見」、『女性改造』1924・3) とする発言や、1921 年 3 月 7 日付け恒藤恭宛て書簡「成瀬は洋行した 洋行さへすれば偉くなると思つてゐるのだ 厨川白村の論文なぞ仕方がないぢやないか こちらでは皆軽蔑している」がある。語学的素養は認めながら、学者としては尊敬していなかったようだ。後者で言及されている論文は、『象牙の塔を出て』(福永書店、1920・6) のことではないかと考えられるが、当書にもウィリアム・モリスについての言及がある。

(4) 李碩「芥川龍之介小説のジャンル研究：小説研究と歴史の関係について」(東京大学、博士論文 (学術)、12601 甲第 34392 号、2017) も同様の例と考えられる。

(5) 芥川がこの本以外で *The Earthly Paradise* を読んだ可能性は排除できない。しかし、例えば第 3 巻の目次の "The Land East of the Sun and West of the Moon (太陽の東、月の西)" の脇には、「Hagoromo」という書き込みがある。この "The Land East～" という物語詩は、父親の牧場が荒らされた犯人探しのために、三人兄弟が順に見張りに付き、兄二人は失敗するが、末弟の John が見張っていると、七羽の白鳥が飛んできて、その羽衣を脱いで美しい人間の姿になる。ジョンはそのうちの一人に心を奪われ、羽衣を盗んで帰れなくしてしまう、というふうに話が進む。これは冒頭部分の梗概に過ぎないが、いわゆる羽衣伝説の再話である。「Hagoromo」という書き込みは、芥川が "The Land East～" を読み進めて、羽衣伝説の再話であるという事実に気付いた際の書き込みと考えられる。つまり、芥川がこの本で "The Land East～" を初めて読んだことが推測される。

(6) 裁断されていない箇所の詳細は次の通り。まず Vol.1 の "The Proud King" は 313-316 頁分が未裁断。Vol.2 に移って "The Story of Cupid and Psyche" は 57-

60、73-76、77-80 頁、"The Love of Alcestis" は 137-140 頁、"The Lady of the Land" は 157-160、169-172 頁、"The Son of Croesus" は 185-188、189-192 頁、"The Watching of the Falcon" は 201-204、205-208 頁、"Pygmalion and the Image" は 249-252、253-256 頁、"Ogier the Dane" は 274-275、297-300 頁。Vol.3 では "The Land East of the Sun" は 89-92、137-140 頁、"The Story of Rhodope" の 285-288 頁、"The Lovers of Gudrun" の 329-332、333-336、425-428、429-432 頁。Vol.4 では 25-28 頁（25 頁が The Golden Apples の最後の頁、26-28 頁が December の序詞にあたる）、"The Fostering of Aslaug" の 29-32、41-44、45-48、57-60、61-64 頁、"Bellerophon at Argos" の 89-92、93-96、121-124、125-128、153-156、"Bellerophon in Lycia" の 253-256、281-284、285-288、297-300、301-304、313-316、329-332、333-336 頁が未裁断であった。

(7) 詳細は註（5）及び（6）を参照。

(8) "Love is Enough"（223-343 頁）の 241 頁より先は殆どが未裁断であった。未裁断の部分は 241-248、249-256、257-264、265-272、273-280、281-288、289-296、297-304、305-312、313-320、321-328、329-336、337-340、341-344 頁（344 頁は白紙）であった。

(9) "Preface" 中、赤鉛筆の下線があった箇所は、xix 頁 25 行目から xx 頁 22 行目までと、xx 頁 29 から同 31 行目までの二箇所。前者に挙げられている固有名詞を拾うと次の通り。Shakspeare、Walter Scatt、Byron、*The Bible* のうち特に "Job, Ecclesiastes, and the Apocalypse"、Shelley、Mrs. Browning、Dante の "Florentine"、Bailey's *Festus*、*Faust*、Victor Hugo、De Musset、Keats、Homer の "the Odyssey"、Tennyson、Edgar Poe、Coleridge、Blake、Charles Wells、*Stories after Nature*、Browning、とりわけ "Bells and Pomegranates"、"Paracelsus"、"Sordello" の名が挙げられている。後者には Malory's *Mort d'Arthur*（アーサー王伝説）と Chatterton の名前が見られる。

(10) まず "Contents（目次）" に多量の下線がある。"The Blessed Damozel"、"Troy Town"、"Eden Bower"、"The Staff and Scrip"、"Jenny"、"The Portrait"、"Sister Helen"、"The Card-Dealer"、"The Bride's Prelude"、"Sudden Light"、"The Woodspurge"、"The Honeysuckle"、"The Sea-Limits"、"Rose Mary, Part I"、"Rose Mary, Part II"、"Rose Mary, Part III"、"The White Ship"、"The King's Tragedy"、"The House of Life"、"The Cloud Confinies" である。重複するものが殆どだが、本文中に下線があったものは以下の通り。"The Blessed Damozel"、"Eden Bower"、"The Staff and Scrip"、"Jenny"、"The Portrait"、"Sister Helen"、"The Card-Dealer"、"Three Translations from Francois Villon" 中の "The Ballad of Dead Ladies" と "To Death, of his Lady"、"John of tours"、

"My father Close"、"Beauty"、"The Leaf"、"The Sea Limit"、"Rose Mary"、"The White Ship"、"The King's Tragedy" 中に赤鉛筆ないし赤ペンで下線が引かれている。詳しい箇所については、紙幅の都合上、省略する。

(11) 旧蔵書に見られる Swinburne の著書は、*Poems & Ballads Vol.I & Vol.II* (London, Heinemann, 1917)、*Selections from the Poetical Works* (New York, Crowell, c1884)、*Tristram of Lyonesse* (London, Heinemann, 1917) である。このうち、*Selections from the Poetical Works* に多量の下線が確認できる。

(12) 前掲 Appreciations of Poetry。アンカット本で袋とじがカットされているかどうかで、一読したかどうか推察される。William Morris、Rossetti に加え、Swinburne の詩について論じた章はすべてカットされ、読める状態になっていた。その他の章については、第3章第4節で詳述。

(13) 書き込みは以下の箇所にあった。p.2, l.24-p.3, l.2、p.3, ll.20-29、p.5, ll.22-24、p.6, l.31-p.7, l.14、p.7, l.28-p.8, l.13、p.8, l.16-p.9, l.9、p.10.ll.7-30、p.11, ll.7-30、p.11, ll.23-33、p.12, ll.12-24、p.13, l.24-p.14, l.4、p.17, ll.23-26、p.17, ll.29-35、p.26, ll.1-6、p.26, ll.14-16、p.27, ll.11-31、p.27, l.33-p.28, l.8、p.33, ll.14-25、p.33, ll.25-33、p.34, ll.15-29、p.36, l.15-p.37, l.20、p.36, ll.22-30、p.38, ll.17-33、p.39, ll.15-28、p.40, l.1-p.41, l.15、p.93, ll.9-15、p.138, ll.17-25、p.203, l.18-p.204, l.7、p.213, ll.3-15、p.223, ll.18-28（下線ない頁脇に縦線。ペン種は赤ペン、赤インク、黒鉛筆、黒インク等があった）。

(14) 前半四行は大槻憲二『研究社英米文学評伝叢書57 モリス』（研究社、1935・4）71頁にある抄訳を参照した。後半5行は拙訳。

(15) 前半四行は大槻憲二訳（註（15）掲載、118頁）。後半4行は拙訳。

第3章

芥川龍之介のバーナード・ショー受容について

受容遍歴・東京帝国大学時代・「西方の人」を中心に

1　先行研究

　日本近代文学館発行の『芥川龍之介文庫目録』(1977・7) によれば、芥川旧蔵書には、アイルランド出身の戯曲家バーナード・ショー (George Bernard Shaw, 1856-1950) の著作が29冊所蔵されており、これは作家別で見るとアナトール・フランスに次いで二番目に多い。

　また「芥川が彼の全著作においてどんな外国作家をとりあげているか、年代を追って統計をとっ」た調査報告「芥川龍之介と外国作家の関係」[1]では、「個人別に頻度数を見た場合の順位は、トルストイ（一四五）、ゲエテ（一〇三）、ポオ（九四）、ストリンドベルグ（七四）、イプセン（六七）、ツルゲネフ（六七）、フランス（六〇）、ショウ（五八）、ワイルド（五四）で」あると報告されている（下線は引用者による。以下同じ）。ショーに対する芥川の言及数は、順位こそ八番目だが、量からすればイプセンやツルゲーネフ、アナトール・フランス、ワイルドらと比べて遜色はない。

　吉田精一は、芥川の「人生観・歴史観などにはバアナアド・ショオやアナトオル・フランスの影響が多い」[2]と、ショーからの影響を早くから示唆した。しかし、その内実について詳細な研究は乏しく、確認できた範囲では、芥川がバーナード・ショーから社会思想やパラドックスを学んだと指摘した島田謹二の「芥川竜之介と英文学」（『研究叢書3　日本文学と英文学』教育出版、1973・2）と、英文学者の田久保浩氏が『芥川龍之介新辞典』（関口安義編、翰林書房、2003・12）に記した「ショー」の項目があるくらいである。

　そこで本章では、これまであまり注目されてこなかった、芥川のバーナード・ショー受容の在り方について改めて考えてみたい。

2　受容の時期について

　芥川はいつショーの著作に触れていたのか。まずはその受容時期について考察してみたい。ショーの名前、もしくは作品名が見られる芥川の著作、書簡等を挙げると表1の通りである。

　本来であれば、一つ一つ芥川の発言を精査に検討していくべきだが、今回は紙幅の都合上、省略した。ショーに関わる発言は芥川の東京帝国大学在籍時期（1913〜1916年）の前後から見え始め、1922年頃から頻繁になされるようになる。同様の傾向は、芥川の旧蔵書においても確認できる。保管されているショーの著作の発行年を見ると、出版年が不明な1冊を除き、1913年以前のものが9冊なのに対し、1917年が2冊、1918年、1919年発行のものがそれぞれ1冊、その他15冊[3]が1920年以降に出版されている。芥川が何時どの本を手に入れたか確定できないが、芥川のショーへの関心は東京帝国大学時代に生じ、1920年頃から再び復活したと推察される。

　さらに、旧蔵書に書き込まれている日付を見ると、以下のものが見られる。ショーの著作への書き込みは、倉智恒夫の「芥川龍之介読書年譜――英・露・独・北欧文学関係図書――」（『現代文学』1983・6）で既に報告されているが、今回、表2―⑤の書き込みを新たに発見した（【　】内が書き込み、日付昇順）。

　以上から、1914年以前には、読了を示す書き込みが計4箇所なのに対し、1919年に購入を示す書き込みが一箇所、1920年以降は読了を示す書き込みが7箇所あった。また、ショーの代表的評論である *The Quintessence of Ibsenism* (1891) をConstable, 1922年版で、同じく *The Perfect Wagnerite* (1898) をConstable, 1923年版で所持していたことなどからも、芥川が後年においてショーの作品に積極的に触れていたことが窺える。

　これらの事柄より、芥川のバーナード・ショーへの関心は東京帝国大学時代に一度昂じ、1920年頃から再び高まったと思われる。この二つの受容時期に質的な変化があったのか。以下ではこの問いを視野に入れつつ、まずは東京帝国大学時代のショー受容について触れる。

表1　ショーについての言及一覧

1. 1913年9月17日付、山本喜誉司宛て書簡
2. 1913年11月1日付、原善一郎宛て書簡
3. 1913年12月3日付、井川恭宛て書簡
　　言及作品名「悪魔の弟子」、「ウオーレン夫人の職業」
4. 1914年8月『新思潮』、「シング紹介」
5. 1916年10月『中央公論』、「手巾」
6. 1917年頃「「Lies in Scarlet」の言」（未定稿）
7. 1920年4月『人間』、「骨董羹」（「戯訓」）
8. 1921年3月『新潮』、「点心」（「日米関係」）
9. 1922年3月5日『東京日日マガジン』、「「菊池寛全集」の序」[(4)]
10. 1922年4月『新演芸』、「新富座の「一谷嫩軍記」」
11. 1922年頃「第一高等学校在学中（仮）」（未定稿）
12. 1923年11月『新潮』、「芭蕉雑記」（「三　自釈」）
13. 1923年11月『新潮』、「新潮合評会（二）」
14. 1923年頃「内容と形式」（講演メモ）
　　言及作品名 Arms and Men
15. 1924年3月『女性』、「金春会の「隅田川」」
16. 1924年3月『演劇新潮』、「小説の戯曲化」
17. 1924年10月『新潮』、「新潮合評会（四）」
18. 1924年11月4日『秋田魁新報』、「プロレタリア文学論」
19. 1925年2月『文藝春秋』、「侏儒の言葉」（「「紅翫関」を見て」）
　　言及作品名「人と超人と」
20. 1925年4月『文藝講座』、「文芸一般論」（「三　内容」）
　　言及作品名「イプセン主義の真髄」
21. 1925年4月 The Modern Series of English Literature Vol.4
　　言及作品名 The Dark Lady of the Sonnets
　　　　　　　"Cæsar and Cleopatra"
22. 1925年4月 The Modern Series of English Literature Vol.5
　　言及作品名 "Darwinism & Vitalism"[(5)]
23. 1925年4月29日頃[(6)]、「平田先生の翻訳」
24. 1925年5月『文芸講座』、「文芸一般論」（「余論」）
　　言及作品名 The Dark Lady of the Sonnets
25. 1927年1月『女性』、「彼　第二」
26. 1927年1月『文藝春秋』、「文芸雑談」
　　言及作品名「セント・ジョン」、「バック・トウ・メスウズラ」、
　　　　　　　「ハアト・ブレエク・ハウス」、「カンデイダ」
27. 1927年2月17日付、大熊信行宛て書簡
28. 1927年6月発表分『改造』、「文芸的な、余りに文芸的な」（「三十三　新感覚派」）
29. 1927年7月『文藝春秋』、「堺利彦・長谷川如是閑座談会」

30. 1927 年 8 月『改造』、「西方の人」(「27 イェルサレムへ」)
31. 1927 年 8 月『改造』、「文芸的な、余りに文芸的な」(「三十六　従軍記者」)
    言及作品名「医者のデイレンマ」
32. 1927 年 10 月『改造』、「或阿呆の一生」(「一　時代」)
33. 時期未詳（1919 年以降）[7]「危険思想」(未定稿)

表 2　芥川の旧蔵書に見られる日付の書き込み

① 【15th Nov '12】(1912 年 11 月 15 日)[8]
　Plays; Unpleasant
　　(*Plays; Pleasant and Unpleasant 1st Vol*, London, Constable, 1908)
② 【11ᵗʰ April 1913.】(1913 年 4 月 11 日)
　"Cæsar and Cleopatra"
　　(*Three Plays for Puritans*, London, Constable, 1908)
③ 【27ᵗʰ August 13'】(1913 年 8 月 27 日)[9]
　"The Devil's Disciple"
　　(*Three Plays for Puritans*, London, Constable, 1908)
④ 【1 Oct '14】(1914 年 10 月 1 日)[10]
　The Sanity of Art (London, Constable, 1911)
⑤ 【Bought at Nakanishiya Book seller's on the 11th April, 1919'】
　　(1919 年 4 月 11 日、Nakanishiya の本屋にて買う)
　How He Lied to her Husband
　　(*Dramatic Works No.14*, London, Constable, 1912)
⑥ 【17th Oct 1920】(1920 年 10 月 17 日)
　The Doctor's Dilemma
　　(*Dramatic Works No.16*, London, Constable, 1920)
⑦ 【Nov 7th 1920】(1920 年 11 月 7 日)
　Pygmalion (*Dramatic Works No.25*, London, Constable, 1920)
⑧ 【June 10th 1921】(1921 年 6 月 10 日)
　The Dark Lady of the Sonnets & Overruled
　　(*Dramatic works No.20 & No.24*（合本）, London, Constable, 1910, 1920)
⑨ 【April 25th 1922】(1922 年 4 月 25 日)
　Misalliance (*Dramatic Works No.21*, London, Constable, 1919)
⑩ 【June 1st 1922】(1922 年 6 月 1 日)
　Press Cutting (London, Constable, 1911)
⑪ 【June 18th '22】(1922 年 6 月 18 日)
　"Heartbreak House"
　　(*Heart Break House, Great Catherine, and Playlets of the War*, London, Constable, 1920)
⑫ 【11th January '15】(1926 年 1 月 11 日)[11]
　Saint Joan (London, Constable, 1924)

3　戯曲家としてのショー（東京帝国大学時代）

　東京帝国大学時代、芥川は「Humour in English Literature from Goldsmith to Bernard Shaw」（表1-2）の講義を聴き、畔柳都太郎の主催する読書会では「SHAW AS A DRAMATIST」（表1-7）を論じている。

　読書会について、井川恭宛て書簡（表1-3）では「久保謙や久保勘や山宮さんや皆SHAWは嫌ひだと云つてた　むづかしくつてわからないからきらひなんだらうと思ふ」と述べているが、この会でどのような作品を取り上げ、何を論じたかはわかっていない。

　また、この時期の芥川は頻繁に劇場に足を運んでおり、ショーに関しては、舞台協会が帝国劇場で上演した「悪魔の弟子」（1913年11月28～30日）と、村田実を中心として有楽座で上演された「ウオーレン夫人の職業」（同年12月4日～6日）を鑑賞している。この年には他に、新劇社が10月、有楽座にて「チョコレヱト兵隊」（原題・*Arms and the Man*）を公演している。升本匡彦の研究[12]では、この時期にショーの戯曲上演の「異常な集中」が見られると指摘されており、第三次『新思潮』第三号（1914年4月）ではショーの「ピグマリオン」の版画が表紙に使われている。芥川は、そのようにショーが流行する中で、上記二つの戯曲を観劇したことになる。

　しかし、翌1914年に、ショーの劇が五度上映されているにも関わらず、芥川が足を運んだ形跡は見られない。このことから、ショーの戯曲に接した形跡は見られるものの、東京帝国大学時代の芥川が、熱心なショー愛好家であったとは考えにくい。当時の芥川は、時代の潮流の中で、ショーの戯曲に触れただけだと考えるべきであろう。

　戯曲家としてのショーは、この頃の芥川に深い根を下ろさなかったと思われるが、その受容の痕跡は、ショーの戯曲"Cæsar and Cleopatra"（表2―②）の第一幕と芥川の初期の未定稿作品「SPHINX (a farce)」第二幕の間に、わずかながら見てとれる。『芥川龍之介全集　第二十二巻』の後記で石割透氏は、芥川のこの未完の戯曲は「四八〇字詰めの「文房堂」製用紙に記されており、一九一四、五（大正三、四）年頃に執筆された、と推測」している。

　その梗概は次の通りである。王（若いPharaoh）はスフィンクスの顔を女

性で造ろうとし、そのモデルを捜しに単身、市井へと下る。その第二幕、王は葡萄畑で一人の少女と出会う。彼女には両親がなく、婚約者も出征したまま帰ってこず、一人佇んで泣いている。王は身分を隠したまま少女に話しかけ、彼女を慰めて家まで送り届ける。「スフィンクスにしてはおとなしすぎるかもしれない」と王は思い、その場を発とうとするが、少女は「又さびしくなつてしま」うと引き留める。しかし「一しょにいらっしゃい」という王の誘いには応じないまま、二人は別れる。そして第三幕で、王は「其娘がニル河に身を投げて死んでしまつた」ことを知る。

対して、ショーの"Cæsar and Cleopatra"は全五幕の戯曲[13]で、クレオパトラがシーザーとの出会いによって女王として相応しい態度や振る舞いを身につけていくという筋立てである。第一幕で、宮殿の警備兵たちの会話から、シーザーの軍隊の進軍を恐れてクレオパトラが失踪したことが告げられると、場面は砂漠のスフィンクスの所へとうつる。クレオパトラはそのスフィンクスの胸に、両足に挟まれる格好で眠っている。そこへ、シーザーが何も知らずやって来て、スフィンクスに向かって、自分と対等の人間を探し求めていることを独白する。

スフィンクスの胸の下で寝ていたクレオパトラは、シーザーの声に目を覚まし、男が彼女の恐れていたシーザーその人だと気付かずに話しかける。彼女は自身が女王クレオパトラであることを告げるが、シーザーは身分を隠したまま話を続ける。シーザーは初めその場を去ろうとするが、彼女は怖がり、一緒に居てくれるよう頼む。彼女は、ローマ人は人間を食べると、子供さながらに信じ込んでいたのだ。シーザーは、小娘のように泣くクレオパトラに、女王然と振る舞えば食べられずに済むと教える。そのためには、シーザーを玉座にて毅然と待ち受けなければならないと言って、宮殿に一緒に戻るよう仕向ける。そしてまんまと宮殿に忍びこんだシーザーは、クレオパトラの召使いたちを掌握し、ローマ軍が宮殿を包囲したのと同時に、正体を明かすところで、第一幕が終わる。この後、クレオパトラは小娘から女王に相応しい女性に成長していくのだが、そのために第一幕では、彼女がGirlであることが殊更強調されている。

この"Cæsar and Cleopatra"と芥川の「Sphinx (a farce)」とを比較すると、

幾つかの類似点がある。舞台がエジプトである点は言うまでもないが、"Cæsar and Cleopatra"の第二幕で、"the Sphinx introduced us"（スフィンクスが我々を引き合わせてくれた）とあるように、スフィンクスが登場人物たちの出会いに一役買っている点や、男の巡り合った相手が「少女」であったことが共通点として挙げられる。加えて、男の方が身分を隠したまま会話を続ける点や、その後少女を住まいまで送り届けること、男を少女の方が引きとめるなどといった場面展開にも共通点が見られる。

この幾つかの類似点から、芥川が「Sphinx（a farce）」の創作を試みた際に、ショーの"Cæsar and Cleopatra"の第一幕を手本としたことが推察される。なお、この"Cæsar and Cleopatra"の出会いの場面は、前述したように芥川の読了した形跡があるだけでなく、菊池寛が（「菊池比呂士」名義で）「スフィンクスの胸に居るクレオパトラ」と題して、1914年3月の『新思潮』に訳出しており、この菊池訳の印象が、芥川に「Sphinx（a farce）」を書かしめた可能性は高い。

しかし、芥川とショーの戯曲は本質的な部分においてさほど共通項がない。クレオパトラの性格がChildishness（大人げない）なのに対し、芥川の「少女」は「おとなしすぎる」点からしても両作には隔たりがある。また、芥川の描いている「マネロスの歌」や「カラシリス」といったエジプトの風俗は（ヘロドトス『歴史 第二巻』には記述があるが）、ショーの"Cæsar and Cleopatra"には見られない。これらから、芥川が"Cæsar and Cleopatra"を読んで、直ちに「Sphinx（a farce）」の筆を執ったとは考えにくい。やはり、東京帝国大学時代の芥川には、ショーはそれほど魅力的に映らなかったのではないだろうか。

それでは1920年頃以降の受容はどうであったのか。芥川が編纂した *The Modern Series of English Literature* を手掛かりに考えてみたい。

4　大正期後半の受容

1924年7月から翌年3月にかけて、芥川は旧制高等学校の学生に向けた英語副読本 *The Modern Series of English Literature* 全8巻を興文社から刊行し

ている（この叢書については第 4 章にて詳述する）。そのうち、第 4 巻（戯曲集）と第 5 巻（論考集）にショーの作品が採られている。

　第 4 巻にはショーの戯曲 The Dark Lady of the Sonnets (1910) が収録されているが、この巻の序文（末尾に「大正十四年三月」と日付）で芥川は、先ほど触れた"Cæsar and Cleopatra"にも言及している。

> 　Shaw, Galsworthy, Lord Dunsany の三者は既に誰にも知られてゐる。〔中略〕Shaw の "The Dark Lady of the Sonnets" を書いたのは Shakespeare を記念する A National Theatre 建立の資金を求める為である。この一幕物の中の Shakespeare は在来の文芸史家の Shakespeare ではない。徹頭徹尾 Shaw らしい Shakespeare である。この点は "Cæsar and Cleopatra" の Cæsar と共に The Shavian type of the great men を示してゐるものとも言はれるであらう。

　芥川は The Dark Lady of the Sonnets のシェイクスピアと"Cæsar and Cleopatra"のシーザーが「The Shavian type of the great men」（ショー流の偉人のタイプ）であると述べているが、ショーは従来の英雄像とは違った偉人を描くことでよく知られている。例えば"The Man of Destiny"(Plays Unpleasant, 1897) では、一般に愛国的軍人として崇められているナポレオンを、「実は小心者であって、何万人もの兵士の生命を犠牲にしているのは自分の野心を満足させるためだという本音をはく勇気がなく大義名分を並べる」[14]女々しい英雄（a womanish hero）として描いている。The Dark Lady of the Sonnets では、シェイクスピアを物忘れの激しい男として登場させ、出会った人々の言った気の利いた台詞をノートにメモし、それらを繋ぎ合わせて戯曲に仕立て上げていたことにしている。また、"Caesar and Cleopatra"のシーザーは凄惨な復讐を厭い、クレオパトラに対しても恋心を抱かない（クレオパトラはそれに苛立つ）現実主義者として描かれている。

　これらの既成の像に捉われない偉人像を指して、芥川は「The Shavian type of the great men」としたのだろう。この一種の偶像破壊と言える作風は、芥川の作品群にも見られる。島田謹二が「人間の本性というものをほん

との意味で自覚した人間が、自己の虚像とのギャップを感じて、真の悲哀をしみじみと感ずる」一種のパラドックスを描き「バーナード・ショウというものを日本化した一番みごとな、換骨奪胎の好例」[15]として挙げた「或る日の大石内蔵助」（『中央公論』1917・9）や、「西方の人」（『改造』1927・8）などがショーの偶像破壊に近い例として挙げられよう（ショーは、イエス・キリストについて *Androcles and the Lion* の"Preface"で持論を繰り広げているが、それと正続「西方の人」の関連については後述する）。

　以上のように *The Modern Series of English Literature* で、芥川はショーの戯曲を第4巻に採用し、その特徴について触れているが、後年の芥川のショー受容を考える上では、第5巻の方がより重要視される。第五巻には"Darwinism & Vitalism"と題されたショーの論文が載っているが、これは *Back to Methuselah*（1921）の序文の一部を採ったものである。ショーは作品に長い序文を付す（本編を超える長さの場合や、戯曲そのものと関連がないことも多い）ことでも有名だが、この作品でも百ページに及ぶ序文を書いて Darwinism について論じている。

　芥川の所有していた *Back to Methuselah*（London, Constable, 1921版）には、*The Modern Series of English literature* の編纂（本書第6章参照）の際の書き込みと思われるものが確認でき、"Darwinism and Vitalism"の第1章に当たる、"Why Darwin converted the crowd"の上部には始まりを表すと思われる長い傍線と章立てを示す「1)」という書き込み、続いて各章に「2)」「3)」「4)」「5)」「6)」と章番号が付され、第6章（終章）に当たる"A sample of Lamercko-Shavian invective"の末尾には傍線と共に、「ココマデ」の書き込みがある。本文の異同については、第6章の章題が"A sample of vitalistic invective"に変更されているだけで、この変更についても芥川の書き込みが確認できた。また *Back to Methuselah* の戯曲本文は、袋綴じが切られておらず、通読していない可能性がある[16]。

　芥川が第5巻の巻頭に付した「序」には、

　　Beerbohom, Walkley の両批評家はいづれも批評上の impressionist である。が、Shaw は誰でも知つてゐるやうに"brilliance"のみに安ずる批

評家ではない。所謂 Life-force の哲学を高唱して止まない批評家である。もし前二者を art for art's sake の批評家と称するならば、Shaw は当然 art for life's sake の批評家と称せられるであらう。一八九〇年代の英吉利文芸は大体 art for art's sake の精神から art for life's sake の精神に推移したと言つても好い。即ち三者の essays を併せ読むことは同時代の英吉利文芸の推移に一瞥を与へることにもなる訳である。尤も Shaw の一篇に Beerbohm, Walkley の数篇を配するのは軽重を失してゐるかも知れない。しかし後二者の essays は従来余りに閑却されてゐた観のある為、特にこの巻には多きを嫌はず、編者の愛するものを加へたのである。

　更に又翻つて Butler を見れば、これは Darwin の進化論を駁するに Neo-Lamarckism の進化論を以てした、憂々たる独造底の思想家である。Shaw は彼の進化論を——この巻に収めた "Darwinism and Vitalism" の思想を Butler の進化論の中に発見した。即ち併せて "Darwinism Among the Macines" の小論文を加へた所以である。

とある。「art for life's sake」の批評家として、芥川がショーを高く評価していたことがわかる。ショーはこの論考の中で、単に自然淘汰説に身を委ねて無自覚に生きるのではなく、精神の向上を目指すべきだとして、生気論(Vitalism) の重要性を説いている。"What is self-control? It is nothing but a highly developed vital sense, dominating and regulating the mere appetites."（克己とは何か。単なる欲望を抑え、うまく統御する非常に成熟した判断力に外ならない）[17]とするショーの主張は、旧制高等学校の学生に向けた訓戒でもあったと思われる。

　しかし、最も注目すべき事実は、芥川が評論集にショーの論考を採用したという事実そのものである。芥川はショーを戯曲家としてだけでなく思想家としても高く評価していたのだ。ショー愛好家として知られる菊池寛も、「芥川の事とも」（『文藝春秋』1927・9）で次のように記している。

　　数年前、ショオを読破してショオに傾倒し、ショオがいかなる社会主

義者よりもマルクスを理解してゐることなどを感心してゐたから、社会科学の方面についての読書などもいゝ加減なプロ文学者よりも、もつと深いところまで進んでゐたやうに思ふ。

　この菊池の証言から見えて来るように、芥川は1922年以降において、ショーの著作を読み進め、思想の源泉として重んじていたと思われる。そのことは、議論の際にショーの言説を度々引用していたことからもわかる。これまで全集等の注釈においても未詳のままであったが、今回参照元をたどった。

◇〔表1-9〕「『菊池寛全集』の序」(1922・3)
・「彼は第一高等学校に在学中、「笑へるイブセン」と云ふ題の下に、バアナアド・ショオの評論を草した。人は彼の戯曲の中に、愛蘭土劇の与へた影響を数へる。しかしわたしはそれよりも先に、戯曲と云はず小説と云はず、彼の観照に方向を与へた、ショオの影響を数へ上げたい。ショオの言葉に従へば、<u>「あらゆる文芸はジヤアナリズムである。」</u>かう云ふ意識があつたかどうか、それは問題にしないでも好い。が、菊池はショオのやうに、細い線を選ぶよりも、太い線の画を描いて行つた。その画は微細な効果には乏しいにしても、大きい情熱に溢れてゐた事は、我々友人の間にさへ打ち消し難い事実である。(天下に作家仲間の友人程、手厳しい鑑賞家が見出されるであらうか？)この事実の存する限り、如何に割引きを加へて見ても、菊池の力量は争はれない。菊池はParnassusに住む神々ではないかも知れぬ。が、その力量は風貌と共に宛然Pelionに住む巨人のものである。」

参照元："Preface" in *The Sanity of Art*
　　Nevertheless, journalism is the highest form of literature ; for <u>all the highest literature is journalism</u>. The writer who aims at producing the platitudes which are "not for an age, but for all time" has his reward in being unreadable in all ages ; whilst Plato and Aristophanes trying to knock some

sense into the Athens of their day, Shakspear peopling that same Athens with Elizabethan mechanics and Warwickshire hunts, Ibsen photographing the local doctors and vestrymen of a Norwegian parish, Carpaccio painting the life of St. Ursula exactly as if she were a lady living in the next street to him, are still alive and at home everywhere among the dust and ashes of thousands of academic, punctilious, archseologically correct men of letters and art who spent their lives haughtily avoiding the journalist's vulgar obsession with the ephemeral.

◇〔表 1-10〕「新富座の「一谷嫩軍記」」(1922・4)
・最後につけ加へて置きたいのは、子供の役者の事である。<u>わたしはやはりショオのやうに、やむを得ない場合の外は、子供に芝居はやらせたくない。</u>遠見の熊谷や敦盛は、まだ好いが、中幕の「阿波の鳴戸」のお鶴になると、ああ云ふ役を勤めさせる事は、——まだ年も行かないものに、表情の技巧を覚えさせる事は、子供の魂を毒するものではないか？　わたしは役者になつたとしても、子供にお鶴などは勤めさせない。況や人の子供のお鶴を見ながら、喝采してやまない見物の一人には、到底なる事は出来なかつた。ああ云ふ見物が半世紀以前には、子供の軽業に喝采したのである。又一世紀以前には、佐倉宗五郎の子供の死刑にさへ喝采する事を辞さなかつたのである。

参照元："Peace and Good Will to Manger" in *Dramatic Opinions and Essays with an Apology vol.2*

I venture to warn our managers that their present monstrous abuse of magistrates' licenses can only end in a cast-iron clause in the next Factory Act unconditionally forbidding the employment of children under thirteen on any pretext whatever.

◇〔表 1-15〕「金春会の「隅田川」」(1924・3)
・もし次手につけ加へるとすれば、それは最初の興味を惹いた能の看客

のことである。バアナアド・ショウはバイロイトのワグナアのオペラを鑑賞するのには仰向けに寝ころんだなり、耳だけあげてゐるのに限ると云つた。かう云ふ忠告を必要とするのは遠い西洋の未開国だけである。日本人は皆、学ばずとも鑑賞の道を心得てゐるらしい。その晩も能の看客は大抵謡本を前にしたまま、滅多に舞台などは眺めなかつた！

参照元："Preface to the Fourth Edition" in *The Perfect Wagnerite*

One had to admit at Bayreuth that here was the utmost perfection of the pictorial stage, and that its machinery could go no further. Nevertheless, having seen it at its best, fresh from Wagner's own influence, I must also admit that my favorite way of enjoying a performance of The Ring is to sit at the back of a box, comfortable on two chairs, feet up, and listen without looking. The truth is, a man whose imagination cannot serve him better than the most costly devices of the imitative scenepainter, should not go to the theatre, and as a matter of fact does not. In planning his Bayreuth theatre, Wagner was elaborating what he had better have scrapped altogether.

◇〔表1-16〕「小説の戯曲化」(1924・3)
・著作権法に関する発言。詳しくは次節を参照。

参照元："Preface" in *The Admirable Bashville*

◇〔表1-17〕「新潮合評会（四）」(1924・10)
・久米。併しいゝ意味の所謂ジャーナリズムといふものの本質から言つたら、ジャーナリズムがなかつたら文藝も無い訳ぢやないのですか。ショーの言つて居るのもそれぢやないのですか。本当の意味から言つたら矢張り発表機関、発表機関を成立させるといふことになるだらう。

芥川。先づジャーナリズムといふ言葉をどういふ意味に取るかが問題だね。宜い意味に取るか、悪い意味に取るかといふ……。
（中略）
久米。（芥川氏に向かつて）ショオの意見をどういふんだい。
芥川。現代の問題を取り扱ふからと言ふんぢやないか？

参照元："Preface" in *The Sanity of Art*（前掲）

◇〔表1-20〕「文芸一般論」（1925・4）
- この又認識的方面と情緒的方面とは横に文芸に色をつけてゐるばかりではありません。竪にもやはり色をつけてゐます。——と言ふ意味は時代により、認識的要素が多くなつたり、情緒的要素が多くなつたり、それぞれ一時代の文芸に色をつけてゐると言ふ意味であります。十九世紀の前半に起つたロマン主義の文芸はこの情緒的要素の多つた——寧ろ多過ぎた文芸でありませう。その反動として世紀末（世紀末とは大抵十九世紀末の意味であります。）に起つた自然主義の文芸に認識的要素の多かつたことは述べるまでもありません。前に引き合ひに出したノオルウエイのイブセンとか、イギリスのショオと言ふ戯曲家とかはかう言ふ中でも大将株であります。現にショオなどは「イブセン主義の真髄」と言ふ本の中に「戯曲の中に議論を入れるのは新時代の戯曲家の特色である」と言ひました。のみならず彼自身の戯曲の巻頭にも長い論文をくつつけました。それも彼の説によれば、「古来芸術家はその描かうとしたものを説明してはならぬと言はれてゐる。それは鶏の画を描いて『これは鶏であります』と断るのと同様、莫迦げてゐると言はれてゐる。が、何も説明したから、莫迦げてゐると言ふ訳はない。アカデミイの展覧会へ行つて見れば、どの画家もそれぞれ彼自身の画に『山の風景』とか『少女の肖像』とか断り書をつけてゐるぢやないか？」と言ふのであります。尤もこのショオの議論は画に題をつけることの莫迦げてゐることは証明しても、戯曲に論文をつけることの弁護になるかどうかはわかりません。——しかしそれは余

事であります。

参照元Ⅰ："The Technical Novelty in Ibsen's Plays"

in *The Quintessence of Ibsenism*

　　It is a striking and melancholy example of the preoccupation of critics with phrases and formulas to which they have given life by taking them into the tissue of their own living minds, and which therefore seem and feel vital, and important to them whilst they are to everybody else the deadest and dreariest rubbish (this is the great secret of academic dryasdust) that to this day they remain blind to a new technical factor in the art of popular stage-play making which every considerable playwright has been thrusting under their noses night after night for a whole generation. This technical factor in the play is the discussion. Formerly you had in what was called a well made play an exposition in the first act, a situation in the second, an unravelling in the third. Now you have exposition, situation, and discussion; and the discussion is the test of the playwright.

参照元Ⅱ："Preface (On Diabolonian Ethics)"

in *Three Plays for Puritans*

　　There is a foolish opinion prevalent that an author should allow his works to speak for themselves, and that he who appends and prefixes explanations to them is likely to be as bad an artist as the painter cited by Cervantes, who wrote under his picture This is a Cock, lest there should be any mistake about it. The pat retort to this thoughtless compari son is that the painter invariably does so label his picture. What is a Royal Academy catalogue but a series of statements that This is the Vale of Rest, This is The School of Athens Thi s is Chill October, This is The Prince of Wales, and so on?

◇〔表1-26〕「文芸雑談」(1927・1)
・イエス゠キリストの十字架に架かった理由について。詳しくは後述。

　　参照元："Preface" in *Androcles and the Lion*

　これらの引用は全て1922年以降のものだが、引用の実態から、芥川が戯曲本文だけでなく、煩雑で難解と言われるショーの序文（Preface）まで隈なく目を通していたことが分かる。これは東京帝国大学時代とは違い、当時の日本のショー受容を考えると、芥川独自の読書傾向と言える。というのも、大正期においてショーは「ひとつの勢力」[18]であり、日本において名前こそ周知されていたものの、一般の人気を博するまでには至っていなかったからである。たとえば、市川又彦は訳著『ショウ一幕物全集』（新潮社、1922・12）の「序」で、「ショウの劇は、従来、一般の我国人の間には余り持囃されなかつた」と証言し、北村喜八も『世界文学全集 英国戯曲集』（新潮社、1928・4）で、ショウの「名が伝えられてから、年久しいのに、我が国では、イプセンやトルストイなどの大陸物のやうに、ショウ熱が起らない」と述べている。芥川は、日本のショー受容が下火になる中、逆にショー理解を深めていったのである。

5　「小説の戯曲化」と *The Admirable Bashville* 序文

　では、芥川はどのようにショーの思想を参考にしていたのだろうか。最も顕著な例は、1924年3月『演劇新潮』に発表した小論「小説の戯曲化」であると思われる。
　この論稿の中で芥川は、文筆業に関わる法律の不備を問題視し、とりわけ「或種の著作権侵害」にあたる、第三者の手による小説の戯曲化について、菊池寛の「義民甚兵衛」を例に挙げながら論じている。「義民甚兵衛」は、初め小説として1920年7月に『改造』へ発表され、次いで1923年4月、同誌に菊池寛自らの手で戯曲に仕立て直され、発表された。芥川は、仮定の話として第三者が勝手に菊池の小説を戯曲に仕立て直した場合、原稿料あるい

は上場料の取り分について、現行の法律では原作者と脚本家の間に何らの取り決めがないことを指摘している。これについて、

> 尤もこれは日本ばかりではない。英吉利も亦同じことである。少くともShawのAdmirable Bashvilleの始めて書物の形になつた千九百十三年迄は同じことだつた筈である。(これはショオ自身の小説Cashel Byron's Professionを戯曲に書直したものである。ショオは勿論この戯曲の序文にかう云ふ著作権侵害に関する法律上の不備を論じてゐる。さもなければ法律などに疎い僕は永久にこんなことには気がつかなかつたかも知れない。或は又千九百十年位におのづから気づいてゐたかも知れない。)(21)

と、ショーの戯曲 The Admirable Bashville の序文によって蒙を開かれたことを明かしている。The Admirable Bashville は、1885年発表の初期小説 Cashel Byron's Profession を 1909 年に戯曲化したものである。その出版の経緯が記された序文によると、小説 Cashel Byron's Profession がアメリカで出版された際、好評を博し、幾つかの脚色劇が製作された(中には実際にニューヨークで興業されたものもあった)が、いずれも原作者であるショーの許可をとっておらず、著作権法の不備に気付いた彼は、戯曲 The Admirable Bashville を書くに至ったという。

序文冒頭でショーは、"As that law stands at present, the first person who patches up a stage version of a novel, however worthless and absurd that version of a novel, …… secures the stage rights of that novel, even as against the author himself"(現行の法が存する限り、どれほど無価値で、滑稽なものであろうとも、初めに戯曲に仕立て直した者が、〔中略〕たとえ原作者の意図に反しようが、その小説の上演権を手にする)と述べている。芥川は、このショーの指摘によって著作権法の不備に対する問題意識を得たのだが、それだけでなく、解決策についてもショーから学んでいる。

ショーは "There is only one way in which the author can protect himself; and that is by making a version of his own and going through the same legal farce with it"（作家が自身を守る道は一つしかない。それは自身の作を脚色し、同じ法律の茶番を行うことである）として、作家の自己防衛が現状の唯一の解決策であるとするが、芥川も「この法律上の不備に応ずる途は菊池寛のしたやうに、或は又ショオのしたやうに、戯曲になる小説があつた時には作者自身戯曲に書直すことである」としてショーの意見を受け入れており、論の末尾でも「況や前にも書いた通り、或種の著作権侵害だけは法律の庇護を受けてゐない。すると戯曲の書ける作者は戯曲化し得る小説を持合わせる以上、さつさと戯曲に書直すのも当を得た処置」である、と同じ結論を繰り返している。

けれども、社会改良を目指したショーと一芸術家の範疇に留まった芥川では、議論の矛先に大きな違いが見られる。社会制度や慣習が本来善である人間を歪めていると考えるショーが、制度の抜本的な見直しを訴えるのに対して、芥川は法律の不備を所与のものとして受け入れた上で、「作者自身の小説を戯曲に書直す」という芸術家の態度の是非について論を展開している。制度そのものに対して警鐘を鳴らしはしても、芥川の関心の中心は、あくまで芸術家個人にある。このように、両者には根本的な姿勢の違いがあり、芥川はショーの思想をあくまで思索の糸口、あるいは補助線として捉えていたものと思われる。

6　ショーと芥川の〈ジヤアナリズム〉観

1922年3月5日発行の「東京日々マガジン」に菊池寛のことを論じた「憂鬱なるショオ——菊池寛へ——」が掲載され、同年4月『菊池寛全集 第三巻』（春陽堂）に「序」の表題で収録された[19]。

芥川はこの中で、「あらゆる文芸はジヤアナリズムである」というショーの文句が引用されている。本文の流れに即して確認してみる。

> 彼は第一高等学校に在学中、「笑へるイブセン」と云ふ題の下に、バアナアド・ショオの評論を草した。人は彼の戯曲の中に、愛蘭土劇の与へた影響を数へる。しかしわたしはそれよりも先に、戯曲と云はず小説

と云はず、彼の観照に方向を与へた、ショオの影響を数へ上げたい。ショオの言葉に従へば、「あらゆる文芸はジヤアナリズムである。」かう云ふ意識があつたかどうか、それは問題にしないでも好い。が、菊池はショオのやうに、細い線を選ぶよりも、太い線の画を描いて行つた。その画は微細な効果には乏しいにしても、大きい情熱に溢れてゐた事は、我々友人の間にさへ打ち消し難い事実である。〈中略〉その力量は風貌と共に宛然 Pelion に住む巨人のものである。

芥川は、菊池に「観照の方向を与へた、ショオの影響」を指摘し、菊池の力量を「Pelion に住む巨人」に喩えて絶賛している。この中で「あらゆる文芸はジヤアナリズムである」という言葉が挿入されているが、そのショーの引用は解説がなされることなく、「ジヤアナリズム」の意味も、それが菊池の文学にどう関わっているかも、不明瞭である。

そこで引用先をたどると、この文句は *The Sanity of Art*（1895）の再版（1908）の "Preface" 中に見られる。ショーはその中で、ジャーナリスト、あるいはその著作とは何たるかを論じ、ジャーナリズムこそ文芸の最上の形態であると結論づけている。

What the journalist writes about is what everybody is thinking about (or ought to be thinking about) at the moment of writing……. <u>Journalism can claim to be the highest form of literature; for all the highest literature is journalism.</u> The writer who aims at producing the platitudes which are "not for one age, but for all time" has his reward in being unreadable in all ages ……. Nothing that is not journalism will live long as literature, or be of any use whilst it does live. I deal with all periods; but I never study any period but the present……. The man who writes about himself and his own time is the only man who writes about all people and about all time. The other sort of man, who believes that he and his period are so distinct from all other en and periods that it would be immodest and irrelevant to allude to them or assume that they could illustrate anything but his own private circumstances, is the most infatuated of all the egoists, and consequently the most unreadable and negligible of all the authors. And so, let others cultivate what they call literature: journalism for me!

(新熊訳[20]：ジャーナリストが書くことがらは、それが書かれた時点で、すべての人が考えていることがらであるか、考えていなければならいことがらである。……<u>ジャーナリズムは最も高度な文学形式だと公言できる。なぜなら、最高の文学はすべてジャーナリズムだからである。</u>「一つの時代ではなく、すべての時代に合う」陳腐なきまり文句を書きあげようと志す人は、いつの時代でも人に読んでもらえないという報いを受けるのだ。……ジャーナリズムでないものは文学として長く生きながらえることはないし、生きながらえてもそれは何の役にも立ちはしない。わたしはあらゆる時代を取り扱うが、現代以外のどの時代をも研究しない。……自分自身と自分の時代について書く人はすべての人とすべての時代について書く唯一の人である。これとは逆に、自分は自分以外のすべての人々と、そして自分の時代はそれ以外のすべての時代と非常に異なっているからという理由で、それらの人々やそれらの時代に言及したり、それらの人々やそれらの時代が自分の個人的な境遇以外のものを説明できるのだと憶測したりするのは不謹慎で筋違いだと信じている人は、自己主義者のうちでも最も愚かであり、従って、あらゆる作家のうちで人に読んでもらえる可能性は最も少ないし、最も取るに足らない人である。まあ、そういうわけで、ほかの人には勝手に文学だと読んでいるまやかし物に専念させておけばいいのだ。わたしにとっては、ジャーナリズムが意義あるものなのだ。)

ショーが言うには、ジャーナリストが考えていることは同時代のすべての者が考えていること（あるいは考えているべき事柄）であり、優れた文学は当代について書くからこそ、一世代だけでなくあらゆる時代に読まれるのだとする。逆に、あらゆる時代に受け入れられようとする作家は、どの時代にも読者を持てないと皮肉る。芥川はこの"Journalism can claim to be the highest form of literature; for all the highest literature is journalism"という部分

を受けて、「ショオの言葉に従へば、「あらゆる文芸はジヤアナリズムである。」」と発言したと思われる。このショーのジャーナリズム観は、1927年1月「文芸雑談」の芥川の発言にも影響を与えていると思われる。

　　僕等の小説を載せるものは、月刊雑誌や新聞である。それは昔と変つたことは無い。……由来、絵というものは建築に支配されないことは無い。……すると、文芸上の作品も、その作品の掲げられる月刊雑誌や、新聞の支配を受けてゐるかも知れぬ。現に今日の長編小説は、どこか新聞紙の匂をもつてゐる。現に今日の長篇小説は、どこか新聞紙の匂いをもつてゐる。もし後代から見たとすれば、やはり今日の短篇小説もその行と行との間に、月刊雑誌を感じさせるだらう。……
　　それらの新聞や雑誌に、小説の数を勘定すれば、一年を千を越えるだらう。然し、小説の生命と云うものは、考へてみれば短いものである。あらゆる文芸の形式中、小説ほど一時代の生活を表現出来るものはない。同時に又、一面では生活様式の変化と共に小説ほど力を失ふものはない。……
　　……最も素朴な心持は——譬へば男女相愛の情は源氏物語の中にあつても、やはり僕等を動かす筈である。……この素朴な心持を切実に表現したものだけ、時代を超えると云ふことは、即ち、抒情詩の生命が小説よりも長い所以である。実際又、日本文学多しと雖も、万葉集中の短歌程、長い生命をもつものは一つも他には無いことであらう。
　　<u>すると小説は、——怖らくは戯曲も頗るジヤアナリズムに近いものである</u>。もし厳密に云ふとすれば、一人の作家なり、一篇の作品なりは、一時代の外には生きることは出来ない。これは最も切実に一時代の生活を表現する為に小説の支払ふ租税である。前にも一度云つた様に、あらゆる文芸の形式中、小説ほど短命に終るものはない、同時に又、一面では小説ほど痛切に生きるものはない。……

ショーがジャーナリズムの側面から論を推し進めたのに対して、芥川は「時代を超える」もの、すなわち「素朴な心持ち」を論じる形で言及してい

るが、結論としてはショーと芥川はほぼ同一の見解を示している。

　さらに「文芸的な、あまりの文芸的な」の「二十　ジヤアナリズム」(『改造』1927・4発表分)の中で、芥川は次のように述べている。

　　もう一度佐藤春夫氏の言葉を引けば、「文章はしやべるやうに書け」と云ふことである。僕は実際この文章をしやべるやうに書いて行つた。が、いくら書いて行つても、しやべりたいことは尽きさうもない。僕は実にかう云ふ点ではジヤアナリストであると思つてゐる。従って職業的ジヤアナリストを兄弟であると思つてゐる。(尤も向うから御免だと言はれれば、黙つて引き下る外はない。)ジヤアナリズムと云ふものは畢竟歴史に外ならない。(新聞記事に誤伝があるのも歴史に誤伝があるのと同じことである。)歴史もまた畢竟伝記である。そのまた伝記は小説とどの位異なつてゐるのであらう、現に自叙伝は「私」小説と云ふものとはつきりした差別を持つてゐない。暫くクロオチエの議論に耳を貸さずに抒情詩等の詩歌を例外とすれば、あらゆる文芸はジヤアナリズムである。のみならず新聞文芸は明治大正の両時代に所謂文壇的作品に遜色のない作品を残した。……

　　のみならず新聞文芸の作家たちはその作品に署名しなかつた為に名前さへ伝はらなかつたのも多いであらう。現に僕はかう云ふ人々の中に二、三の詩人たちを数へてゐる。僕は一生のどの瞬間を除いても、今日の僕自身になることは出来ない。かう云ふ人々の作品も(僕はその作家の名前を知らなかったにしろ)僕に詩的感激を与へた限り、やはりジヤアナリスト兼詩人たる今日の僕には恩人である。僕を作家にした偶然はやはり彼らをジヤアナリストにした。もし袋に入れた月給以外に原稿料のとれることを幸福であるとすれならば、僕は彼等よりも幸福である。(虚名などは幸福にはならない。)かう云ふ点を除外すれば、僕等は彼等と職業的に何の相違も持つてゐない。少なくとも僕はジヤアナリストだつた。今日もなおジヤアナリストである。将来も勿論ジヤアナリストであらう。

　　しかし諸大家たちは暫く問はず、僕はこのジヤアナリストたる天職に

も時々うんざりすることは事実である。

　引用にある通り、「抒情詩等の詩歌を例外とすれば、あらゆる文芸はジャアナリズムである」と述べ、「菊池寛全集」（前掲）の序文では、ショーの言葉だった「あらゆる文芸活動はジャアナリズムである」が、芥川の言葉として用いられる。

　この芥川とショーの文芸活動＝ジャーナリズムという見解の一致は、芥川がショーの議論を取り入れたと見るより、（発言の時間的隔たりからしても、）蓋然的な見解の一致と見るべきだが、芥川が自らの意見をこの段にまで易々と推し進めることができたのには、以前にショーの議論に触れていたから、と考えるべきだろう。

　また、話は前後するが、1924年10月、新潮社の座談会（第十七回新潮合評会）が執り行われている。出席者は、久米正雄、宇野浩二、千葉亀雄、菊池寛（遅刻）、田山花袋、芥川龍之介、中村武羅夫（司会）であった。その席において、次のようなやり取りが成されている。

中村。今度は『ジャーナリズムと文藝』といふ問題に就て願ひませう。ジャーナリズムの本体といふやうなものは、僕なんかもハッキリと呑込めないのですけれども、よく一と口に、文藝なんかの純粋な発達をジャーナリズムがイビツにしたり、毒したりするといふやうな風に非難される傾向を有つて居るのですが、本当に文藝といふものとジャーナリズムとは敵対的の立場に立つて居るものなんですか。それとも、文藝なんかも一緒に含めたものがつまりジャーナリズムといふものなんですか。或はさういふものが二つ別々に区別されるものとして、それはどういふ関係にあるのか。さうふやうなことに就て一つ……。

久米。併しいゝ意味の所謂ジャーナリズムといふものの本質から言つたら、ジャーナリズムがなかつたら文藝も無い訳ぢやないのですか。ショーの言つて居るのもそれぢやないのですか。本当の意味から言つたら矢張り発表機関、発表機関を成立させるといふことになるだらう。

芥川。先づジャーナリズムといふ言葉をどういふ意味に取るかが問題だ

ね。宜い意味に取るか、悪い意味に取るかといふ………。
　　　　（中略）
久米。（芥川氏に向かつて）ショオの意見をどういふだい。
芥川。現代の問題を取り扱ふからと言ふんぢやないか？

　この後、ジャーナリズムの定義は明確になされず、議論はうやむやに流れ、場全体の統一の見解も、芥川自身の定義も、また芥川がこの「ショオの意見」を支持しているかどうかも示されないまま話は進んでいってしまう。また「現代の問題を取り扱ふから」という芥川の言葉が何を指しているのかも、曖昧で明瞭でない。しかしいずれにしても、この「ショオの意見」は、"The sanity of art" の "What the journalist writes about is what everybody is thinking about (or ought to be thinking about) at the moment of writing." というショーのジャーナリズム観に裏打ちされた発言であることは間違いないだろう。ショーにとって、ジャーナリズムは現代の人々の考え（あるいは考えてしかるべき問題）の代弁であり、現代の問題を取り扱うことに他ならない。芥川のショー理解の正確性を示す一例だと思われる。また、晩年に「詩人兼ジヤアナリスト」と自称した芥川の職業観を理解していく上で、バーナード・ショーからの影響は今後さらに検討されていくべきであろう。

7　キリストの精神錯乱

　芥川が問題意識や視点の設定をショーに学んだもう一つの例として、正続「西方の人」が挙げられる。以下では、芥川とショーのイエス・キリスト観について見ることにする。
　「文芸雑談」（『文芸春秋』1927・1）で芥川は、「これも話の次手だが、ショウは確か「バック・トウ・メスウズラ」の序文にいろいろクリストのことを論じ、クリストがエルサレムへ赴いて自殺的に十字架に懸つたのは、精神錯乱といふ外に解し方はないと云つて居る」と述べているが、芥川本人が「確か」と留意を示している通り、これは覚え違いで、イエスについて論じられているのは *Back to Methuselah* ではなく、*Androcles and the Lion*（1912）の序

文である。

　この作品でショーは、戯曲本文を遙かに凌駕する長さの序文を付して、新約聖書について持論を展開している。この中に次のような記述がある。

If Jesus had been indicted in a modern court, he would have been examined by two doctors; found to be obsessed by a delusion; declared incapable of pleading; and sent to asylum:…（Xii 頁）[22]（もしイエスが現代の法廷に召集されれば、二人の医者から診察されて、妄想に捉われていたと診断されたことだろう。そして抗弁できる状態にないと宣言され、精神病院に送られただろう。）

That was why he〔＝ Pilato、論者註〕treated Jesus as an impostor and a blasphemer where we should have treated him as a madman. (Xiii 頁)（これが、イエスを気の触れた男とみなせばよかったものを、彼〔ピラト〕がイエスを詐欺師、あるいは冒瀆者扱いした理由である。）

We should have been much less loth to say, "There is a man here who was sane until Peter hailed him as the Christ, and who then became a monomaniac." We should have pointed out that his delusion is a very common delusion among the insane, and that such insanity is quite consistent with the retention of the argumentative cunning and penetration which Jesus displayed in Jerusalem after his delusion had taken complete hold of him. (XXXviii 頁)（我々は「ペテロによって救世主として迎えられるまでは正気だった一人の男が、それ以後、偏執狂になってしまったのだ」と嫌がらずに言えばよかった。彼の妄想は、狂人の間にしばしば見られる妄想だと指摘すればよかったのだ。そしてこの狂気は、彼が妄想に完全に支配されてしまった後、イエルサレムで見せた議論の巧妙さや看破力とも何等矛盾しないことを主張すべきであった。）

　上に引用した通り、マタイ伝に描かれたイエス・キリストは、ペテロが彼

を救世主であると確信したのちに精神錯乱に陥り、イエルサレムにおいてその妄想が完全に彼を支配した、とショーは主張している。この論に、芥川は強い反感を覚えたらしく、「西方の人」(『改造』1927・8) の「27　イエルサレムへ」において再び言及している。ここでは、「ショウは十字架に懸けられる為にイエルサレムへ行つたクリストに雷に似た冷笑を与へてゐる」と述べ、イエルサレムへ向かうとき、既にキリストが精神錯乱状態だったとするショーの見解を「雷に似た冷笑」と表現し、理知的な解釈として取り上げつつも、一定の距離を示している。

しかし、だからと言ってショーのキリスト観から得るものがなかったとするのは早計である。以下では、先行研究で指摘されているその他の典拠を踏まえつつ、「西方の人」及び「続西方の人」(『改造』1927・9) と Androcles and the Lion の序文の関係性について考えたい[23]。

8　「西方の人」の先行研究（典拠論を中心に）

正続「西方の人」については、四つの典拠が指摘されている。『新約聖書』が、芥川が参照した最たる典拠であることは勿論だが、その他に、オスカー・ワイルドの『獄中記 (De Profundis)』[24]、ジョヴァンニ・パピニの『基督の生涯 (The Story of Christ)』[25]、エルネスト・ルナンの『イエス伝 (The Life of Jesus)』[26]の影響が指摘されている。

もう少し詳細に見ていくと、「西方の人」の「詩的正義」は、ワイルドの「クリストの正義はすべて詩的正義だ。そして正義とはまさしく詩的正義であるべきだ」[27]の部分から着想を得たとされ、「無限の道」、「喇叭の声」、「世界苦」等の言葉もワイルドから借りている[28]。

また、パピニの『基督の生涯』からは「各章の題名のつけ方、章の区切り方、キリストに関するエピソードの取り上げ方、特殊な表現の使い方等」を踏襲していることも、茅野直子氏の研究で明らかにされた。

ルナンの『イエス伝』からの影響は早くから指摘されており、その実証主義的キリスト観は芥川の「詩人」というクリスト像に明確に反映されている。例えば、「イエスの最も長じたのは比喩談であり、それは彼の発明で

あった」というルナンの言葉は、芥川のクリスト観とそのまま重なることが鈴木秀子氏によって示された。その他にも「キリストを一個の人間としか見ず、そうした考え方を合理的に述べることに専念したルナン」[29]に、芥川が影響を受けたと見られる顕著な箇所が複数あり、『イエス伝』から多くを学んだことは疑いがない。

9 *Androcles and the Lion* 序文と正続「西方の人」

しかし、「キリストを一個の人間」と視るルナンの実証的な視座だけでは、正続「西方の人」は成り立たない。この二つの作品の中でクリストは「一個の人間」であるのみならず、「ジャアナリスト」や「共産主義者」などと呼ばれている。この不遜とも捉えられかねない芥川の見解は、「聖書が『西方の人』『続西方の人』においてほど知性をとおして理解されたためしはない」[30]と評されたが、それは「ルナン以上に人間らしい人間としてのキリスト」[31]と言うより、近代的な枠組みからキリストを再定義したと見るべきではないだろうか。つまり、「西方の人」には実証的見地から観られたキリストに加え、近代的な範疇から捉え直されたキリストが示されている。

ここで（芥川の書き間違いのため）、これまで先行研究で触れられてこなかった *Androcles and the Lion* の序文に目を向けてみよう。ショーは、四つの福音書を順に検討する形でキリストについて語っている。その中でキリストが、精神錯乱者扱いされていることは、本章の第6節で既に述べた。このことからも明らかなように、キリストが神の座から引きずり降ろされ、一人の人間として扱われているのは、先に挙げたワイルド、パピニ、ルナンの三つの典拠と同様である。

また、"When reproached,…, for resorting to the art of fiction when teaching in parables, he〔=Jesus〕justifies himself on the ground that art is the only way in which the people can be taught. He is, in short, what we should call an artist and a Bohemian in his manner of life."（xxix頁）（イエスが寓意を用いて教えを説く際、作り話という術を頼みにしていると非難されると、彼〔イエス〕は、芸術こそが人々を教え諭すことのできる唯一の方法だからだと自身を正

当化した。つまり、彼の生き方は我々が言うところの芸術家であり、ボヘミアンである）と述べているように、寓意を得意とする一人の芸術家としてキリストを見ている点も、先に挙げた三つの典拠と大きき異ならない。

　しかしショーのキリストは、それだけに留まらない。ショーは芥川と同じく、"He〔=Jesus〕advocates communism…"（XXX 頁）（彼〔＝キリスト〕は共産主義を唱道した。）等と述べ、至るところでキリストが共産主義者であったと記している。芥川も「続西方の人」で「3 共産主義者」という章を立て、「クリストはあらゆるクリストたちのやうに共産主義的精神を持つてゐる。若し共産主義者の目から見るとすれば、クリストの言葉は悉く共産主義的宣言に変るであらう」と述べているが、「若し共産主義者の目から見るとすれば」と記したとき、その中にバーナード・ショーを数えていたのは疑いがない。

　更にショーは、"JESUS AS ECONOMIST" という章を設け、「マタイによる福音書」第六章二十一節「あなたの富のあるところが、あなたの心のあるところである」という言葉から、キリストは個人の財産の放棄、そして国民への国家保証を促したとし、"Decidedly, whether you think Jesus was God or not, you must admit that he was a first-rate political economist"（LXX 頁）（イエスを神と認めるか否かはさておき、彼が一流の経済学者だったことは間違いなく認められよう）と論じている。

　その次の "JESUS AS BIOLOGIST" の章では、より豊かな生活に向けて進化する我々の内に、すべての起源である父なる神が存在し、我々の肉体こそ滅びるけれども、その肉体には世界中の歴史が宿っているという考え方を進化論になぞらえ、"He〔=Jesus〕was also, as we now see, a first-rate biologist"（LXXi 頁）（彼〔＝キリスト〕は、今ならわかるように、一級の生物学者でもあった）として、イエス＝キリストの生物学者（Biologist）の側面を論じている。

　ショーの議論の当否は据え置くとしても、キリストを Economist や Biologist として解釈しようとするショーの姿勢は目を引く。その根底には次のような考えがある。"I am not just now concerned with the credibility of the gospels as records of fact; for I am not acting as a detective, but turning our modern lights on to certain ideas and doctrines in them"（X頁）（私は事実の記録として、福音書が信頼できるかどうかについて今は関心がない。私は探偵のように振る舞いはしないのだから。しかし、代わりに<u>私はその中の幾つかの考えや教義に、現代の光を投げかけようと思う。</u>）

　この宣言に明らかなように、ショーの主眼は、近代的な視点からキリストの教えを見つめ直すことにあり、その結果として、新約聖書の中に共産主義者を見出し、EconomistやBiologistを見つけたのである。

　対して、芥川の正続「西方の人」はどうか。そこに経済学者や生物学者としてのキリストは出てこず、芥川とショー、両者に共通する共産主義者のキリスト像も、芥川の書きぶりは「<u>あらゆるクリストたちのやうに共産主義的精神を持つてゐる。若し共産主義者の目から見るとすれば</u>、クリストの言葉は悉く共産主義的宣言に変るであらう」と、どこか弱腰であり、ショーが見つけたキリスト像自体は、正続「西方の人」にはっきり踏襲されているとまでは言えないが、そのキリストの捉え方には、はっきりと通底するものがある。近代的な範疇からクリストを再認識しようとする姿勢である。芥川はショーの視座に倣って新約聖書を再読し、共産主義者に加え、「ジャアナリスト」や「無抵抗主義者」といったクリストを見つけたのではないだろうか。

　思索の内容をそのまま享受するのではなく、ショーの物事への眼差しの向け方に芥川は得るものが多かったのではないだろうか。ここに芥川のショー受容の姿が、端的に表れている。

10　結びに代えて

　本章では、芥川のショー受容を追ってきた。芥川は、東京帝国大学時代からショーに触れ、1920年以降により多くのショーの著作を読んでいたことを明らかにした上で、その質的な変化に着目して論を進めた。

　何故、1920年以降に芥川のショーへの関心が高まったかについては、推測の域を出ないが、ショーを信奉する菊池寛との接近や、芥川の蔵書の半数近くがConstable社のDramatic Worksのシリーズであることから、このシ

リーズが安定して入手できるようになったからではないかと思われる。また、プロレタリア文芸の黎明や、営利的企業家・大衆化といった言葉で表される出版業界の形態変化といった時代情勢が、社会主義者であったショーの著作に、芥川の関心を再び向けさせたものと考えられる。いずれにしろ、芥川は、菊池の「観照に方向を与へた」のはショーであると述べた(「「菊池寛全集」の序」)が、それは畢竟、後年の芥川自身を予言した言葉だったように思われる。

註

(1) 木内やちよ、宝林和子、太田三郎共著(『比較文学』日本比較文学会、1958・4)

(2) 吉田精一「芥川龍之介の生涯と芸術」(『芥川龍之介案内』岩波書店、1955・8所収)

(3) 芥川の旧蔵書中には、合本が二冊見られるが、合本に関しては、含まれている二つの出版物の、刊行日が遅い方の出版年で数えた。

(4) 初出『東京日日マガジン』、1922年3月においては、「憂鬱なるショオ──菊池寛へ──」と題されて掲載。同年4月『菊池寛全集 第三巻』(春陽堂)に「序」の表題で収録された。『芥川龍之介全集 第九巻』(岩波書店、1996・7)では「「菊池寛全集」の序」と改題され、収録。ここでは『芥川龍之介全集』に従う。

(5) "Darwinism & Vitalism" は、*Back to Methuselah* (1921) の序文の一部分のみを採用したもの。詳しくは後述する。

(6) 初出未詳。全集に従う。

(7) 『芥川龍之介全集 第二十二巻』の後記に「「手帳3」には「古事記のやうな極安全な本を読んで危険思想にかぶれる話」とある」と指摘されている。手帳が1919年販売のものであるから、少なくともそれ以降に書かれたものと推測される。

(8) 「'12」は「1912年」と「1923 (大正12) 年」の二通りに解釈できるが、出版年が1908年であること、セット本のvol.2は1920年出版であるが装丁や広告に違いがあること、同じ「'12」のある D'Annunzio の *The dead city* は書簡の証言で1912年を意味すると考えられることから、この記述も「1912年」と解した。

(9) 「'13」という年号表記は、「1913（大正 2）年」と「1924（大正 13）年」の二通りの意味に解することができるが、倉智恒夫「芥川龍之介読書年譜——フランス文学関係図書——」（『比較文学』1983・4）、及び「芥川龍之介読書年譜——英・露・独・北欧文学関係図書——」に基づき、他に同様の書き込みの例を求めると、Charles Kingsley の *Hypatia or New foes with an old face* の「10th July '13」、Henrik Ibsen の *Brand*「22th July '13」、Villiers de L'Isle-Adam *The revolt and the escape* の「23rd July '13」が確認でき、このうち Ibsen の *Brand* は、1913 年 9 月 5 日付け藤岡六蔵宛て書簡で、芥川が読了したことを明記しているので、*Brand* の「'13」は 1913 年の年号表記と考えられる。これは問題の *The Devil's Disciple* の「13'」の表記と、厳密にいえば異なるが、芥川が 1913 年を略して「13」と記すことのあった実例には違いない。加えて、1924（大正 13）年 8 月には、「August 日付 '24」と表記した例が四つ確認できた。以上のことを総合的に判断して、この「27th August 13'」は、1913 年 8 月 27 日のことと思われる。

(10) 註（9）で記した倉智論文に基づいて確認した範囲内では、1914（大正 3）年を「1914」と明記したものには、「2nd Feb 1914」と「16th Feb 1914」と「March 20th 1914 Tabata」と記した三例があり、その他の 1914 年のものと思われる書き込みはすべて、*The Sanity of Art* と同じく「'14」と記されている。また、1925（大正 14）年の例を見ると、1925 年と断定できるものには、「April 10th 25」、「11th April '25」、「Sept 7th 1925」がある。*The Sanity of Art* を含む「'14」の表記は、1914 年のものと、1925 年のものが混在している可能性は排除できないが、「1914」の表記が 1914 年 3 月 20 日以降見られないことと、本章で記す通り、1922（大正 11）年 3 月発表の「菊池寛全集の序」で、芥川が *The Sanity of Art* を参照したと思われることと、1924（大正 13）年 10 月『新潮』、「新潮合評会（四）」で *The Sanity of Art* を踏まえたと思われる発言を芥川がしていることから、ここでは 1914 年 10 月 1 日と解した。

(11) *Saint Joan* は、1924（大正 13）年に発表された。ゆえに「11th January '15」は 1926（大正 15）年 1 月 11 日の意である。

(12) 「日本におけるバーナード・ショー（1）——邦訳文献目録——」（『Nanzan Review』1965・12）、「日本におけるバーナード・ショー（2）——上演目録——」（『名古屋大学教養部紀要』1967・3）、「バーナード・ショー」（『欧米作家と日本近代文学 英米篇』教育出版センター、1975・6）。引用は「日本におけるバーナード・ショー（2）」に拠った。

(13) 1913 年のドルーリー・レイン王立劇場（ロンドン）での上演より、Prologue として太陽神ラーの独白が加わり、その代わりに第一幕冒頭にある宮殿の護衛

兵たちの会話の場面が"Alternative to the Prologue"（プロローグに代えて）と題されて切り離され、Prologue が上演される際には省略されるようになった。

(14) 新熊清『バーナード・ショー研究』（文化書房博文社、1996・2）、212頁より
(15) 前掲、島田論文
(16) 芥川は、1927年1月『文藝春秋』に発表した「文芸雑談」で「ショウのセント・ジョンは、ショウの作品の中でも傑作かどうか疑問である。「バック・トウ・メスウズラ」ほどではないにしても、「ハアト・ブレエク・ハウス」よりも悪作だらう」と述べており、Back to Methuselah に対する評価が低いことが窺える。
(17) 拙訳。以後、注記がなければ同様。
(18) 柳田泉他編『座談会 大正文学史』（岩波書店、1965・4）36頁より。
(19) 『芥川龍之介全集 第九巻』（岩波書店、1996・7）では「「菊池寛全集」の序」と改題されている。
(20) 前掲、新熊清『バーナード・ショー研究——演劇論——』169頁より。
(21) 芥川は The Admirable Bashville (1910) の出版年を「千九百十三年」としているが、これは芥川の持っていた London, Constable 版が 1913 年出版と印字されていたからと思われる。しかし、法律の不備については「千九百十年位におのづから気づいてゐたかも知れない」とする年号は誤植の疑いが強い。
(22) 芥川が所有していた Dramatic Works No.23 (London, Constable, 1920) 版のページ数。
(23) 鈴木秀子氏は「続西方の人——〈母なるもの〉への傾斜」（『国文学』臨時増刊「芥川龍之介の手帖」1972・10）で、正続「西方の人」について「この二作はまったく性質を異にする」と述べているが、関口安義が「西方の人——芥川龍之介の道程（一三）」（『都留文科大学研究紀要』1994・10）で、「両作品は互いに関連・呼応しあって一つの世界をつくりあげている」と述べているように、本章では二作を一連の流れの元に書かれた作品と考えて扱う。
(24) 吉田精一「芥川龍之介の人と作品——「西方の人」を中心に——」（『国文学解釈と教材の研究』1966・12）、笹渕友一「芥川龍之介「西方の人」新論——とくに比較文学的に——」（『ノートルダム清心女子大学紀要（国語国文学編）』1977・3）
(25) 茅野直子「『西方の人』とパピニの『基督の生涯』」（『青山語文』1974・3）、佐藤泰正「テクスト評釈『西方の人』『続西方の人』」（『国文学』1981・5）、佐藤善也「「クリストと云ふ人」（上）——「西方の人」「続西方の人」とパピニ」（『立教大学日本文学』1989・12）、同「「クリストと云ふ人（下）——「西方の人」「続西方の人」とパピニ」（『立教大学日本文学』1990・7）

(26) 註(24)掲載の吉田論文、及び鈴木秀子「芥川龍之介とキリスト教――「西方の人」を中心として――」(『季刊 文学・語学』1968・12)
(27) 福田恒存訳『獄中記』(新潮文庫、1954)より
(28) 註(24)前掲、笹渕論文
(29) 註(26)掲載、鈴木論文
(30) 佐古純一郎「芥川竜之介に於ける芸術の運命」(『佐古純一郎著作集』第六巻、春秋社、1960・7)
(31) 註(24)掲載、吉田論文

第 4 章

「地獄変」とピエール・ルイス「芸術家の勝利」
〈プロメテウス〉から〈地獄変〉へ

1 はじめに

　芥川龍之介の代表作「地獄変」の材源については、これまで「絵師良秀の家の焼くるを見て悦ぶ事」(『宇治拾遺物語』巻三、『十訓抄』巻六)および「弘高の地獄変の屏風を書ける次第」(『古今著聞集』巻十一)をはじめ[1]、ヘッベル『ユーディット』[2]、ディミトリー・メレシコフスキー『レオナルド・ダ・ヴィンチ ──神々の復活』[3]、ダンテ『神曲』の「地獄篇」[4]、ジュウル・クラルテ「猿」[5]など、数多くの指摘がなされてきた。三好行雄は「ある芸術至上主義」(『芥川龍之介論』筑摩書房、1976)で、これらの事実を指して「「地獄変」のうえにも、さまざまな〈前世紀の傑作の影〉が落ちていたわけだが、〔中略〕それは構成の細部を決定したにしても、小説の構造自体を律するにはいたっていない」とした。今日までの「地獄変」論は、その共通理解の上で議論が交わされてきた。だが、本章では「地獄変」の「小説の構造」や主題に大きく関わる重要な典拠として、ピエール・ルイスの短篇「芸術家の勝利(緋衣の男)」を新たに指摘したい。のちに詳しく述べるが、「芸術家の勝利」は、古代ギリシャを舞台に画家パラシオスが名画『プロメテウス』を描き上げるまでの顛末について語られる物語で、芸術至上主義に邁進する画家や、芸術家と対立する時の権力者など、複数の重要な要素が「地獄変」との共通項として挙げられる。

　また、芥川と西洋古典との繋がりについては、髙橋龍夫「芥川とロダン──「地獄変」の着想と中世志向──」(『芥川龍之介研究年誌』第 2 号、2008・3)やフェレイロ・ポッセ・ダマソ「芥川龍之介の蔵書から浮かび上がる古代ギリシャ文学」(『プロピレア』第 26 号、2020・12)など、これま

でも再三指摘されてきたが、本章では今回の新典拠の出現によって検討すべき事柄についても触れる。

2 「地獄変」執筆経緯：薄田泣菫宛書簡など

　まずは「地獄変」(『大阪毎日新聞』1918・5・1-22) の成立過程を整理する。1917年9月20日付けの薄田泣菫宛ての芥川書簡には「原稿用紙で御免蒙ります／<u>小説の件お引うけ申します</u>」、「二伸 <u>長さの増減あらかじめあてにせず御出し下さい</u>」(下線は引用者による。以下同様) とあり、「地獄変」の連載に当たる原稿依頼を芥川が引き受けたと考えられる。芥川はこの時すでに、滝沢馬琴を主人公とする「戯作三昧」(『大阪毎日新聞』1917・10・20-11・4) の原稿を執筆中だった。10月25日付けの松岡宛て書簡では、「「毎日」に馬琴が出だした」、「<u>もう一つ書けと言ふから書かうかと思つてゐ</u>るがそれにしても<u>それは新年へ</u>だ」とあり、「地獄変」にあたる新作は一九一八年初頭に予定されていることがわかる。ところが、原稿計画は難航し、薄田泣菫に宛てて「<u>なる可く〆切るのはおそく</u>して下さい出来るなら来年へ少しはみ出したいのですが、<u>題は「開化の殺人」としておいて下さい或</u><u>は「踏絵」と云ふのになるかも知れません</u>」(12月8日付け) と〆切の延長を申し出ている。また、この時に出ている仮題からは「地獄変」と異なる構想の小説を書く予定だったことが汲み取れる。年が明けても同様で、「<u>大阪</u><u>毎日は今書いてゐる奴が失敗したので新規に亙の日記と云ふのを書きます</u><u>どうせ碌なものは出来さうもありません</u>」(1918年1月25日付け岡栄一郎宛て) と題材がなかなか定まらなかった様子が窺える。薄田泣菫に宛てた1月31日付けの書簡には「小説目下進行中です　<u>二つ書きそくなつたので三つ</u><u>目です</u>　出来次第御送りします」、2月13日付けには「小説は私の結婚でよいと中断されました　もう四五日待つて下さい」とあり、3月1日付けの書簡で「私の新規に書きだしたのは十回か十五回の短篇です　<u>題は「地獄</u><u>変」としました</u>」と、ようやく「地獄変」の名前が登場する。

　これらから推測するに「地獄変」の構想は1月下旬から2月にかけて固まったのだろう。稲垣達郎「「地獄変」をめぐって」では、着想に至った契

機の一つにヘッベル『ユーディット』の読書体験があったとし、「ヘッベル作の五幕史劇『ユーディット』は、微妙なところで、いろいろと屈折して「地獄変」へおもかげを宿している」とする[6]。また、「『戯作三昧』が、政治的な弾圧や、低俗作家の流行や、気儘で嬌慢なジャーナリスト（ジャーナリズム）などという流俗に抗しながら「戯作三昧」にふけり、おのずから創造の法悦境にはいることの偉大さや荘厳味、少くともその無比の美しさをえがいたものとすれば、その展開が、やがて「地獄変」へ達したとしても、とにかく自然なすじみちであろう」と述べ、「地獄変」が同じく芸術家を主人公とする前作「戯作三昧」を発展させたものであるとする。しかし、「地獄変」における二重の語り（「信頼できない語り手」の手法）や回想形式、芸術家と対立関係にある為政者、画家の弟子といった要素は、「戯作三昧」には登場しない。「自然なすじみち」とするにはあまりに間隙が大き過ぎるのではないか。

　では、この「戯作三昧」から「地獄変」への跳躍はいかにして起こったのか。日本近代文学館に保管されている芥川旧蔵書中に確認できる、ピエール・ルイスの英訳短篇集『女と操り人形、その他』(G. F. Monkshood 英訳 *Woman and Puppet etc.* London, Greening, 1908) 所収の短篇「芸術家の勝利」（原題 "L'Homme de Pourpre〔緋衣の男〕"・英訳タイトル "The Artist Triumphant"）を典拠として挙げることで、この間隙が埋まると考えられる。

3　「芸術家の勝利」と芥川の読了時期について

3.1　「芸術家の勝利」の梗概

　「芸術家の勝利」の梗概は次の通りである。高名な芸術家である老ブリュアクシスの元に、弟子たちが集まって話をしている。そこで、エペソスの女王がとある画家に無理難題を言いつけ、その画家が自分の絵でもって意趣返しをしたことが話題になる。「芸術家こそ王者の中の王だ」と弟子たちは目を輝かせるが、ブリュアクシスは、そのようなことは大したことでないと諫める。老ブリュアクシスによれば、かつて人間の掟や神々の掟より己を上に据えた偉大な芸術家が存在したという。そして、パラシオスが名画『プロメ

テウス』を仕上げるまでの顛末について語り始めるのだった。

　若かりし日のブリュアクシスは、ある日、カルキスの奴隷市場近くで、友人で芸術家仲間のパラシオスに再会した。パラシオスは、戦いに敗れて奴隷にされたオリュントス人の中から、絵のモデルにする人物を物色しにいくところだった。しかしオリュントス人は、アテナイ人のパラシオス（やブリュアクシス）にとって同盟国人であり、ブリュアクシスは戸惑いを隠せなかった。ところが、パラシオスは倫理や道徳、まして法律など全く意に介さず、高名な医者だったニコストラトスを奴隷市場で見つけ、一目で気に入って買い受ける。

　パラシオスはアテナイに戻り、絵の創作にとりかかる。彼の家を訪れたブリュアクシスは、モデルの奴隷たちに対するパラシオスの残虐非道な仕打ちを目撃する。そして、パラシオスは究極の画題『プロメテウス』に挑む。館を訪れたブリュアクシスが目にしたのは、ニコストラトスが裸にされ、本物の岩に四肢を鎖で縛りつけられている姿だった。そして、パラシオスはニコストラトスに喚くよう要求する。しかし、ニコストラトスは人間としての尊厳を守るため、命令を拒否した。これに激怒したパラシオスは、下僕に命じて、焼き鏝をニコストラトスの体に押し付けた。ニコストラトスは呻き声を発した。その苦悶の表情をパラシオスは平然と観察し、絵画をしあげてゆくのである。絵の完成間際、遂にニコストラトスは事切れてしまった。それに対し、パラシオスは心無い言葉を吐いただけだった。

　翌日、芸術家の蛮行を知った市民は怒り、パラシオスの館に押し掛ける。屋敷を取りまいた群衆は「人殺し！　蛮人！」と怒号の嵐を浴びせる。パラシオスは屋敷の二階から顔をのぞかせた。そして、群衆が静まるのを待ってから、完成した『プロメテウス』を掲げてみせた。すると突如、群衆に動揺が走った。人々は、その絵の見事さに打たれ、雷のような喝采が起きたのである。

3.2　読了時期について

　以上が「芸術家の勝利」の大略である。法や倫理より芸術を至上と考え、神品を物にするパラシオスに、良秀の姿が重なる。両作品の共通点について

は次項でくわしく探るとして、ここで芥川が「芸術家の勝利」をいつ頃読んだのか、芥川旧蔵書の書き込みから確認したい。

　芥川旧蔵の Pierre Louÿs 著 Woman and Puppet etc. には、数点の書き込みが確認できる。表見返しには、毛筆で「ピエルを成仏せし／むるの句／逝く者は斯の如しと／春の水」[7]という句が書き記されている。この句は、孔子『論語』中の「子在川上曰。逝者如斯夫。不舎昼夜」を踏まえた句であろう。芥川が何をもってピエール・ルイスを「成仏せしむる」と考えたかは判断材料が乏しく定かではないが、句そのものは「過ぎ行く者は春の雪解けの水のように流れゆく」といった意味であろう。季語の「春」に着目すれば、1918年1月14日付けの久米正雄宛て書簡に二句[8]、同年1月19日付けの井川恭宛て書簡に五句、「春」を含む句が書きつけてある。くわえて、同書裏見返しには、同じく毛筆で「大正七年一月中旬一読過」[9]と記されている。1月中旬ごろに「春」を含む句を友人らに送りつけていることからも、この時期に本書を読了したと考えてよいだろう。

　以上から、「地獄変」執筆に向けて準備を進めていた1918年1月中旬に芥川が本書を読んだことは疑いない。つまり、1月31日に薄田泣菫へ宛てて「小説目下進行中です　二つ書きそくなつたので三つ目です」と送った際には、同書を読了済みであったと目され、代表作「地獄変」の構想は1月中旬の「芸術家の勝利」の読書体験、そして2月5日の『ユーディット』の読書体験を経て結実したと考えられる。

4　「地獄変」と「芸術家の勝利」の共通項

4.1　「芸術家の勝利」第一章と「地獄変」について

　ここからは「地獄変」と「芸術家の勝利」の類似点について整理する。まずは「地獄変」冒頭の機能に着目して考えたい。「堀川の大殿様のやうな方は、これまでは固より、後の世には恐らく二人とはいらつしやいますまい」から始まる冒頭部分では、堀川の大殿の逸話が語られる。

　　　二条大宮の百鬼夜行に御遇ひになつても、格別御障りがなかつたので

ございませう。又陸奥の塩竈の景色を写したので名高いあの東三条の河原院に、夜な〳〵現はれると云ふ噂のあつた融の左大臣の霊でさへ、大殿様のお叱りを受けては、姿を消したのに相違ございますまい。〔中略〕さやうな次第でございますから、大殿様御一代の間には、後々までも語り草になりますやうな事が、随分沢山にございました。大饗の引出物に白馬(あをうま)ばかりを三十頭、賜つたこともございますし、長良の橋の橋柱に御寵愛の童を立てた事もございますし、それから又華陀の術を伝へた震旦の僧に、瘡(もがさ)を御切らせになつた事もございますし、――一々数へ立てゝ居りましては、とても際限がございません。が、その数多い御逸事の中でも、今では御家の重宝になつて居ります地獄変の屏風の由来程、恐ろしい話はございますまい。

　この導入部は物語においていくつかの機能を果たしているが、「芸術家の勝利」との共通項に絞れば、以下の要素が挙げられよう。①逸話・武勇伝の列記、②語り手による回想形式、③（芸術家と対立する）時の権力者の存在である。いずれも前作「戯作三昧」にはなかった要素である。順に見ていこう。

　まず①逸話・武勇伝の列記について、「地獄変」では、堀川の大殿を褒め称えれば称えるほど、その大殿に一矢報いた良秀（ないし『地獄変』）の評価がいっそう高まる構造となっている。「芸術家の勝利」第一章でも、同種の工夫が見られる。第一章では、弟子たちが崇拝の念をもって、老師ブリュアクシスを見つめ、これまで彼が成した芸術の数々を想起する。

　　We knew that he had survived all those whom we had longed to know. We loved him to reveal his spirit to us, for we were simple-hearted children, born too late to have heard the voices of heroes. <u>We sought to trace the almost invisible bonds that united him to his striking, astonishing lifework. That brow had conceived, that hand had helped to model a frieze and twelve figures for the tomb of Mausolus, the King of Caria, whose tomb was a wonder of the world: the five Colossi erected in front of the town of Rhodes,</u>

the Bull of Pasiphae, that made women dream strange dreams, the formidable Apollo of bronze, and the Seleucus Triumphant. The more I contemplated their author, the more it seemed to me that the Gods must have fashioned with their own hands this sculptor, in order that he might be the means of revealing them to men!

〔しゃちこばって、崇めるような思いで老人を見まもり、相手もそれに気づいているみたいだった。その謦咳に接したかった人々がすべて世を去ってしまった後に彼一人がまだ生き延びていてくれることが私たちには有難かった。英雄の声を聞くには遅く生まれ過ぎた平々凡々の子たるわれわれにとっては彼の姿を見られるだけでも嬉しかったのだ。それに、老人がもはや誰の目にも触れなくなる日の近いことが予感されるので、彼をその燦かしい作品に結びつけている目に見えないきずなを私たちはひそかに探り求めるのだった。この額が構想し、この親指が粘土をひねって数々の作品の塑像を造り上げたのだ、あのマウソロス王の墳墓のための小壁と十二基の立像、ロドスの街の入口に聳え立つ五つの巨像、女人の眼を夢見させるパシパエの牡牛、青銅の驚くべきアポロン、新首都のセレウコス〈勝利王〉……これらの作品の創造者を眺めれば眺めるほど、私はこんなふうに思えてならないのである、神々はまず自分の手でこの霊感にみちた彫刻家を作り上げ、その後で彼のそばまで降りて来られて彼が神々の姿を諸人の眼に見させることができるようお膳立てされたのに違いないと。〕(10)

老師ブリュアクシスの功績が列記され、彼が如何に偉大な芸術家であったかが示される。しかし、「芸術家の勝利」の主人公は、ブリュアクシスではない。彼は、いわば前座を務める人物に過ぎない。ブリュアクシスは続けて、

…… it may be good, and even noble, for an artist to dare and to be able to put himself ……, but above all human laws, or even divine laws, when the Muses, his inspiring spirits, sway him." Bryaxis was now standing. We murmured in wonder —

"But who has done that? Of whom do you speak?"

"None, perhaps," came the answer of the older man, and there was in his eyes the hazy look of the dreamer, "unless the great Parrhasius....

〔「〔…〕芸術家は己れを人間の掟てよりも上に、神々の掟てよりも上に据えて憚らないし、そうであってこそ、すぐれた画家に、いや偉大な画家にもなり得るのだ。」／ブリュアクシスは立ち上がっていた。／私たちは思わず呟いた。／「そんなふうに振舞った人間がいるんですか？」／「誰もいない、恐らく」と老人は夢見るような目つきで、「誰れも……パラシオスを除いては……」〕

と躊躇いながら、「人間の掟」より、そして「神々の掟」よりも尊大に振る舞った偉大な芸術家として、パラシオスの名前を挙げる。ブリュアクシスが前座なら、パラシオスは真打ちに例えられよう。市井に流布する逸話や噂話ではなく、数々の功績が褒めたたえられた高名な芸術家ブリュアクシスの口より語られるからこそ、真打ちのパラシオスの物語には箔がつく。「地獄変」における大殿は、物語により深く関与する人物であるから単に前座と呼ぶにはふさわしくないが、先に登場する人物に付与された武勇伝や逸話が、のちに登場する真打ちの成功をより引き立てる構図にあるという点では、両作は同工異曲といえるだろう。

また②語り手による回想形式となっている点も両作で共通している。芥川の「地獄変」では「二十年来御奉公」している中で最もすさまじい出来事として『地獄変』の屏風の由来が語られる。同様に「芸術家の勝利」でも、第二章以降では老師ブリュアクシスが目撃した、『プロメテウス』に纏わる五十年昔の「恐ろしい場面」が語られる。(「地獄変」では、「日向の説明」・「陰の説明」という二重の語りが採用されており、「芸術家の勝利」よりさらに重層的な構造をとっていることは言うまでもない。)[11]

また、「芸術家の勝利」第一章に話を限れば、③芸術家と対立する時の権力者の存在が、「地獄変」との最大の共通項であるといえる。第一章の大部分を占めるのは、エペソスの女王ストラトニケとアテナイの画家クレシデス

の対立の物語である。

　女王はクレシデスに、自分の肖像画を描くよう命じる。ところが、女王が一枚の絵に、三方向からのポーズを写しとった〈三女神〉[12]の絵を描け、と理不尽な注文を命じたうえ、女王はろくに絵のモデルも務めず、侍女にモデルの代役をやらせ、自分は愛人との逢引きに出かける。腹を立てたクレシデスは、二枚の画板を宮殿の壁に発表して復讐する。そこに描かれていたのは、愛人の腕の中に抱かれる女王で、一枚は正面から、もう一枚は後ろからの構図だった。公にされた絵に群衆が群がるなか、女王が八十人の廷臣を引き連れて、問題の絵を見にやって来る。群衆がはらはらしながら一挙一動を見守る前で、女王は「どちらのほうがよく出来ているのかわたしには分らない、でも両方とも見事な出来だ」と機転を利かせ、自身の憤りを表明せずに絵を講評する。それを見ていたブリュアクシスの弟子の一人[13]は、「今後、〈芸術家〉は王者の中の王者、この世に存在する唯一無二の神聖にして冒すべからざる存在になった」と感慨を述べる。

　「芸術家の勝利」第一章における、芸術家を自分の意のままに動かそうとする為政者の登場、そして芸術家との対立構造は、堀川の大殿と良秀に受け継がれたと考えてよいだろう。また女王の苦虫を嚙みつぶしたようなセリフは、「地獄変」の末段で、『地獄変』のお披露目に際し、横川の僧都が呟く「出かし居つた」という台詞を想起させる。

4.2 〈プロメテウス〉から〈地獄変〉へ

　以上で見たように、「地獄変」と「芸術家の勝利」第一章だけでも、さまざまな類似点を見出だすことができる。しかし、両作品の眼目は、そののちに語られる絵画の縁起、および芸術家の振る舞いにある。「芸術家の勝利」の該当箇所から確認しよう。

　第二章以降では、ブリュアクシスの語りによって、パラシオスが『プロメテウス』を描くまでの顛末が述べられる。

　　"I shall make a Prometheus."
　　　In saying this his face expressed the horror that the subject of Prometheus

would have. "There is a Prometheus (of some sort or the other) under every portico, as you know. Timagoras made and sold one; Apollodorus has attempted another. Zeuxis has believed that he has the power to...but why bring back to our memory so much piteous painting. The Prometheus has never yet been given to the world."

"That I fully believe," I replied to the Master.

"They have represented peasants naked and attached to rocks made of wood. Their faces were distorted by a grimace of some sort, a mere face-ache. But, Prometheus the forger of fire, and creator of the man and his struggle with the eaglegod... Ah! No one has yet created that, Bryaxis. Such a Prometheus, one of the greatest grandeur, I see as plainly before me, created by my brain, as I see your face. That is the type of Prometheus that I wish to nail to the walls of the Parthenon."

〔「俺はプロメテウスに取り組むつもりだ。」／この荘厳な名前を発音すると、口を開けたまま閉じず、自分の画題に対する怖れをありありと眉毛の間の襞の中に浮かべて、／「プロメテウスの像は、知っての通り、どこの廻廊にも飾られている。ティマゴラスも一つ売りつけたし、アポロドロスも手をつけている。ゼウクシスも生意気に……だけどどれもこれもお話にならん。まだ誰もプロメテウスを描いた奴はおらん。」／「そりゃそうだ」／「森の岩に裸で縛りつけた土百姓を描いてるだけだ、おまけにあのひん曲った面ときちゃ、歯痛の顰っ面かといいたいね。ところがだ、炎を鍛える鍛冶工プロメテウス、人類の創造者プロメテウス、ましてやカウカソスの山と雷光を背景に、〈神の使いの鷲〉を相手に回しての闘い、そうとも！　ブリュアクシス！　そこまで描けた奴はいない。この荘厳なプロメテウス、俺にはそれが見えるんだ、きみの顔と同じくらいにはっきりとな、だから俺はその姿をパルテノンの壁に貼りつけたいんだ。」〕

まだ誰も描いたことのない、真の『プロメテウス』の絵を描きたい。究極の画題に挑戦しようとするパラシオスは全ての準備を整えるが、顔のモデル

だけが見つからない。「顔に天才が輝いている男」が必要なのだ。そして「手足を縛りつけ」、「その姿勢で手足をへし折」ろうというのだ。一切の妥協を許さないパラシオスは、画のためなら手段を選ばず、人間の尊厳を踏みにじることなど気にも留めない男である。そこで目をつけたのがオリュントス民の奴隷市場である。パラシオスは、つい先日までは自由の身だった同盟国人たちのなかから絵のモデルを探す。

　そして遂にパラシオスは目的にかなう人物を見つける。ニコストラトスという名の五十近い男で、元は高名な医師だった。パラシオスはニコストラスを買い求め、自国アテナイに連れ帰る。しかし、アテナイでは法律上、同盟国のオリュントス人は自由の身となる。ところが、パラシオスは「法律なんて、この手でひっつかんで、このマントの襞みたいに後ろへはね飛ばしてやるさ。」と豪語し、法律などおかまいなしで創作に取り掛かる。

　ブリュアクシスは一度館を訪れた後、しばらくパラシオスを訪れることができなかったが、一月ほど経ったある日、アテナイ市民の一人がオリュントス人の女性を奴隷扱いしていたことが判明し、騒ぎとなった。男は逮捕され、即刻死刑となった。ブリュアクシスは、パラシオスも男と同じ運命を辿るのではないかと心配になり、友のもとへ駆けつける。そこで、ブリュアクシスは『プロメテウス』の絵の仕上げに取りかかるパラシオスを目撃する。

<u>Never shall I forget the regard, slow and grave, with which Parrhasius greeted me when I entered.</u> He was standing, painting. Then, <u>following his further glances, I saw, nude and bound to an actual rock, Nicostratus the Olynthian.</u>

　"Cry out!" shouted Parrhasius to him; and his awesome captive did, cursing, foaming, and raging.

　The face of Parrhasius did not alter one line. <u>He said to a Sarmatian slave: "Upon his right; touch lightly, without penetrating."</u> Nicostratus saw the man advance, and soon his eyes swooned and a sweat of agony came to his temples. Moans came to the lips; then a sob, like that of a child. Parrhasius, impassible, studied the face; then suddenly cried out: <u>"The imbecile! He has died too soon."

〔訳(14)〕：わしが入って来るのを見たときパラシオスが投げて寄越した泰然自若とした荘重な眼つきは、一生忘れることができないだろう。彼は、絵に打ち込んでいるところだった。彼の視線のあとを追って、そこにわしが見出したものは、なんと！　裸で、実物の岩の背に縛りつけられたオリュントスのニコストラトスの姿だった。／「喚け！」パラシオスは怒鳴った。奴隷は罵り叫び、怒りの泡を吐き散らした。／パラシオスの顔は筋一本動かなかった。それどころかサルマチア人の奴隷に向かって言いつけた。「右脇腹。そうっと触るんだぞ。突き立てずにな。」ニコストラトスは男が自分のそばへ歩んでくるのを見た。たちまち目から力が失せた。こめかみからは怖ろしい脂汗が流れ、最初は呻きたてたが、やがて幼児のすすり泣きのような打ち震える声で呻きだした。パラシオスは、平然として、その表情を観察していた。途端、怒鳴り声が飛んだ。「間抜けめ！　もう少しというところで、くたばりおったわ！」〕

　芸術のためなら人倫に悖る行為であっても平気で実行し、「人間の掟」や「神々の掟」より、芸術を優先する姿は『地獄変』の屏風を完成させるために、車の中で娘が燃えるのをつぶさに観察した良秀と重なる（そして絵のモデルが非業な死を遂げるという点においても両作は一致している）。良秀の人物造型がパラシオスに拠っていると考えられる点は他にもある。パラシオスは『プロメテウス』の絵に取り掛かる前に、奴隷市場で買い求めた別の女（アルテミドラ）をモデルに使い、サテュロスに襲われるニンフの絵（『襲われしニュンペ』）を描く。そのために、二人の男性奴隷とアルテミドラに絵と同じ構図を取らせる(15)。それだけでなく、良秀が「鎖で縛られた人間を見たい」といって、鉄の鎖で弟子を縛り付ける場面はパラシオスの『プロメテウス』の場面に由来するといえよう。これらの、良秀がモデルを過酷な状況に置き、それを慈悲もなく写し取ろうとする姿勢においても「芸術家の勝利」からの影響が色濃いといえる。

　さて、以上で見て来たように、芥川が「芸術家の勝利」に着想を得て、「地獄変」を執筆したことはまず間違いなかろう。この書き換えについて、

もう少し詳細に検討していきたい。
　引用が重複するが、奴隷市場に向かう道中、パラシオスは『プロメテウス』に挑まんとする意気込みを次のように語る。

「おれはプロメテウスに取り組むつもりだ。」
　この荘厳な名前を発音すると、口を開けたまま閉じず、自分の画題に対する怖れをありありと眉毛の間の襞の中に浮かべて、
「プロメテウスの像は、知っての通り、どこの廻廊にも飾られている。ティマゴラスも一つ売りつけたし、アポロドロスも手をつけている。ゼウクシスも生意気に……だけどどれもこれもお話にならん。まだ誰もプロメテウスを描いた奴はおらん。」
「そりゃそうだ。」
「森の岩に裸で縛りつけた土百姓を描いてるだけだ、おまけにあのひん曲った面ときちゃ、歯痛の顰っ面かといいたいね。ところがだ、炎を鍛える鍛冶工プロメテウス、人類の創造者プロメテウス、ましてやカウカソスの山と電光を背景に、〈神の使いの鷲〉を相手に回しての闘い、そうとも！　ブリュアクシス！　そこまで描けた奴はいない。この荘厳なプロメテウス、俺にはそれが見えるんだ、きみの顔と同じくらいにはっきりとな、だから俺はその姿をパルテノンの壁に貼りつけたいんだ。」
　こう言いながら彼は、二人の女の支えを離れ、それを捧げ持っている少年の手から黄金の杖を取り上げると、空中に大げさな身振りを描いて、
「二月前から俺はその仕事に取り組んでいる。アステュパライアの岬にあるクラテスの領土に、すばらしい岩石の群れが見つかった。下絵はぜんぶ出来上がっている。背景も用意できたし。人体の線も、位置についている。ところがはたと行きづまってしまった。顔が見つからんのだ。おお！　ヘルメスとか、アポロンとか、パンとかを描くんなら、アテナイの市民は誰でもおれの家で威張ってポーズを取れる。ところが顔に天才が輝いている男をモデルに見つけ、実物装置の上に手足を縛りつけるとなると、わかるだろう、そんなことが出来るわけがない。その姿勢で

手足をへし折るとなると、こいつはもう奴隷を使うしかない。ところが奴らときたら、畜生の面しか持っておらん！　エンケラドスや、テュポンを描く段にはいいさ。ところがプロメテウスじゃない。どうしてか？　自由なギリシア人だった奴隷なんて見当たらんからな。それがだ！　ピリポスがそいつを携えてくれたんだ。そいつを売っているところへ俺はこれから買いに出かけるというわけだ。」(16)

　パラシオスは以上のように、これから取り組まんとする究極の画題『プロメテウス』について熱っぽく語る。すでに触れた通り、地上の掟や倫理を置き去りにして、芸術作品に邁進する芸術家像は「地獄変」の良秀像に引き継がれているが、引用した場面からはそのほか、〈鎖〉のモチーフの共通性、そして『プロメテウス』から『地獄変』への画題変更という二つの重要な間テクスト性を読むことができる。
　一点目から確認したい。芥川の「地獄変」にはデッサンのモデルを努めた弟子が、赤裸で〈鎖に縛られる〉場面がある。『地獄変』屏風の制作に取りくむ良秀はある日、弟子を呼びつけ、「御苦労だが、又裸になつて貰はうか」と述べる。弟子は早速衣類を脱ぎ、裸になると、良秀は「わしは鎖で縛られた人間が見たいと思ふのだが、気の毒でも暫くの間、わしのする通りになつてゐてはくれまいか。」と冷然と言い放ち、「太刀でも持つた方が好ささうな、逞しい若者」の弟子に対して「どこから出したか、細い鉄の鎖をざら〳〵と手繰りながら、殆と飛びつくやうな勢ひで、弟子の背中へ乗りかかり」、「否応なしにその儘両腕を捻ちあげて、ぐる〳〵巻きに」する。そうして「その鎖の端を邪慳にぐいと引き」、弟子の体は無様に倒れてしまう。弟子の恰好は、「まるで酒甕を転がしたやうだとでも申しませうか。何しろ手も足も惨たらしく折り曲げられて居りますから、動くのは唯首ばかりでございます。そこへ肥つた体中の血が、鎖に循環を止められたので、顔と云はず胴と云はず、一面に皮膚の色が赤み走つて参る」のである。
　鎖で縛られた〈プロメテウス〉に似た状況が完成するのだが、王朝ものである「地獄変」に〈鎖〉が登場するのは違和感が残る。「地獄変」は『宇治拾遺物語』第三巻および『十訓抄』第六巻の「絵師良秀の家の焼くるを見て

悦ぶ事」、及び『古今著聞集』第一一巻の「弘高の地獄変の屏風を書ける次第」が典拠[17]とされているが、『宇治拾遺物語』・『十訓抄』・『古今著聞集』に〈鎖〉は登場しない。芥川の初期代表作「鼻」（『新思潮』1916・2）で、内供が憂鬱気に〈鏡〉を覗きこむ場面があり、中島国彦『近代文学にみる感受性』（筑摩書房、1994）が「芥川が典拠とした『今昔物語』や『宇治拾遺物語』の一節には、「鏡」のことが全く出て来ない」ことを指摘しているが、同様のことが「地獄変」の〈鎖〉にも言えよう。すなわち『宇治拾遺物語』・『十訓抄』・『古今著聞集』の典拠に登場しない〈鎖〉が「地獄変」で登場するのは、「芸術家の勝利」からのモチーフの流用と考えてよいだろう[18]。

　芥川の「地獄変」には、〈鎖〉が登場する場面がもう一つある。良秀の娘[19]が檳榔毛の車に乗せられ、燃やされる場面だ。「忽ち狭い轅はこの中を鮮かに照し出しましたが、軶の上に惨らしく、鎖にかけられた女房は──あゝ、誰か見違へを致しませう。きらびやかな繡のある桜の唐衣にすべらかし黒髪が艶やかに垂れて、うちかたむいた黄金の釵子も美しく輝いて見えましたが、身なりこそ違へ、小造りな体つきは、色の白い頸のあたりは、さうしてあの寂しい位つゝましやかな横顔は、良秀の娘に相違ございません。」、「殊に夜風が一下しして、煙が向うへ靡いた時、赤い上に金粉を撒いたやうな、焰の中から浮き上つて、髪を口に嚙みながら、縛の鎖も切れるばかり身悶えをした有様は、地獄の業苦を目のあたりへ写し出したかと疑はれて、私始め強力の侍までおのづと身の毛がよだちました」とされ、『地獄変』のクライマックスの場面で、要となる良秀の娘が〈鎖〉に縛られて登場する。一方で、ピエール・ルイスの「芸術家の勝利」では、ニコストラトスが岩に裸で四肢を縛りつけられている場面をブリュアクシスが目撃する。「（パラシオスの）視線のあとを追って、そこにわしが見出したものは、なんと！　裸で、実物の岩の背に縛りつけられたオリュントスのニコストラトスの姿だった」。どちらの作品でも虐げられ、踏み躙られるモデルの人間としての〈尊厳〉と常軌を逸した〈芸術至上主義〉の画家を印象づけている。いずれにせよ、「芸術家の勝利」のクライマックスで刻印される〈縛られた〉モデルのイメージが、「地獄変」の作品内に流入していると見てまず間違いなかろう。

しかし、〈プロメテウス〉像からの影響はそれだけに留まらないと言えよう。ギリシア神話における〈プロメテウス〉は、天上から火を盗んだ罰として、カウカソス山に鎖で縛られ、鷲に肝臓を啄まれる。その責め苦は、夜になるとプロメテウスの体は恢復するため、ヘラクレスが旅の途中に大鷲を射落とすまで続いたとされる。「〈神の使いの鷲〉を相手に回して」闘い、肝臓を啄まれるという逸話は「地獄変」の別の場面を連想させる。

　「なに、見た事がない？　都育ちの人間はそれだから困る。これは二三日前に鞍馬の猟師がわしにくれた耳木兎と云ふ鳥だ。唯、こんなに馴れてゐるのは、沢山あるまい。」
　かう云ひながらあの男は、徐に手をあげて、丁度餌を食べてしまつた耳木兎の背中の毛を、そつと下から撫で上げました。するとその途端でございます。鳥は急に鋭い声で、短く一声啼いたと思ふと、忽ち机の上から飛び上つて、両脚の爪を張りながら、いきなり弟子の顔へとびかゝりました。もしその時、弟子が袖をかざして、慌てゝ顔を隠さなかつたなら、きつともう疵の一つや二つは負はされて居りましたらう。あつと云ひながら、その袖を振つて、逐ひ払はうとする所を、耳木兎は蓋にかかつて、嘴を鳴らしながら、又一突き――弟子は師匠の前も忘れて、立つては防ぎ、坐つては逐ひ、思はず狭い部屋の中を、あちらこちらと逃げ惑ひました。怪鳥も元よりそれにつれて、高く低く翔りながら、隙さへあれば驀地に眼を目がけて飛んで来ます。その度にばさ〳〵と、凄じく翼を鳴すのが、落葉の匂だか、滝の水沫とも或は又猿酒の饐ゑたいきれだか何やら怪しげなものゝけはひを誘つて、気味の悪さと云つたらございません。さう云へばその弟子も、うす暗い油火の光さへ朧げな月明りかと思はれて、師匠の部屋がその儘遠い山奥の、妖気に閉された谷のやうな、心細い気がしたとか申したさうでございます。
　しかし弟子が恐しかつたのは、何も耳木兎に襲はれると云ふ、その事ばかりではございません。いや、それよりも一層身の毛がよだつたのは、師匠の良秀がその騒ぎを冷然と眺めながら、徐に紙を展べ筆を舐つて、女のやうな少年が異形な鳥に虐まれる、物凄い有様を写してゐた事

でございます。弟子は一目それを見ますと、忽ち云ひやうのない恐ろしさに脅(おびや)かされて、実際一時は師匠の為に、殺されるのではないかとさへ、思つたと申して居りました。（中略）実際師匠に殺されると云ふ事も、全くないとは申されません。現にその晩わざわざ弟子を呼びよせたのでさへ、実は耳木兎を嗾(けし)かけて、弟子の逃げまはる有様を写さうと云ふ魂胆らしかつたのでございます。

　良秀は珍しい耳木兎を取り寄せ、その怪鳥に弟子を襲わせる。鎖で縛られた弟子と合わせると、鎖に縛られた〈プロメテウス〉が怪鳥に襲撃されるのと同じ構図が完成する。「地獄変」作品内では、縛られた弟子と耳木兎に襲われた弟子の挿話は、『地獄変』屏風の制作に取り組む芸術家・良秀が常軌を逸している様を伝える逸話として語られているが、「芸術家の勝利」を並べると〈プロメテウス〉の残像を捉えることができる。むしろここまで明瞭な一致は、芥川に『プロメテウス』と『地獄変』を結びつけようとする積極的な意志があったと捉えられかねない程である。
　そう考えた場合、〈プロメテウス〉神話に登場しない〈蛇〉の存在が目を引く。どちらのエピソードでも、不意の〈蛇の出現〉で良秀は写生の手を止めている。良秀はこの時点では〈芸術至上主義〉の境地にまではまだ至っておらず、人間性を放棄していないことになる。このことが、その後、娘を犠牲にすることで〈芸術至上主義〉の境地に至る良秀の前日譚として機能している。弟子たちが間一髪で救出されるとき、良秀もまた〈芸術至上主〉の境地に陥ることなく、人間性を取り戻している。その起点に、聖と邪、どちらのシンボルにも通じる〈蛇〉が配されている。〈蛇〉は弟子の生命を危険にさらすが、道徳心を取り戻した良秀の制止によって、その殺傷行為は未遂に終わる。（もし良秀の介入がなかった場合、人に危害を加えた蛇は処分され、殺害されていた可能性が高いだろう。）対象者の生殺与奪の権を有し、良秀の人間性の回帰を前提として殺傷行為に及んでいるという点において、〈蛇〉の存在は大殿に通じるものがある。娘を焼死させてしまう場面で、大殿は良秀が己の敗北を認め、娘を救けることを予期していたと考えられるが、その良秀が娘を見捨て、〈芸術至上主義〉の道を摑んだことで、大殿は

二重の敗北を喫することとなる。「芸術家の勝利」や〈プロメテウス〉神話に登場しない〈蛇の出現〉は、芸術至上主義に至るまでの良秀と大殿の関係性を示唆しているとも読める。

　さて、もう一つの重要な間テクスト性を示す、画題の変更（『プロメテウス』から『地獄変』）について触れていきたい。すでに述べた通り、ギリシア神話におけるプロメテウスは、天上の火を盗んで人間に与えた存在である。芥川が「芸術家の勝利」を換骨奪胎するにあたり、同じ〈火〉というイメージを共有しつつ、人類に火を与えた神から、炎熱の〈地獄絵巻〉へと画題を変更している。典拠の「弘高の地獄変の屏風を書ける次第」に『地獄変』屏風が登場することから自然な変更とも考えられるが、作品全体のテーマに関わる重大事であるように思う。ギリシア神話では、ゼウスはその報復として、人間の最初の女パンドラをつくり、プロメテウスの弟エピメテウスに娶らせ、人間にあらゆる災禍をもたらす。ギリシア神話と仏教説話を直截に接続するのは些か気が引けるが、災禍のふりまかれた現世で、罪を犯した人間が行きつくのが〈地獄〉である。良秀の描いた『地獄変』には、「上は月卿雲客から下は乞食非人まで、あらゆる身分の人間」がいる。「束帯のいかめしい殿上人、五つ衣のなまめかしい青女房、珠数をかけた念仏僧、高足駄を穿いた侍学生、細長を着た女の童、幣をかざした陰陽師」等々、「いろ／＼の人間が、火と煙とが逆捲く中を、牛頭馬頭の獄卒に虐まれて、大風に吹き散らされる落葉のやうに、紛々と四方八方へ逃げ迷つてゐる」。渡邉正彦[20]が指摘するように、「地上＝世俗の身分階級は一切無意味」で、「この世で最も美しく、最も高貴な身分の人間さえも地獄は差別しない」のである。

　文明の起源を創った英雄譚から、炎熱地獄での人々の責苦のさまを伝える図絵への画題変更は、両者の作品の本質を映してもいる。ピエール・ルイスによる原話では、結末部で、同盟国人を奴隷として使役し、あまつさえ死に至らしめた振る舞いに怒り狂う群衆に向かって、パラシオスが完成した『プロメテウス』を披露すると、非難は静まり、雷のような喝采が沸き起こる。芸術が「他のすべての物音を黙らせてしま」い、その中心に作者であるパラシオスが存する。地上の倫理を屈服させ、芸術家は「王者の中の王者、この世に存在する唯一無二の神聖にして冒すべからざる存在」であることをパラ

シオスは見事に証し立てる。賞賛は〈芸術作品〉と混然一体となった〈芸術家〉に向かっている[21]。「芸術家の勝利」では、プロメテウスの神話と同様、〈英雄伝〉が形成されているのだ。一方で、芥川の「地獄変」では、お披露目の場面で横川の僧都が大衆の代弁者として登場[22]し、「良秀の方をじろ〳〵睨めつけ」るが、『地獄変』が開陳されると、「思はず知らず膝を打つて、「出かし居つた」」と褒め称える。その直後、語りは良秀ではなく、「この言を御聞きになつて、大殿様が苦笑なすつた」大殿へとフォーカスされる[23]。続く段落で、良秀の悪評が無くなったことが伝えられるが、良秀の様子が喧伝されるのは末尾の段落に至ってからである。

　しかしさうなつた時分には、良秀はもうこの世に無い人の数にはいつて居りました。それも屛風の出来上つた次の夜に、自分の部屋の梁へ縄をかけて、縊れ死んだのでございます。一人娘を先立てたあの男は、恐らく安閑として生きながらへるのに堪へなかつたのでございませう。屍骸は今でもあの男の家の跡に埋まつて居ります。尤も小さな標の石は、その後何十年かの雨風に曝さらされて、とうの昔誰の墓とも知れないやうに、苔蒸してゐるにちがひございません。

「雷のような喝采を浴びる」パラシオスと比したとき、この有様は〈芸術家の勝利〉とは到底呼び難い。むしろ、その前段で、彼の汚名がそそがれた理由について語りが強調するのは、「誰でもあの屛風を見るものは、如何に日頃良秀を憎く思つてゐるにせよ、不思議に厳かな心もちに打たれて、炎熱地獄の大苦艱を如実に感じるからでもございませうか」とされる、真に迫った〈芸術作品〉の威光である。ここに、〈英雄伝〉はなく、題名の通り「地獄変」の縁起が完成する[24]のである。

　At last Parrhasius appeared in all his pomp and faced the crowd and all its cries. Then, slowly lifting <u>his painting, as though offering something sacrosanct</u>, he showed the Athenian people the Prometheus.

　<u>An awesome shudder of amazement</u>, of wonderment at its highest, came to

the populace who saw the great picture–the picture of human anguish and final defeat by death. The summit, the uttermost, of tragic grandeur seemed to be unveiled there for the first time. . . . Silence, as of a temple, held the people for a time ; then some hostile cries broke out afresh. But they were futile, and died, lost in the splendid thunder of glory.

　〔やっとパラシオス本人が現れ、群集の怒号と対峙した。それから、パラシオスは『プロメテウス』を、おもむろに、あたかも神々しい品物でもあるかの如くに、高々と捧げ持ちあげ、アテネの人々に見せた。

　詰め寄った群集に動揺が走った。彼らの眼前には、人間的苦悩の画が、苦痛と死による永遠の敗北の画が生動していた。群集が見まもる前に、荘厳な悲劇の絶頂がこの場に初めて姿を現したのだ。群集は打ち震えた。泣き出す者もいた。神殿の静寂が、群集の最後の一人の口にまでも拡がり、そして罵倒の叫びがもう一度生じかけたとき、雷のような喝采が湧き起り、〈栄光〉の響きの前に他のすべての物音を黙らせてしまうのだった……〕

　芸術がすべての非難を呑みこみ、喝采がパラシオスを包み込むこととなる。まさに芸術が地上の倫理を屈服させたのである。パラシオスのその後の消息は伝えられておらず、名声が頂点に達した、この場面で本作は幕を閉じる。〈芸術作品〉と〈芸術家〉が混然一体となり、「雷のような喝采」を受ける「芸術家の勝利」と「地獄変」を比較すると、『地獄変』のお披露目に際して作者・良秀の不在が際立つ。また、パラシオスには、三好の言うところの〈人生の残滓〉が存在しない。芸術家に、芸術と拮抗する実人生を描きだそうとする「地獄変」は、「芸術家の勝利」を出発点としながら異なる着地点を見出だしている。「芸術〈家〉の勝利」と言い切ってしまう英訳より一歩進んで、芥川は〈芸術家〉を〈芸術作品〉から切り離し、それぞれに異なる結末を与えることで、かえって〈芸術家〉が摑みとった「凄まじい空中の火花」(「ある阿呆の一生」) をvivid[25]に描き出したのである。

　〈芸術家〉が「王者の中の王者」として振る舞う英雄伝となっている「芸術家の勝利」に対し、勝者の座に居座るのは「地獄変」では〈芸術作品〉の

みである。芥川の「地獄変」においては、作者である〈芸術家〉さえ、〈芸術作品〉の「残滓」[26]となっている。そのうえで「地獄変」に深く関わった人物——良秀、娘（と猿秀）、そして大殿——がそれぞれに無残な末路を辿る点は看過すべきではなかろう。親子は非業の死を遂げ、大殿は良秀の娘に懸想したことを暗に言いふらされたうえ、その娘を失い、さらには良秀に敗北を喫したさまが語り草となり、権威の失墜（あるいは権威に傷がつくの）を免れない。「人生は地獄よりも地獄的である」（「侏儒の言葉」）と括るのはやや乱暴であるが、神品を物にすることで神々の領域にのし上がるパラシオスに対して、「地獄変」では〈芸術家〉が地獄に堕ちることを予言され、関係者たちにはそれぞれの不幸が待ち受けている。言い換えれば〈プロメテウス〉から〈地獄絵図〉への画題変更は、〈英雄伝〉から〈芸術作品〉神話への主題の変奏、また〈芸術作品〉に関わる人間たちに待ち受ける〈地獄変相〉の描出というテーマの変遷をも象徴している。

5　日本におけるピエール・ルイス受容

　ピエール・ルイスから影響を受けたのは、むろん芥川一人ではなかろう。例えば、英訳『女と操り人形、その他』の表題作である「女と操り人形」の梗概は次の通りである。謝肉祭のスペインで、恋人を探していたフランス人の青年・アンドレは、魅力的な美女コンチャと出会い、逢引の約束をする。待ち合わせの場所へ向かう途中、アンドレは年かさの男マテオに遭遇し、「あれは悪魔のような女です」と引き止められる。そしてマテオは女との関係について打ち明け話を始めた。マテオはこの数年コンチャに苦しめられてきた。コンチャは恋愛関係を仄めかし、マテオから大金を受け取っては失踪を繰り返す。彼女は「わたしは処女」、「わたしはわたしのもの」と主張し、どれほど親密になり、マテオが献身的に金銭的援助をしても決して肉体関係を結ばない。挙句の果て、二人の婚礼の夜に本懐を遂げようとしたマテオに、若い恋人との情事を柵越しに見せつける。逆上したマテオはコンチャを打擲するが、彼女はそのことに歓喜し、マテオに真の愛を告げる。その後、肉体関係をもってみると、コンチャは本当に処女であった。二人の結婚生活

が始まるが、コンチャはマテオの怒りと暴力を引き出そうとして他の男と関係を持ち始める。女の激しい嫉妬にも疲れを覚え、マテオの方からコンチャに別れを告げた。もうあの女に未練はない、他の者に同じ想いをさせたくない、とマテオは語る。この話を聞いたアンドレは、しかしマテオと別れた後、コンチャと逢瀬をはたし、翌朝二人でパリに向かうことに決める。まさにその出立のとき、マテオからコンチャに復縁を望む手紙が届き、物語は幕を閉じる。

マテオを手玉にとり、困惑させ続けるコンチャの物語は、谷崎潤一郎「痴人の愛」(『大阪朝日新聞』1924・3・20-6・14、『女性』1924・11-1925・7)を強く連想させる。ピエール・ルイスと谷崎潤一郎の類似について、いち早く言及したのは永井荷風である。

> 顧ればいつしか十年のむかしとなりぬ。鷗外森先生を師と仰ぐ人々相寄りて昴といふ雑誌を出せし頃なり。谷崎君初めて小説麒麟を雑誌新思潮に載す。つゞいて刺青の作あり。少年の一篇を昴にかゝぐるに及びて声名忽先輩を凌げり。われ其の頃筆を三田文学に執れり。子の新作を読む毎に感歎措く能はず頻にこれを称揚しぬ。谷崎君爾来孜々として制作に倦まず。筆力ます〳〵自在に空想の翼は江戸のむかしより縹渺として遠く漢土天竺古代の伝説に及ぶ。誰か言ふ年々歳々花は相似たりと。子の才華や年々唯相似たるのみに止らず歳々その色調ます〳〵濃艶にその形式いよ〳〵華麗を添ふ。芸術の美遥に造化の妙に優るものと謂ふ可し。そも〳〵子が芸術の怪異神秘にしてまた妖艶荘厳なるは正に埃及太古の殿堂にも似たりと云はん歟。斯の如きは寔にわが文壇未甞て其類例を見ざる所。<u>縦しこれを西欧の文壇に求むるも亦纔に佛蘭西のゴーチエー及ピエールルイ等二三家を得るに過ぎざる可し</u>。子はわが現代の文學に未曾有の恍惚と戦慄との二大感激を創造したり。作家としての価値如何ぞこれより大なるものあらむや。谷崎君こゝに得意の近什数篇を集め近代情痴集附異国綺談と題して刊行せんとするや書を寄せて序詞をわれに需めらる。われ深く其光栄を謝し甚文の拙きを愧づ[27]。

以上の通り、谷崎の短篇集『近代情痴集』(新潮社、1919) の序文で、荷風は高踏派のフランス作家ゴーチェに続けてピエール・ルイスの名を挙げ、谷崎の作風を絶賛している。荷風の著作を辿ると『新橋夜話：小説』(著籾山書店、1912) に「女と操り人形」への言及がある。「Prosper Mérimée の描いたかの西班牙の毒婦 Carmen のように、または近ごろ Pierre Louys が写した之れも西班牙の女 Conchita のやうに、不図した男の出来心につけ込んで男の真情を底の底から翻弄し、其の肉欲を極点まで擾乱させ、一歩一歩、知らぬ中に男を浮む瀬のない堕落のとん底まで沈めさせて置いて、いざ其れからと云ふ間際にぷいと振り捨てゝ行つて了ふやうな、其様恐しい女」と述べている。戦後になってからも、コラム「ポーノグラフィイとエロチシズム」(『改造文芸』、1950・3) で「僕はあれが大好きだ」と再言及し、『断腸亭日乗』によれば「昭和二十七年五月十九日。晴。島中高梨氏来話。ピエール、ルイの女と木偶を再読す。(Pierre Louÿs: La Femme et le Pantins.)」とあることから、「女と操り人形」は荷風が長きにわたって愛読した一作だったことが窺える。

　荷風が谷崎をピエール・ルイスとゴーチェに準えた前年の 1918 年、芥川もまた谷崎をゴーチェに準えている。耽美主義の背後に「恐る可き冷酷な心」を孕んでいたポーやボードレールと比べて「谷崎氏の耽美主義には、この動きのとれない息苦しさの代りに、余りに享楽的な余裕があり過ぎ」、「その点が氏は我々に、氏の寧軽蔑するゴオテイエを髣髴させる所以だつた」という (「あの頃の自分の事」、『中央公論』)。ピエール・ルイスから「地獄変」の発想を得た芥川の口から、ここでルイスの名が出ないのは不自然のようにも思えるが、「あの頃の自分の事」は 1 月 1 日号への発表で、実際の執筆は 1917 年の末であり、芥川が英訳『女と操り人形、その他』を読んだのが 1918 年 1 月中旬であることから、「あの頃の自分の事」執筆時には、ピエール・ルイスの作風について芥川が熟知していなかった可能性が高い。しかし、英訳『女と操り人形、その他』の読書直後にあたる 1918 年 1 月 25 日に、芥川は鵠沼に谷崎を訪れ、一泊するなど、交流が盛んな時期であった。鵠沼での宿泊の後には「こないだ谷崎にあつた　あいつも恐しい勢で勉強してゐるよ」(2 月 5 日付松岡譲宛て書簡) とお互いに刺激を与えあってい

る様子が書簡に綴られている。

　二人のやりとりの中で、ピエール・ルイスの名が挙がったとしても不思議ではない。また、荷風がピエール・ルイスの名前を挙げている以上、谷崎が意識しなかったと考えるのは却って不自然だ。谷崎といえば、他の作家から影響を受けたと言われるのを嫌い、蔵書も用が済むとすぐに売り払ってしまってしまうことで知られる[28]。そのため、谷崎の読書遍歴にピエール・ルイスが含まれていたかは確定できないが、「女と人形」は1920年に映画化され、日本でも帝国劇場・千代田館・新宿武蔵野館にて『新カルメン』の邦題で上映された。管見の限り、著作にピエール・ルイスに対する言及は見当たらず、映画化された「新カルメン」(や後の映画化「スペイン狂想曲」)を観劇した痕跡も残っていないが、映画好きの谷崎が意識しなかったというのはいささか無理があるだろう。だとすれば、「痴人の愛」は「女と操り人形」から聊かなりと連絡があってもおかしくない。

　ところで、受容が確定している点に絞っていえば、荷風や芥川は、ピエール・ルイスのどのような点に魅力を覚えたのだろうか。ピエール・ルイスの全体像については、沓掛良彦による紹介を引用するのが簡潔で要を得るだろう（番号や波線、点線は引用者による）。ピエール・ルイスは、

> ①　深い学殖と透徹した知性を備えた完璧な芸術家であり、繊細にして優雅な感性の持ち主であるこの詩人は、同時にまた②その生涯をエロスに憑かれ、「エロスの魔」として生きた人間である。エロティスムこそは彼の文学を生みだした根源的な力であり、その作品を培う土壌にほかならなかった。ピエール・ルイスという人間の裡には、晩年（と言っても五十代に過ぎなかったが）に至るまで飽くことなき性への関心を抱き続け、②膨大な量のエロティックな詩文を綴って倦むことのなかった稀代のエロトマヌと、①ギリシア的澄明、明晰さに支えられた完璧を求める厳格な芸術家とが、棲んでいたのである。この両者が完全な幸福な合体を遂げたとき、生まれ出たのが傑作『ビリティスの歌』であり『アフロディテ』であった[29]。

ピエール・ルイスの魅力を大きく分けると、①碩学の芸術家であり、②エロスの探究者であるという二点が挙げられる[30]。先で引用した通り、荷風の理解は②の方面と考えてよいだろう。芥川もこの方面への了解はあったと考えられる。1918 年の『女と操り人形、その他』の読書体験の後、1920 年1月にも英訳 *Aphrodite; a Novel of Ancient Manners, Complete and Integral*（Paris, Carrington, 1906）を読了[31]し、同年九月発表の『人間』第 2 巻 9 月号の「雑筆」の「痴情」の項で次のように記している。

　　男女の痴情を写尽せんとせば、どうしても房中の事に及ばざるを得ず。されどこは役人の禁ずる所なり。故に小説家は最も迂遠な仄筆を使つて、やつと十の八九を描く事となる。金瓶梅が古今無双の痴情小説たる所以は、一つにはこの点でも無遠慮に筆を揮つた結果なるべし。あれ程でなくとも、もう少し役人がやかましくなければ、今より数等深みのある小説が生まれるならん。
　　<u>金瓶梅程の小説、西洋に果してありや否や。ピエル・ルイの Aphrodite なども、金瓶梅に比ぶれば、子供の玩具も同じ事なり</u>、尤も後者は序文にある通り、楽欲主義と云ふ看板もあれば、一概に比ぶるは不都合なるべし。

　男女の痴情に関して、ピエール・ルイスの代表作『アフロディト』の名前が登場する[32]が、その評価は芳しくなく、②エロスの探究者としてのピエール・ルイスは、芥川の関心を強く捉えなかったと考えるのが穏当だろう。とすれば、芥川が惹かれたのは、①碩学の芸術家としてのピエール・ルイスだったのではなかろうか。先に引用した解説で、沓掛氏は続けて「ルイスは普通象徴派の詩人として位置付けられることが多いが、むしろ高踏派の詩人テオフィル・ゴーティエの系譜につながる詩人と見るべきだろう」とする。ピエール・ルイスのもう一つの代表作『ビリチスの歌』は、紀元前六世紀のギリシアに、サッフォーと並ぶ詩人ビリチスを設定され、遊女でもある彼女が自身の生活を歌ったという形式の詩である。伝記や参考文献がつけられ、あたかもビリチスが実在したかのように見せかけて発表された偽書だが、そ

れが偽作であると気づかず、ギリシア哲学者が欺かれたというエピソードが残っている。芥川の「奉教人の死」(『三田文学』1918・9）における偽書事件を想起せざるをえない。

　ピエール・ルイスの「深い学殖と透徹した知性」には学者でさえ舌を巻くほど、しかも古代の生活を目の当たりにしたような描写と情感で描かれる巧みな筆致は高く評価されている。小松清は「ルイスの文体は、文学者的な彫琢と平易な流動性とを結合し、綿密であると同時に奔放であり、強い喚起力をもつて、すべての散文を詩の世界に近づけてゐる。この文体の流麗と形式の優雅さ、造形美術的な構成、考古学的な美の再建によって、アナトール・フランスの『タイス』や『赤い百合』、ド・レニエの作品などと一しよに、彼の小説はロマン・ド・スチール（roman de style）とも称されて、十九世紀末葉のフランス文学に一つのジャンルを提供したものであつた」[33]とする。アナトール・フランスとの親和性を鑑みるに、芥川にとってのピエール・ルイスは、やはり①碩学の芸術家であり、博学偉才な考古学的な美の再建者だったのではなかろうか。

　ピエール・ルイスに接した前後、芥川はさかんに「勉強」しなければいけないという主旨の発言を繰り返している。「僕はこれから貧乏しても勉強にさしつかへない丈の金を拵へる　僕は新思潮創刊当時の情熱が又かへって来たやうな気がする　一しよにやらうや　こないだ谷崎にあつた　あいつも恐しい勢で勉強してゐるよ　当分は仏教のコスモロギイをやると云つてゐたつけ　倶舎をよむのを楽しみにしてゐるんだ　僕は今うちから通つてゐる」(1918年2月5日付け松岡譲宛て)、「「地獄変」は有島さんのがまだ中々すみさうもないから安心してゐたのです　あと少しでですから勉強して二三日中に送ります　あれはいやにボンバスティックで気に食はない作品ですが乗りかかつた舟だから仕方ありません」(同年4月24日付け・薄田泣菫宛て)。この専業作家に移行する時期にあって、芥川に取って、小説執筆と「勉強」とは分かちがたく存している。

　谷崎潤一郎は「芥川君と私」(『改造』1927・9）のなかで「当時は西洋文学熱が旺盛で、少くとも青年作家の間には日本や支那の古典を顧る者は稀であつた。さう云ふ方面を面白がるのは頭の古い證拠のやうに思はれてゐた。

芥川君と私とは早くからその風潮に逆行し、東洋の古典を愛する点で頗る趣味を同じうした」と述懐している。先程に引用した松岡譲宛て書簡と合わせて考えると、谷崎と芥川は競い合うようにして和漢の「典拠のある言葉」[34]を探り合っていた様子がわかる。「ボンバスティック」という言葉は物語内容を評したようにも受け取られるが、和漢書を紐解きながら、古典文学的な言葉への尋常でない執着を指しているともとれる。そのような学殖に拠って支えられた文学的地平こそ、芥川がピエール・ルイスやアナトール・フランスから学んだことの一つだったのではないだろうか。その「勉強」の成果としての結晶が「きりしとほろ上人伝」（『新小説』1919・3および5）であり、芥川をして「幾分にも自信のある作品」と呼ばしめる理由だったと考えられる。

　最後に、芥川が所有していたピエール・ルイスの英訳短篇集『女と操り人形、その他』の他の作品にも目を向けておこう。英訳『女と操り人形、その他』には七つの短篇（"Woman and Puppet"、"The New Pleasure"、"Byblis"、"Lêda"、"Immortal Love"、"The Artist Triumphant"、"The Hill of Horsel"）が収録されている。芥川の作品との関連で気になる点をごく簡単に挙げると、すでに触れた二作 "Woman and Puppet" や "Immortal Love" は、②エロスの伝道者としてのピエール・ルイスの代表作である。芥川は、ブラウニングの『男と女』のようなものを書きたいと述べ、「袈裟と盛遠」を筆頭とした「南瓜」や「開化の殺人」といった男女の三角関係を描いた作品群があるが、男の嫉妬をテーマにしている点で "Woman and Puppet" に通底するものがある。『アフロディト』の抜粋である "Immortal Love"（及び「アフロディト」）は古代の私娼を主要な登場人物とし、奔放な性風俗が詳らかにされるが、私娼を主人公とする点や夢のお告げなど、「南京の基督」を連想させる。同時に、同短篇集に収められた "Lêda" は、ギリシア神話を再話する形式で語られ（"Byblis" も同様）、沐浴をするレダのもとに白鳥に扮したゼウスが現れ、〈嘴〉で以て襲われる。その出来事を〈象徴〉として捉えるか、破廉恥な情事としてとるか、というのがひとつの主題となっており、「南京の基督」に登場する「昔の西洋の伝説」そのものであるといえる。短篇 "The New Pleasure" は、パリの一角に住む小説家のもとに、現代によみ

がえった古代のギリシアの女神が訪れ、会話する中で、現代文明が政治も、哲学も、美術も、何ひとつ進歩していないのを嘆き、最後に机の上にあった巻煙草に目を止め、それを所望すると、初めての逸楽に酔いしれるという小品である。芥川所有の英訳短篇集のうち、下線が施されている唯一の作品でもある。「煙草と悪魔」(『新思潮』1916・11)を発表し、愛煙家である芥川にも愉快に映ったのだろう[35]。

　前段落で言及してきた作品のほとんどは『傀儡師』(新潮社、1918・1)に収録されている。そして表題の「傀儡師」という言葉は英訳短篇集の題名"Woman and Puppet, etc"を思い起こさせざるを得ない。「地獄変」を巻末に据えた『傀儡師』を編むにあたり、「芸術家の勝利」が収められたピエール・ルイスの短篇集の題名が芥川の発想の一助となったと考えるのが自然な道程であろう。

6　〈火〉を受け継ぐもの

　「古来天才ニ剽窃癖アリ」とは、芥川が旧蔵書に書き込んだ言葉[36]である。では、芥川自身は原話があるなかで〈創作〉を行うことをどのように捉えていたのだろうか。

　芥川が自身の芸術家像をイエス＝キリストに仮託した「西方の人」(『改造』、1927・8)の中で、芥川はキリストを「彼は実に古い炎に新しい薪を加へるジヤアナリストだつた」と評している。晩年の芥川は自らを「(詩人兼)ジヤアナリスト」と称したのと重なるが、「古い炎に新しい薪を加へる」という表現が目を引く。古い枠組み(炎)に新しい生命(薪)を加えると聞けば、古典に取材し、その中に近代的解釈を持ち込んで作品を成した芥川自身の創作態度が真っ先に思い浮かぶ。遺稿「闇中問答」(『文芸春秋』1927・9)では「或声」が「お前の書いたものは独創的だ」というのに対して、「僕」は「いや、決して独創的ではない。第一誰が独創的だったのだ？古今の天才の書いたものでもプロトタイプは至る所にある。就中僕は度たび盗んだ」と記している[37]。

　そもそも芥川にとって〈焚き火〉というモチーフは思い入れの強いもので

ある。芥川は「文芸的な、余りに文芸的な」の「十四　白柳秀湖氏」で次のように書いている。

> ……美は僕らの生活から何の関係もなしに生まれたものではない。僕らの祖先は焚火を愛し、肉を盛る土器を愛し、敵を打ち倒す棒を愛した。美はこれ等の生活的必要品（？）からおのづから生まれて来たのである。……
>
> 　白柳秀湖氏は美の中に僕等の祖先の生活を見てゐる。が、僕等は僕等ばかりではない。アフリカの砂漠に都会の出来る頃には僕等の祖先になるのである。従って僕等の心もちは丁度地下の泉のやうに僕等の子孫にも伝はるであらう。僕は白柳秀湖氏のやうに焚き火に親しみを感じるものである。同時に又その親しみに太古の民を思ふものである。（僕は「槍ヶ岳紀行」の中にちよつとこのことを書いたつもりである。）しかし「猿に近い吾々の祖先」は彼等の焚き火を燃やす為にどの位苦心をしたことであらう。焚き火を燃やすことを発明したのは勿論天才だつたのに違ひない。けれどもその焚き火を燃やしつづけたものはやはり何人かの天才たちである。僕はこの苦心を思ふ時、不幸にも「今の芸術といふものなど、無くなつてしまつてもよい」とは考へない。

〈焚き火〉は過去と現在の連綿とした繋がりを芥川に実感させてくれるものだったと綴られている。引用中に登場する「槍ヶ岳紀行」（『改造』1920・7）でも、「囲炉裏の火」と「白樺の皮を巻いて造つた、原始的な燈火」の二つの灯に揺らめく自分の影を眺めながら「原始時代の日本民族の生活なぞ」に想いを馳せる記述がある。そんな火を燃やすことを発明した〈天才〉はむろん偉大である。しかし同時に、芥川はその〈火〉を連綿と受け継ぎ、燃やし続けてきた者たちの苦心と偉大さを讃えてもいる。神々から火を盗んだ〈プロメテウス〉は偉大だつたに相違ない。けれど、その〈火〉を継承してきた者もまた偉大な〈天才〉といえる。

　セネカ『論争問題』に収められた画家パラシオスの故事をもとにピエール・ルイスは「芸術家の勝利」を執筆した。そして、それを読んだ芥川が

「地獄変」の稿を起こした。まったく異なる文化圏で、同じ〈火〉のモチーフに基づきながら〈芸術作品〉を創出した芥川の行為も、また〈芸術創作〉であり、今日の〈芸術〉を支えている人類の営為である。「古い炎に新しい薪を加へる」という比喩は、創作者は先人の〈芸術〉を造り変えているに過ぎないという指摘[38]であるとともに、〈芸術〉の〈火〉を途絶えさせることなく、遥か遠くまで受け継いできた〈天才〉たちを偲ぶ意味が込められているのだろう。裏を返せば、そうして造り変え続けることで、永遠に紡がれてゆくという〈芸術〉の宿命を示している。その担い手の一人として、芥川は自分自身をも当然数えていただろう。

註

(1) 須田千里「芥川龍之介歴史小説の基盤――「地獄変」を中心として」(『叙説』25号、1997)に詳しい他、吉田精一『芥川龍之介』(三省堂、1942)、長野甞一『古典と近大作家――芥川龍之介』(有朋堂、1967)などがある。その他、『今昔物語』や『源平盛衰記』などにも依拠していることが指摘されている。

(2) 稲垣達郎「「地獄変」をめぐって」(『解釈と鑑賞』1958・8)

(3) 島田謹二「芥川龍之介とロシア文学」(『比較文学研究』1968・9)、河合隆司「「地獄変」試論――Forerunnerとの比較考察」(『日本文芸論叢』2002・3)に詳しい。

(4) 細江光「「地獄変」――読解の試み」(『甲南国文』1994・3)、林嵐「芥川龍之介「地獄変」と変相変文」(『比較文学』1996・3)

(5) 石割透「「地獄変」・その魔的なる暗渠―芥川龍之介・中期作品の位相(4)―」(『駒沢短大国文』第18号、1988・3)

(6) 註(2)に同じ。芥川は1918年2月5日付け松岡譲宛て書簡で、『ユーディット』読後の熱烈な感動を書き綴っている。

(7) 書き込みについては、倉智恒夫「芥川龍之介読書年譜――フランス文学関係図書――」(『比較文学研究』1983・4)および三好行雄「芥川龍之介の書き入れ」(『日本近代文学館 館報』第45号、1965・9)に報告がある。倉智は「逝く者が」とするが、本書では三好の「逝く者は」に準じた。また、「斯の如し」は「斯の如きかな」の「きかな」を塗りつぶし、「し」と改められている。同書への書き込みはほかに、収録短篇 "The New Pleasure" に下線7本、傍線2本が

(8) 久米宛て書簡にある句は、泉鏡花『無憂樹』(1906) を読んで作った句であるが、該当箇所の季節は秋で、「春の風」、「夜半の春」といった語は本文に見られないため、芥川の創意と考えられる。

(9) この書き込みについて、倉智論文（註7）には「大正七年一月一日　読過」と報告があるが、原資料にあたったところ、「一月一日　読過」の部分は「一月中旬一読過」だと考えられる。

(10) 生田耕作訳『ピエール・ルイス作品集5』(奢灞都館、1985)。以下、言及がない限り、同訳を用いた。

(11) 語りの二重構造については、『ユーディット』の登場人物たちが放つ台詞と本音の駆け引きに由来すると考えられる。

(12) 前掲、須田論文に端的にまとめられているが、芥川「地獄変」の夢に出てくる「貴様」の正体が大殿かどうかの根拠として、鬼が「三面六臂」であるかどうか（大殿が生まれるときに母君の枕元にたった大威徳明王が「六面六臂」とされる考えがあるから）が先行研究で議論されてきた。しかし、夢の鬼が「三面」六臂であることは、「芸術家の勝利」との間テクスト性を示すとも考えられる。

(13) 弟子の登場も、「戯作三昧」には見られず、「芸術家の勝利」からの影響と考えられる。

(14) 第四章以降、英訳版では大幅なカットがなされている。そのため、該当部分は生田訳をベースに澤西が訳出した。

(15) 館を訪れたブリュアクシスに、パラシオスは自分が使う新技法について熱っぽく語る場面があるが、英訳では割愛されている。

(16) すでに引用で示した部分を除く、英訳本文は次の通り。

Saying that he quitted the support of his girl companion, took his wand of wood and gold, and traced great waves of outline in the air.

"For two months I have worked upon my great scheme. I have found splendid rocks in the domain of Crates, at the Promontory of Astypolus. All these studies were finished, the foundation of my picture ready, the line of the figure in its place. All at once I find my way barred before me. I fail to find a head. If it was merely a question of a Hermes, an Apollo or Pan, all the citizens of Athens would be proud to pose before me. But to take for model a man whose face is shining with genius and to tie, or bind, him by the ankles, the hands, no, you can see that is not possible. One cannot dislocate his limbs like the limbs of a slave. We lack slaves who have the heads of freeborn Greeks. Ah, well, Philip brings us some like that, and I come to buy where Philip comes to sell."

(17) 註（1）参照。その他、『今昔物語』や『源平盛衰記』などにも依拠していることが指摘されており、『源平盛衰記』には「（金）鎖」という語が登場する。

(18) 芥川は西洋絵画や彫刻にも造詣が深く、西洋美術に描かれた〈鎖で縛られたプロメテウス〉がイメージの仲立ちしたとも考えられる。

(19) 「芸術家の勝利」では、同盟国人を奴隷として扱い、殺害にまで至る点を人間の尊厳や禁忌として設定しているのに対し、芥川は奴隷制ではなく、父と娘、あるいは殿と姫という関係性でもって作品を構成しており、芥川や当時の社会規範・意識を露呈している。

(20) 渡邉正彦「芥川龍之介「地獄変」覚書――その地獄へと回転する構造――」（『日本近代文学』第27号、1980・10）

(21) 題名が原題「緋衣の男（"L'Homme de Pourpre"）」から改題された際、「芸術の勝利（"The Triumph of the Art"）」でなく、「芸術家の勝利（"The Artist Triumphant"）」と意訳されたことはこの点を見事に言い当てている。また、英訳では省略されているが、仏語の原作では高々と掲げられた「〈作品〉が〈人間〉に取って代わって現れる」（生田訳）。

(22) この部分について、竹盛天雄「語り手の影――『地獄変』」（『介山・直哉・龍之介――一九一〇年代　孤心と交響――』明治書院、1987）が「さながらギリシャ悲劇のコーラスのような形で批判のこえがまき起っている」と指摘しており、眼光紙背に徹する感がある。

(23) 大殿の敗北を語ろうとする語り手の〈欲望〉が体現されているともいえる。

(24) 註（22）の竹盛論は早くから芸術作品と芸術家の分離を指摘し、語りの目的が「地獄変神話・伝説の創出」に向かい、良秀は「聖なる芸術作品の完成のためには、最大の犠牲と献身とを払ってやまぬ」存在と捉える。

(25) 芥川旧蔵書・洋書には、芥川の読書の感想が書き加えられていることが多い。「vivid」は賛辞として最も多く見られるものの一つ。

(26) 前出の三好行雄論より

(27) 本文は永井荷風『荷風文薬：附・金阜山人戯文集、桑中喜語』（春陽堂、1926）に拠る。

(28) 大島眞木「谷崎潤一郎とフランス文学」（『比較文學研究』第97号、2012・10）

(29) 「訳者あとがき――エロスの司祭ピエール・ルイス」（『アフロディテ』平凡社ライブラリー、1998）

(30) 第三の魅力として、交遊録の華々しさがある。オスカー・ワイルドのフランス語版「サロメ」の献辞はピエール・ルイスに捧げられており、ヴァレリーやジッドなどとの手紙のやり取りも有名である。

(31) 本文末尾に毛筆で「大正九年正月上一読過」と書き入れがある。尚、英訳『女と操り人形、その他』所収の"Immortal Love"は「アフロディト」から三章を抜粋したもの。
(32) この方面での芥川の認識は、バートン版『千夜一夜物語』との出逢いにより、更新されたと考えられる。芥川とバートン版『千夜一夜物語』については拙稿「芥川旧蔵書から（1）芥川龍之介とバートン版『千夜一夜物語』について」（『近代作家旧蔵書研究会 年報』第二号、2024・3）に詳しく報告している。
(33) 「あとがき」、『ピエール・ルイス短篇集 エスコリエ夫人の異常な冒険』（白水社、1951）
(34) 清水康次「芥川文学のことば──初期作品の語彙を中心に──」（『光華日本文学』第三号、1995・8）。芥川の和漢書の古典群からの搾取ぶりは、前景の須田論文のほか、須田千里「芥川龍之介と『円機活法』『禅林句集』『酔古堂剣掃』──「鏡花全集目録開口」「ひとまところ」をめぐって──」（『國語と國文学』、2024・3）でも明らかにされている。
(35) 薄田泣菫『太陽は草の香がする』（アルス、1926）と『支那の活動写真』（創元社、1942）にも同作へ言及がある。
(36) 日本近代文学館所蔵 C. A. Sainte-Beuve による評論 "Portraits of the seventeenth century, historic and literary. vol.2"（New York, Putnam, c1904）のモリエールの剽窃に関する記述に線が引かれ、104 頁傍線脇に当該コメントがある。
(37) 芥川は「僻見」（『女性改造』、1924・3）で、近代の日本の文芸は西洋の模倣であることが再三に渡って述べられ、その「模倣」について「芸術上の理解の透徹した時には、模倣はもう殆ど模倣ではない」という見解も示している。
(38) 作家論的観点を離れて眺めたとき、世界の書き手が共時的に「古い炎に新しい薪を加へる」現象があるのは興味深い。芥川に限っても、彼自身が創作を発表した後、類話に出逢うケースが度々あった。「蜘蛛の糸」とラーゲルレーヴ「わが主とペテロ聖者」、「ひょっとこ」とアンデルセン「絵のない絵本」の第一六話、「鼻」とアンブロース・ビアスによる随筆「鼻」、「煙草と悪魔」とピエール・ルイス「新しい快楽」、「貉」とワイルド夫人のアイルランド伝説集など。谷崎「痴人の愛」と「女と操り人形」も、そういった例に数えられるかもしれない。

第5章

芥川龍之介旧蔵書の洋書調査

新資料、本を通じての交際など

1 芥川龍之介の旧蔵書・洋書(日本近代文学館所蔵)

　本書の第1章で述べたように、日本近代文学館には遺族より芥川龍之介の旧蔵書が寄贈され、639点819冊の洋書が保管されている。三好行雄はこの旧蔵書について「所蔵図書紹介(芥川比呂志氏寄贈)芥川龍之介旧蔵書」(『日本近代文学館図書・資料委員会ニュース　第12号』日本近代文学館、1970・7)で「詳細に調査すれば、芥川龍之介論の有力な論点がいくつも引出せそうな、予感に満ちた旧蔵書の充棟は壮観である」と述べている。

　寄贈後、この旧蔵書の洋書については、三好行雄「所蔵図書紹介(芥川比呂志氏寄贈)　芥川龍之介旧蔵書」(前掲)や同「芥川龍之介の書き入れ」(館報「日本近代文学館」第45号)、饗庭孝男「芥川の読書」(館報「日本近代文学館」第38号)、「〈所蔵資料公開〉芥川龍之介資料」(館報「日本近代文学館」第51、57、58、59、61、62、63、64、65、66、71、78号)、倉智恒夫「芥川龍之介読書年譜──フランス文学関係図書──」(『比較文学研究』1983・4)、同「芥川龍之介読書年譜──英・露・独・北欧文学関係図書──」(『現代文学』1983・6)で、相次いで書き込みの報告がなされた。しかし、倉智恒夫による大々的な調査報告以後、「予感に満ちた旧蔵書の充棟」に対する関心は薄れたようで、旧蔵書にある洋書を主たる対象とした論は見られなくなった。旧蔵書に秘められていた可能性はすべて論じ尽されたのだろうか。論者は639点819冊の洋書のすべてをいま一度確認した。本章ではその際に新たに発見された幾つかの事実について報告することで、旧蔵書の可能性を探った。

2 『出家とその弟子』を求める手紙

　先ず旧蔵書中の一冊、Edward Carpenter の *Angels' Wings* (London, Allen, 1913) を調べていたところ、本書の 36 頁と 37 頁の間に、芥川の手紙の下書きが挟まれていた（新資料。現在は日本近代文学館に特別資料として別個に保管されている）。手紙は、二〇〇字詰めの松屋製原稿用紙に黒色インクのペンで書かれたもので、文面は以下の通りである。

　　拝啓
　　原稿用紙にて御免蒙り候
　　出家とその弟子一部　下記までご郵送下され度　願上候
　　　　　　　　　　　以上
　　七月廿五日
　　　　　　相模鎌倉所海岸通　野間方
　　　　　　　　　　芥川　龍之介

　日付と芥川が指定した住所から 1917（大正 6）年のものと推察される。内容は倉田百三の『出家とその弟子』（1917 年 6 月に岩波書店より刊行、初出は 1916 年 12 月から翌年 3 月『生命の川』）についてで、芥川は同年 7 月 18 日付けの池崎忠孝宛ての葉書に「クラタの出家とその弟子をよんで感心したよ」とその感想を述べ、同年 7 月 26 日付けの松岡譲宛て書簡でも「出家とその弟子には本質的に大分感心した　武者の「その妹」なぞより余程好い　一々ほんとうに当たつてある　さうしてそのほんとうが大分我々に近い　古い霊肉の争ひなんぞ書かずに霊相互の争ひを書いたのも切実だ」と『出家とその弟子』を称賛している。

　池崎宛て書簡から、芥川は 7 月 18 日の時点で『出家とその弟子』を読了していることがわかる。このことから「出家とその弟子一部」を郵送してほしいとは、『出家とその弟子』をもう一部欲しいという意味だったと解される。その「もう一部」をどうするつもりだったかは定かでないが、芥川が『出家とその弟子』を高く評価していた更なる証左となるであろう。

第5章　芥川龍之介旧蔵書の洋書調査

　この「出家とその弟子」と芥川を含む第四次『新思潮』の同人の間には浅からぬ因縁がある。松岡譲による回想録「第四次新思潮」(『複製版「新思潮」第一次～第四次別冊』臨川書店、1967・12) には、次のように記されている。1916 年 12 月 9 日の夏目漱石の臨終について記したのち、

　　葬儀万端が終って間もなく、手紙附きの原稿が私の元へ届けられた。同学の一人からの手紙で、別封は御存知の倉田百三さんの処女戯曲、こんど貴誌では同人以外の新人の作品を募集されるという。是非この力作を御採用願いたい。作者がどんなにか感謝し喜ぶことでしようとある。別封から出て来たものは戯曲「出家とその弟子」の原稿であった。
　　これは面白い事になったと、私は考えた。科こそ違え、私達と同じ年に一高に入学、早くから珍らしく情熱的な詩人思想家風の論策で鳴らしていたが、病気で中退、近来宗教的転機をした噂は耳にしていた。その第一作であるらしい。早速一読。これなら充分誌面をかしてもよいと思った。
　　ところが久米は倉田の戯曲なんかと、頭ごなしだし、芥川は鼻を抓んで顔をしかめて見せた。猛烈に反対したのは菊池で、あんな奴を有名にする為めに、我々が苦労して育てて来た雑誌を呈供するなんざ真平だと、喰ってかからん勢だ。余程の怨みがある風だった。
　　作品公募の手前、そんな乱暴は自縛に等しいと抗議しても無駄。とうとう三対一で、「出家とその弟子」はお流れとなった。

とあり、「出家とその弟子」が、第四次『新思潮』の「同人以外の新人の作品」の募集に応じて投稿されたが、『新思潮』の同人たちの反対にあい、棄却された経緯が書かれている。その反対者の中に、芥川が入っていた。しかし「鼻を抓んで顔をしかめて見せた」芥川は、刊行された『出家とその弟子』を読んで感激し、「出家とその弟子一部」をさらに求める手紙を書いたことになる。おそらく「出家とその弟子」の応募時には、芥川は読まずに掲載に反対したのだろう。掌返しとも言えそうな評価の変遷には、人間臭い芥川の一面が窺える。

また、江口渙や松岡譲に宛てた書簡から7月25日には芥川が田端の実家にいたことがわかるが、「出家とその弟子一部」を鎌倉の下宿へ送ってほしいという手紙の下書きの文面からは、近日中に鎌倉に帰るつもりでいたことが窺える。しかし結果的に、芥川は残りの夏季休暇を田端にて過ごしている。残念ながら宛て名や封筒がないため、誰に宛てた手紙であったのかはわからなかった。

3　英英辞典に挟まれていた紙片について

3.1　新資料の紙片について

　また芥川旧蔵書の *Webster's international dictionary of the English language*

Shiganhei	志願兵
Shigansha	志願者
Shigarami	柵
Shigeki	刺激
Shigetta	繁
Shigi	鴫
Shigo	死後
Shigo	死語
Sigogi	子午儀
Shigoki	扱き
Shigoku	至極
Shigonichi	四五日
Shigoniu	四五入
Shigosen	子午線
Shigoto	仕事
Shigotaoshi	仕事師
Shigyojitsu	始業日
Shihai	支配
Shihajimeru	仕始
Shihanbun	四半分
Shihan	師範
Shiharai	支払

写真1　メモ（表）　　　　　翻刻1　メモ（表）

写真2　メモ（裏）　　　　　翻刻2　メモ（裏）

（Springfield, Merriam, 1904）から紙片が新たに発見された。本書は英英辞典として著名なウェブスター辞典の一つで、ウェブスター国際事典として知られる。芥川が所有していたのは New ed. with suppl. of new words（増補新版・附録付）で、副題には"being the authentic edition of Webster's unabridged dictionary, comprising the issues of 1864, 1879, and 1884 / thoroughly revised and much enlarged under the supervision of Noah Porter with a voluminous appendix to which is now added ; a supplement of twenty-five thousand words and phrases W.T. Harris, editor in chief" とある。総ページ数は、2200頁を超えており、イラストも豊富に収録されている。手垢らしき痕跡が多くあり、日常使いされていた形跡がある。

　メモが挟まっていたのは、同書の246-247頁（語句で言えば"Cherry"か

ら"Childermas day")の間である。メモは縦が約13cm、横が約5cmの紙片で、両面に黒インクで計38個の言葉のローマ字表記と日本語表記が並記されている（写真1・2）。言葉の連続性（Shiharai → Shiharau）を鑑みて、写真1を「メモ（表）」、写真2を「メモ（裏）」と呼ぶ。メモ（裏）の"Shiharau"のみ、日本語表記が欠如している。写真の横にこちらで判読できた限りで、翻刻を付している（翻刻1・2。〔　〕内は判読が難しく、類推した箇所）。

3.2　資料解題――辞書愛好家としての芥川龍之介

　紙片の内容は、辞書風に言葉を並べる言葉遊びをしていたものであろう。芥川と辞書に関しては、随筆「私と創作」（『文章世界』1917・7）に次の様な文章がある（下線は引用者。断りがない限り、以下同様）。

>　癇癪を起さない限り、書く事はずん〲書ける。時によると、字を書いてゐる暇が面倒臭い事もある。もし悶へれば、手あたり次第、机の上の本をあけて見る。さうすると、大抵二頁か三頁よむ中に、書けるやうになつてくる。本は何でも差支へない。子供の時から字引をよむ癖があるから、デイクソンの熟語辞書なんどをよむ事もある。尤も、書くと云つても、消す事も、書く中へ入れて云ふのだから書き上げた枚数と時間との割合から云へば、寧ろ遅筆の方にはいるらしい、消す方は別して未練なく消す。

　また、同年5月3日付けの井川恭宛て書簡には、次のように書かれている。

>　いろんな事で忙しいが暇もある事はある。この頃僕はデクソンの字引きをよんでゐるが割に面白い　どうもいい加減な小説より遥に字引きをよむ方が面白いやうだ　いろんな事を覚える丈でも甚有益だよ　僕のは半英学勉強上だからプラクティカルにやつてゐるがさうでなく悠々と大きな字引きをよんだらもつと面白いにちがひない

芥川に「字引きをよむ」習慣が幼い頃からあったことが読みとれる。上記二つの文章で名前が出ているのは、東京帝国大学で教鞭をとった James Main Dixon が編纂した *Dictionary of Idiomatic English Phrases* だと考えられる[1]が、芥川文庫中には該当書は見当たらない（むしろ、井川宛書簡に見える「大きな字引きをよんだらもつと面白いにちがひない」という表現はウェブスター事典を読む芥川を連想させる）。

芥川と辞書に関わりについてはほかに、葛巻義敏編『芥川龍之介未定稿集』(岩波書店、1968)に「辞書を読む」と題された随筆が収められている。

> 辞書を読む事の好きな人は存外澤山ゐる。自分の知つてゐる人の中でも、大抵な小説より字引きを読む方が面白いと云ふ人が、少くとも五六人はある。
>
> 断つて置くが、これは勿論実際上の目的ばかりで読むのではない。詩人や小説家の中には、単に字面の美しい、調子の滑な語をさがす為に、字引きを読む人が大ぜいゐる。が、これは字引きを読む人の中では、寧ろ小乗嘗糞の徒に属するらしい。
>
> <u>ほんたうに字引きを読む人は、字そのもの、語そのものが面白くて、読むのである</u>。云はば植物学者が温室へはひつたやうな心もちで、字引きの中を散歩すると思へば間違ひない。<u>かう云ふ人は、あをざけ——あをだま——あをち——あをちく——あをと——あをとかげと云ふやうな語の序列を感心したり、微笑したりしながら、眺めて行く</u>。読んで行くと云ひたいが、どうも眺めて行くと云ふ方が適切なのだから、仕方がない。さうして<u>珍しい語に逢着すると、子供が見たことのない花を見つけでもしたやうに嬉しがる</u>。その時は字面、調子、語原（ママ）、用例などが、蘭科植物の葉や蔓や花のやうに、いづれも妙な匂を漂はせ〔る〕のに相違ない。〔後略〕

「（大正九年頃）」の成立と推測されているこの随筆では、芥川の辞書への愛好ぶりが滔々と語られ、辞書を愛読する芥川の像が立ちあがってくる。いわく、読み物として「辞書を読」んだり、字引きとしての「実際上の役割」の

ために読んだりするのでは飽き足らず、芥川は「字そのもの、語そのものが面白くて」辞書を追いかけ、「珍しい語に逢着すると、子供が見たことのない花を見つけでもしたやうに嬉しがる」のだという。そして、「植物学者が温室へはひつたやうな心もち」で辞書を散歩する具体的な例として、「あをざけ――あをだま――あをぢ――あをぢく――あをと――あをとかげ」といった「語の序列」を眺めるだけで楽しいと述べている。「語の序列」を愛でるこの姿勢は、「Shiganhei　志願兵／Shigansha　志願者／Shigarami　柵」と始まり、「Shiin　死因／Shiina〔w〕　秕／Shiingizogai　私印偽造罪／Shiire　仕入」に至る今回発見された紙片の書付と呼応する。また、遺稿「歯車」(『文藝春秋』、1927・10)で用いられる、「イライラする、――tantalizing――Tantalus――Inferno………」や、「モオル――Mole……」からの「la mort」といった、明滅する音や言葉の意味から連想を拡げる芥川の実作での趣向とも通ずるものがある。紙片の内容や筆跡から考えて、新発見のメモは芥川の手によるものと考えて間違いないだろう。

　芥川の辞書癖が昂じて出来た逸品として、秦豊吉『文芸趣味』(聚英閣、1924・5)に寄せた序文が挙げられよう。「「文芸趣味」の序に換たる未定稿の辞書の一部」の一部と題された序文は次のように始まる(引用中の下線・二重線は原文に施されていたもの)。

　　　　凡例　発音ノ仮名ノ儘ナルハ別ニ標セズ。転呼シテ発音スルモノニハ振仮名ヲ附ク。
　　――標アルモノハ和語。＝標アルモノハ漢語ト知ルベシ。
　ばう――きゃく(名)　忘却　ワスルル事。失念。タトヘバ「銀座ニ柳アリシ事ヲ忘却ス」、「忘却シ難キハ我等ノ学生時代ナリ」ノ如シ。
　はう――くわう(名)　彷徨　ユキサマヨフ事、ウロウロスル事。タトヘバ「浜町河岸ヲ彷徨ス」ノ如シ。
　はう――げん(名)　放言　思ノ儘ナル事ヲ言ヒ散ラス事。大事。タトヘバ「我等ハ芸術ノ為ノ芸術ニ殉ゼンナドト放言ス」ノ如シ。

　辞書に倣って凡例が示されたあと、語の読み、品詞、和語・漢語の区別、

意味、例文が列記されていく。そして、例文は「我等ハ自由劇場ノTintagiles ヲ観ハテタル後、茫然タルコト久シカリキ」(「茫然」の例文)、「我等ノ生際モ禿ゲソメタリ」(「生際」)、「汝ハ法律ノ学ヲ修メ、兼ネテ江戸ノ芸術ヲ究メ、又 Rocco ノ芸術ヲ愛ス、博識羨ムニ堪ヘタリ」(「博識」)、「汝ハ伯林ニ住スル事四年、麦酒ノ為ニ肥ルト共ニ、見聞愈多キヲ加フ」(「麦酒」)、「コノ『文芸趣味』ハ我贔屓眼ヲ以テセザルモ、啻ニ好書タルニ止マラズ、又天下ノ士人ヲシテ Parnassus 山上の神々ト共ニ逍遥セシムル樹梯ナリ」(「樹梯」)などと交遊の想い出を折り交えながら秦豊吉の人となりや『文芸趣味』の美点を論ってゆき、最後には、

　　　はしりーがき（名）　**走書**　手早クスラスラト書ク事。タトヘバ「我今『文芸趣味』ノ為ニ走書ノ序文一篇ヲ草シ、併セテ汝ヲ送ラント欲ス。庶幾クハ健在ナリ」ノ如シ。
　　　はたーとよきち（名）　秦豊吉、帝国大学独逸法律家ヲ卒業シタル三菱会社員兼素人売文業者。本職ノ手腕知ラザレドモ、文章ノ才ハ一家ヲ成スニ足ルモノアリ。同窓ノ友久米正雄、芥川龍之介等、皆ソノ才ニ推服ス。叔父ニ名優松本幸四郎アリ。以テソノ風貌ヲ想見スベシ。
　　　大正十三年四月二十八日
　　　　　　　　　　　　　　　　　　　　　　　　芥川龍之介記

と「秦豊吉」の紹介で、序文は見事に締めくくられる。「秦豊吉」の項に至るまでの「語の序列」の巧さも含めて、まさに未定稿「辞書を読む」に表現されているような、「字面、調子、語原、用例などが、蘭科植物の葉や蔓や花のやうに、いづれも妙な匂を漂はせ」ている序文といえよう。とても「手早クスラスラト書」いたとは信じがたい名人芸である[2]。他方、今回発見されたメモ（裏表）からは、芥川が日頃から手すさびに言葉遊びをしていた様子が看取でき、「「文芸趣味」の序に換たる未定稿の辞書の一部」へと至る道程がみえてくる。芥川の辞書癖は、辞書の一愛読者としての立場に留まらせず、言葉を蒐集し、序列する辞書編纂への興味にも駆りたてていたのだろう[3]。未定稿の比喩を借りるなら、「字引きの中を散歩する」ことを日常と

して芥川が、既存の字引きを眺めるだけでは飽き足らず、植物学者が温室を育むように、自ら字引きを創案し、言葉の実験を始めたのである。メモ（裏表）は、その萌芽的な試みに位置するといえるかもしれない。いずれにせよ、できあがったメモや序文を眺めて、「子供が見たことのない花を見つけでもしたやうに嬉しがる」辞書愛好家の芥川の様子が目に浮かんでくるようである。

　ところで、芥川文庫には大型の英英辞典がもう一冊確認できる。*Funk & Wagnalls new standard dictionary of the English language upon original plans* (New York, Funk, 1913) という辞書で、ウェブスター国際事典と同じくイラストなどを含む百科事典のような代物で、総頁数は（ウェブスター国際事典を凌ぐ）3000頁近くある。ウェブスター国際事典に比べると、ほとんどの頁が綺麗な状態で、使い込まれた形跡は余り確認できないが、1545頁の右上に折れ目が確認できた。同頁は"melancholy"や"melancholic"といった語句の説明がびっしりと載っている頁である。芥川が余暇に、同書を眺めていて、"melancholy"の関連語やその多様さに興味を引かれて頁の端を折ったのであろう。芥川の関心の在り所が窺い知れると同時に、字引きを愛好する芥川の姿が偲ばれる資料と考え、ここに併せて紹介する。

4　『赤い百合』と押し花に込められた想い

　さらに、芥川龍之介旧蔵書から押し花二点が発見された。一点目は縦20cm×横10cm、二点目が縦25cm×横10cmの薄紙に二つ折りで挟まれていた。千葉県立中央博物館植物学研究科の御巫由紀氏のご協力で、花の種類はそれぞれオオマツヨイグサとウイキョウであることが判明した。オオマツヨイグサの台紙には「七.一二.一九一四」と毛筆で日付が記されている。芥川は同年7月20日頃から千葉県一の宮に滞在しているが、旅立つ前に採集したものだろう。

　押し花が発見されたのはアナトール・フランスの英訳版『赤い百合』(Anatole France *The red lily* trans. by Winifred Stephens, London, Lane, 1908)。才気と美貌を兼ね備えたテレーズ夫人と若き彫刻家ジャックの恋愛と破局を

第 5 章　芥川龍之介旧蔵書の洋書調査

写真3　発見された押し花（1）　　写真4　発見された押し花（2）

描いた物語だ。押し花は同書 200-201 頁と 226-227 頁の間に挟まれ、前者はテレーズ夫人が前の恋人との再会を振りきり、ジャックのもとを訪れ、二人で恋愛の歓喜に溺れる場面、後者は詩人シューレットがイタリア語の古詩を翻案し披露する場面である。マツヨイグサの花言葉は「ほのかな恋」、ウイキョウは「賞賛に値する」。芥川はどのような想いを押し花に託したのだろうか。

『赤い百合』の読書が芥川にとって印象深いものだったことは間違いない。同書巻末には「15th August 1913 ／ at Fujimimura」と書き入れがあり、静岡県安倍郡不二見村に滞在した際に芥川が読了したと思われる。1913 年 8 月 4 日付けの山本喜誉司宛て書簡にも言及が二箇所ある。書簡冒頭では、恋愛問題に悩む山本に対し、『赤い百合』からの一節を（引用元を明示せず）贈っている。書簡末尾には書名をあげた上で、同書の情景を詠んだ短歌四首を書き連ねている。

『赤い百合』が登場する書簡は他にもある。読了から約一年後、ちょうど押し花が作られた 1914 年 7 月のこと。芥川の想い人の吉田弥生に宛てた書簡（草稿）だ。「"赤百合"の中によひどれの詩人出で来り候ふべし　杖に女の首を刻みて"人道"とかなづくる男に候　これぞヴェルレーヌを描けるものに候なる　わかき彫刻家も　その恋人も　皆まことありし人々の由に候」と綴っている（葛巻義敏編『芥川龍之介未定稿集』岩波書店、1968）。「よひどれの詩人」というのはシューレットという名の詩人で、無一物主義を実践

し、片足を引きずるなど、ヴェルレーヌをモデルとする[4]と考えられ、「わかき彫刻家」ジャックはアナトール・フランス自身、女主人公のテレーズ夫人はアナトール・フランスと交際があったアルマン・ド・カイヤヴァ夫人が投影されている。「皆まことありし人」とは、登場人物にモデルがいるという意味だろう。気になるのは『赤い百合』を読むことが前提とされたやり取りになっている点だ。吉田弥生が青山女学院英文専門科を卒業した才媛だったことを鑑みると、芥川が同書を貸与していた可能性もある。押し花を挟んだのが、一の宮に出かける直前の1914年7月12日、吉田弥生宛て書簡草稿には「七月廿八日、一の宮にて」とあることから、旅立つ前に押し花を挟んだ同書を吉田に贈ったと考えられなくもない。

　ところで、吉田弥生宛ての文面で芥川が触れている「よひどれの詩人」シューレットについては、山本宛て書簡にも言及がある。「杖の頭へ女の泣顔を刻んで MISERY OF HUMANITY だって云つてる詩人」がシューレットで、芥川は枯れに感化され、紫檀と黒檀でできた杖までこしらえたようだ。芥川お気に入りのシューレットは、どのような人物だったのか。彼は「人間の悲惨を表現したい」[5]として、杖の握りに手ずからナイフで痩せこけた女性の泣いた像を彫る。「軍国主義が大きらい」だと公言し、徴兵を「近代の卑劣な発明」と誹り、「国民皆兵という極悪非道の制度」をもつ近代国家を非難して、杖の像に向かって「あわれな人間さまよ、痩せこけて泣いているね。さんざん辱められ、憂き目にあって、腑抜けも同然。こんなざまになったのも、お前さんのご主人、兵隊と金持のせいだよね」と嘯く。

　吉田弥生宛て書簡の草稿の日付は「(一九一四年)七月廿八日」。第一次世界大戦が勃発した日である。欧州の緊迫した情勢が連日大きく報道されていた。吉田弥生に宛てた書簡の草稿は他にも二通残されており、一通目には「これで弥ぁちゃん(吉田弥生)へ手紙をあげるのが　二度になるのですが　二度とも　ある窮屈さを感じてゐるのは事実です　それはやゝもすると　余り自由に書きすぎはしないかと云ふ懸念があるのです　むづかしく云ふと　社会の不文律がきめてゐる制限を　知らず知らず乗越えてゐはしないかと云ふ疑惧の心が一行書くうちにも　つきまとつてゐるのです」とあり、先に引用した手紙末尾には「書くべき事多けれど　書き得ざるを如何にせむや　こ

れにて御免蒙る可く候」とある。こうした文言は「龍之介が弥生を意識する
あまり、のびのびとした便りが書けない」[6]とこれまで解釈されてきた。し
かし、本当にそれだけだろうか。弥生に宛てた書簡には、一の宮で一緒に遊
んだ友人らが「国家主義を標榜して僕を攻撃するを　義務の如く心得てゐ」
る人間だとも吐露している。芥川の反戦・非戦主義的態度については、諏訪
三郎『敗戦教官芥川龍之介』(『中央公論』1952・3) をはじめ、先行研究で
も言及されてきた。若き日の芥川にすでにその萌芽が宿っていたとしても何
ら不思議でない。書面に見える躊躇いは、軍国主義に突き進む暗い時代への
憂いとも読める。

5　本を通じての交際

　三好行雄は「所蔵図書紹介」(前掲) で「アナトール・フランスの英訳短
篇集 The Path of Glory の表紙裏に〈呈芥川龍之介様　大正六年二月・紐育市
正／S Naruse／Nov. 28th 1916／NewYorkCity〉という、成瀬正一からの献
辞」を報告しているが、旧蔵書には他にも献辞が書き込まれている洋書があ
り、芥川の交際の様子がわかる。例えば、シャーロック・ホームズの生みの
親として知られる Conan Doyle の Adventures of Gerard (London, Nelson, 出版
年不明) の表見返しには、

　　To Mr. Akutakawa
　　with kindest regards
　　July 1918
　　　　E.S. Stephenson

という書き込みがあった。贈り主の E.S. スティーブンソンは、芥川の海軍
機関学校時代の同僚で、英語教官を務めていた人物であり、宇高兵作との共
訳で、ブラヴァッキー夫人の『霊智学解説』(博文館、1910・12) を刊行し
たことでも知られる。

　芥川は未定稿「スティィブンソン君 (仮)」(『芥川龍之介全集 第二十二巻』

「後記」に拠ると「一九二四（大正一三）年頃に執筆」）の導入部分で「スティヴンソン君は英吉利人である。蓋し君と云ふのは当らないかも知れない。行年六十に近いから、まづ翁と称しても好い位である。僕の知つた頃のスティヴンソン君は海軍機関学校の教官をしてゐた」、「スティヴンソン君の僕を驚かしたのは超自然を信じてゐたことである。君は時時僕を相手に、君の友人の経験し、或は君自身の経験した心霊現象の話をした」と、スティーブンソンの印象と神智学への精通ぶりを綴っている。

「保吉の手帳から」（『改造』1923・5）にもスティーブンソンをモデルにしたと思しき人物が登場する。「この学校へは西洋人が二人、会話や英作文を教へに来てゐた。一人はタウンゼンドと云ふ英吉利人、もう一人はスタアレットと云ふ亜米利加人だつた。／タウンゼンド氏は頭の禿げた、日本語の旨い好々爺だつた。（中略）保吉はこのタウンゼンド氏と同じ避暑地に住んでゐたから、学校の往復にも同じ汽車に乗つた。汽車は彼是三十分ばかりかかる。二人はその汽車の中にグラスゴオのパイプを啣へながら、煙草の話だの学校の話だの幽霊の話だのを交換した。セオソフィストたるタウンゼンド氏はハムレットに興味を持たないにしても、ハムレットの親父の幽霊には興味を持つてゐたからである。しかし魔術とか錬金術とか、occult sciences の話になると、氏は必ずもの悲しさうに頭とパイプとを一しよに振りながら、「神秘の扉は俗人の思ふ程、開き難いものではない。寧ろその恐しい所以は容易に閉ぢ難いところにある。ああ云ふものには手を触れぬが好い」と云つた」（「西洋人」より）、「保吉はもと降りた階段を登り、語学と数学との教官室にはひつた。教官室には頭の禿げたタウンゼンド氏の外に誰もゐない。しかもこの老教師は退屈まぎれに口笛を吹き吹き、一人ダンスを試みてゐる。保吉はちよいと苦笑した儘、洗面台の前へ手を洗ひに行つた。その時ふと鏡を見ると、驚いたことにタウンゼンド氏は何時の間にか美少年に変り、保吉自身は腰の曲つた白髪の老人に変つてゐた」（「午休み──或空想──」より）。スティーブンソンと目される「タウンゼント」氏は神智学に精通した人物として描かれ、更には鏡の中で美少年に変身までする。

彼が芥川に贈った *Adventures of Gerard* は、ナポレオン時代下の史実に即してジェラールという架空の准将の活躍を描いた冒険小説であり、神智学と

直接の関連はない。スティーブンソンと芥川の交流については一柳廣孝「オカルティスト芥川龍之介。」(『幽』vol.10、2008・12) でも考察されているが、この本の献辞は、芥川とスティーブンソンの交流を示す初めての物的証拠といえる。

次に、美術評論家や社会改革家として活躍した John Ruskin の著書 *Sesame and Lilies* (New York, Crowell, [pref. 1871]) の表見返しには、

> To Mr. R. Akutagawa
> With my fist love,
> T. Hirose

とあり、東京府立第三中学校の恩師、この本は広瀬雄からの献本と思われる。広瀬が芥川を気に掛けていた様子は、Henryk Sienkiewicz の *Quo Vadis?* (London, Routledge, [n.d.]) の後見返しに「一九一〇年十二月三十日／此一巻は屢々廣瀬先生の推奨し給へるものなりき　芥川文庫」[7]という芥川の書き込みがあることからも分かる。

Sesame and lilies には、Ruskin の三つの講演が収められており、第一講演の "Sesame" は読書論、第二講演の "Lilies" は婦人教育論、第三講演 "The Mystery of Life and its Arts" は、人生と芸術の難解さや不可思議性、また日々の暮らし方について広く論じたものである。今日的観点からは首肯できかねる部分も多いが、広瀬は「人生は甚だ短くその閑な時間は僅少であるから、吾々は詰らぬ読書に時間を空費すべきでないこと」(「一八七一年序文」石田憲次・照山正順訳『胡麻と百合』岩波文庫、1935・10) を説いた "Sesame" の章を念頭において、この本を愛弟子に贈ったのではないかと考えられる。

続いて Henry R. Poore の *The New tendency in Art* (New York, Doubleday, 1913) には、

> 芥川君へ
> 　一九一四年一月
> 　　亜米利加にて

　　　　善一郎

という書き込みがあった。

　贈り主は、1913年9月から1916年までコロンビア大学に留学していた原善一郎であろう。芥川は原の渡米に際して、1913年9月17日付け山本喜誉司宛て書簡で、「原がまゐり候　明日露西亜女帝号にて渡米　コロンビア大学に三年其後二年を欧大陸に費す由に候　仕立おろしの背広か何かにて半日絵の話や音楽の話をしてかへり候　紐育でゴーガンのタヒチの女の複製があつたら早速送る由申居り難有お受けを致置候へど余りあてにはならざる可く候／西洋へゆきたくなり候　誰か金でも出してくれないかなと思ひ候」と述べている。

　この The New Tendency in Art は、後期印象派から未来派に至るまでの美術を論じたもので、複数の複製写真も挿入されている。ゴーギャンについても複製写真が一枚あるが、芥川が所望した「タヒチの女」ではなく「牧歌 IDYLL」である。

　この本について芥川は、1914年11月14日付けの原宛て書簡で「いつぞや頂いた Poor（ママ）の本は面白く拝読しました（大分むづかしい本でしたけれども）けれどもあの著者のやうに立体派や未来派に賛成する事は僕には出来ませんそれは理論は認めますしかし芸術は認められません（ピカソなぞは全くわからない絵が沢山あります）」と感想を述べ、続いて「画かきでは矢張マチスがすきです僕のみた少数な絵で判断して差支へないならほんとうに偉大な芸術家だと思ひます、僕の求めてゐるのはあゝ云ふ芸術です日をうけてどん／＼空の方へのびてゆく草のやうな生活力の溢れてゐる芸術です其意味で芸術の為の芸術には不賛成です此間まで僕のかいてゐた感傷的な文章や歌にはもう永久にさやうならです、同じ理由で大抵の作者の作には不賛成至極です、鼻息が荒いなんてひやかしちやあいけませんほんとうにさう思つてゐるんです」と自身の創作について所信表明を行っている。

　これらの外にも、芥川旧蔵書には芥川の交際ぶりを示す痕跡が遺されている。例えば、Eunice Tietjens の Profiles from China（New York, Knopf, 1919）の40-41頁の間には「満朝報記者／大久保北秀／電番京橋56　自二一二〇

番／至二一二九番」の名刺が、50-51頁の間には「原田稔／東京朝日新聞社」、54-55頁には「萩原秀次／中央新聞社／専用電話銀座五七・五八・八二」の名刺が挟まれていた。また、John Gould Fletcher著 *Paul Gauguin* (New York, Brown, 1921) の 122-123 頁には「帝国製剤合資会社／朝鮮総代理店／主任　李英実／本社　群馬県前橋市田中町六十番地／代理店　慶尚南道咸安郡咸安面北村洞」の名刺があった。芥川がしおり代わりに使ったものと考えられる。名刺はいずれも表面のみ印字され、裏は白紙である。

　また、Maxim Gorky の *The Note-books of Anton Tchekhov together with Reminiscences of Tchekhov* (Richmond, Hogarth, 1921) の表見返しや裏見返し等には、「芥川比呂シ」の名前入りの落書きがあり（内容は絵や文字の練習）、龍之介と比呂志の交流の様子が窺える。

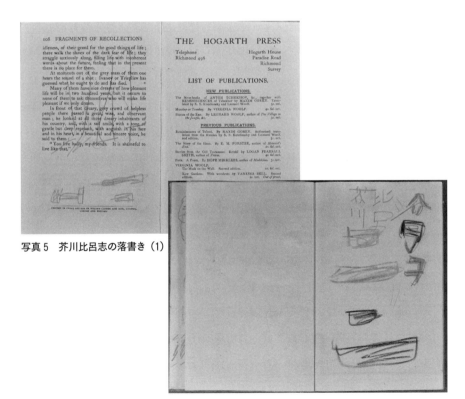

写真5　芥川比呂志の落書き（1）

写真6　芥川比呂志の落書き（2）

6　モーパッサンの読書記録について

　芥川旧蔵書の洋書への書き込みについては、再三触れた通り、三好行雄「芥川龍之介旧蔵書」（前掲）や同「芥川龍之介の書き入れ」（館報「日本近代文学館」第 45 号）、饗庭孝男「芥川の読書」（館報「日本近代文学館」第 38 号）、「〈所蔵資料公開〉芥川龍之介資料」（館報「日本近代文学館」第 51、57、58、59、61、62、63、64、65、66、71、78 号）、倉智恒夫「芥川龍之介読書年譜――フランス文学関係図書――」（『比較文学研究』1983・4）や同「芥川龍之介読書年譜――英・露・独・北欧文学関係図書――」（『現代文学』1983・6）、Ganderska Katarzyna「芥川龍之介旧蔵書への書き入れに関する書誌学的研究：1915 年 8 月末までに読んだ西洋文学作品を対象に」（埼玉大学、博士論文（学術）、甲第 5 号、2007・3）に主なものが報告されている。しかし中には、芥川本人の書き入れかどうか、検討の余地があるものも含まれている。例えば、モーパッサン（Guy de Maupassant）の *Works* シリーズ（New York, Bigelow, c1909）の以下の 8 冊、

　　vol.1 *Boule de Suif, and Other Stories*
　　vol.2 *Monsieur Parent, and Other Stories*
　　vol.3 *The Viaticum, and Other Stories*
　　vol.4 *The Old Maid, and Other Stories*
　　vol.5 *Une Vie, and Other Stories*
　　vol.6 *Bel Ami*
　　vol.8 *Pierre et Jean, and Other Stories*
　　vol.9 *Fort Comme la Mort, and Other Stories*

については、短篇の末尾や目次等にある「MAR 15 1910」から「JUN 16 1912」までの多数の日付が芥川の書き入れとして報告されている。しかし、これらは直筆ではなく、すべて赤いスタンプで捺印されたものである。これと同一のスタンプが、他の洋書に用いられた形跡はなく、またこのスタンプの押された同一日に、芥川が別の洋書を読了している場合も多々見受けられ

る。

　芥川はモーパッサンについて、「私の文壇に出るまで」(『文章倶楽部』1917・8)や「小説を書き出したのは友人の煽動に負ふ所が多い」(『新潮』1919・1)で、一高時代に「ツルゲネーフ、イブセン、モウパッサンなどを出鱈目に読み猟つた」(両者、同一文章)と証言している。1913年8月11日付け山本喜誉司宛て書簡でモーパッサンを紹介する際、「きたなき紙のモーパッサンの短篇集など御存知の事と思ひ候」と述べているが、芥川旧蔵書中にある上記のシリーズは製本された立派な全集である。

　これらのことから判断して、芥川が一高時代に読んだモーパッサンの作品集は違う版のものだったのではないかと考えられる。少なくとも、赤いスタンプの日付は別人の読書記録で、芥川の実際の読了日と異なる可能性が高いのでないだろうか。赤いスタンプの押された全集を、芥川が譲り受けるか、古書店から購入したと思われる。書き入れが芥川本人のものかどうかは、その都度慎重を期さなければならない。

7　アンカット本について

　本書の第2章、第3章で見てきたように、アンカット本の状態が芥川の読書体験を知る上で、大きな手掛かりとなる場合がある。例えば、Lafcadio Hearn の講義録 *Appreciations of Poetry* (New York, Dodd, c1916) や *Interpretation of Literature Vol.I & Vol.II* (New York, Dodd, 1917) は芥川の英文学理解を推し量る上で、証左とされることがあるが、この三冊はすべてアンカット本で、芥川の興味関心を知ることができる。

　Appreciations of Poetry のうち、芥川が興味を持ったと思われる章(すべての頁が開封されている章)は、Rossetti、Swinburne、Browning、William Morris、Charles Kingsley の詩について論じた章である。反対に未開封だったのは、"On Love in English Poetry" の章、"Three Silences" の章、"A Note on Munby's "Dorothy"" の章、それから Tennyson、Matthew Arnold、Jean Ingelow、William Watson、Robert Buchanan、Robert Bridges の詩について論じられている章である。

Interpretation of Literature Vol.I & Vol.II では、大部分が未開封であった。通読できる章だけを拾うと、"Introduction"、"The Insuperable Difficulty"、Blake、Wordsworth、Coleridge、Byron、Shelly、Keats、Edward Fitzgerald、"The Shaving of Shagpat" について書かれた部分である。Vol.II では Baudelaire、"The Value of the Supernatural in Fiction"、Herrick、Edger Poe、"On Tree Spirits in Western Poetry" の部分がすべて開封されていた。芥川文学に馴染みの深い名前が並ぶが、まだまだ関連が詳述されていないものもある。

　もちろんアンカット本だけでなく、報告がなされていない書き込みもまだまだ多数ある。Matthew Arnold の評論 *Essays in Criticism* (London, Macmillan, 1911) を見ると、第一章 "The Function of Criticism at the Present Time" と第五章 "Heinrich Heine"、第十章（最終章）"Marcus Aurelius" に下線等の書き込みがあった。特に Heine の章には書き込みが集中し、156 頁上余白には「Prepare His essay」、168-169 頁の上部余白には「全く Heine 式 Expression デアル、痛快々々！！　天下ノ名文ナル哉」と書かれている。また同じく 177 頁には「スコット晩年ニハ中世期ノ小説ノミヲ作レリ」という書き込みが発見できる。本書附録には、日本近代文学館および山梨県立文学館、神奈川近代文学館の芥川旧蔵書・洋書に関する悉皆調査の結果を一覧としてまとめている。今後の研究の一助にしていただければ幸いである。

　「詳細に調査すれば、芥川龍之介論の有力な論点がいくつも引出せそうな、予感に満ちた旧蔵書の充棟」[8]と評されてから約半世紀の年月が流れたが、芥川の旧蔵書には、まだまだ知られざる芥川の一面が眠っているに違いない。

註

(1)　同編者・同書については竹中龍範「J. M. Dixon の英語辞典をめぐって」（『英語史研究』第 2008 巻 40 号、2007）に詳しい。
(2)　山梨県立文学館に同序文の未定稿がある。
(3)　この点は、芥川が傾倒したアンブローズ・ビアスが著した『悪魔の辞典』(1911) を想起させる。

(4) 倉方健作「跛行と韻律:ヴェルレーヌの 13 音節詩句をめぐって」(『Stella』38 号、239-249 頁、2019・12)
(5) 杉本秀太郎訳『赤い百合』(臨川書房、2001)
(6) 関口安義「吉田弥生」(『芥川龍之介新辞典』翰林書房、2003)
(7) 「芥川龍之介資料(四)」(館報「日本近代文学館 第 61 号」日本近代文学館・1981・5)
(8) 註(7)参照

第 6 章

芥川龍之介編 *The Modern Series of English Literature*

テクストの特色、第七・八巻の出典、「近頃の幽霊」・「南京の基督」との関わりを中心に

1 書誌

　芥川龍之介が編纂した *The Modern Series of English Literature*（以下 *Modern Series* と記す）は、全 8 巻からなる旧制高等学校用の英語副読本である。四六判、並製本で、全巻共通の表紙イラストは「『The Yellow Book』第 1 巻（1894・4）の表紙デザイン（ビアズリー画）を用いたもの」[1]で、扉のイラストも同様に *The Yellow Book* 創刊号の扉デザインから採られている[2]。

　各巻のタイトルは第 1 巻 *Modern Fairy Tales*、第 2 巻 *Modern Short Stories*、第 3 巻 *Modern Ghost Stories*、第 4 巻 *Modern Short Plays*、第 5 巻 *Modern Essays*、第 6 巻 *More Modern Short Stories*、第 7 巻 *More Modern Ghost Stories*、第 8 巻 *Modern Magazine Stories* である。

　発行元は興文社。奥付に従えば、各巻の刊行順は第 6 巻（1924・7・14）、第 7 巻（1924・8・18）、第 8 巻（1924・8・26）、第 4 巻と第 5 巻（同時刊行 1925・4・4）、第 2 巻と第 3 巻（同時刊行 1925・5・10）、第 1 巻（1925・5・23）の順番である。

　この副読本について畑中基紀は、関口安義編『芥川龍之介新辞典』（翰林書房、2003・12）の当該項目で次のように記している。「たとえば'Ghost Stories'を独立させ、しかも 2 巻を割いているあたりの、一瞥してわかる構成上の特徴には、芥川の趣味が色濃く表れているといえるだろう。また、ビアスの「月明かりの道」（Ⅲ）と O. ヘンリーの「運命の道」（Ⅵ）とはともに「藪の中」の原典と認められているものであるが、こうした作品の名が見られることは、「第五巻の序」の「特にこの巻には多きを嫌はず、編者の愛するものを加へた」という彼の言葉と併せて、<u>ここに集められた文章には作家</u>

としての芥川にかなり深い影響を残したものが含まれていることを十分に想像させる。だが、残念ながら、収録作品の選択の経緯やその傾向、あるいは内容の分析などを含めたこの叢書の全般的な研究はまだこれからというのが現状である」(下線は引用者、以下同じ)。

「藪の中」の原典に関わる二作への言及があるが、その他にも本叢書の第4巻には、伊藤一郎「MENSURA ZOILI 機知はいかに働いているか」(関口安義編『生誕120年 芥川龍之介』翰林書房、2012・12)が指摘した「MENSURA ZOILI」(『新思潮』1917・1) と関わりが深い St. John Greer Ervine (1883–1971) の "The Critics" も収録されている。畑中が指摘する通り、*Modern Series* は編者である芥川の好みが強く反映された叢書と考えられるが、当副読本に対して十分な言及がなされていないのが研究の実状である[3]。そこで、本章では収録作品の傾向や出典などを中心に、芥川が編集した *Modern Series* の全容について報告したい。

2 背景

1924年3月8日の日付で、興文社社長、石川寅吉[4]に宛てた芥川の書簡がある。

> 冠省　先頃は鴨うちにお招き下され難有く存候　早速御礼申上ぐ可きの所疎嬾の為今日迄延引不悪御ゆるし下され度候　なほ又　神代君より承り候へば　池の端の火災にて御蔵幅あまた烏有に帰し候よしご傷心のほど　人事とは存ぜられず　お気の毒に存じ居候　<u>拠今日は who's who 御とどけ下されこれ亦難有く御礼申上候　唯今四月号の雑誌にとりかかり居候為、寸暇を得ず候へども十五日すぎ　遅くとも廿日までには　小閑を得可く候間その節は何か少々にても御依頼の仕事にとりかゝる可く候</u>　右とりあへず当用のみ　頓首／三月八日　芥川龍之介／石川様 侍史

「御依頼の仕事」について『芥川龍之介全集 第二十巻』(岩波書店・第二刷・2008・8) の宮坂覺による注解には「興文社の『近代日本文芸読本』の編集

を指すか」とあるが、石川が贈った*Who's Who*(London, 1924、芥川旧蔵書中に確認できる)は、イギリスの人物名鑑で、*Modern Series*の各巻に付す序文を書くための資料として贈呈したと考えられる。

また『近代日本文芸読本』の「縁起」に拠れば、『近代日本文芸読本』の依頼があったのは関東大震災当日の 1923 年 9 月 1 日のことで、その後、幾多の艱難辛苦を乗り越えて編集作業が終わったのが 1925 年 3 月(「縁起」末尾の日付)、実際に全五冊が刊行されたのは同 1925 年 11 月 8 日のことである。

手紙は 1924 年 3 月のものであり、*Modern Series*が 1924 年 7 月から刊行され始めたことを考え併せれば、この「御依頼の仕事」は*Modern Series*の編纂を指すと考える方が妥当であろう。

関東大震災の当日に、石川から『近代日本文芸読本』の仕事を引き受けたのとほぼ同時に*Modern Series*編纂の仕事を引き受けたとしても、最も早く刊行された第 6 巻の*More Modern Short Stories*発売まで、準備期間は十か月程しかない。しかし第六巻の巻末に予告されている全巻の収録内容は、実際に刊行された*Modern Series*とほぼ異同はなく[5]、収録する作品の構想が早い段階で固まっていたことが窺える。

3 編集方針

*Modern Series*には全巻共通の序文と、第 3 巻を除く[6]各巻別の序文が付されているが、共通序文の内容は次の通りである。

> 学生は新を愛するものである。新を愛する学生に Macaulay や Huxley を読めと云ふのは残酷と評しても差支へない。尤も教科書となつたが最後、如何なる斬新の名文にもせよ、忽ち退屈を与へるのは僕自身も経験した悲劇である。が、退屈を与へるとは云へ、兎に角新は旧よりも幾分か興味を生じ易いであらう。且又新しい英米の文芸は大陸の作品の英語訳のやうに容易に読破出来るものではない。それを容易に読破する為には、特に新らしい文芸に対する語学的訓練を受けなければならぬ。教科

書の中作品に多少の新を加へるのは其の為にも確かに必要であらう。か
たがた編者は此の叢書も幾分か学生諸君の為に役立ちはしないかと思つ
てゐる。
　　大正十三年七月⁽⁷⁾　　　　　　　　　　　　　　　　　　編者記

　序文から、芥川が拘っていた二つの点がわかる。一つは教材としてしばし
ば用いられた Thomas Babington Macaulay（1800–1859）や Thomas Henry Huxley
（1825–1895）のような古い英文[8]ではなく、新しい作品を採録すること。
芥川の学生時代の体験に加え、海軍機関学校での教員生活で培った経験に基
づく判断であろう。
　新しい文芸作品に拘った姿勢は、その刊行順からも察せられる。各巻の題
名を一瞥して看取される通り、*Modern Series* は巻が下るほど、収録作品が同
時代に近づく構成になっており、全体に先んじて刊行された第6巻から第8
巻は内容見本としての役割があったと考えられるが、収録作の殆んどが20
世紀に入ってからの作品で構成されている。詳細は後述するが、中には
1920年代以降に発表された、殆んど同時代の作品も複数採録されている。
先行販売された第6巻から第8巻は、新しい文芸を印象づけるのに十分な内
容だったのではないだろうか。
　序文からわかるもう一つの特長は「大陸の作品の英語訳」でなく「英米の
文芸」を読破するために編まれた叢書だという点である。「大陸の作品」と
は、非英語圏のヨーロッパ諸国並びにロシアの作品を指した言葉だろう。そ
れらの英語訳には海外作品の邦訳に見られるのと同様に、不自然な表現や誤
訳等があるのに加えて、異なる風俗の訳出や、方言、スラングといった言語
特有の言い回しの翻訳などに問題がある。必然的に「大陸の作品の英語訳」
を読むために必要な語学力と「英米の文芸」を読むのに必要な語学力は異
なってくる。
　具体的に挙げると第1巻には Lord Dunsany（1878–1957）の"The Highwayman"
（1908）を始めとしてアイルランド方言で書かれた作品が収録され、第8巻
の Achmed Abdullah（1881–1945）"A Simple Act of Piety"（1918）は、在米中
国人コミュニティを舞台としていて、中国人英語とでも呼ぶべき独特の表現

や固有名詞が出てくる。また第4巻は戯曲に割かれているが、登場人物の会話の妙味は、異なる言語に翻訳してしまえば失われてしまう原文ならではの妙味がある。それらに慣れるには、原文に触れて訓練するしかない。

しかし「帝国大学の教養部だった旧制高校では、文学や思想書を原書で読むのが伝統とされた」(江利川春雄『日本人は英語をどう学んできたか：英語教育の社会文化史』研究社、2008・11、76頁) 時代に、英米の原著に数多く触れることを主眼とした叢書はさして目を引くものではなかったことも想像に難くない。とすれば、やはり Modern Series の最大の売りは、Modern であること、「新らしい文芸」に対応していることにあったのではないか。

4 採録されたテクストの特色

前節で触れた編集方針以外に、本叢書にはどのような特色があるのか。既に畑中が指摘したように、Ghost Stories に二冊 (第3巻及び第7巻) が割かれている点が先ず挙げられよう。しかも芥川の怪異小説趣味はこの二冊に限ったことではなく、Short Stories と題された第2巻と第6巻、並びに Magazine Stories と銘打たれた第8巻にも幽霊譚ないし怪異小説が収録されている。

例えば第2巻中の Rudyard Kipling (1865–1936) "The Phantom' Rickshaw" (1888) では、主人公が足蹴にした不倫相手の夫人が、インドの人力車であるリキシャの亡霊に乗って彼の前に姿を現す。また同巻中の Robert Louis Stevenson (1850–1894) の "Markheim" (1884) では、殺人を犯した主人公マークハイムの許に、悪魔の化身とも自我の分身とも解せる正体不明の男が訪れ、主人公に様々な忠告をなす。両作はそれらの超常現象が主人公の幻覚である可能性を含んだまま終焉を迎える。

その他にも第6巻には、楽園の知恵の実を手に入れる男の話 H. G. Wells (1866–1946) "The Apple" (1896)、第8巻には米軍の歴戦の幽霊が登場する Harrison Rhodes (1871–1929) "Extra Men" (1918) が収録され、芥川の怪異趣味は当シリーズ全体を通して表れている。

しかし、一口に怪異小説といっても、例えば幽霊屋敷ものは一編しか採ら

れておらず⁽⁹⁾作品の性質にはさらに偏りがある。全体として、超常現象が現実の出来事とも単なる幻覚とも捉えることができる幻想小説が多い。

　そのためでもあるが、発狂を思わせる話が多く見受けられる。先に挙げた"The Phantom' Rickshaw"や"Markheim"に加え、人生の愉楽を追い求めて遂には邪神 Pan に出会う一人の芸術家の話 Edward Frederic Benson（1867-1940）著"The Man Who Went Too Far"（1912、第7巻）や、閉所恐怖症の婦人が旅行に出かけ、列車内で閉じ込められパニックを起こす Algernon Blackwood（1869-1951）著"Miss Slumbubble —and Claustrophobia"（1907、第7巻）、人形のように全く表情が変わらないために、「この者を笑わせた者には大安売り」という札と共にお店のショーウィンドウに飾られた田舎娘が、都会の人波を眺めて最後に狂って笑う Benjamin Rosenblatt（1880-？）作"In the Metropolis"（1921、第8巻）、限界に達しつつある精神疾患の患者に、これが最後の診察になると悟りつつ、「次の診察までには治る」と担当医が見込みのない励ましを送る E. M. Goodman（生没年不詳）"The Last Lap"（初出未詳、第8巻）等、主人公が極度の精神不安に陥る／陥っている話が多い。同様に、殺人が起きたり、死を感じさせる作品が多く見受けられる。

　また芥川の諸作品と同様、結末部に鮮烈な出来事やどんでん返しが起こる短編が多く、最後まで読み応えのある作品が多数収録されている。その点でも学生の興味を引く魅力的な読本であったと考えられる。

　語学的な訓練という点からこの叢書を見ると、第1巻が *Modern Fairy Tales*、第3巻が *Modern Magazine Stories* と題されていることから、一見巻を追うごとに英語が難解になるように思えるが、「学年や学習進度には対応していない」（前掲畑中）。実際必要とされる語学力にはさほど差がなく、各巻における作品の収録順についても同様のことが言える。

5　第7巻 *More Modern Ghost Stories* 及び第8巻 *Modern Magazine Stories* の出典

　Modern Series の第1巻から第6巻には Edgar Allan Poe（1809-1849）や Oscar Wilde（1854-1900）、H. G. Wells 等、文豪と呼ぶにふさわしい作家の名

前が散見され、当時からしても名の知られた作家の作が多くを占める。そのことは第2巻の序文で「この巻に集めた作品に就いては格別何も言ひたいことはない」とし、収録された作品（すべて19世紀に発表）の評価が既に定まっていることを暗に示す芥川の態度からも窺える。

　しかし、第7巻 More Modern Ghost Stories と第8巻 Modern Magazine Stories が趣きを異にしていることは、以下に挙げる収録作品の一覧を一瞥するだけでもわかる。

第7巻　More Modern Ghost Stories

1. R. Marion Crawford   The Upper Berth
2. Ambrose Bierce   A Diagnosis of Death
3. E. F. Benson   The Man Who Went Too Far
4. Algernon Blackwood   Miss Slumbubble
　　　　　　　　　　　　　　　　　——and Claustrophobia
5. Vincent O'Sullivan   The Interval
6. Frances Gilchrist Wood   The White Battalion

第8巻　Modern Magazine Stories

1. Stacy Aumonier   Where was Wych Steet?
2. Benjamin Rosenblatt   In the Metropolis
3. E. M. Goodman   The Last Lap
4. Dorothy Easton   The Reaper
5. John Russell   The Price of the Head
6. Harrison Rhodes   Extra Men
7. Parry Truscott   The Woman Who Sat Still
8. Achmed Abdullah   A Simple Act of Piety

　怪奇小説の大家 Algernon Blackwoo を除いて、一般には馴染みの薄い作家が並ぶ。このうち Marion Crawford (1854–1909) は怪奇小説を得意とし、第7巻中の "The Upper Berth" (1886) は「上段寝台」等の邦題で、幾つかの

アンソロジーに翻訳が収録されており、その方面では古典となっている。Modern Series が刊行される以前にも和気律次郎編・訳『英米七人集：清新小説』（大阪毎日新聞、1922・9）に「上の寝床」の題で訳出されており、その後『世界短編小説大系　亜米利加編』（近代社、1926・5、邦題「上の寝台」）、岡本綺堂編・訳『世界大衆文学全集35　世界怪談名作集』（改造社、1929・8、邦題「上寝（アッパーバース）」）と相次いで翻訳が出ている。第七巻の序文にも「M. Crawford の名は屢我国にも伝へられてゐる」とあり、当時から多少なりと名が通っていたことがわかる。

　また Ambrose Bierce（1842–1913？）は、「藪の中」（『新潮』1922・1）の粉本の一つ "The Moonlit Road"（1907）の作者であり、「侏儒の言葉」（『文芸春秋』1923・1–1925・11）も同作者の The Devil's Dictionary（1911）[10]から想を得たことで知られる。Modern Series には彼の作品が三作収録されており、芥川が如何に Bierce を気に入っていたかが表れている。

　しかし、芥川が随筆「点心」（『新潮』1921・2、3）で Ambrose Bierce を紹介した際に、「日本訳は一つも見えない。紹介もこれが最初であらう」と述べている通り[11]、当時の日本において Bierce は無名に近い作家だった。第7・8巻のその他の作品についても、当時（のみならず現在でも）日本では知名度の低い作家のものが大半を占める。それでは、芥川はどこからこれらの作品を見つけてきたのだろうか。

　上記の三作家（Blackwood、Crawford、Bierce）を除く作品は、概ね以下の四冊から採択されたと考えられる[12]。

① 　The Best Ghost Stories（New York, Boni and Liveright, c1919）
② 　Ernest Rhys and C. A. Dawson Scott 編
　　31 Stories by Thirty and One Authors（NewYork, Appleton, 1923）
③ 　Edward J. O'Brien and John Cournos 編
　　The Best British Short Stories of 1922（London, Cape, c1922）
④ 　Edward J. O'Brien and John Cournos 編
　　The Best Short Stories of 1918（不明）

① *The Best Ghost Stories* には、VII-3.（第 7 巻三作めの意。以下同様）E. F. Benson "The Man Who Went Too Far"[13]、VII-5. O'Sullivan "The Interval"（1917）に加え、第 2 巻の Rudyard Kipling "The Phantom' Rickshaw"、第 3 巻所収 Brander Matthews "The Rival Ghosts" の計四作品が収録されている。

　② *31 Stories by Thirty and One Authors*（以下 *31 Stories*）には VIII-3. E. M. Goodman の "The Last Lap"、VIII-5. John Russell（1885–1956）"The Price of the Head"（1919）、また第 6 巻の Gilbert Keith Chesterton（1874–1936）"The Invisible Man"（1911）が収録されている（但し、このチェスタートンの "The Invisible Man" は、H. G. ウェルズの「透明人間（The Invisible Man）」を意識した作品で、ブラウン神父が探偵役として登場する有名な推理小説で、別の本から採択された可能性も十分にありうる）。

　③ *The Best British Short Stories of 1922*（以下 *Best British of 1922*）には、VIII-1. Stacy Aumonier（1877–1928）"Where was Wych Street?"（1921）、VIII-4. Dorothy Easton（1889– ？）"The Reaper"（1922）、VIII-7. Parry Truscott（生没年不詳）"The Woman Who Sat Still"（1922）の三作品が収録されている。

　④ *The Best Short Stories of 1918*（以下 *Best of 1918* と記す）には、VII-6. Frances Gilchrist Wood（1854–1944）"The White Battalion"（1918）、VIII-6. H. Rhodes "Extra Men"、VIII-8. A. Abdullah "A Simple Act of Piety" が載っている。

　① *The Best Ghost Stories*、② *31 Stories*、③ *Best British of 1922* については、芥川旧蔵書（日本近代文学館所蔵）中に確認出来ることから、*Modern Series* の編纂に使われたことは間違いないであろう。編集の指示のような書き込みはなかったが、③ *Best British of 1922* には採用された三作にのみ「○」や波線（「スミ」の字が崩れたものか？）の書き込みが見られた。

　一方、④ *Best of 1918* については旧蔵書中に確認できなかった。本書を巡っては、石川寅吉との間に次のような不可解な書簡が残っている。

　　1924 年 7 月 21 日　石川寅吉　田端から（年次推定）〔転載〕
　　原稿用紙にて失礼いたし候。序文同封御送り申し候。拠各巻の序文儀、今夜蚊帳の中にて裸になりて調べ候へども、J. Russell, E. Goodman, P.

Truscott, D. Easton の四人だけはどうしてもわからず、ラッセルとグッドマンの二人は Best Short Stories of 1918 by O'Brien と申す本さへあればわかる筈なれど、他の二人はわかる見込みだに無之候へば、わからずと書くも忌々しき次第故、伝記は全部省略いたすことといたし候。右とりあへず当用のみ。（以下略）

「今夜蚊帳の中にて裸になりて調べ」ても経歴が分らないとされる四名はいずれも第 8 巻所収の作家で、書簡は第 8 巻の序文に関するやり取りと考えられる。「伝記は全部省略いたすことといたし候」とある通り、上記四名について出身国と存命の作家である旨だけが記されている。

Modern Series の中で一番初めに刊行された第 6 巻の序文には作家のフルネームと生没年が、次いで刊行された第 7 巻の序文には Crawford、Bierce、Blackwood 以外の三作家（E. F. Benson、V. O'Sullivan、F. Wood）について一人一項目が設けられ、伝記事項を含む短い紹介文が掲載されている。芥川は、第 8 巻においても同様な紹介文を載せるつもりであったが、資料が足りず、断念したのであろう。

詳細が分からなかった「J. Russell, E. Goodman, P. Truscott, D. Easton」の前二者は② *31 Stories* から、後者二人は③ *Best British of 1922* からの採録と考えられる。この二書にはどちらも作者についての言及がない[14]。

手紙は、「ラッセルとグッドマンの二人」がアメリカの作家であるため（残り二人はイギリス）、④ *Best of 1918* の附録 "THE BIOGRAPHICAL ROLL OF HONOR OF AMERICAN SHORT STORIES" を当て込んだ記述と目されるが、何故「Best Short Stories of 1918 by O'Brien」を当て込んだのか、経緯は判然としない[15]。

同書については、以下のような事実もある。芥川は第八巻の序文で「それから H. Rhodes の "Extra Men" は欧羅巴の大戦の生んだ、新しい亜米利加の伝説である。或は Irving の "Rip Van Winkle" や Hawthorne の "The Gray Champion" 等と並称するのに堪へるかも知れない」と記している。一見、H. Rhodes の "Extra Men" に対する芥川の評のように見えるが、これは芥川独自の見解ではない。④ *Best of 1918* の附録である "THE BEST SIXTY

AMERICAN SHORT STORIES" の当該作品の項目を見ると、そこに「It is a new legend for American literature fairly comparable to Irving's "Rip Van Winkle" and Hawthorne's "The Gray Champion,"」と、序文と殆ど同じ見解が記載されている。芥川が引き写したのだろう。

　加えて、同序文中の「A. Abdullah だけは名前の示すやうに欧羅巴人ではない。Afghanistan の Kabul に生まれた亜剌比亜—土耳古系の東洋人である」は、④ Best of 1918 の作者に関する項目 (THE BIOGRAPHICAL ROLL OF HONOR OF AMERICAN SHORT STORIES) に載っている紹介文、「Born at Kabul, Afghanistan, May 12, 1881, of Arab and Tartar stock」を参考に、第七巻の序文中の「F. Wood は亜米利加の女流作家である。「略半世紀前に生まれた」と云ふ以外に今は生年を詳らかにしない。"The white Battalion" はその世間に発表した最初の作品だと云ふことである」は、同附録の当該項目「Born half a century ago,」(芥川の記す通り、生年は載っていない)、「First published story, "The White Battalion,"」とする記述に負っていると思われる。これらの事実から、芥川が④ Best of 1918 を有し、Modern Series 編纂に用立てたことは確実視される。

　そうすると、「Best Short Stories of 1918 by O'Brien と申す本さへあれば」とする書簡の内容と一見矛盾を来たすが、筋道の通る説明としては、④ Best of 1918 に直接関わる作家については必要な情報を抜書きした後に、同書を貸与あるいは紛失したため、第 8 巻の序文執筆の際には手元になかったというところだろうか。

　いずれにしろ、④ Best of 1918 については旧蔵書にないこともあり断定はできないが、複数の作品が Modern Series と重複していることや同書の記述が序文に反映されている点などから総合的に判断して、①②③と同様に、Modern Series 編纂に使用された可能性は高い。

　それらのタイトルから看取される通り、芥川は最新のアンソロジーから作品を集めている。採録された作品の初出年次を見ても 1917 年以降の作品が半数以上を占め、第 7、8 巻が「新しい文芸」という Modern Series の方針を強く反映している巻号であることがわかる。また、その多くは日本で初めて紹介された作家だったに違いない。古典に限らず、英米の文芸に通じていた

芥川の読書家としての一面があらわれている。

6 その他の芥川旧蔵書における編集の跡

芥川の旧蔵書には、前節で触れたもの以外にも *Modern Series* 編集のための書き込みが幾つか見られた。

例えば、第2巻収録の短編 Thomas Hardy（1849–1928）の "To Please His Wife"（邦題「妻ゆえに」等、1891）は、同作者の短編集 *Life's Little Ironies*（London, Macmillan, 1920）からの採録と思われるが、同短編の扉頁には、本書のタイトル「LIFE'S LITTLE IRONIES」が印字されている。その文字に下線が引かれ、「不要」の文字が書き込まれていた。短編の題名と紛らわしかったからだろう。

第4巻に採られている St. John Greer Ervine の戯曲 "The Critics" についても、同作者による *Four Irish Plays*（London, Maunsel, 1914）に編集の指示が書き込まれていた。*Four Irish Plays* では登場人物表（「PERSONS IN THE PLAY」）の下に「AUTHOR'S NOTE TO "THE CRITICS"」が付されているが、芥川は登場人物表と「AUTHOR'S NOTE TO "THE CRITICS"」を別々に丸で囲み、前者には「入用」、後者には「最後ニ入レル」というコメントを付している。*Modern Series* の第4巻ではこの指示通り登場人物表は冒頭に、「AUTHOR'S NOTE TO "THE CRITICS"」は作品末尾に掲載されている。これは「AUTHOR'S NOTE TO "THE CRITICS"」が、「MENSURA ZOILI」で芥川が模したように[16]、Ervine が以前に受けた酷い批評を作中の台詞に流用していることを明かす内容になっているので、作品の種明かしとして機能させるための配置換えと考えられる。

さらに芥川の所有していた Bernard Shaw の *Back to Methuselah*（London, Constable, 1921版）にも *Modern Series* の編纂の際の書き込みと思われるものが確認できる。第5巻に収められた小論文「"Darwinism and Vitalism"」の第1章に当たる、"Why Darwin converted the crowd" の上部には始まりを表すと思われる長い傍線と章立てを示す「1)」という書き込み、続いて各章に「2)」「3)」「4)」「5)」「6)」と章番号が付され、第6章（終章）に当たる "A sample of Lamercko-Shavian invective" の末尾には傍線と共に、「ココマデ」の書き込みがある。本文の異同については、第6章の章題が "A sample of vitalistic invective" に変更されているだけで、この変更についても芥川の書き込みが確認できた」[17]。

7 *Modern Series* 収録作品と芥川の諸テクスト

7.1 戦争と幽霊譚

 Modern Series と関わりの深い芥川作品としては、随筆「近頃の幽霊」(『新家庭』1921・1)[18]が挙げられる。「近頃の幽霊」は Dorothy Scarborough (1878–1935) 著 *The Supernatural in Modern English Fiction* (New York, Putnam, 1917) を基に執筆されていると目される[19]が、その中で *Modern Series* に収録されている作家や作品に対する言及が散見される。例えば Harrison Rhodes "Extra Men" と Frances Gilchrist Wood "The White Battalion" に対しては次のような詳細な記述がある。

> 幽霊——或は一般に妖怪を書いた作品は今でも存外少くない。殊に欧洲の戦役以来、宗教的感情が瀰漫すると同時に、いろいろ戦争に関係した幽霊の話も出て来たやうです。戦争文学に怪談が多いなどは、面白い現象に違ひないでせう。(中略) この種の小説を読んで見ると、中々奇抜な怪談がある。これは亜米利加が欧洲の戦役へ参加した後に出来た話ですが、ワシントンの幽霊が亜米利加独立軍の幽霊と一しよに大西洋を横断して、祖国の出征軍に一臂の労を貸しに行くと云ふ小説がある。(Harrison Rhodes: Extra Men.) ワシントンの幽霊は振るつてゐません。さうかと思ふと、仏蘭西の女の兵隊と独逸の兵隊とが対峙してゐる、独逸の兵隊は虜にした幼児を楯にして控へてゐる。其時戦死した仏蘭西の男の兵隊が、——女の兵隊の御亭主達の幽霊が、霧のやうに殺到して独逸の兵隊を逐ひ散らしてしまふ、と云つた筋の話もある。(Frances Gilchrist Wood: The White Battalion.) 兎に角種類の上から言ふと近頃の幽霊を書いた小説の中では、既にこの方面専門の小説家さへ出てゐる

位、(Arthur Machen など) 戦争物が目立つてゐるやうです。

　戦争と幽霊譚の関連性は *The Supernatural in Modern English Fiction* の中で指摘されており、芥川の新知見とは言いがたいが、"The White Battalion" と "Extra Men" を持ってきたところに独自の色が示されている[20]。二作は先述の通り、*Modern Series* の第7巻と第8巻に採られている。更に挙げれば第7巻の Vincent O'Sullivan 作 "The Interval" も戦争未亡人が、戦死した夫の幽霊と出会う話であり、背景に第一次世界大戦がある。

　この点に注目すると、*Modern Series* に収録されている諸作と芥川の創作に新たな繋がりが見えてくる。芥川も、戦争と幽霊が絡む短編「妙な話」(『現代』1921・1) を書いている。ある知り合いの女性が、正体不明の赤帽を介して出征中の夫の消息を知り、自らの不義を改めるといったあらすじだが、英米の幽霊小説と同じく、第一次世界大戦を背景としている。超常的な存在が伝令を担うという点では、H. Rhodes "Extra Men" と通ずる部分がある。"Extra Men" では、アメリカの歴戦の兵隊の霊が、宿の女主人に親切にしてもらった御礼に、彼女のたった一人の身内である孫息子にカーネーションを届けると約束する場面がある。

　第一次世界大戦ではないが、日清戦争を背景とした「奇怪な再会」(『大阪毎日新聞　夕刊』1921・1・5〜同2・2) と Vincent O'Sullivan "The Interval" は、占いを契機に想い人との再会を夢見はじめ、最期に想いを遂げる（現実的には発狂、あるいは死去する）という大筋において重なっている。しかし、細部においては相違点が多く、「奇怪な再会」の方が複雑な設定になっている。

　また晩年の作品「彼　第二」(『新潮』1927・1) では、従軍記者に志願した友人（後に天然痘で死亡）と夢で語らう場面がラストに描かれているが、この作品の背景に第一次世界大戦があるのも偶然ではないだろう。

7.2　「南京の基督」と "The Elixir of Youth"

　Modern Series 第6巻所収 Arnold Bennett (1867-1931) の "The Elixir of Youth" (1905) は、芥川旧蔵書にある短編集 *Tales of the Five Towns* (London,

Nelson, [n.d.]）から採られたと考えられる。この短編は偽物の不老長寿の霊薬（the elixir of youth）を売る的屋のもとに、その触れ込みを信じた少女が薬を買いに来る話である。少女には年上の恋人がおり、彼は死刑に処されようとしているが、罪人は彼女にしばらくしたら戻って来ると嘘をついている。少女は彼が帰ってくるまで、彼が好きだった若い自分の姿を保っていたいと的屋のもとへ不老長寿の霊薬を買い求めに来る。的屋は、彼女の恋人が処刑されること、そして薬が偽物であることを告げるべきか逡巡する。しかし結局、真実を伏せたまま少女に薬を売り、少女は店を飛び出したところで、車に轢かれて死んでしまう。

"The Elixir of Youth"の力点は悲劇に置かれているが、的屋が少女に薬を売るべきか、真実を告げるべきか逡巡する場面は、「南京の基督」（『中央公論』1920・7）の結末部、第三章における「若い日本の旅行家」の〈暴露〉をめぐる逡巡を想起させる。「南京の基督」の粉本としては、本編に付記されている谷崎潤一郎「秦淮の夜」（『中外』1919・2）に加えて、西原大輔「芥川龍之介「南京の基督」とフロベール」[21]で、フロベール（Gustave Flaubert, 1821–1900）の「聖ジュリアン伝」(La Légende de saint Julien l'Hospitalier, 1877）が指摘されている。森鷗外の翻訳「聖ジュリアン物語」（『太陽』1910・5–7、同年10月に弘学館書店より刊行された『現代小品』に収録）を読んだと考えられるが、「南京の基督」への影響は第二章までの金花の身に起こった「西洋の伝説のやうな」〈奇跡〉体験に留まっている。

宮坂覺が「「南京の基督」論」（『文芸と思想』福岡女子大学、1971・2）で、「創作ノートに認められていた「クリストが売春婦の梅毒を癒す――売春婦自身の話」という着想と、創作過程の中で結実されていったOdious truth 暴露のテーマが、「南京の基督」で完全合体されえなかったのではなかろうか」と指摘しているように、従来、「南京の基督」は金花の身に起こった〈奇跡〉とその〈暴露〉で、テーマの分裂が指摘されている。「南京の基督」が「聖ジュリアン物語」を軸に、Bennettの "The Elixir of Youth" で垣間見られた〈暴露〉のテーマを深化させたものだとすれば、まさに宮坂の述べるように「着想とテーマは、芥川の中では個別のものとして存在した」ものであり、鷺只雄「「南京の基督」新攷」（『文学』、1983・8）が論じた通り、

「南京の基督」は〈奇跡〉と〈暴露〉を「同時に存在させるのが作者の当初からの意図」であったのだろう。Bennettが少女の死で劇的に物語に片をつけたのに対して、芥川は「南京の基督」で旅行家と金花との対峙の場面で物語を終わらせることで、〈暴露〉のテーマを鮮やかに読者に提示している。

8　田端文士村記念館所蔵〈序文〉原稿について

8.1　翻刻および校異

　田端文士村記念館には、*Modern Series* の序文（全巻共通の序文および第4、5、6、7、8巻の序文）全18枚が保管されている。原稿はすべて松屋製の二〇〇字詰め原稿用紙が用いられている。当該原稿ついて、本文の翻刻および校異を示したのち、原稿用紙等を含めた考察を行いたい。

　翻刻は、下記の凡例に沿って行った。また、各序文は内容が独立しているため、校異については別章を設けて一括で示すことはせず、それぞれの序文の翻刻に続く形で示した。校異については、凡例に沿って、初出および『芥川龍之介全集　第十二巻』（岩波書店、1996・10）との対照を行った。

【凡例】
- 改行は、一字下げの箇所のみ原稿に従った。
- 改ページは「／」記号で示した。
- 本原稿では句読点を書く際、句読点を直前の文字と一緒のマスに書き込み、次のマスを空欄としている。それについては翻刻に反映させず、通行の表記で示した。
- 〔　〕は抹消された部分を示す。〔〔　〕〕は二重訂正で、〔〔〔　〕〕〕は三重訂正を意味する。
- 下線は抹消された部分の訂正や、挿入のため、行間や枠外に書かれた文字を示す。
- □は、判読不可だった文字を示す。また□で囲んだ文字は、翻刻者の推定を意味する。
- 仮名遣いは原文に従った。漢字はできる限り原稿に従い、適宜通行の字

体に改めた。
・明らかな誤字もそのまま翻刻し、当該箇所に「(ママ)」とルビを振った。
・各原稿用紙のタイトルに続く括弧内に、原稿用紙の枚数、縦書き／横書きを記す。
・校異において、〔原〕は原稿用紙、〔初〕は Modern Series の原書、〔全〕は『芥川龍之介全集 第十二巻』を指す。
・校異において、旧字体・新字体の異同は指摘していない。

【全巻共通の序文（全2枚・縦書き）】
　〔〔〔□〕□〕□〕序
　学生は新を愛するものである。新を愛する学生に Macaulay や Huxley を読めと云ふのは残酷と評しても差支へない。尤も教科書となつたが最後、如何なる斬新の名文にもせよ、忽ち退屈を与へるのは僕自身も経験した悲劇である。が、退屈〔にな〕を与るとは云へ、兎に角新は旧よりも幾分か興味を生じ易いであらう。且又新らしい英米の〔作〕文藝〔―――たとへば Conrad や O. Henry〕は大陸の作〔家〕品の英語訳のやうに容易／に読破出来るものではない。それを容易に読破する為には、特に新らしい文藝に対する語学的訓練を受けなければならぬ。教科書の中作品に〔幾分か〕多少の新を加へるのは〔そ〕其の為にも〔〔〔確かに〕或は〕□〕確かに必要であらう。かたがた編者は〔こ〕此の叢〔書〕書も〔、〕幾分か学生諸君の為に役立ちはしないかと思つてゐる。
　　大正十三年七月　　　　編者記

【校異】
〔原〕与るとは云へ　→　〔初、全〕与へるとは云へ

【第4巻の序（全3枚・横書き）】
　第四巻の序
　Shaw, Galsworthy, Lord Dunsany の三者は既に誰にも知られてゐる。Ervine

も或は学生諸君の耳に熟してゐる名前の一つかも知〔れ〕れない。が、念の為につけ加へれば、彼は一八八三年愛蘭土のBelfastに生まれた戯曲家兼小説家である。一九一五年〔にthe Abbey Theatre〕愛蘭土文藝運動と共に名高いthe Abbey Theatre〔□〕のmanager〔と〕となり、更に又一九一七年欧羅巴の大戦に出征した。"The Critics"の一篇は彼の全／豹を伝へるものではない。しかし兎に角好謔を極めた〔好□〕諷刺劇の佳作たることは事実である。

なほ又Shawの"The Dark Lady of the Sonnet〔t〕s"を書いたのはSha〔□〕kespeareを紀念するa National〔□〕Theatre建立の資金〔□〕を求める為である。この一幕物の〔〔与へた〕Sha□〕中のShakespeareは在来の文藝史家のShakespeareではない。徹頭徹尾Shawら〔□〕しい〔Shakespearである。或は又"Shakespear〔□〕(ShawはShakespeareを上のやうに綴るのであ〔る。〕る。) as〕／Shakespeareである。〔最後に〕この点は"Cæsar and Cleopatra"のCæsarと共に〔"〕the Shavian type of the great men〔"〕〔□〕を〔髣髴するに足る〕示してゐるものとも言はれるであらう。

編〔訳〕者記

【校異】

〔原〕名高いthe Abbey Theatre　→　〔初、全〕名高いThe Abbey Theatre
〔原、初〕紀念する　→　〔全〕記念する
〔原、初〕a National Theatre　→　〔全〕A National Theatre
〔原〕the Shavian type　→　〔初、全〕The Shavian type
〔原〕編者記　→　〔初、全〕大正十四年三月　編者記

【第5巻の序（全5枚・横書き）】

第五巻の序

Beerbohm, Walkleyの両批評家はいづれも批評上のimpressionistである。が、Shawは誰でも知つてゐるやうに〔"□□"〕"brilliance"〔に〕のみに安ずる批評家ではない。所謂Life-forceの哲学を高唱して止まない批評家である。もし前二者をart for art's sakeの批評家と〔□〕称するならば、Shawは

当然 art for life's sake の批評家と称せられ〔るであらう。〔□〕更に翻つて Butler を見れば、これは Darwin の進化論を駁し、Odessey の作者の女〕／るであらう。一九八〇年代〔ママ〕の英吉利文藝は大体 art for art's sake の精神から〔"〕art for life's sake の精神に推移したと言つても好い。即ち三者の essays を并せ読むことは同時代の英吉利文藝の推移に一瞥を与へることにもなる訳で〔□〕ある。〔更に又翻つて Butler を見れば──〕尤も Shaw の一篇に Beerbohm, Walkley の数篇を配するのは軽重を失してゐるかも知れない。しかし後二者の essays は従来余りに閑却されてゐた看のある為、特に〔此處〕この巻には多きを嫌はず、編者の愛するものを加へたのである。／

更に又翻つて Butler を見れば、これは Darwin の進化論を駁するに Neo-Lamar〔□〕ckism の進化論を以てした、憂々たる独造底の思想家である。Shaw は〔□〕彼の進化論を ─── この巻に収めた "Darwinism and Vitalism" の思想を Butler の進化論の中に発見した。即ち并せて〔Butler の〕"Darwin Among the Machines" の小論文を加へ〔る〕た所以である。〔□〕なほ次手に附言すれば、〔諷刺小言〕Butler〔□〕は "Life and Habit" 等進化論に関する〔諸著〕論集〕諸著の外にも、〔Erewhon の如き、〕Odessey の作者〔□〕を Homer〔以外の〕ならざる女詩人にありとした "the／Authoress of the Odyssey," それから Swift の "Gulliver's Travels" の外に新機軸を出した諷刺小説 "Erewhon," 最後に〔Shaw, Bennett 等の激賞を博し〕当代の社会の機微を穿つた小説〔Wa〕"The Way〔to〕of All Flesh" 等の〔諸著〕逸什を残した。しかも彼〔の一生〕はその生前殆と英吉利文壇の一顧さへ得ずにしまつたのである。

他の二篇の essays を収めたのは格別深意の〔ある訳ではない。只〔Bierce の〔essay は〕の辛辣な□〕Bennett,（英）Bierce（米）の両者を〕ある訳ではない。只両者とも犀利の筆に富んだ近代の essayist の面目を窺ふのに足りると／思つたからである。

〔言〕編者記

【校異】
〔原、初〕一九八〇年代の　→　〔全〕一八九〇年代の[22]

〔原〕并せ読む　→　〔初、全〕併せ読む
〔原、初〕閑却されてゐた看　→　〔全〕閑却されてゐた観
〔原〕并せて　→　〔初、全〕併せて
〔原〕"the Authoress　→　〔初、全〕"The Authoress
〔原〕編者記　→　〔初、全〕大正十三年十月　編者記

【第6巻の序（全3枚・横書き）】

　第八巻に集めた短篇の realistic 傾向に富んでゐ〔た〕るやうに、この巻に集めた短篇は大〔抵〕抵〔□〕又〔R〕romantic 趣味を漂はせてゐる。しかしこの巻に名を列した作家は必しも romantic 趣味に終始するものではない。たとへば Arnold Bennett の如きは仏蘭西風の realism を多量〔□〕に具へてゐる作家である。けれども短篇作家たる彼等の力量は畧是等の作品にも髣髴〔することは〕〔出来る〔であらう。〕であらう。〕出来ることと信じてゐる。殊／に構想に奇才を誇つた O. Henry の面目は "Roads of Destiny" の一篇に盡きてゐる〔と〕と言つても好い。なほ又〔諸作家の〕O. Henry と号した亜米利加の作家 William Sidney Porter を除けば、他の四人は悉現存する英吉利〔家〕の作家である。

　　〔Wells b. 1866———〕
　　〔O. Henry b.1862—d. 1910〕
　　〔Bennett〕
　Wells, Herbert George; b. 1866———
　Porter,〔Sidney〕William Sidney; b. 1862—d.〔186〕1910／
　Bennett, Enoch Arnold; b. 1867———〔d〕
　Chesterton, Gilbert Keith; b. 18〔6〕74———
　Beerbohm, Max　　　；b.1872———
　　　　　　　　編者記

【校異】

〔原〕悉　→　〔初、全〕悉く
〔原〕編者記　→　〔初〕大正十三年十月　　編者記　→　〔全〕大正十三

年十月

【第7巻の序文（全3枚・縦書き）】

　第〔三〕七巻の序

　M. Crawford の〔作品〕名は屢我国にも伝へられてゐる。A. Bierce と A. Blackwood との両作家は既に「第三巻の序」に紹介して置いた。が、他の三人の作家に就いては多少の紹介を要するかも知れない。

　E. Benson（1867――）は〔考古学者を兼ねた〕英吉利の作家である。考古学者をも兼ねてゐることは R. James（「第三巻の序」参照）に近いかも知れない。"The Man Who Went Too Far" の中に異教の神 Pan の現／れるのも必しも偶然ではないのであらう。

　二 V. O'Sullivan（1872――）は亜米利加の作家である。短篇作家としては相当の名声を博してゐるらしい。"The Interval" の末段の手法は Bierce の辣手段に近いものである。

　三　F. Wood は亜米利加の女流作家〔で〕である。〔半〕千八百六十何年かに〕「曩半世紀前に生まれた」と云ふ以外に〔生〔年〕憎〕今は生年を詳にしない。"The White Battalion" はその世間に発表した最初の作〔で〕品だと云ふことである。欧羅巴の大戦は Ghost-Story ／の分野にも〔新らしい〕少からぬ作品を〔生じ〕残した。これも亦夫等の作品中、興味のあるものの一つである。

　　大正十三年七月　　　　　編者記

【校異】

〔原〕E. Benson　→　〔初、全〕1. E. Benson

〔原、初〕現れるのも必しも　→　〔全〕現れるのも、必しも

〔原〕二 V. O'Sullivan　→　〔初、全〕2. V. O'Sullivan

〔原〕三　F. Wood は　→　〔初、全〕3. F. Wood は

〔原〕Ghost-Story　→　〔初、全〕Ghost Story

〔原〕亦夫等の　→　〔初、全〕亦其等の

〔原、初〕編者記　→　〔全〕欠

【第8巻の序文（全2枚・縦書き）】

第八巻の序

　この巻に集めた英米の作家はいづれも現存する人のみである。S. Aumonier, D. E〔a〕aston, P. Truscott の三人は英吉利、他は亜米利加の作家である。尤も A. Abdullah だけは名前の示す〔通り、〕やうに欧羅巴人ではない。Afghanistan〔□〕の Kabul に生まれた亜剌比亜、土耳古系の東洋人である。

　何よりも簡勁を旨とする近代の短篇の特色は是等の作品に〔現れ〕漲つてゐる。殊に露西亜に生／まれ、亜米利加に〔育つた。〕人となつた〔、〕B. Rosenblatt の "In the Metropolis" はその尤なるものであらう。それから H. Rhodes の "Extra Men" は欧羅巴の大戦の生んだ、新らしい亜米利加の伝説で〔ある。〕ある。〔名高い〕或は Irving の "Rip Van Winkle" や Hawthorne の "The Gray Champion" 等と并〔せ読めば、〕称するのに堪へるかも知れない。

　大正十三年七月　　　　編　者　記

【校異】

〔原〕亜剌比亜、土耳古系の東洋人　→　〔初、全〕亜剌比亜―土耳古系の東洋人
〔原〕并称するのに　→　〔初、全〕並称するのに
〔原、初〕編　者　記　→　〔全〕欠

8.2　特記事項

　すでに記した通り、原稿用紙は松屋製二〇〇字詰め原稿用紙である。全部で六種類の序文が確認できる。これらは大きく分けると、図1から6の通り、縦書きと横書きに二分できる。

　これは、図1から3の原稿群Ⅰ（「全巻共通の序」、「第七巻の序」、「第八巻の序」）が書かれた時期と図4から6の原稿群Ⅱ（「第四巻の序」、「第五巻の序」、「第六巻の序」）が書かれた時期が異なることを示唆している。原稿用紙の欄外に印字されたマークを見ても、原稿群Ⅰと原稿群Ⅱでは同じ松

屋製原稿用紙でも異なる時期に印刷されたものであることが確認できる。

　図は、すべてそれぞれの一枚目のものである。図内の下部分、原稿用紙の枠外にある「(SM 印　B…1)」の括弧閉じ部分」）の位置が、原稿群Ⅰと原稿群Ⅱでは異なっている。一方で、原稿群内では一致しており、原稿群は近い時期に書かれた原稿と推測される。

　図1から3を見ても明らかなように、原稿群Ⅰの縦書きで書かれた原稿は、日本語（縦書き）と英字（横書き）が混在しており、原稿用紙の向きを変えて書かなければならず、その反省を踏まえて、原稿群Ⅱの横書き原稿が成立したと考えるのが自然だろうか。少なくとも、Modern Series の刊行に当たり、もっとも早く完成しなければならないのは「全巻共通の序」であることから考えて、成立順は原稿群Ⅰ→Ⅱと考えるべきであろう。

　ここで各巻の発行順を確認してみると、すでに記したように、奥付に従えば Modern Series の「刊行順は第6巻（1924.7.14）、第7巻（1924.8.18）、第8巻（1924.8.26）、第4巻と第5巻（同時刊行 1925.4.4）、第2巻と第3巻（同時刊行 1925.5.10）、第1巻（1925.5.23）」となる。しかし、この成立順は原稿群Ⅰ・Ⅱが示す成立順と矛盾する。奥付を信じれば、原稿群Ⅱに属する第6巻が、原稿群Ⅰの第7巻、第8巻に先んじて刊行されていることになる。

　また次のような事実がある。校異で示した通り、第6巻原書の序文では、原稿用紙の段階にはなかった「大正十三年十月」という表記が追記されてい

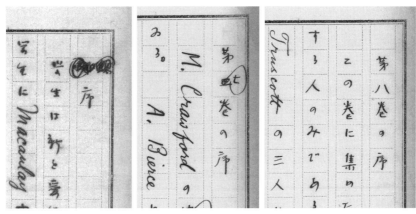

図1　全巻共通の序文・冒頭　　図2　第7巻の序・冒頭　　図3　第8巻の序・冒頭

図4　第4巻の序・冒頭

図5　第5巻の序・冒頭

図6　第6巻の序・冒頭

る。そもそもこれは「大正十三年七月一四日発行」とする奥付と齟齬をきたす。同じ原稿群Ⅱの残り二冊では、原稿用紙にない日付が足され、第5巻が同じ「大正十三年十月」表記、第4巻が「大正十四年三月」表記となり、奥付は両巻とも「大正一四年四月四日」となっている。

第6章　芥川龍之介編 *The Modern Series of English Literature*

図7　全巻共通の序・印字部分

図8　第7巻の序・印字部分

図9　第8巻の序・印字部分

図10　第4巻の序・印字部分

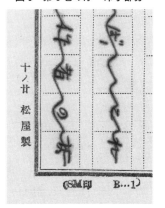

図11　第5巻の序・印字部分

図12　第6巻の序・印字部分

これらのことを総合的に判断すると、第7巻・第8巻が（内容見本として）先行発売され、第4巻・第5巻・第6巻は、大正14（1925）年3月以降、ほとんど同時期に刊行されたと考えられる。図4から6の左上、原稿用紙枠外に、原稿の通し番号と見られる数字があるが、原稿群Ⅱのペン種はすべて同一のものであることが、この推論を裏付けている。その場合、第5巻・第6巻の「大正十三年十月」という表記は、編集側の判断で追記されたとするのが、現段階で考えられるもっとも可能性があるものだろうか。

　続いて、原稿用紙の削除部分について、もっとも目を引くのは「全巻共通の序」にある「新らしい英米の文藝」に関わる部分である。いわく「新らしい英米の〔作〕文藝〔―――たとへば Conrad や O. Henry〕は大陸の作〔家〕品の英語訳のやうに容易に読破出来るものではない」とし（改ページ記号は省略、以下同様）、「新らしい英米の文藝」の例として、コンラッドとO・ヘンリーの名前を挙げている[23]。その他にも序文には、Macaulay や Huxley といった固有名詞が挙がり、「新らしい英米の文藝」の対立項として「大陸の作〔家〕品の英語訳」といった言葉が出てくる。これらを頼りに *Modern Series* の意図や意義について、今一度考えてみたい。

　まず O・ヘンリーについては、芥川が「第六巻の序」で「殊に構想に奇才を誇つた O. Henry の面目は "Roads of Destiny" の一篇に盡きてゐると言つても好い」とあるように、構想に奇をてらった、いわゆる〈奇妙な味〉の短篇が多く収録されているのが *Modern Series* の特徴と言ってよいだろう。ビアスの二短篇（「月明かりの道」、「死の診断」）やH・G・ウェルズの作品（「奇妙な蘭の花が咲く」、「林檎」）などが該当するだろう。また、或るテーマを芸術的に描くために「或異常な事件を必要」とする芥川の創作態度とも共通する（「昔」、『東京日日新聞』1918・1・1）。

　最初に登場する Macaulay は、イギリスの歴史家トーマス・マコーレー（Thomas Babington Macaulay, 1800-1859）のことで、彼が書いた評伝集 *Lord Clive* や *Warren Hastings* などは明治・大正期の英語副読本では定番教材となるほど人気があった[24]。芥川も一高時代に教科書として使った経験があり、1910（明治43）年9月16日（月推定）付けの山本喜誉司宛て書簡で次のように記している。

水曜日から授業有之、一週独逸語九時間英語七時間と云ふひどいめにあい居候　教科書はマカウレイのクライブ　カーライルのヒーローウォーシップ及びホーソーンの十二夜物語の抜萃に御坐候　存外平凡なもののやうに候へどもそれを極めて正確に且つ極めて文法的に訳させ候まゝ中々容易な事には無之候　殊にクライブを講ずる平井金三氏の如きは every body を「どの小供でも」と訳を不可とし必ず「小供と云ふ小供は皆」と訳させ I have little money を「あまり金を持つていない」と訳すを不可とし「金を持つ事少し」と訳させる位に候へば試験の時が思いやられ候

「存外平凡なもの」という感想とともに、厳密な翻訳を求められる授業に辟易とした様子が告白されている。Modern Series で多読式を取っているのも、厳密な逐語訳を求める教育スタイルに反発を示した結果とも考えられる。

　またマコーレーと並んで登場する Huxley は、生物学者のトマス・ヘンリー・ハクスリー（Thomas Henry Huxley, 1825–1895）である。小澤儀明「ハックスレーと地質学」（『東洋学芸雑誌』1925・10）によれば、一高ではハクスリーの Lay Sermons, Essays and Reviews の抜粋が英語教科書として使われていたという[25]。Lay Sermons, Essays and Reviews は、地質学者となる小澤氏が感銘を受けた、一片のチョークから出発し、地質学の概念をとく小論 "On a Piece of Chalk" のように、身近な事物・事象から出発し、科学についてわかりやすく説明した科学入門書である。ダーウィン論の熱心な支持者であったハクスリーの同書には "The Origin of Species" や "Criticisms on "The Origin of Species"" といった論が収録されている。芥川は Modern Series 第5巻の評論集で、ダーウィン論に関わる二篇（サミュエル・バトラー「機会におけるダーウィン論」、バーナード・ショー「ダーウィン主義と生気論」）を採録しており、この評論集を意識して名前を出した可能性が高い。

　最後に「新らしい英米の〔作〕文藝〔―――たとへば Conrad や O. Henry〕」という風に、「新らしい英米の文藝」として名前を挙げられた（のちに削除された）ジョセフ・コンラッド（Joseph Conrad, 1857–1924）だが、コンラッ

ドの作品は O・ヘンリーと異なり、Modern Series に作品が採録されていない。芥川がコンラッドの名前を出そうとした意図はどこにあったのか。現在では『闇の奥』の作者として知られ、20世紀小説の先駆的なイギリス作家としての印象が強いが、コンラッドは生粋のイギリス人ではない。ロシア領ウクライナ生れのポーランド人で、本名はヨゼフ・テオドール・コンラート・ナレチ・コジェニョフスキ（Józef Teodor Konrad Nalecz Korzeniowski）という。17歳でフランス船に水夫として乗り組み、その三年後、今度はイギリス船に乗り組んだのを契機に英語を覚えた人物である。37歳まで海の生活を続け、その後、作家生活に入り、英語で作品を発表するという異色の経歴の持ち主である。Modern Series には、コンラッド同様、非英語圏で生まれて、のちに英語で作品を発表するようになったベンジャミン・ローゼンブラットとアクメッド・アブダラーが収録されている（共に第8巻）。前者はロシア生まれのユダヤ系アメリカ人、後者は芥川が「Afghanistan の Kabul に生まれた亜刺比亜、土耳古系の東洋人」と紹介した通り、東洋にルーツを持つアメリカ人である。芥川は彼らを意識して、コンラッドの名前を出そうとしたのかもしれない。

　あるいは、芥川龍之介の旧蔵書（日本近代文学館所蔵・芥川龍之介文庫）を確認すると、コンラッドの著作は The Shadow-Line; a Confession (London, Dent, 1917) ならびに Youth; a Narrative and Two Other Stories (London, Dent, 1917) の二冊がある[26]。自伝的海洋小説であり、海の涯てに神秘的な体験をするというあらすじは、未開民族と友情を育むジョン・ラッセル「汚れなき友情」（Modern Series 第八巻所収）を想起させる。

　もしくは、「大陸の作品の英語訳のやうに容易に読破出来るものではない」と記しているように、英文の難易度それ自体を指しているのかもしれない。試みに、コンラッドの名作短篇 "Youth" の冒頭と「大陸の作品の英語訳」として芥川龍之介が愛読したトルストイの『アンナ・カレーニナ』英訳 (Lyof Tolstoy Anna Karénina London, Walter Scott, [n.d.]) の冒頭を掲げるが、両者の違いは一読瞭然といえよう。

　　This could have occurred nowhere but in England, where men and sea interpenetrate, so to speak — the sea entering into the life of most men, and the men knowing something or everything about the sea, in the way of amusement, of travel, or of bread-winning.

We were sitting round a mahogany table that reflected the bottle, the claret-glasses, and our faces as we leaned on our elbows. There was a director of companies, an accountant, a lawyer, Marlow, and myself. The director had been a *Conway* boy, the accountant had served four years at sea, the lawyer — a fine crusted Tory, High Churchman, the best of old fellows, the soul of honor — had been chief officer in the P. & O. service in the good old days when mail-boats were square-rigged at least on two masts, and used to come down the China Sea before a fair monsoon with stun'-sails set alow and aloft. We all began life in the merchant service. Between the five of us there was the strong bond of the sea, and also the fellowship of the craft, which no amount of enthusiasm for yachting, cruising, and so on can give, since one is only the amusement of life and the other is life itself.

(*Youth; a Narrative and Two other Stories* London, Dent, 1917, p.3 より)

All happy families resemble one another, every unhappy family is unhappy after its own fashion.

Confusion reigned in the home of the Oblonskys. The wife had discovered that her husband was too attentive to the French governess who had been in their employ, and declared that she could no longer live in the same house with him. This situation had lasted for three days, and the torment was felt by the parties themselves and by all the members of the family and the domestics. All the members of the family and the domestics felt that it was ridiculous their trying to live together any longer, and that people who meet casually in an hotel had more mutual interests than they, the members of the family and the domestics of the house of Oblonsky. Madame did not leave her own rooms, and it was now the third day that the husband had not been at home. Tbc children ran all over the house as though they were crazy ; the

English maid quarrelled with the housekeeper and wrote to a friend, begging her to find her another place. The head cook went off the evening before just at dinner-time ; the kitchen-maid and the coachman demanded their wages.

(Lyof Tolstoy *Anna Karénina* London, Walter Scott, [n.d.], p.5 より)

9　*Modern Series* 収録作品について

9.1　セント・ジョン・G・アーヴィン「劇評家たち」について

　芥川龍之介の小品「MENSURA ZOILI」(『新思潮』1917・1)とセント・ジョン・G・アーヴィン「劇評家たち」との関りについては、伊藤一郎「MENSURA ZOILI 機知はいかに働いているか」(前掲)に詳しく論じているので、ここでは繰り返さない。「劇評家たち」には作品の種明かしとも言える、「「劇評家たち」についての著者からの一言(AUTHOR'S NOTE TO "THE CRITICS")」が付されている。

　　AUTHOR'S NOTE TO "THE CRITICS"
　　I desire to acknowledge my debt to the dramatic critics of Dublin for much of the dialogue in this play. I lifted many of the speeches, making no alteration in them, from the criticism of "The Magnanimous Lover" which were printed in Dublin newspapers on the day after its first production.

　「劇評家たち」について著者からの一言
　　この劇に出てくる発言の大部分はダブリンの劇評家たちから拝借したことを記しておきたい。『高潔な恋人たち』初演の翌日、ダブリンの新聞に出た劇評から、多くの表現を変更なく盗用した。
　　(邦訳：都甲幸治訳「劇評家たち」、前出『芥川龍之介選 英米怪異・幻想譚』より。以下同様)

　アーヴィンは「劇評家たち」のなかで、アビー座の新作に対する劇評家たちの(出鱈目な)評について、自身の作品に対する辛辣な批評を引用して、

劇評家たちに一矢報いたことをここに明かしている。それでは、アーヴィンの作品「高潔な恋人たち」はどのような批評にさらされ、またそれらは「劇評家たち」にどのように活かされているのだろうか。「高潔な恋人たち "The Magnanimous Lover"」は1912年10月17日、アビー座で初演を迎えた。その翌日、*Irish Independent* には次のような劇評が載った。

>　CENSOR, PLEASE!
>　I visited the Abbey Theatre last night to do a notice of a new play by Mr. St. John G. Ervine, entitle "The Magnanimous Lover." It was received with laughter, cheers, hisses and hooting. The thing is too foul for dramatic criticism, and I am NOT a sanitary inspector.
>　JACQUES

「高潔な恋人たち」は嘲笑を持って受け入れられ、この劇に必要なのは劇評家でなく、公衆衛生検査官（sanitary inspector）だ、という辛辣な批評である。これに対して、「著者からの一言」にある通り、アーヴィンはこの評を「劇評家たち」で作品に取り入れる。

>　Mr. Barbary. Well, they'll have to do somethin' with it. I hear the place isn't popular at all. The dramatic critic on our paper can't bear it. He says to me the other day : "They don't want a dramatic critic round there," says he, "they want a sanitary inspector." That was his sarcasm. "An' I'm not that," says he. "Sure, never despair," says I. It's him that's sick. It's not much of a job, you know, bein' a dramatic critic in Dublin.
>　バーバリ氏　でも何とかはしなくちゃならないだろう。ここは全然人気がないって聞いたよ。うちの新聞の劇評家が、ちょっとひどすぎる、って。先日、そいつがこう言ってたよ。「あそこに必要なのは劇評家じゃない、公衆衛生検査官だ」。やつ流の皮肉さ。「で僕は検査官じゃない」って。「そうだな。がっかりすんなよ」って言ってやった。今病気なのはそいつさ。ダブリンで劇評をやるってのは大した仕事じゃな

い。

　上記の通り、公衆衛生検査官という言葉をそのまま用い、作品に活かしている。そして、その評を書いた記者は病気にされ、「ダブリンで劇評をやるってのは大した仕事じゃない」と職業まで否定され、皮肉られている。他にも、次のような劇評が作品の下敷きとして使われている。

AN ABBEY SHOCKER

"The Magnanimous Lover"

　Last night Mr. St. John Ervine's one-Act play, "The Magnanimous Lover," was produced at the Abbey before a large and, I regret to say, generally appreciative audience. (中略) At the fall of the curtain last night I overheard two illustrative criticism. One was from a married lady, who expressed her opinion by the solitary word "admirable"; the other from a man, who summed up his view in the significant remark; "I am glad I did not bring a lady to see this show."

(*Evening Herald* 1912・10・18)

THE ABBEY THEATRE

A GROSS PERFORMANCE REPEATED

　Last night "The Magnanimous Lover" was repeated at the Abbey Theatre. It is really too bad that yet again an effort should be made to destroy the fair fame of Dublin as a centre of what is good in dramatic work by the further production of this gross and abominable stuff. If the object of those who are responsible for the Abbey Theatre be to see how far they can strain the patience and tolerance of the public, they have apparently now reached the climax. A crusade against dirty literature has been effectively entered on; but the stage is somewhat elusive, and the filthy things embodied in such a play as this should come rather within the ban of the police in the absence of any other influence, for day by day our worthy magistrates send people to jail for using language not half as bad as we have just now had to endure at the Abbey-language little less than blasphemous and obscene. There are little girls who sell programmes and chocolates in the theatre, and for the sake of common decency these little ones at least should be excluded, and not, by reason of their employment, forced to hear the sickening and dirty things which the audience, such as it is, pay to tolerate.

(*Freemans Journal* 1912・10・19)

上記のような批判にアーヴィンは耐えかねたようで、新聞雑誌各社（確認できた範囲では *Irish Independent*、*Evening Herald*、*Freemans Journal* の三紙、すべて同年 10 月 22 日付け）に公開反論状を送り付けている。

　Sir-Hot to my hand come the Press notices of my play, "The Magnanimous Love," and to my astonishment I find myself described as the author of a "morbid and disgusting drama" full of "gross ribaldry" and "gratuitous filth" "an Abbey Shocker" which is "an atrocity" leaving "a nauseous taste"; "too foul for dramatic criticism": "a play which will leave an indelible stain on my reputation." One gentleman incites Dublin playgoers to visit the Abbey at nine o'clock when my play will be over and done with, and they will be able to enjoy Mr. Boyle's jolly play, "Family Filing," undisturbed by me. The same gentleman describes me as "a charlatan" (why, he and heaven only knows), and writes of me more in sorrow than in anger.

　Another, seemingly bereft of his wits by my play, is led into declaring that he is Not a sanitary inspector. The poor fellow ought to have known that this declaration from his reference to my play that, so far from being a sanitary inspector, he is merely an insanitary journalist.

　Last of all comes the gentleman who quotes the remarks of two members of the audience. One, a married lady no less. Said but a solitary word; "Abominable!" I thank the restraints of marriage for that brevity. Had she been single--. The other, a man (whether married or single is not stated) significantly remarked; "I am glad I did not bring a lady to see this show!" That, sir. Is precisely what Henry Hinde in my play would have said.（後略）

紙幅の都合上、劇評がどの場面で踏襲されているか、逐一確認はしないが、当時の劇評を見事に"The Critics"に散りばめ、昇華している。余談ではあるが、その手腕に、実在の劇評家たちも脱帽したらしく、「劇評家たち」が上演された翌日（1913年11月21日）のEvening Herald紙の劇評欄には"It is only fair to say that, with many of the Pressmen, I really enjoyed the little skit, which, to my mind, is much more clever than Mr. Ervine's more ambitious work."と賛辞を送っており、好評を博したようだ。

9.2　アンブローズ・ビアス「未来人における喪失」と芥川龍之介「鼻」

Modern Series の第5巻はModern Essaysと銘打たれ、評論が集められている。翻刻した「第五巻の序」の訂正跡を見ていただいたらわかる通り、芥川は収録作品を紹介するにあたり、何度も推敲を重ね、意を尽くして各篇を紹介しようとしている。言い換えれば、芥川にとって思い入れの深い小品が集められているとも言えるだろう。その中で、芥川が「犀利の筆に富んだ近代のessayistの面目を窺ふのに足りる」一篇として紹介されているのが、Ambrose Bierceの"Some Privation of the Coming Man"である。

これは文明が発展していった際に生じる未来人の身体的欠如についてビアスが論じたものだが、前半部分は文明社会における嗅覚の必要性の減退から鼻について論じている。その過程で、歴史上で特筆すべき鼻を持った人物について活写している箇所がある。

　　Meantime, history is full of noses, as is the literature of imagination — some of them figuratively, some literally, shining beacons that splendor "the dark backward and abysm of time." Of the world's great, it may almost be said that by their noses we know them. Where would have been Cyrano de Bergerac in modern story without his nose? By the unlearned it is thought that the immortal Bardolph is a creation of Shakspeare's genius. Not so; an ingenious scholar long ago identified him as an historical character who but for the poet's fine appreciation of noses might have blushed eternally unseen. It is nothing that his true name is no longer in evidence in the annals of men; as Bardolph his fame is secure from the ravening tooth of time.

Even when a nasal peculiarity is due to an accident of its environment it confers no inconsiderable distinction, apart from its possessor's other and perhaps superior claims to renown, as in the instances of Michael Angelo, Tycho Brahe and the beloved Thackeray, in whose altered frontispiece we are all the more interested because of his habit of dipping it in the Gascon wine.

シェイクスピアの劇に登場するサヴィヤン・ド・シラノ・ベルジュラック（大きな鼻の持ち主）やバードルフ（鼻が赤い）、芸術家のミケランジェロ（有能過ぎて鼻を折られる）、ティコ・ブラーエ（決闘で鼻を削がれる）、サッカレー（ワインに鼻をつける習慣があった）といった文芸上の登場人物から実在の偉人まで、鼻にまつわるエピソードのある人物を挙げながら「鼻（嗅覚）」について考察を進めていく。この後も、オウディウスやダンテが登場する。異常な鼻の持ち主と聞いて思い出されるのは、やはり芥川の「鼻」（『新思潮』1916・2）の禅智内供であろう。芥川がビアスのエッセイを読んだのは、「鼻」執筆後のことと推測されるが、夏目漱石『吾輩は猫である』に登場する「鼻」談義同様、芥川が興味深く読んだ姿が容易に想像できる。ビアスの『悪魔の辞典』に触発され、芥川が『侏儒の言葉』を草し、ビアス「月明かりの道」が「藪の中」の触媒となった事実は有名だが、ここにも両者の感性の呼応を見ることができよう。

10　収録作品と出典一覧

*Modern Series*に収録されている作品とその出典と考えられる書物を一覧にして挙げておく。書肆を挙げているものは、日本近代文学の芥川龍之介旧蔵書（芥川龍之介文庫）で確認できたものである。また当該書に当該作品に関

わる書き込みがある場合は、備考欄にその旨を記しておいた。各巻のタイトルおよび邦訳が確認できなかったものには、こちらで仮題を附した[27]。

第1巻 近代御伽噺集／Vol.I Modern Fairy Tales

1. オスカー・ワイルド「身勝手な巨人」／Oscar Wilde "Selfish Giant"
   出典：Oscar Wilde *Happy Prince*
   備考：当該書は芥川龍之介文庫に見当たらないが、1913年8月12日付け浅野三千三宛て芥川書簡に「'石榴の家'、'HAPPY PRINCE'の所謂土耳古絨毯の如く愛すべき御伽噺」があると紹介されている。

2. オスカー・ワイルド「幸福の王子」／Oscar Wilde "Happy Prince"
   出典：Oscar Wilde *Happy Prince*
   備考：同前

3. ロード・ダンセイニ「追い剥ぎ」／Lord Dunsany "The Highwaymen"
   出典：Lord Dunsany *The Sword of Welleran and Other Stories* (London, Allen, 1908)
   備考：日本近代文学館所蔵・芥川龍之介文庫の当該書、冒頭には「我鬼」の署名あり。末尾には「June 29th '17 Tokio」の書き込み[28]。目次の "The Highwaymen" に、アンダーラインあり（他作品はなし）。"The Highwaymen" 本編末尾（p.124）には「a lovely crime」と書き込みがある。

4. ロード・ダンセイニ「兎とカメに関する驚くべき真相」／Lord Dunsany "The True History of the Hare and the Tortoise"
   出典：Lord Dunsany *Fifty-One Tales* (London, Mathew, 1915)

5. レディ・グレゴリー「ヴェスワラガル」／Lady Gregory "Beswarragal"
   出典：Lady Gregory *The Kiltartan Wonder Book* (Dublin, Maunsel, [n. d.])
   備考：末尾に「18th June '14」の書き込み[29]。当該書中の "Beswarragal" には、Margaret Gregory による挿絵が二点ある。

6. レディ・グレゴリー「ショーニーン」／Lady Gregory "Shawneen"
   出典：Lady Gregory *The Kiltartan Wonder Book* (Dublin, Maunsel, [n. d.])
   備考：末尾に「18th June '14」の書き込み[30]。当該書中の "Shawneen" に

は、Margaret Gregory による挿絵が一点ある。

7. ラドヤード・キップリング「白オットセイ」／ Rudyard Kipling "The White Seal"

出典：Rudyard Kipling *The Jungle Book*（London, Macmillan, 1908）

備考：当該書末尾に縦書きで「一九一二年五月卅一日」の書き込み[31]。"The White Seal" は p.127 から p.157 まで。そのうち下記部分にアンダーラインが引かれている。p.135 l.11 から l.15 及び p.151 l.6、同頁 l.26 から p.152 l.7、p.156 l.3 から l.6、同頁 l.17 から l.20 まで。また、*Modern Series* に採録されるにあたって、同作品のエピローグに掲げられている英詩が割愛されている。

8. ラドヤード・キップリング「リッキ・ティッキ・ターヴィ」／ Rudyard Kipling "'Rikki-Tikki-Tavi'"

出典：Rudyard Kipling *The Jungle Book*（London, Macmillan, 1908）

備考：当該書末尾に縦書きで「一九一二年五月卅一日」の書き込み[32]。"The White Seal" は p.163 から p.197 まで。そのうち下記部分にアンダーラインが引かれている。p.165 l.2 から l.3 及び p.187 l.16 から l.17、p.191 l.3 から l.6、p.193 l.10、同頁 l.27。また、*Modern Series* に採録されるにあたって、同作品のエピローグに掲げられた英詩が割愛されている。

第 2 巻 近代短篇小説集／ Vol.II Modern Short Stories

1. エドガー・アラン・ポー「天邪鬼」／ Edgar Allan Poe "The Imp of the Perverse"

出典：Edgar Allan Poe *The Works of Edgar Allan Poe vol.2*（New York, Collier, 1904）

備考：目次の "The Imp of the Perverse" の頭に「○」印の書き込み（他作品にもあり）。当該書末尾には「18th Nov. 1913」の書き込み[33]。

2. ロバート・ルイス・スティーヴンソン「マークハイム」／ R. L. Stevenson "Markheim"

出典：*Selected English Short Stories*（*Nineteenth Century*）with an introduction by Hugh Walker (London, Oxford University, 1915) もしくは *English Short Stories, Selected to Show the Development of the Short Story from the Fifteenth to the Twentieth Century* (London, Dent, [n. d.])

3. ラドヤード・キップリング「幻の人力車」／ Rudyard Kipling "The Phantom 'Rickshaw"

出典：*The Best Ghost Stories*, intro by Arthur B. Reeve (New York, Boni and Liverght, c1919)

4. ジョージ・ギッシング「貧乏な紳士」／ G. Gissing "A Poor Gentleman"

出典：George Gissing *The House of Cobwebs* (London, Constable, 1919)

5. トマス・ハーディ「妻ゆえに」／ T. Hardy "To Please His Wife"

出典：Thomas Hardy *Life's Little Ironies, a Set of Tables with Some Colloquial Sketches Entitled a Few Crusted Characters* (London, Macmillan, 1920)

備考：当該作品冒頭（p.125）の「LIFE'S LITTELE IRONIES」にアンダーラインがあり、その横に「不用」の書き込み。

第3巻 近代幽霊小説集／ Vol.III Modern Ghost Stories

1. アンブローズ・ビアス「月明かりの道」／ Ambrose Bierce "The Moonlit Road"

出典：Ambrose Bierce *The Collected Works of Ambrose Bierce Vol.III Can Such Things Be?* (New York, Neale, 1910)

備考：目次の当該作品頭に黒丸（・）の書き込みあり（他作品にも見られる）。

2. アルジャーノン・ブラックウッド「双生児の恐怖」／ A. Blackwood "The Terror of the Twins"

出典：Algernon Blackwood *The lost Valley and Other Stories* (London, Nash, 1914)

備考：当該書末尾に「may 20th '18 Kamakura」の書き込みあり[34]。

3. M・R・ジェイムズ「秦皮の木」／ Rhodes James "The Ash-Tree"

出典：Montague Rhodes James *Ghost-Stories of an Antiquary* (London, Arnold,

1920）

 備考：当該作は p.81–112。そのうち p.107 l.18–p.109 末までページ脇に傍線が引かれ、p.107 に「good」の書き込み。当該作品末尾（p.112）に「ヨロシ　Jules □□□□ニ蜘蛛の話あり　コノ話ノ方遥ニマサル」。当該書末尾には「Nov. 1st 1920 Tabata」の書き込みあり[35]。

4. H・G・ウェルズ「奇妙な蘭の花が咲く」／ H. G. Wells "The Flowering of the Strange Orchid"

 出典：H. G. Wells *The Stolen Bacillus, and Other Incidents*（Leipzig, Tauchnitz, 1896）

5. ブランダー・マシューズ「張りあう幽霊」／ Brander Matthews "The Rival Ghosts"

 出典：*The Best Ghost Stories*, intro by Arthur B. Reeve（New York, Boni and Liverght, c1919）

 備考：該当作品末尾に「コンナ話ヲ書ク大学教授ガアルンダカラタノモシイ」の書き込み[36]。

第 4 巻 近代戯曲集／ Vol.IV Modern Short Plays

1. バーナード・ショー「ソネットの黒婦人」／ Bernard Shaw "The Dark Lady of the Sonnets"

 出典：Bernard Shaw *Dramatic Works Vol.20 The Dark Lady of the Sonnets*（London, Constable, 1910）

2. ロード・ダンセイニ「おき忘れた帽子」／ Lord Dunsany "The Lost Silk Hat"

 出典：Lord Dunsany *Five Plays*（New York, Kennerley, 1914）

 備考：当該書末尾に「25th Sept '15 Tabata」の書き込みがある[37]。

3. ジョン・ゴールズワージー「最初と最後」／ John Galsworthy "The First and the Last"

 出典：John Galsworthy *Six Short Plays*（London, Duckworth, 1921）

4. セント・ジョン・G・アーヴィン「劇評家たち」／ John G. Ervine "The Critics"

出典：St. John G. Ervine *Four Irish Plays* (London, Maunsel, 1914)

備考：当該作品の登場人物表（p.80）に「入用」、同頁の「AUTHOR'S NOTE TO "THE CRITICS"」部分に「最後ニ入レル」と *Modern Series* 用の指示が書き込まれている。

第5巻 近代評論集／Vol.V Modern Essays

1. G・K・チェスタトン「クリスマス」／ G. K. Chesterton "Christmas"

   出典：Gilbert Keith Chesterton *All Things Considered* (London, Methuen, 1916)

2. A・B・ウォークリー「シェイクスピア氏の無礼」／ A. B. Walkley "Mr. Shakespeare Disorderly"

   出典：A. B. Walkley *Pestiche and Prejudice* (London, Heinemann, 1921)

3. A・B・ウォークリー「映画評」／ A. B. Walkley "The Movies"

   出典：A. B. Walkley *Pestiche and Prejudice* (London, Heinemann, 1921)

4. A・B・ウォークリー「同人批評」／ A. B. Walkey "Coterie Criticism"

   出典：A. B. Walkley *Pestiche and Prejudice* (London, Heinemann, 1921)

5. サミュエル・バトラー「機械時代のダーウィン」／ Samuel Butler "Darwin Among the Machines"

   出典：未詳

6. マックス・ビアボーム「どう書けばいい？」／ Max Beerbohm "'How Shall I Word it?'"

   出典：Max Beerbohm *And Even Now* (London, Heinemann, 1920)

   備考：当該書末尾に「July 4th 1921 Hankow」と書き込みがある[38]。

7. マックス・ビアボーム「ウィリアムとメアリー」／ Max Beerbohm "William & Mary"

   出典：Max Beerbohm *And Even Now* (London, Heinemann, 1920)

   備考：当該書末尾に「July 4th 1921 Hankow」の書き込み。当該作末尾（p.285）に「ウマイ　往年ノ　Max　デハナイ　敬服シタ」と書き込み[39]。

8. アーノルド・ベネット「床屋」／ Arnold Bennett "The Barber"

出典：Arnold Bennett *Things That Have Interested Me*（London, Chatto & Windus, 1921）

備考：当該書末尾に「July 2nd '21 Tokio」の書き込みがある。

9. バーナード・ショー「ダーウィン主義と生気論」／ Bernard Shaw "Darwinism & Vitalism"

出典：Bernard Shaw *Back to Methuselah*（London, Constable, 1921）

備考：当該書の序文（Preface）中の"Why Darwin converted the crowd"の章題を"Darwinism & Vitalism"に変更して採録したもの。「始まりを表すと思われる長い傍線と章立てを示す「1)」という書き込み、続いて各章に「2)」「3)」「4)」「5)」「6)」と章番号が付され、第6章（終章）に当たる"A sample of Lamercko-Shavian invective"の末尾には傍線と共に、「ココマデ」の書き込みがある。本文の異同については、第6章の章題が"A sample of vitalistic invective"に変更されているだけで、この変更についても芥川の書き込みが確認できた」[40]。

10. アンブローズ・ビアス「未来人における喪失」／ Ambrose Bierce "Some Privations of the Coming Man"

出典：Ambrose Bierce *The Collected Works of Ambrose Bierce Vol.IX Tangential Views*（New York, Neale, 1910）

備考：当該作品の目次脇に点（・）の書き込みがある（他に"Colunbus"のタイトル頭にも同様の書き込みあり）。

第6巻 続・近代短篇集／ Vol.VI More Modern Short Stories

1. H・G・ウェルズ「林檎」／ H. G. Wells "The Apple"

出典：H. G. Wells *The Plattner Story and Others*（Leipzig, Tauchnitz, 1900）

備考：当該作品末尾（p.108）に「ヨロシ　一冊中ノ白眉乎」と書き込みがある[41]。

2. O・ヘンリー「運命の道」／ O. Henry "Roads of Destiny"

出典：O. Henry *Roads of Destiny*（London, Hodder, [n. d.]）

3. アーノルド・ベネット「不老不死の霊薬」／ Arnold Bennett "The

Elixir of Youth"

出典：Arnold Bennett *Tales of the Five Towns* (London, Nelson, [n. d.])

4. G・K・チェスタトン「透明人間」／ G. K. Chesterton "The Invisible Man"

出典：Gilbert Keith Chesterton *The Innocence of Father Brown* (London, Cassell, 1920) もしくは Ernest Rhys and C. A. Dawson Scott edited *31 Stories by Thirty and One Authors* (New York. Appleton, 1923)

5. マックス・ビアボーム「A・V・レイダー」／ Max Beerbohm "A. V. Laider"

出典：Max Beerbohm *Seven Men* (London, Heinemann, 1920)

第7巻 続・近代幽霊小説集／ Vol.VII More Modern Ghost Stories

1. F・マリオン・クラフォード「上床」／ M. Crawford "The Upper Berth"

出典：F. Marion Crawford *Uncanny Tales* (London, Unwin. 1917)

備考：該当書末尾に「コイツノ怪談モ下手糞ナリ」、「3rd July 1920」と書き込みがある[42]。

2. アンブローズ・ビアス「死の診断」／ Ambrose Bierce "Diagnosis of Death"

出典：Ambrose Bierce *The Collected Works of Ambrose Bierce Vol.III Can Such Things Be?* (New York, Neale, 1910)

3. E・F・ベンソン「遠くへ行き過ぎた男」／ E. Benson "The Man Who Went Too Far"

出典：*The Best Ghost Stories*, intro by Arthur B. Reeve (New York, Boni and Liverght, c1919) もしくは J. Walker McSpadden edited *Famous Psychic Stories* (New York, Crowell, c1920)

備考：当該書前者の最終ページには「August 31st 1920 Tabata」、当該作末尾 (p.107) には「チョット面白イ」と書き込みがある[43]。当該書後者の当該作品末尾 (p.175) には「motif はよし　書き方は駄目なり」、最終ページには「Sept 26th 1921 Tabata」と書き込みがあ

る(44)。

4. アルジャーノン・ブラックウッド「スランバブル嬢と閉所恐怖症」／ Algernon Blackwood "Miss Slumbubble—and Clawstrophobia"

出典：Algernon Blackwood *The Listener and Other Stories* (London, Eveleigh Nash, 1916)

備考：当該作品末尾（p.335）に「ワルクナイ」、最終ページに「March 10th 1919 Tabata」との書き込みがある(45)。

5. ヴィンセント・オサリヴァン「隔たり」／ Vincent O'Sullivan "The Interval"

出典：*The Best Ghost Stories*, intro by Arthur B. Reeve (New York, Boni and Liverght, c1919)

6. フランシス・ギルクリスト・ウッド「白大隊」／ F. G. Wood "The White Battalion"

出典：Edward J. O'Brien edited *The Best Short Stories of 1918*(46)

第8巻 近代雑誌小説集／ Vol.VIII Modern Magazine Stories

1. ステイシー・オーモニア「ウィチ通りはどこにあった」／ Stacy Aumonier "Where was Wych Street?"

出典：Edward J. O'Brien and John Cournos edited *The Best British Short Stories of 1922* (Boston, Small, c1922)

2. ベンジャミン・ローゼンブラット「大都会で」／ Benjamin Rosenblatt "In the Metropolis"

出典：Edward J O'Brien edited *The Best Short Stories of 1922*(47)

3. E・M・グッドマン「残り一周」／ E. M. Goodman "The Last Lap"

出典：Ernest Rhys and C. A. Dawson Scott edited *31 Stories by Thirty and One Authors* (New York. Appleton, 1923)

4. ドロシー・イースタン「刈取り機」／ Dorothy Eastern "The Reaper"

出典：Edward J. O'Brien and John Cournos edited *The Best British Short Stories of 1922* (Boston, Small, c1922)

5. ジョン・ラッセル「汚れなき友情」／ John Russell "The Price of the

Head"

出典：Ernest Rhys and C. A. Dawson Scott edited *31 Stories by Thirty and One Authors* (New York. Appleton, 1923)

6. ハリソン・ローズ「特別人員」／ Harrison Rhodes "Extra Men"

出典：Edward J. O'Brien edited *The Best Short Stories of 1918*[48]

7. パリー・トラスコット「じっと座る女」／ Parry Truscott "The Woman Who Sat Still"

出典：Edward J. O'Brien and John Cournos edited *The Best British Short Stories of 1922* (Boston, Small, c1922)

8. アクメッド・アブダラー「ささやかな忠義の行い」／ Achmed Abdullah "A Simple Act of Piety"

出典：Edward J. O'Brien edited *The Best Short Stories of 1918*[49]

11　結語に代えて

　これまで芥川研究史の中で、触れられることの少なかった *Modern Series* について、採録されたテクストの傾向、第7巻・第8巻の参照元、芥川の諸作品との関わりを中心に見てきた。なお、*Modern Series* について柴田元幸氏との共編者で、『芥川龍之介選 英米怪異・幻想譚』（岩波書店）として、豪華翻訳者のお力を借りて一部を翻訳刊行した。各作品と芥川の関係についても各扉頁で触れている。あわせて参照いただければ幸いである。

　芥川が *Modern Series* の表紙を流用した雑誌『イエローブック』は、世紀末の前衛的な雑誌であると共に、大家の作品だけでなく新進気鋭の作家を多く紹介したことで知られる。*Modern Series* も定評のある作品だけでなく、無名の作家の作を厭うことなく採用しており、そこに表紙の意図を汲むことができる。

　各巻に付されている広告の末尾には「(Following Volumes are in Preparation.)」と記されており、好評であれば続刊を作る構想があったと推察されるが、残念ながら実現はしなかった。しかし、*Modern Series* は、英米の新しい文芸に拘りつつも、芥川の趣味によって選別された作品が並ぶ英語

副読本で、まだまだ多くの光を芥川研究史に投げかけてくれる可能性を孕んでいる。

　本研究を進めるにあたり、大阪大学・清水康次先生に温かいご指導を頂くと共に、所蔵されていた*Modern Series*第2巻並びに第4巻から第8巻までを貸与していただいた。末筆ながら、深く御礼申し上げる。

註

(1)　清水康次「単行本情報」(『芥川龍之介全集　第二十四巻』岩波書店、第二版、2008・12) より。

(2)　後述の関口安義編『芥川龍之介新辞典』で、畑中基紀が担当した「『THE MODERN SERIES OF ENGLISH LITERATURE』」の項目に詳述がある。「'The Yellow Book'から、第1号の表紙とタイトルページの、黒のモノトーンによるビアズリー自身のデザインをそのままに、文字を入れ替えただけで各巻の表紙と扉に借用している。ただし裏表紙は無地。また、黄色い堅表紙でクロス装の『イエロー・ブック』に対して、こちらの叢書の表紙は黄土色の上質紙である、背には各巻のタイトルと巻数のローマ数字が印刷されている」。

(3)　澤西祐典・柴田元幸編訳『芥川龍之介選 英米怪異・幻想譚』(岩波書店、2018・11) において*Modern Serise*に収録された51篇のうち未邦訳作品を中心に、20篇を収録し、一般読者が目を通せる形となった。

(4)　「石川寅吉 (1894-？)　興文社代表。東京生まれ。開成中学卒。安政年間創業の版元を1924年株式会社にして代表となる。中等教科書や英語関係書などを刊行。1927年には芥川・菊池寛編纂の『小学生全集』を出版し、アルス社の『日本児童文庫』と激しい販売合戦を繰り広げた。第二次世界大戦中に死亡。興文社は戦後復興することはなかった。」(関口安義・宮坂覺「人名解説索引」、『芥川龍之介全集　第二十巻』岩波書店、第二版、2008・8)

(5)　第6巻の一月後に刊行された、第7巻及び第8巻の広告のみ、第1巻の収録予定作品が異なる。具体的には、Rudyard Kipling 作『ジャングルブック (The Jungle Book)』(1894) から採られた二作品 "The White Seal" と "'Rikki-Tikki-Tavi'" の収録予定が取り消されている。第1巻の序文には、「編者はこの巻を編するに当り、Wilde や Lady Gregory の外に Barrie を加へるつもりであった。が、頁数の都合その他の理由により、やむを得ず "Peter Pan" の数編を "The Jungle Book" の数編に取り換へたのである」と記されており、経緯が推察さ

(6) 「雑記」(「芥川龍之介全集月報 第四号」1928・3)で、佐々木茂作が「実物を検しても序文がない」としている。

(7) 第1巻及び第2巻に関しては、日付が入っているものと入っていないものが見受けられた。

(8) Macaulay の評論について、川戸道昭「明治時代の英語副読本(Ⅰ)」(『英学史研究』1994・10)が、明治10年代に英語副読本として大流行した様子を取り上げている。その後も教科書や読本の題材として採用され続け、太宰治が弘前(旧制)高等学校の第一学年で受けた英語授業(1927年4月より)でも Macaulay のエッセイ "Johnson & Goldsmith" が教材として使われている(安藤宏「解説 太宰治の旧制高校時代のノートについて」(『資料集 第5輯 太宰治・旧制弘高時代ノート「英語」「修身」』、青森県近代文学、2008・3)に詳しい)。また旧制高等学校の教科書ではないが、「New Crown Readers, V(大正五年初、同十二年修正六判)」には Macaulay の "Clive's Early Life" と Huxley の "Nature and Science" が採録されていることが、『日本の英学一〇〇年 大正編』(研究社、1968・12)所収の島岡丘「二 英語教科書」で確認できる。Huxley はダーウィンの進化論を擁護した人物として知られるが、Modern Series の評論集である第5巻にはダーウィンの進化論に反論する Samuel Butler の評論、並びにその影響を受けた Bernard Shaw の評論が収録されており、古い教材に反ばくしようとする芥川の意図が窺える。

(9) 該当作は Brander Matthews(1852-1929)の "Rival Ghosts"(1884)。第3巻所収。しかし、内容は一族の長に憑く守護霊と、代々受け継がれる家憑きの霊の諍いを描いたユーモア小説で、伝統的な幽霊屋敷ものとは言い難い。

(10) はじめ1906年に刊行された The Cynic's Word Book を1911年に改題。

(11) 田口誠「芥川龍之介と Ambrose Bierce」(『熊本大学英語英文学』、2007・3)や大津栄一郎「解説」(『ビアス短篇集』、岩波文庫、2000・9)でも芥川が日本へビアスを紹介した最初の人物であると指摘されている。

(12) その他、第8巻所収 Benjamin Rosenblatt の "In the Metropolis" については O'Brien 編の The Best Short Stories of 1922 and the Yearbook of the American Short Stories(Boston, Small, Maynard & Company, 1923)に収録されているのを確認した。同書に拠ると、初出は1921年の Brief Stories 誌。芥川は第8巻の序文で作者について「露西亜に生まれ、亜米利加に人となつた」とするが、この記述が

何を参照したかは不明。同書には作者についての情報がなく、代わりに同シリーズ 1917 年版を見るよう指示がある。その 1917 年版の伝記事を参照すれば序文の内容は書けるが、1917 年版も 1922 年版も芥川が所持していた痕跡はなく、"In the Metropolis" を除けばどちらも他に Modern Series に採録された作品はない。後述の The Best British Short Stories of 1922 はイギリス傑作選で、こちらの 1922 年版はアメリカの傑作選である。芥川が底本として使用したと断じるだけの根拠は揃わなかったが、管見の限り "In the Metropolis" が初出と 1922 年版以外の本に収録されている事実は見出せなかったため、この作品が 1922 年版から採られた可能性は高い。

(13) "The Man Who Went Too Far" は Best Ghost Stories の他に J. Walker McSpadden 編 Famous Psychic Stories (New York, Crowell, c1920) にも収録されている。芥川は気付かずに二回読んだようで、それぞれにコメントを残している。前者には「チョット面白い」と書かれ、後者には「motif はよし　書き方は駄目なり」と記されている。

(14) ③ Best British of 1922 からは他に Stacy Aumonier の作品も採られており、同様に伝記事項は不明だった筈である。しかし、もし註（12）で言及した 1922 年版の Best Short Stories を芥川が所持していれば、"The Yearbook" の章にある同作者の項目（p.374）に「(1880–)」と生年が記されている。また、芥川の所持していた同シリーズの 1923 年版 The Best Short Stories of 1923, 1.English (London, Cape. 1924) に同作者の別の作品が載っており、「コノ作者ノ技巧ハ決シテ人ヲ失望セシメズ／コレモ亦然リ」と好意的な評が書き込まれている。

(15) 芥川が所持していたことが確認できた、同じ O'Brien が編纂したシリーズの③ Best British of 1922 及び The Best Short Stories of 1923, 1.English (London, Cape. 1924) には、作者に纏わる情報がない。また実際に④ Best of 1918 を見ると、John Russell については短い記事があり、「グッドマン」については E. Goodman ではなく、別人の Henry Goodman の記事だけがあった。註（11）で言及した 1922 年版の作家一覧表では「for biography, see 1918」と 1918 年版を見るよう指示があるのを芥川が見た可能性もある。H. Goodman についても同様の指示が確認できる。

(16) 前掲、伊藤論文に詳しい。

(17) 本書第 3 章より。

(18) 芥川は 1920 年 6 月 16 日付けの中西秀男宛て書簡に「この間金鈴社の講演会へ行って西洋の怪物の講演をしました」と書いており、その内容と語りかける文体から、「近頃の幽霊」は講演の草稿に基づくエッセイではないかと目されている（遠藤祐「怪異趣味」、『芥川龍之介新辞典』参照）。

(19) 例えば「その外にまだ何とも得体の知れない妙な物の出て来る小説がある。妙な物と云ふのは、声も姿もない、その癖触覚には触れると云ふ、要するにまあ妙な物です。これはド・モウパツサンのオオラあたりが粉本かも知れないが、私の思ひ出す限りでは、英米の小説中、この種の怪物の出て来るのが、まづ二つばかりある。一つはビイアスの小説だが、この怪物が通る事は、唯草が動くので知れる、尤も動物には見えると見えて、犬が吠えたり、鳥が逃げたりする、しまひに人間が絞め殺される。その時る合せた男が見ると、その怪物と組み合つた人間は、怪物の体に隠れた所だけ、全然形が消えたやうに見えた、──と云つたやうな具合です。(The Damned Thing.) もう一つはこれも月の光に見ると、顔は皺くちやの敷布か何かだつたと云ふのだから、新工夫には違ひありません」という記述は、*The Supernatural in Modern English Fiction* の95-96頁にある「The appeal of ghosts to the sight has already been discussed so need not be mentioned here. But the element of invisibility enters in as a new and very terrible form of supernatural manifestation in later fiction.(中　略) Maupassant's *La Horla* is a nightmare story of an invisible being that is terrific in its effect.(中　略) Ambrose Bierce's *The Damned Thing* is a gruesome story of invisibility, of a something that is abroad with unearthly power of evil, whose movements can be measured by the bending of the grasses, which shuts off the light from other objects as it passes, which struggles with the dogs and with men, till it finally kills and horribly mangles the man who has been studying it, but is never seen. Another[1] has for its central figure a being that violently attacks men and is overpowered and tied only by abnormal strength, that struggles on the bed, showing its imprint on the mattress, that is imprisoned in a plaster cast to have its mold taken, that is heard breathing loudly till it dies of starvation, yet is absolutely never visible.」を要約したものである。芥川は「もう一つ」の例について、随筆中で「今のオオブリエンの怪物」としか明かしていない（これは粉本においても「Another」と書き出されていることと一致している）。粉本の脚注Ⅰを確認すると「*What Was It? A Mystery*, by Fitz-James O'Brien」であることが分かる。また、「骨董羹」（『人間』1920・4）に「妖婆」というよく知られた項目がある。「英語にwitchと唱ふるもの、大むねは妖婆と翻訳すれど、年少美貌のウイッチ亦決して少しとは云ふべからず。メレジユウコウスキイが「先覚者」ダンヌンツイオが「ジヨリオの娘」或は遙に品下がれどクロオフオオドがWitch of Pragueなど、顔玉の如きウイッチを描きしもの、尋ぬれば猶多かるべし。されど白髪蒼顔のウイッチの如く、活躍せる性格少きは否み難き事実ならんか。スコツト、ホオソオンが昔は問はず、近代の英米文学中、妖婆を描きて出色な

るものは、キップリングが The Courting of Dinah Shadd の如き、或は随一とも称すべき乎か。ハアデイが小説にも、妖婆に材を取る事珍らしからず。名高き Under the Greenwood の中なる、エリザベス・エンダアフィルドもこの類なり」。これも、*The Supernatural in Modern English Fiction* の 149–152 頁の要約に近い。わずかに「メレジユウコウスキイが「先覚者」」の名だけが見られず、芥川の知見によるものと判断される。

(20) 但し、*Best of 1918* にも戦争と幽霊話の関連性についての指摘がある。附録 "The Best Sixty American Short Stories" の "White Battalion" の項目には「Here is the last of the fine supernatural legends inspired during the past year by the Great War」と書かれている。更に同書所収の短編 Katharine Prescott Moseley 作 "The Story Vinton Heard at Mallorie" についての項目には "Miss Moseley, who is a niece of Mrs. Harriet Prescott Spofford, shares with Mrs. Frances G. Wood the distinction of having contributed one of the two most enduring legends this year to the supernatural literature of the war. One of the most significant aspects of the American short story during the past two years has been its increasing preoccupation with supernatural beliefs, especially as they have a bearing on the fortunes of the war. Arthur Machen perhaps inaugurated this movement with his remarkable story about the angels of Mons, but the spirit was implicit before that in much American work. In editing a series of *War Echoes* for The Bookman last year, I had occasion to read the manuscripts of several hundred war stories, and it was a gratifying surprise to find that fully sixty percent of these stories dealt with some supernatural aspect of the war." と、Arthur Machen の影響を含め、同様の指摘がある。それによると戦争関連の短編の 60％が超自然的現象と関わりがあると報告されている。

(21) 『台大日本語文研究』(台湾大学日本語文学系、2005・7)、後に日本語部分のみ『広島大学日本語教育研究』(広島大学大学院教育学研究科日本語教育学講座、2008・3) に再録。

(22) これについては『芥川龍之介全集 第十二巻』の「校異」で「改む」と言明されている。

(23) 前掲『芥川龍之介選 英米怪異・幻想譚』にも報告を載せている。また、2018年 11 月 4 日、田端文士村記念館で開催された「芥川龍之介シンポジウム」において鈴木暁世氏も言及された。

(24) 江利川春雄『日本人は英語をどう学んできたか』(研究社、2008・11)、池田哲郎・長沢都「日本見在英語教科書志 (中)」(『日本英学史研究会研究報告』、1968・1)、川戸道昭「明治時代の英語副読本 (Ⅰ)」(『英学史研究』1995)、下

平都「日本見在英語教科書志（下）」（『日本英学史研究会研究報告』1969・1）などに詳しい。

(25) 川戸道昭編「明治期外国文学英語副読本一覧　作家別・刊行年順」（2003・7・30作成、http://c-faculty.chuo-u.ac.jp/~mkawato/ListofEssayforHP.html 上に公開、最終閲覧日 2019・1・31日）には、Huxley の英語副読本として、*Selections from Huxley's Lay Sermons, Addresses and Reviews*（Maruya, 1896）という書名が確認できる。

(26) 「「我鬼窟日録」より」（『サンエス』1920・3・1）に「丸善より本来る。コンラッド二、ジョイス二」とあり、この二冊がそれであると考えられる。

(27) 具体的には、Lady Gregory "Beswarragal"、John Galsworthy "The First and the Last"、G. K. Chesterton "Christmas"、A. B. Walkley "Mr. Shakespeare Disorderly"、A. B. Walkley "The Movies"、"Coterie Criticism"、Max Beerbohm' "How Shall I Word it?"、Max Beerbohm "William & Mary"、Arnold Bennett "The Barber"、Bernard Shaw "Darwinism & Vitalism"、Ambrose Bierce "Some Privations of the Coming Man"、Parry Truscott "The Woman Who Sat Still" を指す。

(28) 末尾の書き込みに関してのみ、倉智恒夫「芥川龍之介読書年譜――英・露・独・北欧文学関係図書――」（前掲）に指摘がある。

(29) 前掲、倉智論文に指摘がある。
(30) 前掲、倉智論文に指摘がある。
(31) 前掲、倉智論文に指摘がある。
(32) 前掲、倉智論文に指摘がある。
(33) 末尾の書き込みに関してのみ、前掲・倉智論文に指摘がある。
(34) 前掲、倉智論文に指摘がある。
(35) 前掲、倉智論文に指摘がある。
(36) 前掲、倉智論文に指摘がある。
(37) 前掲、倉智論文に指摘がある。
(38) 前掲倉智論文には日付部分「July 4th 1921」のみ報告がある。
(39) 前掲、倉智論文に指摘がある。
(40) 本書第3章より。
(41) 前掲、倉智論文に指摘がある。
(42) 前掲、倉智論文に指摘がある。
(43) 日付は前掲、倉智論文にも指摘がある。同論文には「コレハ幽霊ノ話ヂヤナイヂヤナイカ」が E. F. Benson の作品の感想として報告されているが、これは誤りで、Leopold Kompert "The Silent Woman" に対する感想である。

(44) 前掲、倉智論文に指摘がある。ただし、McSpadden編書の書き込みについては「motifよし　書き方は駄目なり」と報告されている。
(45) 前掲、倉智論文に指摘がある。
(46) すでに報告した通り、日本近代文学館所蔵芥川龍之介文庫に当該書は見つかっていない。
(47) 日本近代文学館所蔵芥川龍之介文庫に当該書は見当たらないため、書誌不明。
(48) 註（28）に同じ。
(49) 註（28）に同じ。

第7章

英文との対応から見た芥川の文体

三人称代名詞「彼／彼女／彼等」、文末詞「である」を中心に

1 問題意識

　芥川龍之介が文体に自覚的な作家であったことはもはや論を待たないであろう。その文筆家としての経歴は、芥川自身が「自分も多くの青年がするやうに、始めて筆を執つたのは西洋小説の翻訳だつた」(「「バルタザアル」の序」、初出『新小説』1918・7)と述懐している通り、西洋小説の翻訳から始まっている。また、その生涯を通じて洋書を読み漁り、様々な形で自身の創作に生かしていたことはこれまでも散々論じてきた。

　勿論、そういった西洋語作品との関わりは芥川一人のものでなく、例えば「現代口語文の欠点について」(『改造』1929・11)の中で、谷崎潤一郎は、日本語（現代口語文「のである」調）と欧州語を比較しながら次のような証言をしている。

>　　われ〲の書く口語体なるものは、名は創作でも実は翻訳の延長と認めていゝ。故有島武郎氏は小説を書く時しば〲最初に英文で書いて、然る後にそれを日本文に直したと聞いてゐるが、われ〲は皆、出来たらそのくらゐなことをしかねなかつたし、出来ない迄もその心組みで筆を執つた者が多かつたに違ひない。それは努めて表現を清新にするための手段でもあつたけれども、正直のところ、美しい文章、ひゞきのいゝ文章、──と云ふことよりも、先ず第一に西洋臭い文章を書くことがわれ〲の願ひであった。

　谷崎は自身の創作体験を振り返り、「われ〲の書く口語体なるものは、

名は創作でも実は翻訳の延長」だとし、「西洋臭い文章を書くことがわれ〳〵の願ひであった」と西洋の論理的な文章への憧憬があったことを吐露している。このような時代状況にあって、芥川の文体に英文（英文原書、ないし英訳作品）は影響しなかったのだろうか。これまで西洋作品と芥川の諸作品の影響関係については盛んに論じられてきたが、言語間の問題として英文と芥川の文体の影響関係を考えてみたいというのが本章の狙いである。

　言語学者ソシュールの言葉を借りれば、言文一致運動等の Langue（社会的習慣的な言語使用）との関わりに一定の注意を払うつもりであるが、本章では主として芥川の Parole（個人的な言語使用）の問題を扱い、英語との関わりの中から芥川の文体について論じる。

2　方法

　小説の言葉を獲得していく過程を言語習得過程と捉えるなら、生涯に亘って触れつづけた英書は、芥川の文章規範に干渉していないのか。その実態を知るために、芥川の手掛けた翻訳作品と元の英文との照応から見つかる相違を基に、芥川の実作と照らし合わせる形で論を進める。

　今回主として取り上げる翻訳作品は『バルタザアル』[(1)]（第三次『新思潮』1914・2）と「「ケルトの薄明」より」（第三次『新思潮』1914・4、以後『ケルトの薄明』と記す）の二作品である。『バルタザアル』については、芥川が参照した英文訳との距離が最も近いと想定される初出本文を対象とした。『ケルトの薄明』も（芥川の生前に雑誌再掲載や単行本収録がないため、そのまま）初出本文を対象とした。その他の芥川の翻訳に言及する際には同様に初出本文を対象とし、芥川の創作については『芥川龍之介全集』（全24巻、岩波書店、第二刷、2007・1-2008・12）を対象とした。

　芥川が使った『バルタザアル』及び『ケルトの薄明』の英語原文については、『芥川龍之介全集 第一巻』「注解」で、既に清水康次による指摘がある通り、アナトール・フランス『バルタザアル』は「ジョン・レイン夫人（Mrs. John Lane）訳の英訳本『Balthasar』（Frederic Chapman 編「The Works of Anatole France in an English Translation」の一冊として刊行、John Lane

一九〇九年）所収の英訳本からの重訳」で、W. B. イェーツ『ケルトの薄明』は「日本近代文学館に所蔵されている芥川の旧蔵書には『The Celtic Twilight』の加筆訂正後の重版（A. H. Bullen　一九一二年）」であり、「この作品の本文は諸本によって大きな異同があり、芥川の翻訳の原本はこの本である」と同定されている。本章での引用は、それらの本文に拠った。

　ここで取り上げる二つの翻訳は、第三次『新思潮』に発表されている。夏目漱石を第一の読者として想定して創作を主軸に構成された第四次『新思潮』と異なり、第三次『新思潮』は翻訳ものが多く掲載されている。加えて、吉田精一「解説」（『複製版「新思潮」第一次～第四次別冊』臨川書店、1967・12）に「この雑誌の一名物は誤訳指摘で、たとえば三井光弥の、ホフマンスタール原作の「窓に立てる女」（伊庭孝訳）の訳を、中学二年生にも劣る語学力ときめつけた痛烈な批評（三号）、菊池（草田杜太郎）のグレゴリイ夫人の「ヒヤシンス・ハルヴェイ」（仲木貞一訳）の五百を出ぬセリフ中五十三箇ものまちがいを指摘した「ヒヤシンス・ハルヴェイ誤訳早見表」（五号）がある」とある通り、翻訳という作業（原文を精確に訳すこと）に厳格に臨もうとする姿勢が窺われる。菊池の誤訳指摘については「それからは、翻訳を業としてゐる人達の中には、草田杜太郎の名を聞いたばかりで、慄へ上つたものが少なくなかつたと云ふ」（鈴木氏亨『菊池寛伝』実業之日本社、1937・3）。この厳格な翻訳態度は同人たちの間で共有されていたと考えられよう。芥川の翻訳がそういった空気の中でなされた点も視野に入れておく必要がある。

3　三人称代名詞「彼／彼女／彼等」

3.1　『バルタザアル』における三人称代名詞の避用

　実際の比較に入っていくが、『バルタザアル』について「芥川の翻訳は、アナトール・フランスの文章の意味を忠実に伝えようとするものというより、文脈の作り出す雰囲気を積極的に訳文の上に反映させようとするもので」、「西洋のことばが作り出した古代オリエントの物語を、芥川の蓄えていた、漢語や古語の文学のことばで受けとめようとしている」ことは、清水康

次「芥川文学のことば——初期作品の語彙を中心に——」(「光華日本文学」1995・8)が、既に実例を挙げながら指摘するところである。

　清水が指摘した言葉と言葉の対応・置き換えの問題を除き、英訳原文と『バルタザアル』を対比させて先ず目に付くのは、三人称代名詞の過剰ともいえる〈避用〉である。例えば、エチオピアの王であるバルタサアルについて、英訳原文において三人称代名詞「he／him／his」で表現されている場合でも、芥川の翻訳においては省略されるか、「バルタサアル」ないし「王」と具体的に訳出されている。バルタサアルと恋仲になるシバの女王バルキスについても同様で、以下に挙げた引用例のように徹底して省略されるか「女王」や「バルキス」等と訳出されており、「彼女」という表現は見られない。

【引用1】第一章より（網掛けは引用者が施したもの、以降同様）
　She twined her arms about the neck of the dusky king, and said with the voice of a pleading child: "Night has come. Let us go through the town in disguise. Are you willing?"
　He agreed. She ran to the window at once and looked though the lattice into the square below.
　"A beggar is lying against the palace wall. Give him your garments and ask him in exchange for his camel-hair turban and the coarse cloth girt about his loins. Be quick and I will dress myself."
女王は両手を黒い王の頸にからんで、小供のせがむ様な声でかう云つた。
「夜がまゐります。仮装をして御一緒に市を歩きませう。おいやでございますか。」
王は同意した。女王はすぐに窓に走りよつて格子の間から下の十字街路を見下した。
「乞食が一人、王宮の壁によりかゝつて横になつて居ります。あの乞食に陛下の御召しをおつかはしになつて、其代に駱駝毛の頭巾とあの男のしめてゐる苔布の帯とをお貰ひ遊ばせ。早くなさいまし。わたくしは自分で仕度を致しますから。」

【引用2】第四章より

　Balthasar shrugged his shoulders. He knew that the legs and feet of Balkis were like the legs and feet of all other women and perfect in their beauty. And yet the mere idea spoiled the remembrance of her whom he had so greatly loved. He felt a grievance against Balkis that her beauty was not without blemish in the imagination of those who knew nothing about it. At the thought that he had possessed a woman who, though in reality perfectly formed, passed as a monstrosity, he was seized with such a sense of repugnance that he had no further desire to see Balkis again.

　バルタサアルは肩を聳かした。バルキスが足でも脛でも外の女と変りなく其上点の打ち所の無い程美しいのを知つてゐるからである。けれ共其何でもない考があのやうに深く愛してゐた女の記憶を傷けた。王はバルキスの美しさが、何もしらない人々の想像では瑕物になつてゐると云ふ事を考へると今更のやうに女王が嫌になつた。事実は玉のやうに美しいにせよ、異類で通つてゐる女と関係したのだと思ふと王ははげしい嫌悪の情を感ぜずにはゐられなかつた。二度とバルキスに逢ふ気は起らない。

　【引用1】の「乞食」の例からも分かる通り、三人称代名詞の避用は「バルタサアル」と「バルキス」だけでなく、全編を通しての方針であったらしく、『バルタザアル』の翻訳中、三人称代名詞である「彼／彼女」という言葉は一度も出てこない。唯一「they／them」の訳として「彼等」という言葉が、バルタサアル、メルキオル、ガスパルの東方の三博士を表すために作品末尾に4箇所だけ使われている[(2)]。

　勿論、その最たる原因が、英語と日本語の構造の違いにあることは言うまでもない。安西徹雄『英文翻訳術』(筑摩書房、1995・5)は「代名詞は切れ」の章で、「西欧語は物事を抽象的、客観的、論理的に述べようとするのにたいして、日本語はできる限り具体的な「場」(situation, context)を踏まえ、いわば「場」によりかかった形で発想する」もので、「実践的な原則として、代名詞はできる限り訳文から隠すという鉄則を強調しておきたい」と

する。芥川の施した処置は英語と日本語の相違、また実践的な翻訳作業を念頭に置いた際に、特筆すべき処理とは言えない。

しかし、ここで強調しておきたいのは「彼／彼女／彼等」という言葉が、芥川にとって濫りに使うべきでない表現だったという点である。原文にあった三人称代名詞を、ことごとく安易な置き換えを避けて訳出している様には、「彼／彼女／彼等」を濫用しないという芥川の矜持すら感じられる。

それでは芥川の実作における方針はどうであったのか。試みに芥川の小説を検めてみると、『バルタザアル』と同様に「彼／彼女／彼等」が登場しない作品群が浮かび上がってくる。「羅生門」、「鼻」、「酒虫」、「道祖問答」、「地獄変」、「蜘蛛の糸」、「奉教人の死」、「きりしとほろ上人伝」、「竜」、「俊寛」、「藪の中」、「報恩記」、「おしの」、「雛」等々。これらの作品には、三人称代名詞「彼／彼女／彼等」が一切出てこない。その一方で、三人称代名詞が常用される作品も多数あり、芥川が作品ごとに使い分けていたと考えられる。それでは、芥川は「彼／彼女／彼等」を使う作品群とそうでない作品群に、どのように分けていたのだろうか。その使用規範とは何だったのか。芥川の使用方針を明らかにする準備として、まずは三人称代名詞「彼／彼女／彼等」の語誌を概観することにしたい。

3.2 「彼／彼女／彼等」の変遷

三人称代名詞の語誌を繙けば、例えば「彼女(かのじょ)」は「日本では古くから三人称は「かれ」で、男女両性を指していたが、西欧語に接して、男女の区別が必要となり、西欧語の三人称女性代名詞の訳語として生まれた」(『日本国語大辞典・第二版』第三巻、小学館、2001・3) 言葉である。広田栄太郎「『彼女』という語の誕生と成長」(『国語と国文学』1953・2) に拠れば、文章語としてふりがなつきの「彼女」を代名詞として用いられた始めての例は、スコット原作 Ivanhoe を明治十九年に牛山鶴堂が纂訳した『梅蕾余薫　前編』(春陽堂、1886・12)[3]で、明治二十年代半ばには矢崎嵯峨の舎、北村透谷を代表として作家が使用するようになり、三十年代に田山花袋、江見水蔭、小林蹴月が用い、四十年代になると自然主義文学の流行と共に使用例が増加、木下尚江、岩野泡鳴、永井荷風、島崎藤村、鈴木三重吉、武者小路実

篤、谷崎潤一郎などが好んで用いたとされる。奥村恒哉「代名詞「彼、彼女、彼等の研究」(『文学史研究』1957・12) では、「彼女」だけでなく「彼／彼等」についても同様の経緯があったと報告されている。奥村は「彼／彼女／彼等」が単なる翻訳語ではなく、「根本的には日本語において論理化への要請という傾向が先ずあって、その要請を満足させるに適当なものとして、ヨーロッパ語の三人称代名詞の頻用が語彙的な意味で影響力を持った」と、日本語の論理化への希求がその背景にあったと指摘している。

　芥川が文筆活動を始めた大正初期には、三人称代名詞「彼／彼女／彼等」の使用は常用化していたとされている。理智的な文体と評される芥川が、日本語の論理化を推進した三人称代名詞を排しようとするのは一見矛盾するように思えるが、芥川がそれらの語に響く近代性を忌避した可能性は十分に考えられる。清水（前掲「芥川文学のことば」）は、「典拠のあることばにこだわっている」初期作品に於ける芥川の姿勢を明らかにしている。とすれば、歴史が浅く、モダンな語である「彼／彼女／彼等」を芥川が作品内から排しようとしたことはむしろ自然と言えよう。

　ここには森鷗外の小説や翻訳の影響も少なからず考えられる。奥村（前掲）は、鷗外の小説における「彼／彼女／彼等」について、時代の潮流とは異なり「初期のものに用例があり、全体から見て漸減の傾向をとっている」ことを確認し、神西清が、鷗外は「新生口語の粗雑を憎み、江戸市井文体の手垢のよごれを敬遠したまでであって、その結果わづかに正統の文語体に、新思想を注入するに足る無垢の肉体を見いだしたのである」(「鷗外の文体について」『鷗外全集月報20』岩波書店、1953・1) と評したのを受けて、「未だ十数年しか経過していない「彼、彼女、彼等」の使用は「新生口語の粗雑」としてうけられたのだろう」と結論付けている。

　この鷗外の態度は、創作のみならず翻訳物でも貫かれている。例えば、芥川が愛読した『諸国物語』(国民文庫刊行会、1915・1) 所収の翻訳を確認すると、管見の限り「彼の」という用例は散見されるが、「彼／彼女／彼等」という語は全34作品中8作品（「一疋の犬が二疋になる話」、「アンドレアス・タアマイエルが遺書」、「正体」、「祭日」、「駆落」、「樺太脱獄記」、「鰐」、「十三時」）で、それぞれ1から3例しか確認できず、その他の26作品で

は、三人称代名詞は使われていない。

『諸国物語』が芥川の文体について与えた影響については、中村眞一郎「翻訳について──編集余話（その一）」（『芥川龍之介全集 月報1』岩波書店、1977・7）等がすでに指摘するところだが、三人称代名詞「彼／彼女／彼等」もその範疇に入れてもよいかもしれない。だが、年代を経るごとに三人称代名詞の使用が「漸減の傾向」にあった鷗外と、芥川の三人称代名詞の使用／避用には異なった特徴が見られる。

3.3　芥川における「彼／彼女／彼等」の使用規範

まず、芥川の三人称代名詞の使用の増減について年次的に分けると、前期には〈避用〉の傾向が強く、中期には作品ごとに三人称代名詞の〈使用／避用〉が作品ごとに異なっている。そして、後期には三人称代名詞は〈常用〉される。特に「第四の夫から」（『サンデー毎日』1924・4）以降は、殆どすべての小説において「彼／彼女／彼等」が使われている。つまり年次的に考えた場合、芥川の文体は三人称代名詞の避用から使用へと変わっていく。その点、先述した鷗外とは対照的といえる。この変遷は芥川の作風の変化と無縁ではないだろうが、詳しくは後述したい。

作品発表順に細かく特徴を見ていくと、前期、とりわけ初期においては三人称代名詞避用の特徴がはっきり表れている。処女作「老年」（『新思潮』1914・5）から「貉」（『読売新聞』1917・3・11）、「葬儀記」（『新思潮』1917・3）の頃まで、一部の例外（「忠義」62例、「芋粥」50例、「煙管」31例、「煙草と悪魔」9例、「MENSURA ZOILI」5例）を除いて徹底して「彼／彼女／彼等」の使用が避けられている。その徹底ぶりは凄まじく、「老年」、「青年と死と」、「羅生門」、「鼻」、「父」、「虱」、「酒虫」、「仙人」、「野呂松人形」、「猿」、「創作」、「運」、「道祖問答」、「貉」、「葬儀記」といった作品では三人称代名詞が一切使われていない。上記で挙げた作品以外を見ても、「ひよつとこ」4例、「孤独地獄」1例、「手巾」1例、「出帆」4例、「尾形了斎覚え書」1例と極端に少ない。「彼／彼女／彼等」の〈避用〉は、初期芥川作品の特徴の一つと言えるだろう。

以降は「或日の大石内蔵助」で71例、「戯作三昧」142例、「首が落ちた

話」39例、「枯野抄」38例、「開化の殺人」71例と三人称代名詞が常用される作品も散見されるようになる一方、初期同様に「袈裟と盛遠」、「地獄変」、「蜘蛛の糸」、「奉教人の死」、「魔術」等では三人称代名詞の使用が０例と作品ごとに方針が使い分けられるようになる。そして、後期において常用化することは既に述べたところである。それでは、どういった作品群で三人称代名詞が避けられ、どういった作品群で多用される傾向があるのか。

　ジャンル毎に考えた場合、はっきりと見て取れるのは「彼／彼女／彼等」の避用が、いわゆる王朝物に偏っているという点である。「羅生門」、「鼻」、「運」、「道祖問答」、「地獄変」、「邪宗門」、「竜」、「往生絵巻」、「俊寛」、「藪の中」では三人称代名詞が一切出てこない[4]。「典拠のあることば」が織り込まれた王朝物に、歴史の浅い三人称代名詞は相応しくないという判断からだろう。最後の王朝物（小説）である「六の宮の姫君」（『表現』1922・8）でも、「彼／彼女／彼等」の使用は「彼等」の１例だけに留まっている。すでに述べた「第四の夫から」以降に三人称代名詞が常用化される現象は、換言すれば芥川の作品から王朝物が姿を消したことも大きな一因であろう。

　一方、いわゆる切支丹物では、初期から一貫して「彼／彼女／彼等」は常用されている。具体的に挙げれば「煙草と悪魔」、「さまよへる猶太人」、「るしへる」、「じゅりあの吉助」、「南京の基督」、「神神の微笑」、「報恩記」、「おぎん」といった作品である。例外として「奉教人の死」、「きりしとほろ上人伝」、「おしの」において三人称代名詞の使用が０例、「尾形了斎覚え書」、「黒衣聖母」、「糸女覚え書」で１例と少ない。しかし、このうち「奉教人の死」、「きりしとほろ上人伝」、「尾形了斎覚え書」、「糸女覚え書」の四作については、作品が近世的な語りの形態を採用しているがゆえに、三人称代名詞が避けられていると考えられ、総じて鑑みれば、やはり切支丹物では「彼／彼女／彼等」が積極的に使われていると言える。

　加えて、文明開化以降を舞台にした「開化の殺人」、「開化の良人」、「路上」、「舞踏会」、「秋」、「影」、「お律と子等」、「庭」、「お富の貞操」、「百合」、「一塊の土」、「大導寺信輔の半生」、「玄鶴山房」、「歯車」、保吉ものなどでは三人称代名詞が多用されている。近代社会を舞台とした作品に、近代になって生まれた語を使用するのは至極自然なことである。このことは、芥川が

「彼／彼女／彼等」の言葉に、西欧的・近代的な響きを感じとっていたことの証左にもなろう。

　それでは、その西欧的・近代的な語の適応範囲は、一体どの時代まで遡るのか。開化以降で〈常用〉、王朝物で〈避用〉が目立つのは前述の通りである。三人称代名詞の採用が、単に作品の舞台ないし語り手の時代を基準に拠っているわけではないだろうが、芥川の作品群を見る限り、ある程度の指針があったと考えられる。

　江戸時代を舞台に据えた作品（切支丹物は除く）を見てみると、「煙管」で31例、「忠義」62例、「或日の大石内蔵助」71例、「戯作三昧」142例、「枯野抄」38例、「或敵打の話」50例と、三人称代名詞が使用されている(5)。とすれば、芥川が「彼／彼女／彼等」を使用した範囲は、江戸期までは遡れる。だが、手掛かりとなる作品数が充分でないため、これ以上の詮議は難しい。三人称代名詞の〈避用〉が芥川の王朝物の特徴の一つであり、江戸期以降を舞台にした作品では常用化が見られることになる。

　このことと切支丹物で「彼／彼女／彼等」が常用されている事実を併せると、三人称代名詞がキリスト教と同じく〈舶来もの〉であるという意識が芥川のなかに強くあったと考えられる。「煙草と悪魔」や「神神の微笑」といった作品の主題からも明らかなように、芥川は西洋伝来の文化に対して、それが舶来ものであったことに最も敏感な作家の一人であった。意識的か、無意識的かは問わないにせよ、三人称代名詞の〈使用／避用〉にもその態度がはっきりと顕れていると言える。

　もう一点、「彼／彼女／彼等」に関して芥川には顕著な傾向がある。怪異小説における三人称代名詞の避用である。「妖婆」、「魔術」、「黒衣聖母」、「妙な話」、「アグニの神」、「奇怪な再会」といった作品で「彼／彼女／彼等」が使われていない(6)。それらの舞台の多くは芥川の同時代であり、これまで見てきた使用規範に照らせば「彼／彼女／彼等」が使われてしかるべき作品群であるが、事実は異なる。では、これらの作品における「彼／彼女／彼等」の避用にはどういった意図があるのであろうか。

　本来であれば、作品ごとに語りの形態を精査するべきではあるが、ここで概論的に考察すれば、理智的で客観的な表現である三人称代名詞と怪異小説

の相性が良くなかったからではないかと考えられる。三人称代名詞は、近代的で科学的な態度が押し出されるが、不可思議な事象を取り扱う怪異小説の雰囲気を創出するのに適さなかったのではないだろうか。

このことは、芥川が語る所の「或異常な事件」（「「昔」」、『東京日日新聞』1918・1・1）を取り扱った王朝物での避用と一脈通じる部分があるだろう。芥川は「昔か（未来は稀であらう）日本以外の土地か或は昔日本以外の土地」を舞台にする理由について、「異常な事件なるものは、異常なだけそれだけ、今日この日本に起つた事としては書きこなし悪い、もし強て書けば、多くの場合不自然の感を読者に起させて、その結果折角のテエマまでも犬死をさせる事になつてしまふ」為だとしている。この「今日この日本に起つた事として書きこなし悪い」困難を除き、「不自然の感」を取り払う手段として、「彼／彼女／彼等」の避用が一役買ったのだろう。近代的・客観的な表現である三人称代名詞を排することで、舞台を「現代」にとった作品でも、「或異常な事件」が起こる雰囲気を醸しだそうとしたのではなかろうか。「妖婆」や「妙な話」は新しい作風への挑戦と捉えられがちだが、「彼／彼女／彼等」の使用に関しては翻訳や王朝物で培った技術がしっかりと応用されている。

また、三人称代名詞を避けるということは「不思議な事」を客観的な事実として描写するのでなく、あくまで主観のうちに捕らえようとしていると言い換えることもできる。怪異小説で「彼／彼女／彼等」を使わないということは、単に書きこなし悪いというだけでなく、芥川自身、怪異を客観的な事象として信じていなかった態度の現れではなかっただろうか。

さて、翻って『バルタザアル』の翻訳について考えてみると、最初期の作品であり、古代（神話の時代）を舞台にした『バルタザアル』であるから、近代性を帯びた三人称代名詞が使われていないのは当然であろうし、その翻訳作業で培った人称代名詞の使用規範が芥川のその後の作品を方向付けたとも考えられる。そこには、鷗外という優れたお手本があったからだと考えられるが、芥川の鋭い言語感覚があってこそなされた業と言えよう。

谷崎潤一郎は『文章読本』（中央公論社、1934・11、「文法に囚はれないこと」の章）で、「今日の人の書く文章には「彼は」「私は」「彼等の」「彼女等

の」等の人称代名詞が頻繁に用ひられておりますけれども、その使ひ方が欧文のやうに必然的でない」と警鐘を鳴らし、自作「鮫人」(『中央公論』1920・1–10) を引き合いに出して「代名詞の使ひ方が如何に気紛れか」を示している。しかし芥川は谷崎と異なり、『文章読本』の二十年以前から、三人称代名詞の使用に注意を払っていた。三人称代名詞「彼／彼女／彼等」は見落としがちな、たった一語の言葉であるが、これまで見てきたようにその使用の有無は作品の色調を方向付けるとともに、作品の細部、言葉の選択一つに拘る芥川の姿を我々にありありと伝えている。

4　文末詞「である」

4.1　従属を示すマーカー

　再びアナトール・フランスの *Balthasar* の翻訳に戻ろう。ここでは地の文を対象に、芥川が翻訳に際してどのように処理したかを確認し、そこから見られる特徴を基に芥川の創作における文章を概観する。対象としたのは『バルタザアル』の会話文を除く完結文（地の文）で 273 例（文）である。

　その文末表現を見ると、そのうち「タ／ダ形」が 177 例、「ル形」が 79 例、「ナイ形」が 13 例、「(云) フ形」が 4 例あった。この文末表現には、英訳原文における複文／重文の処理と密接な関係があり、結論から述べれば「ル形」が前後の文章に対する従属を示すマーカーとして使われていた可能性がある。幾つか例を出すと、次の通りである（英文中の「／」は、芥川が翻訳に際して文を分けた箇所に引用者が施した。以下同様）。

　【引用 3】第一章より

　As they entered the city they were amazed at the extent of the sheds and warehouses and workshops ／ that lay before them, ／ and also at the immense quantities of merchandise with which these were piled.

　市へはひると、倉庫と工場とが何処迄もつづいてゐる。其中には又無量の商品が山の如く積んである。之が先づ一行の眼を驚かした。

【引用4】引用3に続く場面

For a long time they walked through streets ／ thronged with chariots, street porters, donkeys and donkey-drivers, ／ until all at once the marble walls, the purple awnings and the gold cupolas of the palace of Balkis, lay spread out before them.

それから長い間市を歩い た 。市は路車や搬夫や驢馬や驢馬追ひで埋められてゐる のである 。すると眼界が急に開けて、バルキスの王宮の大理石の壁と紫の帟幕(ひらまく)と金の円天井とが一行の眼の前に現れ た 。

【引用5】引用4に続く場面

The Queen of Sheba received them in a courtyard ／ cooled by jets of perfumed water ／ which fell with a tinkling cadence like a shower of pearls.

Smiling, she stood before them ／ in a jewelled robe.

シバの女王は一行を庭上に迎へ た 。香水のふきあげが涼を揺つ てゐる 。ふきあげは真珠の雨のやうなうつくしい音を立てゝ滴る のである 。

ほゝゑみながら、女王は一行の前に立つ た 。宝石をちりばめた長い袍を着 てゐる 。

【引用6】第二章より

Profiting by the terror of the survivors, and fearing that Balkis might be injured, he seized her in his arms and fled with her through the silence and darkness ／ of the lonely byways. The stillness of night enveloped the earth, ／ and the fugitives heard the clamour of the women and the carousers, who pursued them at haphazard, die away in the darkness. Soon they heard nothing more than the sound of dripping blood ／ as it fell from the brow of Balthasar on the breast of Balkis.

バルキスに怪我でもあつてはと王は生残つた奴の恐れに乗じて、女王を抱いたまゝ人通りの無い側路(わきみち)へ逃げこん だ 。路はまつ暗でしんとして ゐる 。夜の静けさが地をつゝんでゐる のである 。逃げて来た二人は偶然其跡を追て来た女や酔どれの罵る声が暗の中に消えてゆくのを聞い た 。

間もなく聞えるのは唯血の滴る音ばかりになつた。血はバルタサアルの額からバルキスの胸に滴るのである。

【引用7】第三章より
　At this moment was heard an uproar of men, horses and weapons, ／ and Balkis recognised her trusty Abner who had come at the head of her guards to rescue his queen, ／ of whose mysterious disappearance he had heard during the night.
　此時人馬剣戟の響が騒然として起つた。バルキスには家来のアブネルが護衛兵の先頭に立つて女王を救ひた来たのが見えた。家来は女王が行方知れずになつたのを夜の中に聞いてゐたのである。

【引用8】第三章より
　……On nearing the bedchamber he beheld the King of Comagena come forth ／ covered with gold and glittering like the sun.
　……女王の寝室に近づくと王はコマゲーネの王が来るのに遇つた。王は金に蔽はれて太陽の様に輝いてゐるのである。

【引用9】第四章より
　Balthasar, however, having decided to become a mage, had a tower built ／ from the summit of which might be discerned many kingdoms and the infinite spaces of Heaven. The tower was constructed of brick and rose high above all other towers. It took no less than two years to build, ／ and Balthasar expended in its construction the entire treasure of the king, his father. Every night he climbed to the top of this tower ／ and there he studied the heavens under the guidance of the sage Sembobitis.
　けれ共バルタサアルは魔法師にならうと決心したので塔を一つ建てた。其頂からは多くの王国と無辺の天空とが望まれるのである。塔は煉瓦造りですべての外の塔の上に高く聳えてゐる。落成するには二年の日子を費した。

バルタサアルは此塔の建築に父王の全財宝を傾けた のであつた 。毎夜王は塔の頂に登つ た 。其処で賢人セムボビチスの指導の下に天文の研究をする のである 。

　引用から、原文の複文・重文を、芥川がいくつかの文章に分けることで、工夫して訳していることがわかる。例えば【引用3】の「For a long time they walked through streets ／ thronged with chariots, street porters, donkeys and donkey-drivers,」は英語のままだと直線的に読み進めることができるが、芥川は「それから長い間市を歩いた。市は 路車や搬夫や驢馬や驢馬追ひで埋められてゐるのである」のように二文に分け、「streets」に対応する「市は」という主語を立て直して訳出している。この様に複文／重文を複数の文章に分割して邦訳した際に、文末に「ル形」ないし「ナイ形」(非過去時制[7])が現れるケースが目立った。それまで過去時制「タ／ダ形」が用いられたのに、複文／重文を処理した箇所では「ル形」または「ナイ形」が多数出てくる。

　牧野成一の一連の研究[8]によると、日本語におけるこのような時制のシフトは、「文に書かれている内容の「出来事性」、つまり何かが有るのではなく、何かが起きるという認知の程度が高いか低いかということだが、それが高ければ過去形のままで、「出来事性」が低ければ現在形にシフトするのではないか」とされる。【引用3】から【引用9】の邦訳を見ても、タ形が選択されているものは出来事性の高い文章で、その他の「ル／ナイ／フ形」が使用されている文章は、出来事性が低く、非時系列的な後景描写といえるものが多いことがわかる。

　問題はなぜ複文／重文を分割して訳した際に「ル／ナイ／フ形」がでてくるかである。数を確認してみると、「タ／ダ形」で終わる文章を除く地の文は、全部で96文があるが、そのうち三分の二に当たる64例が原文で複文／重文だった箇所を訳出した際に現れていた。

　このことは「ル／ナイ／フ形」が、元の一文において結束していたことを示す機能を担っていたことにならないだろうか。つまり、前後の文への従属を示す記号（マーカー）として使われていた可能性である。更に、これら

64例のうち半数を超える34例が「である」だった。そこで、ここからは文末詞「である」を中心にこの問題を考えてみたい。この「である」体は芥川の文体を印象付けている文末表現だが、いま一度その起源を確かめてみよう。

「である」の近代的な起源は蘭学者がオランダ語を翻訳しようとしたことに始まる翻訳語といえる[9]。その後、蘭学から英学へ移行とともに「英語の「be動詞」に相当する日本語」[10]として使われ、尾崎紅葉「多情多恨」(『読売新聞』1896・2・26-12・9)での多用で完成・定着したとされる[11]。その過程で意味の拡充・発展を遂げ、客観的な描写を可能とさせ、「である」体は「新たなnarration、つまり「三人称客観描写」のような一つの「現実らしい虚構」を作り出す」[12]ことに繋がり、「判断的・陳述的性格」[13]を持つと言われる。

翻って芥川の翻訳を見ると、判断的・陳述的な強調として「である」が使われている。例えば「The poor king rolled to earth, and as he turned on Balkis a dying glance his sight faded」の訳として「可哀さうに、王は地に転んで、最後の一瞥を、バルキスの上に投げると其儘視力を失つて仕舞つたのである」や、「If this decision gave him no especial pleasure it at least restored to him something of tranquillity」に対して「此決心は格別王に快楽を与へなかつたにしても、少く共静平な心だけは回復してくれたのである」と訳されている。しかし、やはりその大半（全「である」53例中の34例）が複文／重文を分割する際に使われていることは看過できない事実である。

例えば【引用5】の「The Queen of Sheba received them in a courtyard ／ cooled by jets of perfumed water ／ which fell with a tinkling cadence like a shower of pearls.」は三文に分けて訳されている。「シバの女王は一行を庭上に迎へた。香水のふきあげが涼を揺つてゐる。ふきあげは真珠の雨のやうなうつくしい音を立てて滴るのである」。英語では分詞や関係代名詞によって直線的に、違和感なく読めるが、芥川の訳文では二文目、三文目に移行する際にやや唐突さが感じられる。日本語では「シバの女王は一行を庭上に迎へた」（下線引用者）とあれば、次文では「迎へた」に付随する事柄の描写か新しい出来事の展開が期待されるが、元の英文に即して考えると、ここは

「庭上」に掛かる形で、文章が展開されている。つまり、〈シバの女王は一行を庭上へ迎えた。その庭上では、香水のふきあげが涼を揺つてゐる〉という風に主語を補って訳されていれば問題ない。同引用内の続く一文でも、同様の問題が起こっている。

　述語が後置される日本語において、前文の名詞について後続の文で修飾（詳述）する際には、（前文の動詞の種類によっては）主語の再設定が必要な場合がある。しかし、ここで少し話を飛躍させ、一つの仮説として、「ル形」が英語の関係詞のように従属を示すマーカーとしての役割を帯びた文末詞と考えてみると、そのルール内では芥川の文章は通用する。当然、「である」はその一つのヴァリエーションと言えよう。

　同様の例として「The queen soon reappeared dressed in the blue seamless garment of the women ／ who work in the fields」の訳「女王も亦すぐに縫目のない青い衣をきて出て来た。／畑で働く女たちが着る着物である」や、「She led Balthasar to one of the taverns ／ where wastrels and street porters foregathered along with prostitutes」の訳「女王はバルタサアルをある居酒屋へ伴れて行つた。宿無しや立ん坊が私窩子をひきずりこむ処である」等が挙げられる。

　『ケルトの薄明』を見てみると、（全編過去形で語られた Balthasar と異なって）原文において現在形、過去形、現在完了形と複雑な時制のシフトが行われているため一概に比較はできないが、次に示すように、やはり複文／重文を複数の文に分割して訳す際に、邦訳の文末詞に同じ傾向が確認できた。

【引用10】「Ⅰ　宝石を食ふもの」より
I have seen into other people's hells also, ／ and saw in one an infernal Peter, ／ who had a black face and white lips, ／ and who weighed on a curious double scales not only the evil deeds committed, ／ but the good deeds left undone, of certain invisible shades.
自分は又他の人々の地獄をも見た事がある。其一つの中で、ピイタアと呼ばゝる幽界の霊を見た。顔は黒く唇は白い。奇異なる二重の天秤の盤

の上に、見えざる「影」の犯した悪行と、未行はれずして止んだ善行とを量つてゐるのである。

【引用 11】「III 女王よ、矮人の女王よ、我来れり」より
We talked of the Forgetful People ／ as the faery people are sometimes called, ／ and came in the midst of our talk to a notable haunt of theirs, a shallow cave amidst black rocks, ／ with its reflection under it in the wet sea sand.
自分たちは「忘れやすき人々」の事を話した。「忘れやすき人々」とは時として、精霊の群に与へらるゝ名前である。話半に、自分たちは、精霊の出没する場所として名高い、黒い岩の中にある浅い洞窟へ辿りついた。濡れた砂の上には、洞窟の反影が落ちてゐる。

やはり、非過去時制が複文／重文の分割箇所に現れる。『文章読本』で谷崎は、「西洋の言葉は（略）関係代名詞と云ふ重宝な品詞があつて、混雑を起すことなしに、一つのセンテンスに他のセンテンスを幾らでも繋げて行くことが出来る」（「西洋の文章と日本の文章」の章より）と指摘しているが、この複文／重文の複数の文への分割は言語の仕組みの相違から起こっている。芥川はそれを克服するために非過去時制を用いて、文と文の繋がりを示しているのではないだろうか。当然「ル形」のヴァリエーションである「である」にもその機能があると考えられよう。とすれば、「である」は語り手の判断や陳述を表すというより、従属文を示すマーカーとして使われていたと考えられる。

『バルタザアル』における「である」をもう少し詳細に分類すると、「のである」の全39例中、複文／重文を分割する際に現れるのは22例、名詞＋である」は全7例中6例、「からである」は5例中4例である。つまり「のである」より、「名詞＋である」と「からである」の方が従属文マーカーとして使われる割合が高いことになる。さて、芥川の創作を調べてみると、同様の特徴を持った「である」が散見される。

【引用12】「老年」(『新思潮』1914・5) より
小さな青磁の香炉が煙も立てずにひつそりと、紫檀の台にのつてゐるのも冬めかしい。／其前へ毛氈を二枚敷いて、床をかけるかはりにした。鮮な緋の色が、三味線の皮にも、ひく人の手にも、七宝に花菱の紋が抔つてある、華奢な桐の見台にも、あたゝかく反射してゐるのである。其床の間の両側へみな、向ひあつて、すはつてゐた。上座は師匠の紫暁で、次が中洲の大将、それから小川の旦那と順を追つて右が殿方、左が婦人方とわかれてゐる。其右の列の末座にすはつてゐるのが此うちの隠居であつた。隠居は房さんと云つて、一昨年、本卦返りをした老人である。

【引用13】「老年」
「猫の水のむ音でなし」と小川の旦那は呟いた。足をとめてきいてゐると声は、どうやら右手の障子の中からするらしい。それは、とぎれ勝ちながら、かう聞えるのである。

【引用14】「ひょつとこ」(『帝国文学』1915・4) より
　吾妻橋の欄干によつて、人が大ぜい立つてゐる。時々巡査が来て小言を云ふが、すぐ又元のやうに人山が出来てしまふ。皆、この橋の下を通る花見の船を見に、立つてゐるのである。

【引用15】「ひよつとこ」
すると、そこへ橋をくゞつて、又船が一艘出て来た。矢張さつきから何艘も通つたやうな、お花見の伝馬である。紅白の幕に同じ紅白の吹流しを立てゝ、赤く桜を染めぬいたお揃ひの手拭で、鉢巻きをした船頭が二三人櫓と棹とで、代る〳〵漕いでいる。

【引用16】「羅生門」(『帝国文学』1915・11)
楼の上からさす火の光が、かすかに、その男の右の頬をぬらしてゐる。短い鬚の中に、赤く膿を持った面皰のある頬である。

【引用17】「羅生門」
下人の眼は、その時、はじめて其死骸の中に蹲つてゐる人間を見た。檜皮色の着物を着た、背の低い、痩せた、白髪頭の、猿のやうな老婆である。その老婆は、右の手に火をともした松の木片を持つて、その死骸の一つの顔を覗きこむやうに眺めてゐた。

【引用18】「羅生門」
下人はとうとう、老婆の腕をつかんで、無理にそこへ扭ぢ倒した。丁度、鶏の脚のやうな、骨と皮ばかりの腕である。

【引用19】「羅生門」
下人は、太刀を鞘におさめて、その太刀の柄を左の手でおさへながら、冷然として、この話を聞いてゐた。勿論、右の手では、赤く頬に膿を持つた大きな面皰を気にしながら、聞いてゐるのである。しかし、之を聞いてゐる中に、下人の心には、或勇気が生まれて来た。それは、さつき門の下で、この男には欠けてゐた勇気である。さうして、またさつきこの門の上へ上つて、この老婆を捕へた時の勇気とは、全然、反対な方向に動こうとする勇気である。

【引用20】「羅生門」
すると、老婆は、見開いてゐた眼を、一層大きくして、ぢつとその下人の顔を見守つた。眶の赤くなつた、肉食鳥のやうな、鋭い眼で見たのである。

【引用21】「鼻」(『新思潮』1916・2)
内供は、信用しない医者の手術をうける患者のやうな顔をして、不承不承に弟子の僧が、鼻の毛穴から鑷子で脂をとるのを眺めてゐた。脂は、鳥の羽の茎のやうな形をして、四分ばかりの長さにぬけるのである。

【引用22】「鼻」

所が二三日たつ中に、内供は意外な事実を発見した。それは折から、用事があつて、池の尾の寺を訪れた侍が、前よりも一層可笑しそうな顔をして、話も碌々せずに、ちろちろ内供の鼻ばかり眺めてゐた事である。

【引用 23】「鼻」
　内供は慌てゝ鼻へ手をやつた。手にさはるものは、昨夜の短い鼻ではない。上唇の上から頤の下まで、五六寸あまりもぶら下つてゐる、昔の長い鼻である。内供は鼻が一夜の中に、又元の通り長くなつたのを知つた。

　ここに引用した「である」は、語り手の判断や陳述を表すためというより、前の文章中の要素を修飾するために使われている。「関係代名詞と云ふ重宝な品詞」がない日本語を駆使して文章を書くうえで、その代用品として「である」が使われていると見てよいだろう。
　勿論、芥川の使用する「である」が全てそうだと主張するつもりはない。芥川の文章において、語り手の存在が前景化されるような「である」の用法（例えば「羅生門」における「羅生門が、朱雀大路にある以上は、この男のほかにも、雨やみをする市女笠や揉烏帽子が、もう二三人はありそうなものである」）が多用されていることは疑いがない。しかし、文章を展開していこうとしたとき、芥川が使う「である」の中には、「陳述的・判断的」性質とは異なった役割を帯びた「である」の用法があり、それまでを十把一絡げにして考えてしまうのは危険ではないだろうか。また、論理だった芥川の文体を考える際に、彼が日々触れていた英文との照応を無視してはならないだろう。

4.2 「からである／からだ」

　最後に、前項で触れなかった「からである」の用法について原文との対応を考えてみたい。「からである／からだ」という言い回しは芥川の文章中しばしば目に付く。幾つか引用してみる。

【引用24】「羅生門」
　下人は、頸をちゞめながら、山吹の汗衫に重ねた、紺の襖の肩を高くして門のまわりを見まわした。雨風の患のない、人目にかゝる惧のない、一晩楽にねられそうな所があれば、そこでともかくも、夜を明かそうと思つたからである。

【引用25】「羅生門」
　下人は、それらの死骸の腐爛した臭気に思わず、鼻を掩つた。しかし、その手は、次の瞬間には、もう鼻を掩ふ事を忘れてゐた。或る強い感情が、殆悉この男の嗅覚を奪つてしまつたからだ。

【引用26】「孤独地獄」(『新思潮』1916・4)
　最後の句は、津藤の耳にはいらなかつた。禅超が又三味線の調子を合せながら、低い声で云つたからである。

【引用27】「戯作三昧」(『大阪毎日新聞』夕刊、1917・10・20-11・4)
　彼の空想は、こゝまで来て、急に破られた。同じ柘榴口の中で、誰か彼の読本の批評をしてゐるのが、ふと彼の耳へはいつたからである。

　上記の通り、行為の理由が後置されることによって、作品に劇的な効果が付与される。言い換えれば、行為の理由が強調的に示されている。しかしこれを強調に関連した修辞技法と取っていいのだろうか。同様の言い回しは芥川の翻訳で頻出する。

【引用28】『バルタザアル』第二章より
　これは格別苦にならない。勘定を払はずに二人で抜け出すのも訳無しだと思つたからである。
It gave him no concern, for he thought that he could slip out with her without paying the reckoning.

【引用29】『バルタザアル』第五章より
王ははげしい懊悩を感じた。それは又女王に恋をし兼ねない様な気がしたからである。

He even recognised the queen herself, and he was profoundly disturbed, for he felt that he would again love her.

【引用30】「クラリモンド」(『クレオパトラの一夜』新潮社、1914・10)
わしには、自分が天使であるかの如く思はれた。そして、わしの同輩の、真面目な考深い顔をしてゐるのが、如何にも不思議に思はれた。それは教会にも、わしの同輩が五六人ゐたからである。

I believed myself an angel, and wondered at the sombre and thoughtful faces of my companions, for there were several of us.[14]

【引用31】「翻訳小品」(『文芸春秋』1926・1)、「二 牧歌」より
　彼は一番懇意な、又一番信頼してゐる遊び仲間に、彼の眼が牡牛の眼に似てゐるといふのは、ほんたうかどうかを質ねて見た。しかし彼は誰からも慰めの言葉を受けなかつた。何故と言へば、彼等は異口同音に彼を嘲笑ひ、似てゐるどころか、非常によく似てゐると云つたからである。

　And he asked those of his playmates whom he best knew and trusted whether it was indeed true that his eyes were like the eyes of a cow, but he got no comfort from any of them, for they one and all laughed at him and said that they were not only like, but very like.[15]

　翻訳部分の「からである」に対応する英語を見ると、理由を示す等位接続詞「for」(あるいは「because」や「since」)が使われている。日本語にすれば目を引く理由の文末詞「からである」は、英語に戻してみると平易な文章になる。そして英語の語順では理由を表す「for」は必ず後置されなければならない。物語文中で用いられることが多い、この等位接続詞「for」を日頃から目にする機会が多かった芥川にとって、理由を後置する「からであ

る」という文の運びは、馴染み深い筆運びだったと考えられはしないだろうか。

　勿論、そうであろうとなかろうと、本節で取り上げた事柄が作品の読みを覆すほどの違いを生むかは疑わしい。また言語は遥かに複雑で、多面的である。しかし、芥川の洋書の読書体験と文筆活動のスタートを考えた時、芥川の言葉の使用に、英語からの干渉がなかったと考えるのはむしろ困難といえよう。芥川の言葉に通っている英語の響きに注意を払うべきではないだろうか。

5　結語

　芥川の翻訳を通して得られた気付きを手がかりに、芥川の文体について考えてきた。前半部では、近代になって成立した三人称代名詞「彼／彼女／彼等」を使うか使わないか、芥川がかなり厳密に規範を持っていた様子について詳述した。〈避用〉の傾向は王朝もので強く、近世以降を舞台にした作品では〈常用〉される傾向にあった。また「或異常な事件」を取り扱った作品では、舞台が近代でも使用が避けられる傾向があった。

　後半部では「である」の用法を中心に考えた。従来言われるような「陳述的・判断的」用法以外に、「である」が、従属を示すマーカーとしての働きを担っていた可能性を指摘した。また「からである」と等位接続詞「for」の関係についても、注意を促した。

　芥川の活躍する時代までには、欧州語との応酬と共に言文一致運動はひとまずの着地を見ていた。しかし、だからと言って、個人の言葉と欧州語とのやり取りが潰えたわけではない。日々目にする英語と自身の使う言葉の乖離は、芥川にとって小さくない問題だったに違いない。

　芥川の言葉について、漢語や古語との関わりはしばしば指摘される。一方、鷗外や他の作家によって翻訳された諸テクストとの差異や影響は論じられるにせよ、芥川の文体と英語そのものとの関わりについては軽んじられがちである。そこに耳を澄まさなければ、芥川の作品の言葉に響いている大事な音を聴き洩らしてしまうのではないだろうか。

註

(1) 初出での表題は「バルタサアル（アナトル・フランス）」。本章では全集に従い、便宜的に『バルタザアル』と記す。作中人物 Balthasar を指す際には、初出に従い「バルタサアル」と表記する。

(2) その他の「they／them」は、省略ないし具体的な人物名に置き換えられているほか、「一行」、「二人」、「奴等」(会話文中) と訳されている。

(3) 正確な表記は（広田の引用に拠れば）「彼の女」とのこと。

(4) もちろん、例外もある。「芋粥」では50例、「偸盗」では105例、「好色」で13例、三人称代名詞が使われていた。

(5) 例外として、最初期の「老年」(0例)、「ひよつとこ」(4例)、「孤独地獄」(1例)の三作品に加え、「鼠小僧次郎吉」0例、「三右衛門の罪」0例、「伝吉の敵打ち」4例が挙げられる。このうち「鼠小僧次郎吉」は語り手が江戸期の人物である。

(6) 各作品の三人称代名詞の使用数は次の通り。「妖婆」2例、「魔術」0例、「黒衣聖母」1例、「妙な話」1例、「アグニの神」0例、「奇怪な再会」0例であった。

(7) 日本語において、文末表現で厳密に時制を表現することは出来ない。「ル／ナイ／フ形」でも過去を表すことがある。ここでは便宜的に、「タ／ダ形」を過去形、「ル／ナイ／フ形」を非過去形と呼ぶことにする。

(8) 「物語の文章における時制の転換」(『月刊言語』1983・12) 等。引用は牧野成一「日本語作家は日本語をいかに異化し、多様化しているのか──リービ英雄のケース・スタディ」(『世界の日本研究』2011・3) より。

(9) 杉本つとむ「近代語の標章──デアル体の発生と展開──」(『国文学研究』1962・3)。

(10) 川戸道昭「言文一致と明治の翻訳文学──「である」体の成立に果たした翻訳文学の役割──」(『翻訳と歴史』ナダ出版センター、2012・6)。

(11) 山本正秀「近代言文一致文の文末語の語史的考察」(『言文一致の歴史論考』桜楓社、1971・4)。

(12) 柄谷行人「「日本近代文学の起源」再考Ⅱ」(『批評空間』1991・7)。

(13) 絓秀実『日本近代文学の〈誕生〉──言文一致運動とナショナリズム』(太田出版、1995・4)。

(14) 「注解」(前掲) にて翻訳原本とされる *One of Cleopatra's Nights and other fantastic romances* (By T. Gautier, translated by Lafcadio Hearn, Brentano's・1899) より。

(15) 引用は *The Notebooks of Samuel Butler* (1917, New York, E. P. Dutton & CO) の第XVI章 "Written Sketches" より。

第8章
「世界文学」として読まれるとは？

1 芥川龍之介の「翻訳」観

　『百年の孤独』で世界的なラテン・アメリカブームを巻き起こしたガルシア＝マルケスは、リマの日刊紙『Excerpt』紙で、人糞のテーマについて質問された[1]。「人糞ですか？」と戸惑うガルシア＝マルケスに、インタビュアーは「ええ。小町娘のメディアスは、昇天する美女ですが、彼女は自分のうんちに指を突っ込み、壁に絵を描きます。六十個のおまるの話もあります……」と問いを繰り返す。ガルシア＝マルケスは、次のように返す。

　　いや、自分ではまったく気づきませんでした。六十個のおまるというのは実際にあった話です。しかしまあ、糞というのは我々の一部で、人間らしいものですから、作家たるものは忘れてはいけないことかと…

　しかし、インタビュアーのALTA氏（アルッフォンソ・ラ・トーレの変名）が『イーリーアース』や『赤と黒』には人糞に対する言及はないと重ねて質問すると、ガルシア＝マルケスは続けて答える。

　　おっしゃりたいことはわかります。うんちのライトモティーフは、おっしゃるとおり、人間のいちばんの下というか、その、う……にも詩情を見出そうという欲求があるからでしょう。小説にはダイヤモンドをひねりだす男が出てきます。この上なく詩的で幻想的ではありませんか？

　排泄行為は人間の生活の一部であり、「作家たるものは忘れてはいけない

こと」としたうえで、「人間のいちばんの下」にあたるものであっても、人間はそこに詩情を見出そうとするものであると述べるガルシア＝マルケスの記者との問答は、『新潮』（1925・1）に掲載された芥川龍之介と記者のやり取り[2]を想起させる。

　　記者　それからあなたは、よく作品の中に小便する所をお書きなるといふ世評ですが、あれは考へて見ると、小便すると云ふことには、俳味のやうな、ちよつと飄逸な趣きがあるやうに思ひますが、あなた自身は何か特殊な──小便する事に美なり、芸術的な快感なりを感じて作品の中に……
　　芥川　それは時々さう云ふ質問を受けたりする事があるんですが、小便を書いた事が度々あるでせうか？
　　記者　さあ……三つ位あつたやうに思ふのですが。
　　芥川　併し僕は「文章」と云ふ小説の中で小便する事を書いてゐる。それから「霜夜」と云ふ小品文で小便する事を書いてゐる。支那紀行の中で小便する事を書いてゐる。其他ありますか。
　　記者　私が三つと云つたのは、誰か挙げてあつたのを覚えてゐるのですが。
　　芥川　小便のことを特に書いたと云ふ記憶はないのですがね。併しそれは斯う云ふ話があるのですよ、成瀬正一が巴里で、或仏蘭西人に、僕の「或る日の大石内蔵助」と云ふのを、読みながら翻訳して聞かしたんです。そこまでは先づ好かつたんだが、所が大石内蔵助が厠へ行くと云ふ所に来た時に、ハタと支へて仕舞つて弱つたと云ふことです。後で僕に会つた時に、日本人は便所へ行く事を平気で書くねと言はれて、成る程さうだと思つた事がありました。その外にも矢張り多少俳諧的な影響や何かあつて、何とも思つて居ない為があるかも知れません。それからもう一つ高等学校の寄宿舎にゐた時には寝室が二階なんで便所が下なんです。冬の晩なんかは便所迄行くと身体が冷えちまふので窓からするんですよ。さうすると高いですからね、小便が非常に長く、キラ／＼光つて、しかも上ではもう小便がやんでゐるのに、空中には一瞬間小便の棒

があるんですね。月などが出てゐると、ちよつと綺麗だなと思つた事がある。

　ガルシア＝マルケスがインタビュアーの想定外の質問に驚いた（ように振る舞う）のに対して、芥川は「（自分が）小便を書いた事が度々あるでしょうか？」ととぼける。しかし、「三つ位」あったように思うとたじろぐ記者に対して、芥川は自ら『文章』『霜夜』『支那游記（支那紀行）』[3]と三つの作品名をすらすらと挙げ、そのうえ四つ目となる『或る日の大石内蔵助』のエピソードまで披露する。そして当人としては、「小便の事を書いたと云ふ記憶はな」く、「（作品内で）便所へ行く事を」「何とも思って居ない」とし、小便にまつわる寄宿生時代の逸話まで述懐する。「空中には一瞬間小便の棒があるんですね。月などが出てゐると、ちよつと綺麗だなと思つた」とするくだりは、ガルシア＝マルケスが指摘した、人間が排泄物にまで詩情を見出だそうとする性質と一致する[4]。

　しかし、「世界文学」への接近という観点から、芥川のインタビュー記事を読んだ際、目を引くのはそれだけでない。芥川は、友人の「成瀬正一が巴里で、或仏蘭西人に、僕の「或る日の大石内蔵助」と云ふのを、読みながら翻訳して聞かした」という、一種の翻訳体験（自作が翻訳される体験）を語っていることである[5]。

　もちろん生前、芥川が自作を翻訳される体験をもったのはこれが唯一ではない。存命中に限っても、芥川作品の諸か国語への翻訳（表1）は、1918年「中東」の英語訳を嚆矢として中国語訳、フランス語訳、ロシア語訳、ドイツ語訳、エスペラント語訳と広がりを見せる。

　これらの翻訳の中には、芥川の目に触れたものもあろう[6]。芥川が読んだと確認できるものとしては、魯迅が翻訳を行った中国語訳（『現代日本小説集』上海商務印書館、1923）があり、「日本小説の支那訳」（『新潮』1925・3）で芥川は所感を述べている[7]。

　　上海の商務印書館から世界叢書と云ふものが出てゐる。その一つが「現代日本小説集」である。これに輯めてあるのは国木田独歩、森鷗

表1　芥川作品の各国語訳（1926年まで）[8]

作品名	言語	翻訳の出版年	作品の初出年
偸盗	英語	1918	1917
羅生門	英語	1920	1915
沼地	英語	1921	1919
秋山図	英語	1921	1921
鼻	中国語	1921	1916
羅生門	中国語	1921	1915
虱	英語	1922	1916
二人小町	英語	1923	1923
文芸講座	中国語	1924	1924
雛	フランス語	1924	1923
じゅりあの・吉助	ロシア語	1924	1919
女体	ロシア語	1924	1917
虱	ドイツ語	1924	1916
山鴫	フランス語	1924	1921
文芸講座	中国語	1925	1924
秋	中国語	1926	1920
二つの手紙	エスペラント語	1926	1917
蜘蛛の糸	エスペラント語	1926	1918
蜘蛛の糸	フランス語	1926	1918
蜜柑	フランス語	1926	1919
杜子春	英語	1926	1920
藪の中	ドイツ語	1926	1922
保吉の手帳から	フランス語	1926	1923

外、鈴木三重吉、武者小路実篤、有島武郎、長与喜郎、志賀直哉、千家元麿、江馬修、江口渙、菊池寛、佐藤春夫、加藤武夫、僕、この十五人、三十篇である。このうち、夏目漱石、森鷗外、有島武郎、江口渙、菊池寛の五人のは、魯迅君の訳で、その他は皆、周作人君の訳である。そして、胡適校としてある。〔中略〕

翻訳は、僕自身の作品に徴すれば、中々正確に訳してある。その上、
　　地名、官名、道具の名等には、ちやんと注釈をほどこしてある。
　　　例へば、「羅生門」の中では、
　　　　帯刀——古時的官、司追捕、糾弾、裁判、訴訟等事。
　　　　平安朝——西暦七四九年以後約四百年間。
　　等の類である。

　芥川は中国語訳に際しては「正確に訳して」いるかどうかを気にすると同時に、冒頭で「世界叢書」[9]の中の一冊（「その一つが『現代日本小説集』」）であることを強調し、翻訳先の文化圏の読者に対する配慮として「地名、官名、道具の名等には、ちやんと注釈をほどこしてある」ことにも注目している。翻訳先の文化圏で通用しない言葉が（自作にも）あること、それでもなお異文化圏で自作が読まれる喜びが語られている。
　グローバルな読書圏において浮かび上がるローカルな価値・意味という点では、成瀬による翻訳、そしてフランス語圏読者の応答（反応）と通じる。「大石内蔵助が厠へ行くと云ふ所に来た時に、ハタと支へて仕舞つて弱つた」、「後で僕に会つた時に、日本人は便所へ行く事を平気で書くねと言はれて、成る程さうだと思つた事がありました」というのは、芥川にとって自文化の異化体験であり、自作が日本（語文化圏）以外の読者をもつことで明るみになった側面である。
　芥川の翻訳観については、随筆「骨董羹」（『人間』1920・4）の冒頭に掲げられた「天路歴程」のエピソードが目を引く。『天路歴程（*Pilgrim's Progress*）』は、ジョン・バニヤンによる寓意物語で、天の都に至るまでの道程を、荒野で夢に見る一種の夢物語である。

天路歴程
　Pilgrim's Progress を天路歴程と翻訳するのは清の同治八年（西暦千八百六十九年）上海華莩書館にて出版せる漢訳の名を套襲せるにや。この書、篇中の人物風景を悉支那風に描きたる銅版画の挿画数葉あり。その入窄門図の如き、或は入美宮図の如き、長崎絵の紅毛人に及ばざれ

> ど、亦一種の風韻無きに非ず。文章も漢を以て洋を叙するの所、読み来り読み去つて感興反つて尠からざるを覚ゆ。殊にその英詩を翻訳したる、詩としては見るに堪へざらんも、別様の趣致あるは挿画と一なり。譬へば生命水の河の詩に「路旁生命水清流、天路行人喜暫留、百菓奇花供悦楽、吾儕幸得此埔遊」と云ふが如し。この種の興味を云々するは恐らく傍人の嗤笑を買ふ所にならん。然れども思へ、獄中のオスカア・ワイルドが行往座臥に侶としたるも、こちたき希臘語の聖書なりしを。（一月二十一日）

　漢訳『天路歴程』の文と挿絵には「一種の風韻」があると紹介し、「その英詩を翻訳したる、詩としては見るに堪へざらんも、別様の趣致」があるとする。しかしそのような「興味」を是とすれば余人に笑われてしまうとしながら、その反論として獄中でオスカー・ワイルドが読んだ（「行往座臥に侶としたるも」）聖書が「こちたき希臘語」の聖書であるという挿話が紹介される。芥川の記す文脈上では、オスカー・ワイルドが「翻訳」を介してイエス＝キリストに接したととれる文脈（少なくともそう誤読できてしまう文脈）が形成されている。しかし、『獄中記』でワイルドが実際に語っているのは、キリストがギリシア語を話していたことを知り、（翻訳ではなく）そのギリシア語を通してイエス＝キリストの言葉に触れられる歓びである[10]。芥川の記述は事実誤認に基づく記述だったのではないか、とも考えられる。何故なら、この「天路歴程」の章は「骨董羹」冒頭に掲げられたはずなのに、初刊本『点心』（金星堂、1922年）に「骨董羹」が収録される際には削除され、初出誌で「天路歴程」に続いて掲載された「別乾坤」が繰り上げて「骨董羹」の冒頭を飾っている。その後、この「天路歴程」の文章は、中国旅行を経たあとの1922年1月、「本の事」（『明星』）で、形を変えて再登場する。

> 僕は又漢訳の Pilgrim's Progress を持つてゐる。これも希覯書とは称されない。しかし僕にはなつかしい本の一つである。ピルグリムス・プログレスは、日本でも訳して天路歴程と云ふが、これはこの本に学んだ

のであらう。本文の訳もまづ正しい。所々の詩も韻文訳である。
「路傍生命水清流　天路行人喜暫留　百果奇花供悦楽
吾儕幸得此埔遊」——大体こんなものと思へば好い。面白いのは銅版画の挿画に、どれも支那人が描いてある事である。Beautiful の宮殿へ来たところなども、やはり支那風の宮殿の前に、支那人の Christian が歩いてゐる。この本は清朝の同治八年（千八百六十九年）蘇松上海華草書院の出版である。序に「至咸豊三年かんぱうさんねんにいたり中国士子ちうこくのしし与耶蘇やそ教師参訳けうしとさんやく始はじめて成なる」とあるから、この前にも訳本は出てゐたものらしい。訳者の名は全然不明である。この夏、北京の八大胡同へ行つた時、或清吟小班の妓の几つくゑに、漢訳のバイブルがあるのを見た。天路歴程の読者の中にも、あんな麗人があつたかも知れない。

　ワイルドの挿話は削除された上で、芥川は繰り返し翻訳（書）によって立ちあがる原典にない世界(11)を楽しんでいる。のみならず、ここで追記された「この夏、北京の八大胡同へ行つた時、或清吟小班の妓の几に、漢訳がバイブルがあるのを見た。天路歴程の読者の中にも、あんな麗人があつたかも知れない」という文章からは、中国渡航中に現実で見た風景（漢訳のバイブルを読む女性）を書物（漢訳 Pilgrim's Progress）の中に閉じ込めていこうとしているようにも読める。
　話を「骨董羹」に戻すと、「天路歴程」に続く「別乾坤」の項で、芥川はユーディス・ゴーチェに触れて次のように述べている。

　　別乾坤
　　Judith Gautier が詩中の支那は、支那にして又支那にあらず。葛飾北斎が水滸画伝の挿画も、誰か又是を以て如実に支那を写したりと云はん。さればかの明眸の女詩人も、この短髪の老画伯も、その無声の詩と有声の画とに彷彿たらしめし所謂支那は、寧ろ彼等が白日夢裡に逍遙遊を恣にしたる別乾坤なりと称すべきか。人生幸にこの別乾坤あり。誰か又小泉八雲と共に、天風海濤の蒼々浪々たるの処、去つて還らざる蓬莱

の蜃中楼を歎く事をなさん。(一月二十二日)

　芥川はテオフィル・ゴーティエの娘であり、フランスの詩人、翻訳者、歴史小説家であるJudith Gautierの詩に彷彿とされている中国は、「逍遙遊を恣にしたる別乾坤なり」としている(くわしくは後述するが、芥川はフランス語で読んだのではなく、フランス語を基にした英語訳で読んでおり、ここにも「翻訳」が介在している)。「別乾坤」とは普通とは異なる「別世界」、「別天地」を指す言葉だが、「人生幸にこの別乾坤あり」とし、小泉八雲の蓬莱の蜃気楼の故事を引いて、本の中に立ち現れる「蜃中楼」にあえて迷いこもうとする言説には、原典や現実に拘らず、翻訳や文化的な移動によって生じる妙味を積極的に肯定していこうとする姿勢が読み取れる[12]。そのJudith Gautierの詩を芥川は「パステルの龍」(『人間』1922・1)の中で翻訳している。その枕で、他の二人の女流詩人と一緒に、Judith Gautierにも触れている。

　　これは上海滞在中、病間に訳したものである。シムボリズムからイマジズムへ移つて行つた、英仏の詩の変遷は、この二人の女詩人の作にも、多少は窺ふ事が出来るかも知れない。名高いゴオテイエの娘さんは、カテユウル・マンデスと別れた後、Tin-tun-Lingと云ふ支那人に支那語を習つたさうである。が、李太白や杜少陵の訳詩を見ても、訳詩とはどうも受け取れない。まづ八分までは女史自身の創作と心得て然るべきであらう。ユニス・テイッチエンズはずつと新しい。これは実際支那の土を踏んだ、現存の亜米利加婦人である。

　「パステルの龍」に含まれたGautierの二篇の詩については、劉娟「芥川龍之介「パステルの龍」――「西洋」のフィルターを通した「東洋」――」(『芥川龍之介研究』第12号、2018)で詳しい研究報告[13]がなされており、原作にあたる漢詩をJudith Gautierがフランス語訳(*Le Livre de Jade*, Alphonse Lemerre, 1867)し、それをJames Whitallが英語訳(*Chinese Lyrics from The Book of Jade*, 1918)したものを芥川が読み、日本語訳を試みたことが明らかにさ

れている。「江南游記」(『大阪毎日新聞』1922・1・5朝刊)には、李太白に逢うことができたら、Gautier訳「採蓮曲」をどう思うか聞いてみたいというくだりがある。芥川は杭州について旅館に案内される道中、「亜剌比亜夜話じみた、ロマンテイツクな気もち」に陥り、たまたま見かけた大きな白壁の邸宅があまりに立派で、夢のように美しかったため、旅人が狐に化かされるといった超自然な出来事を信じそうになったところに、その家の表札が李太白を思わせるものだったので、あの邸の中に李太白が生きているのではないか、という夢想に駆られる。

　私はもし彼に会つたら、話して見たい事が沢山ある。彼は一体太白集中、どの刊本を正しいとするか？ <u>ジユデイト・ゴテイエが翻訳した、仏蘭西語の彼の采蓮の曲には、噴き出してしまふか腹を立てるか？</u> 胡適氏だとか康白情氏だとか、現代の詩人の白話詩には、どう云ふ見解を持つてゐるか？――そんな出たらめを考へてゐる内に、車は忽ち横町を曲ると、無暗に幅の広い往来へ出た。

　芥川が「まづ八分までは女史自身の創作と心得て然るべきであらう」とし、「ジユデイト・ゴテイエが翻訳した、仏蘭西語の彼の采蓮の曲には、噴き出してしまふか腹を立てるか？」本人に訊いてみたいとする「翻訳」とはどのようなものだったのか。「江南游記」で言及のある〔A〕李太白「採蓮曲」と〔A'〕Judith Gautierによるフランス語訳、さらに〔A"〕James Whitallの英語訳を比較対照させると次の通りとなる。

　〔A〕李太白「採蓮曲」と日本語訳[14]

　　　採蓮曲　　　　　　採蓮の曲
　若耶溪旁採蓮女　　若耶溪の傍 採蓮の女
　笑隔荷花共人語　　笑って荷花を隔てて 人と共に語る
　日照新妝水底明　　日は新粧を照らして 水底明らかに
　風飄香袖空中舉　　風は香袖を飄して 空中に挙る
　岸上誰家遊冶郎　　岸上 誰が家の遊冶朗

三三五五映垂楊　　三三 五五 垂楊に映ず
紫騮嘶入落花去　　紫騮 落花に嘶き入りて去るも
見此躊躇空斷腸　　此を見て躊躇し 空しく斷腸

〔A'〕Judith Gautier のフランス語訳

　　Au Bord de la Rivière

　Des jeunes filles se sont approchées de la rivière; elles s'enfoncent dans les touffes de nénuphars.

　On ne les voit pas, mais on les entend rire, et le vent se parfume en traversant leurs vêtements.

　Un jeune homme à cheval passe au bord de la rivière, tout près des jeunes filles. L'une d'elles a senti son cœur battre, et son visage a changé de couleur.

　Mais les touffes de nénuphars l'enveloppent.

　　〔川岸で

若い娘たちが川に近づいた。彼女たちはハスの茂みに入り込んだ。／姿は見えないが、声は聞こえる。風が彼女たちの衣服に香りをもたらす。／馬に乗った一人の若者が川岸を通っていく。若い娘たちのすぐ近くを。／彼女たちの一人が心が鳴るのを感じ、顔の色が変わる。／しかしハスの茂みが彼女らを覆い隠す。〕[15]

〔A"〕James Whitall の英語訳（フランス語からの重訳）

　　At the River s Edge

　　At the river's edge

　　maidens are bathing among the water-lilies ;

　　they are hidden from the shore,

　　but their laughter can be heard,

　　and on the bank

　　their silken robes perfume the wind.

A youth on horseback passes near;
one of the maidens feels her heart beat faster,
and she blushes deeply.

Then she hides herself
among the clustered water-lilies.
〔拙訳：川岸で
川岸で若い娘が蓮の間に入り込み、水浴びをしている／岸からは姿見えない／しかし笑い声は聞こえる。／岸辺で／彼女たちの絹衣の香りが風に運ばれてゆく／馬に乗った一人の若者が川岸を通りかかる／彼女たちの一人の胸が高鳴り／頬が真っ赤に染まる／それから彼女は／蓮の茂みに身を隠す〕

　三者を比較対照させると、〔A〕→〔A'〕、〔A'〕→〔A"〕と訳を重ねるごとに情景が移り変わっていくさまが看取できよう。フランス語訳を読んだという確証がないため、芥川が読んだのは〔A"〕と考えられるが、芥川の読書体験にとっては（〔A'〕をとばし）〔A〕→〔A"〕だったと考えられる。「若耶溪旁採蓮女／笑隔荷花共人語（若耶溪の傍 採蓮の女／笑って荷花を隔てて人と共に語る）」が「At the river's edge ／ maidens are bathing among the water-lilies; ／ they are hidden from the shore, ／ but their laughter can be heard,（川岸で若い娘が蓮の間に入り込み、水浴びをしている／岸からは姿見えない／しかし笑い声は聞こえる）」となっていれば、「まづ八分までは女史自身の創作と心得て然るべきであらう」という感想を抱き、李太白本人に「ジュデイト・ゴティエが翻訳した、仏蘭西語の彼の採蓮の曲には、噴き出してしまふか腹を立てるか？」と問いただしくなるのも致し方ない（たとえ芥川がフランス語訳を読んでいたとしても、〔A〕→〔A'〕への異動は小さくない）。
　芥川は「パステルの龍」で、Gautier による訳詩（の英訳詩）をさらに日本語に訳して、いわば〔〔A"〕'〕を作りだすような試みをしているわけだが、すでに先掲の劉論文にてくわしく論じられているので、ここでは別の点

に注目する。「パステルの龍」の序言は、「支那にして又支那にあらず」の詩を日本に紹介することに留まっていない。Gautier への言及の後、もう一人の詩人の紹介へと進む。

　　ユニス・テイッチエンズはずつと新しい。これは実際支那の土を踏んだ、現存の亜米利加婦人である。日本ではエミイ・ロオウエル女子が有名だが、テイッチエンズ女史も庸才ではない。女史の本は二冊ある。これは一九一七年に出た、二冊目の PROFILES FROM CHINA から訳した。訳はいづれも自由詩である。
　　　　　　　　　　　〔「パステルの龍」『人間』1922 年 1 月〕

Gautie に続く存在として、モダニズムの初期に出現したイマニズム（物語でなく詩で情緒を喚起することを先導した）の詩人 Amy Lowell を引き合いに出したあと、Eunice Tietjens の紹介へと進む。Gautie と違い、Tietjens が中国を訪れたことを強調し、彼女の創作詩の訳を芥川は試みる。

　〔B〕CREPUSCULE
　　Like the patter of rain on the crisp leaves of autumn are the tiny footfalls of the fox-maidens.

　〔B'〕夕明り
　　——Eunice Tietjens——
　　乾いた秋の木の葉の上に、雨がぱらぱら落ちるやうだ。美しい狐の娘さんたちが、小さな足音をさせて行くのは。

　〔C〕THE DANDY
　　He swaggers in green silk and his two coats are lined with fur. Above his velvet shoes his trim, bound ankles twinkle pleasantly.〔後略〕

　〔C'〕洒落者

──同上──
　彼は緑の絹の服を着ながら、さもえらさうに歩いてゐる。彼の二枚の上着には、毛皮の縁がとつてある。彼の天鵞絨の靴の上には、褌子くうづの裾を巻きつけた、意気な蹠くるぶしが動いてゐる。ちらちらと愉快さうに。〔後略〕

〔D〕POETICS

While two ladies of the Imperial harem held before him a screen of pink silk, an a P'in Concubine knelt with his ink-slab, Li Po, who was very drunk, wrote an impassioned poem to the moon.

〔D'〕作詩術
──同上──
　二人の宮人は彼の前に、石竹の花の色に似た、絹の屏風を開いてゐる。一人の嬪妃は跪きながら、
　彼の硯を守つてゐる。その時泥酔した李太白は、天上一片の月に寄せる、激越な詩を屏風に書いた。

　そもそも〔A〕にあたる李太白「採蓮曲」は、「シムボリズム」にも「イマジズム」とも無縁である。しかし、芥川は〔A"〕にあたる英訳詩とTietjens（〔B〕〜〔D〕）をもって、「シムボリズムからイマジズム」への時代の移り変わりを読んでいる。作品が翻訳先の文化圏の潮流によって変わり、さらにその翻訳された作品が次世代の創作へ波及していっていると論じている。あるいは、欧米の文脈で派生している概念を芥川は「パステルの龍」という（非欧米圏の）日本語で再構築しているようにも読み取れる。翻訳に基づき文化が花開き、引き継がれていく。その翻訳という営為に自身も参画することで、新たな「別乾坤」を作ろうとしたとも言える。
　そもそも、芥川は膨大な翻訳書に触れている。試みに、日本近代文学館に保管されている芥川旧蔵書の洋書リスト（『芥川龍之介文庫目録 増補改訂版 日本近代文学館所蔵資料目録35』日本近代文学館、2023）をめくってみても、

英訳書の多さが目に付く。Serafín and Joquín Álvarez *Quintero Malvaloc*（New York, Page, 1916）や Azorin *Don Juan*（New York, Knoph, 1924）のようにスペイン語から訳されたものもあれば、M. A. Aldanov *Saint Helena*（New York, Knoph, 1924）のようにロシア語から訳されたものもある。オランダ語から訳された Andersen *Fairy Tales Stories for Children*（The Rainbow Series, 出版年不明）の末尾には「教科書以外に始めて英語で書いた本を読んだのはこれが／始である、中学の二年の三学期の始めであつた、と思ふ」[16]と書き込みがあり、友人の山本喜誉司に宛てた書簡（1910 年 4 月 23 日付け）ではメーテルリンク「青い鳥」[17]に触れて感激した感想を伝える際に、「You see that man is all alone against all in the world. メーテルリンクの中で「光」の精が森の樹の精にいぢめられた小共にかう云つて教へるのです」と、英訳のセリフを引用して、メーテルリンクを語っている。これらの英書に日本語の書物と漢籍（と少しばかりのドイツ語、フランス語の洋書）を加えたものが、芥川が見ていた複言語空間であろう。そこに立ち戻ってみたとき、翻訳（多くは英訳）であったからこそ起こる現象もあれば、私たちが翻訳（蜃中楼）と気づかず、芥川作品を読んでいる場合もあるかもしれない。たとえば、本書第 6 章の中でも触れたように随筆「骨董羹」のなかの「妖婆」（『人間』1920・4）では、読者は芥川の知見に触れているように見えて、大部分が Dorothy Scarborough の *The Supernatural in Modern English Fiction*（New York, Putnam, 1917, pp.149–152）の記述に負っている。

妖婆

　英語に witch と唱ふるもの、大むねは妖婆と翻訳すれど、年少美貌のウイッチ亦決して少しとは云ふべからず。メレジユウコウスキイが「先覚者」ダンヌンツイオが「ジヨリオの娘」或は遙に品下れどクロオフオオドが Witch of Prague など、顔玉の如きウイッチを描きしもの、尋ぬれば猶多かるべし。されど白髪蒼顔のウイッチの如く、活躍せる性格少きは否み難き事実ならんか。スコツト、ホオソオンが昔は問はず、近代の英米文学中、妖婆を描きて出色なるものは、キツプリングが The Courting of Dinah Shadd の如き、或は随一とも称すべき乎。ハアデイが

小説にも、妖婆に材を取る事珍らしからず。名高き Under the Greenwood の中なる、エリザベス・エンダアフイルドもこの類なり。〔後略〕

Dorothy Scarborough 著 The Supernatural in Modern English Fiction

Yet there are occasional instances of the imputed witch who seems real despite her handicap of beauty and youth, 〔…〕. The young woman in F. Marion Crawford's *Witch of Prague* might be called a problematic witch, for while she does undoubtedly work magic, it is for the most part attributed to her powers of hypnotism rather than to the black art itself. We find an excellent example of the reputed witch who is a woman of real charm and individuality, in D'Annunzio's *The Daughter of Jorio*, 〔…〕.

The aged pseudo-witch is in the main more appealing than the young one, because more realistic. 〔…〕 Elizabeth Enderfield, in Hardy's *Under the Greenwood Tree*, is a reputed witch and witch-pricking is also tried in his Return of the Native. Various experiments with magic are used in Hardy's work, 〔…〕. Old Aunt Keziah in Hawthorne's *Septimius Felton* might be called a problematic witch, 〔…〕 The old crone in Scott's The Two Drovers gives warning to Robin Oig, "walking the deasil," as it is called 〔…〕. The subject of witchcraft greatly interested Hawthorne, for he introduces it in a number of instances. 〔…〕

Old Mother Sheehy in Kipllng's *The Courting of Dinah Shadd* pronounces a malediction against Private Mulvany 〔…〕.

芥川は Dorothy Scarborough の言説に、わずかにメレジウスキーの「先覚者」の具体例を追加しているだけで、あたかも自説のように「老婆」について語っている。読者はそうとは気づかずに、知らず知らず、「蓬莱の蟲中楼」で芥川文学を語っている可能性がある。

2 「世界文学」市場における芥川作品

　アメリカの同時多発テロ事件以来、英語圏の文学市場では非英語圏の文学作品の翻訳（英訳）ブームが起こっている[18]。ペンギンブックス社のJay Rubin訳・村上春樹序文 *Rashomon and Seventeen Other Stories*（2006）は、芥川龍之介作品の国際化（≒英語圏への流通）が語られる際、一つの大きな達成点として語られることが多いが、そのような流れの中での出版されたことは一考されるべきであろう。こうした英語圏における非西欧圏文学の翻訳ブームも呼び水となり、村田沙耶香『コンビニ人間』を筆頭に、柳美里、川上未映子、川上弘美、今村夏子、津村記久子、小山田浩子、本谷有希子など、日本の女性作家の作品が続々と英語圏への翻訳進出あるいは各国の主要な賞の受賞・ノミネートを果たしている。これらの作家たちの共通項として「芥川」賞受賞という経歴がある。これまで（非英語圏を含む）国外では、芥川龍之介より谷崎潤一郎や三島由紀夫らの方がネームバリューがあり、芥川賞より谷崎潤一郎賞や三島由紀夫賞の方が通りがよいという状態だったのが、国際的な翻訳出版業界においては「芥川」賞という名前が意味するものが大きくなっている。

　そのような潮流の中で、芥川作品が「世界文学」として読まれるとはどのようなことなのか。芥川作品はどのような姿で英語圏に流通しているのか。あるいは、日本語読者を想定して発表されたはずの芥川作品を〈翻訳〉を通して読むと、どのような読書体験が待ち受けているのか、もう少し考えてみたい。

　そもそも、芥川作品には複言語的な仕掛けが為されていることが少なくない。たとえば、鈴木暁世「芥川龍之介『支那遊記』論――『馬の脚』『湖南の扇』への影響について――」（『語文』2006・12）が指摘するように、芥川の「馬の脚」（『新潮』1925・1-2）では、「三つの言語空間の間の中途半端な空間に生きる」主人公が活写されている。ある日頓死した忍野半三郎が、冥界で中国人の役人に謁見し、半三郎の死が人違いによる誤りだったと判明する物語冒頭近く、復言語空間に置かれている主人公の立場が露わとなる場面がある（下線、破線、二重線は引用者による。以下同様）。

〔E〕芥川龍之介「馬の脚」

　そのうちに二十前後の支那人は帳簿へペンを走らせながら、目も挙げずに彼へ話しかけた。
「アアル・ユウ・ミスタア・ヘンリイ・バレット・アアント・ユウ？」
　半三郎はびつくりした。が、出来るだけ悠然と北京官話の返事をした。「我は是日本三菱公司の忍野半三郎」と答へたのである。
「おや、君は日本人ですか？」
　やつと目を挙げた支那人はやはり驚いたやうにかう言つた。

　この場面では、日本人の半三郎が英語で話しかけられ、北京官話で返事をする。その後の支那人の台詞がどの言語でなされたのかは明言されないが、半三郎の北京官話の返答の口調との違いを鑑みると、おそらく日本語による返答ではないかと考えられる。だとすれば、この場面では英語、中国語（北京官話）、日本語の三言語が飛びかっていたことになる。役人の返事が日本語でないにせよ、日本人である半三郎が、鈴木が指摘するように、少なくとも「三つの言語空間の間の中」に立っていたことは間違いない。この場面はJay Rubinによる英語訳や本作を表題作とするフランス語訳（Catherine Ancelot 訳 Jambes de Cheval, Les Belles Lettres, 2013）ではどうなっているのだろうか。

〔E'〕Jay Rubin 英訳「馬の脚（Horse Legs）」

　　Without looking up, the younger man ran his pen across his ledger as he spoke to Hanzaburō.
　　"You are Mr. Henry Barrett, are you not?"
　　This came as a shock to Hanzaburō, but he answered as calmly as possible in his best Mandarin, "I am Oshino Hanzaburō, an employee of the Mitsubishi Conglomerate of Japan."
　　"What? You're Japanese?"
　　Finally raising his eyes, the young Chinese man seemed to be just as shocked as Hanzaburō was.

続いて、フランス語訳では次の通りである。

〔E''〕Catherine Ancelot 仏訳「馬の脚（Jambes de Cheval）」

　Au bout d'un moment. Le Chinois de vingt ans, laissant courir sa plume sur les pages d7un register, adressa la parole à Hanzaburô, sna même lever la tête.

　《 Are you Mr. Henery Barre, aren't you ? 》

　Cette declaration surprit Hanzaburô. Mais, affectant le plus grand calme, il répondit en mandarin :

　《 Moi, je suis Pshino Hanzaburô du gongsi japnais Mitsubishi.
　―Tiens, vous étes japonais ? 》

　まず、英訳者の Jay Rubin 自身が序文（"Translator's note"）で述べている通り、「馬脚を露わす」という本短篇の根幹をなす諧謔は英語圏読者には通じない。また、國松泰平が挙げた「登場人物にそれぞれ寓意がある。忍野は「唖」に病院長山井は「病」に「順天時報」主筆牟田口は「無駄口」に通ず」る寓意が、日本語以外に翻訳されたとき、通じなくなる（翻訳不可能）か、別の形を（翻訳者の創意工夫で）取らざるをなくなる。

　引用した複言語的場面〔E〕は、非英語圏の地の文の中で英語の台詞が登場することで、半三郎がアメリカ人（あるいはイギリス人）と間違えられていることがわかる仕掛けになっている。英訳〔E'〕では、英語のやり取りの中で当該の台詞が発せられるため、この復言語でのやり取りの面白さが前景化してこない。その後の北京官話で悠然と返事をする場面においても、"he answered as calmly as possible in his best Mandarin" と断りがあるものの、英語による叙述がシームレスに続くため「三つの言語空間の間の中」に位置する半三郎が浮き上がってこない。その点、フランス語訳では半三郎がアメリカ人（あるいはイギリス人）と間違えられていることが台詞に選ばれている言語からわかるようになっている。世界共通語として英語が使用されていたからこそ、かえって多言語的な空間が英語圏では訳出できなくなっているといえる。

このことは、芥川作品が「世界文学」として広がっていく過程で、翻訳先の言語圏では「あらかじめ奪われている体験」[19]があることを示唆している[20]。くわえて〔E'〕では、英語で発された台詞（<u>アアル・ユウ・ミスタア・ヘンリイ・バレット・アアント・ユウ？</u>）が、"<u>You are Mr. Henry Barrett, are you not?</u>"と修正されている。これは、疑問文で始まった文章が、末尾で再び疑問形を投げかける不自然さを解消するために施された改変であると考えられる[21]。不完全な英語を話していたはずの登場人物が、英訳「馬の脚」では校正された正確な英語を発しているのだ[22]。ここでも読書体験の不等価や翻訳先で「あらかじめ奪われている体験」があることが露わとなっている。言い換えれば、*Rashomon and Seventeen Other Stories*（2006）の読書体験とその日本語版書籍である『芥川龍之介短篇集』（新潮社、2007）の読書体験が等価ではないといえる。

同じように、〈翻訳〉を通して成立する「世界文学」だからこそ、日本語読者にはかえって見過ごされやすい現象が芥川関連作品にも起こっている。Jay Rubinの翻訳が一つの契機となって執筆されたDavid Peace著 *Patient X : The Case-Book of Ryūnosuke Akutagawa*（Faber & Faber, 2018）がその好例である。2019年3月には『Xと云う患者 龍之介幻想』（文芸春秋）として黒原敏行による邦訳も刊行された。本作は、芥川龍之介を主人公とする長編小説で「この小説を構成する十二の物語は芥川龍之介の小説、随筆、書簡、伝記的事実、および周囲の人々の回想等」を基に執筆されている（同書・著者「言葉の後 AFTER WORDS」より）。邦訳の冒頭は次のように始まる（波線、太字は引用者。ローマ数字記号については後述）。

〔F'''〕黒原訳『Xと云う患者』
　　序
　<u>これらの物語は我々の世界の、<u>鉄の城</u>の一つにいる</u>AE^{ペイシェント・エックス}患者XEAが、聞く耳と時間のある者には**誰にでもしゃべる話である。**
　　〔中略〕彼がどんな経験を、……いや、**詳しい話はしばらく惜くとしよう。**
　　彼はこれらの話を<u>担当医</u>や**僕**を相手に長々と事細かにしゃべりつづけ

た。その間中、**彼は両膝をかかえ**、体を前後に揺らしながら、**鉄格子を
はめた細長い窓の外へ何度も目をやった**。窓外の陰鬱な曇り空は、無辺
の闇が迫り来ることを不吉にも告げていた。

　一読して明らかなように、芥川の「河童」(『改造』1927・3)の冒頭部分
が下敷きにされている。太字は〔F'''〕との共通部分、波線は〔F'''〕と(類
似性はあるが)差異が顕著な部分に施している。

〔F〕芥川「河童」
　　序
　　<u>これ</u>は或精神病院の患者、——第二十三号が<u>誰にでもしやべる話であ
　　る</u>。〔中略〕彼の半生の経験は、——いや、そんなことはどうでも**善
　　い**。**彼**は唯ぢつと**両膝をかかへ**、時々**窓の外へ目をやり**ながら、(鉄格
　　子をはめた窓の外には枯れ葉さへ見えない樫の木が一本、雪曇りの空に
　　枝を張つてゐた。)院長のＳ博士や<u>僕を相手に長々とこの話をしやべり
　　つづけた</u>。尤も身ぶりはしなかつた訣ではない。彼はたとへば「驚い
　　た」と言ふ時には急に顔をのけ反ぞらせたりした。……

「誰でにでもしゃべる話」、「僕を相手に長々と事細かにしゃべりつづけた」、
彼は「両膝をかかえ」、「窓の外へ何度も目をやった」といった類似性が明ら
かな一方で、異なる点も少なくない。センテンスや段落の区切り方、文章の
順番、「鉄の城」などの比喩表現、患者の様子など、テクストの差異も際立
つ。二つのテクストの類似と差異は、David Peace が *Patient X* を執筆するに
際して下敷きにした Geoffrey Bownas による英訳 *Kappa* (Tuttle, 1970; Peter
Owen, 2009) と Peace による原文を対照させることで、原因が明らかにな
る。〔F'〕と〔F''〕の類似部分に太字、相違箇所に波線を施した。

〔F'〕Geoffrey Bownas 訳 *Kappa*
　　Author's Preface
　　<u>This is the story</u> of **Patient No. 23** in one of <u>our mental homes</u>.

He will tell his story whenever he can persuade anyone to listen.

〔…〕He'll go through the experiences of half a lifetime, **before he came to this home; how, for instance, how he....No**, I think we should do better to **leave such details for a while**.

He told his story at great length and in close detail as I listened with the doctor **in charge of the mental home. All the time he spoke, he kept his arms clasped tightly round his knees**. Occasionally **he would glance out beyond the window** where, through the iron grille, you could see a bare oak tree, with not even a single withered leaf left on the black branches reaching towards the threatening snow-clouds.

He did make gestures to go with his words, but these were few. When he said, 'I was taken aback', for instance, he jerked his head back abruptly, and so on.

〔F''〕David Peace 著 *Patient X*

　　　Author's Preface

These are the stories of Patient X in one of our iron castles. He will tell his tales to anyone with the ears and the time to listen.

〔…〕as he relives the horrors **of a lifetime, before he was brought to this place; how he… No,** no, let us **leave such details for now**.

He told his stories at great length and in close detail as I listened with the physician **in charge. All the time he spoke, he kept his arms tightly clasped around his knees**, rocking back and forth, repeatedly **glancing out beyond the iron grille of the narrow window**, where hung a sky overcast and sombre, threatening an immense and endless darkness.

段落の構成やセンテンスの一致など、David Peace が Geoffrey Bownas による英訳 *Kappa* に依拠しながら *Patient X* という作品を巧みに仕立ていることが一目で看取できる。作品の成立順は〔F〕芥川「河童」→〔F'〕英訳「河

童」→〔F''〕Patient X →〔F'''〕日本語訳『Xと云う患者』であるが、強固な因果関係を有するのは〔F'〕→〔F''〕で、David Peace の試みの面白さは英語訳を前提とした仕上がりとなっている。英訳された作品に対するオマージュの英語作品、あるいは英訳のコラージュ、マッシュアップ作品として英語の新作が登場し、英語圏のマーケットで新しい〈芥川作品〉が生まれたことになる。一方で〔F'〕→〔F''〕への改変を目撃していない日本の読者にとっては（特に原作にあたる〔F〕に精通する読者であればあるほど）、一種のミッシングリンクが生じており、〔F〕→〔F'''〕の変化に戸惑いが生じてしまう。しかし、その戸惑いこそが芥川作品が日本語というヘゲモニーから解き放たれ、「世界文学」として読まれ、改変されて流通している証の一つともいえる。

　芥川が「世界文学」の仲間入りを果たすということは、「日本文学」が日本語のみで成り立たなくなることであり、それによって「日本文学」像も変容される。Anna Cima によるチェコ語の小説 *Probudím se na Šibuji* (Paseka, 2018、日本語訳：阿部賢一・須藤輝彦訳『シブヤで目覚めて』河出書房新社、2021）では文豪の一人として芥川の名前が登場[23]し、またイタリアで受容される〈俳諧師としての芥川〉像が 2013 年ドイツ大会でローレンゾ・マリヌッチ氏によって報告されている。あるいは、八王子車人形・五代目家元西川古柳とアメリカ人パペット・アーティスト、トム・リーらによる人形劇「AKUTAGAWA」の全米公演（2023 年 1 月 27 日 -2 月 25 日）も、言語を超えて受容されるという点では類例といえよう。芥川が「世界文学」の作家としてさらに飛翔するには、日地谷＝キルシュネライト・イルメラが言うように「幸運な偶然」を待つしかないのかもしれないが、本章が「『世界文学』に応ずる日本文学」（『トランスレーションズ・スタディ』みすず書房）で同氏が指摘した、「世界文学」研究に対する日本文学研究の応答の少なさ、を多少なりと補完するものであることを期する。同時に、本学会が〈日本語〉というヘゲモニーから解き放たれて流通していく芥川作品の行く末を報告する場であることを期したい。

3 芥川旧蔵書越しに見える「世界文学」像

 しかし、そもそも、芥川が見ていた「世界文学」とはどのようなものだったのか。原点に立ち戻って、芥川と「世界文学」の関りについて、改めて考えてみたい。以降では「世界文学」という用語は、ダムロッシュ以後の「世界文学」でなく、「世界の文学」という意味で使用する[24]。すでに広く知られている通り、芥川は世界各国の異なる時代の文学作品を読み漁り、自家薬籠中のものとした。ほんの一例を挙げるだけで「仙人」における「聊斎志異」、「藪の中」におけるアンブローズ・ビアス「月明かりの道」、「舞踏会」におけるピエール・ロチ「江戸の舞踏会」、「歯車」におけるストリントベリ「地獄」など、枚挙にいとまがない。

 芥川と世界文学、とくに西洋文学との関りについて、すでに第一章で、洋書全844冊について、どの言語で書かれた作品なのか、ユーザーローカルAIテキストマイニングによる分析（https://textmining.userlocal.jp/）による分布を示した図を示した。全844冊中、英訳書が413点、ドイツ語訳が11

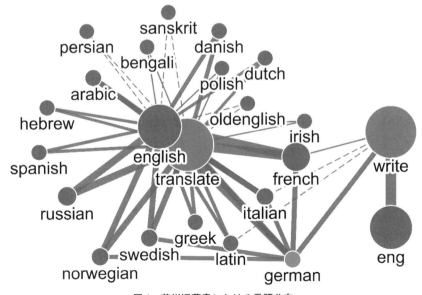

図1　芥川旧蔵書における言語分布

点あり、芥川が世界文学を読む際に「翻訳（translate）」が大きな役割を果たしていたことを確認した。

それでは、芥川はどういう基準で読む本を選定していたのか。もちろん、作家ごとにまとめ購入したケースもあるだろう。『日本近代文学館所蔵資料目録2　芥川龍之介文庫目録』（日本近代文学館、1977）の「概要」には、所蔵の多い作家としてアナトール・フランス、バーナード・ショー、ストリントベリなどの名が挙がっている。それぞれ35冊、31冊、21冊と小さくないウェイトを占める。全巻セットで一括購入したケースも考えられる。リチャード・バートン版『千夜一夜物語』(The book of the thousand night and a night, Burton Club, foreword 1885) などは全17巻本が揃っており、芥川文庫中のアラビア語を原語とする冊数全部を占める。

それでは出版社・叢書ごとの偏りはどうであったのか。それぞれ上位5位までを挙げる（表1、2）。

表1　芥川文庫中の出版社別冊数TOP5

出版地・出版社名	冊数
London, Heinemann	67
London, Lane	40
London, Constable	36
London, Walter Scott	25
London, Macmillan	24
Boston, Little	24

表2　芥川文庫中の叢書別冊数TOP5

叢書名	冊数
Everyman's library	23
The Scott library	15
The Modern library	13
Collection of British authors	10
The World's classics	5

出版社ごとのランキングについて、一位のLondon・Heinemann社は、ツルゲーネフやイプセン、ジョージ・ブランデス、ビョルンスティエルネ・ビョルンソンの全集が過半数（67冊中37冊）を占め、二位のLondon・Lane社もアナトール・フランス40冊中33冊を占めているなど、全集が占める比重が多い。そのため出版社ごとのランキングは参考程度に見てもらいたい。

一方で、叢書ごとでは、芥川の関心がより見えてくる。芥川が最も信頼を寄せたEveryman's Libraryは、主に西洋文学のカノンを集めた復刻シリーズ

図2　Everyman's Library の表見返し

で、創案者の Joseph Malaby Dent は、学生から労働者階級、文化人まで、あらゆる階級の人々に、手頃な価格で、世界文学の良書を提供することを目標としてこの叢書を考案した。当該叢書のタイトル頁（図2）には、中世の戯曲 *Everyman* からの引用が載っている。

> Everyman, ／ I will go with thee, ／ and be thy guide, ／ In thy most need ／ to go by thy side.
> （Everyman よ／私はあなたと共に行こう／あなたの導き手となり／最も必要とされる／あなたのもとに行こう。）

Everyman は主人公の名前であると同時に「万人」を意味する。堕落した人間（Everyman）に「神」が怒り、「死」を送りつけ、Everyman はその伴侶となる一人を「友情」や「親族」、「財産」などから選ぶという寓意劇となっている。引用の台詞は、登場人物の一人である「知識（Knowledge）」が Everyman に語り掛けたものである。この巻頭句が象徴するように、当該叢書はわずか一シリングで良質な書物を提供しようという試みで、芥川に関わらず、寺田寅彦や木村毅など日本にも愛読者が多く、木村が円本を考える際に参考にしたとされる叢書である[25]。安価なだけでなく、デザインにも

拘っており、ウィリアム・モリスやアート・クラフト運動の影響を受けて成立した叢書でもある。その拘りは表見返し（図4）やタイトル頁のあしらいや本文に使用されるフォントに見ることができる。多読家として知られ、卒業論文でウィリアム・モリス論を扱った芥川にとってはこの上ない有難い叢書だったに違いない。また、当該叢書の初代主任編集者は詩人でもあったEarnest Rhys であった。Rhys は芥川が旧制高等学校の学生用に編纂した *The Modern Series of English Literature*（全8巻、1924-1925、興文社）を作成する際に、同時代の英語作家を選ぶのに参照した際の一冊 *31 Stories by Thirty and One Authors*（New York, Appleton, 1923）の編者の一人でもある。古典のカノンから現代作家まで、芥川と Rhys の趣味に似通うものがあったと考えられる。芥川が所有していた Everyman's Library の具体的な内容としては *Ancient Hebrew literature vol.1-4* や *Fairy gold ; a book of old English fairy tales*、グリム兄弟による *Household tales* など伝説・昔話・寓話集が散見されるほか、バルザックやアンデルセン、ヘッベルなどの名が見える。メアリー・シェリーの『フランケンシュタイン』もこの叢書の版で所有している。

　その他の叢書も概観しておくと、The Scott library シリーズでは、アーネスト・ルナンの *Antichrist* やパスカル著 *Selected thoughts*、トルストイの *What is Art?* など評論が多く含まれ、芥川の知識の霊源となっていたと考えられる。同叢書には Rudolph Baumbach 著 *Tales from wonderland* や Edwin Sidney Hartland 著 *English fairy and other folk tales* も含まれていて、芥川が伝説やお伽噺を渉猟していたとも考えられる。The Modern library は "modern" と銘打たれているが、芥川文庫中にあるのはフランシス・ヴィヨンからボーヴォワール、ボードレール、ニーチェといった作家の書物である。New York の Boni and Liveright 社の叢書で、芥川の手沢本としても知られる *The best ghost stories* もこの叢書の一冊である。Collection of British Library からはラフカディオ・ハーン、H・G・ウェルズ、オスカー・ワイルドの三名の本を落手している。叢書ごとでは、トップ5には入らなかったが、London, Bell 社が出す Bohn's シリーズの各叢書（Bohn's libraries 4冊, Bohn's classical library 1冊, Bohn's popular library 1冊、Bohn's standard library 4冊）も延べ10冊になり、芥川が信頼を寄せていた叢書だったのだろう。

以上のように、洋書に限れば、芥川が仰ぎ見ていた「世界文学」は、西欧文学でカノンとして認められた東洋文学を含む古典作品および西欧各国の文学作品だったといえるだろう。その広がりについては、図1に示した通りである。その際に、Everyman's Libraryを始めとする叢書が案内役を買っていたのだろう。そのなかでも「MYSTERIOUSな話し」[26]に通じる伝説・説話などが多く含まれるのが一つの傾向であり、また評論や評伝なども多く散見されるのも特徴である。

註

(1) 1967年9月8日版11面（"García Márquez: 'Forjamos la Gran Novela de América'"）。引用は『すばる』2022年3月号掲載、柳原孝敦訳「ガルシア＝マルケス曰く「我々は『大アメリカ小説』を作っている」」（『二つの孤独から』）より。

(2) 「作家と記者との一問一答録―其四―」として「芥川龍之介氏との一時間」の題で掲載。引用は『芥川龍之介全集 第十六巻』（岩波書店、第二刷、2008）より。本章中における芥川の言説の引用は同全集から行う。太字、傍点は同全集に施されていたものをそのまま引用している。また以下、（芥川の言説に限らず）引用中の下線、二重線、破線は引用者が施したものである。

(3) 『支那游記』の排せつ物をどう解釈するかは、それ自体が大きな問いとなっている。黄珺亮「言語／ジェンダーのポリティクスから見る芥川龍之介の生成」（『Quadrante: 四分儀：地域・文化・位置のための総合雑誌』No.5、2013）に詳しい。

(4) この点は、随筆『放屁』（『時事新報』1923・6・5夕刊）の議論にもつながるし、短篇『尼提』との呼応がより直接ともいえる。また、芥川の同時代との世界文学性を論じるのであれば、同じラテン・アメリカの作家ホルヘ・ルイス・ボルヘスを例に挙げるべきかもしれない。両者の共通点については、酒井和也「芥川龍之介の文学――ラテン・アメリカの視点――」（『芥川文学―海外の評価―』早稲田大学出版部、1972）、髙橋龍夫「芥川文学の翻訳　世界文学としての強度」（『芥川龍之介――生誕120年』翰林書房、2012）、拙稿「おわりに」（『芥川龍之介選　英米怪異・幻想譚』岩波書店、2018）などに詳しい。

(5) 芥川と成瀬は、第一高等学校、東京帝国大学時代からの友人であるが、成瀬は大学卒業後、1916年から1918年、1921年から1925年、そして1935年と三度洋行している。『新潮』の記事は1925年2月のものであり、芥川は成瀬に面会

した際に話を聞いたとしているため、この出来事は成瀬の一度目の留学後に属すものだろう。1916 年にアメリカに留学していた成瀬は、1918 年 3 月にかねてから憧れだったヨーロッパに渡り、パリを訪れ、その後帰国の途についた。「或る日の大石内蔵助」は、1917 年 9 月に『中央公論』に発表され、同年 11 月『煙草と悪魔』(新潮社)に収録されており、いずれかを落手した成瀬が、パリで友人のフランス人に「或る日の大石内蔵助」を翻訳して聞かせたのだろう。成瀬の生涯については、関口安義『評伝成瀬正一』(日本エディタースクール出版部、1994)、同「成瀬正一の道程(1)」(『文学部紀要』第 19 (1) 号、2005 年 9 月、pp.196-165)、同「成瀬正一の道程(2) 松方コレクションとのかかわり」(『文学部紀要』第 19 (2) 号、2006 年)が詳しい。

(6) 作品が同時代的に各国語に翻訳されていることから、村上春樹ら現代文学の作家を論じるに際して、しばしば言及されるプリ゠トランスレーション(翻訳されることを予め想定した創作行為)の意識が、芥川にあったかどうか考えたくなる。英語の読書(ないし翻訳)体験が、芥川の文体にどのように影響したのかについては、拙稿「英文との対照から見た芥川龍之介の文体」(『国語国文』第 85 (6) 号、2016)で検討した。また、英語訳に関しては、必ずしも英語圏の読者を対象とした翻訳でないことも留意する必要がある。

(7) 秦剛「中国における芥川研究」(『芥川龍之介作品論・別巻　芥川文学の周辺』)、劉春英「中国現代文学における二回の翻訳ピークと芥川龍之介」(『日本研究(国際日本文化研究センター)』第 34 号、2007)によると、同訳「鼻」「羅生門」の初出は中国紙『晨報・副刊』で、芥川の中国滞在(1921 年 4 月から 7 月)中のことと指摘がある。

(8) 蔦田明子「著作外国語訳目録」(『芥川龍之介新辞典』翰林書房、2003)に基づき作成。1927 年に翻訳が刊行されたものは、芥川生前に刊行されたかどうか確認ができなかったために省略した。また、中国語訳「鼻」「羅生門」については 1923 年刊行と報告されていたが、註(7)に記した通り、近年の研究で初出が 1921 年であることが定説となっているため、表ではそのように改めた。そのほか芥川作品の翻訳書については、天野敬太郎「芥川龍之介作品外国語訳書誌」(『芥川文学―海外の評価』)、蔦田明子「芥川作品各国翻訳状況一覧」(『芥川龍之介作品論集成・別巻　芥川文学の周辺』翰林書房、2001)に詳しい。近年の翻訳状況については、髙橋龍夫「芥川文学の翻訳　世界文学としての強度」、同「21 世紀における芥川龍之介文学―インターネットによる国際的評価」(『芥川龍之介研究』第 12 号、2018)がある。

(9) この「世界叢書」の内容について、秦剛氏より下記の通り、ご教授いただいた。『現代日本小説集』掲載の広告によれば、その時点で、ほかには少なくと

も『現代小説訳叢』（周作人作・8 か国 18 作家による小説 30 篇）、『你往何処去』（ポーランド作家 Henryk Sienkiewicz による歴史小説『クォ・ヴァディス』）、『易卜生集』（胡適校・イプセン集）、『林肯』（胡適校・イギリスの John Drinkwater の戯曲『エーブラハム・リンカーン』）の四冊が刊行。また、『民国日報』・『時事新報』掲載の商務印書館の「世界叢書」の広告によれば、「世界叢書」シリーズは 1926 年までに 25 冊が刊行され、文学関係は、上記五冊のほかに『費徳利克小姐』（ドイツ作家 Felix Dahn の戯曲 *Als Kurier nach Paris*）、『獺皮』（ドイツの劇作家 Gerhart Hauptmann の戯曲 *Der Biberpelz*）、『火焔』（ドイツの劇作家 Gerhart Hauptmann の戯曲 *Der rote Hahn*）の三冊が刊行された。以上が、ご教授いただいた内容である。この場を借りて、秦剛氏に厚くお礼申し上げます。

(10) オスカー・ワイルド『獄中記』（角川文庫、1950）

(11) 芥川は、「文章と言葉と」（1926・1・4『大阪毎日新聞』）に見られるように、文化の移入によって「言葉」それ自体が変化してしまうことにも敏感な作家だった。

(12) このことも相まって、ワイルドのエピソードを含む「天路歴程」が削除されたのは、事実誤認が発覚したからだと考えられる。

(13) 同「芥川龍之介から堀辰雄へ―『玉書』の受容から見る東西意識―」（『日本文学を世界文学として読む』、2019）にも言及がある。

(14) 松浦友久編訳『李白詩選』（岩波文庫、1997）

(15) 日本語訳は最上英明「研究ノート：マーラーの《大地の歌》――唐詩からの変遷（第 4 〜 6 楽章）」（『香川大学経済論叢』第 76（4）号、2004）より

(16) 三好行雄「寄贈資料の中から 芥川龍之介の書き入れ」（『日本近代文学館館報』第 45 号、1978・9）

(17) 芥川が読んだ "The Blue Bird" はおそらく Alexander Teixeira De Mattos による英訳。のちの『小学生全集』（興文社・文藝春秋）の『青い鳥』でも同訳者の（版が違う）ものが翻訳に使われたと考えられる。また、『芥川龍之介全集 第十七巻』（岩波書店、1997、2008 改版）で、1912 年 4 月 13 日付けとして掲載されている山本喜誉司宛て書簡（「マアテルリンクの Blue Bird をよむだ二百四十頁を二日で読んだのだから NO よむ気になつたんだから面白さがしれると思ふ」）があるが、本文に引用した書簡との関係から考えると 1910 年のものの可能性がある。同書簡の「一昨年の九月にあげた手紙」は、「一九一〇年九月一六日付の山本喜誉司に宛てて出した芥川の同性愛的恋愛を吐露した便り」（関口安義「注解」、同全集）とされるが、（同書簡内で綴られている）永井荷風読書体験などからも 1910 年のものと考えられ、「破るか火にくべるかし

てくれ給へ」とする「一昨年の九月にあげた手紙」は、「一九一〇年九月一六日付の山本喜誉司に宛て」た手紙ではないと考えられる。

(18) 辛島デイヴィッド『文芸ピープル』(講談社、2021)

(19) レベッカ・L・ウォルコウィッツ『生まれつき翻訳 世界文学時代の現代小説』(佐藤元状・吉田恭子監訳、田尻芳樹・秦邦生訳、松籟社、2021)の「コラボレーション——訳者あとがきにかえて」

(20) レベッカ・L・ウォルコウィッツ『生まれつき翻訳 世界文学時代の現代小説』(佐藤元状・吉田恭子監訳、田尻芳樹・秦邦生訳、松籟社、2021)の「コラボレーション——訳者あとがきにかえて」。本章はその他、秋草俊一郎『「世界文学」はつくられる 1827-2020』(東京大学出版会、2020)、ディヴィッド・ダムロッシュ『世界文学とは何か?』(秋草俊一郎・奥彩子・桐山大介・小松真帆・平塚隼介・山辺弦訳、国書刊行会、2011)、エイミー・アプター『翻訳地帯』(秋草俊一郎・今井亮一・坪野圭介・山辺弦訳、慶應義塾大学出版会、2018)、フランコ・モレッティ『遠読——〈世界文学 システム〉への挑戦』(秋草俊一郎・今井亮一・落合一樹・高橋知之訳、みすず書房、2016)、佐藤＝ロスベアグ・ナナ編『トランスレーション・スタディーズ』(みすず書房、2011)、佐藤＝ロスベアグ・ナナ編『翻訳と文学』(みすず書房、2021)などの議論に多くを負っている。

(21) この点に関して翻訳者の Jay Rubin 氏に修正の理由についてメールインタビューを行った。"About the sentence in "Horse Legs": Akutagawa's English is a little strange. There would never be a sentence containing both "Are you" and "Aren't you". More natural would be with the "are you" reversed: "You are Mr. Henry Barret, aren't you?" I made the "aren't you" a bit more bureaucratically formal as "are you not?""と回答があった。ご本人の許可を得て、ここに引用するとともに、ご回答に感謝申し上げます。

(22) そもそも、作中で不完全な英語が使用されていたことは「三つの言語空間の間の中途半端な空間に生きる」半三郎の「中途半端」さの演出だったと考えられる。

(23) アンナ・ツィマによる「ニホンブンガクシ 日本文学〈私〉」(小学館 WEB メディア『読書百景』)の第一回「河童に目覚めて」で、チェコ語訳の「河童」が日本文学との出逢いであったと綴られている。

(24) 芥川同時代の同様の使用例として木村毅『世界文学の輪郭』(新潮社、1925)がある。

(25) 紀田順一郎『内容見本にみる出版昭和史』(本の雑誌社、1992・5)

(26) 1912 年 7 月 16 日付け井川恭宛て書簡

第 9 章

カリフォルニア大学バークレー校 C. V. スター東アジア図書館所蔵・芥川龍之介「母」原稿について

1　はじめに

　芥川龍之介の短篇「母」は、1921（大正 12）年 9 月『中央公論』に発表された。芥川は同年 3 月から 7 月下旬まで、大阪毎日新聞社の海外視察員として中国を訪れている。「母」はその帰国後に初めて発表された小説で、作品の舞台は、芥川が実際に訪れた上海と蕪湖(ウーフー)である。主人公である野村敏子は、夫の仕事で上海に赴いた直後、肺炎で赤児を亡くす。その後、蕪湖にある夫の社宅で、上海の旅館で隣人だった同名の女性（平尾敏子）から便りを受け取り、彼女が同じように赤児を亡くしたことを知る。その報に触れた敏子は、気の毒に思うとともに、嬉しさが込み上げてきたことを「荒々しい力」のこもった声で告白する、というのが話の大筋である。

　本作は、同時期に発表された短篇「女」（『解放』1920・5）などと併せて論じられ、「〈母〉は〈悪〉と隣りあわせに、〈女〉の心性のうちに住んで」[1]おり、「時には悪や罪を辞さない女人」[2]が描かれた作品の一つと評されてきたが、近年では、芥川の中国特派員としての経験が反映された作品として注目が集まっている[3]。

　芥川は本作について「「母」は思ふに（三）悪し　女主人公が人の子供の死んで喜ぶ所をもつとアクションの上より書けばよろしからむか　さうすれば中々悪短篇にあらず　好短篇になる事受合ひなり」（佐々木茂作宛て書簡、1921 年 9 月 20 日付け）と述べ、末段にあたる第三章について不満を漏らしている。その後、単行本『春服』（春陽堂、1923・5）へ収録するに際して、第三章中に放鳥のシーンを追加するなど、大幅な加筆修正が施された。

　本章で紹介する「母」原稿には、この放鳥のシーンがなく、本文も初出誌

のものと異同がほとんど見られない。また、次節で詳しく報告するが、原稿の脇には「中央公論」のスタンプが捺印されていることからも、初出誌『中央公論』に掲載するために書かれた原稿と考えられる。いわば、中国からの帰国後、最も月日を隔てていないヴァリアントといえ、その点においても貴重な資料である。

　この原稿は、University of California, Berkeley（カリフォルニア大学バークレー校）の C. V. Starr East Asian Library（C. V. スター東アジア図書館、以下 EAL と記す）に保管されている。EAL は、第二次世界大戦後、旧三井財閥から大量の和漢本を購入した[4]が、原稿はその旧三井文庫コレクションに含まれていたものである（資料番号 1540）。残念ながら、どのような経緯で三井財閥が「母」原稿を入手したかは、管見の限り、資料が残されておらず判らなかった。

　「母」原稿の存在は、Deborah Rudolph 著 *Impressions of the East : treasures from the C. V. Starr East Asian Library, University of California, Berkeley* （Berkeley, California, 2007）中に、一部写真付きで紹介され、EAL のデータベース[5]で検索できる状態にあったものの、日本国内では「母」原稿が現存する事実さえ把握されていなかった[6]。

　そこで、現地で調査を行い、この原稿について可能な限り翻刻し、拙稿「カリフォルニア大学バークレー校 C. V. スター東アジア図書館所蔵・芥川龍之介「母」原稿について」（『別府大学国語国文学』2015 年 12 月）に発表した。その後、C. V. スター東アジア図書館は、立命館大学アート・リサーチセンターの協力のもと、サイト「カリフォルニア大学バークレー校 C. V. スター東アジア図書館所蔵日本関連特殊コレクション」（https://www.arc.ritsumei.ac.jp/lib/vm/UCB/）上で、「母」自筆原稿を電子公開した。そのサイト内の「C2. 翻刻完了作品／ Completed Transcription Texts」（https://www.arc.ritsumei.ac.jp/lib/vm/UCB/2020/11/c2.html）には、清泉女子大学担当翻刻プロジェクトであることが明示された上で、曲馬亭馬琴や山東京伝などの他作品とともに、2020 年 11 月 13 日に翻刻も上梓されている。「母」原稿には、今野真二氏による「手書きテキストの翻字」（『清泉女子大学言語教育研究所言語教育研究』第 12 号、2020 年 7 月）が附され、デジタル画像に基づく自

筆原稿「母」の翻刻について報告を行っている。今野は「澤西祐典（二〇一五）は自筆原稿を実見しており、デジタル画像に基づく本稿とは、根本的に「条件」が異なるが、そうしたことを別にして、「判読」「判断」において異なる点が少なくない」と指摘するものの、具体的な「「判読」「判断」において異なる点」については次の点だけを指摘している。

　　［十一枚目］八行目の「たとへば［支］日本へ帰〔りたい〕りたいとか、支那でも田舎へは行きたくないとか──」の箇所、澤西祐典（二〇一五）は「たとへば［友］日本へ帰〔りたい〕りいとか、支那でも田舎へは行きたくないとか──」と翻字している。原稿では「帰りたい」と書いた「りたい」を抹消して、右に「りた」と書き、その下の枠に「い」と書いているので、「帰〔りたい〕りい」はまず誤りだろう。「たとへば支那（へ帰りたいとか、支那でも田舎へは行きたくないとか）」というような文を書こうとしていったん「支」と書き、それを「日本」に修正したとみるのが自然ではないだろうか。なぜ「友」と書いたかは説明しにくい。

　この指摘に改めて拙稿（2015）を読み返したところ、今野の指摘の通り18箇所の修正すべき点[7]を認めた。本章では、これらの点を修正している。一方で、今野の翻刻には46点の不備[8]があった。なかには不自然な段落分け、「酸素吸入」（三九枚目）を「解毒吸入」とするなどのミスがあった。安定的な電子化を模索するために、「「安定性」と同時に「復元性」を考えることを重視する」と述べる今野は、根本的な「翻字」を疎かにしてはいないか。また、拙稿では現物を実見して「貼りつけ部分」まで翻字を行っているが、今野はデジタル画像のみを頼りに翻刻を行っている。今野は「これからの十年、二十年、百年をみすえた場合、電子化するということは（それだけが重要ということではもちろんないが）必須であろう。電子化することでテキストは（おそらく、といっておくが）半永久的に保存されるであろう。しかし、それだけに、複製テキストが残って、原テキストが失われるのと同じように、電子化されたテキストだけが残り、原テキストが失われるというこ

とも（あってはならないと思うが）想定しておく必要があり、安定的な電子化ということを検討する必要性もたかくなっている」とするが、今野の報告は、デジタル画像では貼りつけ部分を読むことができず、（現時点での）デジタル画像による翻字の限界を示すことにもなっている。当然のことながら、実現原稿とデジタル画像では情報の質が異なり、ともすれば情報量や質がデジタルの方がかえって落ちてしまうのだ。半永久的な保存のために電子化を進めるともに、現物へのアクセスをオープンにしておくこと、そして研究者らがそこにアクセスすることが重要である。

　本章では、自筆原稿「母」について可能な限り翻刻を行い、原稿、初出、初刊本等の異同を記すとともに、その過程において明らかになったことを報告する。また、末尾に自筆原稿に基づく「母」全文を掲載している。

2　原稿について

　「母」原稿は、松屋製青罫二〇〇字詰め原稿用紙[9]が使用されている。原稿用紙は台紙に張られ、簡単な製本がなされている。本文は黒色のインクで書かれ、枚数は全45枚。原稿用紙の欄外の上部左寄りに、原稿用紙の頁数と一致する「1」から「45」までの通し番号が青色のスタンプで押印されている。その数字付近に、「中央公論小説六」と紫色のスタンプが押印されている点も全頁共通である。

　原稿用紙1枚目には、その他にも編集によると思われる書き込みが幾つかある。欄外上部右寄りには赤インクで「1-14」、「□□〔二字不明〕ノハート型ノカット」と書かれ、「ハート型ノカット」の横には、ハートとリボンのイラストが同じく赤インクで書かれている。これは、初出誌冒頭頁に挿入されているイラストに似ており、挿絵の指示と思われる。欄外右側中央には赤インクで「中公小説六」と書かれ、原稿用紙1行目の下部付近には「本文ポイント／間アキ十七行」と赤インクで書かれている。初出誌掲載の際の本文は十七行で組まれているので、その行間の指示と考えられる。また、題字、作者名、章番号に文字の大きさの指示が書き込まれ、それぞれ「2」、「3」、「5？」と赤インクで指示がある。

24枚目の欄外上部には、赤鉛筆で「中公小説第六ノツヅキ」、27枚目の欄外上部に赤インクで「中公小説第六ツヅキ（完）」とあり、芥川が少なくとも三回に分けて（1-23枚目、24-26枚目、27-45枚目）、原稿を提出したことが推測される。

　また、本文の訂正を追いかけると、原稿用紙の最終行に訂正がある場合、別稿があったことを感じさせる箇所が複数あった。具体的には3枚目末尾「それは姿見と並んだ窓に、ぼ」や、16枚目末尾「派手な銘仙の」、17枚目末尾「女はさう云ふ沈」、22枚目末尾「女のよりかか」といった訂正前の文句は次頁の冒頭と繋がっておらず、書き損じの原稿が他にあった可能性を示唆している。

　訂正が数行にわたる箇所には、貼紙が施され、訂正本文が書き込まれている。具体定期には原稿の10枚目、13枚目、24枚目、25枚目、26枚目、27枚目、34枚目、35枚目、42枚目に貼り付け訂正があった。訂正前の本文に関しても、判読可能な限り、翻刻した。

3　本文翻刻

〈凡例〉

・漢字は原則として、適宜通行の字体に改め、仮名遣いは原文に従った。
・ルビは、原稿で施されているものにのみ、ルビを施した。
・改行は、表題、署名、各原稿用紙の冒頭、章数行、及び一字下げの箇所のみ原稿に従った。
・ダッシュ記号は、3マス分引かれたものと4マス分のものがあった。頁をまたがない限り、3マス分に統一した。頁をまたぐ場合は、原稿通りに示した。
・原稿における編集記号や印などの本文以外の情報については、註記として示したが、各原稿の欄外に附された通し番号と「中央公論小説六」の判については省略した。
・原稿では、直前のマスに句読点を入れ、次のマスを空白にすることが多いが、翻字では通行の表記に改めた。但し、挿入箇所に用いられた空白を指

示する記号「□」(「、□」などの形）がある場合は、「⊠」記号で翻字に示した（「、⊠」などの形）。
・〔　〕は抹消された部分を示す。〔〔　〕〕は二重訂正で、〔〔〔　〕〕〕は三重訂正を意味する。
・傍線は、抹消部分の訂正や挿入のため、行間などに書き加えられた表現を示す。
・□は、判読不可だった文字を示す。
・【　】は、貼紙訂正箇所で抹消された部分を示す。《　》は、貼紙訂正箇所の貼紙訂正後の部分を示す。両者の間に、便宜上、改行と矢印記号「↓」を挿入している。貼紙訂正箇所は全部で9箇所あり、10枚目、13枚目、24枚目、25枚目、26枚目、27枚目、34枚目、35枚目、42枚目にある。

〈1枚目〉
　　　母(10)

　　　　　　芥川龍之介(11)

　　　　　　　一(12)

　部屋の隅に据ゑた姿見には、西洋風に壁を塗つた、しかも日本風の畳がある、――上海〔固〕特有の〔〔部屋〕二階〕旅館の〔〔〔内部〕部屋〕座敷〕二階が、一部分はつきり映つてゐる。まづつきあたりに空色の壁、それから眞新しい何畳かの畳、最後にこちらへ後を

〈2枚目〉
見せた、西洋髪の女が一人、――それが皆冷かな光の中に、切ない程はつきり映つてゐる。女は其処にさつきから、縫物か何かしてゐるらしい。
　尤も後〔〔は〕を見せ〕は向いたと云ふ條、地味な〔〔銘仙の〕女の〕銘仙羽織の肩には、崩れかかつた前髪の〔〔陰に〕□〕はづれに、蒼白い横顔が少し見える。勿論肉の薄〔い〕い耳〔が〕に、ほんのり光〔を〕が透〔かせ〕つたのも見える。やや長めな揉み上げの毛が、かすかに耳の根をぼかしたのも見える。

〈3枚目〉
　この姿見のある部屋には、〔隣□〕隣室の赤児の啼き声の外に、何一つ沈黙を破るものはない。未に降り止まない雨の音さへ、此処では一層その沈黙に、単調な気もちを添へるだけである。
　「あなた。」
　さう云ふ何分かが過ぎ去つた後、女は〔姿見を後にした儘、〕仕事を続けながら、突然、しかし覚束なさうに、かう誰かへ声をかけた。
　誰か、———〔それは姿見と並んだ窓に、ぼ〕部屋の中には女の外にも、囟丹

〈4枚目〉
前を羽織つた男が一人、ずつと離れた畳の上に、〔新聞を前へ〕英字新聞をひろげた儘、長々と腹這ひになつてゐる。が、その声が聞えないのか、男は手近の灰皿へ、巻煙草の灰を落したぎり、新聞から眼さへ挙げ〔な〕ようとしない。
　「あなた。」
　女はもう一度声をかけた。その癖女自身の眼も、ぢつと針の上に止まつてゐる。
　「何だい。」
　男は〔けげんさうに〕幾分うるささうに、丸々と肥つた、口髭の短い、活動家らしい(13)顔を擡げた。

〈5枚目〉
　「この部屋ね、———この部屋は変へちやいけなくつて？」
　「部屋を変へる？　だつて此処へは〔昨夜〕やつと昨夜、引つ越して来たばかりぢやないか？」
　男〔はけげんさ〕の顔はけげんさうだつた。
　「引つ越して来たばかりでも。———前の部屋ならば明いてゐるでせう〔。〕？」
　男は彼是二週間ばかり、彼等が窮屈な思ひをして来た、日当りの悪い三階

の部屋が、一瞬間眼の前に見えるやうな気がした。―――塗

〈6枚目〉
〔塗〕りの剝げた窓側の〔窓〔壁〕〕壁には、色の変つた畳みの上に、更紗の窓掛けが垂れ下つてゐる。その窓には何時水をやつたか、花の乏しい天竺葵〔ジェラニアム〕が、薄い埃をかぶつてゐる。おまけに窓の外を見ると、始終ごみごみした横町に〔は、〕麦藁帽をかぶつた支那の車夫が、所在なささうにうろついてゐる。…………
「〔お前はあすこ〕だがお前はあの部屋にゐるの〔が、〕は、嫌だ嫌だと云つてゐたぢやないか？」
「ええ。それでも此処へ来て見たら、急に又

〈7枚目〉
この部屋が嫌になつたんですもの。」
〔「〕女は針の手をやめると、もの憂さうに顔を挙げて見せた。眉の迫つた、眼の切れ〔口〕の長い、感じの鋭さうな顔だちである。が、眼のまはりの暈を見ても、何か苦労を〔経て来た〕堪へてゐる事は、多少の想像が出来ないでもない。さう云へば病的な気がする位、米噛みにも静脈が浮き出してゐる。
　　〔〔男は曰〕「好いで〕
「ね、好いでせう。―――いけなくつて？」

〈8枚目〉
「しかし前の部屋よりは、広くもあるし居心も好いし、〔―――〕図不足を云ふ理由はないんだから、―――〔口〕それとも何か嫌な事〔でも〕がある〔の〕かい？」
「何つて事はないんです〔れ〕けれど、…………」
　女は〔仕事に〕ちよいとためらつた〔が〕ものの、そ〔の〕れ以上立ち入つては答へなかつた。が、もう一度念を押すやうに、同じ言葉を繰り返した。

「いけなくつて、どうしても？」
　今度は男が新聞の上へ、煙草の煙を吹きかけたぎり、好いとも悪いとも答へなかつた。

〈9枚目〉
　部屋の中は又ひつそりなつた。唯外では〔相〕不相変(14)、休みのない雨の音がしてゐる。
　「春雨やか、―――」
　男は少時たつた後、ごろりと仰向きに寝転ぶと、独り語のやうにかう云つた。
　「蕪湖(ウウフウ)住みをするやうになつたら、発句でも一つ始めるかな。」
　女は何とも返事をせずに、縫〔の〕物の手を動かしてゐる。
　「蕪湖〔は田舎町に違ひないが、〕もそんなに悪い所ぢやないぜ。〔〔殊〕それに〕第一社

〈10枚目〉
宅は大きいし、庭も相当に広いしするから、草花なぞ作るには持つて来いだ。何でも元は陶家花園とか云つてね、―――」
　男は突然口を噤んだ。何時か森とした部屋の中には、かすかに人の泣くけはひがしてゐる。
　「おい。」
　【〔泣き声は〔〔□□□□〕急に〕ちよいと聞えなくなつた。が、すぐに又〔□□□□□〕切れ切れに続き始めた。〕
　「おい。敏子。」】
　　　　　↓
　《泣き声は急に聞えなくなつた。と思ふとすぐに又、途切れ途切れに続き〔始め〕出した。
　「おい。敏子」》

〈11枚目〉
　半ば体を起した男は、畳に片肘靠せた儘、当惑らしい眼つきを見せた。
　「お〔い。〕前は己と約束したぢやないか？　もう愚痴はこぼすまい。もう涙は見せない事にしよう。もう、―――」
　男は〔〔僅に〕ちよいと〕ちよいと眶を〔擡〕挙げた。
　「それとも何か〔□〕あの事以外に、悲しい事でもあるの〔か〕かい？　たとへば〔支〕日本へ帰〔りたい〕りたいとか、支那でも田舎へは行きたくないとか―――」

〈12枚目〉
　「いいえ。―――いいえ。そんな事ちやな〔いわ〕くつてよ。」
　敏子は涙を落し落し、意外な程烈しい打消し方をした。
　「私はあなたのいらしやる所なら、何処へでも行く気でゐるんです。ですけれども、―――」
　敏子は伏眼になつたなり、溢れて来る涙を抑へようとするのか、ちつと薄い下唇を噛んだ。〔見れば〕見れば蒼白い頬の底にも、目(15)に見えない

〈13枚目〉
焔のやうな、切迫した何物かが燃え立つてゐる。震へる肩、濡れた睫毛、―――男はそれらを見守りながら、現在の気もちとは没交渉に、一瞬間妻の美しさを感じた。
　「ですけれども、―――この部屋は嫌なんですもの。」
【敏子がかう云ひ切るや否や、丁度相図でもあつたやうに、今までは静かだつた隣□の赤児が、息も止まりさうに泣き始めた。その時の中□男(16)】
　　　　↓
《「だからさ、だからさつきもさう云つたぢやないか？　何故この部屋がそんなに嫌だか、〔〔さ〕□〕それさへはつきり云つてくれれば、―――」
　男は此処まで云ひかけると、敏子の眼がち》

〈14枚目〉
　つと彼の顔へ、注がれてゐるのに気が〔□〕ついた。その眼には涙の漂つた底に、殆敵意にも紛ひ兼ねない、悲しさうな光が〔漂つて〕閃いてゐる。何故この部屋が嫌になつたか？———それは〔男〔〔の〕に〕の口から出た〕独り男自身の疑問だつたばかりではない。同時に又〔□〕敏子が無言の内に、男へ突きつけた反〔問〕問である。男は〔思はずためらひ〕敏子と眼を合せながら、二の句を次ぐのに躊躇した。
　しかし言葉が途切れたのは、ほんの数秒の間である。男の顔には見る見る内に、了解の

〈15枚目〉
色が漲つて来た。
　「あれか？」
　男は感動を蔽ふやうに、妙に素つ気のない声を出した。
　「あれは己も気になつてゐたんだ。」
　敏子は男にかう云はれると、ぽろぽろ膝の上へ涙を落した。
　窓の外には何時の間にか、日の暮が雨を〔白〕煙らせてゐる。その雨の音を撥ねのけるやうに、〔隣室では〕空色の壁の向うでは、〔しつきりない〕今も亦赤児が泣き続〔□〕けてゐる。……………(17)

〈16枚目〉
　　　　　　二(18)
　二階の出窓には〔日〕鮮やかに、図朝日の光が当つてゐる。その向うには三階建の、赤煉瓦にかすかな苔の生へた、逆光線の家が聳えてゐる。薄暗いこちらの廊下〔に立つ〕にゐると、出窓はこの家を背景にした、大きな一枚の画のやうに見える。巌丈な樹の窓枠が、丁度額縁を嵌めたやうに見える。その画のまん中には一人の女が、こちらへ横顔を向けながら、毛糸の〔唖懸け〕靴足袋を編んでゐる。
　女は敏子よりも若いらしい。〔派手な銘仙の〕血色の好い頬〕雨に洗は

〈17枚目〉
れた朝日の光は、その肉附きの豊かな肩へ、──派手な〔銘〕大島の羽織の肩へ、はつきり大幅に流れてゐる。それがやや俯向〔□〕きになつた、血色の好い頬に反射してゐる。心もち厚い唇の上の、かすかな生ぶ毛にも反射してゐる。

　〔今は九〕午前十時と十一時との間、──〔今が〕旅館では今が一日中でも、一番静かな時刻である。〔〔泊り客〕商用で〕商売に来たのも、〔遊覧〕び〕見物に来たのも、泊り客は大抵外出して〔□〕しまふ。下宿してゐる勤め人たちも、勿論午までは帰つて来ない。〔〔女〕出窓にはさう云ふ沈〕その跡には

〈18枚目〉
唯長い廊下に、時々上草履を響かせる、女中の足音〔□〕だけが残つてゐる。

　〔こ〕この時もそれが遠くから、だんだんこちらへ近づい〔たと思ふ〕て来ると、〔女は聞き〕出窓に面した廊下には、四十恰好の女中が一人、紅茶の道具を運びながら、影画のやうに通りかかつた。女中は何とも言はれなかつたら、女のゐる事も気がつかずに、その儘通りすぎてしまつたかも知れない。が、女は女中の姿を見ると、心安〔や〕さうに声をかけた。

〈19枚目〉
　「お清さん。」
　女中はちよいと会釈し〔ながら〕てから、出窓の方へ歩み寄つた。
　「まあ、御精が出ますこと。〔坊ち〕──坊ちやんはどうなさいました?」
　「うちの若様?　若様は今御休み中。」
　女は編針を休めた儘、子供のやうに微笑した。
　「時にね、お清さん。」
　「何でございます?　眞面目さうに。」

〈20枚目〉
　女中も出窓の日の光に、前掛だけくつきり照らさせながら、浅黒い眼もとに微笑を見せた。
「御隣の野村さん、———野村さんでせう、あの奥さんは？」
「ええ、野村敏子さん。」
「敏子さん？　ちや私と同じ名だわね。あの方はもう御立ちにな〔る〕つたの？」
「いいえ。まだ五六日は御滞在でございませう。それから何でも蕪湖（ウゥフゥ）とかへ、———」

〈21枚目〉
「だつて〔今朝〕〔御隣〕さつき前を通つたら、〔お〕御隣にはどなたもいらつしや〔な〕らなかつたわよ。」
「ええ。昨〔夜〕晩〔又〕急に又、図三階へ御部屋が変りましたから、———」
「さう。」
　女は何か考へるやうに、〔〔〔ちよいと〕丸々した〕丸〕丸々した顔を傾けて見せた。
「あの方でせう？　此処へ御出でになると、〔すぐ〕その日に御子さんをなくなしたのは？」
「ええ。御気の毒でございますわね。すぐに

〈22枚目〉
病院へも御入れになつたんですけれど。」
「ちや病院で〔お〕御なくなりなすつたの？　道理で何にも知らなかつた。」
　女は〔水々しい眼の中〕前髪を割つた額に、か〔口〕すかな憂鬱〔〔な色〕の影〕の色を浮べた。が、すぐに又元の通り、快活な微笑を取り戻すと、悪戯さう〔にかう云〕な眼つきになつた。
「もうそれで御用ずみ。〔さつ〕どうかあ〔ち〕ちらへいらしつて下さい。」
「まあ、随分でございますね。」

女中は思はず笑ひ〔ながら、〕出した。〔わざと〕女のよりかか

〈23枚目〉
「そんな邪慳な事を仰有ると、蔦の家から電話がかかつて来ても、内証で旦那様へ〔と〕取り次ぎますよ。」
「好いわよ。早々いらつしやいつてば。紅茶がさめてしまふちやないの〔。〕？」
　女中が出窓に〔な〕ゐなくなると、女は又〔編〕編物を取り上げながら、小声に歌をうたひ出した。
　午前〔九〕十時と十一時との間、―――旅館では今が一日中でも、一番静かな時刻である。部屋毎の花瓶に素枯れた花は、この間に女中が

〈24枚目〉(19)
取り捨ててしまふ。二階三階の眞鍮の手すりも、この間に下男が磨くらしい。さう云ふ沈黙が拡がつた中には、唯往来のざわめきだけが、硝子戸を開け放した諸方の窓〔々窓〕から、日の光と一しよにはひつて来る。
　【―――人のけはひに驚いた女は、ふと編物から眼を上げた(20)。】
　　　↓
　《その内にふと女の膝から、毛糸の球が転げ落ちた。球は〔一つ〕とんと弾むが早いか、〔ころころ赤い〕一筋の赤を引きずりながら、ころころ廊下へ出〔□〕ようとする、―――と思ふと誰か一人、丁度其処へ来かかつたのが、静かにそれを〔拾〕拾い上げた。》

〈25枚目〉
「どうも難有うございました。」
　女は籐椅子を離れながら、恥しさうに会釈〔した〕をした。見れば球を拾つたのは、今し方女中と噂をした、痩せぎすな隣室の夫人である。
「いいえ。」
　【敏子は僅かにかう云つたぎり、〔〔□□□〕脂〔□〕のやうに〕脂よりも白い女の手へ、そつと毛糸の球を渡した。〔さうして、〕女に(21)】

↓
《毛糸の球は細い指から、脂よりも白い括り指へ移つた。
「此処は暖かでござい〔〔ます〕す〕ますね。」
敏子は出窓へ歩み出ると、眩しさうにやや眼を細めた。》

〈26枚目〉
「ええ。かうやつて居りましても、居睡りが出る位でございますわ。」
二人の母は佇んだ儘、幸福さうに微笑し合つた。
「まあ、〔御〕御可愛いたあたですこと。」
【女は〔〔急に〕思はず〕妙に敏子の顔へ、目をやる〔事が〕出来なくなつた。
「あんまり暇なものですから、——— 二年ぶりに編針を持つて見ましたの。」
「私なぞはいくら暇でも、怠けてばかり居り】
↓
《敏子の声はさりげなかつた。が、女はその言葉に、思はずそつと眼を〔伏せた。〕外らせた。
「二年ぶりに編針を持つて見ましたの。——— あんまり暇なものですから。」
「私なぞはいくら暇でも、怠けてばかり居り》

〈27枚目〉[22]
ますわ。」
女は〔編物〕籐椅子へ編物を〔のせ〕捨てると、仕方がなささうに微笑した。敏子の言葉は無心の内に、もう一度女を打つたのである。
「お宅の坊ちやんは、———坊ちやんでございましたね？———何時御生まれになりましたの？」
敏子は髪〔を〕へ手をやりながら、ちらりと女の【顔を眺めた。〔〔何時か〕昨日は泣き声にも堪へられなかつた、あの隣室の〕昨日は泣き声を聞くのにさへ〔、〕も、☒堪へられない気がした隣室？〰〰[23]赤】
↓
《顔を眺めた。昨日は泣き声を聞いてゐ〔る〕るのも、堪へられない気がし

た隣室の赤〔子〕児、――》

〈28枚目〉
―それが今では何物よりも、敏子の興味を動かすのである。しかもその興味を満足させれば、反つて〔悲〕苦しみを新たにするの〔は〕も、はつきりわかつてはゐるのである。これは小さな動物が、コブラの前〔に〕では動けないやうに、〔苦痛〕悲しみ〕敏子の心〔が〕も何時の間にか、〔悲〕苦しみそのものの催眠作用に捉はれてしまつた結果であらうか？　それとも又〔〔〔創〕傷口を開いてまでも〕悲しみ〕手傷を負つた兵士が、わざわざ傷口を開いてまでも、一時の快を貪るやうに、〔悲〕いやが上にも〔悲〕苦し〔みを求める、〕まねばやまない、病的な

〈29枚目〉
心理の一例であらうか？
「この御正月でございました。」
　女はかう答へてから、ちよいとためらふ気色を見せた。しかしすぐに眼を挙げると、気の毒さうにつけ加へた。
「御宅では〔飛〕とんだ事でございましたつてねえ。」
　敏子は沾んだ眼の中に、無理な微笑を漂はせた。
「ええ。肺炎になりましたものですから、――ほんたうに夢のやうでございました。」

〈30枚目〉
「それも御出て勿々にねえ。何と申し上げて好いかわかり〔〔ま〕口〕ませんわ。」
　女の眼には何時の間にか、かすかに涙が光つてゐる。
「私なぞはそんな目にあつたら、まあ、〔と〕どうするでございませう？」
「一時は随分悲しうございましたけれども、――もうあきらめてしまひましたわ。」
　二人の母は佇んだ儘、寂しさうに朝日の光を眺めた。

〈31枚目〉
「こちらは悪い風が流行りますの。」
　女は考へ深さうに、途切れてゐた話を続け出した。
「内地はよろしうございますわね。気候も〔此処〕こちら程不順ではなし、―――」
「参りたてでよくはわかりませんけれども、大へん雨の多い所でございますね。」
「〔女は〕今年は余計―――〔」〕あら、泣いて〔ゐるやうで〔女は〕[(24)]ござ〕居りますわ。」
〔〔女は〕女は〕〔聞き耳〕

〈32枚目〉
　女は耳を傾けた儘、別人のやうな微笑を浮べた。
「ちよいと御免下さいまし。」
　しかしその言葉が終らない内に、もう其処へはさつきの女中が、ばたばた上草履を鳴らせながら、泣き立てる赤児を抱きそやして来た。赤児を、―――美しいメリンスの着物の中に、しかめた顔ばかり〔見える〕出した赤児を、―――敏子が内心見まいとしてゐた、丈夫さうに頤の括れた赤児を。

〈33枚目〉
「〔まあ〕私が窓を拭きに参りますとね、すぐにもう眼を御覚ましなすつて。」
「どうも憚り様。」
　女は〔〔まだ〕もう〕まだ慣れなさうに、そつと赤児を〔抱き〕胸に取つた。
「まあ、御可愛い。」
　敏子は顔を寄せながら、鋭い乳〔臭〕の臭ひを〔嗅いだ〕感じた。
「おお、おお、よく肥つていらつしやる。」
〔〔女は〕殆〕やや上気した女の顔には、絶え〔ず〕間ない微笑が

〈34枚目〉
満ち渡つた。女は敏子の心もちに、同情が出来ない訣ではない。しかし、──しかし〔こ〕その乳房の下から、──張り切つた母の乳房の下から、〔湧き上つて来〕汪然と湧いて来る得意の情は、どうする事も出来なかつたのである。
　　　　　　　　　三
　【〔□〕窓掛けを絞つた二階の窓は、庭木の梢と向き合つてゐる。庭木は、──大きな槐や柳は、〔□□□□〕固まつた緑の中に[25]、】
　　　↓
　《窓掛けを絞つた二階の窓は、庭木の梢と向ひ合つてゐる。ぼんやり固まつた緑の中に、節高な枝がさし曲つた、槐の梢と向ひ合つてゐる。敏子は〔その窓〕其処に〔〔よりかかり〕肘をかけ〕佇みながら、も》

〈35枚目〉
う暮色が動き出した、木の多い庭を眺めてゐる。その仄かな襟足が、後れ毛も戦がせない所を見ると、何時の間にか微風は吹きやんだらしい。が、その中形の湯帷子の肩が、かすかな、──殆有無さへ疑はしい程、かすかな薔薇色に煙つてゐるのは、どう云ふ外光の加減であらうか？
　【庭木の梢を隔てた空には、丁度砧によく似た音が、さつきから谺を起してゐる。それはこの〔□〕辺の支那の女が、庭の外〔に開いた沼へ〕の沼で洗濯を】
　　　↓
　《庭木の梢を隔てた空には、支那では洗濯をする時に使ふ、砧のやうな棒の音が、寂しい谺を〔起し〕響かせてゐる。その音の起る所〔に〕へ行けば、きつ》

〈36枚目〉
と水際の芦の中に、耳環を下げた女が一人、蹲つてゐるのに相違ない。
　「おい、〔お〕御前にも手紙が来てるぜ。」
　敏子は静かに振り返つた。

〔男は〕男は紅木の机の前に、楽々とあぐらをかいた儘、〔〔何〕手紙や〕長さうな手紙を披いてゐる。その後の白壁には、表装もしない石刷の聯が、無造作に鋲で貼りつけてある。
　「さう。———〔何処にあつて〕これ？」
　敏子は机の側に坐ると、〔何本かの〕其処にあつた手紙を取

〈37枚目〉
り上げて見た。手紙は水色の封筒の上に、〔器用な〕拙ないペンの字〔が〕を走〔つ〕らせてゐる。
　「誰だい、平尾敏子と云ふのは？」
　〔男はかう云ふ間でも、やはり手紙を読み続けてゐる。〕男は手紙を読み続けながら、⊠ どうでも好いやうな尋ね方をした。
　「御〔奥の〕隣りの奥さん。あの上海の宿屋〔〔の〕にゐ〕にゐた、———」
　何分かの沈黙が過ぎ去つた後、敏子は手紙を拡げたなり、〔突然男に〕妙に震へてゐる声をかけた。
　「あなた。」

〈38枚目〉
　「え？」
　〔男は手紙を巻き返してゐる。〕
　「あの方の赤ちゃんもなくなつたん〔で〕ですつて〔？　あんなに丈夫さうな赤ちゃんも、———」〕。」
　男は〔驚いた顔を挙げた。〕手紙を巻き返しながら、〔驚いたらしい〕前よりも日に焼けた顔を向けた。
　「なくなつた？　何で？」
　「風邪ですつて。あ〔□〕んなに丈夫さうな赤ちゃんでも。」
　敏子は〔蒼白い顔〕憂鬱な眼をした儘、ぢつと手紙に見入つてゐる。
　「始は寝冷え位の事と思ひ居り候———で

〈39枚目〉
すつて。」
　「そりや気の毒だな。」
　男はちよいと頭を振ると、机の上の鑵の中から、巻煙草へ一本火をつけた。
　「病院へ入れ候時は、もはや手遅れと相〔□〕成り、―― ね、好く似てゐるでせう？　注射を致すやら、酸素吸入を致すやら、いろいろ手を尽し候へども、――」
　敏子は熱心に読み続けた。
　「手を尽し候へども、―― それから何と読

〈40枚目〉
むのかしら？　泣き声だわ。泣き声も次第に細るばかり、その夜の十一時五分程前には遂に息を引き〔と〕取り〔候。〕、――」
　敏子は〔ほつと〕かすかな〔息をついた。〕身震ひをした。
　「息を引き取り候。〔私の〕その時の私の悲しさ、重重御察し下され度、―― さぞねえ。」
　男は何とも口を入れずに、壁に貼つた聯を眺めてゐる。蒼茫海水溶江水、羅列他山助我山。―― さう云ふ大字の並んだ側には、板橋鄭〔□〕燮と云ふ落〔□〕款がある。

〈41枚目〉
　「それにつけても、何時ぞや御許様に御眼にかかりし事なぞ思ひ出され、あの頃は御許様にもさぞかし、―― ああ、いや、いや。」
　敏子は手紙を投げ捨てると、神経的に濃い眉をひそめた。
　「ほんたうに世の中はいやになつてしまふ。」
　「いやになつたつても仕方がない。どうせ生者必滅なんだ。」
　男は煙を〔□〕吐き出しながら、寧ろ冷かにかう云つた。

〈42枚目〉
〔云つた。〕
　「それでも〔余り〕あんまりひどすぎるわ。赤ん坊に罪でもありはしまいし。」
　敏子は力が抜けたやうに、畳へ片手ついたなり、其処に落ちてゐる手紙の上へ、もう一度〔目〕暗い眼を落した。と思ふとその眼から、突然涙が〔頰〕膝へ垂れた。
　【男はちらりと妻を見た。が、それ□□何も云はずに、〔茶ぶ台の前から体を〕机の前に据ゑた体を起した。さうしてさつき敏子がゐた⁽²⁶⁾、】
　　　↓
　《男はちらりと敏子を見た。が、それには何とも云はずに、やはり煙草を吹かしてゐる。
　「あなた。」》

〈43枚目〉
　又何分かの沈黙の後、かう云ふ声が聞えた時に〔は〕も、敏子は〔頰杖をついた男に、〕まだ拗ねたやうに、〔泣き濡れ〕蒼ざめた横顔をそむけながら、〔悲しさうに〕空間の何処かを眺めてゐた。
　「何だい？」
　「私は、———私は悪〔い〕いんでせうか？　〔御隣り〕平〕平尾さんの赤ちやんのなくなつたのが、———」
　男は火のついた煙草の先から、女の横顔へ眼を移した。
　「なくなつたのが嬉しいんです。」

〈44枚目〉
敏子〔は〕の声には今までにない、荒々しい力がこもつてゐる。
　「御気の毒だと思ふ〔の〕んですけれども、———それでも私は嬉しいんです。嬉しくつては悪いんでせうか？　あなた。悪いんでせう〔〔〔□〕か、〕か？〕か、⊠私は？」
　男は煙草を啣へた儘、もう一度何とも〔考〕答へなかつた。何か人力

〔〔に〕の〕に及ばない物〔〔と、〕に、〕が、〔黙〕厳然と前へでも塞がつたやうに。

　庭木の梢が暮れか〔た〕かつた空には、砧に〔よく〕紛ひ

〈45枚目〉
〔似た〕さうな棒の音が、寂しい谺を〔□〕響かせてゐる。その音の起る所へ行けば、きつと水際の芦の中に、耳環を下げた女が一人、〔〔夫の〕□今でも〕夫の服か子供の服〔を濯〕の洗濯をしてゐるのに相違ない、
………………

4　校異

　EAL所蔵「母」原稿、『中央公論』第36年第10号（第400号記念号、1921・9）の初出本文、初刊本『春服』（春陽堂、1923・5）及び『芥川龍之介集』（新潮社、1925・4）収録の本文を校合し、校異を示した。

〈凡例〉
- ページ数については①、②、③という形で、原稿用紙の頁数を示した。
- 〔原〕は原稿、〔初〕は初出、〔単〕は初刊本『春服』、〔集〕は『芥川龍之介集』収録の表記を表す。
- 『春服』と『芥川龍之介集』収録の本文には、原稿や初出本文でルビが施されていない漢字にも振り仮名が付されているが、その異同については示さない。
- 旧字は新字に改めた。よって字体の異同は省略した。また、同字等の異同も省略した。
- ダッシュ記号の長短の異同は省略した。
- すでに述べた通り、三章については初刊本『春服』に収録に際して、大幅な改稿がなされている。そのため、「三」について、ここでは原稿と初出の異同のみを示した。『春服』と『芥川龍之介集』との異同については、『芥川龍之介全集　第八巻』（岩波書店、1996）の「後記」に報告があるので

参照されたい。

② 〔原〕地味な銘仙羽織の肩　〔初〕〔単〕〔集〕地味な銘仙の羽織の肩
同 〔原〕光が透つた　〔初〕光が透のた　〔単〕〔集〕光が透いた
③ 〔原〕覚束なさうに　〔初〕〔単〕〔集〕覚束なささうに
⑦ 〔原〕〔初〕多少の想像が　〔単〕〔集〕多少想像が
同 〔原〕いけなくつて?」〔初〕いけなくて?　〔単〕〔集〕いけなくて?」
⑧ 〔原〕〔初〕あるかい?　〔単〕〔集〕あるのかい?
⑨ 〔原〕〔初〕ひつそりなつた。　〔単〕〔集〕ひつそりになつた。
同 〔原〕独り語　〔初〕〔単〕〔集〕独り言
⑩ 〔原〕〔単〕〔集〕「おい。敏子。」　〔初〕「おい。敏子」
⑪ 〔原〕帰りい　〔初〕〔単〕〔集〕帰りたい
同 〔原〕〔初〕〔単〕ないとか——　〔集〕ないとか、——
⑬ 〔原〕〔初〕そんなに嫌だか、　〔単〕〔集〕そんな嫌だか、
⑯ 〔原〕〔初〕〔単〕背景にした、　〔集〕背景にして、
同 〔原〕毛糸の靴足袋　〔初〕〔単〕〔集〕小さな靴足袋
⑰ 〔原〕午までは帰つて　〔初〕午まで帰つて　〔単〕〔集〕午後までは帰つて
⑲ 〔原〕御休み中　〔初〕〔単〕〔集〕お休み中
㉔ 〔初〕〔原〕拡がつた中には、　〔単〕〔集〕拡がつた中に、
㉕ 〔原〕難有う　〔初〕〔単〕〔集〕有難う
㉖ 〔原〕〔単〕〔集〕談笑し合つた。　〔初〕談笑し合つた。」
同 〔原〕〔初〕〔集〕外らせた。　〔単〕外らせた、
㉗ 〔原〕〔初〕ましたね?——　〔単〕〔集〕ましたわね?
㉘ 〔原〕〔単〕〔集〕するのも、　〔初〕新たにするも、
同 〔原〕〔初〕〔単〕苦しまねばやまない、　〔集〕苦しまねばならない。
㉙ 〔原〕〔初〕〔単〕ございましたつてねえ。　〔集〕ございましたねえ。
㉚ 〔原〕〔初〕御出で　〔単〕〔集〕御出て
㉛ 〔原〕〔初〕〔単〕参りたてでよくはわかりません　〔集〕参りたてはよくわかりません

㉜〔原〕〔初〕括れた赤児を。　〔単〕〔集〕括れた赤児を！

㉝〔原〕〔単〕〔集〕なすつて。」　〔初〕なすつて。

㉞〔原〕〔単〕〔集〕しかし、――しかしその乳房　〔初〕しかし、――その乳房

㉟〔原〕棒の音　〔初〕捧の音

㊲〔原〕御隣りの　〔初〕御隣の

㊺〔原〕夫の服か子供の服の洗濯をしてゐる

　〔初〕薄暗い水に浸つた布を打ち続けてゐる

5　解題

　翻刻や校異の過程で気がついたことについて、簡単に記す。まずルビについて、初出誌に施されているものは、すべて原稿でルビが指定されていた。具体的に挙げると、②「切ない」（○の中の数字が原稿用紙の頁数、以下同様）、⑤「けげんさう」、⑥「天竺葵」、⑨「蕪湖住み」、⑩「森とした部屋」、⑪「眶」、⑬「何故」、⑯「巌丈」、「一人」、⑳「蕪湖」、「昨晩急」、㉒「御用ずみ」、㉔「下男」、「毛糸の球」、㉕「脂」、「括り指」、㉖「御可愛いたあた」、㉙「沾んだ眼」、㉞「節高」、「槐」、㉟「衍」、㊱「紅木」、「後」、㊲「拙ない」が、上記の通り、読み仮名や傍点が付されていた。すべて本文と同じ黒インクであったため、芥川による指定と推察される。

　次に本文の訂正箇所から考えられることだが、作中に登場する二人の母親が鏡像関係にあることは先行研究で指摘されている(27)。名前が同じ「敏子」であり、境遇が似ている上に、作中で何度も姿見が強調されている。原稿の訂正箇所を見ても、二人の対構造は意図的に描かれているのが、確認できる。原稿16枚目から17枚目にかけて、二人目の敏子が登場する場面で、訂正前は「女は敏子よりも若いらしい。派手な銘仙の」と書き出され、この中の「派手な銘仙の」は訂正され「血色の好い頬」に改められ、さらに「雨に洗はれた朝日の光は」と違った書き出しになっている。その直後にも「派手な大島の羽織」とあるところは、初めは「派手な銘」とされていて、主人公である敏子が「地味な銘仙」を羽織っていたのと対になっている。銘仙羽

織が大島紬に変更されたことで、赤児を失った母と赤児がいる母という境遇の差が強調される結果となったが、訂正前から「地味な銘仙」と「派手な銘仙」という対比の意図が読み取れる。

　次いで、二人の母親が出遭い、子供と対峙する場面（原稿28枚目）だが、ここでは五箇所で「悲」という字が書きだされた後、削除されているのは注目に値する。前後と合わせて引用する（引用の表記は「本文翻刻」の〈凡例〉に準じた）。

　　昨日は泣き声を聞いてゐ〔る〕るのも、堪へられない気がした隣室の赤〔子〕児、──それが今では何物よりも、敏子の興味を動かすのである。しかもその興味を満足させれば、反つて〔悲〕苦しみを新たにするの〔は〕も、はつきりわかつてはゐるのである。これは小さな動物が、コブラの前〔に〕では動けないやうに、〔〔苦痛〕悲しみ〕敏子の心〔が〕も何時の間にか、〔悲〕苦しみそのものの催眠作用に捉はれてしまつた結果であらうか？　それとも又〔〔〔創〕傷口を開いてまでも〕悲しみ〕手傷を負つた兵士が、わざわざ傷口を開いてまでも、一時の快を貪るやうに、〔悲〕いやが上にも〔悲〕苦し〔みを求める、〕まねばやまない、病的な心理の一例であらうか？

　訂正前と比較すると、主人公の敏子が赤児に対峙した際に抱く感情は、「悲しみ」ではなく、痛みを伴った「苦しみ」として表現されている。ここでは、「敏子の心も何時の間にか、苦しみそのものの催眠作用に捉はれてしまつた結果であらうか？」、「いやが上にも苦しまねばやまない、病的な心理の一例であらうか？」と、反語表現が反復されている。つまり、ここで敏子が抱いた感情は一時的な「催眠作用」や「病的な心理」でなく、〈母〉として当然の心理であったことが読みとれる。「悲しみ」から「苦しみ」への表現の選択は、その感情が単なる感傷でなく、いまでも迫ってくる〈母〉として根深いものであることを強く表す変更といえる。

　また、〈母〉に対して〈夫〉側についても気になる訂正がある。原稿42枚目の貼付訂正を見ると、「男はちらりと妻を見た」（下線引用者、以下同じ）

と書かれていたのが、訂正後では「男はちらりと<u>敏子</u>を見た」となっている。「妻」から「敏子」への変更は、表現の統一という点で、興味深い。作中で確認してみると、この部分以外では「妻」という言葉は、たった一度しか出てこない。原稿用紙11枚目の「震へる肩、濡れた睫毛、―――男はそれらを見守りながら、現在の気もちとは没交渉に、一瞬間妻の美しさを感じた」の部分で、敏子に女としての美を見出す場面である。しかし、その敏子が〈母〉としての感情を発露させた時には、「何か人力に及ばない物が、厳然と前へでも塞がつたやうに」感じる。敏子の中に〈妻〉でも〈女〉でもなく、〈母〉を見出した時、夫の眼にはそれが人智を超えたものとして映る。「妻」という表現が原稿42枚目で回避されたことで、その効果がいっそう高まったと考えられる。

　続いて、原稿と初出の異同についてだが、その多くは編集時の誤りや訂正と思われる。しかし、芥川が修正を加えたと考えられる箇所が二箇所ほどある。

　一つ目は、原稿用紙16枚目、二章の冒頭で、まだ子供が健在の方の「敏子」が編み物をしている場面である。原稿では編んでいるものが「毛糸の靴足袋」になっているが、初出時には「小さな靴足袋」に変わっており、彼女が赤児のために編み物をしていることが強調されている。表現の変更のため、編集の判断とは考えづらく、原稿提出から雑誌発行までの間に芥川が手を入れたと考えられる。

　二つ目は、作品末尾の一文である。「庭木の梢が暮れかかつた空には、砧に紛ひさうな棒の音が、寂しい谺を響かせてゐる。」と書かれているあと、原稿では、

　　その音の起る所へ行けば、きつと水際の芦の中に、耳環を下げた女が一人、<u>夫の服か子供の服の洗濯をしてゐるのに相違ない</u>、…………

となっている。この部分が、初出の表記では、

　　その音の起る所へ行けば、きつと水際の芦の中に、耳環を下げた女が一

人、薄暗い水に浸つた布を打ち続けてゐるのに相違ない、…………

に改められている。両者は、洗濯をするという行為においては同じだが、原稿段階の方が「耳環を下げた女」が配された芥川の意図が鮮明である。

　この第三章は「洗濯をする時に使ふ、砧のやうな棒の音」で始まり、末尾も同じ洗濯の場面で締めくくられている。つまり、「三」全体がこの「寂しい砧」で貫いている。鈴木論文（註（3）参照）では、この構造に着目し、「母」を「敏子が枠によって抑圧されている様子が強調された陰鬱な作品」としている。

　その洗濯物が「夫の服か子供の服」であったことは、「耳環を下げた女」が二人の敏子と同じ〈母〉であったことがはっきりと示されている。原稿から初出への表現の変更は、「耳環を下げた女」が〈母〉であることは読解可能とし、直截な表現を避けたと推測されるが、鏡像関係にある二人の〈母〉の外に、さらに別の〈母〉が配されることで、合わせ鏡のように〈母〉という存在がどこまでも広がっていく構造をもった作品であることが、「母」原稿では顕著に示されている。「耳環を下げた女」が〈母〉であることが明かされて作品が終わることで、夫からは「何か人力に及ばない物」として映る〈母〉が、作品を超えて広がってゆくことになる。

　原稿用紙35枚目での貼付訂正前の本文では、この「耳環を下げた女」は「この辺の支那の女」と表現されている。「耳環を下げた女」は現地の中国人女性を念頭に書かれたと考えられるが、作品末に「この辺の支那の女」が配されているのには、実際に現地を訪れた芥川の、現地の中国人女性に、日本人女性と同じ〈母〉を見出した実感が現れているとも考えられる。さらに、砧の音を想起させる原始的な洗濯風景は、時代や国を問わず、〈母〉は〈母〉であることを感じさせる静かな幕引きといえる。

　しかし、すでに述べたように、この「三」章には大幅に加筆がなされ、その結果、洗濯の「寂しい砧」の描写はすべて削除された。改稿は、中国から帰国して一年半以上経って発表されたもので、この改稿によって、〈母〉の普遍性という主題は薄れている。換言すれば、「母」原稿は、中国からの帰国後、もっとも時を隔てていない文章であるため、芥川が到達したコスモポ

リタン的視点を顕著に示しているテクストといえる。原稿から考えるに「母」は、海を越えて存在する〈母〉という存在を描くことを企図して書かれた作品だったのではなかろうか。

以上、簡単ではあるが「母」原稿についての考察を述べてきた。筆を擱くにあたり、EAL で貴重な原稿を調査させていただく際、様々な便宜を図っていただいた他、貴重なご意見を賜ったマルラ俊江氏に、心より感謝いたします。

6 「母」直筆原稿本文

最後に、直筆原稿に基づく「母」全文を掲載する。本文を再現するにあたって明らかな誤字と思しき箇所[28]は修正を施した。洋行を終えたばかりの芥川の作品を堪能いただけたら幸いである。

〰〰〰〰〰〰〰〰〰〰〰〰〰〰〰〰〰〰〰〰〰〰〰〰〰〰〰〰〰〰〰

　　母

　　　　芥川龍之介

　　　　　　一

　部屋の隅に据ゑた姿見には、西洋風に壁を塗つた、しかも日本風の畳がある、━━上海特有の旅館の二階が、一部分はつきり映つてゐる。まづつきあたりに空色の壁、それから眞新しい何畳かの畳、最後にこちらへ後を見せた、西洋髪の女が一人、━━それが皆冷かな光の中に、切ない程はつきり映つてゐる。女は其処にさつきから、縫物か何かしてゐるらしい。

　尤も後は向いたと云ふ條、地味な銘仙羽織の肩には、崩れかかつた前髪のはづれに、蒼白い横顔が少し見える。勿論肉の薄い耳に、ほんのり光が透つたのも見える。やや長めな揉み上げの毛が、かすかに耳の根をぼかしたのも見える。

　この姿見のある部屋には、隣室の赤児の啼き声の外に、何一つ沈黙を破るものはない。未に降り止まない雨の音さへ、此処では一層その沈黙に、単調な気もちを添へるだけである。

「あなた。」

　さう云ふ何分かが過ぎ去つた後、女は仕事を続けながら、突然、しかし覚束なさうに、かう誰かへ声をかけた。

　誰か、———部屋の中には女の外にも、丹前を羽織つた男が一人、ずつと離れた畳の上に、英字新聞をひろげた儘、長々と腹這ひになつてゐる。が、その声が聞えないのか、男は手近の灰皿へ、巻煙草の灰を落したぎり、新聞から眼さへ挙げようとしない。

「あなた。」

　女はもう一度声をかけた。その癖女自身の眼も、ちつと針の上に止まつてゐる。

「何だい。」

　男は幾分うるささうに、丸々と肥つた、口髭の短い、活動家らしい顔を擡げた。

「この部屋ね、———この部屋は変へちやいけなくつて？」

「部屋を変へる？　だつて此処へは〔昨夜〕やつと昨夜、引つ越して来たばかりぢやないか？」

　男の顔はけげんさうだつた。

「引つ越して来たばかりでも。———前の部屋ならば明いてゐるでせう？」

　男は彼是二週間ばかり、彼等が窮屈な思ひをして来た、日当りの悪い三階の部屋が、一瞬間眼の前に見えるやうな気がした。———塗りの剝げた窓側の壁には、色の変つた畳みの上に、更紗の窓掛けが垂れ下つてゐる。その窓には何時水をやつたか、花の乏しい天竺葵〔ジェラニアム〕が、薄い埃をかぶつてゐる。おまけに窓の外を見ると、始終ごみごみした横町に、麦藁帽をかぶつた支那の車夫が、所在なささうにうろついてゐる。‥‥‥‥‥‥‥‥‥

「だがお前はあの部屋にゐるのは、嫌だ嫌だと云つてゐたぢやないか？」

「ええ。それでも此処へ来て見たら、急に又この部屋が嫌になつたんですもの。」

　女は針の手をやめると、もの憂さうに顔を挙げて見せた。眉の迫つた、眼の切れの長い、感じの鋭さうな顔だちである。が、眼のまはりの暈を見ても、何か苦労を堪へてゐる事は、多少の想像が出来ないでもない。さう云へ

ば病的な気がする位、米噛みにも静脈が浮き出してゐる。
「ね、好いでせう。―――いけなくつて？」
「しかし前の部屋よりは、広くもあるし居心も好いし、不足を云ふ理由はないんだから、―――それとも何か嫌な事があるかい？」
「何つて事はないんですけれど、…………」
　女はちよいとためらつたものの、それ以上立ち入つては答へなかつた。が、もう一度念を押すやうに、同じ言葉を繰り返した。
「いけなくつて、どうしても？」
　今度は男が新聞の上へ、煙草の煙を吹きかけたぎり、好いとも悪いとも答へなかつた。
　部屋の中は又ひつそりなつた。唯外では不相変、休みのない雨の音がしてゐる。
「春雨やか、―――」
　男は少時たつた後、ごろりと仰向きに寝転ぶと、独り語のやうにかう云つた。
「蕪湖住みをするやうになつたら、発句でも一つ始めるかな。」
　女は何とも返事をせずに、縫物の手を動かしてゐる。
「蕪湖もそんなに悪い所ぢやないぜ。第一社宅は大きいし、庭も相当に広いしするから、草花なぞ作るには持つて来いだ。何でも元は陶家花園とか云つてね、―――」
　男は突然口を噤んだ。何時か森とした部屋の中には、かすかに人の泣くけはひがしてゐる。
「おい。」
　泣き声は急に聞えなくなつた。と思ふとすぐに又、途切れ途切れに続き出した。
「おい。敏子」
　半ば体を起した男は、畳に片肘靠せた儘、当惑らしい眼つきを見せた。
「お前は己と約束したぢやないか？　もう愚痴はこぼすまい。もう涙は見せない事にしよう。もう、―――」
　男はちよいと瞼を挙げた。

「それとも何かあの事以外に、悲しい事でもあるのかい？　たとへば日本へ帰りたいとか、支那でも田舎へは行きたくないとか———」
「いいえ。———いいえ。そんな事ぢやな〔いわ〕くつてよ。」
　敏子は涙を落し落し、意外な程烈しい打消し方をした。
「私はあなたのいらしやる所なら、何処へでも行く気でゐるんです。ですけれども、———」
　敏子は伏眼になつたなり、溢れて来る涙を抑へようとするのか、ちつと薄い下唇を噛んだ。見れば蒼白い頬の底にも、目に見えない焔のやうな、切迫した何物かが燃え立つてゐる。震へる肩、濡れた睫毛、———男はそれらを見守りながら、現在の気もちとは没交渉に、一瞬間妻の美しさを感じた。
「ですけれども、———この部屋は嫌なんですもの。」
「だからさ、だからさつきもさう云つたぢやないか？　何故この部屋がそんなに嫌だか、それさへはつきり云つてくれれば、———」
　男は此処まで云ひかけると、敏子の眼がちつと彼の顔へ、注がれてゐるのに気がついた。その眼には涙の漂つた底に、殆敵意にも紛ひ兼ねない、悲しさうな光が閃いてゐる。何故この部屋が嫌になつたか？———それは独り男自身の疑問だつたばかりではない。同時に又敏子が無言の内に、男へ突きつけた反問である。男は敏子と眼を合せながら、二の句を次ぐのに躊躇した。
　しかし言葉が途切れたのは、ほんの数秒の間である。男の顔には見る見る内に、了解の色が漾つて来た。
「あれか？」
　男は感動を蔽ふやうに、妙に素つ気のない声を出した。
「あれは己も気になつてゐたんだ。」
　敏子は男にかう云はれると、ぽろぽろ膝の上へ涙を落した。
　窓の外には何時の間にか、日の暮が雨を煙らせてゐる。その雨の音を撥ねのけるやうに、空色の壁の向うでは、今も亦赤児が泣き続けてゐる。…………

　　　　　二

　二階の出窓には鮮やかに、朝日の光が当つてゐる。その向うには三階建の、赤煉瓦にかすかな苔の生へた、逆光線の家が聳えてゐる。薄暗いこちら

の廊下にゐると、出窓はこの家を背景にした、大きな一枚の画のやうに見える。巌丈な椹の窓枠が、丁度額縁を嵌めたやうに見える。その画のまん中には一人の女が、こちらへ横顔を向けながら、毛糸の靴足袋を編んでゐる。
　女は敏子よりも若いらしい。雨に洗はれた朝日の光は、その肉附きの豊かな肩へ、———派手な大島の羽織の肩へ、はつきり大幅に流れてゐる。それがやや俯向きになつた、血色の好い頬に反射してゐる。心もち厚い唇の上の、かすかな生ぶ毛にも反射してゐる。
　午前十時と十一時との間、———旅館では今が一日中でも、一番静かな時刻である。商売に来たのも、見物に来たのも、泊り客は大抵外出してしまふ。下宿してゐる勤め人たちも、勿論午までは帰つて来ない。その跡には唯長い廊下に、時々上草履を響かせる、女中の足音だけが残つてゐる。
　この時もそれが遠くから、だんだんこちらへ近づいて来ると、出窓に面した廊下には、四十恰好の女中が一人、紅茶の道具を運びながら、影画のやうに通りかかつた。女中は何とも言はれなかつたら、女のゐる事も気がつかずに、その儘通りすぎてしまつたかも知れない。が、女は女中の姿を見ると、心安さうに声をかけた。
　「お清さん。」
　女中はちよいと会釈してから、出窓の方へ歩み寄つた。
　「まあ、御精が出ますこと。———坊ちやんはどうなさいました？」
　「うちの若様？　若様は今御休み中。」
　女は編針を休めた儘、子供のやうに微笑した。
　「時にね、お清さん。」
　「何でございます？　眞面目さうに。」
　女中も出窓の日の光に、前掛だけくつきり照らさせながら、浅黒い眼もとに微笑を見せた。
　「御隣の野村さん、———野村さんでせう、あの奥さんは？」
　「ええ、野村敏子さん。」
　「敏子さん？　ぢや私と同じ名だわね。あの方はもう御立ちになつたの？」
　「いいえ。まだ五六日は御滞在でございませう。それから何でも蕪湖とかへ、———」

「だつてさつき前を通つたら、御隣にはどなたもいらつしやらなかつたわよ。」
「ええ。昨晩急に又、三階へ御部屋が変りましたから、―――」
「さう。」
　女は何か考へるやうに、丸々した顔を傾けて見せた。
「あの方でせう？　此処へ御出でになると、その日に御子さんをなくなしたのは？」
「ええ。御気の毒でございますわね。すぐに病院へも御入れになつたんですけれど。」
「ちや病院で御なくなりなすつたの？　道理で何にも知らなかつた。」
　女は前髪を割つた額に、かすかな憂鬱の色を浮べた。が、すぐに又元の通り、快活な微笑を取り戻すと、悪戯さうな眼つきになつた。
「もうそれで御用ずみ。どうかあちらへいらしつて下さい。」
「まあ、随分でございますね。」
　女中は思はず笑ひ出した。
「そんな邪慳な事を仰有ると、蔦の家から電話がかかつて来ても、内証で旦那様へ取り次ぎますよ。」
「好いわよ。早々いらつしやいつてば。紅茶がさめてしまふぢやないの？」
　女中が出窓にゐなくなると、女は又編物を取り上げながら、小声に歌をうたひ出した。
　午前十時と十一時との間、―――旅館では今が一日中でも、一番静かな時刻である。部屋毎の花瓶に素枯れた花は、この間に女中が取り捨ててしまふ。二階三階の眞鍮の手すりも、この間に下男が磨くらしい。さう云ふ沈黙が拡がつた中には、唯往来のざわめきだけが、硝子戸を開け放した諸方の窓から、日の光と一しよにはひつて来る。
　その内にふと女の膝から、毛糸の球が転げ落ちた。球はとんと弾むが早いか、一筋の赤を引きずりながら、ころころ廊下へ出ようとする、―――と思ふと誰か一人、丁度其処へ来かかつたのが、静かにそれを拾ひ上げた。
「どうも難有うございました。」
　女は籐椅子を離れながら、恥しさうに会釈をした。見れば球を拾つたの

は、今し方女中と噂をした、痩せぎすな隣室の夫人である。
「いいえ。」
　毛糸の球は細い指から、脂よりも白い括り指へ移つた。
「此処は暖かでございますね。」
　敏子は出窓へ歩み出ると、眩しさうにやや眼を細めた。
「ええ。かうやつて居りましても、居睡りが出る位でございますわ。」
　二人の母は佇んだ儘、幸福さうに微笑し合つた。
「まあ、御可愛いたあですこと。」
　敏子の声はさりげなかつた。が、女はその言葉に、思はずそつと眼を外らせた。
「二年ぶりに編針を持つて見ましたの。————あんまり暇なものですから。」
「私なぞはいくら暇でも、怠けてばかり居りますわ。」
　女は籐椅子へ編物を捨てると、仕方がなささうに微笑した。敏子の言葉は無心の内に、もう一度女を打つたのである。
「お宅の坊ちやんは、————坊ちやんでございましたね？————何時御生まれになりましたの？」
　敏子は髪へ手をやりながら、ちらりと女の顔を眺めた。昨日は泣き声を聞いてゐるのも、堪へられない気がした隣室の赤児、————それが今では何物よりも、敏子の興味を動かすのである。しかもその興味を満足させれば、反つて苦しみを新たにするのも、はつきりわかつてはゐるのである。これは小さな動物が、コブラの前では動けないやうに、敏子の心も何時の間にか、苦しみそのものの催眠作用に捉はれてしまつた結果であらうか？　それとも又手傷を負つた兵士が、わざわざ傷口を開いてまでも、一時の快を貪るやうに、いやが上にも苦しまねばやまない、病的な心理の一例であらうか？
「この御正月でございました。」
　女はかう答へてから、ちよいとためらふ気色を見せた。しかしすぐに眼を挙げると、気の毒さうにつけ加へた。
「御宅ではとんだ事でございましたつてねえ。」
　敏子は沾んだ眼の中に、無理な微笑を漂はせた。
「ええ。肺炎になりましたものですから、————ほんたうに夢のやうでご

ざいました。」
「それも御出て匆々にねえ。何と申し上げて好いかわかりませんわ。」
女の眼には何時の間にか、かすかに涙が光つてゐる。
「私なぞはそんな目にあつたら、まあ、どうするでございませう?」
「一時は随分悲しうございましたけれども、———もうあきらめてしまひましたわ。」
二人の母は佇んだ儘、寂しさうに朝日の光を眺めた。
「こちらは悪い風が流行りますの。」
女は考へ深さうに、途切れてゐた話を続け出した。
「内地はよろしうございますわね。気候もこちら程不順ではなし、———」
「参りたてでよくはわかりませんけれども、大へん雨の多い所でございますね。」
「今年は余計———あら、泣いて居りますわ。」
女は耳を傾けた儘、別人のやうな微笑を浮べた。
「ちよいと御免下さいまし。」
しかしその言葉が終らない内に、もう其処へはさつきの女中が、ばたばた上草履を鳴らせながら、泣き立てる赤児を抱きそやして来た。赤児を、———美しいメリンスの着物の中に、しかめた顔ばかり出した赤児を、———敏子が内心見まいとしてゐた、丈夫さうに頤の括れた赤児を。
「私が窓を拭きに参りますとね、すぐにもう眼を御覚ましなすつて。」
「どうも憚り様。」
女はまだ慣れなさうに、そつと赤児を胸に取つた。
「まあ、御可愛い。」
敏子は顔を寄せながら、鋭い乳の臭ひを感じた。
「おお、おお、よく肥つていらつしやる。」
やや上気した女の顔には、絶え間ない微笑が満ち渡つた。女は敏子の心もちに、同情が出来ない訣ではない。しかし、———しかしその乳房の下から、———張り切つた母の乳房の下から、汪然と湧いて来る得意の情は、どうする事も出来なかつたのである。

　　　　　三
　窓掛けを絞つた二階の窓は、庭木の梢と向ひ合つてゐる。ぼんやり固まつた緑の中に、節高な枝がさし曲つた、槐の梢と向ひ合つてゐる。敏子は其処に佇みながら、もう暮色が動き出した、木の多い庭を眺めてゐる。その仄かな襟足が、後れ毛も戦がせない所を見ると、何時の間にか微風は吹きやんだらしい。が、その中形の湯帷子の肩が、かすかな、———殆有無さへ疑はしい程、かすかな薔薇色に煙つてゐるのは、どう云ふ外光の加減であらうか？
　庭木の梢を隔てた空には、支那では洗濯をする時に使ふ、砧のやうな棒の音が、寂しい谺を響かせてゐる。その音の起る所へ行けば、きつと水際の芦の中に、耳環を下げた女が一人、蹲つてゐるのに相違ない。
「おい、御前にも手紙が来てゐるぜ。」
　敏子は静かに振り返つた。
　男は紅木の机の前に、楽々とあぐらをかいた儘、長さうな手紙を披いてゐる。その後の白壁には、表装もしない石刷の聯が、無造作に鋲で貼りつけてある。
「さう。———これ？」
　敏子は机の側に坐ると、其処にあつた手紙を取り上げて見た。手紙は水色の封筒の上に、拙ないペンの字を走らせてゐる。
「誰だい、平尾敏子と云ふのは？」
　男は手紙を読み続けながら、どうでも好いやうな尋ね方をした。
「御隣りの奥さん。あの上海の宿屋にゐた、———」
　何分かの沈黙が過ぎ去つた後、敏子は手紙を拡げたなり、妙に震へてゐる声をかけた。
「あなた。」
「え？」
「あの方の赤ちゃんもなくなつたんですつて。」
　男は手紙を巻き返しながら、前よりも日に焼けた顔を向けた。
「なくなつた？　何で？」
「風邪ですつて。あんなに丈夫さうな赤ちゃんでも。」
　敏子は憂鬱な眼をした儘、ぢつと手紙に見入つてゐる。

「始は寝冷え位の事と思ひ居り候 ─── ですつて。」
「そりや気の毒だな。」
　男はちよいと頭を振ると、机の上の鑵の中から、巻煙草へ一本火をつけた。
「病院へ入れ候時は、もはや手遅れと相成り、─── ね、好く似てゐるでせう？　注射を致すやら、酸素吸入を致すやら、いろいろ手を尽し候へども、───」
　敏子は熱心に読み続けた。
「手を尽し候へども、─── それから何と読むのかしら？　泣き声だわ。泣き声も次第に細るばかり、その夜の十一時五分程前には遂に息を引き取り、───」
　敏子はかすかな身震ひをした。
「息を引き取り候。その時の私の悲しさ、重重御察し下され度、─── さぞねえ。」
　男は何とも口を入れずに、壁に貼つた聯を眺めてゐる。蒼茫海水溶江水、羅列他山助我山。─── さう云ふ大字の並んだ側には、板橋鄭燮と云ふ落款がある。
「それにつけても、何時ぞや御許様に御眼にかかりし事なぞ思ひ出され、あの頃は御許様にもさぞかし、─── ああ、いや、いや。」
　敏子は手紙を投げ捨てると、神経的に濃い眉をひそめた。
「ほんたうに世の中はいやになつてしまふ。」
「いやになつたつても仕方がない。どうせ生者必滅なんだ。」
　男は煙を吐き出しながら、寧ろ冷かにかう云つた。
「それでもあんまりひどすぎるわ。赤ん坊に罪でもありはしまいし。」
　敏子は力が抜けたやうに、畳へ片手ついたなり、其処に落ちてゐる手紙の上へ、もう一度暗い眼を落した。と思ふとその眼から、突然涙が膝へ垂れた。
　男はちらりと敏子を見た。が、それには何とも云はずに、やはり煙草を吹かしてゐる。
「あなた。」

又何分かの沈黙の後、かう云ふ声が聞えた時にも、敏子はまだ拗ねたやうに、蒼ざめた横顔をそむけながら、空間の何処かを眺めてゐた。
「何だい？」
「私は、―――私は悪いんでせうか？　平尾さんの赤ちやんのなくなつたのが、―――」
　男は火のついた煙草の先から、女の横顔へ眼を移した。
「なくなつたのが嬉しいんです。」
　敏子の声には今までにない、荒々しい力がこもつてゐる。
「御気の毒だと思ふんですけれども、―――それでも私は嬉しいんです。嬉しくつては悪いんでせうか？　あなた。悪いんでせうか、私は？」
　男は煙草を啣へた儘、もう一度何とも答へなかつた。何か人力に及ばない物が、厳然と前へでも塞がつたやうに。
　庭木の梢が暮れかかつた空には、砧に紛ひさうな棒の音が、寂しい谺を響かせてゐる。その音の起る所へ行けば、きつと水際の芦の中に、耳環を下げた女が一人、夫の服か子供の服の洗濯をしてゐるのに相違ない、..................

註

(1)　三好行雄「宿命のかたち――芥川龍之介における〈母〉――」(『芥川龍之介論』筑摩書房・1976)

(2)　平岡敏夫「〈母〉を呼ぶ声――「南蛮寺」から「点鬼簿」まで――」(『芥川龍之介と現代』大修館、1995)

(3)　鈴木暁世「芥川龍之介『母』の〈透ける耳〉描写における漱石の影響――中国特派員体験と聴覚――」(『阪大比較文学』2005・8)、関口安義「芥川龍之介「母」論：人力に及ばないもの」(『社会文学』2012・5)、姚紅「芥川龍之介「母」試論：近代中国の都市表象を視座として」(『文学研究論集』2013・2)などがある。

(4)　三井財閥は1918年に公式にコレクションの収集を始め、戦後の財閥解体に際し、秘密裏にEALに売却した。三井財閥とEALの交渉は1948年秋に始まり、

(5) 1950年末までに蔵書の移管が完了している。事の経緯は、Roger Sherman "Acquisition of the Mitsui Collection by the East Asiatic Library, University 0f California, Berkeley"（Journal of East Asian Libraries, No.67, 1982・2）に詳しい。

UCバークレー校図書館検索データベース"OskiCat UCB Library Catalog"（http://oskicat.berkeley.edu/　最終閲覧日2024年12月20日）等がある。

(6) 庄司達也編『芥川龍之介ハンドブック』（鼎書房、2015）には「直筆原稿・草稿類所蔵先一覧」が付され、芥川の生原稿の所蔵先の一覧が記されているが、「母」の原稿についての言及はない。

(7) 具体的には次の箇所（矢印前が前稿、矢印後が修正後）。〈6枚目〉「〔が〕」→「〔が、〕」、〈9枚目〉「〔は田舎町に違ひないが〕」→「〔は田舎町に違ひないが、〕」、〈10枚目〉「いつか」→「何時か」、〈11枚目〉「〔友〕」→「〔支〕」、「りい」→「りたい」、〈14枚目〉「〔思わずためらい〕」→「〔思わずためらひ〕」、〈15枚目〉「向ふ」→「向う」、〈17枚目〉「俯向き」→「俯〔□〕向き」、「外出してしまふ」→「外出して〔□〕しまふ」、〈21枚目〉「昨〔夜〕晩急に」→「昨〔夜〕晩〔又〕急に」、〈23枚目〉「取次ぎ」→「取り次ぎ」、〈27枚目〉「御生れ」→「御生まれ」、〈32枚目〉「〔見える〕出した」→「〔見える〕出した」、〈33枚目〉「まだ慣れ」→「まだ慣れ」、〈38枚目〉「あんな」→「あ〔□〕んな」、〈39枚目〉「ゐるでう？」→「ゐるでせう？」、〈40枚目〉「〔候、〕」→「〔候。〕、〈44枚目〉「〔〔と〕に〕」→「〔〔と、〕に、〕」

(8) 具体的には次の通り（矢印の前が現行の今野の翻字）。〈1枚目〉「〔〔内部〕部屋〕座敷〕」→「〔〔内部〕部屋〕座敷〕」、〈3枚目〉「〔姿見を後にした儘〕」→「〔姿見を後にした儘、〕」、「仕事を續けながら、」→「仕事を續けながら、」、〈4枚目〉「　前を羽織つた」→「前を羽織つた」、〈5枚目〉「日当たりの、悪い」→「日当たりの悪い」、〈6枚目〉「　〔塗〕りの」→「〔塗〕りの」、「窓掛けが／垂れ下つて」→「窓掛けが垂れ下つて」、〈8枚目〉「ちょいと」→「ちょいと」、〈10枚目〉「　宅は大きい」→「宅は大きい」、〈11枚目〉「〔□〕あの事」→「〔□〕あの事」、〈12枚目〉「ちやな〔いわ〕くつてよ。」→「ちやな〔いわ〕くつてよ。」、〈13枚目〉「　焔のやうな」→「焔のやうな」、〈14枚目〉「つと彼の」→「つと彼の」、〈15枚目〉「已も」→「已も」、〈16枚目〉「〔A懸け〕」→「涎懸け」、〈17枚目〉「　れた朝日」→「れた朝日」、「仰向」→「俯向」、「〔〔遊〕覽〕び〕見物」→「〔遊〕覽〕び〕見物」、「来たのも、／泊り客は」→「来たのも、泊り客は」、〈21枚目〉「〔〔今朝御隣〕さつき前を〕」→「〔今朝御隣〕さつき前を〕」、「急（きう）に又」→「急（きう）に又」、「すぐに」→「すぐに」、〈22枚目〉「　病院へも」→「病院へも」、「笑ひ〔ながら〕」→「笑ひ〔ながら、〕」、「女のよりかか」→「女のよりかか」、〈25枚

目〕「〔ます〕ますね」→「〔〔ます〕す〕ます」、〈28枚目〉「〔悲〕苦しみ」→「〔悲〕苦しみ」、〈30枚目〉「せんわ。」→「せんわ。」、〈31枚目〉「〔女は〕今年」→「「〔女は〕今年」、「――あら」→「――〔〕あら」、「ますわ。」」→「ますわ。」」、〈34枚目〉「　満ち渡つた」→「満ち渡つた」、「節高（ふしだか）な枝」→「節高（ふしだか）な枝」、〈35枚目〉「〔〔起し〕響かせ」→「〔起し〕響かせ」、〈36枚目〉「何處にあつて」→「何處にあつて」、「これ？」→「これ？」、「□ると」→「坐ると」、〈38枚目〉「候――で」」→「候――で」、〈39枚目〉「解毒吸入」→「酸素吸入」、「何と讀」→「何と讀」、〈40枚目〉「五分ほど前」→「五分程前」、「板橋鄭B」→「板橋鄭〔□〕變」、〈42枚目〉「暗い眼」→「〔目〕暗い眼」、〈43枚目〉「何處を」→「何處かを」、「でせうか？」」→「でせうか？」、〈45枚目〉「〔□〕響かせて」→「〔□〕響かせて」」

(9) 欄外の下部左寄りに「十ノ廿　松屋製」と青く印字され、マス目部分は破線になっている。角田忠蔵『芥川龍之介自筆未定稿図譜』（大門出版美術出版部、1971・9）で行われた十六分類に従えば「第一号型」である。

(10) 1行目3マス目から5マス目、2行目3マス目から5マス目の計6マスを使って、「母」という題字が大きく書かれている。その脇に、赤ペンで「―2―」と書き込まれている。

(11) 3行目12マス目から20マス目に、マス目を横断して署名され、その脇に赤ペンで「―3―」と書かれている。

(12) 数字は7マス目に書かれ、脇に「―5？―」と赤ペンで書き込みがある。

(13) 赤インクに拠る修正。

(14) 「〔相〕不相変」の訂正は赤インクで成されている。編集者に拠るものか。

(15) 原稿中でこの部分のみ「眼」が「目」と表記されている。その他は、すべて「眼」の表記。初出では、すべて「眼」に統一されている。

(16) 原稿用紙の終わりまで、17マス分あるが、この後は空白のままになっている。

(17) 「き続〔□〕けてゐる。…………」の部分は、原稿用紙の欄外に書かれている。第一章の末尾のためか。

(18) 7マス目に書かれ、その脇に赤インクで「5」と書かれている。

(19) 原稿用紙の欄外上部に、赤鉛筆で「中公小説第六ノツヅキ」と書き込みがある。

(20) 以下、原稿用紙末までの3行と11マス分は、空白のままとなっている。

(21) 以下、原稿用紙末までの2行と18マス分は、空白のままとなっている。

(22) 原稿用紙の欄外上部に「中央小説第六ツヅキ（完）」と赤インクで書き込みがある。

(23) 「〰〰」は2マス分の波線。直前の「？」の部分より、書きあぐねたように見

える。
(24) 初め、
「今年は余計―――」
女は
となっていたところを修正したので、会話追加分の「あら、泣いてゐるやうでござ」の「ござ」が、次行の「女は」のマス目にかかっている。
(25) 以下、原稿用紙末までの6マスと1行は、空白のままとなっている。
(26) 以下、原稿用紙末までの9マス分は、空白のままとなっている。
(27) 神田秀美「芥川龍之介「母」試論―――〈不可知〉を指向する作品トリック、テクニック―――」(『青山語文』1999・3)、鈴木論文(註(3)参照)に詳しい。
(28) 修正したのは下記箇所。〈2枚目〉「崩れかかた」→「崩れかかった」。

あとがき

　芥川龍之介の旧蔵書・洋書を一つの糸口としながら、芥川龍之介における海外文学受容について様々な角度から論じてきた。本書でたびたび言及した三好行雄による展望、すなわち「詳細に調査すれば、芥川龍之介論の有力な論点がいくつも引出せそうな、予感に満ちた旧蔵書の充棟」に秘められた研究の可能性について、実証的なアプローチから、可能な限りさまざまに研究を押し進めてきた。

　第1章においては、近代作家の旧蔵書研究の可能性について、これまでの研究で明るみになった点を例示しながら、総括的に研究の可能性について整理を行った。次章以降からは個別の観点から、各章ごとに論点を変えて、芥川龍之介の海外文学との接点についてさぐった。まず第2章では、芥川が卒業論文で取り組んだウィリアム・モリス論について取り上げた。卒論の原本並びに草稿は現在所在がわからなくなっているが、周囲の証言と旧蔵書に残された書き込みを手掛かりに、芥川が象徴的な色彩美に富んだ詩人としてのウィリアム・モリスに惹かれていたこと、モリスの物語詩が芥川の「MYSTERIOUSな話し」への興味と符合した点、またモリス研究を通じて芥川がその後の文筆業を支える論理的な後ろ盾を得ていた様子について詳述した。加えて、芥川の卒論が J. W. Mackail. *The Life of William Morris Vol.I* (London, Longmans, 1912) の要約に近いものであった可能性を指摘した。

　第3章においては、バーナード・ショーを取り上げ、芥川の受容実態を探った。芥川は戯曲家としてショーが一世を風靡した大正初期ではなく、むしろショーの人気が下火になった大正後期から昭和初期にかけて、熱心にショーの著作を読み込んでいた様子について詳述した。その一つの結実として、正続「西方の人」(『改造』1927・8, 9) における *Androcles and the Lion* の

序文の影響を論じた。

　この第2章と第3章で取り上げたウィリアム・モリスとバーナード・ショーは、現在では社会主義者としての印象が色濃い。しかし、本書ではそういった先入見に捉われることなく、芥川とモリス及びショーとの関わりについて論じた。私見を述べれば、両者に対する芥川の憧憬は社会主義者といった一方面での活躍に由来するのではなく、レオナルド・ダ・ヴィンチやヴォルテール、ゲーテ等に対するのと同じく、その万能ぶりに由来するのではないかと感じる。そのため、モリスとショーを接続する社会主義思想について多くは言及しなかった。

　第4章では、芥川の代表作「地獄変」について、原作ともいえる作品、ピエール・ルイス「芸術家の勝利」の存在を指摘した。芥川は同作を1918年1月中旬に読了し、「地獄変」を同年5月から連載している。両作には（1）逸話・武勇伝の列記、（2）語り手による回想形式、（3）芸術家と対立する時の為政者の登場、（4）名画の縁起物語、（5）芸術至上主義を徹底した芸術家（もしくは芸術作品）とその勝利、（6）鎖で縛られたモデルといった要素が共通してみられる。また、画家が描き出す画題が、神々から火を盗んだギリシア神話の英雄〈プロメテウス〉から炎熱地獄を描く〈地獄変〉と変わった点は、〈英雄伝〉から〈芸術作品〉の神話へのテーマの変奏、〈芸術作品〉に関わる人間たちに待ち受ける〈地獄〉の描出という主題の変遷を象徴していることも指摘した。両者をつなぐ〈炎〉あるいは〈火〉というモチーフは、晩年の芥川にとって〈芸術〉を例える重要なモチーフでもある。いわく「焚き火を燃やすことを発明したのは勿論天才だつたのに違ひない。けれどもその焚き火を燃やしつづけたものはやはり何人かの天才たちである。僕はこの苦心を思ふ時、不幸にも「今の芸術といふものなど、無くなつてしまつてもよい」とは考へない。」。芸術に関わるすべての者が、この〈芸術〉という〈火〉を途絶えさせることなく、連綿と受け継いできた結果、私たちはそれに触れることができる。原作に近い典拠の浮上は、芥川にとって創作とは何か？　という問いを浮上させるとともに、芥川の芸術家としての自負のよりどころを明かしているように思う。そのほか、ピエール・ルイスが永井荷風や谷崎潤一郎にとっても重要な作家であったことを本章では指摘した。

続く第5章では、特定の本を参照するという形ではなく、旧蔵書全体を眺めるという主旨のもと行った調査から得た成果をまとめている。その一つとして、蔵書の頁の間から倉田百三『出家とその弟子』を求める書きかけの書簡が見つかり、新資料として提示した。また、旧蔵の辞典からは辞書を模したようなメモが見つかり、芥川の辞書愛好家としての側面に改めて光を当てた。このメモは、読者家としての芥川、創作に関わろうとする姿を映し出していて、創作衝動の原点を捉えた重要な資料と考えられる。そのほか、初恋相手に宛てたと思われる押し花の発見についても記した。くわえて芥川以外の人物による書込みに注目することで、芥川の交友関係に新たな光を投げかけた。特に霊智学者のE. S. スティーブンソンと芥川の交流は、本調査において初めて立証された。

　第6章では、芥川が編纂した The Modern Seiries of English Literature 全8巻について論じている。これは旧制高等学校の学生向けに編まれた英語副読本であるが、芥川の怪異趣味が色濃く出た叢書でもある。加えて、芥川が「新しい英米の文芸」作品に拘っていたことを、その種本を明かすことで示している。特に第7巻・第8巻は 31 Stories by Thirty and One Authors（Ernest Rhys and C. A. Dawson Scott 編, NewYork, Appleton, 1923）や The Best British Short Stories of 1922（Edward J. O'Brien and John Cournos 編, London, Cape, c1922）といった同時代の作品集からの採用作が並び、当時最新のアンソロジーだったといえる。見方を変えれば The Modern Seiries of English Literature は旧蔵書から産まれた叢書ともいえる。このアンソロジーについては未訳作品を中心に、柴田元幸氏との共編で『芥川龍之介選　英米怪異・幻想譚』（岩波書店）として刊行した。芥川龍之介が選んだ名短編を、現代のオールスターともいえる翻訳者陣が翻訳してくださっている。興味を持たれた読者がおられたら、ぜひご一読ください。

　第7章においては、芥川が英語から翻訳した作品と旧蔵書にある英語原文の比較を手掛かりに、芥川の文章について考察した。芥川が翻訳において、三人称代名詞の使用を執拗なまでに避けていることを受け、芥川が実作においても作品ごとに三人称代名詞の〈常用〉／〈避用〉をはっきりと使い分けている事実を突き止めた。作品の特徴によって使い分けがなされているらし

く、〈避用〉はいわゆる王朝物と現代を舞台にした怪異小説に偏っていた。反対に、切支丹物や江戸期を舞台にした小説、怪異小説を除く現代小説では三人称代名詞は〈常用〉されている。芥川が「彼／彼女／彼等」という語に近代的な響き、ないし舶来文化の響きを感じとっていたと考えられる。また文末詞「である」が英語原文の複文／重文を分割して訳す際に頻出しており、「である」が芥川の中で前後の文への従属を示すマーカーとして使われている可能性を示唆した。本章では、芥川における英語の干渉という従来の研究にはなかった視点で芥川の海外文学受容を論じている。

　第8章では、芥川にとって「翻訳される」という体験、あるいは「翻訳を読む」という体験が意味するところに探った。生前に「翻訳される」という体験を持っていた芥川は、〈翻訳〉という場に立ち現われる「蜃中楼」を愛する読者でもあった。同様な現象は、「世界文学」が注目される現代でも（当然ながら）起こり続けていて、「世界文学」として読まれる際、翻訳先の言語圏で「あらかじめ奪われている体験」があることを具体的に指摘した。また、芥川旧蔵書に立ちかえり、芥川が見ていた旧蔵書越しの「世界文学」像を紹介した。

　第9章では、旧蔵書から離れ、国外に散逸した資料に着目した。UCバークレー校に保管されている「母」直筆原稿を基に、芥川が触れた〈海外〉と彼の実作の関係性に触れた。個人的な事柄と承知しつつ、文学研究者としてのジレンマについて触れると、旧蔵書研究は作家の実作から離れがちであることは事実である。創作の重要なソースでありながら、創作そのものに触れる機会が少ない。だからといってテクストを重んじていないわけではない。作品あってこその作家である。そこで、旧蔵書研究から離れることは承知のうえで、著者のささやかな我がままから、芥川の作品（初稿「母」）を再読できる構成で、本書の研究パートを締めくくることとした。

　上記のように、日本近代文学館や山梨県立文学館、神奈川近代文学所蔵の旧蔵書にある洋書を手掛かりに、これまでの先行研究の穴を補てんするような形で芥川龍之介の海外文学受容について論述してきた。その際、翻訳の有無に捉われず、芥川龍之介の文学研究を考えた際に重要であると考えられる事柄を取り扱ったつもりでいる。同時に、旧蔵書という貴重な資料を最大限

活用することを心掛けた。

　旧蔵書が残っている作家は珍しい。しかし、貴重な資料も使わなければ無用の長物になってしまう。そして活用しなければ、有力な論点を引き出すことはできない。本書ではその活用方法についても幾つかの方法を提示し、それぞれの方法で一定の成果を得られたものと論者は考えている。それでも、芥川龍之介という極めて膨大な蔵書量の〈内なる図書館〉を抱えた作家の海外文学受容の全容に迫るにはまだまだ足りない。勿論、それは一人の研究者の手には余る問題であろう。本書がこれから先の芥川龍之介研究の一つの礎となることを祈るばかりである。また今後の研究のために、本書の附録として、芥川旧蔵書・洋書の悉皆調査の結果について一覧表を掲載している（調査にあたっては小澤純氏に一部調査にご協力いただきました。）。一覧表に先立って、書き入れの日付部分を抽出して、読書年譜も附した。あわせて、ご高覧頂けたら幸いである。

　本研究を進めるにあたっては、大学院の指導教官である須田千里先生から多くのご教示を賜った。文学研究を志したのは、学部生時代に須田先生の芥川龍之介の短篇を読むゼミに参加したことがきっかけであった。その後も演習での的確な指導をはじめ、論文に対する非常に丁寧な添削、研究の可能性や機会についてのさまざまな提案など、非常に多くの場面でご指導をいただきましたことを心からお礼申し上げます。また、清水康次先生からは、大学院時代に折に触れて研究のアドバイスを頂いた。特に、芥川龍之介が編集した *The Modern Series of English Literature* 全8巻について、ある日、「君に預けた方が面白そうだから」と言って、非常に貴重な叢書を一大学院生である私に譲っていただいたことをいまでも折に触れて思い出す。感謝申し上げるとともに、本書及び私の活動がその御恩にすこしでもお応えできていることを願うばかりである。庄司達也先生、小澤純氏には、博士論文の刊行に向けて、多く励まして頂いた。お二人の後押しがなければ、本書が出版されることはなかったように思う。心よりお礼申し上げます。奥野久美子先生には、研究活動を広げる機会を多くいただき、研究活動において幅広くご助言を頂いた。髙橋龍夫先生および黒沢歩先生からは、公私ともともにご助言を頂いたことも今日までの活動の支えとなりました。また、安藤公美先生、嶌田明

子先生にもさまざまな機会で激励をいただいた。同年代の研究者として、公私さまざまな場で活動を共にした小谷瑛輔氏からもいつも忌憚のない意見を頂戴し、多くの刺激を頂いた。また、ひつじ書房への紹介の労を快くとっていただいた。皆さまに心からお礼をお伝えいたします。そのほか、峯村至津子先生、鈴木暁世先生、関口安義先生、宮坂覺先生、神田由美子先生、篠崎美生子先生、西山康一先生、田鎖数馬先生、武藤清吾先生、秦剛先生、溝渕園子先生、乾英治郎先生、田村隆一先生をはじめ、多くの先輩方からご指導ご鞭撻を頂きました。また大学院時代の同期である浅井航洋氏をはじめ、白方佳果氏、高橋幸平氏、開信介氏、松原史氏、西薗有加利氏、サボー・ジュジャンナ氏、山根直子氏らの研究室の先輩方・同期・後輩から多くのご指摘やご示唆をいただきました。ここに感謝の意を表します。吉田恭子氏、大学院時代の副指導教官である水野眞里先生には、研究活動を越えて、人として多くのことを学ばせていただきました。『芥川龍之介選　英米怪異・幻想譚』でご一緒する光栄に授かった柴田元幸先生、若島正先生、森慎一郎先生、都甲幸治氏、畔柳和代氏、岸本佐知子氏、藤井光氏、西崎憲氏、大森望氏、谷崎由依氏には企画にご参加いただいたことを心よりお礼を申し上げるとともに、翻訳やお仕事から多くの事を学ばせていただきました。ありがとうございました。同書の編集に携わってくださった古川義子氏にもお礼申し上げます。柴田先生にお繋ぎくださり、メール・インタビューにも応じてくださったジェイ・ルービン先生にも心よりお礼をお伝えいたします。また、足しげく通った日本近代文学館では大木志門氏（当時）、土井雅也氏、富樫櫻子氏をはじめ職員の皆様が、いつも丁寧に対応くださったことを感謝申し上げます。本書への資料掲載でもお世話になりました。山梨県立文学館でも、保坂雅子氏をはじめ、特別資料の閲覧にご対応くださりましたこと、お礼申し上げます。神奈川近代文学館および藤沢市文書館でもご対応くださった職員の皆様にお礼申し会上げます。田端文士村記念館では直筆原稿を閲覧する機会をいただくなど、木口直子氏をはじめ、石川士朗氏らの多くのご協力をいただきました。ありがとうございました。UCバークレー校の「母」直筆原稿閲覧にあたっては、情報提供から閲覧まで同館キュレーターのマルラ俊江氏にお世話になりました。お礼申し上げます。研究資料の取り寄せなど

に対応くださった図書館職員、ならびに研究費の管理でお世話になった研究部の皆様にもお礼をお伝えいたします。また、蒐集した資料の整理についてお手伝いいただいた三本綾香氏、寺澤聖香氏にも心より御礼申し上げます。日本近代文学作家の旧蔵書研究の研究プロジェクトでご一緒している渡部麻実先生、能地克宜先生、多田蔵人先生、飯島洋先生、そして同研究会のメンバーに誘ってくださった小澤純氏には、いつも助けられております。この場を借りて御礼申し上げます。そして本書の編集を手掛けて下さったひつじ書房・森脇尊志氏には誠実な仕事にお礼を申し上げます。それから、これまでいつもサポートしてくれた両親に心の底からお礼をお伝えいたします。ありがとう。そして、本書の原稿を仕上げるにあたって支えてくれた한정현(ハン・ジョンヒョン)氏に御礼を申し上げます。

　また、本書の研究を進めるにあたって、JSPS科研費16K16778、19K13080、22H00641、23K21913、24K03648の助成を受けた。刊行にあたっては令和6年度京都大学 人と社会の未来研究院若手出版助成を受けた。心より感謝申し上げます。

　ここで言及できなかった多くの方々からもご指導ご鞭撻をいただきました。ありがとうございます。特に、研究活動にあたっては多くの先達の道のあとを歩いていることを日々感じながら研究をしております。これまでの研究者のすべての活動に敬意を表します。そして、本著を手に取ってくださった皆様にも、心より御礼申し上げます。本書が先人から受け継いだ〈火〉が、どこか彼方へと受け継がれることを祈りながら本書を締めくくりたいと思います。

初出一覧

　本書は博士論文「芥川龍之介における海外文学受容について—旧蔵書を通して見える風景」（京都大学　博士（人間・環境学）甲第19066号、2015年3月23日）をもとに、その後に発表した論考を含めて加筆修正を行ったものである。それぞれの初出は次のとおりである。

第1章　・「作家旧蔵書研究の可能性—芥川龍之介旧蔵書・洋書を例として」（『近代作家旧蔵書研究会年報』第1号、2023・3）

第2章　・「芥川龍之介と卒業論文 'Young Morris'—旧蔵書中のウィリアム・モリス関連書籍を手掛かりに」（『京都大学國文學論叢』第34号、2015・9）

第3章　・「芥川龍之介におけるバーナード・ショー受容について—受容遍歴・東京帝国大学時代・「西方の人」を中心に」（『国語国文』第81（4）号、2012・4）

第4章　・「芥川龍之介「地獄変」の材源—ピエール・ルイス「芸術家の勝利（緋衣の男）」との関わりについて」（『比較文学』第66号、2024）

　　　　・「〈プロメテウス〉から〈地獄変〉へ—ピエール・ルイスから芥川龍之介・永井荷風・谷崎潤一郎へ受け継がれたもの」（『国語国文』第93（10）号、2024・10）

第5章　・「芥川龍之介旧蔵書の洋書調査・補遺」（『芥川龍之介研究』第7号、2013）

　　　　・「新資料紹介（2）日本近代文学館所蔵・芥川旧蔵書の英英辞典に挟まれていた紙片について—*Webster's International Dictionary of*

　　　　　　the English Language から発見されたメモ・辞書愛好家としての芥川龍之介」(『芥川龍之介研究』第 17 号、2023)
　　　　　・「『赤い百合』と押し花」(『日本近代文学館』第 318 号、2024・3)
第 6 章　・「The Modern Series of English Literature について―テクストの特色、第七・八巻の出典、「近頃の幽霊」・「南京の基督」との関わりを中心に」(『芥川龍之介研究』第 8 号、2014)
　　　　　・「芥川龍之介編 The Modern Series of English Literature について・補遺―田端文士村記念館所蔵〈序文〉原稿、アーヴィン「劇評家たち」、出典一覧」(『別府大学大学院紀要』第 21 号、2019・3)
第 7 章　・「英文との対照から見た芥川龍之介の文体―三人称代名詞「彼／彼女／彼等」、文末詞「である」について」(『国語国文』第 85(6)号、2016・6)
第 8 章　・「芥川龍之介の翻訳観」(『芥川龍之介研究』第 16 号、2022)
　　　　　・「芥川龍之介旧蔵書越しに見える「世界文学」像」(『芥川龍之介研究』第 17 号、2023)
第 9 章　・「カリフォルニア大学バークレー校 C. V. スター東アジア図書館所蔵・芥川龍之介「母」原稿について」(『別府大学国語国文学』第 57 号、2015・12)
巻末附録　書き下ろし

　但し、すべての論考に対して、初出稿に対して加筆修正を加えた。本書に所収のものを定稿と位置付けていただければ幸甚である。

索引

あ

アーノルド・ベネット……………………192, 193
『赤い百合』……………………………………140
芥川比呂志………………………………………147
アクメッド・アブダラー……………180, 196
アナトール・フランス………………2, 47, 140
『アフロディト』………………………121, 123
アルジャーノン・ブラックウッド……190, 195
「或る日の大石内蔵助」…………………………71
アンカット（製本）………………7, 39, 62, 71, 149
「闇中問答」……………………………………124
『アンナ・カレーニナ』……………………22, 180
アンブローズ・ビアス……………190, 193, 194
井川恭……………………………………21, 30
「芋粥」……………………………………………59
ウィリアム・シャープ……………………6, 19
ウィリアム・モリス………………………4, 29
ヴィンセント・オサリヴァン…………………195
馬の脚……………………………………………246
エドガー・アラン・ポー………………………189
エルネスト・ルナン……………………………88
『黄金伝説』………………………………44, 47
「往生絵巻」………………………………………47
王朝物……………………………………………213
大熊信行…………………………………………33
押し花……………………………………………140
オスカー・ワイルド………………88, 188, 236
『男と女』………………………………………123
「女と操り人形」…………………………………117
『女と操り人形、その他』………………99, 123

か

怪異趣味…………………………………………157
怪異小説…………………………………………214

「開化の殺人」……123
『傀儡師』……124
「河童」……30
「南瓜」……123
ガルシア＝マルケス……231
「彼」……8
「彼　第二」……166
「奇怪な再会」……166
「「菊池寛全集」の序」……73
切支丹物……214
「きりしとほろ上人伝」……47, 123
『金枝篇』……7
「金春会の「隅田川」」……74
偶像破壊……70
倉田百三……132
倉智恒夫……2, 6, 24
「芸術家の勝利（緋衣の男）」……97
芸術至上主義……113
ゲーテ……12
「劇評家たち」……182
『戯作三昧』……99, 102
「袈裟と盛遠」……123
『ゲスタ・ローマノールム』……44
「「ケルトの薄明」より」……206
原稿用紙……168, 264
小泉八雲……34
「江南游記」……8, 239
「骨董羹」……235
『今昔物語』……53

さ
サミュエル・バトラー……192
ジェームズ・フレイザー……7
『地獄変』……4, 97, 110, 114
「辞書を読む」……137
島田謹二……36, 38, 45, 63
ジャアナリズム……80

『出家とその弟子』……132
「じゅりあの・吉助」……47
ジョヴァンニ・パピニ……88
「小説の戯曲化」……75, 78
ジョージ・ギッシング……190
『諸国物語』……211
書店票……23
ジョセフ・コンラッド……179
ジョン・ゴールズワージー……191
ジョン・ラッセル……180, 195
「新富座の「一谷嫩軍記」」……74
『水沫集』……17
スウィンバーン……51
「スティヴンソン君（仮）」……143
ステイシー・オーモニア……195
聖書……236
「西方の人」……71, 124
世界文学……4, 233, 246, 252, 253
『戦争と平和』……21
セント・ジョン・G・アーヴィン……182, 191
蔵書印……24
「続西方の人」……88
卒業論文……4, 29

た
焚き火……124
「奉教人の死」……122
谷崎潤一郎……118, 205, 215, 222
「煙草と悪魔」……124
田山花袋……25
「近頃の幽霊」……5, 165
『地上楽園』……37
「痴人の愛」……118
『偸盗』……37
トマス・ハーディ……190
トルストイ……21, 180
ドロシー・イースタン……195

な

- 永井荷風 ……………………………… 118
- 夏目漱石 ……………………………… 1, 34
- 「南京の基督」 ………………………… 123

は

- バートン版『千夜一夜物語』 ………… 129
- バーナード・ショー ……… 4, 63, 191, 193
- 「パステルの龍」 ……………………… 238
- 「母」 …………………………………… 261
- 原善一郎 ……………………………… 146
- パリー・トラスコット ………………… 196
- ハリソン・ローズ ……………………… 196
- 『パリの憂鬱』 ………………………… 11
- 『バルタザアル』 ………………… 206, 215
- ピエール・ルイス …………………… 4, 97
- 「ひょっとこ」 ………………………… 11
- 「ビリチスの歌」 ……………………… 121
- 広瀬雄 ………………………………… 145
- フィオナ・マクラウド ………………… 6, 19
- 複言語空間 …………………………… 244
- ブラウニング ………………………… 123
- フランシス・ギルクリスト・ウッド … 195
- ブランダー・マシューズ ……………… 191
- 『プロメテウス』 ……………… 110, 112, 114
- 「文芸一般論」 ………………………… 76
- 「文芸雑談」 ………………………… 78, 86
- 文体 ………………………………… 4, 205
- ヘッベル ……………………………… 99
- ベンジャミン・ローゼンブラット … 180, 195
- ボードレール …………………………… 11
- 堀辰雄 ……………………………… 1, 20
- 堀辰雄文庫 ………………………… 1, 23
- 翻訳 ………………… 4, 18, 205, 233, 237, 254

ま

- 正宗白鳥 ……………………………… 21
- マックス・ビアボーム …………… 192, 194
- 松村みね子 …………………………… 19
- 三好行雄 ………………… 1, 97, 131, 303
- メーテルリンク ……………………… 244
- モーパッサン ………………………… 148
- 森鷗外 ……………………… 1, 17, 211

や

- 「保吉の手帳から」 …………………… 144
- ユーディス・ゴーチェ ………………… 237
- 『ユーディット』 ……………………… 99
- 『ユートピアだより』 ………………… 30
- 吉田精一 ……………………………… 5
- 「義仲論」 ……………………………… 53

ら

- ラドヤード・キップリング ……… 189, 190
- ラファエル前派 …………………… 42, 43
- ラフカディオ・ハーン ………………… 51
- レディ・グレゴリー …………………… 188
- ロード・ダンセイニ ……………… 188, 191
- ロセッティ …………………… 43, 48, 51, 56
- ロバート・ルイス・スティーヴンソン … 189

わ

- ワイルド夫人 …………………………… 2

アルファベット

- A・B・ウォークリー ………………… 192
- Achmed Abdullah ………………… 156, 161
- Algernon Blackwood ……………… 9, 158
- Alphonse Daudet …………………… 17
- Ambrose Bierce ……………… 6, 160, 186
- Amy Lowell ………………………… 242

Anatole France	20	M・R・ジェイムズ	190
And even now	8	Marion Crawford	159, 194
Androcles and the Lion	86	Max Beerbohm	8
Arnold Bennett	9, 166	「MENSURA ZOILI」	182
art for life's sake	72	MYSTERIOUSな話し	43, 44, 45, 48, 257
Back to Methuselah	71, 86	News from Nowhere	35
Benjamin Rosenblatt	158	News from Nowhere or an Epoch of Rest	37
Bernard Shaw	164	O・ヘンリー	193
Brander Matthews	161	Oscar Wilde	158
"Cæsar and Cleopatra"	67, 70	P. Truscott	162
D. Easton	162	Parry Truscott	161
David Peace	249	Paul Bourget	24
Dorothy Easton	161	Paul Carus	12
Dorothy Scarborough	5, 165, 244	Paul Claudel	20
E. F. Benson	161, 194	Peter Pan and Wendy	7, 12
E. M. Goodman	158, 161, 162, 195	"Pre-Raphaelites"	51
Edgar Allan Poe	158	Robert Louis Stevenson	157
Edward Frederic Benson	158	Rudyard Kipling	157, 161
Ernest Dowson	20	「SPHINX (a farce)」	67
Eunice Tietjens	242	St. John Greer Ervine	164
Everyman's Library	254	Stacy Aumonier	161
Fairy Stories for children	10	Stopford Brooke	10
Fairy tales	11	Swinburne	62
Frances Gilchrist Wood	161, 165	The Admirable Bashville	79
Ganderska Katarzyna	2, 10	The Dark Lady of the Sonnets	70
Gilbert Keith Chesterton	161, 192, 194	The Earthly Paradise	38, 44, 45, 56, 60
H. G. Wells	157, 191, 193	The Life of William Morris	38, 55
H. Rhodes	161	The Life of William Morris Vol.I	54
Hans Christian Andersen	10	The Modern Series of English Literature	4, 9, 26, 69, 153, 256
Harrison Rhodes	157, 165		
J. W. Mackail	38, 54, 55	The Sanity of Art	81
Jay Rubin	246	The Supernatural in modern English Fiction	5, 165, 200, 244
John Russell	161, 162		
Lafcadio Hearn	149	Things that have interested me	9
Leonid Andreieff	9	Thomas Hardy	164
Lord Dunsany	156	"Thumbelina"	10
Love is Enough	33, 37, 38, 39, 40, 56, 57, 58	Vincent O'Sullivan	161, 166

Webster's international dictionary of the English
　　language 134
"What the Moon Saw" 11
Woman and Puppet etc. 101

巻末附録

1. 芥川龍之介旧蔵書の書き入れに基づく読書年譜
2. 芥川龍之介旧蔵書・洋書に関する書き入れ調査結果一覧表

1. 芥川龍之介旧蔵書の書き入れに基づく読書年譜

　本附録（読書年譜）では、芥川旧蔵書・洋書に認められた日付に関わる書き入れを編年体でまとめている。芥川旧蔵書・洋書にある日付の多くは巻末や作品末に記され、読了日を意味するものと考えてよいだろう。ここでは、日付と作者名、書籍名だけを簡潔にまとめたリストを載せている。読了日を示す日付の他、献辞などに含まれる日付があり、あわせて掲載している。芥川旧蔵書書入れに基づく（読書）年譜については、これまでも、倉智恒夫「芥川龍之介読書年譜 ── フランス文学関係図書 ── 」(『比較文学研究』1983・4) や同「芥川龍之介読書年譜 ── 英・露・独・北欧文学関係図書 ── 」(『現代文学』1983・6)、宮坂覺編「年譜」(『芥川龍之介全集　第二十四巻』収録) に記されてきたが、そのなかには芥川以外の者が記した読了日を芥川のものと錯誤して掲載されている例が散見される。

　そこで、本附録では「1-1. 芥川龍之介による日付あるいは芥川に関連する日付」と「1-2. 芥川龍之介と関連のない日付の記録」の二つの項目に分けて、旧蔵書の日付に関する書き入れをまとめている。芥川龍之介と関連のない日付と同定できるものとしては、日付の後に別人の名前が記されていたり、全844冊の洋書中で同書でしか用いられていないスタンプの日付といったケースがある。芥川の筆跡と明らかに異なるものもある。とはいえ、別人のものと断定できる場合と別人の可能性が高い場合の二種類があり、「2. 芥川龍之介と関連のない日付の記録」ではこの二つが区別できるように略記号を用いている。表の中で用いた略記号は次の通りである。

〔献〕＝献辞などの日付
〔別〕＝署名・蔵書印などから別人の者と断定できるもの
〔疑〕＝筆跡や書き込みの特徴が芥川と異なるため、芥川と別人の記した可能性が高いもの
【　】記号＝カッコ内は書入れの書き起こし
〔　〕記号＝追記や補足
／記号＝改行

　また、日付の後に「Tabata」、「Kamakura」といった地名などが添えられているケースも多く、年譜にはその部分も含めている。そのほか、例えば年次を示す「'14」という書入れは、「1914年」と「大正14 (1925) 年」のどちらの意味にも解釈できるが、出版年や同時期の年次の表記方法等を総合的に鑑みて、年次を推測した。ただし、解釈が分かれる可能性があると筆者が考えた場合には、【　】記号で書入れの表記を注釈等に記している。そのほか、説明が必要な箇所には注を施した。

1-1. 芥川龍之介による日付あるいは芥川に関連する日付

1909 年 2 月：Andersen, Hans Christian *Fairy stories for children*
1910 年 2 月 8 日【8th Feb 1910】：Sienkiewicz, Henryk *Quo vadis?: whither goest thou?: a tale of the time of Nero*
1910 年 6 月 5 日／勝浦：France, Anatole *Thaïs*
1910 年 7 月 24 日／新宿：Maeterlinck, Maurice *Sister Beatrice and Ardiane & Barbe Bleue: two plays*
1910 年 12 日 30 日【一九一〇年十二月三十日　此一巻は屡廣瀬先生の推奨し給へるものなりき／芥川文庫】：Sienkiewicz, Henryk *Quo vadis?: whither goest thou?: a tale of the time of Nero* 〔同年 2 月 8 日読了のものと同書〕
1911 年 4 月 11 日：Merejkowski, Dmitri *The death of the Gods: 3rd ed.*
1911 年 5 月 17 日：Merejkowski, Dmitri *The forerunner: the romance of Leonardo da Vinci*
1911 年 6 月 2 日：Maeterlinck, Maurice *Pelleas and Melisanda, and the sightless: two plays*
1911 年 7 月 13 日：Tolstoy, Leo *The Kreutzer sonata; Family happiness*
1911 年 8 月 8 日：Wilde, Oscar *De profundis:15th ed.*
1911 年 8 月 20 日から 30 日／田端[1]：Schmidt, Ferdinand *Homers Odyssee: 13. Aufl.*
1911 年 8 月 25 日：Turgenev, Ivan *Fathers and children: a novel: Large type fine-paper ed.*
1911 年 9 月 8 日：Turgenev, Ivan *The Jew etc.: Large type fine-paper ed.*
1911 年 9 月 10 日：Tolstoy, Leo *Sevastopol*
1911 年 9 月 21 日：Tolstoy, Leo *The Cossacks: a tale of the Caucasus in the year 1852*
1912 年 3 月 4 日：Pater, Walter *The Renaissance: studies in art and poetry: Library ed.*
1912 年 4 月 4 日／東京[2]：Flaubert, Gustave *Madame Bovary*
〔献〕1912 年 4 月 6 日[3]：Verhaeren, Emile *The dawn*
〔献〕1912 年 4 月 6 日[4]：Strindberg, August *The father: a tragedy*
1912 年 5 月 31 日：Kipling, Rudyard *The jungle book: Uniform ed.*
1912 年 6 月：Rossetti, Dante Gabriel *The poetical works of Dante Gabriel Rossetti: Astor ed.*
1912 年 7 月 13 日：Wilde, Oscar *Lord Arthur Savile's crime; The portrait of Mr. W.H., and other stories: 6th ed.*
1912 年 8 月 28 日／東京：Wilde, Oscar *A house of pomegranates: 3rd ed.*
1912 年 9 月 27 日／東京：D'Annunzio, Gabriele *The flame of life*
1912 年 9 月 30 日／東京：Kingsley, Charles *The water-babies: a fairy tale for a land baby*
1912 年 10 月 10 日：D'Annunzio, Gabriele *The child of pleasure*
1912 年 11 月 12 日／東京：D'Annunzio, Gabriele *The dead city: a tragedy*
1912 年 11 月 15 日／東京：Shaw, George Bernard *Plays, pleasant and unpleasant vol.1*
1913 年 3 月 1 日／東京：Wilde, Oscar *Intentions: 4th ed.*
1913 年 3 月 3 日：D'Annunzio, Gabriele *The maidens of the rocks*
1913 年 3 月 17 日／東京：D'Annunzio, Gabriele *The victim*

1　【自明治四拾四年八月廿日／至同年同月卅日／於田端】
2　【4th. April. 1912 ／ in Tokio】及び【4th, April, 1912, ／ in Tokyo.】。また【一九一二年三月九日／此日　従妹を葬る　芥川龍之介】
3　【一九一二年四月六日／我弟の芝中學に入学したる紀念として／伯母上より贈らる／芥川龍之介】
4　【一九一二年四月六日／我弟の芝中學に入学したる紀念として／伯母上より贈らる／芥川龍之介】

1913 年 3 月 19 日／東京：Maeterlinck, Maurice *Monna Vanna: a drama in three acts*
1913 年 4 月 11 日 ["Cæsar and Cleopatra" 末尾]：Shaw, George Bernard *Three plays for Puritans: The devil's disciple, Cæsar and Cleopatra, and Captain Brassbound's conversion*
1913 年 7 月 5 日／新宿：D'Annunzio, Gabriele *Francesca da Rimini: a play in five acts: Theatre ed.*
1913 年 7 月 10 日／新宿：Kingsley, Charles *Hypatia, or, New foes with an old face*
1913 年 7 月 22 日／新宿：Ibsen, Henrik *Brand: Copyright ed.*
1913 年 7 月 23 日／新宿：Villiers de L'Isle-Adam, Auguste *The revolt; and, The escape*
1913 年 8 月 15 日／富士見村：France, Anatole *The red lily*
1913 年 8 月 25 日：Wilde, Oscar *An ideal husband: a play: 5th ed.*
1913 年 8 月 27 日 ["The Devil's Disciple" 末尾]：Shaw, George Bernard *Three plays for Puritans: The devil's disciple, Cæsar and Cleopatra, and Captain Brassbound's conversion*
1913 年 8 月 27 日：Wilde, Oscar *A woman of no importance: a play: Copyright ed.*
1913 年 9 月 3 日／新宿：Dostoïevsky, Fédor *Crime and punishment*
1913 年 10 月 7 日：Synge, John M. *The tinker's wedding; Riders to the sea; and The shadow of the glen: Pocket ed.*
1913 年 10 月 7 日：Synge, John M. *The well of the saints: a play: Pocket ed.*
1913 年 10 月 10 日：Synge, John M. *Deirdre of the sorrows: a play: Pocket ed.*
1913 年 10 月 30 日：Poe, Edgar Allan *The works of Edgar Allan Poe vol.1: The raven ed.*
1913 年 11 月 18 日：Poe, Edgar Allan *The works of Edgar Allan Poe vol.2: The raven ed.*
1913 年 11 月 21 日：Poe, Edgar Allan *The works of Edgar Allan Poe vol.3: The raven ed.*
1913 年 12 月 9 日：Kipling, Rudyard *The second jungle book*
1913 年 12 月 11 日：D'Annunzio, Gabriele *The daughter of Jorio: a pastoral tragedy*
1913 年 12 月 28 日：Goethe, Johann Wolfgang von *Novels and tales by Goethe*
[献] 1914 年 1 月[5]：Poore, Henry R. *The new tendency in art: post impressionism, cubism, futurism*
1914 年 2 月 1 日／新宿[6]：Maeterlinck, Maurice *The intruder: a play*
1914 年 2 月 2 日：Yeats, William Butler *The Celtic twilight*
1914 年 2 月 16 日：Gregory, Lady *Seven short plays*
1914 年 3 月 20 日／田端：Flammarion, Camille *Death and its mystery before death: proofs of the existence of the soul*
1914 年 5 月 11 日：Rolland, Romain *John Christopher vol.1: Dawn and morning*
1914 年 6 月 18 日：Gregory, Lady *The Kiltartan wonder book*
1914 年 6 月 22 日：Yeats, William Butler *Where there is Nothing: Plays for an Irish Theatre, vol.1*
1914 年 6 月 27 日／新宿[7]：Maeterlinck, Maurice *Prinzessin Maleine: Autorisierte Ausgabe*
1914 年 7 月 1 日／田端[8]：Synge, John M. *The Aran Islands: [Library ed.] pts. 1 and 2*
1914 年 7 月 5 日／新宿[9]：D'Annunzio, Gabriele *Die Gioconda: eine Tragödie: 10. Aufl.*
1914 年 8 月 14 日／一ノ宮[10]：Gregory, Lady *Cuchulain of Muirthemne: the story of the men of the*

---

5 【芥川兄へ／一九一四年一月／亜米利加にて／善一郎】
6 【1. Feb. 14 Shinjuku.】
7 【27 Juni '14 ／ Shinjuku】
8 【1st July '14 ／ Tabata】
9 【5th July '14 ／ Shijuku】
10 【9th August '14 ／ Ichinomiya】

Red Branch of Ulster: 2nd ed.
1914 年 9 月 14 日／田端： Bréal, Auguste *Rembrandt: a critical essay*
1914 年 9 月 23 日[11]： Sherard, Robert Harborough *The life of Oscar Wilde: 3rd ed.*
1914 年 9 月 29 日： Chesterton, G. K. *Magic: a fantastic comedy*
1914 年 10 月 1 日[12]： Shaw, George Bernard *The sanity of art: an exposure of the current nonsense about artists being degenerate*
1914 年 10 月 23 日[13]： Hauptmann, Gerhart *The dramatic works of Gerhart Hauptmann vol.4: Symbolic and legendary dramas*
1915 年 2 月 22 日／田端[14]： Tolstoy, Leo *Iván Ilyitch and other stories*
1915 年 4 月 9 日／田端[15]： Rolland, Romain *John Christopher vol.4: Journey's end*
1915 年 4 月 11 日／修善寺[16]： France, Anatole *Count Morin Deputy*
1915 年 4 月 15 日／田端[17]： Hamsun, Knut *Shallow soil*
1915 年 4 月 19 日 ／ 田 端[18]： Morris, William *The story of the glittering plain which has been also called the Land of living men or the Acre of the undying: Pocket ed.*
1915 年 5 月 5 日／田端[19]： Holmes, C. J. *Notes on the post-impressionist painters: Grafton Galleries 1910-11*
1915 年 5 月 27 日／田端[20]： Shelley, Mary W. *Frankenstein or the modern Prometheus*
1915 年 5 月 29 日[21]： Lewis, Matthew Gregory *The monk: a romance*
1915 年 7 月 19 日／田端[22]： Reade, Charles *The cloister and the hearth: a tale of the middle ages*
1915 年 7 月 28 日 -8 月 4 日[23]： Goethe, Johann Wolfgang von *Novels and tales by Goethe*
1915 年 9 月 11 日／田端[24]： Kuprin, Alexander *Olessia; a novel*
1915 年 11 月 10 日／田端[25]： Fletcher, John Gould *Paul Gauguin: his life and art*
1915 年 12 月 20 日 ／ 田 端[26]： Gobineau, Arthur comte de *The Renaissance: Savonarola, Cesare Borgia, Julius II., Leo X., Michael Angelo: English ed.*
1916 年〔日付不詳〕[27]： Tchekhov, Anton *The black monk, and other stories*
1916 年 1 月 12 日： Ernest Dowson *Dilemmas*

---

11 【23rd Sept '14】
12 【1 Oct '14】
13 【23rd Oct. '14】
14 【22nd Feb. '15 ／ Tabata】
15 【April 9th '15 ／ Tabata】
16 【11th April '15 ／ Yugawara ／ Shuzenji】
17 【26th April' 15 ／ Tabata】
18 【April 19th '15 ／ Tabata.】
19 【5th May '15 ／ Tabata】
20 【May 27th '15 ／ Tabata.】
21 【一九一五年五月廿九日朝】
22 【July 19th '15 ／ Tabata】
23 【28th Jul - 4th Aug 1915】
24 【Sept 11 '15 ／ Tabata】
25 【Nov. 10th '15 ／ Tabata】
26 【20th Dec. ／ '15 ／ Tabata】
27 【R. Akutagawa ／ '16】
28 【呈 芥川龍之介様／大正六年二月 紐育市 正／ S. Narusé ／ Nov. 28th 1916 ／ New York City】

［献］1916 年 2 月[28]：France, Anatole *The path of glory (Eng. trans. & Original Texts)*
1916 年 2 月 1 日／田端：Björnson, Björnstjerne *The novels of Björnstjerne Björnson vol.2 Arne*
1916 年 2 月 28 日／田端：Strindberg, August *In midsummer days: and other tales*
1916 年 3 月／大学の図書館にて：Bergson, Henri *Time and free will: an essay on the immediate data of consciousness*
1916 年 4 月 21 日：Strindberg, August *On the seaboard: a novel of the Baltic Islands: Authorized ed.*
1916 年 5 月 10 日／田端：France, Anatole *The crime of Sylvestre Bonnard*
1916 年 7 月 15 日／田端：Gogol, Nicholas *The mantle and other stories*
1916 年 7 月 15 日／田端：Rolland, Romain *Some musicians of former days*
1916 年 9 月 3 日／田端：Strindberg, August *Plays by August Strindberg vol. 4*
1917 年 1 月 28 日／鎌倉：France, Anatole *Crainquebille, Putois, Riquet, and other profitable tales*
1917 年 4 月 15 日／京都から東京への列車中[29]：Strindberg, August *The German lieutenant and other stories: Colonial ed.*
1917 年 5 月／山中草堂：Tallentyre, S. G. *The friends of Voltaire*
1917 年 6 月 8 日／鎌倉：Schnitzler, Arthur *The green cockatoo and other plays*
1917 年 6 月 20 日：Strindberg, August *Legends: autobiographical sketches*
1917 年 6 月 28 日／東京：Verhaeren, Emile *The plays of Emile Verhaeren*
1917 年 6 月 29 日／東京：Dunsany, Lord *The sword of Welleran, and other stories*
1917 年 7 月 7 日／鎌倉：Strindberg, August *The red room*
1917 年 7 月 11 日／鎌倉：France, Anatole *The white stone*
1917 年 7 月 11 日／鎌倉：Lagerlöf, Selma *The girl from the Marsh Croft*
1917 年 8 月 7 日／田端：France, Anatole *The revolt of the angels*
1917 年 8 月 28 日／田端：Echegaray, José *The great Galeoto: a play in three acts with a prologue*
1917 年 10 月 3 日／横須賀：Strindberg, August *Historical miniatures*
1917 年 11 月 3 日／横須賀：Kuprin, Alexander *The bracelet of garnets and other stories*
1917 年 11 月 11 日／鎌倉：Moore, George *Confessions of a young man*
1917 年 12 月 3 日：O. Henry *Cabbages and kings*
1917 年 12 月 12 日／鎌倉：Blackwood, Algernon *John Silence, physician extraordinary*
1918 年 1 月 12 日／鎌倉[30]：Strindberg, August *The Inferno*
1918 年 1 月中旬：Louÿs, Pierre *Woman and puppet, etc.*
1918 年 1 月 29 日／鎌倉：Anatole France *My Friend's Book*
1918 年 3 月 20 日／田端：Blackwood, Algernon *The lost valley and other stories*
1918 年 5 月 23 日／海軍機関学校：Strindberg, August *The martyr of Stockholm*
［献］1918 年 7 月[31]：Doyle, A. Conann *Adventures of Gerard*
1918 年 8 月：Lowell, Amy *Six French poets: studies in contemporary literature*
1919 年 3 月 19 日／田端：Blackwood, Algernon *The listener and other stories*
1919 年 4 月 16 日／田端：Stokes, Hugh *Francisco Goya: a study of the work and personality of the eighteenth century Spanish painter and satirist*

---

29 【April 15th '17 ／ on the way from ／ Kyoto to ／ Tokio】
30 【Jan. 12th '7 ／ Kamakura】
31 【To Mr. Akutagawa ／ with kindest regards ／ July 1918 ／ E. S. Stephenson】

1919 年 7 月 11 日 ／ 田 端：Merejkowski, Dmitri *The life-work of Flaubert: from the Russian of Merejkowski*
1919 年 8 月 20 日／金沢：Tchekhov, Anton *The wife, and other stories*
1919 年 10 月 13 日／田端：Echegaray, José *The son of Don Juan: an original drama in 3 acts*
1919 年 12 月 20 日：Gautier, Théophile *The romances of Théophile Gautier vol.4: Pocket ed.*
1920 年 1 月 初 旬：Louÿs, Pierre *Aphrodite: a novel of ancient manners, complete and integral translation into English*
1920 年 4 月 1 日／田端：Flaubert, Gustave *The temptation of St. Anthony*
1920 年 7 月 3 日：Crawford, F. Marion *Uncanny tales*
1920 年 7 月 27 日／田端：Stoker, Bram *Dracula: 8th ed.*
1920 年 8 月 31 日／田端：*The best ghost stories*
1920 年 10 月 17 日：Shaw, George Bernard *The doctor's dilemma: a tragedy*
1920 年 11 月 1 日／田端：James, Montague Rhodes *Ghost-stories of an antiquary: new ed.*
1920 年 11 月 7 日／田端：Shaw, George Bernard *Pygmalion: a romance in five acts*
1921 年 3 月 9 日：Zamacois, Eduardo *Their son; The necklace*
1921 年 6 月 10 日 ／ 京漢鉄道車中：Shaw, George Bernard *Overruled, and the dark lady of the sonnets*
〔1921 年〕6 月 11 日／北京[32]：Masefield, John *A tarpaulin muster: 2nd ed.*
1921 年 7 月 2 日／北京：Bennett, Arnold *Things that have interested me*
1921 年 7 月 4 日／漢口：Beerbohm, Max *And even now*
1921 年 9 月 20 日／湯河原：France, Anatole *The elm-tree on the mall; a chronicle of our own times*
1921 年 9 月 26 日／田端：McSpadden, J. Walker〔編〕*Famous psychic stories*
1921 年 10 月 8 日／湯河原：Shanks, Lewis Piaget *Anatole France*
1922 年 1 月 22 日／田端：Henderson, Archibald *George Bernard Shaw: his life and works: a critical biography*
1922 年 4 月 16 日：France, Anatole *The wicker work woman; a chronicle of our own times*
1922 年 4 月 25 日／京都へ向かう列車[33]：Shaw, George Bernard *Misalliance: with a treatise on Parents & children*
1922 年 5 月 29 日／長崎からの汽車[34]：Hamsun, Knut *Dreamers*
1922 年 6 月 1 日／田端：Shaw, George Bernard *Press cuttings: a topical sketch compiled from the editorial and correspondence columns of the daily papers by Bernard Shaw, as performed by the civic and dramatic guild at the Royal Court Theatre, London, on the 9th July 1909*
1922 年 6 月 18 日／田端：Shaw, George Bernard *Heartbreak house; Great Catherine; Playlets of the war*
1922 年 8 月 24 日／田端：Beerbohm, Max *The happy hypocrite; a fairy tale for tired men*
1922 年 9 月 4 日／澄江堂：France, Anatole *The opinions of Anatole France*
1922 年 10 月 18 日／田端：Uddgren, Gustaf *Strindberg the man*
1922 年 12 月 7 日／田端：Wells, H. G. *The invisible man: a grotesque romance: Copyright ed.*

---

32 【June 11th 京漢鉄道車中／北京へ着ク日．】
33 【April 25th 1922 ／ in the train for ／ Kyoto】
34 【May 29th, 1922 ／長崎よりかへる汽車中】

1922 年 12 月 13 日／田端：James, Montague Rhodes *More ghost stories of an antiquary: new ed.*
1923 年 3 月／湯河原：Gaboriau, Emile *Monsieur Lecoq*
1923 年 7 月 5 日／田端：Doyle, A. Conann *The green flag*
1923 年 9 月 22 日：France, Anatole *The aspirations of Jean Servien*
1924 年 3 月 5 日／田端：Anatole France *Little Pierre*
1924 年 4 月 20 日／修善寺：Campbell, Olwen Ward *Shelley and the unromantics*
1924 年 7 月 2 日：Hueffer, Ford Madox *The Pre-Raphaelite brotherhood: a critical monograph*
1924 年 8 月 2 日／軽井沢：Darton, F. J. Harvey *Arnold Bennett: New and rev. ed.*
1924 年 8 月 7 日／軽井沢：Papini, Giovanni *A man-finished (Un uomo finito)*
1924 年 8 月 15 日／軽井沢：Drinkwater, John *Oliver Cromwell: a play*
1924 年 8 月 18 日／軽井沢：Bennett, Arnold *What the public wants: a play in four acts*
1924 年 11 月 12 日：France, Anatole *Anatole France: the man and his work: an essay in critical biography*
1924 年 11 月 25 日／田端：Azorin *Don Juan*
1925 年 4 月 10 日／汽車中：Aldanov, M. A. *Saint Helena, little island*
1925 年 4 月 11 日／修善寺：France, Anatole *Marguerite*
1925 年 5 月 23 日[35]：Lewis, Matthew Gregory *The monk: a romance*〔再読〕
1925 年 9 月 7 日／軽井沢：Bennett, Arnold *Judith: a play in three acts*
1925 年 11 月 3 日／田端：Barrie, J. M. *Peter Pan and Wendy*
1926 年 1 月 11 日：Shaw, George Bernard *Saint Joan: a chronicle play in six scenes and an epilogue*
1926 年 9 月 25 日／田端：Dunsany, Lord *Five plays: the gods of the mountain, the golden doom, King Argimēnēs and the unknown warrior, the glittering gate, the lost silk hat*
〔年不詳〕3 月 2 日／鎌倉：France, Anatole *At the sign of the Reine Pédauque*
〔年不詳〕6 月 10 日／田端：Starrett, Vincent *Ambrose Bierce*
〔年不詳〕12 月 13 日：Lagerlöf, Selma *From a Swedish homestead*

1-2. 芥川龍之介と関連のない日付の記録

〔別〕1885 年 9 月 2 日：Towle, George Makepeace *Beaconsfield*
〔別〕1904 年：Omar Khayyám *Rubáiyát of Omar Khayyám: rendered into English verse by Edward FitzGerald: 8th ed.*
〔別〕1905 年：*French wit and humor: a collection from various sources classified in chronological order and under appropriate subject headings*
〔別〕1907 年 2 月 14 日：Gorky, Maxim *The outcasts: and other stories*
〔別〕1908 年 1 月 9 日：Turgenev, Ivan *A Lear of the steppes, etc: Large type fine-paper ed.*
〔別〕1908 年 4 月 30 日／東京：Gogol, Nicholas *Taras Bulba: a story of the Dnieper Cossacks*
〔疑〕1908 年 6 月 20 日[36]：Manskopf, Johannes *Böcklins Kunst und die Religion*
〔別〕1908 年 6 月 22 日／東京：Heijermans, Herman, Jr. *The ghetto: a drama in four acts*
〔別〕1908 年 11 月 21 日：Hofmannsthal, Hugo von *Elektra: Tragödie in einem Aufzug: 7. Aufl*

---

35 【May 23nd '14】
36 【Den 20 Juni '08】

〔疑〕1909 年 4 月 8 日／東京[37]：Maeterlinck, Maurice *Joyzelle*
〔疑〕1909 年 4 月 22 日／東京[38]：Ibsen, Henrik *Little Eyolf; John Gabriel Borkman; When we dead awaken: Copyright ed.*
〔疑〕1909 年 5 月 11 日／東京[39]：Ibsen, Henrik *Rosmersholm; The lady from the sea: Copyright ed.*
〔別〕1909 年 5 月 29 日：Lagerlöf, Selma *The story of Gösta Berling*
〔別〕1910 年 3 月 15 日－23 日：Maupassant, Guy de. *Boule de suif, and other stories: ed. de luxe*
〔疑〕1910 年 3 月 24 日／東京[40]：Ibsen, Henrik *Little Eyolf; John Gabriel Borkman; When we dead awaken: Copyright ed.*
〔別〕1910 年 3 月 27 日－4 月 8 日：Maupassant, Guy de. *Monsieur Parent, and other stories: ed. de luxe*
〔別〕1910 年 4 月 10 日－5 月 14 日：Maupassant, Guy de. *The viaticum, and other stories: ed. de luxe*
〔疑〕1910 年 4 月 22 日／東京[41]：Ibsen, Henrik *Hedda Gabler; The master builder*
〔疑〕1910 年 4 月 26 日／東京[42]：Ibsen, Henrik *Hedda Gabler; The master builder*
〔疑〕1910 年 7 月 10 日／東京[43]：Ibsen, Henrik *Little Eyolf; John Gabriel Borkman; When we dead awaken: Copyright ed.*
〔別〕1910 年 9 月 19 日－12 月 24 日：Maupassant, Guy de. *The old maid, and other stories: ed. de luxe*
〔別〕1910 年 11 月 17 日－18 日及び 1911 年 12 月 24 日－1911 年 3 月 3 日：Maupassant, Guy de. *Une vie, and other stories: ed. de luxe*
〔別〕1910 年 11 月 24 日：Kropotkin, Petr, Alekseevich *Russian literature*
〔別〕1911 年 8 月 25 日：Maupassant, Guy de. *Bel ami: ed. de luxe*
〔別〕1912 年 2 月：Mantegazza, Paolo *The legends of flowers, or "'Tis love that makes the world go round": 2nd ser.*
〔別〕1912 年 2 月 24 日／三条[44]：Nietzsche, Friedrich *Also sprach Zarathustra: aus dem Nachlaß 1882–1885*
〔別〕1912 年 6 月 16 日：Maupassant, Guy de. *Fort comme la mort, and other stories: ed. de luxe*
〔疑〕1912 年 10 月 28 日[45]：Zola, Émile *The ladies' paradise*
〔別〕1913 年：Gourmont, Remy de *A night in the Luxembourg*
〔別〕1913 年 7 月：Vizetelly, Ernest Alfred *Émile Zola, novelist and reformer: an account of his life & work*
〔疑〕1913 年 7 月 11 日／本郷[46]：Nietzsche, Friedrich *Also sprach Zarathustra: aus dem Nachlaß 1882–1885*

---

37 【8th April 1909 in Tokio】
38 【22nd April '09 ／ Tokio】〔"John Gabriel Borkman" 末尾〕
39 【11th May '09 ／ Tokyo.】
40 【24th March. 1910 Tokio.】〔"Little Eyolf" 末尾〕
41 【22.April 1910. ／ Tokio】〔"Hedda Gabler" 末尾〕
42 【26th April 1910 ／ Tokio】〔"The Master bulider" 末尾〕
43 【10th July 1910 ／ Tokio】〔"When we dead awaken" 末尾〕
44 【明治四十五年二月廿四日／三条南□□にて／通生】
45 【大正元年十月二十八日夕 初読」を訂正線で消し、「◆◆〔二字不明〕read」】
46 【Hongō. Jul. 11th ／ 1913】

巻末附録　1. 芥川龍之介旧蔵書の書入れに基づく読書年譜

［別］1913 年 10 月[47]：Browning, Elizabeth Barrett *The poetical works of Elizabeth Barrett Browning*
［疑］1914 年 9 月 1 日[48]：Stirner, Max *The ego and his own*
［別］1914 年 9 月 22 日：Strindberg, August *Legends: autobiographical sketches*
［疑］1914 年 10 月 9 日[49]：Stirner, Max *The ego and his own*
［別］1915 年［日付不詳］：Bruce, H. Addington *Historic ghosts and ghost hunters*
［疑］1915 年 7 月 2 日：Alcock, Sir Rutherford *The Capital of the Tycoon: A narrative of a three years' residence in Japan, vol.1*
［疑］1915 年 11 月 8 日：Strindberg, August *The German lieutenant and other stories: Colonial ed.*
［別］1916 年：Strindberg, August *Fair haven and foul strand: Colonial ed.*
［別］1916 年：Strindberg, August *The growth of a soul*
［疑］1916 年 4 月 11 日：Goethe, Johann Wolfgang von *Goethe's Criticisms, reflections and maxims*
［別］1916 年 5 月：Strindberg, August *The red room*
［別］1916 年 9 月 2 日／神楽坂[50]：Schiller, Friedrich *The poems and ballads of Schiller*
［疑］1919 年 4 月 11 日／中西屋書店[51]：Shaw, George Bernard *How he lied to her husband: in one act, with preface; The admirable Bashville, or, constancy unrewarded: being the novel of Cashel Byron's profession done into a stage play in three acts and in blank verse*
［別］1949 年 9 月／鵠沼[52]：Langsdorff, G. H. von *Voyages and Travels in various parts of the world. during the years 1802,1804, 1805, 1806, and 1807*
［別］1949 年 9 月／鵠沼[53]：Mac Farlane, Charles *Japan; An Account, Geographical and Historical, from the earliest period at which the islands composing this empire were known to europeans, down to the present time; and the expedition fitted out in the united states, etc.*
［別］1949 年 9 月[54]：Yeats, William Butler *Plays for an Irish Theatre*
［別］1949 年 9 月／鵠沼[55]：Langsdorff, G. H. von *Voyages and Travels in various parts of the world. during the years 1802,1804, 1805, 1806, and 1807. Part II*
［別］1950 年 9 月 25 日／田端[56]：Baudelaire, Charles *Les Fleurs du Mal*
［別］1961 年／世田谷[57]：Yeats, William Butler *Plays for an Irish Theatre*
［別］1963 年春[58]：Goethe, Jonah Wolfgang von *Werthers Leiden*

47　【October 1913 ／ Sen 50】
48　【Sept 1. -14】
49　【大正三年十月九日】
50　【Bought this book at Kagurazaka on the 2nd of September, ／ 1916, a memorial night about certain matter.】及び
51　【Bought at ／ Nakanishiya ／ Book Seller's ／ on the 11th ／ of April ／ 1919】
【小山】の印
52　【Septembre 49. ／ Kuguénuma.】
53　【彼の死後、二十二／年目の秋はじめ、これを誌す。Septembre 49. ／ Kuguénuma.】
54　【彼ノ死後、二十二年目ノ秋ハジメ、コレヲ誌ス。）／ Septembre 49. Kuguénuma.】
55　【彼ノ死後、二十二年目ノ秋ハジメ、コレヲ誌ス。／ Septembre 49. Kugénuma.】
56　【September 25, TABATA ／ Y. Kuzumaki】
57　【昭和辛丑／於世田谷】
58　【昭和みづのとの う春／葛巻義敏】

2. 芥川龍之介旧蔵書・洋書に関する書き入れ調査結果一覧表

書き入れ一覧表について

　本附録（書き入れ一覧表）では、日本近代文学館・山梨県立文学館・神奈川近代文学館で確認できた芥川龍之介の旧蔵書・洋書全844冊についての悉皆調査を一覧表にまとめた。調査にあたっては小澤純氏に一部ご協力いただいた。心より御礼申し上げます。

　表の作成にあたっては、請求番号・編著者名・書誌・書き込み情報・備考について項目ごとに整理した。著作の順番については各巻の請求記号に準じている。書き込みについては、芥川の手によるものと判断されたものについては、できるかぎり翻刻を試みた。その際、凡例のなかに示した先行研究を適宜参照した。書入れの種類・色・ペン種等については略記号を用いて表記した。表の凡例は次の通りである。

凡例

〇各項目について
　「請求番号／編著者名／書名・翻訳者名[※1]・出版社・出版年[※2]・本文頁数・叢書名[※1]／書き込み箇所の頁数について／備考」の5つの項目に分けて報告する。
　　※1……翻訳者・叢書名はある場合のみ
　　※2……出版年について明記されていなかった場合、カクカッコ（［　］）でわかる範囲の年代を示す。［n. d.］は書誌を確認できる情報が一切確認できなかった（no data）を意味する。また、例えば［c1907］、［pref1907］は、それぞれコピーライトが1907年の表記、序文が1907年の執筆を示す。

〇編著者名について
　編者の場合は〔編〕、編訳者の場合は〔編訳〕を末尾に加えている。

〇書き込み箇所の頁数について
　書き込みの確認できた頁数を表記している。ただし、見開き単位で確認を行っており、両方の頁に書き込みがあった場合は、半角ハイフンで繋いで表記している。例えば見開きで34-35頁の場合、(1) 34頁のみに書き込みがあった場合34頁、(2) 35頁のみの場合は35頁、(3) 両方の頁に書き込みがある場合は34-35頁と表記する。

○書店購入シールについて

　蔵書の購入もとを示す書店シールが添付されている場合は、例えば「丸善シール」などと「書店名＋シール」で表記する。

○蔵書印について

　書物の所有者を示す蔵書印について、できる限り文字部分を翻刻して、その旨を示した。ただし、芥川が使用した「我鬼」印については二種類が確認でき、便宜的に「我鬼A」印、「我鬼B」印とした。

「我鬼A」印

「我鬼B」印

○書き込みの略記号

(1) 書き入れの種類：書き入れ＝ N〔Note〕、下線＝ U〔Underline〕、傍線＝ S〔Sideline〕

(2) 色：赤＝ R〔Red〕、黒＝ B〔Black〕、紫＝ P〔Purple〕、青＝ A〔Ao〕、黄＝ Y〔Yellow〕、緑＝ G〔Green〕

(3) ペン種：鉛筆＝ p〔pencil〕、インク（ペン）＝ k〔ink〕、墨・毛筆＝ b〔brush〕

　　〔例1〕黒鉛筆＝ Bp、赤鉛筆＝ Rp、紫鉛筆＝ Pp、黒インク＝ Bk、赤インク＝ Rk、黒毛筆＝ Bb

　　〔例2〕下記の場合は次の通りとする。

　　　　表見返し（丸善シール、書き入れ：黒インク）、86頁（書き入れ：黒インクでカギカッコ始め）、110頁（下線：黒インク）、124-125頁（二重傍線：黒インク）

　　　　　⇩

　　　　表見返し（丸善シール、N：Bk）、86頁（N：Bkでカギカッコ始め）、110頁（U：Bk）、124-125頁（二重S：Bk）

○書き込み報告欄等の補足事項

　補足事項は〔　〕内にて記す。短篇集や詩集などの場合、書き込み当該箇所の作品名などをできる限り記すようにした。また「□」は判読不能を意味する。

○備考欄について

　先行研究での言及の有無の他、著作に関する情報や調査中に気がついたことを記している。アンカット（袋とじ）本に関して未裁断の部分がある場合、頁数を示す。該当部分については、芥川が目を通していないことを意味する。また、折れ目についても備考欄で報告している。芥川は栞代わりにページの端を手折っていたと考えられる。

○先行研究の略記号

〔12〕＝三好行雄「所蔵図書紹介（芥川比呂志寄贈）芥川龍之介旧蔵書」(『日本近代文学館図書・資料ニュース』第 12 号、1970 年 7 月）

〔38〕＝饗庭孝男「芥川の読書」(『日本近代文学館』館報第 38 号、1977 年 7 月）

〔45〕＝三好行雄「芥川龍之介の書き入れ」(『日本近代文学館』館報第 45 号、1978 年 9 月）

〔51〕＝「所蔵資料紹介　芥川龍之介資料」(『日本近代文学館』館報第 51 号、1979 年 9 月）

〔57〕〔58〕〔59〕〔61〕〔62〕〔63〕〔64〕〔65〕〔66〕〔71〕〔73〕〔78〕＝「芥川龍之介資料旧蔵書への書入れ」(『日本近代文学館』館報第 57・58・59・61・62・63・64・65・66・71・73・78 号、1980 年 9・11 月・1981 年 1 月、1981 年 5・7・9・11 月・1982 年 1・3 月、1983 年 1・5 月、1984 年 3 月）。尚、これらの報告については石割透編『日本文学研究資料新集 20 芥川龍之介・作家とその時代』(有精堂、1987 年 12 月）所収の「芥川龍之介資料――旧蔵書への書入れ――」に一括して再録されている。

〔69〕＝倉智恒夫「芥川龍之介文庫――フランス文学関係図書」(『日本近代文学館』館報第 69 号、1982 年 9 月）

〔倉 1〕＝倉智恒夫「芥川龍之介読書年譜――フランス文学関係図書――」(『比較文学研究』1983 年 4 月）

〔倉 2〕＝倉智恒夫「芥川龍之介読書年譜――英・露・独・北欧文学関係図書――」

(『現代文学』第 27 号、1983 年 6 月）

〔山〕＝飯野正仁「山梨県立文学館所蔵「芥川龍之介旧蔵洋書」目録」（『資料と研究』第 5 輯、2000 年 1 月）

〔G〕＝ Ganderska Katarzyna「芥川龍之介旧蔵書への書き入れに関する書誌学的研究 1915 年 8 月末までに読んだ西洋文学作品を対象に」（埼玉大学大学院文化科学研究科博士後期課程学位論文、2007 年 3 月）。但し、Katarzyna 氏の論文は 1915 年までに発行された全書籍を対象とした調査であるが、書き込みやアンカット等の状態について報告があった図書に限り、印を付している。

〔本〕＝本書にて言及していることを意味する。

芥川龍之介旧蔵書・洋書に関する書き入れ調査結果一覧表

● 日本近代文学館　芥川文庫

請求番号	編著者名	書名・翻訳者名・出版社・出版年・本文頁数・叢書名	書き込み箇所の頁数（書店票・線・筆記具などの情報も）	備考
A1	Abbé	*Legends of Saint Joseph, patron of the universal church*・Mrs. J. Sadlier・New York, P. J. Kenedy・1896・340p.	裏見返し（書店印：「星書店（京都／寺町通／竹屋町下ル）」）	〔G〕聖ヨハネの伝説集
A2	Ainger, Alfred	*Charles Lamb*・London, Macmillan・1909・191p.・English men of letters	表見返し（丸善シール、N：Bk）、86頁（N：BkでカギカッコIt始め）、110頁（U：Bk）、124頁（二重S：Bk）	〔G〕イギリスの随筆家チャールズ・ラムの評伝〔G〕によると表見返しの書き入れは「accout given by Haydan ※／83. 8. 8」で、※部分は「虫食いのせいで解読不可能単語」。また「英語風の「1883年8月8日」という日付の書き入れから、これは芥川龍之介による書き入れではないと推測される」とのこと。
A3	Aldanov, M. A.	*Saint Helena, little island*・A. E. Chamot・New York, A. A. Knopf・1924・193p.	195頁（N：Bpで「April 10th '25／汽車中」〔本文末尾の隣の余白頁〕）	〔倉2〕ナポレオンが幽閉された「セントヘレナ島」に関する書物　芥川龍之介「歯車」に、「ナポレオンはまだ学生だった時、彼の地理のノオト・ブックの最後に「セエント・ヘレナ、小さい島」と記していた。」とある（本書には、ナポレオンに関する記述もある）。折れ目：154頁左下（跡）
A4	Aldington, Richard	*Voltaire*・London, Routledge・1925・278p.・The republic of letters		ヴォルテールについての評伝　折れ目：73頁右下（跡）、216頁左上（跡）
A5	Álvarez Quintero, Serafín and Joaquín	*Malvaloca : a drama in three acts*・Jacob S. Fassett, Jr・Garden City, N.Y., Doubleday, Page & company・1916・151p.	表見返し（N：Rkで「Y. Isobe」の署名）	戯曲
A6	Amiel, Henri-Frédéric	*Amiel's journal : the journal intime of Henri-Frédéric Amiel*・Mrs. Humphry Ward・London, Macmillan・1913・p.318	表見返し（丸善シール）、2頁（U：Rk）、4-5頁（U：Rk）、16頁（S：Bk）、25頁（U：Rk）、34頁（U：Rk）、40-41頁（U：Rk）、45頁（U：Rk）、46-47頁（U：Rk）、70頁（U：Rk）、88頁（S：Rk）、100頁（S：Rk）、131頁（U：Rk）、146-147頁（S・U：Rk）、192頁（U：Rk）、199頁（U：Rk）、218頁（U：Rk）、225頁（U：Rk）、232頁（U：Rk）、249頁（U：Rk）	〔69〕〔倉1〕〔G〕「アミエルの日記」折れ目：16頁左上（跡）未裁断：297-304頁（APPENDIX（附録）の全8頁、その後のINDEXはすべて裁断されている）
A7	Andersen, Hans Christian	*Fairy stories for children*・London, Ward, Lock・(253-)504p.・The Rainbow series	251〔目次〕頁（N：Rpで題名の頭に点）、253〔目次〕頁（N：Rpで題名の頭に点）、260-261頁（U：Bk・Rp）、265頁（U：Bk）、505頁（U：Bkで「教科書以外に始めて英語で書いた本を読んだのはこれが／始である。中学の二年の三学期の始めであったと思ふ　一番はじ／めHeart-felt Sorrowが何度よんでもなかなっ	〔45〕〔倉2〕〔G〕〔本〕アンデルセンの童話集本文1頁目が253頁にあたる（割本?）。中学二年の三学期は、1907年1月ごろ。広瀬雄からの献本と考えられる。目次で赤点があった作品は次の通り。"A Heartfelt Sorrow"、"In years to come"、"Thumbelina"、

			た／此本は先生に頂いたのである／一九〇九年二月　龍之介記」〔本書末尾〕）	"Everything in its right place"、"The red shoes"、"The silent book"、"The littele match girl"、"The jumpers"、"The flying trunk"、"A story"、"The old street lamp"、"The metal pig"、"A rose from the grave of Homer"、"The littele Mermaid"、"The Shadow"、"The old house"、"The Jewish maiden"、"A picture from the fortress wall"、"The golden treasure"の19作品（全36作品）。
A8	Andersen, Hans Christian	Fairy tales from Hans Christian Andersen・London, J. M. Dent・1918・387p.・Everyman's library	表見返し（中西屋書店シール）、230–231 頁（N：Bk で「ウマイ」〔"What the Moon Saw"の第二夜〕及び「ウマイ」〔同第三夜末尾〕）、233 頁（N：Bk で「ウマイ」〔同第五夜末尾〕）、239 頁（N：Bk で「ウマイ」〔同第十二夜末尾〕）、242–243 頁（N：Bk で「good」〔同第十四夜末尾〕及び「ウマイ」〔同第十六夜〕）、244 頁（N：Bk で「ウマイ、ボオドレエル以前コノ人アリ」〔同第十六夜末尾〕）、387 頁（S・N：Bk で本文末尾の段落に傍線を引き、その横に「コノ頂センチメンタルナリ　ココヲ読ンデ／涙ヲ流シタ」〔"The Ugly Duckling"末尾〕）	〔57〕〔倉2〕〔本〕アンデルセンの童話集
A9	Andreieff, Leonid	The seven that were hanged・London, A. C. Fifield・1909・80p.・The Tucker series	扉（蔵書印：「芥川文庫」印）、5 頁（N：Bp）、6–7 頁（N：Bp）、8–9 頁（N：Bp）、21 頁（U：Rk）、22–23 頁（U：Rk）、24–25 頁（U：Rk）、26–27 頁（U：Rk）、28–29 頁（U：Rk）、30 頁（U：Rk）	〔倉2〕〔G〕アンドレーエフ『七刑囚物語』書入れは単語の意味がほとんど（"revolver"に「短銃」、"valet"に「従僕」、"insomina"に「不眠症」など）
A10	Angelus Silesius	A selection from the rhymes of a German mystic・Paul Carus・Chicago, Open Court・1909・174p.	表見返し（N：Bk で「April 22 MCMXI〔1911〕」）、扉（蔵書印：「我鬼A」印）、xvii 頁（U：Ap）、xviii 頁（N：Bp で「18」）、xxiii 頁（N：Bp で「4–10」及び「14, 15」）、xxiv–xxv 頁（N：Bp で数字、U：Ap）、xxvi 頁（U：Ap）、3 頁（U：Bp）、5 頁（U：Ap）、6–7 頁（U：Ap）、11 頁（U：Ap、N：Bk で「spinozas Gott」）、14–15 頁（U：Ap・Bp）、18 頁（U：Ap・Bp）、25 頁（U：Ap）、26 頁（U：Ap・Bp）、29 頁（U：Ap）、34–35 頁（U：Bp）、38 頁（U：Ap・Bp）、50 頁（U：Ap）、55 頁（U：Bp）、56–57 頁（U：Bp・Ap）、60 頁（U：Ap）、63 頁（U：Ap）、68 頁（U：Bp）、70 頁（U：Ap）、77 頁（U：Bp）、81 頁（U：Ap）、82 頁（U：Ap）、85 頁（U：Bp）、86–87 頁（U：Ap・Bp）、89 頁（U：Ap・Bp）、98 頁（U：Ap）、107 頁（U：Ap・Bp）、117 頁（U：Ap）、121 頁（U：Ap）、125 頁（U：Ap・Bp）、	〔倉2〕〔G〕ドイツ神秘主義者による韻文集英語訳のあとにドイツ語原文が載っている（下線はすべて英語側に施されている）。折れ目：109 頁右下（跡）、112 頁左下（跡）、135 頁左下（跡）

巻末附録　2. 芥川龍之介旧蔵書・洋書に関する書き入れ調査結果一覧表

A11	Arnold, Matthew	*Essays in criticism*・London, Macmillan・1911・379p.・Macmillan's new shilling library	130頁（U：Ap・Bp）、144頁（U：Ap）、148頁（U：Ap・Bp）、161頁（U：Ap・Bp）、163頁（U：Bp）、165頁（U：U）、166頁（U：Ap）、168–169頁（U：Bp、N・Bp）、173頁（U：Ap） 表見返し（丸善シール）、1頁（N：Bp）、2–3頁（N：Bp）、4–5頁（N：Bp）、6–7頁（N：Bp）、8–9頁（N：Bp）、10–11頁（N：Bp）、12–13頁（N：Bp）、14–15頁（N：Bp）、156–157頁（N：Bpで「Prepare his essay」〔"Heinrich Heine"の章冒頭〕など）、158–159頁（N：Bp）、160–161頁（N：Bp）、162–163頁（N：Bp）、164–165頁（N：Bp）、166–167頁（N：Bp）、168–169頁（N：Bp）、170–171頁（N：Bp）、172–173頁（N：Bp）、174–175頁（N：Bp）、176–177頁（N：Bp）、178–179頁（N：Bp）、180–181頁（N：Bp）、182–183頁（N：Bp）、184–185頁（N：Bp）、186–187頁（N：Bp）、188–189頁（N：Bp）、190–191頁（N：Bp）、192–193頁（N：Bp〔"Heinrich Heine"の章末尾〕）、344–345頁（N：Bpで「Prepare thise sentence」〔"Marcus Aurelius"の章冒頭〕など）、346–347頁（N：Bp）、348–349頁（N：Bp）、350–351頁（N：Bp）、352–353頁（N：Bp）、354–355頁（N：Bp）、356–357頁（N：Bp）、358–359頁（N：Bp）、360–361頁（N：Bp）、362–363頁（N：Bp）、364–365頁（N：Bp）、366頁（N：Bp〔"Marcus Aurelius"の中途〕）	〔17〕〔G〕 文芸評論集 1st ser（第一巻） Heineの章（とMarcus Aureliusの章）に書き込みが集中。芥川のHeine理解に影響？ 折れ目：360頁左下（跡）
A12	Azorin	*Don Juan*・Catherine Alison Phillips・New York, A. A. Knopf・1924・144p.	51頁（S：Bk）、52頁（S・N：Bkで、S脇に「美シイ」〔第14章末尾〕）、145頁（N：Bkで「Nov. 25th '24 ／ Tabata」〔本文末尾〕）	〔倉2〕 長編小説 折れ目：41頁右上と42頁左上（跡：山折りと谷折りに二重に折られた跡）、84頁左上（跡）、90頁左上（跡）、94頁右上（跡）
A13	Babbitt, Irving	*Rousseau and romanticism*・Boston, Houghton Mifflin・1919・426p.	表見返し（丸善シール）、扉（蔵書印：「利宮之印」印）、38頁（U・N：Bkで "Poetry calls for something enormous, babaric and savage." にUを引き、「romantic definition of Poetry」とコメント）、53頁（S：Bp）、54–55頁（S：Bp）、56頁（N：Bp）、58–59頁（U：Bp・Bk）、64–65頁（S：Bp）、72頁（U：Bk）	〔倉1〕 ルソーとロマン主義に関する文芸評論 未裁断〔製本ミス?〕：213–216頁、217–220頁、409–412〔Biography〕頁、415–418〔Biography〕頁 折れ目：64頁左上（跡）、133頁下（跡）、244頁左下（跡）
A14	Balzac, Honoré de	*Balzac's Contes drolatiques : droll stories collected from the abbeys of Touraine*・R. Whittling・London, Mathieson・〔1896〕・167/170/131p.	表見返し（中西屋書店シール）、第二巻85頁（N：Bpで "R"〔誤植の訂正〕）、同118頁（Bpで「count」）、162–163頁（U・N：Bp〔"Depair in Love"〕）、164頁（N：Bpで "victim" に「ギセイ」）、168–169	〔倉1〕〔G〕 バルザック『風流滑稽譚』 3冊の合冊本 折れ目：第三巻16頁左下と66頁左下に折れ目があるが、製本時出来たものの可能性あり

A15	Balzac, Honoré de	Lost illusions・Ellen Marriage・London, Dent／New York, E. P. Dutton・[n. d.]・385p.・Everyman's library	表見返し（丸善シール）	バルザック『幻滅』 折れ目：194 頁左上（跡） 193–194 頁が破れて、破損している。 頁（U・N：Bp〔"Despair in Love" は 168 頁まで、169 頁から "Epilogue（第二巻末尾）"〕）
A16	Balzac, Honoré de	The wild ass's skin・Ellen Marriage・London, J. M. Dent／New York, E. P. Dutton・1915・288p.・Everyman's library	表見返し（丸善シール）	バルザック『あら皮』 折れ目：39 頁右上（跡）、61 頁右下（跡）、91 頁右下（跡）
A17	Barbey d'Aurevilly, J.A	Vom Dandytum und von G. Brummett・Richard Schaukal・München, Müller・1909・132p.		エッセイ「ダンディズムの解剖学」 翻訳者による紹介文付き ドイツ語
A18	Barbusse, Henri	We others : stories of fate, love and pity・Fitzwater Wray・New York, E. P. Dutton & Company・[c1918]・274p.	表見返し（丸善シール）	短篇集
A19	Baring, Maurice	Lost diaries・London, Duckworth・1913・214p.	表見返し（丸善シール）、扉（蔵書印を消した跡）、1 頁（U：Ap、N：Bk）、2–3 頁（U：Ap、N：Bk）、4 頁（N・U：Bk）	〔G〕 著名人の架空の日記集 折れ目：5 頁右上（跡） 書入れは A9, 11 等と同じく単語の意味が中心（"wrist" に「手クビ」、"wavy" に「イカレル」、"misbehaviour" に「無作法」など） 折れ目：157 頁左上（"Christopher Columbus" の日記） 未裁断（製本ミスか）：157–160 頁
A20	Baroja, Pio	Youth and egolatry・Jacob S. Fassette, Jr. and Frances L. Phillips・New York, A. A. Knopf・1920・265p.・The Free lance books		随筆集 折れ目：66 頁左下（跡："My Home Lands"）
A21	Barrie, J. M.	The old lady shows her medals・London, Hodder and Stoughton・1923・168p.・The plays of J. M. Barrie	表見返し（教明社シール）	戯曲 A23 と同じシリーズ
A22	Barrie, J. M.	Peter Pan and Wendy・London, Hodder and Stoughton limited・[n. d.]・360p.	200 頁（S：Bp）、244–245 頁（S：Bp）、246 頁（S：Bp）、320 頁（N：太い Bp で "Nov. 3rd '25／Tabata"〔本文末尾〕）	〔倉 2〕〔本〕 『ピーターパンとウェンディ』
A23	Barrie, J. M.	The twelve-pound look and other plays・London, Hodder and Stoughton limited・1923・180p.・The uniform edition of the plays of J. M. Barrie	表見返し（教明社シール）	戯曲集 A21 と同じシリーズ 収録作は "The twelve-pound look"、"Pantaloon"、"Rosalind"、"The will"
A24	Baudelaire, Charles	Baudelaire : his prose and poetry・Arthur Symons, Joseph T. Shipley, F. P. Sturm, W. J. Robertson. Richard Herne Shepherd.・New York, Boni and Liveright・[c1919]・248p.・The modern library of the world's best books	表見返し（丸善シール）、扉（蔵書印：「我鬼 A」印）	〔G〕 詩と散文集 編者は T. R. Smith 折れ目：223 頁右上（跡）
A25	Baudelaire, Charles	The flowers of evil・Cyril Scott・London, Elkin Mathews・1909・63p.・The Vigo cabinet series	表見返し（丸善シール）、10 頁（U：Bk〔Rk が褪色したか？："Echoes"〕）、16 頁（U：Bk〔"Interior Life"〕）、18 頁（U：Rk〔"Beauty"〕）、21 頁（U：Rk〔"Hymn to Beauty"〕）、32–33 頁	〔倉 1〕 『悪の華』

巻末附録　2．芥川龍之介旧蔵書・洋書に関する書き入れ調査結果一覧表　　　339

			(U：Rk〔"The Spiritual Dawn"および"Evening Harmony"〕)、45 頁（U：Rk〔"Sadness of the Moon-Goddess"〕)、46–47 頁 (U：Rk〔"Cats"及び"Owls"〕)、51 頁（U：Rk〔"Spleen"〕)	
A26	Baudelaire, Charles	*Poes Leben und Werke, Wagner in Paris - u.a.*・Max Bruns・Minden, Bruns・[n. d.]・266p.・Charles Baudelaires Werke : in deutscher Ausgabe / von Max Bruns ; Bd. 3	4 頁（N：Bp で「×」印)、8–9 頁（N：Bp)	ボードレール作品集（第三巻)ドイツ語訳 折れ目：148 頁左上（跡："Weiters über Edgar Poe"の章)
A27	Baumbach, Rudolph	*Tales from wonderland*・Helen B. Dole・London, Walter Scott・[n. d.]・287p.・The Scott library	表見返し（蔵書印：「曙□〔一字不明〕蔵書」印〔曙房蔵書か〕、N：Ak で「Y. Suzuki」の署名)、vii〔目次〕頁（N・U：Bp で題名に○印やライン)、1 頁（蔵書印：「曙□〔一字不明〕蔵書」印)、2–3 頁（U：Rk、N：Bp〔"Ranunculus, The Meadow Sprite"〕)、4–5 頁（U：Rk、N：Bp〔同前〕)、9 頁（U：Rk、N：Bp〔同前〕)、13 頁（U：Rk、N：Bp〔同前〕)、17 頁（U：Rk、N：Bp〔"The Legend of the Daisy"〕)、30 頁（S：Bp〔"The Clover Leaf"〕)、39 頁（S：Bp〔"The Adder-Queen"〕)、41 頁（S：Bp〔同前〕)、168 頁（U：Rk〔"The Forgotten Bell"〕)、170–171 頁（U・S：Bk〔同前〕)、172–173 頁（U・S：Bk、U：Rk〔同前〕)、175 頁（S：Rk・Bk〔同前〕)、178 頁（U：Rk〔同前〕)、182 頁（U：Bk〔"The Water of Youth"〕)、207 頁（N：Bk で「コノ話ヲカキシモノハ莫迦ナリ」〔同前末尾〕)、広告 1 頁（N：Bp)、広告 2–3 頁（N：Bp)、広告 4–5 頁（N：Bp)、裏見返し（N：Bp で数式)	〔71〕〔倉 2〕〔G〕 短篇集（御伽の国の物語集) 目次で印がある作品は次の通り。 "The Beech-tree"、"The odelinda and the Water-Sprite"、"The Forgotten Bell"、"The Water of Youth"、"The Four Evangelists" 折れ目：95 頁右上（跡："The Beech-Tree")、139 頁右下（跡："The Ass's Spring")、147 頁右上（跡："The Talkative House-Key")、176 頁左下（跡："The Forgotten Bell")、178 頁左下（跡：同前)、180 頁左下（跡：同前)
A28	Beardsley, Aubrey	*Under the hill and other essays in prose and verse with illus.* 2nd ed・London ; New York, John lane, the Bodley Head・1913・70p.	表見返し（丸善シール)、扉（蔵書印：「我鬼」印)	ビアズリーのイラスト、金言、エッセイ、詩など 収録作品："Under the hill"、"The three musicians"、"The ballad of a barber"、"Translation of Catullus: Carmen CL"、"Table talk of Aubrey Beardsley"、"Two letters of Aubrey Beardsley")
A29	Beckford, William	*Vathek*・London, Greening・[189–]・272p.・The Lotus library	表見返し（丸善シール)	アラビア風物語（美麗イラスト付)
A30	Beerbohm, Max	*And even now*・London, William Heinemann・1920・320p.	241 頁（N：Bk で「good！」〔"A Clergyman'"末尾〕)、285 頁（N：Bk で「ウマイ往年ノ Max デハナイ　敬服シタ」〔"William and Mary"末尾〕)、320 頁（N：Bk で「July 4th 1921 Hankow〔=漢口〕」〔本文末尾〕)	〔71〕〔倉 2〕〔本〕 エッセイ集 未裁断：173–176 頁（"Servants")、185–188 頁（内容には無関係の余白頁)、217–218 頁（内容には無関係の余白頁)、253–256 頁（内容には無関係の余白頁)
A31	Beerbohm, Max	*The happy hypocrite ; a fairy tale for tired men*・Edinburgh, J.	表見返し（丸善シール)、80 頁（N：Bk で「最初ノ二章ガ頗ル／	〔57〕〔倉 2〕 中編小説

		Lane・[19–]・79p.	よい／構想ハ寧ロ平凡デア／ル唯デリカに仕上げてあ／るソノ点ハMax デナイト出／来ヌ藝デアル／24th ／ August ／ 1922 ／ Tabata」〔本文末尾〕)	
A32	Beerbohm, Max	Seven men・London, William Heinemann・1920・218p.	表見返し（丸善シール）、143 頁（Bp を引っかけた跡〔"A. V. Laider"〕）、148 頁（Bp を引っかけた跡〔同前〕)	短篇集（戯曲を含む）収録作品："Enoch Soames"、"Hilary Maltby and Stephen Braxton"、"James Pethel"、"A. V. Laider"、"'Savonarola' Brown"
A33	Beerbohm, Max	Zuleika Dobson・New York, Boni and Liveright・[c1911]・358p.・The Modern library		長編小説 折れ目：212 頁左上（跡）、214 頁左上（跡）
A34	Beers, Henry Austin	A history of English romanticism in the eighteenth century・New York, Henry Holt・[pref. 1898]・455p.	1 頁（N：Bk で消えた題名〔水濡れ?〕を記し直している）、2 頁（U：Rk)、6 頁（U・N：Rk)、10–11 頁（U：Rk、S：Bp)、12–13 頁（U・S：Rk)、14 頁（U：Rk)、17 頁（U：Rk、S：Bp)、18 頁（N：Bp)、20 頁（N：Bp)、22–23 頁（U・S：Bp〔ここまで第一章 "The Subject Defined"〕)、75 頁（S：Bp〔第三章 "The Spenserians"〕)、231 頁（S：Bp〔第七章 "The Gothic Revival"〕)	イギリス文学史（18 世紀のロマン主義）折れ目：313 頁右上（跡：第九章 "Ossian")
A35	Beers, Henry Austin	A history of English romanticism in the nineteenth century・New York, Henry Holt・[pref. 1901]・424p.	1 頁（N：Bk で消えた題名〔水濡れ?〕を記し直している〔シールか何かを剥がした跡か〕)、196 頁（N：Bp で「○」印〔"The Romantic Movement in France"〕)、222 頁（U：Bp〔同前〕)、288 頁（N：Bp でカギカッコ始め〔"The Pre-Raphaelites"〕)、291 頁（N：でカギカッコ閉じ〔同前〕)、292 頁（薄い線：Bp〔同前〕)、294 頁（S：Bp〔同前〕)、301 頁（S：Bp〔同前〕)、305 頁（S：Bk〔同前〕)、307 頁（S：Yp〔同前〕)、308–309 頁（S：Bp・Yp〔同前〕)、310–311 頁（S：Yp・Bp〔同前〕)、313 頁（S：Bp〔同前〕)、314–315 頁（S：Yp〔同前〕)、316–317 頁（N：Bpで 316 頁に「モリス論」など、N：Bk〔同前〕)、318–319 頁（N：Bp で 318 頁に「ロセツテとモリス／の相違点」、U・S：Bp、U：Yp〔同前〕)、320–321 頁（N：Bp で 320 頁に「モリスとスコット」、U・S：Bp〔同前〕)、322–323 頁（S：Bp〔同前〕)、324–325 頁（S：Bp、S：黄色 p〔同前〕)、328 頁（S：Bp〔同前〕)、340–341 頁（S：Bp〔同前〕)、342–343 頁（S・N：Bp〔同前〕)、345 頁（N：Bp で「○」印〔同前〕)、399 頁（N：Bp で「○」印〔"Tendencies and Results"〕)	〔本〕 イギリス文学史（19 世紀のロマン主義）折れ目：164 頁左上（"The Romantic School in Germany" の章)、222 頁左上（跡："The Romantic Movement in France" の章）未裁断：209–212 頁（"The Romantic Movement in France" の章）
A36	Bennett, Arnold	Books and persons : being comments on a past epoch, 1908–1911・London, Chatto &	表見返し（丸善シール)	文芸批評集

巻末附録　2. 芥川龍之介旧蔵書・洋書に関する書き入れ調査結果一覧表　　　341

A37	Bennett, Arnold	*Judith : a play in three acts*・London, Chatto & Windus・1919・125p. Windus・1920・241p.	17頁（N：Bpでカギカッコ始め）、125頁（N：Bpで「Sept. 7th 1925／Karuizawa」〔本文末尾〕）、広告6頁（N：Bkで◯印）、広告8頁（N：Bkで◯印）、広告11頁（N：Bkで◯印）、広告16頁（N：Bkで◯印）、広告30頁（N：Bkで◯印）	〔倉2〕戯曲
A38	Bennett, Arnold	*The love match : a play in five scenes*・London, Chatto & Windus・1922・148p.		戯曲 未裁断：41–44頁、57–60頁、61–64頁、73–76頁、77–80頁、89–92頁、93–96頁、105–108頁、109–112頁、121–124頁、125–128頁、137–140頁、141–144頁 ※Act1だけ読み、Act2以降読んでいない
A39	Bennett, Arnold	*Paris nights, and other impressions of places and people*・London, Hodder & Stoughton・[c1913]・384p.	表見返し（丸善シール）、扉（蔵書印：「龍之介印」印）	随筆集
A40	Bennett, Arnold	*Tales of the five towns*・London, Thomas Nelson・287p.		〔本〕短篇集 折れ目：49頁右下（跡："The Elixir of Youth"）
A41	Bennett, Arnold	*Things that have interested me*・London, Chatto & Windus・1921・321p.	62頁（U：Bpで"Bicarbonate of Soda"の章タイトルにライン）、321頁（N：Bpで「July 2nd '21／Peking〔=北京〕」〔本文末尾〕）、裏見返し（N：Bpで絵のようなN〔A346の表・裏見返しと似たタッチ〕）	〔倉2〕〔本〕随筆集 最終章は"Henry James"について 未裁断：77–80頁（"Football Match"の章）、201–204頁（"Coupons"の章）、217–220頁（"Egyptology"の章） 折れ目：56頁左上（跡："The Barber"の章）、196頁左上（跡："Short Stories"の章）、272頁左上（跡："The Prize Fight"の章）
A42	Bennett, Arnold	*What the public wants : a play in four acts*・London, Chatto & Windus・1921・141p.	表見返し（教明社シール）、141頁（N：Bkで「評判ホド傑作ナラズ〔縦書き〕」&「August 18th '24／Karuizawa〔横書き〕」）	〔57〕〔倉2〕戯曲
A43	Bergson, Henri	*An introduction to metaphysics*・T. E. Hulme・London, Macmillan・1913・79p.	表見返し（丸善シール）	『形而上学入門』 折れ目：16頁左下（跡）
A44	Bergson, Henri	*Time and free will : an esssay on the immediate data of consciousness*・F. L. Pogson・London, George Allen／New York, Macmillan・1912・252p.・Muirhead library of philosophy	表見返し（丸善シール）、v頁（U：Rk）、vi–vii頁（U：Rk）、165頁（U：Bp）、166頁（U：Bp）、240頁（N：Bkで「哲学の本で／こんな美しい本は読んだ／事がない　綺麗な水を一層づつ深く沈／んで行くやうな気がしたさうしていくら沈／んで行つても明るさはちつとも変らない気／がした僭越だが序文と結論とはこの本／を読まない常からボンヤリ僕も考へ／てみたが／その間の精巧な連鎖に／至つては敬服の外／はない／大学の図書館にて／千九百十六年三月」〔本文末尾〕）	〔38〕〔45〕〔倉1〕ベルクソン『時間と自由』
A45	Berlioz, Hector	*The life of Hector Berlioz as written by himself in his letters & memoirs*・Katharine F. Boult・	表見返し（丸善シール）	作曲家ヘクトル・ベルリオーズの自伝 折れ目：71頁右上（跡：xiii章

		London, J. M. Dent・[n. d.]・305p.・Everyman's library		から xiv 章）
A46	Berlioz, Hector	Mozart, Weber and Wagner : with various essays on musical subjects・Edwin Evans・London, Wm. Reeves・[191-?]・216p.・The critical writings of Hector Berlioz	表見返し（丸善シール）	モーツァルトの評伝 折れ目：12頁右上（跡：第三章の扉頁）、156頁左下（跡）
A47	Bernardin de Saint-Pierre	Paul and Virginia・不明・Philadelphia, Henry Altemus・[n. d.]・224p.・Altemus' Illustrated Vademecum Series		長編小説『ポールとヴィルジニー』 折れ目：82頁左上（跡）、84頁左上（跡）
A48-1	Bierce, Ambrose	The collected works of Ambrose Bierce vol.1 Ashes of the beacon : The land beyond the blow : For the Ahkoond : John Smith, liberator : Bits of autobiography・New York, The Neale Publishing Company・1909・402p.	表見返し（丸善シール）	アンブローズ・ビアス全集第一巻（短篇集） 収録内容："Ashes of the beacon"、"The land beyond the blow（短篇集）"、"For the Ahkoond"、"John Smith, liberator"、"Bits of autobiography" 〔全集第二巻 In the Midst of Life: Tales of Soldiers and Civilians と第七巻 The Devil's Dictionary（悪魔の辞典）は欠け〕
A48-3	Bierce, Ambrose	The collected works of Ambrose Bierce vol.3 Can such things be?・New York, The Neale Publishing Company・1909・427p.	表見返し（丸善シール）、11〔目次〕頁（N：Bp で"The Moonit Road"に点）、12〔目次〕頁（N：Bp で"The Ways of Ghots"および"Some Haunted House"〔どちらも短篇集タイトル〕に点）	ビアス全集第三巻（短篇集） 収録内容：短篇集"Can such things be?" & "The Ways of Ghosts" & "Soldier-folk" & "Some Haunted Houses"
A48-4	Bierce, Ambrose	The collected works of Ambrose Bierce vol.4 Shapes of clay・New York, The Neale Publishing Company・1910・376p.	表見返し（丸善シール）	ビアス全集第四巻（詩集） 未裁断（製本ミス）：83-86頁
A48-5	Bierce, Ambrose	The collected works of Ambrose Bierce vol.5 Black beetles in amber・New York, The Neale Publishing Company・1911・381p.	表見返し（丸善シール）	ビアス全集第五巻（詩集）
A48-6	Bierce, Ambrose	The collected works of Ambrose Bierce vol.6 The monk and hangman's daughter ; Fantastic fables・New York, The Neale Publishing Company・1911・383p.	表見返し（丸善シール）	ビアス全集第六巻（前半〔The Monk and the Hangman's Daughter〕はドイツの民話の翻案。後半〔Fantastic Fables〕は寓話など）
A48-8	Bierce, Ambrose	The collected works of Ambrose Bierce vol.8 Negligible tales ; On with the dance ; Epigrams・New York, The Neale Publishing Company・1911・381p.	表見返し（丸善シール）	ビアス全集第八巻（新聞記事など）
A48-9	Bierce, Ambrose	The collected works of Ambrose Bierce vol.9 Tangential views・New York, The Neale Publishing Company・1911・384p.	表見返し（丸善シール）、13〔目次〕頁（N：Bp で"Some Privations of the Coming Man"及び"Columbus"に点）	〔本〕 ビアス全集第九巻（批評・評論・随筆集）
A48-10	Bierce, Ambrose	The collected works of Ambrose Bierce vol.10 The opinionator・New York, The Neale Publishing Company・1911・394p.	表見返し（丸善シール）、27頁（N：Bk で「後代モ後代ノ色眼鏡デ現代ヲ／見ルサ」〔"On literary criticism"〕）	〔本〕 ビアス全集第十巻（批評・評論・随筆集）
A48-11	Bierce, Ambrose	The collected works of Ambrose Bierce vol.11 Antepenultimata・New York, The Neale Publishing Company・1912・398p.	表見返し（丸善シール）	ビアス全集第十一巻（補遺1）
A48-12	Bierce, Ambrose	The collected works of Ambrose Bierce vol.12 Kings of beasts ;	表見返し（丸善シール）	ビアス全集第十二巻（補遺2）

A49	Bithell, Jethro〔編訳〕	*Two administrations ; Miscellaneous*・New York, The Neale Publishing Company・1912・411p.		
		Contemporary German poetry・Jethro Bithell・London, W. Scott・1909・191p.・The Canterbury poets	表見返し（丸善シール）、viii–ix〔目次〕頁（N：Rpで○印）、x–xi〔目次〕頁（N：Rpで○印、N：Bpで"HO1Z, ARNO"から線が引かれて「Whitmanノ自由詩ヲ□ケタル詩人」とある）、xii〔目次〕頁（N：Rpで○印）、xiv–xv〔目次〕頁（N：Rpで○印）、xvi〔Introduction〕頁（N：Bpで×印）、6–7頁（U：Rp〔Hans Benzmann "On Ways of Gloaming Dark" 及び同 "A Spring Evening"〕）	〔G〕ドイツ人の詩集アンソロジー目次で○がある詩人は "Dehmel, Richard (Contd.)"、"Falke, Gustav"、"Ginzkey, Franz Karl"、"Hofmannsthal, Hugo von"、"Liliencron, Baron Detlev von"、"Rilke, Rainer Maria"、"Wedekind, Frank"
A50-2	Björnson, Björnstjerne	*The novels of Björnstjerne Björnson vol.2 Arne*・Walter Low・London, Heinemann・1912・218p.	8頁（S：Bp）、10頁（U：Bp）、13頁（U・S・N：Bp）、14–15頁（U・S・N：Bp）、16頁（N：Bpでカギカッコ閉じ）、22頁（S：Bk）、35頁（S：Bk）、36–37頁（S：Bk、N：Bkで36頁S脇に「good」)、38頁（S：Bk）、59頁（S：Bk）、78–79頁（S：Bk）、84–85頁（S：Bk）、90–91頁（S：Bk、N：Bkで90頁S脇に「a beautiful／picture」)、92頁（S・U：Bk）、107頁（S：Bk）、108–109頁（S：Bk、N：Bkで109頁S末尾に「very simple／but beautiful」)、124頁（N：Bkで「hitchen」の「h」を削除し「k (itchen)」に〔誤植の訂正〕)、129頁（S：Bk）、130頁（S：Bk）、134頁（N：Bkで「too much sugar」)、206–207頁（S：Bk）、208–209頁（S：Bk）、215頁（S：Bk）、216–217頁（S：Bk）、218–219頁（S：Bk、N：Bkで「Feb 1rst '16／Tabata」〔本文末尾〕)	〔71〕〔倉2〕長編小説シール・値段の書き込みなし。→単独で購入後、気に入ったので残りのBjörnsonの本をまとめて古書店（値段の書き込みが同一、シールが異なる）で購入したが、読まなかったと考えられる。読了日について、〔倉2〕では「Dec 1rst '16 Tabata」と報告され、芥川全集の年譜でその日付が採用されているが、正しくは「Feb 1rst '16 Tabata」と思われる。
A50-5	Björnson, Björnstjerne	*The novels of Björnstjerne Björnson vol.5 The bridal march & one day*・London, Heinemann・1912・196p.	表見返し（中西屋書店シール）	中篇（長編）小説2編 未裁断：(-7) -(-4)頁〔扉部分〕、(-3) -0頁〔扉部分〕、1–8頁、9–16頁、25–32頁、33–40頁、41–48頁、49–56頁、57–64頁、65–72頁、73–80頁、81–88頁、89–96頁、97–104頁、105–112頁、113–120頁、121–128頁、129–136頁、137–144頁、145–152頁、153–160頁、161–168頁、169–176頁、177–184頁、185–192頁、193–196頁、197–200頁
A50-6	Björnson, Björnstjerne	*The novels of Björnstjerne Björnson vol.6 Magnhild & Dust*・London, Heinemann・1915・308p.	表見返し（丸善シール）	中篇（長編）小説2編 未裁断：〔扉-8頁（"MAGNHILD"の冒頭第一章）は裁断済み〕9–16頁、17–24頁、25–32頁、33–40頁、41–48頁、49–56頁、57–64頁、65–72頁、73–80頁、81–88頁、89–96頁、97–104頁、105–112頁、113–120頁、121–128頁、

				129–136 頁、137–144 頁、145–152 頁、153–160 頁、161–168 頁、169–176 頁、177–184 頁、185–192 頁、193–200 頁、201–208 頁、209–216 頁、217–224 頁、〔225–232 頁("DUST"の冒頭第一章)は裁断済み〕233–240 頁、241–248 頁、249–256 頁、257–264 頁、265–272 頁、273–280 頁、281–288 頁、289–296 頁、297–304 頁、305–308 頁
A50-7	Björnson, Björnstjerne	*The novels of Björnstjerne Björnson vol.7 Captain Mansana & Mother's hands*・London, Heinemann・1897・223p.	表見返し(中西屋シール)	中篇(長編)小説 2 編 未裁断:vii–xii 頁、1–8 頁、9–16 頁、17–24 頁、25–32 頁、33–40 頁、41–48 頁、49–56 頁、57–64 頁、65–72 頁、73–80 頁、81–88 頁、89–96 頁、97–104 頁、105–112 頁、113–120 頁、121–128 頁、129–136 頁、137–144 頁、145–152 頁、153–160 頁、161–168 頁、169–176 頁、177–184 頁、185–192 頁、193–200 頁、201–208 頁、209–216 頁、217–224 頁
A50-8	Björnson, Björnstjerne	*The novels of Björnstjerne Björnson vol.8 Absalom's hair & a painful memory*・London, Heinemann・1915・201p.	表見返し(丸善シール)	中篇(長編)小説 2 編 未裁断:(-5) – (-2) 頁〔扉〕、(-1)-2 頁〔扉〕、3–10 頁、11–18 頁、19–26 頁、27–34 頁、35–42 頁、43–50 頁、51–58 頁、59–66 頁、67–74 頁、75–82 頁、83–90 頁、91–98 頁、99–106 頁、107–114 頁、115–122 頁、123–130 頁、131–138 頁、139–146 頁、147–154 頁、155–162 頁、163–170 頁、171–178 頁、179–186 頁、187–194 頁、195–198 頁、199–202 頁
A51	Blackwood, Algernon	*The empty house and other ghost stories*・London, E. Nash・1916・316p.	表見返し(丸善シール・蔵書印:)、扉(N:Bkで「一番おしまひの Skeleton Lake と云ふ小説が一番よくかけてゐる/化物の話皆いかん　泉鏡花以下だ　唯 Smith だけは/悪くない　要するにブラックウッド君は new Poe でも何で/もない　唯の平凡な作家である/一九一八年二月十三日/横須賀汐入で/龍」、1 頁 (N:Bp〔単語の意味〕)、2–3 頁 (N:Bp〔同前〕)、4–5 頁 (N:Bp〔同前〕)、6 頁 (N:Bp〔同前〕)、8–9 頁 (N:Bp〔同前〕)、10–11 頁 (N:Bp〔同前〕)、12 頁 (N:Bp〔同前〕)、14–15 頁 (N:Bp〔同前〕)、16–17 頁 (N:Bp〔同前〕)、19 頁 (N:Bp〔同前〕)、20–21 頁 (N:Bp〔同前〕)、22–23 頁 (N:Bp〔同前〕)、24–25 頁 (N:Bp〔同前〕、S:Bk)、26 頁 (N:Bk で「ココハヨシ少シスゴイ」、N:Bp〔単語の意味〕)、28–29 頁 (N:Bp〔単語の意味〕)、30 頁 (N:Bp〔同前〕)、63 頁 (N:Bp〔同前〕)、64 頁	〔45〕〔倉 2〕 短篇集 書き込みは単語調べが主 収録作品:"The empty house"、"A haunted island"、"A case of eavesdropping"、"Keeping his promis"、"With intent to steal"、"The wood of the dead"、"Smith : an episode in a lodging-house"、"A suspicious gift"、"The strange adventures of a private secretary in New York"、"Skeleton Lake: an episode in camp"

巻末附録　2．芥川龍之介旧蔵書・洋書に関する書き入れ調査結果一覧表

			（N：Bp〔同前〕）、66 頁（N：Bp〔同前〕）、70–71 頁（N：Bp〔同前〕）、73 頁（N：Bp〔同前〕）、76–77 頁（N：Bp〔同前〕）、78 頁（N：Bp〔同前〕）、80–81 頁（N：Bp〔同前〕）、82–83 頁（N：Bp〔同前〕、S・N：Bk で S 脇に「少シ誇張シスギテキルガ悪クナイ」〔p.83〕）、84 頁（N：Bp〔単語の意味〕）、100 頁（N：Bp〔同前〕）、119 頁（N：Bp〔同前〕）、121 頁（N：Bp〔同前〕）、153 頁（S：Bk）、154–155 頁（S・N：Bk で 155 頁の S 脇に「ココモチヨイトスゴイ」）、156–157 頁（S：Bk）、158–159 頁（S：Bk）、163 頁（U：Bp）、238 頁（N：「人ヲ馬鹿ニスルノモ／程ガアル」）、裏見返し（N：Bk で「October 30th 1917」）	
A52	Blackwood, Algernon	*John Silence, physician extraordinary*・London, E. Nash・1915・390p.	表見返し（丸善シール、N：Bp で「if one lose a moment of your life, you ／ can never write one of your stories as it ／ is」）、72 頁（N：Bk で「Haunted house へ来テカラハウマイ」〔"A Psychical Invasion" の裏遊び紙〕）、140 頁（N：Bk で「前半ハヨイガ hall デ婆サン及娘ト／踊ル辺カラ先ハイカン／ドウモ日本ノ猫ヂヤ猫ヂヤヲ思ヒ出ス」〔"Ancient Sorceries" 末尾〕）、197 頁（U：Bk〔"The Nemesis of Fire"〕）、242 頁（N：Bk で「サノミ感服モ仕ラナイ〔「ゼ」を消した跡〕全体トシテハ先ノ諸篇ニ劣ル」〔同前の裏遊び紙〕）、290 頁（N：Bk で「Satan ノ姿ガ見エルトコロハマヅイ／ソノ外ハヨク書ケテキル／但前半冗漫ナリ」〔"Secret Worship" 末尾〕）、390 頁（N：Bk で「Dec. 12nd '17 ／ Kamakura」〔"The Camp of the Dog" 末尾〕）	短篇集
A53	Blackwood, Algernon	*The listener and other stories*・London, E. Nash・1916・350p.	表見返し（丸善シール）、目次（N：Bp で〇印）、50 頁（N：Bk で「コノ 1/3 位ニ書イタラヨイカモ知レン」〔"The Listener" 末尾〕）、126 頁（N：Bk で「長ギル」〔"Max Hensig" 末尾〕）、203 頁（N：Bp で「ウマイ」〔"The Willows" 末尾〕）、243 頁（N：Bk で「不愉快極ル」〔"The Insanity of Jones" 末尾〕）、259 頁（N：Bk で「チヨイト気ガ利イテキル」〔"The Dance of Death"〕）、275 頁（N：Bk で「ツマラン」〔"The Old Man of Visions" 末尾〕）、289 頁（S：Bp〔"May Day Eve"〕）、291 頁（S：Bp〔同前〕）、311 頁（N：Bp で「ツマラン」〔同前末尾〕）、323 頁（U：Bp〔"And Claustrophobia"〕）、335 頁（N：Bk で「ワルクナイ」〔同前末尾〕）、350 頁（N：Bk	〔57〕〔倉 2〕〔本〕短篇集　収録作品：''The listener''、''Max Hensig''、''bacteriologist and murderer''、''The willows''、''The insanity of Jones''、''The dance of death''、''The old man of visions''、''May day eve''、''Miss Slumbubble-and claustrophobis''、''The woman's ghost story''　目次で〇がある作品は次の通り。''The Listener''、''The Willows''、''THe Dance of Death''　折れ目：70 頁左上（跡）、129 頁右下（製本時に偶然できたものか）、316 頁左下（跡）

			で「チツトモコハクナイ／可笑キ」及び「March 10th 1919 ／ Tabata」（"The Woman's Ghost Story" 及び本書末尾）	
A54	Blackwood, Algernon	*The lost valley and other stories*・London, Eveleigh Nash・1914・328p.	表見返し（丸善シール）、238 頁（S：Bp）、328 頁（N：Bk で「May 20th '18 ／ Tabata〔本書末尾：一度「'17」と記し、「7」を削除して「8」を書き足している〕）	〔倉2〕短篇集 収録作品：" The lost valley"、"The wendigo"、"Old clothes"、"Perspective"、"The terror of the twins"、"The man from the 'gods'"、"The man who played upon the leaf"、"The price of Wiggins's orgy"、"Carlton's drive"、"The eccentricity of Simon Parnacute"
A55-1	Baccaccio, M. Giovanni	*The Decameron vol.1*・Lodon, Gibbings & Co.・1911・249p.	iii 頁（蔵書印：「我鬼 A」印）	『デカメロン』第一巻
A55-2	Baccaccio, M. Giovanni	*The Decameron vol.2*・Lodon, Gibbings & Co.・1911・341p.	iii 頁（蔵書印：「我鬼 A」印）	『デカメロン』第二巻 折れ目：28 頁左下（跡）
A55-3	Baccaccio, M. Giovanni	*The Decameron vol.3*・Lodon, Gibbings & Co.・1911・355p.	iii 頁（蔵書印：「我鬼 A」印）	『デカメロン』第三巻
A55-4	Baccaccio, M. Giovanni	*The Decameron vol.4*・Lodon, Gibbings & Co.・1911・346p.	iii 頁（蔵書印：「我鬼 A」印）	『デカメロン』第四巻
A56	Bosanquet, Bernard	*A history of æsthetic*・London, G. Allen & Unwin・1922・502p.・Muirhead library of philosophy	表見返し（DAIDOBOOKSTORE シール）	美学の歴史書
A57	Bourgeois, Maurice	*John Millington Synge and the Irish theatre*・London, Constable・1913・337p.	表見返し（丸善シール）、16–17 頁（S：Bk、N：Bk で「his tranlation」「1906」「Russia」「Spain」）、18 頁（N：Bk で「interest for ／ folklore」）	J. M. シングとアイルランド劇場についての評伝
A58	Bourget, Paul	*Antigone and other portraits of women* (*Voyageuses*)・William Marchant・New York, C. Scribner's sons・[c1898]・297p.	表見返し（丸善シール）、扉（蔵書印：「花袋」印）、18 頁（S：Bk）、44 頁（N：Bk で「シミジミトヨク書イテアル／甘クナイ所ガイイ／ソレニ郷土色モヨハド effect ヲツヨ／メルノニ手伝ツテキル／カウ云フモノモ書イテ見タイ」〔"Antigone"末尾〕）、裏見返し（N：Bk で「野田氏／小林氏」など）	〔71〕〔倉1〕〔G〕〔本〕 田山花袋旧蔵書か ギリシア神話の女性神アンティゴネやその他女性に関連する随筆集 折れ目：5 頁右上（跡）、86 頁左上、98 頁左上（跡）、106 頁左上（跡）、113 頁右上（跡）、122 頁左上（跡）、126 頁左上（跡）、151 頁右上（跡）、188 頁左上（跡）、202 頁左上（跡）、217 頁右上（跡）、248 頁左下
A59	Brandes, George	*Anatole France*・London, W. Heinemann・1908・127p.・Contemporary men of letters series	表見返し（丸善シール）、扉（蔵書印：「芥川文庫」印）、4–5 頁（U：Rp）、6–7 頁（U：Rp）、12 頁（U：Rp）、17 頁（U：Ap）、21 頁（U：Ap）、22–23 頁（U：Ap）、24–25 頁（U：Ap）、26–27 頁（U：Ap）、28–29 頁（U：Ap）、30–31 頁（U：Ap）、32 頁（U：Ap）、57 頁（U：Ap）、58 頁（U：Ap）、63 頁（U：Ap）、64–65 頁（U・N：Ap）、67 頁（U：Ap）、91 頁（U：Ap）、97 頁（U・N：Ap）、100 頁（U：Ap）、107 頁（U：Ap）、109 頁（U：Ap）、裏見返し（N：Bp で「ビダラノ芸術／陵中へ入る」）	〔倉1〕 アナトール・フランスの評伝 折れ目：100 頁左上（跡）
A60	Brandes, George	*Creative spirits of the nineteenth century*・Rasmus B. Anderson・New York, Thomas Y. Crowell・[c1923]・478p.	表見返し（郁文堂シール、蔵書印：赤いスタンプ「人生如夢＊天地悠久＊緑水」）、v 頁（U：Bk）、vi 頁（U：Bk）、1 頁（U：	〔倉2〕 文芸評論集 章題："Hans Christian Andersen"、"Paul Heyse"、

			Bp〔"Hans Christian Andersen"の章〕）、352頁（U：Bp〔"Henrik Ibsen"〕）	"Esaias Tegner"、"John Stuart Mill"、"Ernest Renan"、"Gustave Flaubert"、"Frederick Paludan-Muller"、"Bjørnstjerne Bjornson"、"Henrik Ibsen"、"Algernon Charles Swinburne"、"Giuseppe Garibaldi"、"Napoleon Bonaparte"折れ目：230頁左下（"Gustave Flauber"の章）、363頁右下（"Henrik Ibsen"の章）が折られている。
A61	Brandes, George	*Henrik Ibsen, Björnstjerne Björnson : critical studies*・Jessie Muir／Mary Morison・London, Heinemann・1899・171p.	表見返し（丸善シール）、扉（蔵書印：「芥川文庫」印）、xiii頁（S：Bp）、3頁（U：Bp）、4頁（S：Bp）、8-9頁（U：Bp）、10-11頁（U：Bp）、14頁（U：Bp）、16頁（U：Bp）、20頁（U：Bp）、34頁（U：Bp）、158-159頁（U・N：Bp）	イプセン論・ビョルソン論〔51〕に挿入紙の報告有。「手跡から推して筆者は菊池寛カ」とされ、相馬屋製原稿用紙の裏に黒鉛筆で「今夜の話、よく解りました。／かういふ他人を物珍しげな眼で眺める根性がなくならない間は、何を読んでも無駄だし、何をしても無駄だと思ひます。どうか僕を見捨てないで下さい。今見捨てられてしまふとそれこそ君の恩に対して今まで何一つ酬ゐることをしないで、これから先何を愉しみに〔「愉」の前に「目途にして生きてゐ」の九字見セ消チ〕していいのか解りません。どうか許しかたい奴だと思つた時にもどうか見捨てることだけは許してやつて下さい。生じお利口さんなだけに、これから先ひとりでは何をし出かすか知れないのです。」と書かれている。
A62	Brandes, George	*Impressions of Russia*・Samuel C. Eastman・London, W. Scott・〔preface 1889〕・353p.	表見返し（丸善シール）	ロシア印象記（文学を含む）
A63-1	Brandes, George	*Main currents in nineteenth century literature vol.1*・London, William Heinemann・1906・198p.	表見返し（丸善シール）、扉（蔵書印：「芥川文庫」印）	〔G〕「19世紀の文学潮流」第一巻（全六巻）ルソーなど
A63-2	Brandes, George	*Main currents in nineteenth century literature vol.2*・London, William Heinemann・1906・329p.	表見返し（丸善シール）、扉（蔵書印：「芥川文庫」印）、v（目次）頁（N：Bk で "XI. Romantic Duplication and Psychology"に「〇」印）、3頁（U：Rp）、4頁（S：Rp）、8頁（S・U：Rp）、10頁（S：Rp）、13頁（S：Rp）、16-17頁（S・U：Rp）、19頁（S：Rp）、20-21頁（S：Rp）、23頁（S：Rp）、29頁（S：Rp）、30頁（S：Rp）、36頁（S：Rp）、38-39頁（S：Rp）、40-41頁（S：Rp）、42頁（S：Rp）、44-45頁（S：Rp）、53頁（S：Rp）、61頁（S：Rp）、62頁（S：Rp）、64頁（S：Rp）、72-73頁（S：Rp）、126頁（N：Rpでカギカッコ始め）、129頁（N：Rpでカギカッコ閉じ）、138頁（S：Rp, N：Rpでカギカッコ始め）、141頁（N：Rpでカギカッコ閉じと始め、N：Bpでカギカッコ始め）、142-143頁（N：Rpでカギカッコ閉じ、	〔G〕「19世紀の文学潮流」第二巻（全六巻）ドイツロマン派（The Romantic school in Germany）について

			N：Bp でカギカッコ閉じ）、152 頁（N：Rp でカギカッコ始め）、161 頁（N：Rp でカギカッコ始め）、166 頁（二重 U：Bk で〔ホフマンスタールの〕"The Golden Jar" 及び "Die Elixire des Teufels" にライン）、171 頁（N：Rp でカギカッコ始め）、172 頁（N：Rp でカギカッコ閉じ、二重 U：Bk でホフマンタール "Klein Zaches" にライン）、178–179 頁（S：Rp）、180 頁（S：Rp、N：Bp でカギカッコ閉じ）、187 頁（N：Rp でカギカッコ始め）、188–189 頁（N：Rp でカギカッコ閉じと始め、S：Bp・Rp）、197 頁（N：Rp でカギカッコ始めと終わり、S：Rp）、202 頁（N：Rp でカギカッコ始め、N：Bk で「Novalis ＋／Shelley」）、206 頁（N：Rp でカギカッコ閉じ）、220 頁（S：Rp）、227 頁（N：Rp でカギカッコ始め）、229 頁（N：Rp でカギカッコ閉じ」）、268 頁（U：Rp）	
A63–3	Brandes, George	*Main currents in nineteenth century literature vol.3*・London, William Heinemann・1906・300p.	表見返し（丸善シール）、扉（蔵書印：「芥川文庫」印）	〔G〕「19 世紀の文学潮流」第三巻（全六巻）ユゴーなど（The reaction in France）未裁断（製本ミス）：253–256 頁
A63–4	Brandes, George	*Main currents in nineteenth century literature vol.4*・London, William Heinemann・1906・366p.	表見返し（丸善シール）、扉（蔵書印：「芥川文庫」印）、1 頁（S・U：Rk）、3 頁（U：Rk）、6–7 頁（S・U：Rk、N：Rk で「First characteristic」)、8–9 頁（N：Rk で「Byron ＋／Scott」「Resemblance」「difference」「Second characteristic」など、U：Rk）、10–11 頁（N：Rk で「Third characteristic」、S・U：Rk）、12–13 頁（S・U：Rk、N：Rk で「1) Plitical touch in ／poetry ／ 2) Poetical touch in politics」）、14–15 頁（N：Rk で「forms of ／ English mind」と「(I)」、S・U：Rk）、16 頁（N：Rk)、18 頁（N：Rk で「the character of the King ／＋／ the lobe of his court」と「(II)」）、21 頁（N：Rk で「Prince Regend」）、22 頁（U：Rk）、25 頁（U：Rk、N：Rk で「goverment」と「(III)」）、26 頁（N：Rk で「Revolvtution & England」と「IV」）、29 頁（U：Rk）、31 頁（S・N：Rk）、38–39 頁（U・N：Rk）、40–41 頁（N：Rk）、43 頁（N：Rk）、44–45 頁（N・S・U：Rk）、47 頁（S・U：Rk）、48–49 頁（S：Rk）、50 頁（S：Rk）、52–53 頁（S：Rk）、61 頁（S：Rk、N：Rk で「topographical」）、62–63 頁（N：Rk で「the lack of	〔G〕「19 世紀の文学潮流」第四巻（全六巻）イギリス自然派（Naturalism in England）について。

			humour」・「pathos」)、64–65頁 (N：Rk)、82頁 (N：Rk)、104–105頁 (S・U：Rk)、109頁 (U：Rk)、110–111頁 (S：Rk)、113頁 (U：Rk)、114頁 (U：Rk)、117頁 (S・U：Rk)、118–119頁 (S・U：Rk)、132–133頁 (S・U：Rk)、137頁 (S：Rk、N：Rkで「the characteristic of his poetry 141p.」)、138頁 (S：Rk、N：Rkで「his theory of imagination」・「his gift」)、140頁 (S：Rk)、142–143頁 (S：Rk、N：Rkで「political of his poetry」・「from relief of statue」)、145頁 (S・U：Rk)、160頁 (N：Bkで「カナハナイ奴ダナ」〔ロバート・エメットについて〕)、171頁 (S：Bk)、172頁 (S：Bk、N：Bkで「好漢々々」・「This is great!」〔ロバート・エメットについて〕)、174頁 (U：Bk)、208頁 (U・S：Rk)、209頁 (S・N：Rk)、217頁 (S：Rk、N：Rkで「his love of nature」)、218–219頁 (S・U：Rk、N：Rkで「Wordsworth & Shelly」・「chief feature of his love of Nature」・「i his passionate love of nature」など)、220–221頁 (S：Rk)、222–223頁 (S・U：Rk、N：「Byron + Shelly」など)、224–225頁 (S：Rk)、226頁 (U：Rk)、257頁 (S：Rk)、263頁 (U：Rk)、264頁 (U：Bp)、271頁 (U：Rk)、273頁 (U：Rk)、274–275頁 (S・U：Rk)、276頁 (S・U：Rk)、278頁 (U：Rk)、282頁 (U：Rk)、284頁 (U：Rk)、291頁 (S：Rk)	
A63–5	Brandes, George	*Main currents in nineteenth century literature vol.5*・London, William Heinemann・1906・391p.	表見返し (丸善シール)、扉 (蔵書印：「芥川文庫」印)、205頁 (U：Rk)、206頁 (U：Rk)、208頁 (S：Rk)、211頁 (U：Rk)、213頁 (S：Rk)、214–215頁 (S・U：Rk)、217頁 (U：Rk)、218–219頁 (U・S：Rk)、221頁 (U：Rk)、222頁 (U：Rk)、235頁 (Uの消えた跡)、270頁 (U：Bp)、312–313頁 (U：Rp)、317頁 (U：Rp)、336–337頁 (S：Rp)	〔G〕「19世紀の文学潮流」第五巻 (全六巻) フランスにおけるロマン主義 (The Romantic school in France) について Henri Beyle (Stendhal) 論に下線。270頁はMÉRIMÉEの章。312–313頁、316–317頁はSAINTE-BEUVEの章。336–338頁はSAINTE-BEUVE AND MODERN CRITICISMの章。
A63–6	Brandes, George	*Main currents in nineteenth century literature vol.6*・London, William Heinemann・1906・411p.	表見返し (丸善シール)、扉 (蔵書印：「芥川文庫」印)、65頁 (N：Bkで「俗漢!」〔(Ludwig) Börneの章〕)、71頁 (S：Bk)、72–73頁 (S：Bk、N：Bkで「名論」)、74頁 (S：Bk、N：Bkで「goethe 仰グベシ Börneノ中は□□エレバ足ル」)、81頁 (S：Bk)、114頁 (S：	〔G〕「19世紀の文学潮流」第六巻 (全六巻) Young Germany 及び索引について 114頁以降の書き込みが集中している箇所は Heine に関する章。vol.1–6まで丸善購入シールは同一のもの。六巻裏見返しに

			Ap）、119 頁（N：Ap）、124–125 頁（U：Ap）、137 頁（U：Ap）、138 頁（U：Ap）、141 頁（S：Ap）、143 頁（S：Ap）、146 頁（U：Ap）、148 頁（N：Ap でカギカッコ閉じ）、151 頁（U：Ap）、153 頁（U：Ap）、155 頁（U：Ap）、156 頁（N：Ap でカギカッコ始め、N：Bk で「Lorelei」）、158 頁（N：Ap でカギカッコ閉じ）	「6vol/1500（00 の下に下線）」と読める書き込み有。6 巻セット 15 円で販売されていたか。未裁断（製本ミス）：275–278 頁〔GUTZOW, LAUBE, MUNDT の章〕
A64	Brandes, George	*Reminiscences of my childhood and youth*・New York, Duffield・1906・397p.	表見返し（丸善シール）	子供時代と青春時代の回想録折目：136 頁左上（跡）、189 頁右上（跡）、236 頁左下（跡）
A65	Bréal, Auguste	*Rembrandt : a critical essay*・Clementina Black・London, Duckworth／New York, Dutton・[ded. 1902]・167p.・The popular library of art	表見返し（丸善シール）、116 頁（S・U：Bp）、118 頁（S・U：Bp）、160 頁（U：Ap）、162–163 頁（U：Ap）、168 頁（N：Bk で「18th Sept. '14 Tabata」）	レンブラントの評伝。モノクロで絵画の写真入り。
A66	Briscoe, Walter Alwyn〔編〕	*Byron, the poet : a collection of addresses and essays*・London, George Routledge & Sons・1924・287p.		詩人バイロンに関する講演・随筆集
A67	Brooke, Stopford	*English literature, with chapters on the literature of the Victorian age by Charles F. Johnson*・New York, American Book・1900・266p.・Literature primers	表見返し（丸善シール）、6–7 頁（U：Rk、N：Bk〔誤植の訂正〕）、8–9 頁（U：Rk、N：Bk）、11 頁（U：Rk）、12 頁（U・N：Bk）、14 頁（N・U：Bk）、17 頁（U：Rk）、19 頁（U・N：Bk）、20–21 頁（N：Bk）、22–23 頁（N：Bk）、24–25 頁（N：Rk・Bk）、26–27 頁（U・N：Bk）、28–29 頁（N：Bk）、30–31 頁（N：Bk）、33 頁（N：Bk）	〔倉 2〕〔G〕イギリス文学史英文学史の授業で使用か。221–222 頁のページの一部が破損。
A68	Brown, Hume P.	*Life of Goethe vol.2*・London, Murray・1920・(401)–817p.	表見返し（丸善シール）	ゲーテの生涯 vol.1 欠。値段は「2vols 19.60」とある。2 巻セットで購入して、第 1 巻が行方不明か。第二巻の本文は 401 頁から始まる。未裁断：425–428 頁、429–432 頁、457–460 頁、461–464 頁、473–476 頁、477–480 頁、489–492 頁、493–496 頁、541–544 頁、617–620 頁、621–624 頁、697–700 頁、701–704 頁、761–764 頁、765–768 頁、793–796 頁、797–800 頁
A69	Browning, Elizabeth Barrett	*The poetical works of Elizabeth Barrett Browning*・New York, T. Y. Crowell・[pre. 1887]・612p.	表見返し（N：Bk で「Ishida／October, 1913〔Ishida に U〕」）、293 頁（U：Rk〔"RHYME OF THE DUCHESS MAY"〕）、294–295 頁（U：Rk〔同前〕）、296–297 頁（U：Rk〔同前〕）、397 頁（U：Rk〔"A DEAD ROSE"〕）、400 頁（U：Rk〔"Cowper's Grave"〕）、408–409 頁（U：Rk〔"The Dead Pan"〕）、410 頁（U：Rk〔同前〕）、609〔General Index〕頁（N：Rk でタイトルに点）、610–611 頁（N：Rk でタイトルに点）、612 頁（N：Bp で「October 1913／Sen 50」〔芥川以外か・	〔倉 2〕ブラウニングの全詩集表見返しと本書末尾の書き込みは芥川の筆致とは異なる。Index で赤点があるのは次の通り。"Child Jesus, The Virgin Mary to the"、"Children, The Cry of the"、"Cowper's Grave"、"Cyprus, Wine of"、"Dance, The"、"Dead Pan, The"、"Dead Rose, A"、"House of Clouds, The"、"Rhyme of the Dutchess May"、"Rosary (Brown), The Lay of the"、"Rose, A Dead"、"Rose, A Lay of the Early"、"Rose, Song of

			Index 及び本書末尾〕）	the"
A70	Bruce, H. Addington	*Historic ghosts and ghost hunters*・New York, Moffat, Yard, & Co.・1908・234p.	表見返し（丸善シール、N：Akで署名〔芥川以外〕及び「1915」）	幽霊譚 収録作品：''The devils of Loudun''、''The drummer of Tedworth''、''The haunting of the Wesleys''、''The visions of Emanuel Swedenborg''、''The Cock Lane ghost''、''The ghost seen by Lord Brougham''、''The seeress of Prevorst''、''The mysterious Mr. Home''、''The Watseka wonder''、''A medieval ghost hunter''、''Ghost hunters of yesterday and to-day'' 折れ目：114 頁（跡：''The Ghost Seen by Lord Brougham''）
A71	Brunetière, Ferdinand	*Honoré de Balzac*・Robert Louis Sanderson・London, J.B. Lippincott Co.・1906・316p.・French men of letters	表見返し（丸善シール）	バルザックの評伝 折れ目：20 頁左上（跡）、32 頁左上（跡）、60 頁左上（跡）、66 頁左上（跡）、73 頁右上（跡）、102 頁左上（跡）、122 頁左上（跡）
A72	Bunyan, John	*The pilgrim's progress*・London, Methuen・1905・228p.・Methuen's standard library	裏見返し（N：Bb で「寿陵余子蔵」）	〔G〕 『天路歴程』 未裁断：89–92 頁、217–220 頁、221–224 頁
A73	Burns, Robert	*Poetical works of Robert Burns*・New York, E. P. Dutton & Company／London, W. & R. Chambers, Limited・〔n. d.〕・553p.	iii 頁（N：Bk で「K. Takamura」と署名）、xiii〔目次〕頁（U：Rk）、xv〔目次〕頁（U：Rk）、xviii〔目次〕頁（U：Bp）、xx–xxi〔目次〕頁（U：Rk）、xxiii*〔目次〕頁（U：Rk）、2 頁（U・N：Bp〔''I Dream'd I lay''〕）、18 頁（U：Rk〔''Mary Morison''〕）、19 頁（U：Rk〔同欄〕）、163 頁（U：Rk〔''To a Mountain Daisy''〕）、215 頁（U：Rk〔''Song''〕）、256 頁（U：Rk〔''A Rose Bud by my early Walk''〕）、349 頁（U：Rk〔''Lament of Mary Queen of Scots, on the Approach of Spring''〕）、350–351 頁（U：Rk〔同欄〕）、379 頁（U：Rk〔''The Banks O'doon''〕）、393 頁（U：Rk〔''Open the Door to me''〕）、403 頁（U：Rk〔''Adown winding nith I did wander''〕）、413 頁（U：Rk〔''A Red, Red Rose''〕）、433 頁（U：Rk〔''Ca'the Yowes to the Knowes''〕）	〔倉 2〕〔G〕 詩集 目次でラインが施されていた作品は次の通り。''Bank o'Doon (Later Version), The''、''Cotter's Saturday Night, the''、''Deil, Address to the''、''John Anderson, my Jo''、''Mountain Daisy, To a''、''Mouse, To a''、''My Nanie, O''・''On seeing a Wounded Hare limp by me''、''Tam O'Shanter''（〔G〕によるとその他 ''I Dream'd Lay''、''To a Mouse''、''The Two Dogs''、''Song''、''To Mary in Haven''にも赤インク下線） 未裁断：47–50 頁、51–56 頁、67–70 頁、239–242 頁、243–246 頁、259–262 頁、303–306 頁、307–310 頁、323–326 頁、351–354 頁、355–358 頁、383–386 頁、387–390 頁、399–402 頁、419–421 頁、467–470 頁、483–486 頁、499–503 頁、515–518 頁、527–530 頁、531–534 頁、543–546 頁
A74	Burton, Sir Richard. ed. with an intro. and occasiomal notes by N. M. Penzer	*Selected papers on anthropology, travel & exploration*・London, A. M. Philpot・1924・240p.		人類学や探検に関わる評論集 184 頁以降の ''Sriritualism in Eastern Lands'' と ''Giovanni Battista Belzoni'' の章だけ、すべて裁断済み。 未裁断：21–24 頁、25–28 頁、37–40 頁、41–44 頁、53–56 頁、57–60 頁、69–72 頁、89–92 頁、101–104 頁、105–108 頁、117–120 頁、121–124 頁、133–136 頁、137–140 頁、149–152 頁、153–156 頁、165–168 頁、181–184 頁、233–236 頁、237–240

				頁
A75	Butcher, Lady	Memories of George Meredith, O.M.・London, Constable・1919・151p.	表見返し（丸善シール）	ジョージ・メレディスの追想録 48 頁迄は裁断済み。途中で読み止めたか。未裁断：49–56 頁、57–64 頁、65–72 頁、73–80 頁、81–88 頁、89–96 頁、97–104 頁、105–112 頁、113–120 頁、121–128 頁、129–136 頁、137–144 頁、145–148 頁、149–152 頁
A76	Butler, Samuel	Erewhon : or Over the range・London, Jonathan Cape・1922・323p.		『エレフォン』折れ目：146 頁左上（跡：15 章冒頭）、223 頁左下（22 章冒頭）
A77	Butler, Samuel	Erewhon revisited : twenty years later, both by the original discoverer of the country and by his son・London, Cape・1921・337p.	124 頁（U：Ap）、127 頁（U：Rp）、207 頁（U：Rp）、250 頁（S：Rp）、268 頁（U：Rp）、278 頁（S：Rp）、280 頁（S：Rp）、290 頁（N：Rp）、320 頁（N：Bp）、裏見返し（N：Bp）	『エレフォン再訪』折れ目：217 頁、338 頁（ラスト）赤線の色が薄くなっている。A76–78 ＋ 84 は同一シリーズ。裏見返しのメモ?が同一なのは A77–79 ＋ 82–83
A78	Butler, Samuel	Evolution, old & new ; or, The theories of Buffon, Dr. Erasmus Darwin, and Lamarck, as compared with that of Charles Darwin・London, Jonathan Cape・1921・430p.		（進化論的）目的論に関する論考
A79	Butler, Samuel	The fair haven : a work in defence of the miraculous element in our Lord's ministry upon earth, both as against rationalistic impugners and certain orthodox defenders : 2nd ed.・London, A. C. Fifield・1913・285p.	xii 頁（S：Bk）、230–231 頁（S・U：Bk〔"The Chris-Ideal" の章〕）、233 頁（S：Bk〔同前〕）	〔G〕宗教に対する論考 折れ目：xii 頁左上、8 頁左上（跡）、89 頁右上（跡）、114 頁左上、230 頁左上、231 頁右上 A79/80/82/83 は同一シリーズのもの。
A80	Butler, Samuel	The humour of Homer and other essays・London, A. C. Fifield・1913・313p.	表見返し（丸善シール）	論説集 丸善シールは A80–83 が同一のもの。関心のあることをつまみ読みしたか。未裁断：121–124 頁、125–128 頁、137–140 頁、153–156 頁、157–160 頁、169–172 頁、173–176 頁、185–188 頁、189–192 頁、201–204 頁、205–208 頁、281–284 頁、285–288 頁、297–300 頁、301–304 頁
A81	Butler, Samuel	Life and habit・London, A. C. Fifield・1916・310p.	表見返し（丸善シール）、43 頁（S：Bk）、44 頁（S：Bk）、100 頁（N：Bk で「ナルホドネ」）、111 頁（S・N：Bk で「Anatole／France／ヲ想ハ／シム」）、113 頁（S・N：Bk で「カウ云フ惨酷ナ実験ヲスルヤツノ／気ガ知レナイ」〔動物に対する実験の記述〕）、114 頁（S：Bk）、294–295 頁（N：Bp）	〔71〕〔倉 2〕進化論や目的論に関する論説 折れ目：86 頁左上（跡）、125 頁下 「Anatole France ヲ想ハシム」（111 頁）と、芥川のアナトール・フランス理解を考える材料がある。傍線は 13 行目付近から頁最後まで。
A82	Butler, Samuel	Luck, or cunning, as the main means of organic modification? : An attempt to throw additional light upon Darwin's theory of natural selection・London, A. C. Fifield・1920・282p.	表見返し（丸善シール）	進化論に関する論考
A83	Butler, Samuel	Unconscious memory・London, A. C. Fifield・1920・186p.	表見返し（丸善シール）	回想録 収録作品に "Contains Professor Ewald Hering 'On memory'" と

				"Translation of the chapter on 'The unconscioius in instinct,' from Von Hartmann's 'Philosophy of the unconscious.'" を含む 折れ目：21頁右上（跡："How I wrote "Life and Habit""）、97頁右下（跡："Translation from Von Hartmann"）
A84	Butler, Samuel	*The way of all flesh*・London, Jonathan Cape・1922・420p.	48頁（U・N：Bkで "Missolonghi" にUが引かれ「Byronノ死ンダ所ナラン」）	『万人の道』 折れ目：25頁右下、27頁右下、49頁右上、85–86頁の端（跡：山折り・谷折りで二方向に折られている）
A85	Byron, Lord	*The poetical works of Lord Byron*・London, Henry Frowde・1910・924p.		詩集
A86	Cabanès	*The secret cabinet of history peeped into by a doctor*・W. C. Costello・Paris, Carrington・1897・239p.	表見返し（郁文堂シール）	医師による歴史書
A87	Calthrop, Dion Clayton and Barker, Granville	*The harlequinade : an excursion by Dion Clayton Calthrop and Granville Barker*・London, Sidgwick & Jackson・1918・83p.	表見返し（丸善シール）	ハーレクインに関する童話劇 未裁断：35–38頁、39–42頁、51–54頁、55–58頁
A88	Campbell, Olwen Ward	*Shelley and the unromantics*・London, Methuen・1924・307p.	301頁（N：Bkで「20th April '24 ／ Shuzenzi」）	詩人シェリーに関する評伝 折れ目：143頁右下（跡）
A89	Campbell, T. M.	*The life and works of Friedrich Hebbel*・Boston, R.G. Badger・[c1919]・261p.	表見返し（丸善シール）、67頁（S：Bp）、68–69頁（S：Bp）	〔倉2〕 Hebbel（ヘッベル）の評伝 折れ目：26頁左上（跡：第2章）、52頁左上（第3章）、68頁左上（跡：第4章）、74頁左下（第4章） 未裁断：91–94頁、103–106頁、107–110頁、167–170頁、171–174頁、183–186頁、199–202頁、203–206頁、215–218頁、219–222頁、231–234頁、235–238頁、247–250頁、251–254頁
A90	Canton, William	*A child's book of saints*・London, J.M. Dent ／ New York, Dutton・1916・253p.・Everyman's library	表見返し（丸善シール）、133頁（N：Bkで「美シイ話デアル／コンナ話ガ書イテ／見タイ」（"On the Shores of Longing" 末尾））、181頁（N：Bkで「サムソン長老ノ処置ハ大イニ／禅機ヲ得テキル」（"The Burning of Abbot Spiridion" 末尾））、212頁（N：Bkで「コノ話モ美シイ」（"The Story of the Lost Brother" 末尾））	〔71〕〔倉2〕 子供向けの聖人伝
A91	Carl, Katharine A.	*With the Empress Dowager of China*・New York, Century・1907・306p.	表見返し（丸善シール）、xi〔目次〕頁（S：Bpで "XX章" 脇にライン）、xii〔目次〕頁（N：BpでXXI章で○印）、xv〔目次〕頁（S：Bpで "XXXII章" 脇にライン）	〔G〕 中国滞在記 104–写真頁に「黒龍譚」と書かれたメモ、112–写真頁に地図のようなメモが挟み込まれていた。 折れ目：178左上（跡：Chapter XXI A European Circus at the Palaceの章冒頭）
A92–1	Carlyle, Thomas	*Tales by Musæus, Tieck, Richter vol.1*・Thomas Carlyle・London, Chapman and Hall・1889・235p.・The shilling	表見返し（丸善シール）、目次（蔵書印：「我鬼A」印）	〔G〕 カーライル著作集（全二巻）：第一巻にはMuseusの物語3作、Tieckの物語3作が収録）

		edition of Thomas Carlyle's works		未裁断：9–16 頁、17–24 頁、25–32 頁、33–40 頁、41–48 頁、49–56 頁、73–80 頁、81–88 頁、89–96 頁、97–104 頁、105–112 頁、113–120 頁、121–128 頁、129–136 頁、137–144 頁、145–152 頁、153–160 頁、161–168 頁、169–176 頁、177–184 頁、185–192 頁、193–200 頁、201–208 頁、217–224 頁、227–230 頁、231–236 頁
A92–2	Carlyle, Thomas	Tales by Musæus, Tieck, Richter vol.2・Thomas Carlyle・London, Chapman and Hall・1889・220p.・The shilling edition of Thomas Carlyle's works	表見返し（丸善シール）、目次（蔵書印：「我鬼 A」印）、20 頁（N：Bk で「チヨイト可愛イ趣ガアル／シカシ Tieck ノ傑作デハナイ」〔Ludwig Tieck "The Elves" 末尾〕	〔57〕〔倉 2〕〔G〕カーライル著作集（全二巻：第二巻には Tieck の物語 2 作、Richter の物語 2 作が収録）未裁断（製本ミス）：211–214 頁、215–220 頁
A93	Carpenter, Edward	Angels' wings : a series of essays on art and its relation to life : 4th ed.・London, George Allen & Co.・1913・248p.	表見返し（丸善シール）	芸術と人生についてのエッセイ集 未裁断：45–48 頁、57–60 頁、61–64 頁、73–76 頁、77–80 頁、89–92 頁、93–96 頁、105–108 頁、109–112 頁、121–124 頁、125–128 頁、137–140 頁、141–144 頁、153–156 頁、157–160 頁、169–172 頁、173–176 頁、185–188 頁、189–192 頁、201–204 頁、205–208 頁、217–220 頁、221–224 頁、233–236 頁、237–240 頁
A94	Carpenter, Edward	Days with Walt Whitman : with some notes on his life and work : 2nd ed.・London, G. Allen・1906・186p.	表見返し（丸善シール）	ホイットマンの評伝 未裁断：211–214、215–220 頁
A95	Carroll, Lewis	Alice's adventures in Wonderland・London, Ward, Lock・1911・212p.・The World library	表見返し（中西屋書店シール）、212 頁（N：Bk で「23rd Sept. 1912.」）	〔倉 2〕〔G〕ルイス・キャロル『不思議の国のアリス』挿絵は Blanche McManus
A96	Carus, Paul	Goethe : with special consideration of his philosophy・Chicago ; London, Open Court Pub. Co.・1915・357p.	147 頁（N：Bk で「fool!」〔『ウェルテル』や『ウィルヘム・マイスター』などに対する辛辣な評に対して〕）	ゲーテの評伝 イラストや写真多数。カラー紙（containing one hundred and eighty-five portraits and other historical illustrations）
A97–1	Chatterton, Thomas	The complete poetical works of Thomas Chatterton Vol.1・London, G. Routledge・1906・221p.・The Muses' library	表見返し（丸善シール）、xx〔Biographical Introduction〕頁（S・U：R ペン）	〔倉 2〕詩集（トーマス・チャタートン全集・全二巻）の第一巻 未裁断（製本ミス）：61–64 頁
A97–2	Chatterton, Thomas	The complete poetical works of Thomas Chatterton Vol.2・London, Routledge・1906・222p.・The Muses' library	表見返し（丸善シール）	詩集（トーマス・チャタートン全集・全二巻）の第二巻
A98	Chaucer, Geoffrey	The Canterbury tales and Faerie queene : with other poems of Chaucer and Spenser・Edinburgh, W. P. Nimmo・1897・616p.		『カンタベリー物語』その他 edited for popular perusal, with current illustrative and explanatory notes, by D. Laing Purves 未裁断（製本ミス）：547–550 頁
A99	Chaucer, Geoffrey	The knight's tale or Palamon and Arcite・Walter W. Skeat・London, A. Moring・1904・106p.・The King's classics	表見返し（丸善シール）、21 頁（U：Pp）	〔倉 2〕物語詩 done into modern English by Walter W. Skeat.
A100	Chesson, W. H.	George Cruikshank・London, Duckworth／New York, E. P. Dutton・[1---]・281p.・The popular library of art	表見返し（丸善シール）	〔G〕風刺画家・挿絵家のジョージ・クルックシャンクの評伝。挿絵付き 18–19 頁の間に蚊の死骸あり。

巻末附録 2. 芥川龍之介旧蔵書・洋書に関する書き入れ調査結果一覧表　　　　355

A101	Chesterton, G. K.	*All things considered : 11th ed.*・London, Methuen・1916・220p.・Methuen's shilling library	表見返し（丸善シール）	〔本〕 エッセイ集
A102	Chesterton, G. K.	*Charles Dickens : 8th ed.*・London, Methuen・1913・224p.・Methuen's shilling library	表見返し（中西屋書店シール）	〔G〕 ディケンズの評論 折れ目：54 頁右上（跡）、64 頁左上（跡）、66 頁左上、74 頁左下、82 頁左上（跡）、88 頁左上（跡）、132 頁左上（跡）、223–224 頁（跡：山折り・谷折りで両側に折られている）
A103	Chesterton, G. K.	*George Bernard Shaw*・London, John Lane, The Bodley Head・1914・257p.	表見返し（丸善シール）	バーナード・ショーの評論
A104	Chesterton, G. K.	*G. F. Watts*・London, Duckworth・1920・174p.・The popular library of art		画家・彫刻家の George Frederick Watts の評伝
A105	Chesterton, G. K.	*Heretics : 6th ed.*・London, J. Lane, The Bodley Head・1910・305p.	表見返し（丸善シール）、扉（蔵書印：「木幡蔵書」印）	〔倉2〕 評論集
A106	Chesterton, G. K.	*The innocence of Father Brown*・London, Cassell・1920・243p.		〔本〕 ブラウン神父のミステリー小説
A107	Chesterton, G. K.	*Magic : a fantastic comedy*・London, M. Secker・1914・72p.	表見返し（丸善シール）、72 頁（N：Bk で「Sept, 29 '14」〔本文末尾〕）	〔倉2〕〔G〕 戯曲
A108	Chesterton, G. K.	*The man who was Thursday : a nightmare*・New York, Boni and Liveright・[c1908]・The modern library of the world's best books	表見返し（丸善シール）	長編小説『木曜日だった男』 169 頁に製本時にできたと思しき折れ目
A109	Chesterton, G. K.	*The Victorian age in literature*・London, Williams and Norgate／New York, H. Holt・[191-]・256p.・Home university library of modern knowledge	表見返し（丸善シール）、7 頁（N：Bp）、8–9 頁（U：Rk・Rp、N：Bp・Rk）、10 頁（U：Rp、U：S・N：Bp）、12–13 頁（N：U：Bp、U：Rk）、14–15 頁（N・U：Bp、U：Rp）、16–17 頁（N・U：Bp、U：Rp）、18–19 頁（N：Bp、U・S：Rp）、20–21 頁（U・N・S：Bp、U：Rp）、22–23 頁（N・S・U：Bp、U：Rp）、24–25 頁（N・S・U：Bp、U：Rp）、26–27 頁（U・N：Bp、U：Rp）、28–29 頁（U・N：Bp、U：Rp）、30–31 頁（U：Rp、U・S・N：Bp）、32–33 頁（N・U：Bp、U：Rp）、34–35 頁（U・S・N：Bp、U：Rp）、36–37 頁（U・S・N：Bp、U：Rp）、38–39 頁（U・N：Bp、U：Rp）、40–41 頁（S・U・N：Rp、U：Bp）、42 頁（U：Rp）、44 頁（U：Rp・Bp）、46 頁（S・U：Bp）、48–49 頁（S・U：Bp、線の消えた跡〔Bp を消し込みで消したか〕）、50–51 頁（S・U・N：Bp、線を消した跡）、52–53 頁（S・U：Bp、N：Bp で「foolish」）、54–55 頁（N・S・U：Bp）、56–57 頁（N・S・U：Bp）、58–59 頁（S・U：Bp、N：Bp で「box」）、60 頁（N・U：Bp）、72 頁（U：Rp）、91 頁（U：Bp）、92–93 頁	〔倉2〕〔G〕 ヴィクトリア朝時代の文学について下線の多くは固有名詞（Brownig など）に引かれている。書入れは単語の意味など（"currant"に「ホシブドウ」、"dates"に「日時」など） 折れ目：230 頁左上（跡）、236 頁左上（跡） 広告にラインか ✓ が施されているタイトルは次の通り。"English Literature: Modern"、"Landmarks in French Literature"、"Architecutre"、"English Literature: Mediaeval"、"Great Writers of America"、"Painters and Painting"、"The Literature of Germany"、"Ancient Art & Ritual"、"Greek Literature"、"Latin Literature"、"The Renaissance"、"Italian Art of the Renaissance"、"English Composition"、"Literary Taste"、"Great Writers of Russia"、"Scandinavian History & Literature"（ここまで Literature and Art）、"Parliament"、"The Stock Exchange"、"Irish Nationality"、"The Socialist Movement"、"Conservatism"、"The Science of Wealth"、"Liveralism"、"The Evolution of Industry"、"Agriculture"、

			(U：Bp)、94 頁（U：Bp）、96–97 頁（U：Bp）、100 頁（U：Bp）、103 頁（U：Bp）、104–105 頁（U：Bp）、106–107 頁（U：Bp）、108–109 頁（U：Bp）、110–111 頁（U：Bp）、112–113 頁（U：Bp）、115 頁（U：Bp）、116 頁（U：Bp）、134 頁（U：Bp）、139 頁（U：Bp）、147 頁（U：Rp）、149 頁（U：Rp）、152 頁（U：Rp・Bp）、157 頁（N・U：Bp）、158–159 頁（N・S・U：Bp、N：Bk)、160–161 頁（S・U：Bp、N：Bp で「剽窃」・「文句ドロボー」など、U：Rp・Bk)、162–163 頁（N・S・U：Bp、U：Rp・Bk)、165 頁（S・U・N：Bp、U：Rp・Bk)、166 頁（U：Bp・Bk)、168–169 頁（S・U・N：Bp、S・U：Rp)、170–171 頁（S・U：Rp、N：Rk、N・U：Bp)、172–173 頁（S・U：Rp、N：Rk、N・U・S：Bp)、174–175 頁（S・U：Rp、U：Rk、N・S・U：Bp)、176–177 頁（S・U・N：Rp、U：Rk、N・S・U：Bp)、178–179 頁（S・U：Rp、U・N：Rk、U・N：Bp)、180–181 頁（S・N：Rp、U：Rk、U・S：Bp)、183 頁（U：Rp)、186 頁（U：Rp)、189 頁（U：Rp)、194 頁（N：Rk)、201 頁（U：Rp)、253 頁（U・N：Rp)、254–255〔Index〕頁（N・U：Rp〔Index では "Browning" に U が施されている〕)、広告 3 頁（N・U：Rp)、広告 4 頁（N・U：Rp)、広告 7 頁（S：Rp)、広告 8 頁（S・U：Rp)	"Elements of English Law"、"The School"、"Elements of Political Economy"、"The Newspaper"、"The Criminal and the Community"、"THe Civil Service"（以上 Social Science）
A110	Chesterton, G. K.	*Wine, water and song : 5th ed*・London, Methuen・1916・63p.		詩集
A111	Clark, Barrett H.	*Representative one-act plays by British and Irish authors*・Boston, Little, Brown・1922・477p.		戯曲アンソロジー（イギリスとアイルランドの一幕物：全 20 作）selected, with biographical notes by Barrett H. Clark 折れ目：223 頁右上（跡：Granville Barker "Rococo"）、未裁断（製本ミス）：459–462 頁（Lord Dunsany "The Golden Domeome" 冒頭）、473–476 頁（Biographical Notes)、477–480〔遊び紙部分〕頁
A112	Cladel, Judith	*Rodin : the man and his art with leaves from his note-book*・S. K. Star・New York, Century Co.・1917・357p.	表見返し（シール）、xxii–目次頁（N：Bp で「Fool！」)、92–93 頁（S：Bp)、94–95 頁（S：Bp)、96–97 頁（S：Bp)、98–99 頁（S：Bp)、106–107 頁（S：Bp)、108–109 頁（S：Bp)、112–113 頁（S：Bp)、裏見返し（N：Bp で「巻頭の Huneker の序文をこの本の本文と比較して如何に彼が Rodin を理解していないかを語ってゐる。」)	〔57〕〔倉 2〕ロダンの評伝

巻末附録　2. 芥川龍之介旧蔵書・洋書に関する書き入れ調査結果一覧表

A113	Claudel, Paul	*The east I know* ・ Teresa Frances and William rose Benét ・ New Haven, Yale University Press ・ 1917 ・ 199p.	表見返し（丸善シール）、扉（蔵書印：「我鬼 B」印）	随想集
A114	Claudel, Paul	*The hostage : a drama* ・ Pierre Chavannes ・ New Haven, Yale University Press ・ 1917 ・ 167p.	表見返し（丸善シール）、扉（蔵書印：「我鬼 B」印）	戯曲 折れ目：76 頁左下 未裁断：163–166 頁（第三幕第四場）、167〔本文末尾〕-170〔裏遊び紙〕頁
A115	Claudel, Paul	*Tête-d'or : a play in three acts* ・ John Strong Newberry ・ New Haven, Yale University Press ・ 1919 ・ 178p.	表見返し（丸善シール）、扉（蔵書印：「我鬼 B」印）	戯曲 未裁断：41–44 頁、45–48 頁、57–60 頁、61–64 頁、73–77 頁、77–80 頁、89–92 頁、93–96 頁、105–108 頁、109–112 頁、121–124 頁、125–128 頁、137–140 頁、141–144 頁、153–156 頁、157–160 頁、171–174 頁、175–178 頁
A116	Clutton-Brock, A.	*William Morris : his work and influence* ・ London, Williams and Norgate ／ New York, H. Holt ・ 1914 ・ 256p. ・ Home university library of modern knowledge	表見返し（丸善シール）、23 頁（S：Bk）、25 頁（S：Bk）、48–49 頁（S：Bk）、84 頁（N：Bk で「this may be compared with Tennyson」&「Morris draws the old-story」、S：Rp）、197 頁（S：Bk）	〔71〕〔倉 2〕〔G〕〔本〕 ウィリアム・モリスの評伝 折れ目：78 頁左下
A117	Cohn, Jonas	*Führende Denker : geschichtliche Einleitung in die Philosophie : 2. durchgesehene Aufl* ・ Leipzig, B. G. Teubner ・ 1911 ・ 106p. ・ Aus Natur und Geisteswelt	表見返し（NANKODO シール）、扉（N：Bk で漢詩「欲盡 A 春三月夢　醉吹横笛淚千行」〔扉左の白紙頁に〕）、1 頁（U：Rp）、2 頁（U：Rp）、3 頁（U：Rp）、4–5 頁（U：Rp）、6–7 頁（N：Bp、U：Pp）、9 頁（N：Bp）、11 頁（N・U：Rp）、12 頁（N：Bp）、45 頁（N：Bp、U：Rp）、46–47 頁（N：Bp・Bk、U：Rp・Ap）、48–49 頁（N：Bp、U：Rp）、50 頁（N・U：Bp、U：Bk）、51 頁（N・U：Rp・Ap・Bk）、52–53 頁（N・U：Rp・Ap・Bk、N：Bp）、54–55 頁（N・U：Ap、U：Rp、N：Bp、U：Bk）、56–57 頁（U：Rp、N・U：Ap、U：Bk、N：Bp）、56–57 頁（U：Rp、N・U：Ap、N：Bp）、58–59 頁（N・U）、60–61 頁（U：Rp、N・S：Ap、U・N：Bk、N：Bp）、62–63 頁（U・N：Rp・Ap・Bk、N：Bp）、64 頁（N・U：Ap・Bk、N：Bp）、65 頁（U：Bk・Rp、N：Bp）、66–67 頁（U：Rp・Bk、N：Bp）、68–69 頁（U：Bk、N：Bp）、70–71 頁（N・U：Rp、U：Bk）、72–73 頁（N・U：Bk、S・N：Rp、N：Bp）、74–75 頁（N・U：Bk・Ap・Rp、N：Bp）、76–77 頁（N・U：Rp・Ap、U：Bk、N：Bp）、78–79 頁（N・U：Ap・Rp）、80–81 頁（N・U：Bk・Rp）	〔73〕〔倉 2〕 哲学史 ドイツ語
A118	Coleridge, Samuel Taylor	*The poetical works of Samuel Taylor Coleridge* ・ London, George Routledge and Sons ・	表見返し（蔵書印跡）、iii〔目次〕頁（N：Bk でタイトル前に「×」印）、iv–v〔目次〕頁（N：	〔倉 2〕 詩集 タイトル前に×印があるのは "The

		[18--]・420p.・Routledge's popular poets	Ap でタイトル前に点や「✓」印)、xvii〔Introductory Memory〕頁 (N：Bp で「詩人」)、2 頁 (U：Rk ("The Rime of the Ancient Mariner"：以下同様))、3 頁 (U：Rk、N：Bp)、4–5 頁 (U：Rk、N：Bp)、6–7 頁 (U：Rk)、8–9 頁 (U：Rk)、10–11 頁 (U：Rk)、12–13 頁 (U：Rk)、14–15 頁 (U：Rk)、17 頁 (U：Rk)	Rime of the Ancient Mariner"、"Christable"、"Kubla Khan; or, a Vision in a Dream"、"Love" タイトル前に点があるのは "Ode to the Departing Year"、"France, an Ode" タイトル前に ✓ 印があるのは "Dejection: an Ode"
A119	Conrad, Joseph	*The shadow-line : a confession*・London, J. M. Dent & Sons・1917・227p.	表見返し(丸善シール)	中編小説 未裁断(製本ミス)：105–108 頁、109–112 頁、169–172 頁、173–176 頁、185–188 頁、205–208 頁
A120	Conrad, Joseph	*Youth : a narrative and two other stories*・London, J. M. Dent・[c1917]・370p.	表見返し(丸善シール)、46 頁 (N：Bk で「ウマイサスガハ Conrad デアル」〔"Youth" 末尾〕)	『闇の奥』を含む中編小説集(三作収録) 未裁断(製本ミス)：73–76 頁、77–80 頁、93–96 頁、105–108 頁、109–112 頁、153–156 頁、157–160 頁、169–172 頁、173–176 頁(ここまで "Heart of Darkness" の未裁断箇所)、189–192 頁(ここから "The End of the Tether" の未裁断箇所)、329–332 頁、333–336 頁、363–366 頁、367–370 頁
A121	Coppée, François	*Ten tales*・Walter Learned・New York, Harper & brothers・[c1890]・219p.	扉(蔵書印：「我鬼 A」印)	短篇集 未裁断：213–216 頁
A122	Crane, Stephen	*Men, women and boats*・New York, Boni and Liveright・c1921・245p.・The modern library of the world's best books	表見返し(教明社シール)	短篇集
A123	Crawford, F. Marion	*Uncanny tales*・London, C. F. Unwin・1917・254p.・Unwin's 1/3 novels	表見返し(丸善シール、N：Bk で幽霊譚のタイトルを列記〔備考欄参照〕)、254 頁 (N：Bk で「コイツノ怪談モ」〔下手糞ナリ(縦書き)〕、N：Bp で「3rd July 1920(横書き)」〔本文末尾〕)	〔73〕〔倉 2〕〔本〕 短篇集 表見返しの書き入れは次の通り。「Twenty-five Ghost Stories ／ W. Bob Holland ／ Book of Ghosts Baring Gould ／ Cock Lane and Common Sense ／ A. Lang ／ Real Ghost Stories W. T. Stead ／ (More 〃 〃〔= Ghost Stories〕) ／ Haunted House of Haunted ／ Men. Hon. John Harris」
A124	Croce, Benedetto	*Æsthetic as science of expression and general linguistic*・Douglas Ainslie・London, Macmillan・1909・403p.	表見返し(丸善シール)、1 頁 (S：Rk)、3 頁 (U：Rk)、4–5 頁 (U：Rk)、6–7 頁 (S・U：Rk)、391 頁 (S：Bk)	〔G〕 美学・思想書 未裁断：105–108 頁、141–144 頁、145–152 頁、173–176 頁、217–224 頁、233–240 頁、241–248 頁、401–404 頁、405–408〔すべて広告〕頁 折れ目：184 頁左上(跡)
A125	Croce, Benedetto	*European literature in the nineteenth century*・Douglas Ainslie・London, Chapman & Hall・[introduction 1924]・373p.		ヨーロッパの 19 世紀文学史
A126	Croce, Benedetto	*Goethe*・Emily Anderson・London, Methuen・1923・208p.	24 頁 (N：Bk で〔ファウストの否定的コメントに対して〕「No, Croce, no, ever you can not understand the glandeur of Faust	ゲーテの評論 折れ目：52 頁左下(跡) 未裁断：73–76 頁、77–80 頁、89–92 頁、93–96 頁、201–204

巻末附録　2．芥川龍之介旧蔵書・洋書に関する書き入れ調査結果一覧表

A127	Cru, R. Loyalty	*Diderot as a disciple of English thought*・New York, Columbia University Press・1913・498p.・Studies in Romance philology and literature	II」)、52 頁（N：Bk で「コノ一節ヨロシ　Croce ニモ Wagner ノ素質ガ多キナラン」） 表見返し（丸善シール）	頁、205–208 頁、広告 5–8 頁 フランスの思想家ディドロの評伝 未裁断：vii –xiv 頁（目次）、9–16 頁、77–78 頁、81–88 頁、89–96 頁、97–104 頁、105–112 頁、173–176 頁、177–184 頁、185–192 頁、193–200 頁、201–208 頁、209–216 頁、217–224 頁、225–232 頁、233–240 頁、241–248 頁、249–256 頁、257–264 頁、265–272 頁、273–280 頁、281–288 頁、289–296 頁、297–304 頁、305–312 頁、313–320 頁、321–328 頁、329–336 頁、329–336 頁、449–456 頁、457–464 頁、465–472 頁、473–480 頁、483–490 頁、491–498 頁　読んだ可能性のあるページ（裁断箇所）は "INTRODUCTION"、"CHPTER I　DIDERPT'S LIFE AND GENERAL RELATIOMSHIP TO ENGLAND"、"CHAPTER III THE MORALIST AND PHILOSOPHER"、"CHAPTER VII　THE NOVELIST"
A128	D'Annunzio, Gabriele	*The child of pleasure*・Georgina Harding, Arthur Symons・Boston, The Page・1910・311p.	表見返し（丸善シール）、扉（蔵書印：「芥川文庫」印）、vi–vii 頁（S：Rp)、24–25 頁（S：Rp)、48–49 頁（S：Rp)、50 頁（S：Rp)、85 頁（N：Bp でカギカッコ閉じ)、109 頁（S：Rp)、111 頁（S：Rp)、120–121 頁（S：Rp)、129 頁（S：Rp)、130 頁（S：Rp)、135 頁（S：Rp)、136–137 頁（S：Rp)、138–139 頁（S：Rp)、140 頁（S：Rp)、190–191 頁（S：Rp)、196 頁（N：Rp で点)、206–207 頁（S：Rp)、301 頁（S：Rp)、裏見返し（N：Bk で「10th Oct. 1912 ／ R. Akutagawa」）	〔倉 2〕〔G〕 ダヌンツィオ『快楽の子』 折れ目：51 頁右上（第四章冒頭）
A129	D'Annunzio, Gabriele	*The daughter of Jorio : a pastoral tragedy*・Charlotte Porter, Pietro Isola and Alice Henry・Boston, Little, Brown・1907・208p.	表見返し（丸善シール）、xv 頁（N：Rp)、xv 頁（N：Rp)、xvii 頁（N：Rp)、xxii 頁（N：Rp)、xxiv–xxv 頁（N：Rp)、xxix 頁（U：Rp、N：Rp で○印)、xxxi 頁（U：Rp、N：Rp で「×」印)、xxxv 頁（N：Rp)、51 頁（S：Rp)、209 頁（S：Rp〔ラストのOrnella と Mila の台詞〕、N：Bk で「1rst Dec. '13」〔本文末尾〕）	〔倉 2〕〔G〕 戯曲「ジョリオの娘」
A130	D'Annunzio, Gabriele	*The dead city : a tragedy*・G. Mantellini・Chicago, Laird & Lee・[c1902]・282p.	表見返し（丸善シール）、85 頁（S：Rp〔第一幕第四場のラスト〕)、86 頁（S：Rp〔同前〕)、104 頁（U：Rp)、282 頁（N：Bk で「19th Nov. '12. ／ in Tokio」〔本文末尾〕）	〔倉 2〕〔G〕 戯曲「死の街」 Illustrations from the stage production of Elenora Duse made expressly for this work. 長編小説「生の炎」

A132	D'Annunzio, Gabriele	*Francesca da Rimini : a play in five acts : Theatre ed.*・Arthur Symons・London, W. Heinemann・1903・223p.	表見返し（丸善シール、蔵書印：「芥川文庫」印）、46–47 頁（S：Rp）、49 頁（S：Rp）、50–51 頁（S：Rp）、53 頁（S：Rp）、54–55 頁（S：Rp）、60–61 頁（S：Rp）、62 頁（S：Rp）、65 頁（S：Rp）、66 頁（S：Rp）、117 頁（S：Rp）、118 頁（S：Rp）、149 頁（S：Rp）、150 頁（S：Rp）、161 頁（S：Rp）、162–163 頁（S：Rp）、198–199 頁（S：Rp）、221 頁（S：Rp）、222–223 頁（S：Rp、N：Ap で「5th July 1913 ／ at Shinjuku.」〔本文末尾〕）	〔倉2〕〔G〕戯曲
A133	D'Annunzio, Gabriele	*Die Gioconda : eine Tragödie : 10. Aufl.*・Linda von Lützow・Berlin, S. Fischer・1909・156p.	表見返し（丸善シール）、5〔扉〕頁（U：Rk で献辞 "Für Eleonore Duse mit den schönen Händen" にライン）、36 頁（U：Rk）、130 頁（U：Rk）、135 頁（S：Rk）、136 頁（S：Rk）、153 頁（N：Bk で「5th July '14 ／ Shinjuku」〔本文末尾〕）	〔倉2〕〔G〕戯曲 ドイツ語
A134	D'Annunzio, Gabriele	*The maidens of the rocks*・Annetta Halliday-Antona and Giuseppe Antona・Boston, MA., L.C. Page・1906・296p.・The works of Gabriele D'Annunzio ; vol.2	表見返し（丸善シール）、4 頁（U：Rk）、8 頁（N：Rk でカギカッコ始め）、12 頁（S：Rp）、14–15 頁（N：Rk でカギカッコ閉じ、U：Rk）、17 頁（S：Rk）、18–19 頁（S：Rk）、20–21 頁（S：Rk）、22–23 頁（U・S：Rk）、24–25 頁（S：Rk）、26–27 頁（S：Rk）、71 頁（S：Rk）、96 頁（N：Rp で「ing」を書き足し〔誤植の訂正〕）、102 頁（S：Rp）、106–107 頁（S：Rp）、109 頁（S：Rp）、126 頁（S：Rp）、163 頁（S：Rp）、204–205 頁（S：Rk）、206 頁（S：Rk）、208–209 頁（U：Rk）、213 頁（S：Rk）、214 頁（S：Rk）、217 頁（S：Rk）、226–227 頁（S：Rk）、242–243 頁（U：Rk）、244 頁（U：Rk）、289 頁（S：Rk）、295 頁（S：Rk）、296 頁（S：Rk、N：Bk で「3rd Mar. 1913」〔本文末尾〕）	〔倉2〕〔G〕長編小説「岩の処女」
A135	D'Annunzio, Gabriele	*The victim*・Georgina Harding・London, Heinemann・1899・333p.・Heinemann's colonial library of popular fiction / The works of Signor Gabriele D'Annunzio ; vol.1	表見返し（丸善シール）、1 頁（N：Bp）、2 頁（U・N：Bp）、30–31 頁（N：Bp で「オサヘ」・「光」など）、34–35 頁（N：Bp）、38–39 頁（N：Bp）、44–45 頁（N：Bp）、46–47 頁（N：Bp）、333 頁（N：Bk で「17th March. 1913 ／ in Tokio」〔本文末尾〕）	〔倉2〕〔G〕長編小説『犠牲』他にも書き込みがあったかもしれないが、文字が薄なっており、文字があると断定できた箇所のみ。書き込みは 47 頁付近までで、単語の意味を記した類のものが多い（例："submissive" に「スナオ」、"rupture" に「ハレツ」など）。消しゴムで消した可能性あり。
A136	Dante, Alighieri	*The vision, or, Hell, Purgatory, and Paradise of Dante Alighieri : with a life of Dante, chronological view of his age, additional notes, and an index : The "Albion"* ed.・Henry Francis Cary・London, F. Warne・[preface 1844]・496p.	表見返し（丸善シール）、xlii–xliii 頁（U：Yp）、xliv 頁（U：Yp）、xlvi–xlvii 頁（U：Yp）、3 頁（U・S：Rp）、4–5 頁（U・S：Rp）、6–7 頁（U：Rp）、8–9 頁（S：Rp）、10–11 頁（S・U：Rp）、12–13 頁（S・U：Rp、U：Rp）、16–17 頁（U：Rp）、	〔倉2〕〔G〕ダンテ『神曲』折れ目：197 頁右上（跡）、207 頁右上（跡）

巻末附録　2. 芥川龍之介旧蔵書・洋書に関する書き入れ調査結果一覧表

			25 頁（U：Rk）、26–27 頁（U：Rk）、28 頁（U：Rk）、33 頁（U：Rk）、35 頁（S：Yp）、36 頁（S：Yp）、38 頁（U：Rk）、61 頁（U：Rk）、66 頁（U：Rk）、69 頁（U：Rk）、81 頁（U：Rk）、82 頁（U：Rk）、123 頁（U：Rk）、124 頁（U：Rk）、153 頁（U：Rk）、154 頁（U：Rk）、165 頁（S：Pp）、166 頁（S：Pp）、169 頁（S・U：Pp、S：Yp）、170–171 頁（U・S：Pp）、174–175 頁（S・U：Pp）、176 頁（S・U：Pp）、187 頁（S：Yp）、207 頁（S：Pp）、208–209 頁（S：Pp）、299 頁（S：Yp）、300 頁（S：Yp）	
A137	Darton, F.J. Harvey	*Arnold Bennett : New and rev. ed.*・London, Nisbet・[19--]・128p.・Writers of the day	121 頁（N：Bk で「August 2nd '24 ／ Karuizawa」〔本文末尾〕）	〔倉2〕 アーノルド・ベネットの評伝
A138	Dasent, George Webbe, Sir〔編訳〕	*Popular tales from the Norse : 2nd ed.*・Sir George Webbe Dasent・London, G. Routledge ／ New York, E.P. Dutton・[19--?]・402p.・The London library		北欧の民話集の英訳（P. C. Asbjørnsen 及び J. E. Moe 著 "Norske folkeeventyr" を Dasent が英訳）
A139	Daudet, Alphonse	*La belle-nivernaise, and other stories*・New York, T. Y. Crowell・[c1895]・221p.	表見返し（丸善シール）、150 頁（U：Rk〔"Jarjaille's visit to the good god"〕）、161 頁（U：Rk〔"The Fig and the Sluggard"〕）、162 頁（U：Rk〔同前〕）、164 頁（U：Rk〔同前〕）、168–169 頁（U：Rk〔同前〕）、173 頁（U：Rk〔"My First Dress-coat"〕）、212 頁（U：Rk〔"The New Teacher"〕）、214–215 頁（U：Rk〔同前〕）、218 頁（U：Rk〔同前〕）、220–221 頁（U：Rk〔同前〕）	〔倉1〕〔G〕 短篇集 収録作品は "La belle-nivernaise"、"Jarjaille's visit to the good God"、"The fig and the sluggard"、"My first dress-coat"、"Father Balaguère's Christmas feast"、"The new teacher" 6–7 頁の間に押し花 挿絵付き。画家は不明。
A140-1	Daudet, Alphonse	*The novels and romances of Alphonse Daudet vol.1 : Handy Library ed.*・Boston, Little, Brown・[c1900]・264p., 267p.	表見返し（丸善シール）、後半の 19 頁（N・S：Bk で S 脇に「touching」〔第II章 "Villemessant"〕、20–21 頁（S：Bk〔同前〕）、41 頁（N：Bk で「己にもこんな所があつた／甚同情する」〔"My First Coat" 末尾〕）、裏見返し（N：Bk で「a strange flower in a baggage field」）	〔71〕〔倉1〕〔G〕 随筆集 収録作品は "Memories of a Man of Letters"、"Thirty years in Paris"、"Ultima" 折れ目：後半 26 頁左上（跡）、48 頁左下 合本 裏見返しは筆記体で感想。芥川の手によると思われる。 未裁断：前半の 199–202 頁、前半の 227–230 頁
A140-2	Daudet, Alphonse	*The novels and romances of Alphonse Daudet vol.2 : Handy Library ed.*・Boston, Little, Brown・[c1900]・264p., 248 p.	表見返し（丸善シール）、前半 205 頁（N：Bk で「昔氷沐集でよんだ時にも感心したが／今読でもうまい」〔Caprices and souvenirs の "A Book-keeper" 末尾〕、裏見返し（N：Bk で「日本の青氈／青氈新書」）	〔G〕〔本〕 短篇集 収録作品は "Monday tales"、"Letters from my mill"、"Letters to an absent one" 合本の為、ページ番号が 1 が前半・後半にある。 折れ目：38 頁左上（跡："The Mother"）、40 頁左上（跡：同前）、162 頁左上（跡："A Turco of the Commune"）、262 頁左上（跡："Yule-Tide Stories"）、270 頁左上（跡：

ID	Author	Title / Publication	Notes	Category
			"The Pope is dead")未裁断：前半の 97–100 頁、137–140 頁、141–144 頁、169–172 頁、173–176 頁、181–184 頁、233–236 頁、277–280 頁、289–292 頁、297–300 頁、321–324 頁、後半の 21–24 頁、29–32 頁、41–44 頁、53–56 頁、73–76 頁、85–88 頁、93–96 頁、129–132 頁、137–140 頁、149–152 頁、161–164 頁、169–172 頁、181–184 頁、189–192 頁、193–196 頁、201–204 頁、221–224 頁	
A141	De Amicis, Edmondo	*Cuore : an Italian schoolboy's journal : a book for boys*・NewYork, Crowell・[c1915]・326p.	表見返し（丸善シール、N：Bp で「A series of sentimental tales ／ told by a sentimental boy whose parents ／ are also sentimental: a sugar-cane.」）、46 頁（U：Bp）、54–55 頁（p の書き込みを消した跡）、56 頁（p の書き込みを消した跡）、65 頁（p の書き込みを消した跡）、79 頁（p の書き込みを消した跡）、83 頁（p の書き込みを消した跡）、84 頁（p の書き込みを消した跡）、89 頁（p の書き込みを消した跡）、90–91 頁（p の書き込みを消した跡）、108–109 頁（p の書き込みを消した跡）、110 頁（p の書き込みを消した跡）、118–119 頁（p の書き込みを消した跡）、120–121 頁（p の書き込みを消した跡）、122–123 頁（p の書き込みを消した跡）、124–125 頁（p の書き込みを消した跡）、126–127 頁（p の書き込みを消した跡）、128–129 頁（p の書き込みを消した跡）、130–131 頁（p の書き込みを消した跡）、132 頁（p の書き込みを消した跡）、160–161 頁（p の書き込みを消した跡）、162 頁（p の書き込みを消した跡）、184–185 頁（N：Bp）、186 頁（N：Bp）、242–243 頁（U：Bp、p の書き込みを消した跡）	〔G〕長編小説折れ目：128 頁左下（跡）、129 頁右下（跡）、130 頁左下（跡）、132 頁左下（跡）
A142	Dehmal, Richard	*Weib und Welt : ein Buch Gedichte*・Berlin, S. Fischer・[n. d.]・165p.・Gesammelte Werke von Richard Dehmel ; Bd. 3	表見返し（丸善シール）、扉（蔵書印：「我鬼 B」印）	戯曲ドイツ語
A143	De Quincey, Thomas	*The English mail-coach, and other essays*・London ; Toronto, J.M. Dent / New York, E.P. Dutton・1917・339p.・Everyman's library	表見返し（丸善シール）	エッセイ集折れ目：110 頁左下、171 頁右上
A144	Dickens, Charles	*Little Dorrit*・London, Chapman & Hall・1868・522p.	背表紙（図書シール：番号は「五二二一一」）、表見返し（図書シール：整理番号は「4 ／ 6 ／ 47 ／ 1」）、N：Bb で「八百六拾九番」）、遊び紙（スタンプ：「明治十六年調」）、扉（蔵書印：「海軍機関学校蔵書」など、整理スタンプ：「英学／第 338 号／ 1 部／ 1 冊」）、319 頁（N：Bp）	〔G〕長編小説『リトル・ドリット』海軍機関学校の蔵書か。折れ目：49 頁右下、181 右下 -184 頁左下（4 頁が重なった状態で折れ目）、185–188 頁（4 頁が重なった状態で折れ目）

A145	Dickens, Charles	Sketches by Boz : Illustrative of every-day life and every-day people・London, Chapman & Hall・1868・292p.	表見返し（図書シール：整理番号「4／6／46／1」、N：Bbで「八百七拾壱番」）、遊び紙（N：Bkで、芥川以外の筆跡か）、扉（蔵書印：「海軍機関学校蔵書」印など、スタンプ：「英学／第339号／1部／1冊」）、背表紙（図書シール：整理番号「4／6／46／1」）	〔G〕『ボズのスケッチ集』A144と同じく、海軍機関学校の図書と思われる。
A146	Diderot, Denis	Diderot's early philosophical works・Margaret Jourdain・Chicago, Open Court Pub. Co.・1916・246p.・The Open Court series of classics of science and philosophy	表見返し（丸善シール）	哲学者ディドロの初期著作集。視覚障碍者や聴覚障碍者の文字についての記述など。
A147	D'Israeli, Issac	Curiosities of literature・London, G. Routledge・1893・582p.	表見返し（丸善シール）	〔G〕文学事典のようなもの 折れ目：31頁右下（跡："Patron"の章）、34頁左下（"Geographical diction"と"Legends"の章）、39頁右上（"Saint Evermond"と"Men of genius deficient in conversatio"の章）、148頁左下（製本ミスか："Abridgers"の章）、296頁（跡："Introduction of tea, coffee, and chocolate"の章）（https://archive.org/details/curiositieslite02disgoog/page/n23/mode/1up?view=theater）と同一書
A148	Dostoïevsky, Fédor	Crime and punishment・London, Walter Scott・[19--]・455p.	表見返し（丸善シール）、扉頁（蔵書印：「芥川文庫」印）、82頁（N：Rpでカギカッコ）、104頁（S：Rp〔二箇所〕）、146頁（U：Rp）、175頁（S：Rp）、224頁（U：Rp）、249頁（S：Rp）、253頁（S：Rp）、254頁（S：Rp）、259頁（S：Rp、N：Bkで、RS脇に「touching」）、261頁（U：Rp）、266–267頁（S：Rp）、341頁（S：Rp）、342頁（S：Rp）、343頁（S：Rp、N：Bkで、RS脇に「vivid」）、344頁（S：Rp）、352–353頁（S・U：Rp）、354頁（S：章番号〔PART. V〕にRp）、364–365頁（S：Rp）、366頁（S：Rp、N：Bkで、RS脇に「touching」）、368頁（S：章番号〔PART. VI〕にRp）、418–419頁（S：Rp）、435頁（S：Rp）、436–437頁（S：Rp）、442頁（S：Rp）、454–455頁（S：Rp、N：Bkで「3rd Sept. '13 ／ at Shinjuku.」〔本文末尾〕	〔倉2〕〔G〕ドストエフスキー『罪と罰』本文455頁。赤鉛筆が消えかかっている。
A149-1	Dostoïevsky, Fédor	The Brothers Karamazov : a novel in four parts and an epilogue・Constance Garnett・London, William Heinemann・1923・838p.・The novels of Fyodor Dostoevsky ; vol. 1	裏見返し（機山閣書店シール）	『カラマーゾフの兄弟』
A149-10	Dostoïevsky, Fédor	White nights and other stories・Constance Garnett・London, William Heinemann・1918・	表見返し（丸善シール、蔵書印：「方」?印）、タイトル頁（蔵書印：「方」?印〔表見返しのもと同一〕）	ドストエフスキーの短篇集 収録作："White Nights"（1–49頁）、"Notes from Underground"

		288p.・The novels of Fyodor Dostoevsky ; vol.10		(50–155 頁)、"A Faint Heart" (156–199 頁)、"A Christmas Tree and a Wedding" (200–207 頁)、"Polzunkov" (208–222 頁)、"A littel Hero" (223–257 頁)、"Mr. Prohartchin" (258–288 頁) 折れ目：230 頁左下（跡："a littel hero"） 未裁断：73–76 頁、77–80 頁、93–96 頁、121–124 頁、125–128 頁、137–140 頁、141–144 頁、179–182 頁、185–188 頁、189–192 頁
A150	Dostoïevsky, Fédor	*An honest thief : and other stories*・Constance Garnett・New York, Macmillan・1919・325p.・The novels of Fyodor Dostoevsky ; vol. 11	表見返し（CHIHEISHA シール）、裏見返し（BRENTANO'S Booksellers & Stationers New York シール）	ドストエフスキーの短篇集 収録作："An Honest Thief" (1–17 頁)、"Uncle's Dream" (18–144 頁)、"A Nove in Nine Letters" (145–156 頁)、"An Unpleasant Predicament" (157–207 頁)、"Another Man's Wife" (208–247 頁)、"The Heavenly Christmas Tree" (248–251 頁)、"The Peasant Marey" (252–256 頁)、"The Crocodile" (257–290 頁)、"Bobok" (291–306 頁)、"The Dream of a Ridiculous Man" (307–325 頁) 折れ目：22 頁左下（"Uncle's Dream"） 未裁断（製本ミス）：173–176 頁
A151	Dostoïevsky, Fédor	*Stavrogin's confession and the plan of the life of a great sinner : with introductory and explanatory notes*・S.S. Koteliansky and Virginia Woolf・Richmond, Leonard and Virginia Woolf at the Hogarth Press・1922・169p.		『スタヴローキンの告白（『悪霊』第二巻）』 未裁断：73–76 頁、77–80 頁、105–108 頁、109–112 頁、121–124 頁、125–128 頁、129–136 頁、137–140 頁、141–144 頁、153–156 頁、157–160 頁
A152	Dowson, Ernest	*The poems and prose of Ernest Dowson*・New York, Boni and Liveright・[c1919]・219p.・The modern library of the world's best books	表見返し（丸善シール）、タイトル頁（蔵書印：「壷天癸尹」印）	ダウスン作品集（詩・戯曲・散文） 未裁断：209–212 頁（PROSE のうち最後 The Statute of Limitations の冒頭が袋とじ状態）
A153	Doyle, A. Conann	*Adventures of Gerard*・London, T. Nelson・[1---]・375p.	表見返し（N：Bk で献辞「To Mr. Akutagawa／with kindest regards／July 1918／E. S. Stephenson」）	〔F〕 コナン・ドイルの歴史小説
A154	Doyle, A. Conann	*The adventures of Sherlock Holmes*・London, Nelson・[n. d.]・379p.	表見返し（丸善シール、N：Bk で「下六番町十一／山手 267A」）、3（目次）頁（N：Bp など）、37 頁（N：Bp〔単語の意味〕）、41 頁（N：Bp でカギカッコ閉じ）、42 頁（U：Rp）、53 頁（N：Rp でカギカッコ閉じ）、62 頁（N：Bp でカギカッコ閉じ）〔以上の本文 N は全て "The Red-Headed League"〕、156–157 頁（U：Rp、U・N：Bp）、158–159 頁（U：Rp）、160–161 頁（U：Rp）、162–163 頁（U：Rp）、164–165 頁（U：N：Rp）、166–167 頁（U：Rp）、168 頁（U：Rp）、170–171 頁（U：Rp）、172–173 頁（U：Rp、N：Rp で点）、	〔G〕 コナン・ドイル『シャーロック・ホームズの冒険』 目次にある書入れは○〔赤鉛筆及び黒鉛筆〕と数字〔1～4〕で、面白かった作品（○印）とその順位（数字）ではないかと思う。数字の順で挙げると、1 番は "The adventure of the man with the twisted lip"、2 番は "The adventure of a case of Identity"、3 番は "The adventure of the Red-Headed league"、4 番は "The adventure of the five orange rips"、その他の作品は "The Adventure of the speckled band"、"The Adventure of the novle bachelor"。（数字について

巻末附録　2. 芥川龍之介旧蔵書・洋書に関する書き入れ調査結果一覧表

			174–175 頁（U：Rp）、176–177 頁（N：Rp）、178–179 頁（N・U：Rp）、180–181 頁（N・U：Rp）、182–183 頁（N・U：Rp）、184–185 頁（N：Rp）〔以上 "The Man with the Twisted Lip"〕	は読んだ順番など、他の可能性も考えられる）
A155	Doyle, A. Conann	*The green flag*・London, Hodder and Stoughton・1915・256p.・Hodder & Stoughton's sevenpenny library	表見返し（中西屋書店シール）、3 頁（N：Bp〔単語の意味〕）、22 頁（N：Bp〔単語の意味〕）、256 頁（N：Bk で「July 5th 23〔2 を削除し、3 に訂正：22 → 23〕／ Tabata」）	〔倉 2〕歴史小説
A156	Doyle, A. Conann	*The memoirs of Sherlock Holmes*・London, John Murray・1919・248p.	表見返し（丸善シール）、裏見返し（N：Bk）	『シャーロック・ホームズの思い出』裏見返しは「1）Dau,／ 2）Dau & Grandf ／ 3）Father & mother, D & G ／ 4）f, m, G」及び「1）Mother & Daughter ／ 2）f, m, & Gautes〔ママ〕／ 3）f & m,／ 4）f & m & G ／ 5）f & m & G & D ／ 6）f & m」とあり、家族構成の組み合わせか？
A157	Doyle, A. Conann	*The mystery of Cloomber*・London, Hodder and Stoughton・[1890]・259p.・Hodder & Stoughton's sevenpenny library	表見返し（丸善シール＆ WASEDA 川鍋本店シール、N：Bk で署名〔芥川以外に一部「Wada」と読める〕）、7 頁（N：Bp〔単語の意味〕）、13 頁（N：Bp〔単語の意味〕）、50 頁（N：Bp）	〔G〕長編小説「クルンバーの謎」丸善で「Wada（黒インク書き入れの判読可能箇所）」が購入→川鍋本店で芥川が買ったか。書入れは単語のみがほとんど（"concise" に「simple」、"lawn" に「芝生地」など）折れ目：199 頁右下（跡）、260〔裏遊び紙：本文は 259 頁迄〕頁左上
A158	Drinkwater, John	*Oliver Cromwell : a play*・London, Sidgwick & Jackson・1923・80p.	表見返し（教明社シール）、80 頁（N：Bk で「August 15th '24 ／ Karuizawa」〔本文末尾〕）	〔倉 2〕戯曲読了日「August 15th '24 ／ Karuizawa」の「'24」の「2」の書き方が独特。
A159	Dunsany, Lord	*Fifty-one tales : 2nd ed.*・London, Elkin Mathews・1915・111p.	表見返し（丸善シール）、vii〔目次〕頁（N：Bp で収録作品前に「○」印）、24 頁（S：Bp〔"Death and the Orange" の章〕）	〔倉 2〕〔本〕短篇集vii 頁の目次でのタイトル前に「○」印がある作品は次の通り。"The Hen", "Death and the Orange", "Time and the Tradesman"
A160	Dunsany, Lord	*Five plays : the gods of the mountain, the golden doom, King Argimēnēs and the unknown warrior, the glittering gate, the lost silk hat*・New York, M. Kennerley・1914・116p.・The Modern drama series	表見返し（丸善シール）、vii〔目次〕頁（N：Bk でタイトル前に「・」印）、90 頁（U・N：Bk で "I felt funny, that did" にライン、「fellow」とコメント〔"The Glittering Gate"〕）、93 頁（U：Bk で "Their trick might not work just once." にライン）、116 頁（N：Bk で「25th Sept '15 ／ Tabata」〔本文末尾〕）	〔倉 2〕戯曲集目次でタイトル前に点がある作品は次の通り。"The Gods of the Mountain", "King Argimēnēs and the Unknown Warrior", "The Clittering Gate", "The Lost Silk Hat"その他の収録作品は（"Introduction"）, "Chronological List of Plays", "The Golden Doom"
A161	Dunsany, Lord	*If : a play in four acts*・London, G. P. Putnam・1921・160p.		戯曲
A162	Dunsany, Lord	*The king of Elfland's daughter*・New York ; London, G.P. Putnam's Sons・1924・301p.		『エルフランドの王女』カバー紙付き。一角獣と犬たちの美麗な（モノクロ）画で、タイトル前ページにも同イラスト（S. H. Sime 画 "The Hunting of the Unicon"）。

A163	Dunsany, Lord	*The sword of Welleran, and other stories*・London, G. Allen & Sons・1908・242p.	表見返し（丸善シール）、タイトル頁（蔵書印：「我鬼 A」印&「壺天癸尹」印）、113 頁（U：Bp で "The highwaymen" のタイトルにライン）、124 頁（N：Bp で 「Cleverly line」〔"The Highwaymen" 末尾〕）、133 頁（N：Bp で「◎」〔"In the twilight"〕）、243 頁（N：Bp で 「June 29th '17 ／ Tokio」〔本文末尾〕）	〔倉2〕〔本〕 短篇集 箔押しの表紙（題字+剣のイラスト）。S. H. Sime によるイラスト計10 点。
A164	Dunsany, Lord	*Tales of wonder : 2nd ed.*・London, Elkin Mathews・1917・187p.	表見返し（丸善シール）	短篇集 イラスト計 6 点 折れ目：13 頁右上（跡："Thirteen at table"）
A165	Duret, Théodore	*Whistler*・Frank Rutter・London, Grant Richards・1917・135p.	表見返し（丸善シール）	画家ホイッスラーの評伝 With thirty-two reproductions in black and white 折れ目：106 頁左上（跡：第七章 "Success"）、110 頁左上（跡：同頁）
A166	Echegaray, José	*The great Galeoto : a play in three acts with a prologue*・Hannah Lynch・New York, Doubleday, Page & company・1914・140p.・The Drama league series of plays	表見返し（丸善シール）、141 頁（N：Bk で「August 28th '17 ／ Tabata」〔本文末尾〕）	〔倉2〕〔G〕 スペイン作家による戯曲 The Drama League Series of Plays の Volume III
A167	Echegaray, José	*The son of Don Juan : an original drama in 3 acts*・James Graham・London, T. Fisher Unwin・1895・131p.・Cameo series	表見返し（丸善シール）、98 頁（S：Bp〔Act II末尾〕）、130-131 頁（S：Bp〔130 頁 Paca の "True!" から末尾まで〕）、N：Bp で 131 頁 S 脇に 「splendid」&読了日「Oct. 13rd ／ 1919／Tabata」〔本文末尾〕）	〔倉2〕 戯曲 98 頁の傍線は「LAN. (embracing his father).」より 「(Falls insensible.」まで。 折れ目：46 頁左上（跡）、85 頁右上
A168	Eekhoud, George	*Escal Vigor*・Bruxelles, The Gutenberg Press・〔c1909〕・271p.	表見返し（丸善シール）	長編小説 折れ目：171 右端（跡：頁の右側全体）、263 頁右下（跡）、265 頁右下（跡）、267 頁右下（跡：265 頁と 267 頁の折れ目跡は一致する。263 頁は別の折れ目。本文は 271 頁までなのでかなり終盤）
A169	Eekhoud, George	*The new Carthage (La nouvelle Carthage)*・Lloyd R. Morris・New York, Duffield and Company・〔c1917〕・368p.	表見返し（丸善シール）	長編小説 折れ目：5 頁右上（跡）、8 頁左下（跡）、16 頁左下（跡）、26 頁左下（跡）、54 頁左下（跡）、87 頁右上（跡）、同頁中央（跡：中央にページを横断するような形で三度折れている）、96 頁左上（跡）、131 頁右上（跡）、146 頁左下
A170	Ervine, St. John G.	*Four Irish plays*・London ; Dublin, Maunsel・1914・117p.	表見返し（丸善シール）、1 頁（U：Bp）、2-3 頁（U・N：Bp〔以上まで "Mixed Marriage" 冒頭〕）、80 頁（N：Bp）、94 頁（N：Rk で "r" を書き足し〔誤植の訂正："yous" → "yours"〕）	〔本〕 戯曲集 収録作品は "Mixed marriage"、"The magnanimous lover"、"The critics"、"The orangeman" 80 頁の書き入れは The Modern Series of English Literature 編纂の為のコメント 未裁断：9-12 頁、13-16 頁、41-44 頁、45-48 頁（ここまで "Mixed Marriage"）、72-76 頁（"The Magnanimous Lover"）、105-108 頁（"The

				Orangeman")、109–112頁（同前） 4つの戯曲中 "Mixed Marriage"、"The Mananimous Lover"、"The Orangeman" は未読。通読したのは "The Critics"（79–97頁）のみ。
A171	Euripides	*The Electra of Euripides*・Gilbert Murray・London, George Allen・1914・99p.・The Athenian drama for English readers	表見返し（丸善シール）	エウリピデスによるギリシア悲劇「エレクトラ」 A171–174は同一シリーズ
A172	Euripides	*The Iphigenia in Tauris of Euripides*・Gilbert Murray・London, George Allen・1913・105p.・The Athenian drama for English readers	表見返し（丸善シール）	エウリピデスによるギリシア悲劇「タウリケのイピゲネイア」
A173	Euripides	*The Medea of Euripides*・Gilbert Murray・London, George Allen・1913・96p.・The Athenian drama for English readers	表見返し（丸善シール・岩波書店シール）	エウリピデスによるギリシア悲劇「メディア」
A174	Euripides	*The Trojan women of Euripides*・Gilbert Murray・London, George Allen・1914・94p.・The Athenian drama for English readers	表見返し（丸善シール・岩波書店シール）	エウリピデスによるギリシア悲劇「トロイアの女」
A175	Ferris, G. T.	*Great musical composers : German, French, and Italian*・London, W. Scott・[1---]・334p.・The Scott library	表見返し（中西屋書店シール）、v〔目次〕頁（N：Bpで作品名の前に点）、12頁（U：Rk〔"Handel"の章〕）、14–15頁（U：Rk〔同前〕）、16頁（U：Rk〔同前〕）、19頁（U：Rk〔同前〕）、20–21頁（U：Rk〔同前〕）、66–67頁（S：Rk〔"Mozart"〕）、74–75頁（S：Rk〔"Beethoven"〕）、83頁（U：Rk〔同前〕）、85頁（N：Bkで「touching」、U・S：Rk〔"Beethoven"の章のVII節〕）、86頁（S：Rk〔同前〕）、101頁（U：Rk〔"Schubert and Schumann"〕）、104頁（U：Rk〔"Chopin"〕）、314–315頁（U・S：Rk〔"Berlioz"〕）、317頁（S：Rk〔同前〕）、318頁（S：Rk〔同前〕）、328–329頁（S：Rk〔同前〕）、337〔広告〕頁（N：Rkで広告に○印）、339〔広告〕頁（U：Rk、N：Rkで○印）、340–341〔広告〕頁（U：Rk）、342〔広告〕頁（U：Rk）	〔倉2〕〔G〕 音楽家たちの評伝集 下線は主に固有名詞（音楽家の氏名や作品）に引かれている 目次に傍点があるのは "Bach"、"Handel"、"Gluck"、"Haydn"、"Mozart"、"Beethoven"、"Schubert and Schumann"、"Chopin"、"Weber"、"Mendelssohn"、"Wagner"、"Rossini"、"Verdy"、"Cherubini and his Predecessors"、"Meyerbeer"、"Gounod"、"Berlioz" 広告の下線などはは Yeats 序文付の本や English Fairy and Folk Tales などにある。何らかの書入れがあったタイトルは次の通り。"Landor's Imaginary Conversations"、"Landor's Pentameron and other Imaginary Conersations"、"Stories from Carlenton. selected, with introduction, by W. Yeats"、"Sadi's Gulistan, or Flower Garden"、"English Gairy and Folk Tales"、"Landor's Pericles and Aspasia"、"Essays of Saint-Beuve"、"Vasari's Lives of Italian Painters"
A176	Field, Claud	*Jewish legends of the middle ages by Wolff Pascheles and others*・Claud Field・London, R. Scott・[19--]・152p.		ヴォルフ・パッシェレスらによるユダヤ民話集の英訳（Claud Field は英訳者で著者ではない。） 言語はヘブライ語とユダヤ系ドイツ語訳が掲載。ヘブライ語の注釈もあり。 折れ目：56頁左上（跡："The Whitness of the Fig-tree"）

					未裁断（製本ミス）：83–86 頁（"The Pound of Flesh"）
A177	Flammarion, Camille	*At the moment of death : manifestations and apparitions of the dying :"doubles" phenomena of occultism*・Latrobe Carroll・London, T Fisher Unwin・1922・371p.・Death and its mystery; 2	表見返し（教明社シール）、203 頁（S：Bk〔兄弟の訃報の虫の知らせの逸話〕）、236 頁（S：Bk〔Signore X――の危険予知のエピソード〕）、353 頁（S：Bk〔過去の風景が現実に見えてしまった現象〕）、356 頁（N：Bk で「Anatole France ニコレトヨク似タ話アリ」〔共通の友人を夫人が鏡の中に見、その人が夫人の遺書を残して自殺していた話〕）、358 頁（S：Bk〔祖母が別れを告げる夢を見た祖父の話〕）	〔倉1〕心霊現象集（邦訳あり：『死とその神秘』大沼十太郎訳、アルス、1925 年）折れ目：64 頁左上（跡）、157 頁右上（跡）、238 頁左上（跡）未裁断：1–4 頁、245–248 頁、257–260 頁、261–264 頁、277–280 頁、289–292 頁、293–296 頁、305–308 頁、309–312 頁、321–324 頁、325–328 頁
A178	Flammarion, Camille	*Death and its mystery before death : proofs of the existence of the soul*・E. S. Brooks・New York, Century・1921・322p.	表見返し（丸善シール）、裏見返し（N：Bk で「March 20th 1914／Tabata」）	〔倉1〕オカルト本 折れ目：128 頁左上（跡）、150 頁左上（跡）、226 頁左上（跡）
A179	Flammarion, Camille	*The unknown*・London, New York, Harper & Brothers・[c1900]・487p.	表見返し（蔵書印：「古澤滋印」印）	オカルト本（邦訳あり：『未知の世界へ』大沼十太郎訳、アルス、1924 年）折れ目：223 頁右上（跡）、249 頁右上（跡：183 頁からの第四章 Admission of facts → 207 頁からの第五章 Haullucinations, Properly so called → 228 頁からの第六章 The psychic action of one mind upon another 〜と読み進め、某代わりに 249 頁で右端を折って読み止めたか）、339 頁右下（第 7 章 The Wordl of Dreams の書簡パート：読者からの夢報告）未裁断：xi–xvi 頁（introduction）、9–12 頁、25–28 頁、29–32 頁、93–96 頁、105–108 頁、109–112 頁、121–124 頁、125–128 頁、137–140 頁、153–156 頁、157–160 頁、169–172 頁、173–176 頁、201–204 頁、249–252 頁、281–284 頁、285–288 頁、297–300 頁、301–304 頁、313–316 頁、317–320 頁、329–332 頁、333–336 頁、345–348 頁、349–352 頁、365–368 頁、377–380 頁、381–384 頁、393–396 頁、397–400 頁、409–412 頁、413–416 頁、457–460 頁、461–464 頁、473–476 頁
A180	Flaubert, Gustave	*Madame Bovary*・London, William Heinemann・1902・434p.・A century of French romance	表見返し（丸善シール）、タイトル頁（蔵書印：「芥川文庫」印）、vi–vii 頁（U：Rp）、viii 頁（U：Rp）、xii–xiii 頁（U：Rp）、44 頁（U：Rp）、109 頁（U：Rp）、113 頁（S：Rp）、114 頁（S：Rp）、116 頁（U：Rp）、122–123 頁（S・U：Rp）、124 頁（S：Rp）、133 頁（S：Rp）、134–135 頁（S：Rp）、136–137 頁（S：Rp）、142–143 頁（U：Rp）、148–149 頁（U：Rp）、152–153 頁（U・S：Rp）、158 頁（U：Rp）、167 頁（U：Rp）、174 頁（N：Rp でカ	〔57〕〔倉1〕〔G〕『ボヴァリー夫人』ヘンリー・ジェイムズによる序文付き

巻末附録　2. 芥川龍之介旧蔵書・洋書に関する書き入れ調査結果一覧表

			ギカッコ始め)、177 頁 (U：Rp)、180 頁 (S：Rp)、185 頁 (N：Rp でカギカッコ閉じ)、211 頁 (U：Rp)、226–227 頁 (S：Rp)、228 頁 (S：Rp)、234–235 頁 (U：Rp)、239 頁 (S：Rp)、240–241 頁 (U・S：Rp)、243 頁 (S：Rp)、246 頁 (U：Rp)、251 頁 (U：Rp)、263 頁 (U：Rp)、271 頁 (U：Rp)、272–273 頁 (N：Rp でカギカッコ始め、U：Rp)、275 頁 (U：Rp)、277 頁 (N：Rp でカギカッコ閉じ、U：Rp)、282 頁 (U：Rp)、284 頁 (U：Rp、S：Rp)、286 頁 (U：Rp)、300 頁 (U：Rp)、313 頁 (S：Rp)、330 頁 (U：Rp)、344–345 頁 (U・S：Rp)、346 頁 (U・S：Rp)、352–353 頁 (U・S：Rp)、355 頁 (U：Rp)、378 頁 (U：Rp)、394 頁 (S：Rp)、395 頁 (S：Rp)、396–397 頁 (S：Rp)、408–409 頁 (S：Rp)、427 頁 (N：Bk で「4th. April. 1912 ／ in Tokio」〔本文末尾〕)、428 頁 (N：Bp で「4th, April, 1912, ／ in Tokyo.」〔裏遊び紙〕)、裏見返し (N：Bk で「一九一二年三月九日／此日　従妹ヲ葬ル　芥川龍之介」)	
A181	Flaubert, Gustave	*Salammbo*・J. W. Matthews・London, Grant Richards・1901・430p.・French novels of the nineteenth century	表見返し (丸善シール)、タイトル頁 (蔵書印：「芥川文庫」印)、14 頁 (U：Ap)、43 頁 (U：Ap)、46 頁 (U：Ap)、55 頁 (U：Ap)、56 頁 (U：Ap)、59 頁 (U：Ap)、63 頁 (U：Ap)、83 頁 (N：Bp でカギカッコ始めと閉じ、U：Ap 〔カギカッコと U はどちらも "The word strike, though different in each language, was understood by all." に施されている〕)	〔倉1〕〔G〕『フローベール『サランボー』』未裁断：153–156 頁、157–160 頁、169–172 頁、173–176 頁、185–188 頁、189–192 頁、201–204 頁、205–208 頁、217–220 頁、221–224 頁、233–236 頁、237–240 頁、249–252 頁、253–256 頁、265–268 頁、269–272 頁、281–284 頁、285–288 頁、297–300 頁、301–304 頁、313–316 頁、317–320 頁、329–332 頁、333–336 頁、345–348 頁、349–352 頁、361–364 頁、365–368 頁、377–380 頁、381–384 頁、393–396 頁、397–400 頁、409–412 頁、413–416 頁、429–432 頁
A182	Flaubert, Gustave	*The temptation of St. Anthony*・Lafcadio Hearn・New York, Alice Harriman・1911・265p.	表見返し (丸善シール)、261 頁 (N：Bk で、横書きで「April 1st 1920 ／ Tabata」及び縦書きで「コノ本ヲ読ンデ退屈セザルモノハ／大賢カ大愚ナラン」〔本文末尾〕)	〔倉1〕〔57〕『聖アントワーヌの誘惑』ラフカディオ・ハーンによる英訳折れ目：50 頁左下 (跡)、64 頁左下 (跡)、70 頁左下 (跡)、91 頁右下 (跡)、108 頁左上
A183	Fletcher, John Gould	*Paul Gauguin : his life and art*・New York, Nicholas L. Brown・1921・193p.	表見返し (郁文堂書店シール)、191 頁 (N：Bk で「Nov. 10th '15 ／ Tabata」〔本文末尾〕)	〔倉2〕〔澤〕イマジストの詩人によるゴーギャンの評伝 With ten illustrations 122–123 頁の間に名刺 折れ目：28 頁左上 (折れ目跡)、30 頁左下 (折れ目跡)
A184	France, Anatole	*Count Morin Deputy*・J. Lewis May・London, John Lane The Bodley Head・1921・69p.	70 頁 (N：Bk で「11th April '15 ／ Yugawara ／ Shuzenji」〔本文末尾〕)	〔倉1〕短篇小説 挿絵入りの大判書 (絵本に近

A185	France, Anatole	*The crime of Sylvestre Bonnard*・Lafcadio Hearn・London, John Lane, The Bodley Head・1915・310p.・The works of Anatole France in English	表見返し（中西屋書店シール）、17 頁（U：Bp で "The men of those days were cuirassed like bettles ; their weakness was within them. To-day, on the contrary, our strengthe is interior, and our armed souls dwell in feeble bodies." にライン、N：Bp で U 箇所をカギカッコ始め・閉じ）、183 頁（U：Rk〔"and it is because" ～ "Our passion are ourselves" まで〕）、197 頁（U：Rk〔""Our coms into this world"" から "the pupil how to will."" まで）、198-199 頁（U：Rk〔"If that child were" から "educate a young girl" まで〕）、310 頁（N：Bp で「May 10th '16／Tabata」〔本文末尾〕）、裏見返し（N：Bp で「1) a wife and a poet」から始まる数行にわたる英文〔夫人と詩人、夫（husband）を巡る三角関係のプロットか〕）	い。illustrated with woodcuts by Henri Barthélemy） 1926 年 4 月 11 日に湯河原から修善寺を訪れている 〔倉 1〕 長編小説『シルヴェスト・ボナールの罪』 ラフカディオ・ハーンによる英訳および序文（Introduction） 折れ目：145 頁右下（跡）
A186	France, Anatole	*Marguerite*・J. Lewis May・London ; New York, John Lane・1921・75p.・The works of Anatole France in English	75 頁（N：Bp で「11th April '25／Shuzenji」〔本文末尾〕）	〔倉 1〕 短篇小説 挿絵入りの大判書で絵本に近い装幀（with twenty-nine original woodcuts by Siméon）
A187	France, Anatole	*The opinions of Anatole France*・Ernest A. Boyd・New York, A. A. Knopf・1922・246p.・Borzoi books	246 頁（N：Bk で「Sept 4th 1922／澄江堂」〔本文末尾〕）	〔倉 1〕 アナトール・フランスの言語録（recorded by Paul Gsell）
A188	France, Anatole	*Penguin island*・A. W. Evans・London, John Lane, the Bodley Head・1919・275p.	表見返し（丸善シール）	『ペンギンの島』
A189-1	France, Anatole	*The amethyst ring : 2nd ed.*・B. Drillien・London, John Lane, The Bodley Head・1920・304p.・The works of Anatole France in an English translation	表見返し（丸善シール）	長編小説 未裁断：55-58 頁、83-86 頁、243-246 頁、247-250 頁、275-278 頁、291-294 頁、295-298 頁 折れ目：218 頁左上（跡：なぜ折れ目があるのか、推測不能）
A189-2	France, Anatole	*The aspirations of Jean Servien*・Alfred Allinson・London, John Lane, The Bodley Head・1912・234p.・The works of Anatole France in an English translation	表見返し（丸善シール）、15 頁（S：Bk）、16 頁（S：Bk）、234 頁（N：Bk で「大正十二年九月廿二日夜／一読過／前半、or 精々三分の二佳な／り Anatole France の作中劣作に／属すべきものなり。」〔本文末尾〕）	〔58〕〔倉 1〕 長編小説 〔倉 1〕には「大正十二年九月廿二日夜／一読過／前半、or 精々三分の二佳な／り Anatole France の作中に／属すべきものなり。」とある
A189-3	France, Anatole	*At the sign of the Reine Pédauque*・Mrs. Wilfried Jackson・London, John Lane The Bodley Head・1912・272p.・The works of Anatole France in an English translation	表見返し（丸善シール）、59 頁（S：Bk）、272 頁（N：Bp で「March 2nd／at Kamakura」〔本文末尾〕）	〔倉 1〕〔G〕 折れ目：72 頁左上（跡）、113 頁左下（跡）、120 頁左上（跡）、120 頁左下（小さい折れ目） 〔倉 1〕には「2th」と報告があるが「2nd」ではないか。（〔G〕は「2nd」）
A189-4	France, Anatole	*Balthasar*・Mrs. John Lane・London, J. Lane, Bodley Head・	表見返し（丸善シール）、扉頁（蔵書印：「芥川文庫」印）、目次	〔G〕〔本〕 短篇集

巻末附録　2. 芥川龍之介旧蔵書・洋書に関する書き入れ調査結果一覧表　　　　　371

		1909・225p.・The works of Anatole France in an English translation	(N：p・"Balthasar"に「○」、"Laeta Acilia"に「×」、"Honey-Bee"に「○」)	収録作品は "Balthasar"、"The Cure's Mignonette"、"M, Pigeonneau"、"The Daughter of Lilith"、"Laeta Acilia"、"The Red Egg"、"Honey-Bee" の 7 作品（紙幅の半分以上が "Honey-Bee"）。
A189-5	France, Anatole	The bride of Corinth : and other poems & plays・Wilfrid Jackson & Emilie Jackson・London, John Lane, The Bodley Head・1920・285p.・The works of Anatole France in an English translation	表見返し（SHIROKIYA シール）、xiv 頁（U：Bp）、1 頁（U：Bp）、2-3 頁（U：Bp）、4-5 頁（U：Bp）、6-7 頁（U：Bp）、8 頁（U：Bp）、10-11 頁（U：Bp）、12-13 頁（U：Bp）、14 頁（U：Bp）、16-17 頁（U：Bp）、19 頁（U：Bp）、20 頁（U：Bp）、23 頁（U：Bp）、24-25 頁（U：Bp）、26 頁（U：Bp）、28-29 頁（U：Bp）	詩と戯曲集
A189-6	France, Anatole	Clio・Winifred Stephens・London, John Lane, The Bodley Head・1922・267p.・The works of Anatole France in an English translation	表見返し（教文館シール）、127 頁（N：Bk「ウマイウマイ」・CLIO の末尾）	中編二作収録。Clio だけ読んだか。もう一つは The Chateau de Vaux-Le-Vicomte。未裁断：目次 -2 頁（読書に支障なし）、147-150 頁、159-162 頁、163-166 頁
A189-7	France, Anatole	Crainquebille, Putois, Riquet, and other profitable tales・Winifred Stephens・London, John Lane, Bodley Head ／ New York, John Lane・1915・238p.・The works of Anatole France in an English translation	表見返し（丸善シール）、238 頁（N：Bp で「Jan. 28th '17 ／ Kamakura」〔本文末尾〕）	〔倉1〕短篇集
A189-8	France, Anatole	The elm-tree on the mall ; a chronicle of our own times・M. P. Willcocks・London, John Lane, The Bodley Head・1910・237p.・The works of Anatole France in an English translation	表見返し（丸善シール）、146-147 頁（S：Bk、N：Bk で「コノ一段 dramatic ナリ 思ハズ最後ノ行ノ後ニ curtain ト加ヘタクナル」）、148-149 頁（S：Bk、N：Bk で「good!」）、237 頁（N：Bk で「Sept. 20th, 1921 ／ Yugahara」〔本文末尾〕）	〔71〕〔倉1〕長編小説
A189-9	France, Anatole	The garden of Epicurus・Alfred Allinson・London, J. Lane, Bodley Head・1908・240p.・The works of Anatole France in an English translation	表見返し（N：Bk で「R. Akutagawa」、丸善シール、タイトル頁（蔵書印：「昏雪草堂」印）、13 頁（S：Ap）、14-15 頁（U・S：Ap）、16-17 頁（S・U：Ap）、19 頁（S：Ap）、24 頁（S・U：Ap）、28 頁（S：Ap）、31 頁（S：Ap）、32 頁（S：Ap）、34 頁（S：Ap）、36 頁（S：Ap）、38 頁（S：Ap）、40 頁（U：Ap）、44-45 頁（S：Ap）、46-47 頁（U・S：Ap）、50-51 頁（U・S：Ap）、55 頁（U：Ap）、56-57 頁（S・U：Ap）、58 頁（S：Ap）、62 頁（S：Ap）、66-67 頁（U・S：Ap）、69 頁（S：Ap）、71 頁（S：Ap）、72-73 頁（S：Ap）、75 頁（S：Ap）、76 頁（S：Ap）、80 頁（S：Ap）、82-83 頁（S：Ap）、88 頁（S：Ap）、91 頁（S：Ap）、92 頁（S：Ap）、94 頁（S：Ap）、97 頁（S：Ap）、102 頁（S：Ap）、112-113 頁（U・S：Ap）、115 頁（S：	〔69〕〔倉1〕〔G〕「エピクロスの園」の他 8 編の随筆が収録折れ目：32 頁左上（跡）、67 頁右上（跡）、94 頁左上（跡）、101 頁右上（跡）、185 頁右上（跡）

A189-10	France, Anatole	*The gods are athirst : 3rd ed.*・Mrs. Wilfrid Jackson・London, J. Lane, the Bodley Head・1921・285p.・The works of Anatole France in an English translation	Ap)、116 頁（U：Ap)、124 頁（S：Ap)、126 頁（S：Ap)、128 頁（S：Ap)、131 頁（U・S：Ap)、132-133 頁（S・U：Ap)、136 頁（S：Ap)、141 頁（S：Ap)、145 頁（S：Ap)、204 頁（S：Ap)、234 頁（U：Ap)、237 頁（S：Ap)	
			表見返し（丸善シール）	「神々は渇く」折れ目：134 頁左下（次頁から未裁断。栞代わりに折ったか。第 11 章の途中）未裁断：135-138 頁、147-150 頁、151-154 頁、163-166 頁、167-170 頁、195-198 頁、199-202 頁、211-214 頁、215-218 頁、227-230 頁、231-234 頁、243-246 頁、247-250 頁、259-262 頁、263-266 頁、279-282 頁、283-286 頁
A189-11	France, Anatole	*Jocasta & the famished cat*・Agnes Farley・London, John Lane, The Bodley Head・1912・248p.・The works of Anatole France in an English translation	表見返し（SHIROKIYA シール）	中編小説集"Jocasta" と "The Famished Cat" の二篇が収録
A189-12	France, Anatole	*The Latin genius*・Wilfrid S. Jackson・London, John Lane The Bodley Head・1924・317p.・The works of Anatole France in an English translation		文芸評論
A189-13	France, Anatole	*The Merrie Tales of Jacques Tournebroche : and Child life in town and country*・Alfred Allinson・London, John Lane The Bodley Head・1910・230p.・The works of Anatole France in an English translation	表見返し（丸善シール、蔵書印：「N. Tsuhiji」印)、中表紙（蔵書印：「N. Tsuhiji」印)、11 頁（蔵書印：「N. Tsuhiji」印、N：Bp)、12-13 頁（N：Bp)、14-15 頁（N・U：Bp)、16-17 頁（N・U：Bp、U：Pp)、18-19 頁（N・U：Bp)、20-21 頁（N：Bp)、22-23 頁（N・U：Bp)、24-25 頁（N・U：Bp、U：Pp)、29 頁（N：Bp、U：Pp)、30-31 頁（N：Bp)、32-33 頁（N：Bp)、34-35 頁（N：Bp、U：Pp)、36-37 頁（N・U：Bp)、38-39 頁（N・U：Bp)、40-41 頁（N・U：Bp)、42-43 頁（N：Bp)、44-45 頁（N・U：Bp)、46-47 頁（N・U：Bp)、48-49 頁（N・U：Bp、U：Pp)、50-51 頁（N：Bp)、52-53 頁（N・U：Bp、U：Pp)、57 頁（N・U：Bp、U：Pp)、58-59 頁（N・U：Bp)、60-61 頁（N・U：Bp)、62-63 頁（N・U：Bp)、64-65 頁（N・U：Bp)、66-67 頁（N・U：Bp、U：Pp)、68-69 頁（N・U：Bp、U：Pp)、70-71 頁（N・U：Bp)、72-73 頁（N・U：Bp)、74-75 頁（N・U：Bp)、76-77 頁（N・U：Bp)、78-79 頁（N・U：Bp)、80-81 頁（N・U：Bp)、82 頁（N・U：Bp)、85 頁	[G]短篇集"The Merrie Tales of Jacques Tournebroche" と "Child Life in Town and Country" の二つの短篇集が収録されている。書入れの筆跡が芥川のものとは異なるように見える。蔵書印も三箇所に芥川以外のもの（「N. Tsuhiji」?印、三つとも同一）が押されていることからも、芥川以外の書き込みか。古書で芥川が入手した可能性が高い。書入れは単語の意味など。収録作品は次通。"Olivier's Brag"、"The Miracle of the Magpie"、"Brother Joconde"、"Five Fair Ladies of Picardy, of Poitou, of Touraine, of Lyons, and of Paris"、"A Good Lesson well Learnt"、"Satan's Tongue-Pie"、"Concerning an Horrible Picture"、"Mademoiselle de Doucine's New Year's Present"、"Mademoiselle Roxane"、〔ここまで短篇集 "The Merrie Tales of Jacques Tournebroche" より。以下、短篇集 "Child Life in Town and Country" 分〕"Fanchon"、"The Fancy-Dress Ball"、"The School"、"Marie"、"The Pandean Pipes"、"Roger's Stud"、"Courage"、"Catherine's At Home'"、"Little Sea-Dogs"、"Getting Well"、"Across

巻末附録　2．芥川龍之介旧蔵書・洋書に関する書き入れ調査結果一覧表　　　373

			（N・U：Bp）、86–87 頁（N・U：Bp）、88–89 頁（N：Bp、U：Pp）、93 頁（N：Bp）、94–95 頁（N・U：Bp）、96–97 頁（N・U：Bp、U：Pp）、98–99 頁（N：Bp、U：Pp）、100–101 頁（N・U：Bp）、102–103 頁（N・U：Bp、U：Pp）、104 頁（N・U：Bp、U：Pp）、107 頁（N：Bp）、108 頁（N：Bp）、111 頁（N：Bp）	the Meadows"、"The March Past"、"Dead Leaves"、"Suzanne"、"Fishing"、"The Penalties of Greatness"、"A Child's Dinner Party"、"The Artist"、"Jacqueline and Miraut"
A189-14	France, Anatole	*Monsieur Bergeret in Paris*・B. Drillien・London, John Lane The Bodley Head・1921・286p.・The works of Anatole France in an English translation	表見返し（丸善シール）、72 頁（N：Bp・カギカッコ閉じ〔」〕）	長編小説
A189-15	France, Anatole	*Mother of pearl*・Frederic Chapman・London, J. Lane, Bodley Head・1908・291p.・The works of Anatole France in an English translation	表見返し（丸善シール、署名跡〔消した跡〕）、タイトル頁（蔵書印：「百?果」印）、目次（N：Rp で「・」）、7 頁（N・U：Bp「「コンナ所ニ伏線ガアル」」）、19 頁（N・U：Bp「「ココニモ伏線ガアル」」）、20 頁（N・S：Bp〔「コンナ irony ハ新シクモナイガ快イ」」）	〔71〕〔倉 1〕〔G〕 短篇集 収録作品とタイトル前に「・」があった者は次の通り。 ・The Procurator of Judea ・Amycus and Celestine ・The Legend of Saints Oliveria and Liberetta ・St. Euphrosine ・Scholastica ・Our Lady's Juggler ・The Mass of Shadows ・Leslie Wood ・Gestas 　The Manuscript of a Village Doctor 　　Memories of a Volunteer Dawn ・Madame de Luzy ・The Boon of Death Bestowed 　A Tale of the Month of Floreal in the Year II ・The Little Leaden Soldier 〔G〕には「テキストの書き入れは葛巻によるものである。下線は芥川によ（ママ）る」とある。判断根拠は不明。
A189-16	France, Anatole	*A Mummer's tale : 2nd ed.*・Charles E. Roche・London, John Lane The Bodley Head・1921・240p.・The works of Anatole France in an English translation	表見返し（丸善シール）	長編小説 未裁断：49–52 頁、53–56 頁、65–66 頁、69–72 頁、81–84 頁、85–88 頁、96–100 頁、101–104 頁、113–116 頁、117–120 頁、129–132 頁、133–136 頁、145–148 頁、149–152 頁、161–164 頁、165–168 頁、177–180 頁、181–184 頁、193–196 頁、197–200 頁、209–212 頁、213–216 頁、225–228 頁、229–232 頁
A189-17	France, Anatole	*On life & letters : 1st ser.*・A. W. Evans・London, J. Lane, Bodley Head・1911・318p.・The works of Anatole France in an English translation	表見返し（丸善シール）、118 頁（N：S：p「ヒドイ奴ダ」）、123 頁（N：p「ウマイ」）、173 頁（N：Bp で「124」〔おそらく製本時の書き込み〕）	〔71〕〔倉 1〕 評論集第一巻 書入れは "Prince Bismarck" の章。 未裁断：261–264 頁、265–268 頁、293–296 頁
A189-18	France, Anatole	*On life & letters : 2nd ser.*・A. W. Evans・London, J. Lane, Bodley Head・1914・338p.・The works of Anatole France in an English translation	表見返し（丸善シール）、v 頁（U：Bk）、xv 頁（N：Bp で目次に「・」）、xvi 頁（N：Bp で目次に「・」）、6–7 頁（S・N：p）、8–9 頁（N・S：Bp）	〔倉 1〕〔G〕 評論集・第二巻 目次（xv 頁・xvi 頁）に「・」の書入れ。「・」が入っている章は下記の通り。"Gustave Flaubert"

			52–53頁（S：Bk）、54–55頁（N：Bkで「dinner」、S：Bk）、56頁（N・U・Bk・「heady」にUし、「heavy?」とN〔誤植の訂正〕）、108–109頁（S：Bk）、112–113頁（S：Bk）、114頁（S：Bk）	"M. Guy De Maupassant, Critic and Novelist" "Mérimee" "Outside Literature" "A Forgotten Poet: Saint-Cyr de Rayssac" "The Errors of History" "On Scepticism" "Euripides" "M. Signoret's Marionettes" "M. Jules Lemaitre" "The Great St. Antony" "M. Gaston Paris and the French Literature of the Middle Age" "M. Zola's Purity" ""The Tempest"" ""The History of the People of Israel"" "Romance and Magic" "M. Octave Feuillet" "Joan of Arc and Poetry" 未裁断：39–42頁、151–154頁、155–158頁、167–170頁、171–174頁、215–218頁 折れ目：288頁左上（跡）
A189-19	France, Anatole	*On life & letters : 3rd ser.*・D. B. Stewart・London, J. Lane, Bodley Head・1922・379p.・The works of Anatole France in an English translation	表見返し（丸善シール）	評論集第三巻 折れ目：293頁右上（The Idea of Gustav Flaubertの章）
A189-20	France, Anatole	*On life & letters : 4th ser.*・Bernard Miall・London, J. Lane, Bodley Head・1924・341p.・The works of Anatole France in an English translation	表見返し（教文館シール）	評論首第四巻 未裁断：135–138頁、195–198頁、323–326頁
A189-21	France, Anatole	*The opinions of Jérôme Coignard*・Mrs. Wilfird Jackson・London, The Bodley Head・1913・218p.・The works of Anatole France in an English translation		Jérôme Coignard神父との対話集 折れ目：92頁左上（跡）、94頁左上（跡）、104頁左下
A189-22	France, Anatole	*The path of glory* (Eng. trans. & Original Texts)・Alfred Allinson・London, J. Lane, Bodley Head・1916・158p.・The works of Anatole France in an English translation	扉頁（N：Bkで「呈 芥川龍之介様／大正六年二月 紐育市 生／S. Narusé／Nov. 28th 1916／New York City」〔成瀬正一から芥川への献辞〕）	〔12〕〔倉1〕〔本〕 社会批評 成瀬正一からの献辞。 英訳とフランス語の対訳本。
A189-23	France, Anatole	*The red lily*・Winifred Stephens・London, J. Lane, Bodley Head／New York, J. Lane・1908・325p.・The works of Anatole France in an English translation	表見返し（丸善シール）、タイトル頁（蔵書印：芥川文庫）、1頁（N消し跡）、2–3頁（N・U：p、N消し跡）、4頁（U：Bp、N消し跡）、241頁（U：Rp）、249頁（S：Rp）、325頁（N：Ak「15th August 1913／at Fujimimura」〔本文末尾〕）	〔倉1〕〔G〕〔本〕 長編小説 200–201頁の間に押し花（朝顔か?）が挟まれていた。「七・一二・一九一四」と日付入り。 226–227頁の間にも押し花 吉田弥生との絡みか 4頁までの書入れは消した跡がある。古書として手に入れたか。
A189-24	France, Anatole	*The revolt of the angels*・Mrs. Wilfrid Jackson・London, J. Lane, Bodley Head・1914・357p.・The works of Anatole France in an English translation	表見返し（丸善シール）、114–115頁（S：Bp）、357頁（N：Bk・読了日「August 7th／'17／Tabata」〔本文末尾〕）	〔倉1〕 長編小説 折れ目：110頁左下（跡）
A189-25	France, Anatole	*Thais*・Robert B. Douglas・London, J. Lane, Bodley Head・1909・234p.・The works of Anatole France in an English translation	表見返し（丸善シール）、扉頁（蔵書印：「芥川文庫」印）、3頁（N：Bpで「○」）、9頁（N：Bp）、10–11頁（N：Bpで「娼婦」など）、12–13頁（N：Bp、U：Bp）、14–15頁（N：Bp）、16–17頁（N：Bp）、18–19頁（N：Bp）、20–21頁（N：Bp）、22–23頁（N：Bp）、	〔倉1〕〔G〕 長編小説『舞姫タイス』 書入れの多くは単語の意味（"penitance"に「後悔」、"courtesan"に「娼婦」など）

巻末附録　2.　芥川龍之介旧蔵書・洋書に関する書き入れ調査結果一覧表

			24–25 頁（N：Bp、U：Pp）、26–27 頁（N：Bp）、28–29 頁（N：Bp）、30–31 頁（N：Bp）、32–33 頁（N：Bp）、34–35 頁（N：Bp）、36–37 頁（N：Bp）、38–39 頁（N：Bp）、40–41 頁（N：Bp）、42–43 頁（N：Bp）、44–45 頁（N：Bp）、46–47 頁（N：Bp）、48–49 頁（N：Bp）、50–51 頁（N：Bp、U：Rp）、52–53 頁（N：Bp、U：Rp）、54–55 頁（N：Bp）、57 頁（N：Bp）、58 頁（N：Bp）、61 頁（N：Bp）、62–63 頁（N：Bp）、64–65 頁（N：Bp）、66–67 頁（N：Bp）、68–69 頁（N：Bp）、70–71 頁（N：Bp）、72–73 頁（N：Bp）、74–75 頁（N：Bp）、76–77 頁（N：Bp）、78–79 頁（N：Bp）、80–81 頁（N・U：Bp）、82–83 頁（N：Bp）、84–85 頁（N・U：Bp）、86–87 頁（N：Bp）、88–89 頁（N：Bp）、90–91 頁（N：Bp）、92–93 頁（N：Bp）、94–95 頁（N：Bp）、96–97 頁（N：Bp）、98–99 頁（N：Bp）、100–101 頁（N：Bp）、102–103 頁（N：Bp）、104–105 頁（N：Bp）、106–107 頁（N：Bp）、108–109 頁（N：Bp）、110–111 頁（N：Bp）、112–113 頁（N：Bp）、114–115 頁（N：Bp、U：Rp）、116–117 頁（N：Bp）、118–119 頁（N：Bp、U：Rp）、120–121 頁（N：Bp）、122–123 頁（N：Bp、U：Rp〔I do not 〜+ there is reason 〜の二箇所〕）、124–125 頁（N：Bp、U：Rp）、126–127 頁（N：Bp）、128–129 頁（N：Bp、N：Bk〔誤字の指摘〕）、130–131 頁（N：Bp）、132–133 頁（N：Bp）、134–135 頁（N：Bp）、136–137 頁（N：Bp）、138–139 頁（N：Bp、U：Rp）、140–141 頁（N：Bp）、142–143 頁（N：Bp）、144–145 頁（N：Bp）、144–145 頁（N：Bp）、146–147 頁（N：Bp）、148–149 頁（N：Bp）、150–151 頁（N：Bp）、152–153 頁（N：Bp）、154–155 頁（N：Bp）、156–157 頁（N：Bp）、158–159 頁（N：Bp）、160–161 頁（N：Bp）、162–163 頁（N：Bp）、164 頁（N：Bp）、166–167 頁（N：Bp）、168 頁（N：Bp）、179 頁（N：Bp）、213 頁（U：Rp＋Pp）、214 頁（U：Rp＋Pp）、218 頁（N：Bp、U：Rp＋Pp）、234 頁（N：Bk・読了日「5th June 1910.／in Katsuura」

			〔本文末尾〕）	
A189-26	France, Anatole	The well of Saint Clare・Alfred Allinson・London, J. Lane, Bodley Head・1909・302p.・The works of Anatole France in an English translation	表見返し（丸善シール）、タイトル頁（蔵書印：「芥川文庫」印）、ⅴ頁（U：Rp＋Pp）、ⅵ頁（U：Rp)、32頁（U：Rp)、154–155頁（N・S：Bp・S の脇に「beautiful」）、202–203頁（S：Rp)、204頁（N：Rp・カギカッコ）、236頁（U：Rp)、239頁（U・S：Rp)	〔倉〕〔G〕短篇小説集 目次（ⅴ頁・ⅵ頁）に下線があるのは "San Satiro"、"The Human Tragedy" の中の "xiv. Giovanni's Dream"・"xv. The Judgment"・"xvi The Prince of this World"、"A Sound Security"、"History of Dona Maria D'Avalos and the Duke D'Andria"。 折れ目：146頁左上（小さめ）
A189-27	France, Anatole	The white stone・Charles E. Roche・London, John Lane, the Bodley Head・1910・239p.・The works of Anatole France in an English translation	表見返し（丸善シール）、67頁（N：Bp・未報告の英文コメント、S：Bp)、68–69頁（S：Bp)、70–71頁（N：Bp・未報告の英文コメント、S：Bp)、72頁（N：Bp・カギカッコ始め×2)、162–163頁（S：Bk)、166頁（S：Bk)、239頁（N：Bk・読了日「July 11th／'17／Kamakura」)	〔倉1〕長編小説 折れ目：62頁左上（跡）、94頁左上、101頁右上、127頁右上（跡）、134頁左上（目跡）、136頁下、同頁左上（跡）、138頁（跡）、152頁左上（跡）、156頁左上（跡）、161頁右上（跡）、168頁左上（跡）、172頁左上（跡）
A189-28	France, Anatole	The wicker work woman ; a chronicle of our own times・M.P.Willcocks・London, Lane・1910・274p.・The works of Anatole France in an English translation	表見返し（丸善シール）、274頁（N：Bk で「April 16th 1922／Tabata」＆「熱少しあり風をひいたかも知れぬ」〔本文末尾〕）	〔58〕〔倉1〕長編小説 〔倉1〕に「下線1」と報告があるが、発見できない。
A189-29	France, Anatole	Anatole France : the man and his work : an essay in critical biography・James Lewis May・London, John Lane the Bodley Head・1924・262p.・The works of Anatole France in an English translation	110頁（N：Bk で「コノ人ノ人生運モソノ作物ノ如ク必シモ清福ニ充タ／ザリシ如シ　人生清福ヲ求ム、ソレ鳳ヲ求ムルニ似ル乎／大正十三年十一月十二日　龍」〔Part I の末尾〕）	〔倉1〕 James Lewis May によるアナトール・フランスの評伝 未裁断：233–236頁
A189-30	France, Anatole	Conversations with Anatole France by Nicolas Ségur・J. Lewis May・London, John Lane the Bodley Head・1926・193p.・The works of Anatole France in an English translation		ニコラス・セギュール著『アナトール・フランとの対話集』
A190	Frazer, Sir James George	The golden bough : a study in magic and religion : 3rd ed : part 3 The dying god・London, Macmillan・1920・305p.	表見返し（丸善シール）、1頁（N：BpN・数字「50」)、3頁（U：Bk)、6頁（U：Bk)	〔本〕『金枝篇』第三巻 未裁断：17–24頁、25–32頁、33–40頁、41–48頁、49–56頁、57–64頁、67–70頁（65/66–71/72頁の天カド開封）、73–80頁、81–88頁、89–90頁、91–104頁、105–112頁、113–120頁、121–128頁、129–136頁、137–144頁、145–152頁、153–160頁、161–168頁、169–176頁、177–184頁、185–192頁、193–200頁、201–208頁、209–216頁、217–224頁、225–232頁、233–240頁、241–248頁、249–256頁、257–264頁、265–272頁、273–280頁、281–288頁、289–296頁、(297–300頁は裁断)、301–304頁、(305–308頁：frazer 関連本の広告頁は開封) 288–289頁（289頁から INDEX）に栞あり
A191	Gaboriau, Emile	Monsieur Lecoq・London, Hodder and Stoughton・[n.	284頁（N：Bb で「大正十二年三月湯河原にて一読過 ホオム	〔58〕〔倉1〕長編推理小説『ルコック探偵

巻末附録　2．芥川龍之介旧蔵書・洋書に関する書き入れ調査結果一覧表　　　377

		d.〕・284p.	ズ・ルパンの父祖ある所を知る」）	235–254 頁まで部分接着していて開けない。284 頁の書き込みについて〔倉1〕に「父祖なる」とあるが〔58〕では「父祖ある」。〔58〕が正しいか
A192	Galsworthy, John	Six short plays・London, Duckworth・1921・142p.・The works of John Galsworthy		〔本〕戯曲集収録作品：" The first and the last"、" The little man"、" Hall-marked"、" Defeat"、" The sun"、" Punch and go"
A193	Gauguin, Paul	Noa noa : 3. aufl.・Luise Wolf・Berlin, Bruno Cassirer・〔n. d.〕・109p.	表見返し（丸善シール）、扉（「芥川文庫」印）、14–15 頁（S：Rp）、16–17 頁（S：Rp）、22–23 頁（S：Rp）、35 頁（S：Rp）、裏見返し（N：Bb で「寿陵余子蔵」）	〔倉1〕〔G〕ポール・ゴーギャンの自伝的随筆『ノア・ノア』のドイツ語訳
A194–1	Gautier, Théophile	The romances of Théophile Gautier vol.1 : Pocket ed.・F. C. de Sumichrast・Boston, Little, Brown・1912・315p.	表見返し（丸善シール）、第二扉（「我鬼B」印）	ゴーチェ作品集第一巻（全十巻、うち第八巻&第九巻欠け）収録作品：" Mademoiselle de Maupin"
A194–2	Gautier, Théophile	The romances of Théophile Gautier vol.2 : Pocket ed.・F. C. de Sumichrast・Boston, Little, Brown・1912・314p.	表見返し（丸善シール）、第二扉（「我鬼B」印）	ゴーチェ作品集第二巻収録作品：" Mademoiselle de Maupin"
A194–3	Gautier, Théophile	The romances of Théophile Gautier vol.3 : Pocket ed.・F. C. de Sumichrast・Boston, Little, Brown・1912・351p.	表見返し（丸善シール）、第二扉（「我鬼B」印）	ゴーチェ作品集第三巻収録作品：" The romance of a mummy"、" Egypt"
A194–4	Gautier, Théophile	The romances of Théophile Gautier vol.4 : Pocket ed.・F. C. de Sumichrast・Boston, Little, Brown・1912・375p.	表見返し（丸善シール）、第二扉（「我鬼B」印・横押し）、27 頁（U・S：Bk、N：Bk で「誰カコンナ気焰ヲ吐ク女ハ居ナイカナ」）、28 頁（S：Bk）、149 頁（S：Bk、N：Bk で「コノ話カラ短篇ヲ書イタ方ガ Fortunio ヨリ面白ソウダ」）、150 頁（S：Bk）、169 頁（U：Bk、N：Bk で「光澤ノ感ジハ適切ダ 色彩ノ聯想ガ不適切デイカン」）、170 頁（N：Bk で「コノ一章ヲ「死ノ勝利」中主人公ガ「イポリタ」ノ寝姿ヲ見ル所ト比較セバ如何」）、177 頁（N：Bk で「コノ作者、男女ノ裸体ガ書キタクテ仕方ガナイ見エタリソノ爲風呂場ヤ川ヘ人ヲツレテ行ク コノ癖ノ高ジタノガ「モオパン」オ最後ト知ルベシ」）、187 頁（N：Bk で「カウナルト谷崎潤一郎先生も三舎ヲ避ケル」）、192 頁（N：Bk）、196–197 頁（S：Bk で「絢爛ヲ極ム 描写ノ根気驚クベシ」）、198–199 頁（S：Bk）、200–201 頁（S：Bk）、202–203 頁（S：Bk）、204–205 頁（S：Bk）、206–207 頁（S：Bk）、208–209 頁（S：Bk）、210 頁（S・N：Bk）、215 頁（N：Bk で「唐突ヲ極ム モウ書クノガ面倒臭クナツタノダラウ」）、223 頁（N：Bk で「コノ小説 要スルニ綺麗ツクメノ愚作ナリ 恰モ白痴ノ美人ノ如シ 既ニ斯ル愚策ヲ成ス、作者亦愚ナラザルヲ得ンヤ 読	〔65〕〔倉1〕ゴーチェ作品集第四巻我鬼印は、鬼の字が下になる向きに横倒しで押されている。収録作品：" Fortunio"、" One of Cleopatra's nights"、" King Candaules"折れ目：144 頁左下（折れ目跡）

			ミ了ツテ辟易スル事多時／大正八年師走二十日」〔本文末尾〕）	
A194-5	Gautier, Théophile	*The romances of Théophile Gautier vol.5 : Pocket ed.*・F. C. de Sumichrast・Boston, Little, Brown・1912・367p.	表見返し（丸善シール）、第二扉（「我鬼B」印）	ゴーチェ作品集第五巻 収録作品："Spirite"、"The vampire"、"Arria Marcella"
A194-6	Gautier, Théophile	*The romances of Théophile Gautier vol.6 : Pocket ed.*・F. C. de Sumichrast・Boston, Little, Brown・1912・285p.	表見返し（丸善シール）、第二扉（「我鬼B」印）	ゴーチェ作品集第六巻（短篇集） 収録作品："The Quarette"、"Militona"、その他
A194-7	Gautier, Théophile	*The romances of Théophile Gautier vol.7 : Pocket ed.*・F. C. de Sumichrast・Boston, Little, Brown・1912・372p.	表見返し（丸善シール）、第二扉（「我鬼B」印）	ゴーチェ作品集第七巻 収録作品："Avatoar"、"Jettatura"、"The water pavilion"
A194-10	Gautier, Théophile	*The romances of Théophile Gautier vol.10 : Pocket ed.*・F. C. de Sumichrast・Boston, Little, Brown・1912・375p.	表見返し（丸善シール）、第二扉（「我鬼B」印）、240頁（N・S：BkでS脇に「一寸思ヒ付ナリ」）、267頁（N：Bk「コノ話割合ニゴテツカズシテヨロシ」）	〔71〕〔倉1〕 ゴーチェ作品集第十巻（短篇集） 収録作品："Jack and Jill"、"The thousand and second night"、"Elias Wildmanstadius"、"The bowl of punch"、"The mummy's foot"、その他 製本ミス・未裁断：107–110頁
A195	George, Walter Lionel	*Anatole France*・London, Nisbet・1915・127p.・Writers of the day	122–123頁（N：Bk・A. フランスの著作一覧の一部に「○」印）	アナトール・フランスの評論 122–123頁の広告に「○」があるのは下記著作。 ・Le Livre de Mon Ami ・Balthasar et la Reine Balkis ・Crainquebille, Putois, Riquet ・Les Contes de Jacques Tournebroche ・Les Sept Femmes de Barbe-Bleue 折れ目：28頁左上（折れ目跡）
A196	Gissing, George	*The house of cobwebs*・Thomas Seccombe・London, Constable・1919・300p.	表見返し（丸善シール）、1頁（N・U：Bk）、2–3頁（N・U：Bk）、4–5頁（N・U：Bk）、6–7頁（N・U：Bk）、8–9頁（N・U：Bk）、10–11頁（N・U：Bk）、12頁（N・U：Bk）	〔本〕 短編集 扉ページに切り抜きあり（蔵書印を切ったか） 書入れは単語の意味がほとんど。芥川以外の可能性も。 折れ目：xiv頁左下、xvi頁左下、xviii頁左下
A197	Gobineau, Arthur comte de	*The Renaissance : Savonarola, Cesare Borgia, Julius II., Leo X., Michael Angelo : English ed.*・Paul V. Cohn・London, Heinemann・1913・348p.	表見返し（中西屋書店シール）、153頁（U：Rk）、154頁（U：Rk）、349頁（N：Bk・読了日「20th Dec. / '15 / Tabata」〔本文末尾〕）	〔倉1〕 評論集 折れ目：88頁左上、153頁右下
A198	Goethe, Johann Wolfgang von	*Goethe's Criticisms, reflections and maxims*・W. B. Rönnfeldt・London, W. Scott・[n. d.]・261p.・The Scott library	表見返し（丸善シール、N：Bk「H. Yamamoto」）、v頁（目次・N：Bk・「✓」記号）、3頁（N：Bp〔単語の意味〕）、45頁（S：Bp、U：Rp）、6頁（N：Bp）、8–9頁（N：Bp、S・U：Rp）、11頁（U：Rp）、12頁（U：Rp）、17頁（N：Bp、U：Rp）、19頁（U：Rp）、21頁（U：Rp）、22頁（U：Rp）、28頁（U：Rp）、31頁（U：Rp）、N：Bp）、32–33頁（U・S：Rp）、34–35頁（U・S：Rp）、36頁（U：Rp）、38頁（U：Rp）、43頁（U：Rp）、52頁（N：Bp）、59頁（N：Bp・読了日「April 11, 1916」）、66頁（U：Rp）、78頁（N：Bp・読	〔倉2〕 ゲーテの評論集 折れ目：240頁左上

A199	Goethe, Johann Wolfgang von	*Goethe's literary essays : a sel.*・J. E. Spingarn・New York, Harcourt, Brace・1921・302p.	表見返し（Shihodo 書店シール）	ゲーテの文芸評論集 Shihodo 書店シール： 「SHIHODO SHOTEN/ FOREIGN BOOKSELLER/ HONGO, TOKYO」とある
A200	Goethe, Johann Wolfgang von	*Novels and tales by Goethe*・James Anthony Froude and R. Dillom Boylan・London, G. Bell・1911・504p.・Bohn's standard library	扉（N：Bk「H. Yamamoto 1912」）、vii 頁（N：Pp で "Elective Affinities" に「4th Aug 1915」、"The Sorrows of Young Werther" に「28th Dec 1913」とあり、14 頁（N：Rp で「✓」）、28 頁（U：Rp）、30–31 頁（U・N：Rp）、32 頁（U・N：Rp）、51 頁（N：Rp で「✓」）、66 頁（U：Rp）、68 頁（U：Rp）、70 頁（N：Rp で「✓」）、78–79 頁（N・U：Rp）、80–81 頁（U：Rp）、83 頁（N・U・Rp）、84 頁（U：Rp）、87 頁（N：Rp）、88 頁（N：Rp）、91 頁（U：Rp）、92 頁（U：Rp）、95 頁（U：Rp）、96–97 頁（N：Rp）、101 頁（N：Rp）、102 頁（U：Rp）、110 頁（N：Rp）、112 頁（N：Rp）、115 頁（N：Rp で「・」）、116 頁（N：Rp）、130 頁（N：Rp で「・」）、150–151 頁（N：Rp で「✓」、U：Rp）、157 頁（N：Rp で「✓」）、158 頁（N：Rp で「✓」、U：Rp）、165 頁（N：Rp で「✓」）、168 頁（U：Rp）、171 頁（U：Rp）、172–173 頁（U：Rp）、174 頁（N：Rp で「・」）、176–177 頁（N・U：Rp）、178–179 頁（U・N：Rp）、181 頁（U：Rp）、182–183 頁（N：Rp）、192–193 頁（U・S：Rp）、194–195 頁（S・U：Rp）、196–197 頁（U：Rp）、203 頁（N：Rp）、204–205 頁（N：Rp）、206–207 頁（N・U：Rp）、209 頁（N・U：Rp）、210–211 頁（U：Rp）、212–213 頁（U：Rp）、214–215 頁（N・U：Rp）、216–217 頁（U・S・N：Rp）、219 頁（N：Rp）、221 頁（U：Rp）、225 頁（U：Rp）、227 頁（U：Rp）、228–229 頁（U：Rp）、231 頁（U：Rp）、233 頁（N：Rp で「・」）、239 頁（U：Rp）、240 頁（N：Rp）、244–245 頁（N・U：Rp, N：Pp・読了日「28th Jul ー 4th Aug 1915」）、340 頁（N：Rp）、345 頁（N：Rp で「・」）、355 頁（N：Bp 「December 28. 1913」、N：Pp 「28th Dec 1913」）、広告 1 頁（N：Rp で「・」）、広告 5 頁（N：Rp で「・」、その上から 2	〔倉2〕〔G〕 短篇集 収録作品："Elective affinities"、 "The sorrows of Werther"、 "German emigrants"、"The good women"、"a tale" 読了日の筆致は芥川かどうか疑わしい。 広告に西洋古典にかかわる本に点が付されている。 詳細を記していない書入れはカギカッコ始め〔「〕やカギカッコ閉じる〔」〕。 未裁断：361–364 頁、365–368 頁、393–396 頁、397–400 頁 折れ目：490 頁左下（跡）

			箇所ほど Bp で線。取り消し線か）、広告 7 頁（N：Rp で「・」、その上から Bp で取り消し線）、広告 8–9 頁（N：Rp で「・」、Bp でその上の数か所に「×」）、広告 10–11 頁（N：Rp で「・」）、広告 12*–13* 頁（N：Rp で「・」、Bp でその上の数か所に「×」）、広告 14–15 頁（N：Rp で「・」）、広告 16–17 頁（N：Rp で「・」、その上から数か所に「×」）、広告 18 頁（N：Rp で「・」、Bp でその上の数か所に「×」）、広告 21 頁（N：Rp で「・」）、広告 22–23 頁（N：Rp で「・」）、広告 24 頁（N：Rp で「・」）	
A201–1	Goethe, Johann Wolfgang von	*Poetry & truth : from my own life vol.1*・Minna Steele Smith・London, G. Bell & Sons・1913・401p.・Bohn's popular library	表見返し（丸善シール）	〔G〕 ゲーテの自伝（第一巻） 未裁断：45–48 頁（製本ミス?) 折れ目：103 頁右上、200 頁左上（跡）
A201–2	Goethe, Johann Wolfgang von	*Poetry & truth : from my own life vol.2*・Minna Steele Smith・London, G. Bell & Sons・1913・326p.・Bohn's popular library	表見返し（丸善シール）	ゲーテの自伝（第二巻） 未裁断：59–62 頁（製本ミス?)
A202	Gogol, Nicholas	*The mantle and other stories*・Claud Field・London, T. Warner Laurie・[n. d.]・249p.	249 頁（N：Bk・読了日「July 15th '16 ／ Tabata」〔本文末尾〕	〔倉 2〕 短篇集 メリメによる序文付き 収録作品は（"Preface"）"The Mantle"、"The Nose"、"Memories of a Madman"、"A May Night"、"The Viy" の五作品。 ペーパーバック 82–83 頁に背表紙の破片が保護紙に包まれて保管されている。
A203	Gogol, Nicholas	*Taras Bulba : a story of the Dnieper Cossacks*・B. C. Baskerville・London, Walter Scott・1907・295p.	表見返し（蔵書票：「EX・LIBRIS ／ HIDEO」）、35 頁（斜線・N：Bp）、42–43 頁（S：Ap）、44–45 頁（S：Ap）、53 頁（N：Ap・誤植の訂正）、105 頁（N・S：Ap で「Gogol's fatalism」）、108–109 頁（N：Bk・誤植の訂正、N・S：Bp）、126–127 頁（斜線：Bp）、134 頁（N：Bp・点）、146 頁（U：Bp）、158 頁（S：Ap）、224–225 頁（斜線：Bp、S：Ap）、227 頁（斜線：S：Bp、S：Ap）、236 頁（S：Ap）、273 頁（S：Bp）、295 頁（読了日：芥川のものかどうかは不明、蔵書印：梟のような形のスタンプ〔A208 と同一のもの〕）	〔倉 2〕〔73〕〔G〕 長編小説『タラス・ブーリバ（隊長ブーリバ）』 A208 と同じ蔵書票・筆致・蔵書印 線などの特徴が芥川と異なる。読了日の書き方・筆跡もやや違和感。蔵書印（落款）は芥川のものでない。総じて、芥川の読書の痕跡として読むのはやや難しいか。書入れは次の通り。35 頁（書入れ：黒鉛筆で「unrestrained feeling」）、105 頁（書入れ：青鉛筆で「Gogol's fatalism」）、108 頁（書入れ：黒インクで「but」を「put」に（誤植の訂正））、109 頁（書入れ：黒鉛筆で「Regina ニモコンナ／カキ方ノ処ガアッタ／ヨク似テキル」）、295 頁（読了日：黒鉛筆で「30th April '08 ／ in Tokio」）
A204	Goldsmith, Oliver	*She stoops to conquer and the good-natured man*・London, Cassell・1909・191p.・Cassell's little classics	表見返し（中西屋書店シール）、9 頁（N：Bk）、10–11 頁（N：U：Bk, U：Rp）、12–13 頁（N・U：Bk, N：Rp で「・」）、14–15 頁（N：Bk, N：Rp で「・」）、16–17 頁（N：Bk, N：Rp で「・」）、18–19 頁（N：	〔G〕 戯曲集 語学勉強用の書き込みか。

				Bk、S：Rp、N：Rp で「・」)、20–21 頁（N・U：Bk、N：Rp で「○」や「・」)、22–23 頁（N：Bk、N：Rp で「・」)、24–25 頁（N：Bk、N：Rp で「・」、U：Rp)、26–27 頁（N：Bk、N：Rp で「・」)、28–29 頁（N：Bk)、30–31 頁（N：Bk)、32–33 頁（N：Bk)、34–35 頁（N：Bk)、36–37 頁（N・U：Bk)、38–39 頁（N・U：Bk)、40–41 頁（N・U：Bk)、42–43 頁（N・U：Bk)、44–45 頁（N・U：Bk、U：Rp)、46–47 頁（N・U：Bk、U：Rp、N：Rp で「・」)、48–49 頁（N・U：Bk)、50–51 頁（N：Bk)、52–53 頁（N：Bk)、54–55 頁（N・U：Bk、N：Rp で「・」)、56–57 頁（N・U：Bk)、58–59 頁（U：Rp、N：Bk)、60–61 頁（N：Bk)、62 頁（N：Bk)	
A205	Golther, Wolfgang	*Richard Wagner as poet*・Jessie Haynes・London, W. Heinemann・1905・92p.・Illustrated cameos of literature	表見返し（丸善シール)	詩人としてのワーグナーの評伝 ビアズリーなどの挿絵多数
A206	Goncourt, Jules and Edmond de	*Renée Mauperin*・Alys Hallard・London, W. Heinemann・1902・364p.・A Century of French romance	表見返し（丸善シール)、扉（蔵書印：芥川文庫)	ゴンクール兄弟による長編小説『ルネ・モーペラン』ゴーチエに捧げられた作品
A207	Gorky, Maxim	*The note-books of Anton Tchekhov : together with reminiscences of Tchekhov*・S. S. Koteliansky and Leonard Woolf・Richmond, Leonard & Virginia Woolf・1921・108p.	表見返し（丸善シール、N：Bp、逆さで子供の落書き)、扉（N：Bp で落書き)、第二扉（N：Bp で N)、108 頁（N：Bp で落書き)、110 頁（N：Bp 及び色 p で落書き・「芥川比呂シ」と読める)、112–113 頁（N：Bp 及び色 p 等・「コノハタワナンノハタデシウ（この旗は何の旗でしょう)」と読める落書きと旗の絵)、裏見返し（N：Bp 等で落書き・「サルトラ／ワシシカ／トリデン／シャド／ウリ」と読める)	〔本〕ゴーリキーの回想録 芥川比呂志の落書き有り
A208	Gorky, Maxim	*The outcasts : and other stories*・Dora Montefiore, Emily Jakowleff, Vera Volkhovsky・London, T. Fisher Unwin・1905・152p.	表見返し（蔵書票：「EX LIBRIS ／ HIDEO」)、3 頁（S：Ap)、4 頁（S：Ap)、9 頁（S・N：Ap)、11 頁（U：Ap)、12 頁（S：Ap)、15 頁（S・N：Ap)、22 頁（U：Ap)、26 頁（S：Ap)、28–29 頁（S：Ap)、30–31 頁（N・S・U：Ap)、32–33 頁（S：Ap)、36 頁（S：Ap)、42 頁（線：Ap〔汚れ?〕)、44–45 頁（S：Ap)、46 頁（S：Ap)、48 頁（S：Ap)、50 頁（S：Ap)、60–61 頁（S：Ap)、64 頁（S：Ap)、75 頁（N：Bp)、79 頁（斜線：Ap)、82–83 頁（S：Ap)、86 頁（S：Ap)、88–89 頁（S・斜線：Ap)、90–91 頁（斜線・S：Ap)、92–93 頁（S：Ap)、95 頁（斜線：Ap)、96 頁（斜線：Ap)、101 頁（S：Ap)、102 頁	〔73〕〔倉 2〕〔G〕短篇集 収録作品："The outcasts"、"Waiting for the ferry"、"The affair of the clasps" A203 と同じ蔵書票 書き入れの筆致や蔵書印も A203 と同一。芥川以外の読書の痕跡か。書き込みは次の通り。9 頁（書入れ：青鉛筆で「It must be so for a workman」)、15 頁（書入れ：青鉛筆で「He is treated as Rip Van Winkle the 2nd」)、75 頁（書入れ：黒鉛筆で「まかぬ種は生えぬ」)、152 頁（書入れ：青鉛筆で「14th Feb. '07.」)

A209	Gourmont, Remy de	A night in the Luxembourg・Arthur Ransome・London, S. Swift・1912・220p.	（U：Ap）、110–111 頁（S：Ap）、112 頁（S：Ap）、134 頁（S：Ap）、142 頁（S：Ap）、150–151 頁（斜線・U：Ap）、152 頁（N：読了日・芥川以外か、蔵書印：梟のようなスタンプ〔A203 に同一のもの〕）表見返し（郁文堂シール：その下に丸善シールか、N：Bk「1913／R.Saitoh」）、47 頁（U：Ap）、65 頁（U：Ap）、68–69 頁（U：Ap）、71 頁（U：Ap）、72–73 頁（U：Ap）、74–75 頁（U：Ap）、76–77 頁（U：Ap）、83 頁（U：Ap）、84 頁（U：Ap）、86–87 頁（U：Ap）、98–99 頁（U：Ap）、102–103 頁（U：Ap）、104 頁（U：Ap）、108 頁（U：Ap）、111 頁（U：Ap）、117 頁（U：Ap）、120–121 頁（U：Ap）、122–123 頁（U：Ap）、132–133 頁（U：Ap）、137 頁（U：Ap）、140–141 頁（U：Ap）、155 頁（U：Ap）、156 頁（U：Ap）、158–159 頁（U：Ap）、161 頁（U：Ap）、163 頁（U：Ap）、175 頁（U：Ap）	〔69〕〔倉 1〕対話劇形式の小説
A210	Gourmont, Remy de	Philosophic nights in Paris・Issac Goldberg・Boston, J. W. Luce・1920・193p.	表見返し（丸善シール）	『哲学的散歩』からの抜粋（Being selections from Promenades philosophiques）未裁断：155–158 頁、159–162 頁、171–174 頁
A211	Granville-Baker, Harley	The secret life : a play, in three acts・Boston, Little, Brown, and company・1923・125p.		戯曲 未裁断：85–88 頁、117–120 頁
A212	Gregory, Lady	Cuchulain of Muirthemne : the story of the men of the Red Branch of Ulster : 2nd ed.・Lady Gregory・London, John Murray・1903・360p.・Murray's Imperial Libray	表見返し（丸善シール、N：Bk で「Brightness falls from the air, ／ Queens have died young and fair, ／ Dust hath closed Helen's eye ／ Nashe」〔Thomas Nashe による詩 "A Litany in Time of Plague" からの引用〕）、vii 頁（U：Rk）、viii–ix 頁（S：Rk）、x 頁（U：Rk）、xii 頁（U：Rk）、xiv 頁（S：Rk）、xvi–xvii 頁（S・U：Rk）、xix 頁（目次に N：「Faith of the Children of Usnam」に Bk で「Deirde of Sorrows」と N〔"Deride of Sorrows" は J. M. シングの作品名〕）、53 頁（S：Rp）、75 頁（U：Bk、N：Bk で「vivid」）、76–77 頁（N：Bk で「Simple but powerful」、S・U：Bk）、82–83 頁（N・S：Bk）、87 頁（S：Bk）、95 頁（S：Bk）、96–97 頁（S：Bk）、98–99 頁（S：Bk）、100 頁（S：Bk）、104 頁（N：Bk）、111 頁（U：Bk）、113 頁（U：Bk）、138 頁（S：Bk）、140 頁（N：Bk・カギカッコ閉じ）、143 頁（N：Bk で○印及び「a short but beautiful story」（"The Dream do Angus Og"））、203 頁（N：	〔73〕〔倉 2〕〔G〕クフーリンに関する伝説（口伝および'写本）をレディ・グレゴリーがまとめたもの W. B. イエーツの序文 折れ目：305 頁右半分（跡）、311 頁右半分（跡）表見返しの英語は次の通り。

			Bk・誤植の訂正)、216頁（N：Bk・誤植の訂正)、238頁（S：Bk)、350頁（N：Bkで「9th August '14／Ichinomiya」〔本文末尾]))	
A213	Gregory, Lady	Gods and fighting men : the story of the Tuatha de Danaan and of the Fianna of Ireland・Lady Gregory・London, J. Murray・1904・476p.・Murray's Imperial Libray	表見返し（丸善シール）	アイルランド神話の再話文学 W. B. Yeats による序文
A214	Gregory, Lady	The Kiltartan wonder book・Dublin, Maunsel・[n. d.]・103p.	表見返し（丸善シール)、4–5頁（U・N：Bk)、56頁（N：Bk)、105頁（Bk：読了日「18th June '14」〔本書末尾])	〔倉2〕〔G〕〔本〕アイルランド神話の再話文学 表紙布製 フルカラーイラスト 一部破損
A215	Gregory, Lady	Our Irish theatre : a chapter of autobiography・New York and London, G. P. Putnam's Sons・1914・319p.	表見返し（丸善シール）	アイルランド劇場を巡る自伝 折れ目：128頁左上
A216	Gregory, Lady	Seven short plays・Dublin, Maunsel・1912・211p.	表見返し（丸善シール)、194頁（N：Bk・読了日「16th Feb. 1914.」〔本文末尾])	〔倉2〕戯曲集
A217	Grimm, Jacob and Wilhelm	Household tales・London, J. M. Dent／New York, Dutton・1920・337p.・Everyman's library	表見返し（丸善シール）	グリム童話集 イラスト付き
A218	Halévy, Daniel	The life of Friedrich Nietzsche・J. M. Hone・Loondon, T. Fisher Unwin・1914・368p.	表見返し（中西屋書店シール）	ニーチェの評伝 折れ目：195右上（跡・二重)
A219	Hamley, Sir Edward	Voltaire・Edinburgh, William Blackwood and Sons・1883・204p.・Foreign classics for English readers		〔G〕ヴォルテールの評伝 未裁断：73–76頁、77–80頁
A220	Hamsun, Knut	Hunger : Roman・Maria von Borch・München, Langen・[c1919]・274p.	表見返し（丸善シール)、扉（蔵書印：「我鬼A」印)	長編小説 同一タイトルの英訳もあり（A223-3)フラクトゥール文字 折れ目：148左下（小さめ)
A221	Hamsun, Knut	Shallow soil・Carl Christian Hyllested・New York, C. Scribner・1914・339p.	表見返し（丸善シール)、326–327頁（N：Bkで「masterly touched」、S：Rk)、332頁（S：Rk)、335頁（S：Rk)、339頁（N：Bkで「26th April '15／Tabata」〔本文末尾])	〔倉2〕〔G〕短篇集。収録作は（"Prologue"、"Germination"、"Ripening"、"Sixtyfold"、"Finale"。書き込みはすべて"Finale"。
A222	Hamsun, Knut	Wanderers : ("Autumn" and "With muted strings")・W. W. Worster・London, Gyldendal・[19--]・312p.	表見返し（丸善シール）	長編小説（三部作中二作収録)
A223-1	Hamsun, Knut	Dreamers・W. W. Worster・New York, Alfred A. Knopf・1921・176p.・Borzoi books	表見返し（丸善シール)、57頁（S：Bp)、170–171頁（S：Bp)、172–173頁（S：Bp)、174–175頁（N・S：Bp「splendid!」)、176頁（N：Bpで「May 29th, 1922／長崎よりかへる汽車中」〔本文末尾])	〔倉2〕〔58〕長編小説
A223-2-1	Hamsun, Knut	Growth of the soil vol.1・W. W. Worster・New York, A. A. Knopf・1921・304p.・Borzoi books	表見返し（丸善シール)、38頁（U：Bk)、42頁（N：Bk「Millet!」、S：Bk)、50–51頁（S：Bk、N：Bk「good!」)	〔倉2〕長編小説 折れ目：36頁左上（跡)、52頁左上（跡) 未裁断：133–136頁、137–140頁、149–152頁、153–156頁、165–168頁、169–172頁、181–184頁、185–188頁、

ID	Author	Title / Publisher	Notes	Notes
				197–200 頁、201–204 頁、213–216 頁、217–220 頁、229–232 頁、233–236 頁、245–248 頁、249–252 頁、261–264 頁、265–268 頁、277–280 頁、281–284 頁、293–296 頁、297–300 頁
A223-2-2	Hamsun, Knut	*Growth of the soil vol.2*・W. W. Worster・New York, A. A. Knopf・1921・276p.・Borzoi books	表見返し（丸善シール）	長編小説第二巻 未裁断：9–12 頁、21–24 頁、25–28 頁、37–40 頁、41–44 頁、53–56 頁、57–60 頁、69–72 頁、73–76 頁、85–88 頁、89–92 頁、101–104 頁、105–108 頁、117–120 頁、121–124 頁、133–136 頁、137–140 頁、149–152 頁、153–156 頁、165–168 頁、169–172 頁、181–184 頁、185–188 頁、197–200 頁、201–204 頁、249–252 頁
A223-3	Hamsun, Knut	*Hunger*・George Egerton・New York, A. A. Knopf・1921・266p.・Borzoi books	表見返し（丸善シール）、26–27 頁（N：Bk「ウマイ」、S：Bk）、55 頁（S：Bk）、56 頁（S：Bk）	〔倉2〕 長編小説 同一タイトルのドイツ語訳もある（A220） 未裁断：187–190 頁、199–202 頁、203–206 頁、215–218 頁、219–222 頁、231–234 頁、235–238 頁、251–254 頁、255–258 頁、263–266 頁
A223-4	Hamsun, Knut	*In the grip of life*・Graham and Tristan Rawson・New York, Knopf・1924・158p.・Borzoi books		戯曲 未裁断：5–8 頁、13–16 頁、17–20 頁、21–24 頁、29–32 頁、33–36 頁、45–48 頁、49–52 頁、61–64 頁、65–68 頁、77–80 頁、81–84 頁、93–96 頁、97–100 頁、109–112 頁、113–116 頁、133–136 頁、137–140 頁、149–152 頁、153–156 頁
A223-5	Hamsun, Knut	*Pan*・W. W. Worster・New York, Knopf・1921・202p.・Borzoi books	表見返し（丸善シール）	長編小説 未裁断：117–120 頁、121–124 頁、133–136 頁、137–140 頁、149–152 頁、153–156 頁、165–168 頁、169–172 頁、181–184 頁、185–188 頁、197–200 頁、201–204 頁
A223-6	Hamsun, Knut	*Victoria*・Arthur G. Chater・New York, Knopf・1923・166p.・Borzoi books		長編小説 未裁断：145–148 頁、149–152 頁、161–164 頁、165–168 頁
A224	Hardy, Thomas	*Life's little ironies : a set of tales with some colloquial sketches entitled a few crusted characters*・London, Macmillan・1920・301p.・Macmillian's pocket Hardy (The Wessex novels, vol.4)	表見返し（SHIHODO 書店シール）、125 頁（N：Bp「不要」、U：Bp）、143 頁（N：Bp・カギカッコ始め）	〔本〕 短篇集 未裁断：153–156 頁（裁断ミス）
A225	Hardy, Thomas	*Tess of the d'Urbervilles : a pure woman*・London, Macmillan・1899・519p.・Macmillian's pocket Hardy (The Wessex novels, vol.1)	表見返し（丸善シール）、3 頁（N・U：Bp）、5 頁（N・U：Bp）、6–7 頁（N・U：Bp）、8 頁（U：Bp）、10 頁（N・U：Bp）	〔G〕 長編小説『テス』 折れ目：79 頁右上 書入れは単語の意味がほとんど（"local historian" に「local history ヲシラベル人」など）
A226	Harris, Frank	*Contemporary portraits : 3rd ser.*・New York, The Author・[c1920]・233p.	表見返し（丸善シール）	現代作家の評伝集

巻末附録　2. 芥川龍之介旧蔵書・洋書に関する書き入れ調査結果一覧表

A227	Harrison, A. James	*Life of Edgar Allan Poe*・New York, Thomas Y. Crowell・[c1903]・455p.	扉ページ（蔵書印：「我鬼A」印及び「壷天癸尹」印）、iii 頁（N：Bp、N：Ak）、3 頁（U：Bp）、4-5 頁（N・U：Bp）、6-7 頁（U・N：Bp、N：Ak・誤植の訂正）、11 頁（N：Bp）、12-13 頁（N：Bp）、14 頁（U・S：Bp）、17 頁（N：Bp）、35 頁（N：Bp）、77 頁（N：Bp）、413 頁（N：Bk・〇印〔INDEX の Dickens, Charles 〜の部分〕）、437 頁（N：Bk で「✓」〔Bibliography の 1837 年の "The Bridal Ballad" と "The Narrative of Arthur Gordon Pym" に✓〕）、439 頁（N：Bk で「✓」〔1839 年の "Fall of the House of Usher"〕）、440 頁（N：Bk で「✓」〔1840 年の "Tales of the Grotesque and Arabesque"〕）、443 頁（N：Bk で〇印〔1842 年の "The Masque of the Red Death"〕）、444 頁（N：Bk で「✓」〔1843 年の "The Mystery of Marie Roget"、"The Sleeper"、"The Gold-Bug"〕）	〔倉 2〕 エドガー・アラン・ポーに関する伝記 人物画など付 折れ目：99 頁右下（跡）、359 頁右下（跡）
A228	Hartland, Edwin Sidney〔編〕	*English fairy and other folk tales*・London, W. Scott・[1890?]・282p.・The Scott library	表見返し（丸善シール）	英国お伽噺集 大きなセクションとして "Nursery Tales"、"Sagas"、"Drolls" の三つが存在する。そのうち、"Sagas" は "Historical and Local"、"Giants"、"Faires"、"The Devial and other Goblins"、"Witchcraft"、"Ghosts" にジャンル分けされている。
A229	Hauff, Wilhelm	*Tales*・S. Mendel・London, G. Bell・1900・342p.・Bohn's standard library	3 頁（U：Bp）、11 頁（N：Bp・カギカッコ閉じ）、12 頁（U：Bp）、15 頁（N：Bp カギカッコ閉じ）、16 頁（U：Bp）、43 頁（N：Bp・カギカッコ閉じ+単語）、44 頁（S：Bp）、46 頁（N：Bp・カギカッコ閉じ×2）、48 頁（N：Bp・カギカッコ閉じ）、53 頁（N：Bp・カギカッコ閉じ+〇）、113 頁（N：Bp・二重カギカッコ始め）、116 頁（N：Bk・カギカッコ閉じ）、119 頁（N：Bp・カギカッコ始め）、120-121 頁（N：Bp・カギカッコ始め×3）、122-123 頁（N：Bp・カギカッコ始め×2）、裏見返し（N：Bp で「裏松友光」）	〔倉 2〕 童話集 収録作品："The caravan"、"The sheik of Alexandria"、"The inn in the spessart" 未裁断：341-344 頁（末尾） 裏見返しの「裏松友光」は元華族の政治家・実業家。 書き込みの傾向も芥川らしくはない。
A230-1	Hauptmann, Gerhart	*The dramatic works of Gerhart Hauptmann vol.1 : Social dramas*・New York, B. W. Huebsch・1912・649p.	表見返し（丸善シール）、220 頁（N：Bp・〇印）、245 頁（S：Rk）、247 頁（U：Rk）、248 頁（U・S：Rk）、251 頁（S：Rk）、253 頁（S：Rk）、254-255 頁（S：Rk）、256 頁（S：Rk）、260 頁（S：Rk）、284 頁（N：Bp で〇印）、306 頁（N：Bp で〇印）、310 頁（N：Bp で〇印）、313 頁（N：Bp で〇印）、316 頁（N：Bp で〇印）、323 頁（S：Rk）、325 頁（N・S：Rk で S の横に「vivid」）、326 頁（S：Rk）、328 頁（N：Bp で〇印）、336-337 頁（N・S：Rk で S 横に「touching」）、338 頁（S：	〔倉 2〕〔G〕 戯曲集 収録作品："Before dawn"、"The weavers"、"The beaver coast"、"The conflagration" 傍線・書き入れのほとんどが "The weavers" に集中。

			Rk)、346 頁（N：Bp で○印、S：Bp）、352-353 頁（S：Rk)、354-355 頁（S・U：Rk)、356 頁（S：Rk)	
A230-4	Hauptmann, Gerhart	The dramatic works of Gerhart Hauptmann vol.4 : Symbolic and legendary dramas・New York, B. W. Huebsch・1912・345p.	表見返し（丸善シール）、345 頁（N：Bk で「23rd Oct. '14」〔本書末尾〕）	〔倉 2〕〔G〕戯曲集 収録作品："The assumption of Hannele"、"The sunken bell"、"Henry of Auë"
A231	Havell, H. L.	Stories from Herodotus・London, G. G. Harrap・1919・238p.・Told through the ages	表見返し（丸善シール）、41 頁（二重 S：Bk)、80-81 頁（二重 S：Bk)、98-99 頁（S：Bk)、135 頁（二重 S：Bk)、162-163 頁（二重 S：Bk)、166 頁（N：Bk「サモアリサウナ事ナリ」、二重 S：Bk)、181 頁（U：Bk)	〔倉 2〕イラスト付き
A232	Hawthorne, Julian〔編〕	Library of the world's best mystery and detective stories ; one hundred and one tales of mystery by famous authors of East and West, in 6 volumes : vol.3 English : Irish・New York, The Review of Reviews・〔c1907〕・304p.		ミステリー傑作選 Julian Hawthorne は編者 裏表紙が破損
A233	Hawthorne, Nathaniel	Mosses from an old manse : Wayside ed.・Boston, Houghton, Mifflin / Cambridge, Riverside Press・〔c1882〕・559p.・The complete works of Nathaniel Hawthorne : in thirteen volumes : vol.2	表見返し（丸善シール）、5 頁（U：Rp)、7 頁（N：Bp)、47 頁（U・N：Rp、N：Bp)、48-49 頁（U・N：Rp、N：Bp)、50-51 頁（U・N：Rp、N：Bp)、52-53 頁（U・N：Rp、N：Bp)、54-55 頁（U・N：Rp、N：Bp)、56-57 頁（U：Rp、N：Bp)、58-59 頁（U：Rp、N：Bp)、60-61 頁（U：Rp)、62-63 頁（U：Rp、N：Bp)、64-65 頁（U：Rp、N：Bp)、66-67 頁（U：Rp、N：Bp)、69 頁（N：Rp、N：Bp)、159 頁（N：Rp、N：Bp)、160-161 頁（N：Rp、N：Bp)、162-163 頁（N：Rp、N：Bp)、164-165 頁（N：Rp、N：Bp)、166-167 頁（N：Bp)、168 頁（N：Bp)、裏見返し（N：Bk で「T. Shimonaga」）	〔倉 2〕〔G〕短篇集 目次（5 頁）で下線のある作品は "The Birthmark" と "Fire Worship" の二つ。書入れは単語の意味が多い（"manse" に「住宅」、"owl" に「フクロ」など）。折れ目：110 頁左上（Rappaccini's Daughter)、253 頁右上（Feathertop; A Moralized Legend)
A234-1	Hawthorne, Nathaniel	Twice-told tales : 1st ser.・London, Frederick Warne・〔pref. 1851〕・396p.	表見返し（丸善シール）、扉（印：江口)、第二扉（印：江口)、3 頁（N：Bp で○印)、4 頁（N：Bp・Rp・Bk で○印)、23 頁（U：Rk)、24-25 頁（U：Rk)、26-27 頁（U：Rk)、28-29 頁（U：Rk)、30-31 頁（U：Rk)、32-33 頁（U：Rk)、34 頁（U：Rk)、36-37 頁（U：Rk)、38 頁（U：Rk)、41 頁（N・U：Rk)、42-43 頁（N：Bk、U：Rk)、44-45 頁（U：Rk)、117 頁（U：Rk)、118-119 頁（U：Rk)	〔G〕短篇集 目次（3・4 頁）で○印があった作品は次の通り。"The Wedding Knell"、"The Minister's Black Veil"、"A Rill from the Town Pump"、"David Swan"、"The Vision of the Fountain"、"Fancy's Show-Box"、"Dr. Heidegger's Experiment"、"Legnds of the Province House" の "I. Howe's Masquerade"・"III . Lady Eleanore's Mantle"・"IV. Old Esther Dudley"、"The Ambitious Guest"、"The Sister Years"、"The Seven Vagabonds"、"Peter Goldthwaite's Treasure"、"Endicott and the Red Cross"。折れ目：120 頁（小さめ：直前まで下線が多数あるが、この後からない)。

巻末附録　2．芥川龍之介旧蔵書・洋書に関する書き入れ調査結果一覧表

				付箋代わりか）、155頁右上（跡）、224頁左上（跡）、228頁左上（跡）
A234-2	Hawthorne, Nathaniel	Twice-told tales : 2nd ser.・London, Frederick Warne・1893・374p.	表見返し（丸善シール）、扉書印：「江口」印）、第二扉書印：「江口」印）、1頁（N：Bp）、374頁（蔵書印：「江口」印）	短篇集 折れ目：177頁右下（跡）
A235	Hearn, Lafcadio	Appreciations of poetry・New York, Dodd, Mead・[c1916]・408p.	表見返し（丸善シール）	文芸評論集 未裁断：ix–xii頁、xiii–xvi頁、9–12頁、13–16頁、25–28頁、29–32頁、301–304頁、313–316頁、317–320頁、329–332頁、345–348頁、349–352頁、361–364頁、365–368頁、377–380頁、381–384頁、393–396頁、397–400頁 Chapter III 〜 VII（Studies in Rossetti, Swinburne, Browning, Willian Morris）、XI（A Note on Watson's Poem）は開封済み（読める状態）。
A236-1	Hearn, Lafcadio	Interpretations of Literature : vol.1 Lectures on English literature chiefly of the nineteenth century・New York, Dodd, Mead・1917・406p.	表見返し（丸善シール）	文芸評論集（講義録） 未裁断：9–12頁、13–16頁、25–28頁、29–32頁、41–44頁、45–48頁、153–156頁、156–160頁、201–204頁、205–208頁、217–220頁、221–224頁、233–236頁、237–240頁、249–252頁、253–256頁、265–268頁、269–272頁、281–284頁、285–288頁、297–300頁、301–304頁、329–332頁、333–336頁、345–348頁、349–352頁、361–364頁、365–368頁、377–380頁、393–396頁、397–400頁、405–408頁（白紙部分） Chapter I（The Insuperable Difficulty）、VI から XI（Blake, Worthworth, Coleridge, Byron, Culling from Byron, Shelley）、XIII から XIV（Keats, Lyrical Beauties of Keats）、XXI（Fitzgerald）、XXIV（"The Shaving of Shagpat"）は開封（読める状態）。
A236-2	Hearn, Lafcadio	Interpretations of Literature : vol.2 Miscellaneous lectures chiefly on English literature・New York, Dodd, Mead・1917・379p.	表見返し（丸善シール）	文芸評論集（講義録） 折れ目：284頁左上（跡）、286頁左上（跡）、339頁右端全体（跡）、342頁左端全体（跡） 未裁断：1–4頁、5–8頁、17–20頁、21–24頁、33–36頁、37–40頁、49–52頁、53–56頁、65–68頁、69–72頁、113–116頁、145–148頁、177–180頁、181–184頁、193–196頁、197–200頁、209–212頁、213–216頁、225–228頁、241–244頁、245–248頁、257–260頁、261–264頁、273–276頁、277–280頁、289–292頁、293–296頁、305–308頁、309–312頁、321–324頁、325–328頁、357–360頁、369–372頁、373–376頁、381–384頁（白紙） Chapter IV の Baudelaire、V

				(The Value of the Supernatural in Fiction)、VII (Herrick)、IX (Poe's Verse)、XIII (Tree Sprits)、XVIII (Foreign Poems on Japanese Subjects) は開封（読める状態）
A237	Hearn, Lafcadio	*Kottō : being Japanese curios, with sundry cobwebs*・New York, Macmillan・1923・251p.		『骨董』(怪奇文学・怪談集) イラスト・写真多数収録。
A238	Hearn, Lafcadio	*Kwaidan : stories and studies of strange things : Copyright ed.*・Leipzig, Bernhard Tauchnitz・1907・255p.・Collection of British authors	表見返し（丸善シール）	『怪談』(怪奇文学・怪談集)
A239	Hearn, Lafcadio	*The romance of the Milky Way, and other studies and stories : Copyright ed.*・Leipzig, Bernhard Tauchnitz・1920・262p.・Collection of British authors		短篇集
A240	Hearn, Lafcadio	*Stray leaves from strange literature : stories reconstructed from the Anvari-Soheïli, Baitâl Pachísí, Mahabharata, Pantchatantra, Gulistan, Talmud, Kalewala, etc.*・London, Kegan Paul, Trench, Trübner・1906・225p.	裏見返し（N：Bk）	〔G〕再話集 折れ目：120頁左上（跡：Yamaraja）、145頁右上（跡：The Magical Words）、158頁左上（跡：The Healing of Wainamoinen）
A241	Hebbel, Frederic	*Three plays*・L. H. Allen and Barber Fairley・London, J. M. Dent・[1914]・237p.・Everyman's library	表見返し（丸善シール）、xvii 頁（N：Bp・製本時のものか）	戯曲集 収録作品："Gyges and his ring ; a tragedy in five acts"、"Herod and Mariamne ; a tragedy in five acts"、"Maria Magdalena"
A242	Heijermans, Herman, Jr.	*The ghetto : a drama in four acts*・Chester Bailey Fernald・London, Heinemann・1899・144p.	表見返しの右頁（蔵書印：「山内氏蔵書印」印）、60頁（N：Bp で「WAS」・誤植の訂正）、62頁（S：Bp）、74-75頁（S：Bp）、80頁（S：Bp）、112-113頁（S：Bp）、114-115頁（S：Bp）、116頁（U：Bp）、136頁（N：Bk で英文コメント）、144頁（N：Bp「22nd.June.'08／Tokio」→芥川以外か、蔵書印：芥川以外）	〔倉2〕〔G〕戯曲 裏見返しの蔵書印は、A203 及び A208 と同一のスタンプ。書き入れも芥川以外のものの可能性が高い。
A243	Heine, Heinrich	*The prose writings of Heinrich Heine*・London, W. Scott・[n. d.]・327p.・The Scott library	扉（蔵書印：「慧蕭」?印）、目次（U：Rk・Bk）、4-5頁（U：Bp）、6-7頁（U：Bp）、33頁（U：Bp）、46頁（U：P?）、71頁（BpU）、185頁（U：Bp）、202頁（U・N：Bp）、204-205頁（S・U：Bp）、206-207頁（S・U：Bp）、209頁（U：Bp）、213頁（N：Bp）、241頁（BpU）、269頁（U：Bp）、277頁（N：Bp）、278頁（U：Bp）、280-281頁（U：Bp）、287頁（S：Bp）、290頁（U：Bp）、294-295頁（U：Bp）、299頁（N：Bp）、331〔広告〕頁（U：Rk）、334-335〔広告〕頁（U：Rk）	〔倉2〕ハイネの散文集 未裁断（製本ミスか）：169-172頁 折れ目：108頁右上（跡?）、197頁右上（跡）、236頁左下（小）、243頁右下（跡） 広告で赤字が入っているタイトルは "Stories from Carleton"、"、"、"Vasari's Lives of Italian Painters"、"Renan's Antichrits"
A244	Heine, Heinrich	*Heine in art and letters*・Elizabeth A. Sharp・London, W. Scott・[1895]・250p.・The Scott library	表見返し（丸善シール）、46頁（N・S：Bp）、115頁（U：Bp）、116頁（U：Bp）、118頁（N：Bp・カギカッコ始め）、122頁（N：Bp・カギカッコ閉じ）、	ハイネの芸術評論および書簡集

巻末附録　2. 芥川龍之介旧蔵書・洋書に関する書き入れ調査結果一覧表

A245	Heliodorus	The Greek romances of Heliodorus, Longus and Achilles Tatius, comprising The Ethiopics, or, Adventures of Theagenes and Chariclea ; The pastoral amours of Daphnis and Chloe ; and The loves of Clitopho and Leucippe・Rev. Rowland Smith・London, G. Bell and Sons・1912・511p.・Bohn's libraries	147頁（N：Bp・カギカッコ始め） 表見返し（丸善シール）	ギリシアのロマンス集 未裁断：ix–xii頁、xiii–xvi頁、41–44頁、45–48頁、57–60頁、61–64頁、89–92頁、93–96頁、169–172頁、173–176頁、201–204頁、205–208頁、233–236頁、237–240頁、265–268頁、269–272頁、441–444頁、445–448頁
A246	Henderson, Archibald	George Bernard Shaw : his life and works : a critical biography・Cincinatti, Stewart & Kidd・1920・528p.	表見返し（丸善シール）、512頁（N：Bkで「Jan. 9th 1922／Tabata」〔本文末尾〕）	〔倉2〕 バーナード・ショーの評伝
A247	Henderson, Archibald	Table-talk of G. B. S : conversations on things in general between George Bernard Shaw and his biographer・New York, Harper・1925・162p.		バーナード・ショーとの対話集
A248	Henderson, William James	Richard Wagner : his life and his dramas ; a biographical study of the man and an explanation of his work・New York, Putnam・〔c1910〕・504p.	表見返し（N：Ak〔芥川以外〕）、扉（蔵書印「我鬼A」印）、裏見返し（N：Bb）	ワーグナーの評伝 表見返しの書き入れは読了日「Akira Fukami／New Yorkcity／1912.」と長文（「限リ無キ此世に生きて限リなき思ひの裡に漂ひて或は～止め難き野獣性よ！」）。同一のペン種で書かれている。 裏見返しには「女結婚スルノ夜A　女ト共ニ走ラントス　女　不聞　暴力ヲ用フ　女叫ブ　B（夫）来ル　Aト戦ッテコレヲ殺ス　女Aノ死ニヨリテ始メテAヲ愛セシヲ知ル」とある。 折れ目：439頁右上（跡）
A249	Herrick, Robert	The poems of Robert Herrick・London, Henry Frowde : Oxford University Press・1909・402p.・The world's classics	表見返し（丸善シール）、xii頁（U：Rk、N：Rkで「・」）、36頁（U：Rk）、81頁（U：Rk）、122頁（U：Rk）、150頁（U：Rk）	〔倉2〕〔G〕 詩集 xii（目次）頁の下線および書き入れは "The mad Maids song" に施されている。
A250	Hervieu, Paul	The trail of the torch : a play in four acts・John Alan Haughton・Garden City, N.Y., Doubleday, Page・1915・128p.・The drama league series of plays	表見返し（丸善シール）	戯曲
A251	Hewlett, Maurice	Bendish : a study in prodigality・New York, C. Scribner's Sons・1913・311p.		長編小説
A252	Hichens, R. S.	The green carnation・New York, Mitchell Kennerley・〔c1894〕・211p.		オスカー・ワイルドとダグラス卿をモデルとした小説。
A253	Hoffmann, E. T. A.	Die Elixiere des Teufels・Berlin, Deutsche Bibliothek・〔n. d.〕・314p.・Deutsche Bibliothek	10–11頁（N・U：Bp）、12–13頁（U：Bp）、14–15頁（N・U：Bp）、16–17頁（U・N：Bp）、18–19頁（N・U：Bp）、20–21頁（U：Bp）、22–23頁（N：Bp）、24–25頁（N・U：Bp）、26–27頁（N・U：Bp）、28–29頁（N・U：Bp）、30頁（N・U：Bp）、32–33頁（N・U：Bp）、35頁（N・U：Bp）、36頁（N：Bp）、41頁（N：Bp）、43頁（N・U：Bp）、44頁（N・U：Bp）、46頁（N・U：Bp）、48頁（N：Bp）、50–51頁（N・U：Bp）、52–53頁	〔倉2〕〔G〕 ホフマン「悪魔の霊薬」 書き入れは語学学習用と思われる。

			(N・U：Bp)、54–55 頁（U・N：Bp)、56–57 頁（N・U：Bp)、58–59 頁（N・U：Bp)、61 頁（N：Bp)、62–63 頁（N・U：Bp)、64–65 頁（N・U：Bp)、66–67 頁（N・U：Bp)、68–69 頁（N・U：Bp)、70–71 頁（N・U：Bp）	
A254	Hofmannsthal, Hugo von	Elektra : Tragödie in einem Aufzug : 7. Aufl・Berlin, Fischer・1906・93p.	扉（N：Ak で「〔消された跡〕Hugguie. ／ nov. 21–1908」）	戯曲
A255	Hofmannsthal, Hugo von.	Die Gedichte und kleinen Dramen : 2. Aufl・Leipzig, Insel・1912・263p.	表見返し（丸善シール）、扉書印：「芥川文庫」印)、120–121 頁（S：Rp)、130–131 頁（S：Rp)	戯曲集 傍線は「痴人と死（Der Tor und Der Tod：112–131 頁)」。
A256	Hofmannsthal, Hugo von	Jedermann : das Spiel vom Sterben des reichen Mannes : 4. Aufl・Berlin, S. Fischer・1911・106p.	表見返し（丸善シール）	戯曲
A257	Holmes, C. J.	Notes on the post-impressionist painters : Grafton Galleries 1910–11・London, Warner・1910・39p.	表見返し（丸善シール)、40 頁（N：Bk で「5th May '15 ／ Tabata」〔本書末尾〕)	〔倉 2〕〔G〕後期印象派展の図録
A258	Homer	The Odyssey of Homer・S.H.Butcher and A. Lang・London, Macmillan・1919・429p.	表見返し（丸善シール）	ギリシアの叙事詩『オデュッセイア』未裁断：9–16 頁、17–24 頁、25–32 頁、33–40 頁、41–48 頁、49–56 頁、57–64 頁、65–72 頁、73–80 頁、81–88 頁、89–96 頁、97–104 頁、105–112 頁、113–120 頁、121–128 頁、129–136 頁、137–144 頁、145–152 頁、153–160 頁、161–168 頁、169–176 頁、177–184 頁、185–192 頁、193–200 頁、201–208 頁、209–216 頁、217–224 頁、225–232 頁、233–240 頁、241–248 頁、249–256 頁、257–264 頁、265–272 頁、273–280 頁、281–288 頁、289–296 頁、297–304 頁、305–312 頁、313–320 頁、321–328 頁、329–336 頁、337–344 頁、345–352 頁、353–360 頁、361–368 頁、369–376 頁、377–384 頁、385–392 頁、393–400 頁、401–408 頁、409–416 頁、417–424 頁、425–432 頁 Preface と Introduction(v–xxiv 頁) と冒頭 8 頁までは開封済み（読める状態)
A259	Hueffer, Ford Madox	The Pre-Raphaelite brotherhood : a critical monograph・London, Duckworth・[n. d.]・174p.・The Popular library of art	表見返し（丸善シール)、174 頁（N：Bk で「July 2nd '24 ／ Tabata」〔本文末尾〕)、裏見返し（N：Bp)	〔倉 2〕ラファエロ前派（pre-raphaelite）の研究書 モノクロの図画付き
A260	Hugo, Victor	Dramatic works of Victor Hugo・Frederick L. Slous and Mrs. Newton Crosland・London, Bell・1913・430p.・Bohn's standard library	表見返し（丸善シール）	〔G〕戯曲集 収録作品："Hernani"〔1–148 頁〕、"The King's diversion"〔149–269 頁〕、"Ruy Blas"〔269–430 頁〕 未裁断：153–160 頁、161–168 頁、169–176 頁、177–184 頁、185–192 頁、193–200 頁、201–208 頁、209–216 頁、217–224 頁、225–232 頁、

巻末附録 2. 芥川龍之介旧蔵書・洋書に関する書き入れ調査結果一覧表

				233–240 頁、241–248 頁、249–256 頁、257–264 頁、265–272 頁、273–280 頁、337–344 頁、345–352 頁、353–360 頁、361–368 頁、369–376 頁、377–384 頁、385–392 頁、393–400 頁、401–408 頁、409–416 頁、417–424 頁、425–432 頁 "Hernani"(148 頁まで)と 281–336 頁("Ruy Blas"の冒頭)は開封済み。
A261	Hugo, Victor	*Selections from the poetical works of Victor Hugo*・various authors・New York, Crowell・[n. d.]・336p.	337 頁(蔵書印:「東洋堂」印」)	詩集
A262	Hunt, Leigh	*The essays of Leigh Hunt*・London, J. M. Dent・1903・368p.	表見返し(丸善シール、図書館ラベル?)	評論集 挿絵多数付き
A263–1	Ibsen, Henrik	*Lady Inger of Östråt ; The feast at Solhoug ; Love's comedy : Copyright ed.*・Charles Archer, William Archer and Mary Morison, and C. H. Herford・London, W. Heinemann・1908・464p.・The collected works of Henrik Ibsen : vol.1	表見返し(丸善シール、蔵書票:「EX・LIBRIS / HIDEO」)	戯曲集 A203 と同じ蔵書票 未裁断:297–300 頁、301–304 頁、313–316 頁、317–320 頁、329–332 頁、333–336 頁、345–348 頁、349–352 頁、361–364 頁、365–368 頁、377–380 頁、381–384 頁、393–396 頁、397–400 頁、409–412 頁、413–416 頁、425–428 頁、429–432 頁、441–444 頁、445–448 頁、457–460 頁、461–464 頁
A263–2	Ibsen, Henrik	*The Vikings at Helgeland ; The pretenders : Copyright ed.*・William Archer・London, W. Heinemann・1906・343p.・The collected works of Henrik Ibsen : vol.2	表見返し(丸善シール、蔵書票:「EX・LIBRIS / HIDEO」)	戯曲集 A203 と同じ蔵書票 未裁断:9–12 頁、13–16 頁、25–28 頁、29–32 頁、41–44 頁、45–48 頁、57–60 頁、61–64 頁、73–76 頁、77–80 頁、89–92 頁、93–96 頁、105–108 頁、109–112 頁、157–160 頁、169–172 頁、173–176 頁、185–188 頁、189–192 頁、201–204 頁、205–208 頁、217–220 頁、221–224 頁、233–236 頁、237–240 頁、249–252 頁、253–256 頁、265–268 頁、269–272 頁、285–288 頁、313–316 頁、317–320 頁、329–332 頁、333–336 頁
A263–3	Ibsen, Henrik	*Brand : Copyright ed.*・London, W. Heinemann・[c1906]・262p.・The collected works of Henrik Ibsen : vol.3	表見返し(丸善シール、蔵書票:「EX・LIBRIS / HIDEO」)、22–23 頁(U:Rp)、27 頁(U:Rp)、53 頁(U:Rp)、60–61 頁(U:Rp)、75 頁(S:Rp)、77 頁(S:Rp)、78 頁(S:Rp)、84–85 頁(S:Rp)、89 頁(S:Rp)、90 頁(S:Rp)、122–123 頁(S:Rp)、124 頁(S:Rp)、147 頁(S:Rp)、162 頁(S:Rp)、218–219 頁(S:Rp)、220–221 頁(S:Rp)、223 頁(S:Rp)、224–225 頁(S:Rp)、226–227 頁(U・S:	〔倉 2〕〔G〕 戯曲 A203 と同じ蔵書票

ID	著者	書誌	備考1	備考2
			Rp)、228–229 頁（S：Rp)、230–231 頁（S：Rp)、232–233 頁（S：Rp)、234–235 頁（S：Rp)、236–237 頁（S：Rp)、238–239 頁（S：Rp)、244–245 頁（S：Rp)、246–247 頁（S：Rp)、248–249 頁（S：Rp)、250–251 頁（S：Rp)、252–253 頁（S・N：Rp)、254–255 頁（S：Rp)、256–257 頁（S：Rp)、258–259 頁（S：Rp)、260–261 頁（S：Rp)、262 頁（S・U：Rp、N：Bk で「22th July '13 ／ at Shinjuku.」〔本文末尾〕）	
A263–4	Ibsen, Henrik	Peer Gynt : a dramatic poem : Cpyright ed.・William and Charles Archer・London, W. Heinemann・1907・280p.・The collected works of Henrik Ibsen : vol.4	表見返し（丸善シール、蔵書票：「EX・LIBRIS ／ HIDEO」）	戯曲 A203 と同じ蔵書票
A263–5	Ibsen, Henrik	Emperor and Galilean : a world-historic drama : Copyright ed.・London, W. Heinemann・1907・480p.・The collected works of Henrik Ibsen : vol.5	表見返し（丸善シール、蔵書票：「EX・LIBRIS ／ HIDEO」）	〔G〕 戯曲 A203 と同じ蔵書票 未裁断：ix–xii 頁、xxv–xxviii 頁、xxix–xxxii 頁、25–28 頁、29–32 頁、41–44 頁、45–48 頁、57–60 頁、61–64 頁、73–76 頁、77–80 頁、89–92 頁、（第三幕 93–134 頁は全開封）137–140 頁、141–144 頁、153–156 頁、157–160 頁、169–172 頁、173–176 頁、185–188 頁、189–192 頁、201–204 頁、205–208 頁、217–220 頁、221–224 頁、233–236 頁、237–240 頁、249–252 頁、253–256 頁、265–268 頁、269–272 頁、281–284 頁、285–288 頁、297–300 頁、301–304 頁、313–316 頁、317–320 頁、329–332 頁、333–336 頁、345–348 頁、349–352 頁、361–364 頁、365–368 頁、377–380 頁、381–384 頁、393–396 頁、397–400 頁、409–412 頁、441–444 頁、445–448 頁、457–460 頁、461–464 頁、473–476 頁、477–480 頁
A263–6	Ibsen, Henrik	The league of youth ; Pillars of society : Copyright ed.・William Archer・London, W. Heinemann・[c1916]・409p.・The collected works of Henrik Ibsen : vol.6	表見返し（丸善シール、蔵書票：「EX・LIBRIS ／ HIDEO」）、裏見返し（N：Bp）	戯曲集 A203 と同じ蔵書票。 未裁断：25–28 頁、29–32 頁、57–60 頁、61–64 頁、121–124 頁、125–128 頁、141–144 頁、185–188 頁、189–192 頁、217–220 頁、221–224 頁、233–236 頁、237–240 頁、249–252 頁、253–256 頁、265–268 頁、269–272 頁、281–284 頁、285–288 頁、313–316 頁、317–320 頁、393–396 頁、397–400 頁
A263–7	Ibsen, Henrik	A doll's house ; Ghosts : Copyright ed.・London, W. Heinemann・	表見返し（丸善シール、蔵書票：「EX・LIBRIS ／ HIDEO」)、	戯曲集（「人形の家」「幽霊」） A203 と同じ蔵書票

巻末附録　2. 芥川龍之介旧蔵書・洋書に関する書き入れ調査結果一覧表

		1906・295p.・The collected works of Henrik Ibsen : vol.7	広告頁（点・U：Ap）	広告に下線があるのはイプセン全集第X集の"Hedda Gabler"。
A263-8	Ibsen, Henrik	*An enemy of the people ; The wild duck : Copyright ed.*・London, W. Heinemann・1907・400p.・The collected works of Henrik Ibsen : vol.8	表見返し（丸善シール、蔵書票：「EX・LIBRIS／HIDEO」）、187頁（N：Bkで「Ibsen always remarks when his play is close at end. G. Borkman.」〔"The Enemy of the People"〕）、188頁（U：Rk、N：Bkで「rather old-fashion but most ibsenlike」〔同前〕）	〔倉2〕〔G〕戯曲集（「民衆の敵」と「野鴨」）A203と同じ蔵書票未裁断：xv–xvii頁、xix–xxii頁、（「民衆の敵」本編は全開封）、201–204頁、205–208頁、217–220頁、221–224頁、233–236頁、237–240頁、249–252頁、253–256頁、265–268頁、269–272頁、281–284頁、285–288頁、297–300頁、301–304頁、313–316頁、317–320頁、333–336頁、345–348頁、349–352頁、361–364頁、365–368頁、377–380頁、381–384頁、393–396頁、397–400頁（以上「野鴨」）
A263-9	Ibsen, Henrik	*Rosmersholm ; The lady from the sea : Copyright ed.*・London, W. Heinemann・1907・349p.・The collected works of Henrik Ibsen : vol.9	表見返し（丸善シール、蔵書票：「EX・LIBRIS／HIDEO」）、xxiv–xxv頁（S・U：Bp）、xxvii頁（S：Bp）、xxix頁（S：Bp）、198頁（N：Bpで「my?」）、206頁（S：Bp）、223頁（S：Bp）、344頁（S：Bp）、349頁（N：Bpで読了日「11th May '09／Tokyo.」）	〔倉2〕〔G〕戯曲集 A203と同じ蔵書票折れ目：95頁右上（跡）、109頁右下読了日が芥川の筆跡かどうかは要判断。
A263-10	Ibsen, Henrik	*Hedda Gabler ; The master builder*・London, W. Heinemann・1907・365p.・The collected works of Henrik Ibsen : vol.10	表見返し（丸善シール、蔵書票：「EX・LIBRIS／HIDEO」）、viii頁（S：Bp）、xxviii頁（S：Bp）、185頁（N：Bpで読了日「22.April 1910.／Tokio」〔"Hedda Gabler" 末尾〕）、365頁（N：Bpで読了日「26th April 1910／Tokio」〔"The Master builder" 末尾〕）	〔倉2〕〔G〕戯曲集（「ヘッダ・ガーブレル」と「棟梁ソルネス」）A203と同じ蔵書票読了日（二箇所）が芥川の筆跡かどうかは要判断。
A263-11	Ibsen, Henrik	*Little Eyolf ; John Gabriel Borkman ; When we dead awaken : Copyright ed.*・London, W. Heinemann・1907・456p.・The collected works of Henrik Ibsen : vol.11	表見返し（丸善シール、蔵書票：「EX・LIBRIS／HIDEO」）、xii–xiii頁（S：Bp）、xix頁（U：Bp）、xxi頁（S：Bp）、xxii頁（S：Bp）、43頁（S：Bp）、105頁（S：Bp）、151頁（N：Bpで読了日「24th March. 1910 Tokio.」〔"Little Eyolf" 末尾〕）、257頁（S：Bp）、323頁（N：Bpで「22nd April '09／Tokio」〔"John Gabriel Borkman" 末尾〕）、456頁（N：Bkで「10th July 1910／Tokio」〔"When we dead awaken" 末尾〕）	〔倉2〕〔G〕戯曲集 A203と同じ蔵書票。イプセン全集の傍線の書き方は、他の本の傍線と異なることが多い。読了日（三箇所）が芥川の筆跡かどうかは要判断。
A264	Ibsen, Henrik	*The Ibsen calendar : a quotation from the works of Henrik Ibsen for every day in the year*・London, Frank Palmer・1913・95p.	11頁（S：Bk）、12–13頁（S：N：Bk、「Anarchism」&「true」）、14頁（N・S：Bk「true」）、17頁（S：Bp）、19頁（S：Bp）、20頁（S：Bp）、22–23頁（S：Bp）、28頁（S：Bp）、31頁（S：Bpで「true」）、37頁（N：Bp「Not only the State but ---」）、38頁（N：Bp「rather the Man」）、40頁（S：Bp）、42頁（S：Bp）、44頁（N：Bpで「It is to know his tender	〔倉2〕〔G〕イプセンの語録集折れ目：68頁左上

			heel that one known an Achilles.』)、47 頁（S・N：Bp「or do nothing at all」&「Stiner ヲ想ハシム」)、48 頁（S：Bp)、50 頁（S：Bp)、53 頁（N：Bp で「the Lady from the sea／ヲ想ハしむ」)	
A265	Idman, Niilo	Charles Robert Maturin, his life and works・London, Constable & co. ltd.・1923・326p.		『放浪者メルモス』著者チャールズ・マチューリンの評伝　フィンランド語の翻訳者による英語の博士論文
A266	Ingram, John H.	Christopher Marlowe and his associates・London, G. Richards・1904・305p.	表見返し（丸善シール）	クリストファー・マーロウの評伝
A267	Irving, Henry	The drama : addresses : 2nd ed.・London, W. Heinemann・1893・163p.	表見返し（丸善シール)、目次（チェック：Rk)、145 頁（U・N：Bp)	〔G〕演劇に関する講義録　目次に書き入れがあるのは "The Art of Acting, Harvard 1885"、"The Art of Acting, Edingburg 1891"
A268	Irving, Washington	The Alhambra・London, G. Bell・1910・260p.・Bell's select library of standard works	表見返し（丸善シール)、0〔目次〕頁（N：Rp で目次の「Legend of three beautiful Princesses」に点)、21 頁（U：Rp)、22 頁（U：Rp)、24 頁（U：Rp)	〔倉 2〕散文集『アルハンブラ物語』（エッセイ、物語、スケッチ集)
A269	Irving, Washington	The sketch-book of Geoffrey Crayon, Gent.・London ; Paris, Cassell・1906・379p.・Cassell's standard library	表見返し（中西屋書店シール)、扉ページ（「芥川文庫」蔵書印)、5 頁（N：Rp・目次のタイトルに印)、6-7 頁（N：Rp・目次のタイトルに印、U：Rp)、8-9 頁（U：Rp・Bp)、11 頁（U：Bp)、12-13 頁（N：Bp で誤植の訂正、U：Bp)、14-15 頁（U：Bp)、16 頁（U：Bp)、21 頁（U：Bp)、22 頁（U：Bp)、35 頁（U：Bp)、36-37 頁（U：Bp)、38-39 頁（U：Bp)、40-41 頁（U：Bp)、裏返し（N：Bk で「芥川文庫」)	〔倉 2〕〔G〕アーヴィング『スケッチ・ブック』目次に印がある作品は次の通り。"The Atuhor's Account on Himself"、"The Voyage"、"Rescoe"、"The Wife"、"Rip Van Winkle"、"Rural Life in England"、"The Broken Heart"、"The Art of Book-making"　書き入れの 9 頁迄の赤鉛筆・下線が消えかけている。
A270	Jacobus de Voragine	The golden legend : lives of the saints・William Caxton・Cambridge, Cambridge University Press・1914・293p.	表見返し（丸善シール)、118 頁（N・U：Bk で "gryppe" に U を引く、「Vulture?」と欄外にコメント)、122 頁（U：Bk)	〔12〕〔倉 2〕聖人伝『黄金伝説』未裁断（裁断ミス?）："Notes" の 269-272 頁
A271	Jacobs, W.W.	Odd craft・London, Bell・1903・255p.・Bell's Indian & colonial library		短篇集
A272	Jæger, Henrik	The life of Henrik Ibsen・Clara Bell and Edmund Gosse・Lodon, Heinemann・1890・252p.	表見返し（丸善シール)、タイトル頁（蔵書印：「我鬼 B」印)	イブセンの評伝　折れ目：58 頁左上（跡)、68 頁左上
A273	James, Henry	The beast in the jungle・London, Martin Secker・1915・86p.・Uniform edition of the tales	表見返し（丸善シール)、裏返し（N：Bb で「澄江堂蔵」)	中編小説
A274	James, Henry	The death of the lion・London, M. Secker・1915・72p.・Uniform edition of the tales	表見返し（丸善シール)	短篇小説　折れ目：27 頁右上（跡)
A275	James, Montague Rhodes	Ghost-stories of an antiquary : new ed.・London, E. Arnold・1920・270p.	表見返し（丸善シール)、28 頁（N：Bk で「ツマラン」〔"Canon Alberic's scrap-book" 末尾])、52 頁（N：Bk で「ツマラン」〔"Lost hearts" 末尾])、74 頁（N：Bk〔"The Mezzotint"])、80 頁（N：Bk で「ヨロシ」〔同前末尾])、107 頁（S・N：Bk で「good」〔"The Ash -tree"])、108-109 頁（S：Bk〔同前])、110 頁（S：Bk〔同前])、112 頁（N：	〔73〕〔倉 2〕〔本〕短篇集　「ジュール・クラルテ」及び「クラフォード」に言及あり。収録作品は "Canon Alberc's Scrap-book"、"Lost Hearts"、"The Mezzotint"、"The Ash-tree"、"Number 13"、"Count Magnus"、"Oh, Whistle, and I'll Come to You, My Lad'"、"The Treasure of

			Bkで「ヨロシ／Jules Claretie ニ蜘蛛の話アリ／コノ話ノ方遙ニマサル」〔同前末尾〕）、143頁（S・N：Bkで「薬ガキキスギル」〔"Number 13"〕）、145頁（N：Bkで「ヨロシ」〔同前〕）、148頁（N：Bkで「悪シカラズ」〔同前末尾〕）、179頁（N：Bkで「弱クテダメ／ナリ」〔"Count Magnus" 末尾〕）、221頁（S：Bk〔""Oh whistle, and I'll come to you, My Lad"'〕）、222頁（S・N・U：Bk・「Crawford ノ比ニアラズ」・「good」〔同前〕）、225頁（U・N：Bk・「ヨロシ」〔同前末尾〕）、241頁（S?：Bk〔"The Treasure of Abbot Thomas"〕）、270頁（N：Bkで「平凡ナリ」・読了日「Nov. 1st 1920／Tabata」〔同前&本文末尾〕）	Abbot Thomas" 折れ目：154頁左上（跡）、174頁左上（跡）
A276	James, Montague Rhodes	More ghost stories of an antiquary : new ed.・London, E. Arnold・1920・274p.	18頁（N：Bkで「ヤット及第」〔"A school story" 末尾〕）、44頁（N：Bkで「banal」〔"The rose garden" 末尾〕）、83頁（N：Bkで「not bad, Eldred ノ死ヌ／所ハマツイ」〔"The tractate Middoth" 末尾〕）、134頁（N：Bkで「foolish! 但シ magic-／lantern ノ所ハヨシ」〔"The stalls of Barchester Cathedral" 末尾〕）、213頁（N：Bkで「not bad」〔"Martin's close" 末尾〕）、274頁（N：Bkで「tedious! really a／tale by a professor!／Dec. 13th 1922／Tabata」〔"Mr. Humphreys and his inheritance" 及び本書末尾〕）	〔78〕〔倉2〕 短篇集 収録作品："A school story"、"The rose garden"、"The tractate Middoth"、"Casting the runes"、"The stalls of Barchester Cathedral"、"Martin's close"、"Mr. Humphreys and his inheritance" 折れ目：66頁左上（跡）、118頁左下（跡）
A277	James, Montague Rhodes	A thin ghost and others : The 3rd impression・London, E. Arnold・1920・152p.		短篇集 収録作品："The residence at Whitminster"、"The diary of Mr. Poynter"、"An episode of cathedral history"、"The story of a disappearance and an appearance"、"Two doctors"
A278	James, William	The meaning of truth : a sequel to "Pragmatism" : 1st ed.・London, Longmans, Green・1909・297p.	表見返し（丸善シール）、タイトルページ（蔵書印：「龍之介印」印）、裏見返し（N：Bkで「a.e:-'15.」）	評論集 未裁断：95–98頁 A279と同じ蔵書印
A279	James, William	A pluralistic universe : Hibbert lectures at Manchester College on the present situation in philosophy・New York ; London, Longmans, Green・1912・405p.	表紙見返し（中西屋シール）、扉（蔵書印：「龍之介印」印）、23頁（U：Bk）、24–25頁（U・S：Bk）	評論集 A278と同じ蔵書印
A280	Jammes, Francis	Romance of the rabbit・Gladys Edgerton・New York, Nicholas L. Brown・1920・147p.・The Sea gull library	表見返し（丸善シール）	短篇集 未裁断：41–44頁、45–48頁、137–140頁
A281	Janson, Kristofer	The spell-bound fiddler : a Norse romance・Auber Forsestier・Chicago, S. C. Griggs・1880・161p.・Norse literature	表見返し（BUNKI-DO 古書店シール）	長編小説
A282	Jesse, F. Tennyson	Murder and its motives・London, William Heinemann・1924・258p.		犯罪者のケーススタディ集 折れ目：254頁左上
A283	Jessen, Jarno	Prärafaelismus・Berlin, Bard, Marquardt・[n. d.]・65p.・Die	表見返し（丸善シール）、1頁（U：Rk）、2–3頁（U：Rk、	〔倉2〕〔G〕 美術書

		Kunst : Sammlung illustrierter Monographien	N：Bp)、4 頁（U：Rk、N：Bp)、5 頁（N：Bp)、6–7 頁（N：Bp)、8 頁（N：Bp)、9 頁（N：Bp)、10–11 頁（U：Rk、N：Bp)、12 頁（U：Rk、N：Bp)、13 頁（U：Rk、N：Bp)、14–15 頁（U：Rk、N：Bp)	書入れは語学の勉強用か（"konstruktiv" に「建造」、"Lotusesser" に「蓮」など)
A284	Johnson, R. Brimley〔編〕	*A book of British ballads*・London, J. M. Dent ／ New York, E. P. Dutton・[n. d.]・340p.・Everyman's library	表見返し（丸善シール)、212 頁（U：Rk〔"The Mermaid"〕)、259 頁（U：Rk〔R. Browning "How they brought the good news from Ghent to Aix"〕)、260 頁（U：Rk〔同前〕)、285 頁（U：Rk〔William Morris "Two red roses across the Moon"〕)、286–287 頁（U：Rk〔William Morris "Riding Together" & A. C. Swinburne "The King's Daughter"〕)、288 頁（U：Rk〔A. C. Swinburne "The King's Daughter"〕)、311 頁（U：Rk〔Rudyard Kipling "Ballad of East and West"〕)、312–313 頁（U：Rk〔同前〕)、314–315 頁（U：Rk〔同前〕)	〔G〕詩集アンソロジーブラウニング、ウィリアム・モリス、スウィンバーン、キップリングの詩に下線
A285	Johnson, Samuel	*Lives of the English poets : vol.2*・London, H. Frowde : Oxford University Press・1906・493p.・The World's classics	表見返し（丸善シール)	詩人たちの評伝集
A286	Johnson, Samuel	*Rasselas*・Chicago, W. B. Conkey・[n. d.]・189p.		評伝
A287	Joyce, James	*A portrait of the artist as a young man*・New York, B. W. Huebsch・1916・299p.	表見返し（N：Bk)、裏見返し（N：Bp)	〔倉2〕ジェイムズ・ジョイス『若き芸術家の肖像』〔倉2〕に報告がある「下線1」の発見には至らなかった。折れ目：24 頁左上（跡)、26 頁左上（跡)、59 頁右上（跡)、136 頁左上（跡)、199 頁右上（跡)
A288	Kielland, Alexander	*Tales of two countries*・Willian Archer・New York, Harper and brothers・1891・204p.	表見返し（丸善シール)、扉（蔵書印「我鬼A」)、71 頁（U：Rk〔"At the Fair"〕)、78–79 頁（U：S：Rk〔同前〕)、80 頁（S：Rk〔同前〕)、91 頁（S：Bk〔同前〕)、98 頁（U：Bk〔同前〕)、163 頁（U：RkU〔"Two Friends"〕)	〔倉2〕〔G〕短篇集アレクサンダー・ヒェラン。ノルウェイの四大作家のひとり。収録作品："Pharaoh"、"The parsonage"、"The peat moor"、"'Hope's clad in April green.'"、"At the fair"、"Two friends"、"A good conscience"、"Romance and reality"、"Withered leaves"、"The battle of Waterloo"
A289	Kingsley, Charles	*The heroes*・Loondon, J. M. Dent ／ New York, E. P. Dutton・1910・229p.・Everyman's library		ギリシャ神話の英雄伝集
A290	Kingsley, Charles	*Hypatia, or, New foes with an old face*・Loondon, Dent ／ New York, Dutton・1910・438p.・Everyman's library	表見返し（丸善シール)、31 頁（U：Rp)、45 頁（S：Rp)、46 頁（S：Rp)、137 頁（S：Rp)、138 頁（S：Rp)、245 頁（S：Rp)、307 頁（S：Rp)、308–309 頁（S：Rp)、310 頁（S：Rp)、315 頁（S：Rp)、316–317 頁（S：Rp)、318–319 頁（S：Rp)、320–321 頁（S：	〔倉2〕〔G〕長編小説折れ目：294 頁左上

			U：Rp)、322–323 頁（S・U：Rp)、324–325 頁（S：Rp)、357 頁（S：Rp)、358 頁（S：Rp)、406 頁（N：Rp でカギカッコ始め)、438 頁（N：Bk で「10th July '13 at Shinjuku」〔本文末尾〕)	
A291	Kingsley, Charles	*The water-babies : a fairy tale for a land baby*・New York, Thomas Y. Crowell・[c1895]・268p.	表見返し（中西屋シール)、153 頁（S：Rp)、154–155 頁（S：Rp)、156 頁（S：Rp)、263 頁（N：Bk で「30th. Sept. 1912／in Tokio」（"A Fairy Tale for a Land-Baby" 末尾〕)、264 頁（U：Rp)、268 頁（S：Rp)	〔倉2〕〔G〕イギリスの著名なファンタジーおとぎ話「水の子どもたち」
A292	Kipling, Rudyard	*The jungle book : Uniform ed.*・London, Macmillan・1908・276p.・The works of Rudyard Kipling	扉（蔵書印：「芥川文庫」)、8–9 頁（U：Ap)、15 頁（U：Ap)、16 頁（U：Ap)、19 頁（U：Ap)、20–21 頁（U：Ap)、33 頁（U：Ap)、35 頁（U：Ap)、61 頁（U：Ap)、67 頁（U：Ap)、68–69 頁（U：Ap)、70 頁（U：Ap)、76 頁（U：Ap)、84 頁（U：Ap)、97 頁（U：Ap)、101 頁（U：Ap)、102–103 頁（U：Ap)、108 頁（U：Ap)、116 頁（U：Ap)、122–123 頁（U：Ap)、124 頁（U：Ap)、131 頁（U：Ap)、135 頁（U：Ap)、140 頁（U：Ap)、151 頁（U：Ap)、152 頁（U：Ap)、156 頁（U：Ap)、158–159 頁（U：Ap)、165 頁（U：Ap)、180–181 頁（U：Ap, N：Bk)、187 頁（U：Ap)、191 頁（U：Ap)、193 頁（U：Ap)、198 頁（U：Ap)、218 頁（U：Ap)、223 頁（U：Ap)、224–225 頁（U：Ap)、226–227 頁（U：Ap)、228 頁（U：Ap)、231 頁（U：Ap)、232–233 頁（U：Ap)、234 頁（U：Ap)、237 頁（U：Ap)、240 頁（U：Ap)、244 頁（U：Ap)、裏見返し（N：Ak で「一九一二年五月卅一日　芥川文庫」)	〔倉2〕〔G〕〔本〕『ジャングル・ブック』折れ目：146 頁左上
A293	Kipling, Rudyard	*Life's handicap ; being stories of mine own people*・London, Macmillan・1918・407p.・Macmillan's pocket Kipling	表見返し（丸善シール)、vii 頁（蔵書印：「我鬼 A」印)	短篇集未裁断：5–8 頁、9–12 頁、13–16 頁、19–22 頁、27–30 頁、31–34 頁、73–76 頁、77–80 頁、91–94 頁、101–106 頁、109–114 頁、117–120 頁、129–132 頁、137–140 頁、141–144 頁、145–148 頁、149–152 頁、157–160 頁、161–164 頁、169–172 頁、173–176 頁、177–180 頁、213–216 頁、217–220 頁、221–224 頁、225–228 頁、229–232 頁、233–236 頁、237–240 頁、249–252 頁、267–270 頁、271–274 頁、275–278 頁、279–282 頁、283–286 頁、287–290 頁、

				291–294 頁、295–298 頁、299–302 頁、303–306 頁、307–310 頁、313–316 頁、317–320 頁、321–324 頁、327–330 頁、335–338 頁、339–342 頁、367–370 頁、377–380 頁	
A294	Kipling, Rudyard	*Plain tales from the hills*・Chicago, Rand／New York, McNally・[n.d.]・320p.	表見返し（N：芥川以外の署名）、iii 頁（N：Bk で "in the House of Suddhoo" に×印)、iv 頁（N：Bk で "Haunted Subalterns" と "The Mark of the Beast" に×印)	短篇集 折れ目：41 頁右上、51 頁右上（跡）
A295	Kipling, Rudyard	*The second jungle book*・London, Macmillan・1912・299p.・Macmillan's pocket Kipling	（蔵書印：「我鬼 A」印)、53 頁（U：Rp)、55 頁（S：Rp)、62 頁（S：Rp)、66 頁（S：R 線、N：Bk で「vivid」)、84–85 頁（S：Rp)、110–111 頁（S：Rp)、173 頁（S：Rp)、247 頁（S・U：Rp)、248 頁（Rp)、252–253 頁（S：Rp)、254–255 頁（S：Rp)、256–257 頁（S・U：Rp)、258 頁（S：Rp)、268–269 頁（S：Rp)、270–271 頁（S：Rp)、274–275 頁（S：Rp)、281 頁（N：Rp)、283 頁（S：Rp)、286–287 頁（S：Rp)、288–289 頁（S：Rp)、290–291 頁（S：Rp)、292–293 頁（S：Rp)、294–295 頁（S：Rp)、298–299 頁（S：Rp、N：Bk で「9th Dec. 1913」〔本文末尾〕)	〔倉 2〕〔G〕 『ジャングル・ブック』第二巻
A296	Kipling, Rudyard	*Soldiers three*・New York, Boni and Liveright・[n.d.]・250p.・The modern library of the world's best books	表見返し（丸善シール）、扉（蔵書印：「龍之」印)	短篇集
A297	Korolenko, Vladimir	*The blind musician : 2nd ed.*・Aline Delano・Boston, Little, Brown・[c1890]・244p.	表見返し（N：Bp で献辞「Yamamura from Narita」)、3 頁（U：Bp)、4–5 頁（U：Bp)、6–7 頁（U：Bp)、8–9 頁（U：Bp)、10 頁（U・S・N：Bp)	〔倉 2〕〔G〕 長編小説 折れ目：127 頁右上
A298	Korolenko, Vladimir	*Makar's dream : and other stories*・Marian Fell・New York, Duffield and Company・1916・297p.	表見返し（丸善シール、N：Bk で「R. Akutagawa」と署名)、47 頁（S：Bk)、48 頁（S・N：Bk で S 横に「good」（"Makar's Dream" の末尾))、87 頁（S：Bk)、88 頁（S・N：Bk で「The final touch is masterly.」（"The Murmuring Forest" の末尾))	〔78〕〔倉 2〕 短篇集 収録作品は "Makar's dream"、"The murmuring forest"、"In bad company"、"The day of the atonement"
A299	Kron, R.	*The little Londoner : a concise account of the life and ways of the English with special reference to London : 14th ed.*・東京, 鹿島佐太郎（発行兼複製)・1918・237p.		ロンドンのガイド本
A300	Kropotkin, Petr, Alekseevich	*Russian literature*・London, Duckworth・1905・341p.	表見返し（N：Bk で「24th, Nov. 1910／I. Yamamoto」、岩波書店シール、その下にもう一つ書店シールあり)、扉（印鑑：「山本」)、3 頁（印鑑：「山本」)、5 頁（S：Rp)、11 頁（U：Rp)、15 頁（U：Rp)、17 頁（U：Rp)、18–19 頁（(U・S：Rp、	ロシア文学に関する評論集 書き込みは芥川のものか判断が必要だが、芥川の可能性もある。

巻末附録　2. 芥川龍之介旧蔵書・洋書に関する書き入れ調査結果一覧表

			N：Bp)、20–21 頁（S・U：Rp)、22–23 頁（U：Rp)、26 頁（U：Rp)、32 頁（U・S：Rp)、40–41 頁（S：Rp、N：Bk)、42–43 頁（N・U・S：Bk)、44–45 頁（N・U：Bk、U・S：Rp)、50 頁（U：Rp)、52 頁（S：Rp)、73 頁（U：Rp)、74–75 頁（U：Rp)、76–77 頁（U・S：Rp)、78 頁（U・S：Rp)、81 頁（S：Bp)、85 頁（S：Bp、S：Rp)、86 頁（S：Rp)、93 頁（S：Bp)、94 頁（U：Ap)、96–97 頁（S・U：Rp)、98–99 頁（U：Rp、U・S：Ap)、102 頁（U・S：Rp、U：Ap)、104 頁（S：Rp)、106–107 頁（S：Rp)、108–109 頁（N：Bk、S・U：Rp、N：Bp)、112 頁（U：Bp)、115 頁（S：Bp)、117 頁（U・S：Bp)、151 頁（U：Rp)、152–153 頁（N・S：Bp)、154 頁（U：Bp)、159 頁（S：Rp)、160–161 頁（S・U：Rp、U・N：Bp)、164 頁（U・N：Bp)、174–175 頁（S・U：Rp)、176 頁（S：Rp)、180 頁（S：Rp)、192–193 頁（S・U：Rp)、196–197 頁（U・S：Rp)、202 頁（U：Rp)、205 頁（U・S・N：Rp)、210 頁（S：Rp)、212–213 頁（S・U：Rp)、214 頁（U：Rp)、217 頁（S：Rp)、222 頁（S・U：Rp)、224 頁（U：Rp)、226 頁（S・U：Rp)、230–231 頁（S・U：Rp)、232 頁（S：Rp)、244 頁（S・U：Rp)、246 頁（S・U：Rp)、250–251 頁（S：Rp)、252 頁（S：Rp)、256–257 頁（S・U：Rp)、258–259 頁（S：Rp)、267 頁（S・U：Rp)、268–269 頁（U・S：Rp)、270 頁（S：Rp)、272–273 頁（S・U：Rp)、274 頁（U・S：Rp)、276 頁（S：Rp)、279 頁（S：Rp)、280–281 頁（U・S：Rp)、299 頁（S：Rp)、303 頁（S：Rp)、304–305 頁（S：Rp)、307 頁（U・S：Rp)、313 頁（S：Rp)、314 頁（S・U：Rp)、316 頁（U・S：Rp)		
A301	Kuprin, Alexander	*The bracelet of garnets and other stories* ・ Leo Pasvolsky ・ New York, Scribner ・ 1917 ・ 266p.	表見返し（丸善シール）、266 頁（N：Ak で「3rd Nov. '17 ／ Yokosuka ／ドノ作モ特別恐シクナイ／コノ位ナラ自分タチノ仲／間ニモカケソウナ気ガスル／タダ官能ガ鋭イノハ聊／敬服スルニ足ルラシイ」）	〔58〕〔倉2〕短篇集（ホラー?）未裁断：xiii–xvi 頁折れ目：170 頁左上
A302	Kuprin, Alexander	*Olessia ; a novel* ・ Major A. Estcourt Harrison ・ London, Sisley ・ [n.d.] ・ 198p.	表見返し（丸善シール）、199 頁（N：Bk で「Sept 11 '15 ／ Tabata」）	〔倉2〕小説
A303	Kuprin, Alexander	*A Slav soul and other stories* ・ London, Constable ・ 1916 ・	表見返し（丸善シール、N：Bk で署名「R. Akutagawa」）、v 頁	短篇集全 15 編あり、✓ が入っていたのは

		235p.・Constable's Russian library	(N：目次に Bp で「✓」と「○」)	VI〜X 番、XII から XV 番の短篇。○は X 番の "The Elephant" 折れ目：40 頁左下	
A304	Laclos, Choderlos de	*Liaisons dangereuses*・Berlin, Fischer・[n.d.]・342p.・Ars amandi : Zehn Bücher der Liebe	1 頁（N：Bk）、2 頁（N・U：Bk）、17 頁（N・U：Bk）	〔G〕語学学習用に読みはじめたが、すぐ止めたか。書入れは単語の意味がほとんど（例えば "gegenseitig" に「互」、"brauchten" に「必要デアル」など）未裁断：25–28 頁、29–32 頁、57–60 頁、61–64 頁、105–108 頁、109–112 頁、137–140 頁、153–156 頁、157–160 頁、185–188 頁、189–192 頁、237–240 頁、249–252 頁、253–256 頁、259–262 頁、265–268 頁、269–272 頁、329–332 頁、333–336 頁、341–344 頁	
A305	Lagerlöf, Selma	*Christ legends*・Velma Swanston Howard・New York, H. Holt・1908・272p.	表見返し（丸善シール）、11 頁（N：Bk で「ヨロシイ the Man ト ヤツテ名前ヲ書カナイ西洋／ノヤリ方ハコンナ場合甚有効ダ」（"The Holy Night" 末尾））、24 頁（N：Bk で「コレハイカン／全体ノ感ジガ一向／シツクリシナイ」（"The Emperors Visions" 末尾））、40 頁（N：Bk で「Three Wise Man ガ病ノヤ B 奴ナノハ面白イ　ソレガ芥子ノ花ノサク屋敷ノ何カデネテ／キルノハ更ニ面白イ 但シ全体トシテハ難ガナイデモナイ」（"The Three Wise Man Well" 末尾））、72 頁（N：Bk で「ヨイガ少シゴタゴタシスギテキル／最後ノ出来事ハ至極ヨロシイ」（"Bethelems Children" 末尾））、83 頁（N：Bk で「コレ又ヨク書ケテキル」（"The Flight to Egypt" 末尾））、93 頁（N：Bk で「ヨク書ケテキル 但シ結末ハモウ一／工夫アリサウニ思ウ／泥ノ鳥ガ飛ブ所ハ非常ニ好イ water pool ノ日ノ光ヲヌルト云フノモ妙案デアル」（"In Nazareth" 末尾））、118 頁（N：Bk で「中々ウマイ ガ僕ナラ最後ノ Stranger ノ Youth ヲ／誰カ名前ノアル人ニスル　サウシテ Jesus ト何カ関係／ヲ持タセル ソノ方ガエフェクティヴダト思フ」（"In the Temple" 末尾））、142 頁（S・N：Bk・「touching」（"Saint Veronicas Hankerchief"））、178–179 頁（S：Bk〔同前〕）、180–181 頁（S：Bk〔同前〕）、182–183 頁（S・N：Bk で S 横に「ヨロシイ」〔同前〕）、186–187 頁（S：Bk〔同前〕）、189 頁（N：Bk で「外ノ話トハチガツテ余程歴史ノ味ガ多イ／シツカリトヨクツカマヘテ書イテキル／ Tiberius ガ Veronica ノ Kerchieb ヲ見ル所ハ前カラ預想出来ルニモ／不図ツリコマレル」〔同前末尾〕）、202 頁（N：Bk で「コレハ感服出来ン／	〔45〕〔58〕〔倉 2〕〔G〕キリスト教伝説集折れ目：201 頁右下272 頁の「悪ル」は「悪シ」の誤字か？"The Sacred Flame" の書入れはこれまで "God" とされてきたが "fool" ではないか	

巻末附録　2. 芥川龍之介旧蔵書・洋書に関する書き入れ調査結果一覧表　　　401

			最初ノ創造ノ光景ノ描写モ平凡ナラ全／体ノ筋モ見エスキ〔「ズキ」を削除〕／スギテキル〕（"Robin Redbreast" 末尾］）、219 頁（N：Bk で「自分ノ書イタ「蜘蛛ノ糸」トユフ御伽噺ト甚ヨク／似テイルノデ変ナ気ガシタ 東西デ恐シクヨク似タ／話ガアルモノダト思フ」〔"Our Lord and Saint Peter" 末尾］）、272 頁（N：Bk で「コレモ中々ウマイ　ガ fool ノ話ハ不／必要デアル　預言メイタ effect ヲ与エルノハ／却テ悪ル　フロレンスヘ主人公ガ帰ツテ／来ル所ハ涙ガコボレル」〔"The Sacred Flame" 末尾］）、282 頁（N：Bb で「我鬼窟」〔本書末尾］）	
A306	Lagerlöf, Selma	*From a Swedish homestead*・Jessie Brochner・Garden City, Doubleday ／ New York, Page・1916・348p.	表見返し（丸善シール）、目次（N：Bp でタイトルに「○」「×」）、66–67 頁（S：Bk）、94–95 頁（S：Bk）、96–97 頁（S・N：Bk・N は「Powerfully written」）、98–99 頁（S：Bk）、100 頁（S：Bk）、120–121 頁（N・S：Bk・N は「a quite picturesque setting」）、122 頁（N：Bk で「以下描写ヲ重／覆サセテキルガソレ／ガ甚手際ヨク行／ツテキル」）、125 頁（N：Bk で誤植ノ訂正〔「be」⇒「he」〕）、149 頁（S：Bp）、150–151 頁（N：Bp）、218 頁（N：Ak で「三篇トモ成功ト称シガタシ／シカシ皆或程度ニ powerful ナ箇所ヲ持テキル」）、224 頁（N・U：Bk で「一寸面白い思附キダ」）、256 頁（N：Ak で「少シシドロモドロナ／所ガアルノハ遺憾ダ」）、282–283 頁（U・N：Bk・N は「×」印）、284 頁（U：Bk）、289 頁（N：Ak で「結末ノ一頁ハ殊ニイイ／巧ニ美シク書イアル」）、308 頁（N：Ak で「何々車ノ中ノ話ニ似テキル／ウマサハ勿論何々車ノ比デハナイ」）、裏見返し（N：Bk で「学校よりの帰途路上句を得たり／立つ春を柳津李のＡみかな／十二月十三日」、N：Bp）	〔45〕〔倉2〕短篇集 タイトルに○があるのは "The Story of a Country House" / "Santa Caterina of Siena" / "The Empress's Money-Chest" タイトルに×があるのは "The Fisherman's Ring" / "The Inscription on the Grave" / "The Brothers"（この一遍は○の上から×がつけられている？） 289 頁の「書イアル」は「書イテアル」の誤植か
A307	Lagerlöf, Selma	*The girl from the Marsh Croft*・Velma Swanston Howard・Boston, Little, Brown・1910・277p.	表見返し（丸善シール）、vii 頁（N：Rk で目次にマーク）、277 頁（N：Bk で「一九一七年七月十一日（鎌倉）／予は二日間にこれをよんだ　二日間と云ふが実は／正味数時間にすぎない　予はここに予をしてかく速にこの／本をよませた理由〔「〔の下に」を削除〕「について」を削除〕を書きセルマラゲレフに感謝すべ／きものがあると思ふ　この本の中には素朴な美しい道徳感情がある　それが／時には甘くなりすぎる怕も／事はないが、著者は概して巧にそ／れをコン／トロオルしてゐる　the girl from the marsh croft の如きは	〔45〕〔倉2〕短篇集 収録作品は "The girl from the Marsh Croft"、"The silver mine"、"The airship"、"The wedding march"、"The musician"、"The legend of the Christmas rose"、"A story from Jerusalem"、"Why the Pope lived to be so old"、"The story of a story" 目次に×印があるのは "The Silver Mine" 目次に点が附されているのは "The Airship" / "The Wedding March" / "The Muscian" / "The

			その好／例である　しかし〔「それよりも」を削除〕この篇にあつてはまだコン／トロオルしてゐると云ふ痕がある　Wedding march や Airship に／なるとそれが形式と内容と一つになつてゐて甚〔数字削除〕／面白い　予はこの意味で心もちよくこの本をよんだ　但／これらの諸篇がとても〔一字削除〕予に書けないものだとは思はない」）	Legend of the Christmas Rose"／"A Story from Jerusalem"
A308	Lagerlöf, Selma	*Invisible links* ・ Pauline Bancroft Flach ・ Garden City, Doubleday／New York, Page ・ 1917 ・ 286p.	表見返し（丸善シール）、裏見返し（N：Ak、N：Bp、N：Bk）	短篇集 折れ目：265 頁右上
A309	Lagerlöf, Selma	*The miracles of Antichrist : a novel* ・ Pauline Bancroft Flach ・ Boston, Little, Brown and Company ・ 1915 ・ 378p.	表見返し（N：Bk で「櫛栗横担不顧人／直入千峯万峯去」）	〔58〕〔G〕 『反キリストの奇跡』 折れ目：100 頁左下 〔58〕には、書入れは「櫛漂横担不顧人／直入千峯万峰峯」と報告有。 言葉の出典は釈宗演の「有句无句，如藤倚樹。打破油瓮，討甚老鼠。柳栗横担不顧人，直入千峰万峰去」か。
A310	Lagerlöf, Selma	*The story of Gösta Berling* ・ Pauline Bancroft Flach ・ Boston, Little, Brown and Company ・ 1907 ・ 473p.	表見返し（N：Bk で「May 29th, 09」＋署名（芥川以外））、裏見返し（シール：「The Times／（Book Club）／376–382 Oxford Street／London」）	『イェスタ・ベルリング物語』 折れ目：148 頁左下
A311	Lagerlöf, Selma	*The wonderful adventures of Nils* ・ Velma Swanston Howard ・ Garden City, Doubleday／New York, Page ・ 1917 ・ 430p.	表見返し（丸善シール）	『ニルスのふしぎな旅』
A312	Lamb, Charles	*The works of Charles Lamb : poetical and dramatic tales, essays and criticisms* ・ London, G. Routledge ・ 1900 ・ 704p.	表見返し（中西屋書店シール）	散文集（社会批評、評論、物語） 未裁断（裁断ミスか?）：65–72 頁、131–134 頁
A313	Landor, Walter Savage	*Imaginary conversations* ・ London, George Routledge ・〔19--?〕・ 472p. ・ The new universal library : The works of Walter Savage Landor vol.1	表見返し（丸善シール）	空想上の会話集 全五巻の内の第一巻（古典時代の会話集：Classical dialogues） 折れ目：14 頁左下、219 頁右上（跡）
A314	Lang, Andrew	*The crimson fairy book* ・ London, Longmans, Green ・ 1914 ・ 371p. ・ The fairy book series	表見返し（丸善シール）、vii 頁（N：Bp で、目次の "Lucky Luck" にチェック）、8 頁（N：Bp）、11 頁（N：Bp）、12 頁（N：Bp）、15 頁（N：Bp）、16 頁（N：Bp）、19 頁（N：Bp）、20–21 頁（N：Bp）	童話集 書入れは単語の意味
A315	Larsen, Hanna Astrup	*Knut Hamsun* ・ London, Gyldendal ・〔192-?〕・ 171p.	表見返し（教明社シール）	ハムスンの評伝 未裁断：(-5)‒(-2) 頁、(-1)‒-2 頁、127–130 頁
A316	Latzko, Andreas	*Men in War* ・ New York, Boni and Liveright ・〔c1918〕・ 264p. ・ The modern library of the world's best books	表見返し（丸善シール）	長編小説 ユダヤ系オーストリア・ハンガリーの作家。平和主義者
A317	Law, Frederick Houk〔編〕	*Modern short stories : a book for high schools* ・ New York, Century ・ 1919 ・ 303p.	表見返し（丸善シール）、16 頁（N：Bp で「マヅイ　モツト短ク器用ニ書カナ／クテハ駄目ダ　最後ノ pathos もものゝ足りない」〔Mary Mapes Dodge "The Crow-Child" 末尾〕）、52 頁（N：Bp で「マヅイ」〔Perceval Gibbon "Wood-Ladies" 末尾〕）、165 頁	〔78〕〔倉 2〕 短篇アンソロジー 収録作品は Joel Chandler Harris "The Adventures of Simon and Susanna"、Mary Mapes Dodge "The Crow-Child"、Lafcadio Hearn "The Soul of the Great Bell"、Count Leo Tolstoi "Where

			（N：Bp で「クダラン problem ダ ?ヲ何百字カノ／小説ニシタト思ヘバ好イ」〔S. Weir Mitchell "A Dilemma" 末尾〕）、210–211 頁（S・N：Bp・N は「ツカマヘ所ハウマイ／話ノ組立テ方ハヘタナリ」〔Owen Johnson "One Hundred in the Dark" 末尾〕）	Love is, There God is Also"、Perceval Gibbon "Wood-Ladies"、Bichard Harding Davis "On the Fever Ship"、Stacy Aumonier "A Souce of Irritation"、Rudyard Kipling "Moti Guj — Mutineer"、Walter A. Dyer "Gulliver the Great"、Ruth McEnery Stuart "Sonny's Schoolin'"、David Gray "Her First Horse Show"、James Matthew Barrie "My Husband's Book"、Jack London "War"、Morgan Robertson "The Battle of the Monsters"、S. Weir Mitchell "A Dilemma"、A. Conan Doyle "The Red-Headed League"、Owen Johnson "One Hundred in the Dark"、O. Henry "A Retrieved Reformation"、Phyllis Bottome "Brother Leo"、Ian Maclaren "A Fight with Death"、Fiona Macleod "The Dan-nan-ron"
A318	Leblanc, Maurice	The golden triangle・Alexander Teixeira de Mattos・London, Hurst & Blackett・1915・248p.	表見返し（丸善シール）	モーリス・ルブラン『黄金三角』
A319	Leopardi, Count Giacomo	Essays, dialogues, and thoughts of Count Giacomo Leopardi・Patrick Maxwell・London, W. Scott・[1893]・303p.・The Scott library	表見返し（丸善シール）	エッセイ・評論集 未裁断（製本ミス?）：13–16 頁、29–32 頁、45–48 頁、77–80 頁、105–108 頁、109–112 頁、125–128 頁、141–144 頁、157–160 頁、269–272 頁、285–288 頁
A320	Lévi, Éliphas	The history of magic : including a clear and precise exposition of its procedure, its rites, and its mysteries : 2nd ed.・Arthur Edward Waite・London, Rider・1922・535p.	表見返し（購入シール：「CHIHEISHA/KANDA TOKYO」）、扉頁（蔵書印：「P 光」印）、x–xi 頁（N：Bp）、xii 頁（N：Bp）、xxvii 頁（N：Bk で BOOK III の CHAPTER II "The Witness of Magic to Christianity" および CHAPTER IV "Legends" に「×」印）、2 頁（U：Rk）、39 頁（N：Bp、U：Rk）、40 頁（N：Bp、U：Rk）、41 頁（U：Rk）、53 頁（N：Bp、U：Rk）、56–57 頁（N：Bp）、200 頁（U：Bk で章タイトル "LEGENDS" に二重 U）、223 頁（N：Bp、U：Rk）、224 頁（N：Bp）	〔倉1〕 黒鉛筆の書入れは単語の意味 未裁断：xiii–xvi 頁、xvii–xx 頁、9–12 頁、13–16 頁、25–28 頁、29–32 頁、89–92 頁、93–96 頁、105–108 頁、109–112 頁、121–124 頁、125–128 頁、137–140 頁、141–144 頁、153–136 頁、157–160 頁、169–172 頁、173–176 頁、397–400 頁、409–412 頁、413–416 頁、441–444 頁、445–448 頁、457–460 頁、461–464 頁、473–476 頁、477–480 頁、489–492 頁、493–496 頁、505–508 頁、509–512 頁、521–524 頁、525–528 頁
A321	Lewes, George Henry	The story of Goethe's life・London, Smith, Elder・1873・375p.	扉（蔵書印：「福冨蔵書」印）、6–7 頁（S・N：Bp）、11 頁（S：Bp）、12–13 頁（S：Bp）、14 頁（N・U：Bp）、24 頁（S：Bp）、43 頁（S：Bp）、47 頁（N・U：Bk）、97 頁（S：Bp）、113 頁（S：Rk）、115 頁（U：Rk、S：Bp）、117 頁（S：Bp）、157 頁（S：Bp）、164 頁（S：Bp）、194 頁（S：Bp）、203 頁（S：Bp）、216–217 頁（S：Bp）、227 頁（S：Bp）、270 頁（S：Bp）、272 頁（S：Bp）、293 頁（S：Bp）、308 頁	〔倉2〕〔G〕 ゲーテの評伝 折れ目：46 頁左上（跡）、57 頁右上（跡）、126 頁左上（跡） 書入れの傍線は短く、芥川らしくない

			（S：Bp）、321頁（S：Bp）、323頁（S：Bp）、330頁（S：Bp）、333頁（S：Bp）、353頁（S：Bp）、354–355頁（S：Bp）、359頁（S：Bp）、362頁（S：Bp）、364頁（S：Bp）、376頁（N：Bk）	
A322	Lewis, Matthew Gregory	*The monk : a romance*・London, George Routledge and Sons／New York, E. P. Dutton・1907・356p.・Library of early novelists	表見返し（N：Bkでドイツ語の長文「Verschwind in Flammen,／Salamander!／Raushend fließe zusammen,／Undene!／Leucht in Meteoren-Shöne,／Sylphe!／Bring haüsliche Hülfe,／Incubus! Incubus!／Tritt hervor und mache den Schluß!」、中西屋書店シール）、扉頁（N：Bkで「R. Akutagawa」の署名）、xi頁（U：Ap）、xii–xiii頁（U：Ap）、xiv頁（U：Ap）、xvi頁（S：Ap）、356–357頁（N：Bkで読了日「May 23nd '14」と長文コメント「「一九一五年五月廿九日朝／フランケンスタイン同様この本も己には全然恐怖を起き／せなかつた／西班牙一僧院一魔術一さまよへる猶太人一墓窟／一と云ふやうな名詞をならべただけでもこの300頁以上の小／説が与へるよりもより濃密な恐怖の雰囲気をつくる事／が出来る　この点では先達のラドクリフの方が遥に成／功してゐるやうである　勿論ボオや近くはシヤアプのジブシイクライストには及ばないが」〔本書末尾〕）	〔45〕〔倉2〕〔G〕ゴシック小説『マンク』表見返しの書入れはゲーテ『ファウスト』からの引用
A323	Lockhart, John Gibson	*The history of Napoleon Buonaparte : Oxford ed.*・London, Humphrey Milford, Oxford University Press・1916・539p.	6–7頁（U・S：Bk、N：Bkで6頁に「カドウカ怪シイネ」）、8–9頁（S：Bk）、14頁（U：Bk）、17頁（S：Bk）、25頁（S：Bk、N：Bkで「宛然タル泥棒／親分／ロ吻ナリ」）、33頁（S：Bk）、41頁（S：Bk、N：Bkで「カウ言フ奴ニカカツテハヤリ／切レナイ　エライ上ニ正直モノ／ト来テキル」	〔58〕〔倉2〕ナポレオンの評伝ナポレオンのエピソードに対して、芥川がコメントを入れている。
A324	Longfellow, Henry Wadsworth	*Poems of Henry Wadsworth Longfellow*・New York, T.Y. Crowell・[c1901]・432p.	表見返し（中西屋書店シール）、扉頁（蔵書印：「芥川文庫」印）、iii頁（N：Bpで「◯」、U・点：Rp）、iv–v頁（N：Bpで「◯」、U・点：Rp）、1頁（U：Bp）、3頁（U：Bp）、50頁（U：Rp）、52頁（U：Rp）、56–57頁（U：Rp）、110–111頁（U：Rp）、112–113頁（U：Rp）、115頁（U：Rp）、116頁（U：Rp、U：Ap）、121頁（U：S：Rp）、128頁（U：Rp）、130頁（U：Rp）	ロングフェローの全詩集。目次（iii–v頁）で、何らかの書き込みがあった作品は次の通り。"A Psalm of Life", "The Village Blacksmith", "Endymion", "The Rainy Day", "Excelsior", "The Slave's Dream", "The Slave in the Dismal Swamp", "The Slave singing at Midnight", "The Bridge", "The Day is Done", "Afternoon in Feburary", "The Old Clock on the Stairs", "The Arrow and the Song", "The Seaside and the Fireside (作品集のタイトル)", "The Building of the Ship", "The Evening Star", "Twilight", "The Fire of Drift-wood", "Sand of the Desert in an Hourglass", "Birds of Passage", "The Open Window",

巻末附録　2. 芥川龍之介旧蔵書・洋書に関する書き入れ調査結果一覧表　　　　　　４０５

				"Evangeline", "The Song of Hiawatha"
A325	Loti, Pierre	*Madame Chrysantheme*・Hettie E. Miller・Chicago, Donohue, Henneberry・[c1892]・225p.	10頁（U：Rp）、27頁（S：Rp）、28–29頁（S：Rp）、50頁（U：Rp）、52頁（U：Rp）、55頁（U：Rp）、146頁（U：Rp）、173頁（S：Rp）、193頁（S：Rp）、225頁（U・S：Rp）	〔倉1〕〔G〕『お菊夫人』挿絵付き
A326	Louÿs, Pierre	*Aphrodite : a novel of ancient manners, complete and integral translation into English*・Paris, Charles Carrington・1906・412p.	第二扉（蔵書印：「龍之介」印）、第三扉（蔵書印：「毛驢之介」印）、16頁（線？：Apが滑ったような線あり）、110頁（線？：Apが滑ったような線あり）、140頁（線）：Rpが滑ったような線あり）、143頁（線？：Rpが滑ったような線あり）、413頁（N：Bbで「大正九年正月上一読過」〔本書末尾〕）、裏見返し（N：Aクレヨンのようなもので落書き）	〔倉1〕〔本〕挿絵入り本が水にぬれたのか、頁と頁がくっついている箇所がある
A327	Louÿs, Pierre	*Woman and puppet, etc.*・G. F. Monkshood・London, Greening・1908・248p.・The lotus library	表見返し（N：Bbで「ピエルルイを成仏せし／むるの句／逝く者は斯の如〔きかな〕しと／春の水」とある、中西屋書店シール）、53頁（U・S：Bp）、54–55頁（U：Bp）、56–57頁（U：Bp）、60頁（S：Bp）、249頁（N：Bkで「大正七年／一月中旬一読過」〔本書末尾〕）	〔45〕〔倉1〕〔本〕短篇集translated and adapted by G. F. Monkshood折れ目：54頁左上、136頁左下（跡）
A328	Lowell, Amy	*Six French poets : studies in contemporary literature*・New York, Macmillan・1916・488p.	扉（蔵書印：「龍之介印」印）、372頁（U：Bp）、裏見返し（N：Bbで「大正七年八月／方外山房」）	〔倉1〕アメリカのイマジズム詩人による、エミール・ヴァルハーレンなどの6名のフランス詩人の評論集。収録作家はÉmile Verhaeren, Albert Samain, Remy de Gourmont, Henri de Régnier, Francis Jammes, Paul Fortの6名。
A329–1	Mackail, J. W.	*The life of William Morris vol.1 : Pocket Library ed.*・London, Longmans, Green and Co.・1912・387p.・Longmans' pocket library	表見返し（N：Bkで「R. Akutagawa」、丸善シール、ix頁（U：Bk）、x頁（U：Bk）、2–3頁（N・U：Rk・カギカッコ・数字「1」「2」など）、5頁（N：Rk・カギカッコと数字「3」）、6–7頁（N：Rk・カギカッコ、S：Bp）、8–9頁（S：Bp）、10–11頁（S：Bp、Rk：カギカッコ）、12–13頁（S：Bp）、14–15頁（S：Bp）、17頁（S：Bp）、18頁（S：Bp）、26–27頁（N：Bpで「1850」、S：Bp）、28頁（S：Bp）、33頁（S：Bp）、34頁（S：Bp）、36–37頁（S：Bp）、38–39頁（S：Bp）、40–41頁（S：Bp）、93頁（S：Bk）、138頁（S：Bk）、191頁（S：Rk）、203頁（S：Rk）、204頁（S：Rk）、213頁（S：Rk）、223頁（S：Rk）	〔G〕〔本〕ウィリアム・モリスの伝記（第一巻）卒業論文の種本。赤インクの数字は引用箇所か？
A329–2	Mackail, J. W.	*The life of William Morris vol.2 : Pocket Library ed.*・London, Longmans, Green and Co.・1912・380p.・Longmans' pocket library	表見返し（丸善シール、N：Bkで「R. Akutagawa」の署名）、374頁（U：Bkで「Keats, one of Morris's masters」にライン〔Index〕）、377頁（U：Bkで「extinction fo Rossetti's artistic influence over Morris, 206」にライン〔同前〕）、379頁（U：Bkで「Tolstoi, L.」にライン〔同前〕）	〔本〕ウィリアム・モリスの伝記（第二巻）

A330	Mackay, Charles	*Memoirs of extraordinary popular delusions and the madness of crowds*・London, George Routledge・1892・303p., 322p.	vol.2 の 106–107 頁（S・U：Bk、N：Bk で「Witches' Sabbath」）、117 頁（S：Bk）、118–119 頁（S：Bk）、120–121 頁（S・N：Bk で S の横に「man-wolf」と 3 箇所に書かれている）、122 頁（S：Bk）、124–125 頁（S：Bk）、126–127 頁（S：Bk）、136 頁（S・N：Bk で S 脇に「Sabbath」）、143 頁（S・N：Bk で S 脇に「witch-finder」）、144–145 頁（S：Bk）、146 頁（S：Bk）、裏見返し（N：Bb で「毛雛堆士／蔵書」）	〔倉 2〕チャールズ・マッケイによる『狂気とバブル』2 巻本の合冊本（vol.1&2）With numerous woodcuts 芥川の関心は魔女集会（魔女マニアの章）に集中している。折れ目：vol.1 の 295 頁右上（跡）、297 頁右上（跡）、299 頁右上（跡）、300 頁右上（跡）、302 頁右上（跡）、vol.2 の 162 頁左下（跡）、180 頁左下（跡）、182 頁左下（跡）、202 頁左下（跡）、206 頁左上（跡）、207 頁左上
A331	Macklin, Alys Eyre	*Twenty-nine tales from the French*・Alys Eyre Macklin・New York, Harcourt, Brace and Company・[c1922]・309p.	表見返し（丸善シール）、xvii 頁（N：Bk で目次に「○」印）、11 頁（N：Bk で「ヨロシ」〔Tristan Bernard "The Last Visit" 末尾〕）、23 頁（N：Bk で「愚作」〔André Birabeau "The Barber's Miracle" 末尾〕）、33 頁（N：Bk で「チヨツトシタモノ」〔René Bizet "A Good Old Sort" 末尾〕）、43 頁（N：Bk で「成程」〔Frédéric Boutet "Force of Circumstances" 末尾〕）、51 頁（N：Bk で「フザケルナ」〔Max and Alex Fischer "Army Time" 末尾〕）、62 頁（N：Bk で「悪シカラズ」〔Colette Willy "Gitanette" 末尾〕）、70 頁（N：Bk で「good! 女トハ思ハレン」〔Lucie Delarue-Madrus "The Inheritance" 末尾〕）、76 頁（N：Bk で「チヨツトシタモノナリ」〔Lucien Deascaves "The Day Out" 末尾〕）、86 頁（N：Bk で「チヨツト clever ナリ」〔Henri Duvernois "The Fez" 末尾〕）、100 頁（N：Bk で「ツマラン／モツト佳作ノアル人／ナリ」〔Claude Farrére "The Turret" 末尾〕）、108 頁（N：Bk で「good!」〔Léon Frapié "The Pockets" 末尾〕）、137 頁（N：Bk で「aside ノアルノガタマラン」〔Gyp "Flirtation" 末尾〕）、146 頁（N：Bk で「冗談ヂヤナイ」〔Abel Hermant "The Wrist-Watch" 末尾〕）、157 頁（N：Bk で「成程」〔Charles-Henry Hirsch "Isaac Levitski" 末尾〕）、167 頁（N：Bk で「愚作!」〔Edmond Jaloux "The Fugitive" 末尾〕）、178 頁（N：Bk で「ツマラン事ヲ考ヘヤガル　ダカラ七百ノ／短篇ナドガ書ケルンダ」〔Maurice Level "The Debt-Collector" 末尾〕）、187 頁（N：Bk で「悪キ「トム・サウヤア」ナリ」〔Alfred Machard "Bout-de-Bibi --"Major Six Stripes"" 末尾〕）、195 頁（N：Bk で「莫迦ニシテキヤガル／シカシコノ男ノ文章ハ溌剌シテキル／一種ノオ人ナリ」〔Pierre Mac Orlan "The Philanthropist" 末尾〕）、205 頁（N：Bk で「有能力無／能カワレコ	〔12〕〔69〕〔倉 1〕フランス傑作短篇集 selected and tr. by Alys Eyre Macklin 目次に「○」があるのは以下のタイトル："Tristan Bernard: The Last Visit", "Frédéric Boutet: Force of Circumstances", "Lucie Delarue-Madrus: The Inheritance", "Léon Frapié: The Pockets", "Abel Hermant: The Wrist-Watch", "Pierre Mac Orlan: The Philanthropist", "Paul and Victor Margueritte: Poum and the Zouave", "Marcel Prévost: My Brother Guy", "Pierre Veber: Widow Foigney" 折れ目：129 頁右下（跡）

巻末附録　2．芥川龍之介旧蔵書・洋書に関する書き入れ調査結果一覧表

			レ／ヲ知ラズ」〔Binet-Valmer "When She Was Dead" 末尾〕、215 頁（N：Bk で「ウマイウマイ　愛スベキ小／品ダ　篇中第一カモ知ルヌ」〔Paul and Victor Margueritte "Poum and the Zouave" 末尾〕、225 頁（N：Bk で「退屈」〔Victor Margueritte "The Whipper-Snapper" 末尾〕）、247 頁（N：Bk で「チヨツトウマイ／サスガハ大家デアル」〔Marcel Prévost "My Brother Guy" 末尾〕）、261 頁（N：Bk で「愚作！」〔Michel Provins "Gossip" 末尾〕）、280 頁（N：Bk で「通俗小説！」〔J. H. Rosny, Aîné "The Champion" 末尾〕）、289 頁（N：Bk で「強イヨウデ弱イ」〔Rovert Scheffer "The Mother" 末尾〕）、297 頁（N：Bk で「凡作！」〔Marcelle Tinayre "The Home-Coming" 末尾〕）、309 頁（S：Bk、N：Bk で「呆レ返ルネ」〔Pierre-Veber "Widow Foigney" 末尾〕）	
A332	Maeterlinck, Maurice	*Aglavaine and Selysette*・Alfred Sutro・London, G. Allen・1904・104p.	表見返し（丸善シール）、扉（蔵書印：「芥川文庫」印）、49 頁（U：Rk）	〔G〕戯曲
A333	Maeterlinck, Maurice	*The intruder : a play*・London ; Glasgow, Gowans & Gray・1913・50p.・Gowans's international library	50 頁（N：Bk で読了日「1. Feb. 14 Shinjuku.」〔本書末尾〕）	〔倉1〕〔G〕戯曲 ポケットサイズ
A334	Maeterlinck, Maurice	*Joyzelle*・Alexander Teixeira de Mattos・London, G. Allen・1907・136p.	表見返し（丸善シール）、扉（蔵書印：「芥川文庫」印）、136 頁（N：Ap で読了日「8th April 1909 in Tokio」〔本書末尾〕）	〔69〕〔倉1〕〔G〕戯曲
A335	Maeterlinck, Maurice	*Monna Vanna : a drama in three acts*・Alfred Sutro・London, G. Allen・1910・178p.・The pocket edition of works by Maurice Maeterlinck	表見返し（中西屋書店シール）、179 頁（N：Bk で読了日「19th Mar. 1913. ／ in Tokyo」〔本書末尾〕）	〔倉1〕〔G〕戯曲
A336	Maeterlinck, Maurice	*Pelleas and Melisanda, and the sightless : two plays*・Laurence Alma Tadema・London, W. Scott・[n.d.]・237p.・The Scott library	表見返し（中西屋書店シール）、裏見返し（N：Bk で「一九一一年六月二日／中學初年級の頃「群盲」の和訳をよみしが我マアテル・／リンクに接するのはじめなりき」〔本書末尾〕）	〔58〕〔倉1〕〔G〕戯曲
A337	Maeterlinck, Maurice	*Prinzessin Maleine : Autorisierte Ausgabe*・Friedrich von Oppeln-Bronikowski・Leipzig, Diederichs・1902・122p.	表見返し（丸善シール）、122 頁（N：Bk で読了日「27 Juni '14 ／ Shinjuku」〔本書末尾〕）	〔倉1〕〔G〕ドイツ語 戯曲 mit Vorrede und Bildnis des Verfassers
A338	Maeterlinck, Maurice	*Sister Beatrice and Ardiane & Barbe Bleue : two plays*・Bernard Miall・London, G. Allen・1909・185p.・The pocket edition of works by Maurice Maeterlinck	表見返し（丸善シール）、扉（蔵書印：「芥川文庫」印）、186 頁（N：Bk で読了日「July 24th '10 ／ Shinjuku」〔本書末尾〕）	〔倉1〕〔G〕戯曲
A339	Maeterlinck, Maurice	*Wisdom and destiny : Pocket ed.*・Alfred Sutro・London, George Allen・1912・352p.・The pocket edition of works by Maurice Maeterlinck	表見返し（中西屋書店シール）、91 頁（N：Rk でカギカッコ始め、S：Rk）、92–93 頁（S：Rk）、94–95 頁（S：Rk）、97 頁（U：Rk）、98 頁（U：Rk）、105 頁（U：Rk）、106 頁（U：Rk）、108–109 頁（U：Rk）、114–115 頁（U：Rk）、116 頁（U：	〔倉1〕〔G〕評論

			Rk)、122 頁（U：Rk)、127 頁（S：Rk)、128-129 頁（S：Rk)	
A340	Malory, Sir Thomas	*The noble and joyous history of King Arthur*・London ; New York, Walter Scott・[n.d.]・325p.・The Scott libary	表見返し（中西屋書店シール、N：Bk)、25 頁（U：Bk)、27 頁（N・U：Bk)	アーサー伝説集 未裁断（裁断ミス?）：177-180 頁、181-184 頁
A341	Manskopf, Johannes	*Böcklins Kunst und die Religion*・München, F. Bruckmann・[n.d.]・56p.	表見返し（左：MAX NÖSSLER&Co. YOHOHAMA シール、右：Bk で「R. Akutagawa」)、4-5 頁（N・U：Bp, U：Pp)、7 頁（S：Rp)、8 頁（S：Rp)、10 頁（N：Bp)、16 頁（N：Bp)、17 頁（N・U：Bp)、18 頁（N：Bp)、20 頁（N：Bp)、22 頁（N：Bp)、23 頁（N・U：Bp)、25 頁（U：Bp)、27 頁（N：Bp)、28 頁（N・U：Bp)、34 頁（U：Bp)、39 頁（N：Bp)、40 頁（S・U：Bp)、43 頁（N：Bp)、49 頁（N：Bp)、50 頁（N：Bp)、51 頁（N：Bp)、52 頁（S：Bp)、54 頁（N：Bp)、56 頁（N：Bp で「Den 20 Juni '08」[←芥川以外か、本文末尾])	〔G〕 美術書（ドイツ語） P.6- 挿絵が、ベックリーンのメランコリアとデューラーの憂鬱の絵がセットで掲載されている
A342-1	Mantegazza, Paolo	*The legends of flowers, or "'Tis love that makes the world go round" : 1st ser.*・Mrs. J. Alexander Kennedy・Edinburgh ; London, T.N. Foulis・1908・151p.	表見返し（丸善シール)、75 頁（U：Rp)、裏見返し（N：Bb で「細雨簷花山房」)	〔G〕 イタリアの人類学者による花にまつわる伝説集
A342-2	Mantegazza, Paolo	*The legends of flowers, or "'Tis love that makes the world go round" : 2nd ser.*・Mrs. J. Alexander Kennedy・Edinburgh ; London, T.N. Foulis・1909・167p.	表見返し（N：Bk で「S. Kuroda ／ 1912.2」)、43 頁（U：Bp)、97 頁（N：Bp)	〔G〕 イタリアの人類学者による花にまつわる伝説集 折れ目：111 頁右下（小さめ）
A343	Marguerite, Queen, consort of Henry II, King of Navarre	*The Heptameron of the tales of Margaret, queen of Navarre : (newly tr. into English) from the authentic text, based on the mss. in the possession of the Société des bibliophiles français*・[Philadelphia], Printed for the Bibliophilist Library・[c1902]・555p.	表見返し（書店シール：「Stratford & Green ／ 640 S. Main Street, ／ Los Angeles, Cal.」、N：Bk で「N. Sakuma.」、蔵書印：「佐久間」印)、扉（蔵書印：「佐久間」印)	〔G〕 折れ目：399 頁左下（跡）
A344	Marie, de France	*French mediaeval romances from the lays of Marie de France*・Eugene Mason・London, J. M. Dent ／ New York, E. P. Dutton・[n.d.]・217p.・Everyman's library	表見返し（丸善シール)、vii 頁（U：Ap)、viii-ix 頁（S：Ap)、x-xi 頁（S：Ap)、xii-xiii 頁（S・U：Ap)、xiv-xv 頁（U：Ap)	〔倉 1〕〔G〕 フランス中世ロマンス 〔G〕によると「Intoroduciton」の中でタイトルなどに下線が多い（青鉛筆）：「The Lay of Gugamar」「The Lay of the Thorn」「The Lay of the Ash Tree」(全て収録されているものだがそれぞれの本文への書き入れが見当たらない)」
A345	Marriott, J. W.	*One-act plays of to-day*・London, G.G. Harrap・1924・254p.・The Harrap library		戯曲集（現代一幕物傑作集） 収録作品は A. A. Milne "The boy comes home"、Harold Brighouse "Followers"、Arnold Bennett "The stepmother"、Oliphant Down "The maker of dreams"、John Galsworthy "The little man"、Lord Dunsany "A night at an inn"、J. A. Ferguson

巻末附録　2．芥川龍之介旧蔵書・洋書に関する書き入れ調査結果一覧表

				"Campbell of Kilmhor"、Allan Monkhouse "The grand cham's diamond"、J. J. Bell "Thread o'scarlet"、Olive Conway "Becky Sharp"、John Drinkwater "X=o: A night of the Trojan war" 未裁断：41–44頁、45–48頁、105–108頁、109–112頁、121–124頁、125–128頁、233–236頁、237–240頁
A346	Masefield, John	*A tarpaulin muster : 2nd ed.*・London, Grant Richards・1920・224p.	表見返し（N：Bpで「春秋原在文」や落書き）、39頁（N：Bkで「愚作」〔"Edward Herries" 末尾〕）、69頁（N：Bkで「weak!」〔"El Dorado" 末尾〕）、83頁（N：Bpで「good!」〔"Davy Jones's gift" 末尾〕）、91頁（N：Bkで「ツマラン」〔"Ghosts" 末尾〕）、108頁（N：Bpで「so bad!」〔"Anty Bligh" 末尾〕）、178頁（N：Bkで「愚作」〔"In a fo'c'sle" 末尾〕）、185頁（N：Bkで「Not bad!」〔"The bottom of the well" 末尾〕）、224–225頁（N：Bkで「Not bad too」〔"The yarn of Happy Jack" 末尾〕および「masefieldハ小説家ニアラズ／ドノ作モ皆振ハズ／日本ノ文壇ハ彼ヨリモズット進歩シ／テキル／June 11th 京漢鉄道車中／北京へ着夕日。」〔本書末尾〕、N：Bpで落書き）、裏見返し（N：Bkで「服／浴衣／林／〇画／西村／漢口（福）／（久保田）（林）（村上）（後藤）／栖鳳／〇 Card ／ suit-case ／〇裁判所」、N：Bpで落書きおよび文言「他的不生不〔滅〕」）	〔58〕〔倉2〕〔澤〕 短編集 収録作品は "Edward Herries"、"A white night"、"Big Jim"、"El Dorado"、"The pirates of Santa Anna"、"Davy Jones's gift"、"Ghosts"、"Anty Bligh"、"On growing old"、"A memory"、"On the Palisades"、"The rest-house on the hill"、"Gentle people"、"Some Irish fairies"、"The Cape Horn calm"、"A Port Royal twister"、"In a fo'c'sle"、"The bottom of the well"、"Being ashore"、"One Sunday"、"A Raines Law arrest"、"The schooner-man's close calls"、"The yarn of Happy Jack" 224頁の書き入れは「鉄道乗て」〔倉2〕と「鉄道車中」〔58〕と報告に食い違いがあるが、「鉄道車中」だろう。
A347	Mauclair, Camille	*Auguste Rodin : the man, his ideas, his works*・Clementina Black・London, Duckworth・1909・147p.	表見返し（丸善シール）	ロダンについて 折れ目：vii頁左上（跡）
A348	Maude, Aylmer	*The life of Tolstoy : first fifty years*・London, A. Constable・1908・457p.	1頁（S：Bp）、16頁（S：Bp）、18頁（S：Bp）、24–25頁（S・二重S：Bp）、26–27頁（S・二重S・N：Bp・Nは「△」）、28頁（S：Bp）、31頁（S：Bp）、54頁（S：Bp）、62頁（U：Bp）、139頁（N：Bpで「27」）、140頁（N：Bkで「トルストイの気もちもツルゲネフも／よくわかる　カルテユアはツルゲネフの方ひろかしり故／その点トルストイは圧迫を感じ　トルストイの無法に強き性格〔も?〕／ツルゲネフに圧迫を感ぜしめしならん」）、142頁（N・S：BkでS脇に「Tolstoi ／ and ／ Sand」）、143頁（N・S：BkでS脇に「Tolstoi ／ and ／ Herzen」）、155頁（U・N：Bpで「1856」にUし、そのページ脇に「28才」と書き込み、S：Bk）、156–157頁（N・S：BkでS脇に「ツルゲネフの心情目賭されし」）、N：Bpで「1855／	〔78〕〔倉2〕〔G〕 トルストイの翻訳者による評伝 折れ目：26頁左下、28頁左下 後ろの年譜を参考にして、年齢を計算していたと考えられる。

			1856／〔不明〕」)、160–161頁(N：Bkで「トルストイが恩に在りし本」、S・N：BkでS脇に「Mérimée's P／Tolstoi」)、166頁(U・N：Bkで「29才」)、174頁(N：Bkで「30才」)、185頁(U・N：Bkで"Three Deathes"にUし、「30才」とN)、189頁(N：Bk・Nは「24才-34才」)、194–195頁(S・N：BkでS脇に「投書家ジミテイヤナリ」)、207頁(U・N：Bk・Nは「33才」)、208頁(U・S：Bk)、211頁(U：Bk)、213頁(N：Bkで「学校バカリ見テアルクニハ・驚ク」)、235頁(横線：Bp)、370–371頁(S：Bp)、443頁(N："Chronology"の"1828 (28 Aug. o.s.) Birth of Leo Tolstoy."にBkで〇印)、445頁(N：1856年にBpで計算跡)	
A349–1	Maupassant, Guy de.	*Boule de suif, and other stories : ed. de luxe*・New York, Printed privately for subscribers only・[c1909]・380p.・The works of Guy de Maupassant : vol.1	11頁(U：Ap)、14頁(U：Ap)、53頁(スタンプ)、54頁(U・S：Ap)、56–57頁(U・S：Ap)、59頁(U：Ap)、61頁(S・U：Ap)、62頁(S：Ap)、64–65頁(S：Ap)、67頁(S・U・N：Ap)、81頁(スタンプ)、89頁(二重S：Ap)、96頁(S・U：Ap)、116頁(スタンプ)、130頁(スタンプ)、142頁(スタンプ)、151頁(スタンプ)、161頁(スタンプ)、170頁(スタンプ)、178頁(スタンプ)、189頁(スタンプ)、197頁(スタンプ)、205頁(スタンプ)、212頁(スタンプ)、220頁(スタンプ)、227頁(スタンプ)、261頁(スタンプ)、264–265頁(スタンプ、U・S：Ap)、269頁(スタンプ)、278頁(スタンプ)、285頁(スタンプ)、292頁(スタンプ)、302頁(スタンプ)、342頁(スタンプ)、357頁(スタンプ)、359頁(S：Ap)、364頁(S：Ap)、375頁(スタンプ)、380頁(スタンプ)	〔倉1〕〔G〕〔本〕モーパッサン全集論文にも記したが、スタンプ(日付)は他の蔵書で用いられておらず、芥川以外のものと考えられる。また青鉛筆も、その他の物に比べる乱雑に引かれており、芥川以外のものの可能性が高い。〔倉1〕漏れ・誤りあり。
A349–2	Maupassant, Guy de.	*Monsieur Parent, and other stories : ed. de luxe*・New York, Printed privately for subscribers only・[c1909]・385p.・The works of Guy de Maupassant : vol.2	20–21頁(S・U：Bp)、23頁(U：Bp)、48頁(スタンプ)、60頁(スタンプ)、75頁(スタンプ)、98–99頁(スタンプ、S・U：Ap)、100頁(S：Ap)、110頁(スタンプ)、115頁(スタンプ)、130頁(スタンプ)、137頁(スタンプ)、143頁(スタンプ)、149頁(スタンプ)、153頁(スタンプ)、160頁(スタンプ)、167頁(スタンプ)、168–169頁(S：Ap)、175頁(スタンプ)、179頁(U：Ap)、184頁(スタンプ)、190頁(スタンプ)、198頁(スタンプ)、203頁(スタンプ)、211頁(スタンプ)、217頁(スタンプ)、234頁(スタンプ)、	〔倉1〕〔G〕〔本〕モーパッサン全集上欄と同様、本書のスタンプ・傍線などは芥川以外のものの可能性が高い。

巻末附録　2. 芥川龍之介旧蔵書・洋書に関する書き入れ調査結果一覧表　　　　4 1 1

			258–259 頁（スタンプ、S：Ap）、270 頁（スタンプ）、271 頁（S：Ap）、272–273 頁（S・U：Ap）、276 頁（スタンプ）、292 頁（U：Ap）、309 頁（スタンプ）、315 頁（スタンプ）、317 頁（U：Ap）、323 頁（スタンプ）、333 頁（スタンプ）、338 頁（N：Ap で「✓」）、376 頁（スタンプ）、380 頁（スタンプ）、385 頁（スタンプ）	
A349–3	Maupassant, Guy de.	*The viaticum, and other stories : ed. de luxe* ・ New York, Printed privately for subscribers only ・［c1909］・384p.・The works of Guy de Maupassant : vol.3	6 頁（スタンプ）、13 頁（スタンプ）、20 頁（スタンプ）、24 頁（スタンプ）、29 頁（スタンプ）、35 頁（スタンプ）、43 頁（スタンプ）、55 頁（スタンプ）、60 頁（スタンプ）、68 頁（スタンプ）、75 頁（スタンプ）、82 頁（スタンプ）、89 頁（スタンプ）、98 頁（スタンプ）、108 頁（スタンプ）、121 頁（スタンプ）、133 頁（スタンプ）、141 頁（スタンプ）、148 頁（スタンプ）、153 頁（スタンプ）、160 頁（スタンプ）、167 頁（スタンプ）、174 頁（スタンプ）、181 頁（スタンプ）、187 頁（スタンプ）、193 頁（スタンプ）、199 頁（スタンプ）、206 頁（スタンプ）、212 頁（スタンプ）、219 頁（スタンプ）、221 頁（S：Ap）、234 頁（スタンプ）、252–253 頁（スタンプ、S：Ap）、260 頁（スタンプ）、278 頁（スタンプ）、283 頁（スタンプ）、294 頁（スタンプ）、301 頁（スタンプ）、316 頁（スタンプ）、323 頁（スタンプ）、330 頁（スタンプ）、挿絵裏［-333］頁（N：Bp で「イマ」）、335 頁（スタンプ）、341 頁（スタンプ）、346 頁（スタンプ）、354–355 頁（スタンプ、U：Ap）、359 頁（スタンプ）、368 頁（スタンプ）、376 頁（スタンプ）、384 頁（スタンプ）	同上
A349–4	Maupassant, Guy de.	*The old maid, and other stories : ed. de luxe* ・ New York, Printed privately for subscribers only ・［c1909］・383p.・The works of Guy de Maupassant : vol.4	(-3) 頁（N：Ap）、(-2) 頁（N：Ap）、12 頁（スタンプ）、19 頁（スタンプ）、27 頁（スタンプ）、38–39 頁（スタンプ）、48–49 頁（スタンプ）、53 頁（スタンプ）、54 頁（スタンプ）、60–61 頁（スタンプ）、67 頁（スタンプ）、68 頁（スタンプ）、97 頁（スタンプ）、98 頁（スタンプ）、134–135 頁（スタンプ、N：Ap）、143 頁（スタンプ）、151 頁（スタンプ）、152 頁（スタンプ）、159 頁（スタンプ）、160 頁（スタンプ）、163 頁（U：Ap）、168–169 頁（スタンプ）、173 頁（スタンプ）、174 頁（スタンプ）、180–181 頁（スタンプ、N：Ap）、185 頁（スタンプ）、186 頁（スタンプ）、191 頁（スタンプ）、192 頁（スタンプ）、196–197 頁（スタンプ）、205 頁（スタンプ）、	同上

			206 頁（スタンプ）、224 頁（スタンプ）、237 頁（スタンプ）、238 頁（スタンプ）、262–263 頁（スタンプ）、273 頁（スタンプ）、274 頁（N：Ap）、281 頁（スタンプ）、282 頁（スタンプ，N：Ap）、285 頁（スタンプ）、290–291 頁（スタンプ）、299 頁（スタンプ）、308 頁（スタンプ）、321 頁（スタンプ）、331 頁（スタンプ）、336 頁（スタンプ）、346 頁（スタンプ）、376 頁（スタンプ）、383 頁（スタンプ）	
A349-5	Maupassant, Guy de.	*Une vie, and other stories : ed. de luxe*・New York, Printed privately for subscribers only・[c1909]・377p.・The works of Guy de Maupassant : vol.5	目次（スタンプ）、1 頁（スタンプ）、14–15 頁（S：Ap）、16–17 頁（S：Ap）、36–37 頁（S：Ap）、163 頁（スタンプ）、267 頁（スタンプ）、268 頁（スタンプ）、286 頁（スタンプ）、287 頁（スタンプ）、307 頁（S：Ap）、308 頁（S：Ap）、334 頁（スタンプ）、336 頁（U：Ap）、340–341 頁（スタンプ）、351 頁（スタンプ）、369 頁（スタンプ）、377 頁（スタンプ）	同上
A349-6	Maupassant, Guy de.	*Bel ami : ed. de luxe*・New York, Printed privately for subscribers only・[c1909]・385p.・The works of Guy de Maupassant : vol.6	1 頁（スタンプ）、289 頁（スタンプ）	同上
A349-7	Maupassant, Guy de.	*Mont Oriol, and other stories : ed. de luxe*・New York, Printed privately for subscribers only・[c1909]・The works of Guy de Maupassant : vol.7		モーパッサン全集 折れ目：314 頁左上（跡）、316 頁左上（跡） 未開封：373–376 頁
A349-8	Maupassant, Guy de.	*Pierre et Jean, and other stories : ed. de luxe*・Clara Bell・New York, Printed privately for subscribers only・[c1909]・380p.・The works of Guy de Maupassant : vol.8	目次（スタンプ）	〔倉1〕〔G〕〔本〕 モーパッサン全集 未開封：101–104 頁、105–108 頁、133–136 頁、137–140 頁 目次のスタンプは作品のタイトルに押されている（全集の他の本と同様、芥川以外のものによるスタンプであると考えられる）。
A349-9	Maupassant, Guy de.	*Fort comme la mort, and other stories : ed. de luxe*・Florence Crewe-Jones・New York, Printed privately for subscribers only・[c1909]・389p.・The works of Guy de Maupassant : vol.9	314 頁（スタンプ）、320 頁（スタンプ）、336 頁（スタンプ）、344 頁（スタンプ）、354 頁（スタンプ）	〔倉1〕〔G〕〔本〕 モーパッサン全集 未開封：245–248 頁、249–252 頁、261–264 頁、277–280 頁 スタンプは芥川以外のものによる可能性が高い。
A349-10	Maupassant, Guy de.	*Notre coeur, and other stories : ed. de luxe*・Fanny Rousseau-Wallach・New York, Printed privately for subscribers only・[c1909]・407p.・The works of Guy de Maupassant : vol.10		モーパッサン全集 短篇集
A350	Maynial, Edouard	*Casanova and his time*・Ethel Colburn Mayne・London, Chapman & Hall・1911・289p.	扉（蔵書印：「龍之介印」印）	カサノヴァの評伝
A351	McSpadden, J. Walker〔編〕	*Famous psychic stories*・New York, Thomas Y. Crowell・[c1920]・305p.・The "Mystery" library	表見返し（丸善シール）、16 頁（N：Bk で「凡作」[Nathaniel Hawthorn "The white old maid" 末尾]）、31 頁（N：Bk で「コノ種ノモノニモ Poe ノ息吹キ／ヲ感	〔78〕〔倉2〕 短篇小説集 収録作品は Nathaniel Hawthorn "The white old maid"、Edgar Allan Poe "The facts in the case

			ズ 彼の息吹ハ劇生ノ息／吹キナリ」〔Edgar Allan Poe "The facts in the case of M. Valdemar" 末尾〕）、63 頁（N：Bk で「凡人ノ傑作」〔Wilkie Collins "The dream woman" 末尾〕）、119 頁（N：Bk で「ヘタナリ Juniper-bush ノ件ハ悪シカラズ」〔Margaret Oliphant "The open door" 末尾〕）、142 頁（N：Bk で「学究的怪談 James ノモノデ／ハ可シガナラン」〔Montague Rhodes James "The stalls of Barchester cathedral" 末尾〕）、175 頁（N：Bk で「motif はよし 書き方は／駄目なり」〔E. F. Benson "The man who went too far" 末尾〕）、191 頁（N：Bk で「悪作 Bierce デモコレデハ仕方ナシ」〔Ambrose Bierce "Moxon's master" 末尾〕）、234 頁（N：Bk で「変ナ小説ナリ」〔W. F. Harvey "The beast with five fingers" 末尾〕）、243 頁（N：Bk で「Fokelore ノ／一種ノミ」〔Elia W. Peattie "From the loom of the dead" 末尾〕）、267 頁（N：Bk で「コレダケノ／モノ」〔Evangeline W. Blashfield "The Ghoul" 末尾〕）、292 頁（N：Bk で「剣ヲフルフ所ヨシ　壁ニ影ガ出ルノハ拙ナリ／作意 too obvious ナル故ナリ」〔Mary E. Wilkins Freeman "The shadows on the Wall" 末尾〕）、305 頁（N：Bk で「Sept 26th 1921／Tabata」〔Isaac K. Funk "The widow's mite" 及び本文末尾〕）、裏見返し（N：Bb で「我鬼山房」）	of M. Valdemar"、Wilkie Collins "The dream woman"、Margaret Oliphant "The open door"、Montague Rhodes James "The stalls of Barchester cathedral"、E. F. Benson "The man who went too far"、Ambrose Bierce "Moxon's master"、W. F. Harvey "The beast with five fingers"、Elia W. Peattie "From the loom of the dead"、Evangeline W. Blashfield "The Ghoul"、Mary E. Wilkins Freeman "The shadows on the Wall"、Isaac K. Funk "The widow's mite"
A352	Meredith, George	The tragic comedians : a study in a well-known story・London, Constable・1917・157p.	表見返し（丸善シール）	長編小説 折れ目：23 頁右上 未裁断（裁断ミス？）：89–92 頁、105–108 頁、109–112 頁
A353	Merejkowski, Dmitri	The death of the Gods : 3rd ed.・Herbert Trench・Westminster, Archibald Constable・1904・463p.	表見返し（中西屋書店シール、N：Bk で「四月十一日読了」）、表見返しの次頁（N：Ak で「かみはつねに／ゐえにみてり／いのちのみを　そのにまきて／みのれるとき　たのしみくふ／かみのうえのゆるによりて／かみのみなを　ほめたたふや／はかなきかな　むすべるもの」）、扉（蔵書印：芥川文庫）、7 頁（U：Rp）、94 頁（N：Ap でカギカッコ閉じ）、126 頁（U：Ap で章番号「XII」に二重 U）、227 頁（N：Ap でカギカッコ閉じ）、285 頁（N：Ap でカギカッコ閉じ）、329 頁（N：Ap でカギカッコ閉じ）、372 頁（N：Ap でカギカッコ閉じ）、395 頁（U：Ap で章番号「XV」に二重 U）、406–407 頁（U：Ap）、421 頁（N：Ap でカギカッコ閉じ）、429 頁（U：Ap）、430	〔78〕〔倉 2〕〔G〕 長編小説 表見返しの書き入れは芥川の随筆「恒藤恭氏」（『改造』1922 年 10 月）で恒藤が作った詩として紹介されているものとほぼ同文（「むさぼりくふ」と「たのしみくふ」の異同あり）。

			頁（U：Ap）、438–439 頁（U：Ap・章番号「XIX」に二重 U も）、443 頁（U：Ap）、444 頁（U：Ap で波線）、裏見返し（N：Bk で「一九一一年四月　芥川文庫」）	
A354	Merejkowski, Dmitri	*Dostoievski : from the Russian of Merejkowski*・G. A. Mounsey・London, Alexander Moring・[n.d.]・67p.	表見返し（丸善シール）、扉（蔵書印：「我鬼 A」印）	ドストエフスキーの評伝　折れ目：37 頁右下
A355	Merejkowski, Dmitri	*The forerunner : the romance of Leonardo da Vinci*・London, Archibald Constable・1908・463p.	表見返し（丸善シール）、扉（蔵書印：「芥川文庫」印）、9 頁（N：Bp）、10 頁（S：Rp）、30 頁（傍点：Rp）、37 頁（S：Rp）、43 頁（N：Bp で丸ガッコ）、56 頁（S：Rp）、80–81 頁（S：Rp）、95 頁（U：4 章の節番号「VI」に Rp で U）、97 頁（U：節番号「VII」に Rp で U、S：Rp）、98 頁（U：節番号「VIII」に Rp で U）、101 頁（U：節番号「IX」「X」に Rp で U）、129 頁（U：Rp）、131 頁（N：Bp で丸ガッコ）、139 頁（S・U：Rp）、146 頁（S：Rp）、162 頁（U：6 章の節番号「VI」に Rp で U）、164 頁（U：節番号「VII」に Rp で U）、166 頁（U：節番号「VIII」に Rp で U）、168–169 頁（U：節番号「IX」「X」に Rp で U、S：Rp）、170–171 頁（S・U：Rp・節番号「XI」にも）、198 頁（S：Rp）、203 頁（S・U：Rp）、230 頁（S〔傍点?〕：Rp）、232 頁（N：Bk で「touching」、U：Rp）、240–241 頁（S〔傍点?〕：Rp）、275 頁（S・N：Bk で S 脇に「後ノ白鳥ノ伏線ナリ」）、315 頁（S：Rp）、316 頁（S：Rp）、383 頁（S：Rp）、384–385 頁（S：Rp, U：14 章の節番号「I」に Rp で U）、386 頁（S：Rp）、389 頁（S：Rp）、390 頁（S：Rp, U：節番号「II」に Rp で U）、397 頁（二重 S：Rp）、400–401 頁（U：節番号「V」に Rp で U、S：Rp）、402–403 頁（S：Rp）、408–409 頁（S：Rp）、410 頁（S：Rp）、420 頁（N：Bp で丸ガッコ）、427 頁（S：Rp）、434–435 頁（S：Rp）、436 頁（S：Rp）、449 頁（S：Rp, N：Bk で「touching」）、裏見返し（N：Bk で「一九一一年五月十七日　芥川文庫／此篇を読まむことを期してより三歳を経たり／既に巻を手にして喜を禁ずる能はず」）	〔59〕〔倉 2〕〔G〕長編小説『先覚者』
A356	Merejkowski, Dmitri	*The life-work of Calderon*・G. A. Mounsey・London, A. Moring・[n.d.]・44p.	表見返し（丸善シール）、扉（蔵書印：「我鬼 A」印）	スペインの劇作家・詩人カルデロンに関する評伝
A357	Merejkowski, Dmitri	*The life-work of Pliny the Younger*・G. A. Mounsey・	表見返し（丸善シール）、扉（蔵書印：「我鬼 A」印）	〔G〕帝政ローマの文人ガイウス・プリニ

巻末附録　2．芥川龍之介旧蔵書・洋書に関する書き入れ調査結果一覧表　　　415

		London, A. Moring・[n.d.]・63p.		ウス・カエキリウス・セクンドゥスの評伝。未開封（製本ミス？）：57–60 頁、61–64 頁
A358	Merejkowski, Dmitri	*The life-work of Flaubert : from the Russian of Merejkowski*・G. A. Mounsey・London, A. Moring・[n.d.]・31p.	表見返し（丸善シール）、扉（蔵書印：「有明」印）、第二扉（蔵書印：「我鬼 A」印）、31 頁（N：Bk で「July 11th '19 ／ Tabata」）	〔倉 1〕フローベールの評伝　折れ目：13 頁右上（跡）
A359	Mérimée, Prosper	*Ausgewählte Novellen*・Richard Schaukal・München, Müller・1908・257p.	62 頁（U：Bk）	短篇集
A360	Michel, Emile	*Rembrandt : his life, his work, his time : 3rd ed.*・Florence Simmonds・London, W. Heinemann ／ New York, C. Scribner・1903・484p.	表見返し（丸善シール）、87 頁（N：S：Bk で S 脇に「コノ問題ハカク軽々ニ論ジ去ルベキニ非ズ」）、88 頁（S：Bk）	レンブラントの評伝 with three handred and twenty-six illustrations
A361-1	Miles, Alfred H.〔編〕	*Christina G. Rossetti to Katharine Tynan*・London, G. Routledge・1907・476p.・The poets and the poetry of the nineteenth century ; [Women poets]	表見返し（丸善シール）	Alfred H. Miles 編纂の詩集（19 世紀詩人の紹介文+詩作）未裁断（製本ミス）：157–160 頁、281–284 頁、285–288 頁、413–416 頁
A361-2	Miles, Alfred H.〔編〕	*George Crabbe to Edmund B. V. Christian*・London, George Routledge & Sons・[n.d.]・640p.・The poets and the poetry of the nineteenth century ; Humour	表見返し（丸善シール）	Alfred H. Miles 編纂の詩集（19 世紀詩人の紹介文+詩作）
A361-3	Miles, Alfred H.〔編〕	*George Crabbe to Samuel Taylor Coleridge*・London, G. Routledge ／ New York, E. P. Dutton・1905・556p.・The poets and the poetry of the nineteenth century ; [Poets born before 1772]	表見返し（丸善シール）	Alfred H. Miles 編纂の詩集（19 世紀詩人の紹介文+詩作）
A361-4	Miles, Alfred H.〔編〕	*Robert Southey to Percy Bysshe Shelley*・London, G. Routledge・1905・595p.・The poets and the poetry of the nineteenth century ; [Poets born between 1774 and 1792]	表見返し（丸善シール）、裏見返し（N：Bp）	Alfred H. Miles 編纂の詩集（19 世紀詩人の紹介文+詩作）未裁断（製本ミス）：157–160 頁、301–304 頁
A362	Milton, John	*The poetical works of John Milton*・New York, Thomas Y. Crowell・[c1892]・618p.	扉（蔵書印：「芥川文庫」印）、xvi–xvii 頁（U：Bk）、484 頁（U：Rk）、486 頁（U：Rk）、裏見返し（N：Bk で「芥川龍之介」）	ミルトンの詩集目次（xvi–xvii 頁）で下線のあるタイトルは "On the Morning of Christ's Nativity"、"L'Allegro"、"Comus"、"Lycidas" の四つ。484 頁および 486 頁の赤インク下線があるのは "On the Morning of Chrits's Nativity"。
A363	Mitford, A. B. (Lord Redesdale)	*Tales of old Japan : 2nd [and] cheap ed.*・London, Macmillan・1919・302p.		日本昔話集 with illustrations, drawn and cut on wood by Japanese artists
A364-1	Molière	*The misanthrope ; Le bourgeois gentilhomme*・Katharine Prescott Wormeley・Boston, Little, Brown・1912・324p.・Molière [The plays of Molière] : vol.1		戯曲　折れ目：98 左下（跡）
A364-2	Molière	*Tartuffe ; Les précieuses ridicules ; George Dandin*・Katharine Prescott Wormeley・Boston, Little, Brown・1917・331p.・Molière [The plays of Molière] : vol.2		戯曲

A364-3	Molière	*Les femmes savantes ; Le malade imaginaire*・Katharine Prescott Wormeley・Boston, Little, Brown・1895・335p.・Molière [The plays of Molière] : vol.3		戯曲
A364-4	Molière	*L'Avare ; Don Juan ; Les Fâcheux*・Katharine Prescott Wormeley・Boston, Little, Brown・1919・373p.・Molière [The plays of Molière] : vol.4		戯曲
A364-5	Molière	*L'école des femmes ; L'école des maris ; Monsieur de Pourceaugnac*・Katharine Prescott Wormeley・Boston, Little, Brown・1919・331p.・Molière [The plays of Molière] : vol.5		戯曲
A364-6	Molière	*L'étourdi ; Le mariage forcé ; Le médecin malgré lui ; La critique de l'École des femmes*・Katharine Prescott Wormeley・Boston, Little, Brown・1897・357p.・Molière [The plays of Molière]: vol.6		戯曲
A365-1	Montaigne, Michel de	*The essays of Michel de Montaigne vol.1 : 2nd ed.*・Charles Cotton・London, G. Bell・1892・375p.・Bohn's standard library	表見返し（丸善シール）、3頁（N：Bk）、4-5頁（N：Bk）、6-7頁（N：Bk）、8-9頁（N：Bk）	評論集 書入れは単語の意味 未裁断（製本ミス?）：249-252頁、313-316頁
A365-2	Montaigne, Michel de	*The essays of Michel de Montaigne vol.2 : 2nd ed.*・Charles Cotton・London, G. Bell・1892・522p.・Bohn's standard library	表見返し（丸善シール）	評論集
A365-3	Montaigne, Michel de	*The essays of Michel de Montaigne vol.3 : 2nd ed.*・Charles Cotton・London, G. Bell・1892・408p.・Bohn's standard library		評論集 （表見返しにシールなし）
A366	Moore, George〔編〕	*An anthology of pure poetry*・New York, Boni and Liveright・1925・182p.		詩集 未裁断（裁断ミス?）：155-158頁
A367	Moore, George	*Confessions of a young man*・New York, Brentano's・1917・271p.・Works of George Moore ; New and revised edition	表見返し（丸善シール）、271頁（N：Bkで「Nov. 11th '17／Kamakura.」）	〔倉2〕 回想録 折れ目：52頁左上（跡）、58頁左上（跡）、73頁右上（跡）、104頁左上（跡）、116頁左上（跡）、179頁右上（跡）、184頁左上（跡）、190頁左上
A368	Moore, George	*Impressions and opinions*・London, T.W. Laurie・1913・247p.	表見返し（丸善シール）、扉、蔵書印：「我鬼B」印）	文芸評論集
A369	Moore, George	*Memoirs of my dead life : New ed.*・London, W. Heinemann・1923・361p.	表見返し（丸善シール）、60頁（U・N：BkでU脇に「カウ言フ事ヲマジメニ言フホド Moore ノミナラズ／毛唐人ハ鈍感ト見エタリ」（"A great painter always knows where to sign his pictures, and he never signs twice in the same place"にUし、コメント〕）	評論集 60頁の下線は "A great painter always knows where to sign his pictures, and he never signs twice in the same place." に施されている。 折れ目：92頁左上（跡）
A370-1	Morris, William	*The earthly paradise vol.1 : a poem*・London, Longmans／New York, Green・1905・323p.・The silver library	1頁（U：Rk）、2-3頁（U：Rk、S：Bp）、10頁（U：Rk）、78頁（S：Bp）	〔倉2〕〔78〕〔本〕 『地上楽園』第一巻 未裁断：313-316頁（製本ミスの可能性も）
A370-2	Morris, William	*The earthly paradise vol.2 : a poem*・London, Longmans／New York, Green・1905・312p.・The silver library		〔本〕 『地上楽園』第二巻 未裁断：57-60頁、73-76頁、77-80頁、137-140頁、157-160頁、169-172頁、

巻末附録　2. 芥川龍之介旧蔵書・洋書に関する書き入れ調査結果一覧表　　　417

A370-3	Morris, William	*The earthly paradise vol.3 : a poem*・London, Longmans／New York, Green・1905・489p.・The silver library	目次（N：p「Hagoromo」〔"The Land East of the Sun and West of the Moon"〕）、45 頁（S：Bp）	〔G〕〔本〕 『地上楽園』第三巻 未裁断：89-92 頁、93-96 頁、137-140 頁、285-288 頁、317-320 頁、329-332 頁、333-336 頁、425-428 頁、429-432 頁 185-188 頁、189-192 頁、201-204 頁、205-208 頁、249-252 頁、253-256 頁、275-278 頁、297-300 頁
A370-4	Morris, William	*The earthly paradise vol.4 : a poem*・London, Longmans・1905・412p.・The silver library	241 頁（N：Bp）、358 頁（U：Rk）、364 頁（N：Bk）、370 頁（U：Rk）、375 頁（U：Rk）、395 頁（U：Rk）、399 頁（S：Rk）、402-403 頁（S：Rk）	〔G〕〔本〕 『地上楽園』第四巻 未裁断：25-28 頁、29-32 頁、41-44 頁、45-48 頁、57-60 頁、61-64 頁、89-92 頁、93-96 頁、121-124 頁、125-128 頁、153-156 頁、253-256 頁、281-284 頁、285-288 頁、297-300 頁、301-304 頁、313-316 頁、329-332 頁、333-336 頁
A371	Morris, William	*News from nowhere : or an epoch of rest being some chapters from a utopian romance : Pocket ed.*・London, Longmans／New York, Green・1914・247p.・Longmans' pocket library	表見返し（N：Bk で「R. Akutagawa」、丸善シール）	〔G〕〔本〕 長編小説
A372	Morris, William	*Poems by the way ; Love is enough*・London, Longmans／New York, Green・1912・343p.・The poetical works of William Morris	表見返し（丸善シール）、40-41 頁（S：Rk）	〔G〕〔本〕 詩集 未裁断：241-248 頁、249-256 頁、257-264 頁、265-272 頁、273-280 頁、281-288 頁、289-296 頁、297-304 頁、305-312 頁、313-320 頁、321-328 頁、329-336 頁、337-340 頁、341-344 頁
A373	Morris, William	*Prose and poetry, 1856–1870*・London, H. Milford : Oxford University Press・1913・656p.	129 頁（U：Rk）、131 頁（U：Rk）、134 頁（U：Rk）、136-137 頁（U：Rk）、138-139 頁（U：Rk）、149 頁（U：Rk）、155 頁（U：Rk）、157 頁（U：Rk）、160-161 頁（U・S：Rk）、162-163 頁（S：Rk）、164 頁（U・S：Rk）、187 頁（U：Rk）、217 頁（S：Bp）、220 頁（N：Bp・カギカッコ）、222-223 頁（N：Bp・カギカッコ多数）、225 頁（N：Bp・カギカッコ）、227 頁（N：Bp・カギカッコ）、232-233 頁（N：Bp・カギカッコ×3）	〔倉2〕〔G〕〔本〕 モリスの散文と詩
A374	Morris, William	*The story of the glittering plain which has been also called the Land of living men or the Acre of the undying : Pocket ed.*・London, Longmans, Green・1913・161p.・Longmans' pocket library	表見返し（丸善シール）、(-i) 頁〔広告頁〕（N：Bk で「○」「△」、U：Rk）、0 頁（N：Bk で「△」）、161 頁（N：Bk・読了日「April 19th '15／Tabata.」）	〔G〕〔本〕 長編小説 折れ目：0 頁左上（跡） 広告の書き込みは次の通り。 ○ The Earthly Paradise ○ The Deffence of Guenevere △ The Life and Death of Jason ○ Poems by the way: and Love is Enough △ The Story of Sigurd the Volsung △ Hopes and Fears for Art

				△ Signs of Change 下線：アンダーライン作品は次の通り。 A Tale of the House of the Wolfings The Roots of the Mountains The Story of the Glittering Plain The Well at the World's End
A375	Morrison, Arthur	*Tales of mean streets*・New York, Boni and Liveright・c1921・251p.・The modern library of the world's best books		短篇集
A376	Moses, Montrose J.	*Representative one-act plays by continental authors*・Montrose J. Moses・Boston, Little, Brown, and Company・1923・463p.		戯曲集（一幕物アンソロジー） 収録作品は A. Schnitzler "Countess Mizzie", H. von Hofmannstahl "Death and the fool", M. Maeterlinck "The blind", H. Bergström "The birthday party", Montrose J. Moses "The Théâtre-libre", A. de Lorde "The woman who was acquitted", H. Lavedan "Five little dramas: Along the quays; For ever and ever; Where shall we go? The afternoon walk; Not at home", G. Porto-Riche "Françoise' luck", H. Sudermann "Morituri: Teias", F. Wedekind "The court singer", G. Giacosa "Sacred ground", L. Andreyev "An incident", N. Evréinov "A merry death", S. and J. Quintero "By their words ye shall know them", G. Martinez Sierra "The lover", J. A. Strindberg "Simoom"
A377	Mott, Lewis Freeman	*Ernest Renan*・New York, D. Appleton・1921・461p.	表見返し（丸善シール）	アーネスト・ルナンの評伝
A378	Moult, Thomas〔編〕	*The best poems of 1923*・London, Jonathan Cape・1924・135p.		1923 年のベスト詩集アンソロジー 未裁断：101–104 頁
A379	Nicolson, Harold	*Paul Verlaine*・Boston ; New York, H. Mifflin ／ London, Constable・1921・271p.	表見返し（丸善シール）、188–189 頁（S・N：Bk で S 脇に「愉快々々！」）、193 頁（N：Bk で「天下豈斯クノ如キ変物アランヤ」）、201 頁（S：Bk）、202 頁（S：Bk）	〔倉1〕 ヴェルレーヌの評伝 折れ目：193 頁右下（跡）
A380	Nicholson, J. Shield	*Tales from Ariosto*・London, Macmillan・1913・297p.	表見返し（丸善シール）	叙事詩 "Orlando furioso" の要約 折れ目：102 頁左下
A381	Nietzsche, Elizabeth Foerster〔編〕	*The Nietzsche-Wagner correspondence*・Caroline V. Kerr・New York, Boni and Liveright・〔c1921〕・312p.・Intimate letters series	見返し（SHIHODO シール）	ニーチェとワーグナーの書簡集 扉頁に 1500 冊中 1334 番であることを示す青インクの書入れ 折れ目：18 頁左下（跡） 未裁断：37–40 頁、41–44 頁、53–56 頁、57–60 頁、69–72 頁、73–76 頁、85–88 頁、89–92 頁、101–104 頁、105–108 頁、117–120 頁、121–124 頁、133–136 頁、137–140 頁、165–168 頁、169–172 頁、181–184 頁、185–188 頁、213–216 頁、217–220 頁、229–232 頁、233–236 頁、245–248 頁、249–252 頁、245–248 頁、261–264 頁、265–268 頁
A382	Nietzsche, Friedrich	*Beyond good and evil : prelude to a*	見返し（丸善シール）、5 頁（U：	〔倉2〕〔G〕

巻末附録　2．芥川龍之介旧蔵書・洋書に関する書き入れ調査結果一覧表　　　　　　　　　　419

		philosophy of the future : 3rd ed.・Helen Zimmern・Edinburgh, London, T. N. Foulis・1911・268p.・The complete works of Friedrich Nietzsche : vol.12	Bk)、43 頁（U・S：Bk)、44 頁（U：Bk)、86–87 頁（U：Rk)、88–89 頁（U：Rk)、90–91 頁（U：Rk)、92–93 頁（U：Rk)、94–95 頁（U：Rk)、96–97 頁（U：Rk)、98–99 頁（U：Rk)、100–101 頁（U：Rk)、104–105 頁（U：Rk)、106 頁（U：Rk)、109 頁（S：Rk)、110 頁（S：Rk)、112 頁（二重 U：Rk)、114–115 頁（S：Rk)、117 頁（U：Rk)、118–119 頁（U：Rk)、124 頁（S：Rk)、128 頁（U：Rk)、160–161 頁（U：Rk)	哲学書 Of the third edition of one thousand five hundred copies this is No.1156.
A383	Nietzsche, Friedrich	The genealogy of morals・Horace B. Samuel・New York, Boni and Liveright・[1919-]・193p.・The modern library of the world's best books		哲学書 折れ目：23 頁右上（跡）
A384	Nietzsche, Friedrich	Also sprach Zarathustra : aus dem Nachlaß 1882–1885・Leipzig, Alfred Kröner・[191-]・502p.・Nietzsche's Werke : Bd. 7	表見返し（NANKODO シール)、見返し後遊び紙（N：Bp でおそらく別人の字で「明治四十五年二月廿四日／三条南□□にて／通生」)、扉（N：Rk で「Hongō. Jul. 11th ／ 1913」)、ix 頁（N：Bp)、x 頁（N：Bp)、xii 頁（N：Bp で「○」)、9 頁（U：Rk)、11 頁（U：Rk)、12–13 頁（N：Bp, U：Ap)、14–15 頁（N：Bp, U：Ap)、16–17 頁（N：Bp, U：Ap)、18–19 頁（N：Bp, U：Ap, U：Rp)、20–21 頁（N：Bp, U：Rp)、24–25 頁（N：Bp, U：Rp)、26–27 頁（N：Bp, U：Rp)、28–29 頁（N：Bp, U：Rp)、34 頁（N：Bp, U：Rp)、37 頁（N：Bp, U：Rp)、38–39 頁（N：Bp, U：Rp)、41 頁（N：Bp, U：Rp)、47 頁（U：Ap)、49 頁（N：Bp, U：Rp)、50–51 頁（N：Bp, U：Ap)、56–57 頁（N：Bp, U：Ap, U：Rp)、58–59 頁（N：Bp, U：Rp)、60–61 頁（N：Bp, U：Rp)、62 頁（N：Bp, U：Rp)	〔倉2〕〔G〕 哲学書 書入れは単語の意味
A385	O'Brien, Edward J. and Cournos, John〔編〕	The best British short stories of 1922・Boston, Small, Maynard・[c1922]・339p.	表見返し（教文館シール)、7 頁（N：Bp で「コマデ／スミ」)、123 頁（N：Bp で「スミ」)、125 頁（N：Bp)、285 頁（N：Bp で「スミ」)	〔本〕 短篇アンソロジー 『モダン・シリーズ』の種本 収録作品は Stacy Aumonier "Where was Wych Street?"、J.D. Beresford "The looking-glass"、Algernon Blackwood "The olive"、Harold Brighouse "Once a hero"、William Caine ""The pensioner""、A. E. Coppard "Broadsheet ballad"、Richmal Crompton "The Christmas present"、Walter de la Mare "Seaton's aunt"、Dorothy Easton "The reaper"、May Edinton "The song"、John Galsworthy "

				A hedonist"、Alan Graham "The bat and belfry inn"、Holloway Horn "The lie"、Rowland Kenney "A girl in it"、Rosamond Langbridge "The backstairs of the mind"、Lucas Malet "The birth of a masterpiece"、Elinor Mordaunt ""Genius""、Max Pemberton "The devil to pay"、Roland Pertwee "Empty arms"、May Sinclair "Lena Wrace"、Sidney Southgate "The dice thrower"、G. B. Stern "The stranger woman"、Parry Truscott "The woman who sat still"、Hugh Walpole "Major Wilbraham"
A386	O'Brien, Edward J. and Cournos, John〔編〕	The best short stories of 1923 : vol.1 English・London, J. Cape・1924・352p.	39頁（N：Bkで「妙ナ事ヲ書イタ／モノダ」〔Michael Arlen "The Smell in the Library" 末尾〕）、56頁（N：Bkで「コノ作者ノ技巧ハ決シテ人ヲ失望セシメズ／コレモ亦然リ」〔Stacy Aumonier "Miss Bracegirdle Does Her Duty" 末尾〕）、62頁（N：Bkで「ナルホド」〔Clifford Bax "A Queer Fellow" 末尾〕）、64頁（N：Bkで「二頁小説トモ云フベ／シ」〔D. F. Boyd "Melancholy Adventure" 末尾〕）、73頁（N：Bkで「モツト沈痛ニ書ケサウナモノナリ」〔Gerald Bullett "The Mole" 末尾〕）、91頁（N：Bkで「ナルホドハ思ヘド O. Henry ハモウ少シウマク書キシヤモ知レズ」〔A. E. Coppard "Alas, Poor Bollington!" 末尾〕）、99頁（N：Bkで「同人雑誌ノ短篇／程度ナリ」〔Norman Davey "Sindbad of "Sunny Lea"" 末尾〕）、111頁（N：Bkで「カカル事日本ニモアル／ベシ」〔W. L. George "Death of the Jester" 末尾〕）、119頁（N：Bkで「憾ムラクハ軽スギル」〔Richard Hughes "The Stranger" 末尾〕）、156頁（N：Bkで「コノ人通俗小説ノ書ケルノモ偶々ナラズ」〔A. S. M. Hutchinson "'Some Talk of Alexander'" 末尾〕）、260頁（N：Bkで「A. Bierce ソノママナリ　サレド一通リヘ書イテアル」〔Liam O'flaherty "The Sniper" 末尾〕）	〔本〕『モダン・シリーズ』の種本 収録作品は、Michael Arlen "The Smell in the Library"、Stacy Aumonier "Miss Bracegirdle Does Her Duty"、Clifford Bax "A Queer Fellow"、D. F. Boyd "Melancholy Adventure"、Gerald Bullett "The Mole"、Thomas Burke "Black Country"、A. E. Coppard "Alas, Poor Bollington!"、Norman Davey "Sindbad of "Sunny Lea""、W. L. George "Death of the Jester"、Richard Hughes "The Stranger"、A. S. M. Hutchinson "'Some Talk of Alexander'"、F. Tennyson Jesse "Comfort"、Shelia Kaye-Smith "Old Gadgett"、D. H. Lawrence "The Horse Dealer's Daughter"、Katherine Mansfield "The Fly"、W. Somerset Maugham "The Taipan"、Ethel Colburn Mayne "Stripes"、C. E. Montague "Another Temple Gone"、Elinor Mordaut "The Inspired 'Busman"、Liam O'Flaherty "The Sniper"、Edwin Pugh "Contrairy Mary"、Sir A. T. Quiller-Couch "The Mayor's Dovecote"、L. De Giberne Sieveking "The Prophetic Camera"、Osbert Sitwell "The Machine Breaks Down"、Hugh Walpole "The Enemy"、Mary Webb "Blessed are the Meek"
A387	O. Henry	Cabbages and kings・London, Hodder and Stoughton・1916・256p.	228頁（N：Bkで「コノ章ヨシ」）、240頁（N：Bkで「コノ章〔ヨシ〕モヨロシ」）、256頁（N：Bkで「O'Henry ノ作中正ニ力作ハカ作／ナリ日本〔口〕ニテモコノ流／儀ノ通俗アラバ面白カラン／ Dec. 3rd ／ 1917.」）	〔59〕〔倉2〕 長編小説 折れ目：16頁左上（跡）、70頁左上（跡）、74頁左上（跡）、204頁左上（跡）、136頁左上（跡）、147頁左上（跡）、152頁左上（跡）、154頁左上（跡）、166頁左上（跡）、204頁左上（跡）

A388	O. Henry	*Heart of the West*・London, Hodder and Stoughton・[n. d.]・255p.	18–19 頁（S：Bp〔"Hearts and Crosses"〕）、20–21 頁（S：Bp、N：Bp で「Good！」〔同前末尾〕）、28 頁（N：Bp で「not bad」〔"The Ransom of Mack" 末尾〕）、37 頁（N：Bp で「ツマラン」〔"Telemachus, Friend" 末尾〕）、133 頁（N：Bp で「Good！」〔"The Higher Abdication" 末尾〕）	〔倉2〕 短篇集 収録作品は "Hearts and Crosses"、"The Ransom of Mack"、"Telemachus, Friend"、"The Handbook of Hymen"、"The Pimienta Pancakes"、"Seats of the Haughty"、"Hygeia at the Solito"、"An Afternoon Miracle"、"The Higher Abdication"、"Cupid à la Carte"、"The Caballero's Way"、"The Sphinx Apple"、"The Missing Chord"、"A Call Loan"、"The Princess and the Puma"、"The Indian Summer of Dry Valley Johnson"、"Christmas by Injunction"、"A Chaparral Prince"、"The Reformation of Calliope" 折れ目：120 頁左上〔"The Higher Abdication"〕
A389	O. Henry	*Options*・London, Hodder & Stoughton・[n. d.]・254p.	表見返し（中西屋書店シール）	短篇小説集 折れ目：228 頁左上（跡）
A390	O. Henry	*Roads of destiny*・London, Hodder and Stoughton・[n. d.]・308p.	表見返し（丸善シール）、171 頁（N：Bk で「Good！」〔"A Retrieved Reformation" 末尾〕）、308 頁（N：Bk で「悪シカラズ」〔"The Lonesome Road" 末尾〕）	〔倉2〕〔G〕〔本〕 短篇小説集
A391	O. Henry	*Rolling stones*・London, Hodder & Stoughton・[1912-]・240p.	表見返し（丸善シール）、85 頁（N：Bp で「cleverly done！」〔"The Marionettes" 末尾〕）	〔倉2〕 短篇小説集 折れ目：107 頁右下（"A Fog in Santone"） 未裁断（製本ミス?）：139–142 頁
A392	O. Henry	*Sixes and sevens*・London, Hodder and Stoughton・[1916]・252p.	表見返し（丸善シール）、23 頁（二重 S：Bk〔"The Last of the Troubadours"〕）、24 頁（N：Bk で「分リキツテキルガステ難イ」〔同前末尾〕）、38 頁（N：Bk で「悪シカラズ」〔"Witche's Loaves" 末尾〕）、69 頁（N：Bk で「マヅ落語ナリ」〔"Ulysses and the Dogman" 末尾〕）、81 頁（N：Bk で「落語」〔"Makes the Whole World Kin" 末尾〕）、121 頁（N：Bk で「此處ニモ Wandering Jew〔□〕ノ modernization ガアツタ」〔"The Door of Unrest" 末尾〕）、139 頁（N：Bk で「卑シけれども好し」〔"The Duplicity of Hargraves" 末尾〕）、156 頁（N：Bk で「悪シカラズ」〔"Let Me Feel Your Pulse" 末尾〕）、160 頁（N：Bk で「好諧モイイ加減ニシロ」〔"October and June" 末尾〕）、176 頁（N：Bk で「チヨイト pathos がアル」〔"Church with an Overshot-Wheel" 末尾〕）、191 頁（N：Bk で「Doyle ガ読ンダラ苦笑スルダロウ」〔"Adventures of Shamrock Jolnes" 末尾〕）、235 頁（N：Bk	〔59〕〔倉2〕 短篇集 収録作品は "The Last of the Troubadours"、"The Sleuths"、"Witches' Loaves"、"The Pride of the Cities"、"Holding Up a Train"、"Ulysses and the Dogman"、"The Champion of the Weather"、"Makes the Whole World Kin"、"At Arms with Morpheus"、"A Ghost of a Chance"、"Jimmy Hayes and Muriel"、"The Door of Unrest"、"The Duplicity of Hargraves"、"Let Me Feel Your Pulse"、"October and June"、"The Church with an Overshot-Wheel"、"New York by Camp Fire Light"、"The Adventures of Shamrock Jolnes"、"The Lady Higher Up"、"The Greater Coney"、"Law and Order"、"Transformation of Martin Burney"、"The Caliph and the Cad"、"The Diamond of Kali"、"The Day We Celebrate"

			で「チヨイト〔ヨ〕イイ」（"The Caliph and the Cad" 末尾］）、244 頁（N：Bk で「クダラン」（"The Diamond of Kali" 末尾］）	
A393	O. Henry	*Strictly business*・London, Hodder and Stoughton・[n. d.]・254p.	表見返し（丸善シール）	短篇集 折れ目：218 頁左下、220 頁左下
A394	O. Henry	*The trimmed lamp*・London, Hodder and Stoughton・[n. d.]・256p.	表見返し（丸善シール）、24 頁（N：Bk で「ヨロシ」〔"The Trimmed Lamp" 末尾］）、34 頁（N：Bk で「悪シカラザレド／見エ透キスギル／ヲ如何」（"A Madison Square Arabian Night" 末尾］）、43* 頁（N：Bk で「チヨイト／ヨイ」〔"The Rubaiyat of a Scotch Highball" 末尾］、51 頁（N：Bk で「ヨシ」〔"The Pendulum" 末尾］）、59 頁（N：Bk で「Touching ダ」（"Thanksgiving Day Gentlemen" 末尾］）、69 頁（N：Bk で「ヨロシ／紐育アタリニハ／コンナ奴モキサ／ウナリ」（"The Assessor of Success" 末尾］）、80 頁（N：Bk で「ツマラン」〔"The Buyer from Cactus City" 末尾］）、109 頁（N：Bk で「器用ナリ」〔"Making of a New Yorker" 末尾］）、119 頁（N：Bk で「キネマ+落語=Vanity & Some Sables」〔"Vanity and Some Sables" 末尾］）、128 頁（N：Bk で「ワカリスギテイカン」（"The Social Triangle" 末尾］）、137 頁（N：Bk で「モツトウマク／書ケサウダ」（"The Purple Dress" 末尾］）、147 頁（N：Bk で「ツマラン」〔"Foreign Policy of Company" 末尾］）、156 頁（N：Bk で「チヨイト面白イ」〔"The Lost Blend" 末尾］）、166 頁（N：Bk で「好、好、」〔"A Halem Tragedy" 末尾］）、176 頁（N：Bk で「ウマイ　ホロリトスル」〔"'The Guilty Party'" 末尾］）、180 頁（二重 S・N：Bk で S 脇に「好譁」〔"According to Their Lights"］）、186 頁（S・N：Bk・短篇末に「ウマイ」〔同前末尾］）、195 頁（N：Bk で「ウマイ／ O. Henry ニモ如斯卑／シカラザル短篇／アリ」〔"A Midsummer Knigt's Dream" 末尾］）、205 頁（N：Bk で「ヨロシ　医者ノ／言葉ガモウ／少シ和ラゲテア／レバ更ニヨロシ」〔"The Last Leaf" 末尾］）、215 頁（N：Bk で「落チハ中途カラワカツテシマ／フ」〔"The Count and the Wedding Guest" 末尾］）、229 頁（N：Bk で「チヨツト／ヨロシ」〔"The Country of Elusion" 末尾］）、235 頁（N：Bk で「ツマラン」〔"The Ferry of Unfulfilment" 末尾］）、244 頁（N：Bk で「ツマラン」〔"The	〔59〕〔倉 2〕〔G〕 短篇集 収録作品は "The Trimmed Lamp"、"A Madison Square Arabian Night"、"The Rubaiyat of A Scotch Highball"、"The Pendulum"、"Two Thanksgiving Day Gentlemen"、"The Assessor of Sucess"、"The Buyer from Cactus City"、"The Badge of Policeman O'Roon"、"Brickdus Row"、"The Making of A New Yorke"、"Vanity and Some Sables"、"The Social Triangle"、"The Purple Dress"、"The Foreign Policy of Company 99"、"The Lost Blend"、"A Harlem Tragedy"、"'The Guilty Party'"--An East Sid Tragedy"、"Acoording to Their Lights"、"A Midsummer Knigt's Dream"、"The Last Leaf"、"The Count and The Wedding Guest"、"The Country of Elusion"、"The Ferry of Unfulfilment"、The Tale of A Tainted Tenner"、Elsie in New York" 折れ目：19 頁右上（跡）、21 頁右上（跡）、23 頁右上（跡）

A395	O. Henry	*The voice of the city : further stories of the four million* ・London, Hodder and Stoughton・[n. d.]・248p.	表見返し（N：Bk・芥川以外か〔備考欄〕）、52頁（N：Bkでガ書イテキタト思フ〔"'Littel Speck in Garnered Fruit'"末尾〕）、70頁（N：Bkで「Good !」〔"While the Auto Waits"末尾〕）、88頁（N：Bkで「Good !」〔"One Thousand Dollars"末尾〕） Tale of a Tainted Tenner"末尾〕）、256頁（N：Bkで「ツマラン」〔"Elsie in New York"末尾〕）	〔倉2〕〔G〕短篇集 表見返しの書き入れは「shaving brush／white shirts／photo／penal case」 折れ目：70頁左上（跡） 収録作品は "The Voice of the City"、"The Complete Life of John Hopkins"、"A Lickpenny Lover"、"Dougherty's Eye-Opener"、""Little Speck in Garnered Fruit""、"The Harbinger"、"While the Auto Waits"、"A Comedy in Rubber"、"One Thousand Dollars"、"The Defeat of the City"、"The Shocks of Doom"、"The Plutonian Fire"、"Nemesis and the Candy Man"、"Squaring the Circle"、"Roses, Ruses and Romance"、"The City of Dreadful Night"、"The Easter of the Soul"、"The Fool-Killer"、"Transients in Arcadia"、"The Rathskeller and the Rose"、"The Clarion Call"、"Extradited from Bohemia"、"A Philistine in Bohemia"、"From Each According to His Ability"、"The Memento"
A396	O. Henry	*Whirligigs*・London, Hodder and Stoughton・[c1910]・251p.	表見返し（中西屋書店シール）	短篇集
A397	Oliphant, Mrs.	*The makers of Venice : doges, conquerors, painters and men of letters*・New York, T.Y. Crowell・[n. d.]・346p.・The astor prose series		歴史書
A398	Omar Khayyám	*Rubáiyát of Omar Khayyám : rendered into English verse by Edward FitzGerald : 8th ed.*・Portland, Me., T. B. Mosher・1903・151p.・Old world series	表見返し（N：別人の署名と1904年の日付）	『ルバイヤート』
A399	Oppenheim, E. Phillips	*Ambrose Lavendale, diplomat*・London, Hodder and Stoughton・[n. d.]・288p.	288頁（N：Bkで「Xnoxよりよろしからず」）	〔倉2〕長編小説
A400	Orczy, Baroness	*The man in grey : Popular ed.*・London, Cassell・1919・246p.	表見返し（N：別人のものか）、裏見返し（N：別人のものか）	安楽椅子探偵のはしり
A401	Ovidius, Naso Publius	*The Fasti, Tristia, Pontic epistles, Ibis, and Halieuticon of Ovid*・Henry T. Riley・London, G. Bell・1915・503p.・Bohn's libraries : Ovid's works	表見返し（丸善シール）	オウィディウスの作品集 未裁断：249–252頁、253–256頁、297–300頁、301–304頁、313–316頁、317–320頁、377–380頁、381–384頁、393–396頁、397–400頁、409–412頁、413–416頁、425–428頁、429–433頁、457–460頁、461–464頁、489–492頁、493–496頁
A402	Ovidius, Naso Publius	*The metamorphoses of Ovid*・Henry T. Riley・London, G. Bell・1915・554p.・Bohn's	表見返し（丸善シール）	『変身物語』：通読はしていないが、一部は開封して読んだ形跡がある。

		libraries : Ovid's works		未裁断：ix–xii 頁、9–12 頁、41–44 頁、57–60 頁、169–172 頁、189–192 頁、205–208 頁、217–220 頁、233–236 頁、313–316 頁、317–320 頁、457–460 頁、461–464 頁、477–480 頁、525–528 頁
A403	Ovidius, Naso Publius	*Ovid's Heroides, Amours : art of love, remedy of love and minor works*・Henry T. Riley・London, G. Bell・1915・544p.・Bohn's libraries : Ovid's works	表見返し（丸善シール）	オウィディウスの作品集 未裁断：77–80 頁、109–112 頁、185–188 頁、189–192 頁、265–268 頁、269–272 頁、313–316 頁、317–320 頁
A404	Papini, Giovanni	*Four and twenty minds : essays*・Ernest Hatch Wilkins・London, George G. Harrap・1923・319p.		〔69〕 エッセイ集
A405	Papini, Giovanni	*A man-finished* (*Un uomo finito*)・Mary Prichard Agnetti・London, Hodder & Stoughton・[1924]・320p.	39 頁（N：Bk で「Brother／Papini！」）、42 頁（N：Bk で「you stole／of／blackmailed」）、76 頁（N：Bk で「This is／your／hero worship.／The characteristic of y.／h. is simply／as follows:／the object／must be a／hero or／at most／two heros.／And of course／the hero is／you, isn't／it?」〔このうち「the hero」の「the」には二重 U が施されている〕）、82 頁（N：Bk で「Your spiritual pilgrimage are too logically designed. O,／Papini, I suspect of your missing art of confession.」）、85 頁（N：Bk で「You are／the world／; you are／an egoist; so the world／is an egoist. Don't you think my／syllogism／superb?」）、129 頁（N：Bk で「You fled／from reality,／but where／for?／Perhaps／for the／empty／heaven,／the artificial／paradise of／Baudelaire.／Ugh！」）、141 頁（N：Bk で「Yes, I／know.／The glorious／joy of／slaughter／was mine／too.」〔このうち「was」には二重 U が施されている〕）、149 頁（N：Bk で「Yes,／always／horizontal.」）、163 頁（N：Bk で「What a／mission！Perhaps／a mischance.」）、167 頁（N：Bk で「But you／yourself／are a／beast, a／spiritual／bloodbound！Remember／your cruel／joy of／slaughter.」）、172 頁（N：Bk で「Then／you are／not a sinner／but an／idiot —／maybe／a genius.」）、320 頁（N：Bk で「August 7th '24／Karuizawa」〔本文末尾〕）	〔倉2〕 パピーニの自伝 折れ目：84 頁左上（跡）
A406	Papini, Giovanni	*The story of Christ : 14th ed.*・Mary Prichard Agnetti・London, Hodder and	403 頁（S：Bk）、404 頁（S：Bk）	『キリスト伝』 折れ目：12 頁左上

A407	Palgrave, Francis T.〔編〕	*The Golden treasury : selected from the best songs and lyrical poems in the English language, and arranged with notes : revised and enlarged ed.*・New York, Thomas Y. Crowell・[n. d.]・384p. Stoughton・1924・453p.	表見返し（中西屋書店シール）	イギリスの詩や叙事詩のアンソロジー
A408	Pascal, Blaise	*Selected thoughts of Blaise Pascal*・Gertrude Burford Rawlings・London, W. Scott・[n. d.]・234p.・The Scott library	見返し（丸善シール）、58 頁（N：Rk）、112 頁（U：Rk で「so!」?）、126 頁（S：Rk）、128 頁（S：Rk）	〔倉 1〕〔G〕評論集未裁断：169–172 頁、173–176 頁、201–204 頁、205–208 頁、未裁断
A409	Pater, Walter	*Appreciations : with an essay on style : 3rd ed.*・London, Macmillan・1904・261p.	扉（蔵書印：「我鬼 B」印）、6 頁（N：Bp）、10 頁（N：Bp）、12–13 頁（N：Bp）、15 頁（U：Bp）、16 頁（S・N：Bp）、18–19 頁（U・N：Bp）、23 頁（N：Bp）、24–25 頁（N：Bp）、27 頁（N：Bp）、32 頁（N：Bp）、34–35 頁（N・U：Bp）、36–37 頁（N・U：Bp）、38 頁（U：Bp）、40 頁（N：Bp）、48–49 頁（U・N：Bp）、51 頁（N：Bp）、52 頁（N：Bp）、55 頁（N：Bp）、59 頁（U：Bp）、60–61 頁（N：Bp）、66 頁（N：Bp）、68 頁（N：Bp）、73 頁（N：Bp）、75 頁（N：Bp）、76–77 頁（U：Rp・Bp）、79 頁（N：Bp）、81 頁（N：Bp）、82 頁（N：Bp）、87 頁（N：Bp）、91 頁（U：Bp）、94 頁（N：Bp）、96 頁（N：Bp）、99 頁（U：Bp）、101 頁（N：Bp）、102 頁（N：Bp）、107 頁（U：Rp）、108–109 頁（U：Rp, N・U：Bp）、117 頁（N：Bp）、121 頁（U：Rp）、122–123 頁（U・N：Bp）、125 頁（N：Bp）、126 頁（N：Bp）、128 頁（N：Bp）、131 頁（N：Bp）、132–133 頁（N：Bp）、134 頁（U：Bp）、142 頁（U：Bp）、144–145 頁（N：Bp）、146–147 頁（N：Bp）、150 頁（N：Bp）、152 頁（N：Bp）、164 頁（N：Bp）、173 頁（U：Bp）、176 頁（S：Bp）、193 頁（U：Bp）、194 頁（U：Bp）、203 頁（U：Bp）、207 頁（N：Bp）、218 頁（U：Bp）、220 頁（N・U：Rp）、263〔広告〕頁（N：Bp）	文芸評論書入れは同一人物によるものと思われる。芥川の特徴とはやや異なるか。
A410	Pater, Walter	*Greek studies : a series of essays : Library ed.*・London, Macmillan・1914・298p.・Library edition of the works of Walter Pater : vol.7	表見返し（丸善シール）、扉（蔵書印：「龍之介印」印）	ギリシャ研究書
A411	Pater, Walter	*Miscellaneous studies : a series of essays : 2nd ed*・London, Macmillan・1909・253p.	表見返し（丸善シール）、扉（蔵書印：「昏雪草堂」印）、広告〔第二扉左〕頁（蔵書印：「我鬼 B」印、N：Bp・Rp）、27 頁（S：Rp）、37 頁（S：Rp）、39 頁（S：Rp）、45 頁（S：Rp）、46 頁（S：Rp）、56–57 頁（S：Rp）、59 頁（S：Rp）、60 頁（S：Rp）、67 頁（U：Rp）、82 頁（S：Rp）、89 頁（S：Rp）、	〔倉 2〕評論集

			123頁（S：Rp)、247頁（U：Bp)、248–249頁（U・N：Bp, U：S：Rp、U：Ap)、250–251頁（U・N：Bp, S：Rp)、252–253頁（S：Rp)、254頁（S：Rp)、裏見返し（N：Bk）	
A412	Pater, Walter	*The Renaissance : studies in art and poetry : Library ed.*・London, Macmillan・1912・238p.・Library edition of the works of Walter Pater : vol.1	表見返し（丸善シール)、扉（蔵書印：「芥川文庫」印)、第二扉（蔵書印：「芥川文庫」印)、73頁（U：Rk)、75頁（U：Rk)、76–77頁（U：Rk)、82頁（U：Rk)、86–87頁（U：Rk)、88–89頁（U：Rk)、90頁（U：Rk)、92–93頁（U：Rk)、94頁（U：Rk)、96頁（U：Rk)、114頁（U：Rk)、123頁（U：Rk)、124–125頁（U：Rk)、126頁（U：Rk)、135頁（U：Rk)、182頁（U：Rk)、185頁（U：Rk)、238–239頁（U：Rk, N：Bk で「4th Mar. 1912」〔本文末尾〕）	〔倉2〕評論集
A413	Pellissier, Georges	*The literary movement in France during the nineteenth century*・Anne Garrison Brinton・New York, G. P. Putnam・[c1897]・504p.	表見返し（丸善シール)、208頁（U：Bp)、241頁（S：Bp）	〔倉1〕評論集 "Romantic Lyricism"（150–213頁）の章、"The Romantic Drama"（151–239頁）の章、"History"（240-）の章の冒頭、"The Novel"（291–320頁)、"The Poetry"（339–384頁)、"The Novel"（406–447頁）は読んだ形跡有。折れ目：158頁左上（跡)、350頁左上（跡）未裁断：xix–xxii頁、xxiii–xxvi頁、9–12頁、13–16頁、25–28頁、29–32頁、41–44頁、45–48頁、57–60頁、61–64頁、73–76頁、105–108頁、109–112頁、121–124頁、137–140頁、141–144頁、249–252頁、253–256頁、265–268頁、269–272頁、281–284頁、285–288頁、329–332頁、333–336頁、393–396頁、457–460頁、461–464頁、473–476頁、477–480頁、493–496頁
A414	Petrarca, Francesco	*The sonnets, triumphs, and other poems of Petrarch*・by various hands,・London, G. Bell・1916・416p.・Bohn's illustrated library	表見返し（丸善シール）	ソネット集 未裁断（裁断ミス?)：137–140頁、141–144頁、345–348頁、361–364頁、365–368頁、411–414頁
A415	Petronius Arbiter	*Trimalchio's banquet*・London, W. Scott・[n. d.]・78p.・The Scott library	表見返し（丸善シール）	中編小説 未裁断：xxix–xxxii頁、65–68頁、69–72頁
A416	Phillips, Stephen	*Herod : a tragedy*・London, J. Lane・1901・128p.	表見返し（N：Bp）	戯曲
A417–1	Poe, Edgar Allan	*The works of Edgar Allan Poe vol.1 : The raven ed.*・New York, P. F. Collier & Son・1904・371p.	扉（蔵書印：「芥川文庫」印)、354頁（S：Rp)、371頁（N：Bk で「30th Oct.1913」〔本文末尾〕）	〔倉2〕〔G〕ポー全集第一巻 傍線は "MS. Found in a Bottle" に施されている。折れ目：44頁右上（跡）："Adventure of Hans Pfaall")、110頁左上（跡：

巻末附録　2．芥川龍之介旧蔵書・洋書に関する書き入れ調査結果一覧表

					"Adventure of Hans Pfall")
A417-2	Poe, Edgar Allan	*The works of Edgar Allan Poe vol.2 : The raven ed.*・New York, P. F. Collier & Son・1904・381p.	扉（蔵書印：「芥川文庫」印）、3 頁（N：Bk で目次の作品名に「○」印）、29 頁（N：Rp）、130 頁（U：Rp で "THE BLCK CAT" タイトルに U）、145 頁（U：Rp で "THE FALL OF THE HOUSE OF USHER" タイトルに U）、173 頁（U：Rp で "SILENCE" タイトルに U、N・U：Bk で "Hebrides" に U し、余白に「name of islands」）、174 頁（U・N：Bk で "morass" に U し、余白に「swamp or／marsh」）、178 頁（U：Rp で "THE MASQUE OF RED DEATH" タイトルに U）、188 頁（U：Rp で "THE CASK OF AMONTILLADO" タイトルに U）、208 頁（U：Rp で "THE ISLAND OF THE FAY" タイトルに U）、216 頁（U：Rp で "THE ASSIGNATION" タイトルに U）、220 頁（S：Rp）、234–235 頁（U：Rp で "THE PIT AND THE PENDULUM" タイトルに U、N：Bk でカギカッコ閉じ）、338–339 頁（S：Rp〔"William Wilson"〕）、350–351 頁（S：Rp〔"William Wilson" 末尾〕）、354–355 頁（S：Rp、N：Bk で S 脇にそれぞれ「groan of／new terror」および「vivid」〔"The Tell-Tale Heart"〕）、356 頁（S・U：Rp、N：Bk で「not but Poe／can write these／2 lines.」〔同前〕）、358 頁（S：Rp〔同前〕）、360 頁（U：Rp で "BERENICE" タイトルに U）、370–371 頁（S：Rp〔"Berenice"〕）、372 頁（S：Rp〔"Berenice" 末尾〕）、374 頁（S・U：Rp、N：Bp で「music of colors」〔"Eleonora"〕）、376–377 頁（S・U：Rp〔同前〕）、379 頁（S・U：Rp〔同前〕）、380–381 頁（S：Rp、N：Bk で「18th Nov. 1913」〔同前及び本書末尾〕）	〔倉 2〕〔G〕ポー全集第二巻　目次に○印がある作品は次の通り。"The Black Cat"、"The Fall of the House of Usher"、"Silence – A Fable"、"The Masque of the Red Death"、"The Cask of Amontillado"、""The Imp of the Perverse"、"The Assignation"、"The Pit and the Pendulum"、"The Tell-tale Heart"、"Berenice"、"Eleonora"　折れ目：92 頁左上（跡："Von Kempelen and His Discovery"）
A417-3	Poe, Edgar Allan	*The works of Edgar Allan Poe vol.3 : The raven ed.*・New York, P. F. Collier & Son・1903・381p.	扉（蔵書印：「芥川文庫」印）、381 頁（N：Bk で「21th Nov.1913」〔本書末尾〕）	〔倉 2〕〔G〕ポー全集第三巻　折れ目：106 頁左上（跡："Narrative of A. Gordon Pym"）、172 頁左下（跡："Narrative of A. Gordon Pym"）
A417-4	Poe, Edgar Allan	*The works of Edgar Allan Poe vol.4 : The raven ed.*・New York, P. F. Collier & Son・1903・356p.	扉（蔵書印：「芥川文庫」印）	ポー全集第四巻
A417-5	Poe, Edgar Allan	*The works of Edgar Allan Poe vol.5 : The raven ed.*・New York, Collier・1904・372p.・New York, P. F. Collier & Son	扉（蔵書印：「芥川文庫」印）、167 頁（N：Bk でカギカッコ始め・閉じ）、169 頁（N：Bk でカギカッコ始め及び余白に「condemnation of／long poems」）、170 頁（N：Bk でカギカッコ閉じ及び別のカギカッコ始	〔倉 2〕〔G〕ポー全集第五巻　書き込みのある作品は順に "The Poetic Principle" (167–197 頁)、"To Helen" (226–228 頁)、"For Annie" (234–237 頁)、"Eledorado" (239 頁)、"The

			め・閉じ及び余白に「condemnation ／ of ／ short poems」)、173 頁（N：Bk で「condemn ／ ation of ／ didcative ／ poems」)、174 頁（N：Bk でカギカッコ閉じ)、176–177 頁（S・U：Rk)、178 頁（S：Rk)、186 頁（U：Rk)、226–227 頁（U：Rk)、235 頁（S：Rp)、236–237 頁（S：Rp)、239 頁（U：Rp で"ELDORADO" タイトルに U)、246 頁（S：Rp)、258 頁（S：Rp)、268 頁（U：Rp で"HYMN" タイトルに U)、337 頁（U：Rp)、裏見返し（N：Bb で落書き)	Sleeper"（246–248 頁)、"To One in Paradise"（257–258 頁)、"Hymn"（268 頁)、"To Helen"（337 頁)裏見返しの落書きは髭のある人物画（中国渡航時の落書きに酷似か。)
A418–6	Poe, Edgar Allan	Literary criticism vol.1 : Pocket ed.・New York, C. Scribner・1914・330p.・The works of Edgar Allan Poe : vol.6	8–9 頁（S・N：Rk で S の始まりに「△」印)、10 頁（S・N：Rk で S の始まりに「○」印)、32–33 頁（S・N：Rk で S の始まりに「○」印)、34–35 頁（S：Rk)、279 頁（S：Bk)、280 頁（S：Bk)、283 頁（S：Bk)、284 頁（S：Bk)、323 頁（N：Bk で「1848」、N：Rk で"note"の作品名に「○」印・それぞれ"THE POETIC PRINCIPLE"、"THE PHIROSORHY OF COMPOSITION"、"THE RATIONALE OF VERSE" に○)	〔倉2〕文芸評論集（詩）書入れがあったのは順に "The Poetic Principle"（3–30 頁)、"The Philosophy of Composition"（31–46 頁)、"Horne's "Orion""（262–287 頁)、折れ目：33 頁右上（跡："The Phirosophy of Composition"、39 頁右上（跡：同前)、280 頁左上（跡："Horne's "Orion""、281 頁左上（跡：同前)、317 頁左上（"Miss Barrett's "A Drama of Exile"")
A418–7	Poe, Edgar Allan	Literary criticism vol.2 : Pocket ed.・New York, C. Scribner・1914・355p.・The works of Edgar Allan Poe : vol.7	31 頁（S：Rk)、32–33 頁（S：Rk)	文芸評論集（散文）傍線の引かれているのは "Hawthorne's "Tales""（19–38 頁）の章折れ目：31 頁右上（跡)、36 頁左上（跡)
A418–8	Poe, Edgar Allan	Literary criticism vol.3 : Pocket ed.・New York, C. Scribner・1914・351p.・The works of Edgar Allan Poe : vol.8		文芸評論集（その他）折れ目：207 頁右上（"William Ellery Channing")
A418–9	Poe, Edgar Allan	Eureka, and miscellanies : pocket ed.・New York, C. Scribner's Sons・1914・316p.・The works of Edgar Allan Poe : vol.9		詩論
A419	Poore, Henry R.	The new tendency in art : post impressionism, cubism, futurism・Garden City, Doubleday ／ N.Y., Page・[c1913]・60p.	扉（N：Bk「芥川兄へ／一九一四年一月／亜米利加にて／善一郎」)、3 頁（U：Ap)、38 頁（U？〔語間〕：Bp)、裏見返し（購入シール「BRENTANO'S ／ Booksellers&Stationers, ／ New York」)	〔本〕美術書。画図付き。※ 3 頁のエピグラフは Hemri Bergsen "Creativw Evolution"、その中の a marking time に下線購入元は「Brentano's」一号店か。
A420	Ransome, Arthur	Edgar Allan Poe : a critical study・London, Stephen Swift・1912・236p.	見返し（丸善シール)、扉（蔵書印・「龍之介印」印)、ix 頁（U：Bp)、26 頁（U：Bp)、47 頁（U：Bp)、50 頁（S：Bp)、53 頁（N：Bp で「Answer — to pick out the chaff is to pick out the grain」)、57 頁（S：Rp)、58–59 頁（S：Rp)、63 頁（S：Rp)、64 頁（S：Rp)、71 頁（S：Rp)、72–73 頁（S：Rp)、	〔G〕ポーについての批評蔵書印は A410 と同じもの折れ目：96 頁左上（跡："TALES")

巻末附録　2. 芥川龍之介旧蔵書・洋書に関する書き入れ調査結果一覧表　　　429

			90–91 頁（S：Rp）、92–93 頁（S：Rp）、94–95 頁（S・U：Rp）、96–97 頁（S：Rp）、98–99 頁（S・U：Rp）、100 頁（S：Rp）、103 頁（U・S：Rp）、104 頁（S：Rp）、107 頁（U：Rp）、137 頁（N：Bp）	
A421	Ransome, Arthur	*Oscar Wilde : a critical study : 3rd ed.*・London, Methuen・1913・234p.・Methuen's shilling library	表見返し（丸善シール）、150 頁（S：Rp）、152 頁（S：Rp）、154 頁（S：Rp）、161 頁（S：Rp）、162 頁（S：Rp）、175 頁（S：Rp）、176–177 頁（S・U：Rp）	オスカー・ワイルドについての批評 傍線・下線があるのは "The Theater" と "De Profundis" の章
A422	Ransome, Arthur	*Portraits and speculations*・London, Macmillan・1913・225p.	表見返し（中西屋書店シール）、扉（蔵書印：「我鬼 B」印）、70 頁（N：Bk で「ウマキ書ケテキル／中々器用ダ」〔"Aphonse Daudet"〕）、85 頁（N：Bk で「コレモ拙クハナイ」〔"Francois Coppée"〕）、185 頁（N：Bk で「コレモヨロシ／コツペエやドオデより地味になつてゐるが／それは善かれ悪かれだらう」〔"Remy de Gourmont"〕）、205 頁（N：Bk で「ヨネグチを知つてゐるものには莫迦げてゐる／やつぱりエキゾティシズムに批評眼がくらまされたの／だらう　この作者も」〔"The Poetry of Yone Noguchi"〕）	〔67〕〔71〕〔倉 1〕 批評集 未開封：189–192 頁、201–204 頁、205–209 頁 書入れがあるのは "Aphonse Daudet"、"Francois Coppée"、"Remy de Gourmont"、"The Poetry of Yone Noguchi" の章。特に野口米次郎に関する章（189–205 頁）は通読していないが、「エキゾティシズム」として読んでいると批判している。
A423	Ravenstein, E. G.	*Philips' handy-volume atlas of the world : containing seventy-two new and specially engraved plates with statistical notes & complete index : Entirely new and enl. ed.*・London, G. Philip・[n. d.]・112p.	表見返し（中西屋書店シール）、扉（蔵書印：「芥川文庫」印）、裏見返し（N：Bk で「芥川龍之介」）	〔G〕 ポケットサイズの世界地図（カラー・地図帳）。一部、天地が逆などの乱丁あり。
A424	Reade, Charles	*The cloister and the hearth : a tale of the middle ages*・London, Dent・1913・703p.・Everyman's library	表見返し（丸善シール）、65 頁（S：Rk）、66–67 頁（S・U：Rk）、82 頁（U：Rk）、88–89 頁（U：Rk、N：Bk で 364 頁 U の脇に「very vivid & touching」）、611 頁（U：Rk、N：Bk で U 脇に「comically enough」）、625 頁（U：Rk）、676 頁（S：N：Bk で S 脇に「horrible unnaturalness, if I may say」）、684–685 頁（S：Rk、N：Bk で 684 頁の S 脇に「touching」）、703 頁（N：Bk で本文末尾に「母の Catherine が最よく書けてゐる　Gerard ／に至つては全然失敗してゐる　この欠点は／殊に此話の後半に著しい　全体から云つて／も此話は前半或は 1/3 の方が遥にすぐれて／ゐる　此作者は scene をかく事の巧な割に／人間を書く事は拙いやうな気がする／July 19th '15 ／ Tabata」〔本書末尾〕）	〔61〕〔倉 2〕〔G〕 長編小説
A425	Renan, Ernest	*Renan's Antichrist*・William G. Hutchison・London, W. Scott・[1899?]・278p.・The Scott library	表見返し（中西屋書店シール）	ルナンの『イエス伝』 折れ目：11 頁右上（跡："Paul in Captivity at Rome" の章）、13 頁右上（跡："Peter at Rome" の章）、16 頁左上（"Peter at Rome" の章）、61 頁右上（"The

				Burning at Rome" の章）
A426	Rhys, Ernest	*Fairy gold : a book of Old English fairy tales*・London, J.M. Dent ／ New York, E.P. Dutton・1915・303p.・Everyman's library	表見返し（丸善シール）	Ernest Rhys 編お伽噺集
A427	Rhys, Ernest and Dawson Scott, C. A.〔編〕	*31 stories by thirty and one authors*・New York, D. Appleton and Company・1923・412p.		〔本〕Ernest Rhys & C. A. Dawson Scott 編・近現代文学傑作選
A428	Riehl, Alois	*Friedrich Nietzsche : der Künstler und der Denker : 5. Aufl*・Stuttgart, Fr. Frommanns・[n. d.]・167p.・Frommanns Klassiker der Philosophie	表見返し（丸善シール）、扉（蔵書印：「龍之」印、蔵書印：「我鬼A」印）、viii 頁（N：Bp）、3 頁（N：Bp）、4-5 頁（N：Bp、U：Rk）、6 頁（BpN・RkU）、180 頁（N：広告最終行に Bk で「Si vis pacem, para bellum. 女望平和宣備於戰」）	〔G〕ドイツ語ニーチェ論
A429	Robertson, John W.	*Edgar A. Poe : a psychopathic study*・New York ; London, G. P. Putnam's Sons・1923・331p.	表見返し（川瀬日進堂書店シール：神戸）	エドガー・ポー論折れ目：119 頁右上（跡）、138 頁右上（ボードレールがポーを発見する箇所）、190 頁左上（跡）
A430	Rolland, Romain	*Above the battle : 4th ed.*・C. K. Ogden・London, Allen・1917・193p.	表見返し（丸善シール）	エッセイ集（『戦いを越えて』）
A431	Rolland, Romain	*Colas Breugnon*・Katherine Miller・New York, H. Holt・1919・302p.	表見返し（教文館シール）、扉（蔵書印：「我鬼A」印）	長編小説（『コラ・ブルニョン』）
A432	Rolland, Romain	*The fourteenth of July, and Danton : two plays of the French revolution*・Barrett H. Clark・New York, H. Holt・1918・236p.	表見返し（丸善シール）	戯曲（『7月14日』）
A433–1	Rolland, Romain	*John Christopher vol.1 : Dawn and morning*・Gilbert Cannan・London, William Heinemann・1910・285p.	表見返し（丸善シール：剥がされた跡）、vi 頁（N：Bp でカギカッコ閉じ）、27 頁（S：Rk）、30–31 頁（S：Rk）、106–107 頁（S：Bk）、108–109 頁（S：Bk）、110 頁（S・N：Bk・N は S 脇に「touching」）、138–139 頁（S：Bk）、140 頁（S・N：Bk・N は章末に「good ending」）、158–159 頁（S：Ap）、160–161 頁（S・U：Ap）、162 頁（S：Ap）、164 頁（S：Ap）、166 頁（S：Ap）、170–171 頁（U・S：Ap）、172 頁（S・N・U：Ap・N は 172 頁の S 脇に「most touching」）、182 頁（S：Ap）、194 頁（S：Ap）、225 頁（S：Ap）、285 頁（N：Ap で「11th May ／ '14.」〔本文末尾〕）	〔倉1〕〔G〕『ジャン・クリストフ』
A433–2	Rolland, Romain	*John Christopher vol.2 : Storm and stress*・Gilbert Cannan・London, William Heinemann・1914・412p.	表見返し（丸善シール）	『ジャン・クリストフ』
A433–3	Rolland, Romain	*John Christopher vol.3 : John Christopher in Paris*・Gilbert Cannan・London, William Heinemann・1911・468p.	表見返し（丸善シール）、61 頁（S：Rp）、62 頁（S：Rp、U：Bp）、82–83 頁（S：Rk）、154 頁（U：Rk）、156 頁（U・N：Bk・U 脇に「true」）、324 頁（U：Ak）、462–463 頁（S：Rk）	〔倉1〕『ジャン・クリストフ』折れ目：116 頁左上（跡）、118 頁左上（跡）、120 頁左上（跡）、122 頁左上（跡）

A433–4	Rolland, Romain	*John Christopher vol.4 : Journey's end*・Gilbert Cannan・London, William Heinemann・1913・540p.	23頁（S：Bk）、27頁（S：Bk）、205頁（N：Bpでスラッシュ）、464頁（N：Rpで点?）、540頁（N：Bkで「April 9th '15／Tabata」〔本文末尾〕）	〔倉1〕〔G〕『ジャン・クリストフ』折れ目：188頁左下
A434	Rolland, Romain	*Liluli*・New York, Boni & Liveright・〔c1920〕・127p.	表見返し（丸善シール）	戯曲未開封：55–58頁、123–126頁、127–130頁（本文は127頁まで）
A435	Rolland, Romain	*Musicians of to-day: 2nd ed.*・Mary Blaiklock・London, Kegan Paul, Trench, Trübner・1915・324p.	表見返し（丸善シール）、vii頁（N：目次にBpで○）、ix頁（蔵書印：「我鬼A」印）	音楽評論集目次に○があるのは "Berlioz"、"Wagner"、"Hugo Wolf"
A436	Rolland, Romain	*Pierre and Luce*・Charles De Kay・New York, H. Holt・1922・136p.	表見返し（丸善シール）	中編小説未裁断：15–18頁、19–22頁、31–34頁、35–38頁、47–50頁、51–54頁、63–66頁、67–70頁、79–82頁、83–86頁、95–98頁、99–102頁、111–114頁、115–118頁、131–134頁、135–138頁
A437	Rolland, Romain	*Some musicians of former days*・Mary Blaiklock・London, Kegan Paul, Trench, Trübner・1915・374p.・The musician's bookshelf	表見返し（丸善シール）、vii頁（N：目次にBpで○）、ix頁（蔵書印：「壺天癸尹」印）、145頁（S：Bp）、162–163頁（U）、197頁（S：Bp）、251頁（S：Bp）、367頁（N：Bkで「July 15th '16／Tabata」）	〔倉1〕音楽評論集目次に○があるのは "Gluck"、"Mozart"折れ目：110頁左上（跡）
A438	Roscoe, Thomas〔編訳〕	*The German novelists*・Thomas Roscoe・London ; New York, F. Warne・〔n. d.〕・623p.・Chandos classics	表見返し（丸善シール）、扉（蔵書印：「淺野藏書」印）、v頁（蔵書印：「淺野藏書」印）	ドイツ小説選折れ目：519頁（跡：Lewis Tieckの "Auburn Egbert"）
A439	Rossetti, Dante Gabriel	*The early Italian poets from Ciullo D'Alcamo to Dante Alighieri, 1100–1200–1300, in the original metres together with Dante's vita Nuova*・D.G. Rossetti・London, G. Routledge・1908・383p.・The Muses' library	表見返し（丸善シール）	イタリア初期（11～14世紀ごろ）詩集
A440	Rossetti, Dante Gabriel	*The poetical works of Dante Gabriel Rossetti : Astor ed.*・New York, Thomas Y. Crowell・〔pref. 1886〕・349p.	表見返し（教文館シール）、v頁（U：Rp）、vi頁（U：Rp）、ix頁（U：Rp）、xi頁（U：Rp）、xix頁（U：Rp）、xx–xxi頁（U：Rp）、11頁（U：Rp〔"The Blessed Damozel"〕）、12–13頁（U：Rp〔同前〕）、14–15頁（U：Rp〔同前〕）、27頁（U：Rp〔"Eden Bower"〕）、28–29頁（U：Rp〔同前〕）、30–31頁（U：Rp〔同前〕）、36–37頁（U：Rp〔"The Staff and Scrip"〕）、38–39頁（U：Rp〔同前〕）、40頁（U：Rp〔同前〕）、70–71頁（U：Rp〔"Jenny"〕）、72–73頁（U：Rp〔同前〕）、74頁（U：Rp〔同前〕）、80–81頁（U：Rp〔"The Portrait"〕）、84–85頁（U：Rp, U：Rk〔"Sister Helen"〕）、86–87頁（U：Rp〔同前〕）、88–89頁（U：Rp〔同前〕）、90頁（U：Rp〔同前〕）、102–103頁（U：Rp〔"The Card-Dealer"〕）、136–137頁（二重U・U：Rp	〔倉2〕〔G〕詩集折れ目：301頁（跡）

番号	著者	書誌	書込み	備考
			("The Ballad of Dead Lady")〕、139 頁（U：Rp〔"John of Tours"〕）、140–141 頁（U：Rp〔"My Father's Close"&"Beauty"〕）、142–143 頁（U：Rp〔"Beauty"〕）、147 頁（U：Rp〔"Sudden Light"〕）、152 頁（U：Rp〔"The Sea-Limits"〕）、168 頁（U：Rp〔"Rose Mary"〕）、176 頁（U：Rp〔同前〕）、194–195 頁（U：Rp〔"The White Ship"〕）、196–197 頁（U：Rp〔同前〕）、198–199 頁（U：Rp〔同前〕）、202 頁（S：Rp〔"The King's Tragedy"〕）、207 頁（S：Rp〔同前〕）、210–211 頁（S：Rp〔同前〕）、212–213 頁（S：Rp〔同前〕）、215 頁（S：Rp〔同前〕）、223 頁（S：Rp〔同前〕）、224 頁（S：Rp〔同前〕）、226–227 頁（S・U：Rp〔"The House of Life"の巻頭詩〕）、236 頁（U：Rp〔"Silent Moon"及び"Gracious Moonlight"〕）、裏見返し（N：Bk で「一九一二年六月／芥川文庫」）	
A441–1	Rousseau, Jean-Jacques	*The confessions of Jean-Jacques Rousseau vol.1*・Edmund Wilson・New York, Alfred A. Knopf・1923・436p.・Borzoi classics	376 頁（N：Bp で数字）	ルソー『告白』第一巻（三千部限定版 1182 番） 未裁断（176 頁までは裁断済み）：177–180 頁、193–196 頁、205–208 頁、221–224 頁、225–228 頁、269–272 頁、273–276 頁、285–288 頁、289–292 頁、301–304 頁、305–308 頁、317–320 頁、321–324 頁、333–336 頁、337–340 頁、349–352 頁、353–356 頁、365–368 頁、369–372 頁、381–384 頁、385–388 頁、397–400 頁、401–404 頁、413–416 頁、417–420 頁
A441–2	Rousseau, Jean-Jacques	*The confessions of Jean-Jacques Rousseau vol.2*・Edmund Wilson・New York, Alfred A. Knopf・1923・402p.・Borzoi classics		ルソー『告白』第二巻 未裁断：37–40 頁、41–44 頁、53–56 頁、57–60 頁、69–72 頁、73–76 頁、85–88 頁、89–92 頁、101–104 頁、105–108 頁、117–120 頁、121–124 頁、133–136 頁、137–140 頁、149–152 頁、153–156 頁、165–168 頁、169–172 頁、181–184 頁、185–188 頁、197–200 頁、201–204 頁、213–216 頁、241–244 頁、245–248 頁、261–264 頁、273–276 頁、277–280 頁、305–308 頁、309–312 頁、321–324 頁、325–328 頁、337–340 頁、341–344 頁、353–356 頁、357–360 頁、369–372 頁、373–376 頁、385–388 頁、389–392 頁、405（広告）–408 頁
A442	Ruskin, John	*Sesame and lilies : three lectures : Rev. and enl. ed.*・New York, Thomas Y. Crowell・〔preface, 1871〕・184p.・The astor prose series	表見返し（N：Bk で「to Mr. R. Akutagawa ／ with my best love, ／ T. Hirose」、中西屋書店シール）、扉（蔵書印：「芥川文庫」印）	〔G〕〔本〕 講演集 府立三中の恩師・広瀬雄からの献辞

A443	Ruskin, John	*Sesame and lilies and the political economy of art*・London, Collins' Clear-Type Press・[n. d.]・224p.		評論集
A444-1	Sainte-Beuve, C. A.	*Causeries du lundi vol.1*・E. J. Trechmann・London, G. Routledge／New York, E. P. Dutton・[n. d.]・389p.・New universal library	表見返し（丸善シール）	評論集
A444-2	Sainte-Beuve, C. A.	*Causeries du lundi vol.2*・E. J. Trechmann・London, G. Routledge／New York, E. P. Dutton・[n. d.]・220p.・New universal library	表見返し（丸善シール）	評論集
A444-5	Sainte-Beuve, C. A.	*Causeries du lundi vol.5*・E. J. Trechmann・London, G. Routledge／New York, E. P. Dutton・[n. d.]・234p.・New universal library	表見返し（丸善シール）	評論集 未裁断（製本ミス?）：179–182頁、195–198頁
A444-6	Sainte-Beuve, C. A.	*Causeries du lundi vol.6*・E. J. Trechmann・London, G. Routledge／New York, E. P. Dutton・[n. d.]・257p.・New universal library	表見返し（丸善シール）	評論集
A444-7	Sainte-Beuve, C. A.	*Causeries du lundi vol.7*・E. J. Trechmann・London, G. Routledge／New York, E. P. Dutton・[n. d.]・224p.・New universal library	表見返し（丸善シール）	評論集
A445-1	Sainte-Beuve, C. A.	*Portraits of the seventeenth century : historic and literary vol.1*・Katharine P. Wormeley・New York, G. P. Putnam・[c1904]・461p.	表見返し（丸善シール）、152頁（S・N：Bk・S脇に「コノ点日本ノ文壇ハ／清潔ダ」）	〔71〕〔倉1〕 評論集
A445-2	Sainte-Beuve, C. A.	*Portraits of the seventeenth century : historic and literary vol.2*・Katharine P. Wormeley・New York, G. P. Putnam・[c1904]・443p.	表見返し（丸善シール）、92–93頁（S：Bk）、94–95頁（S・U：Bk）、97頁（S：Bk）、98–99頁（S：Bk）、100頁（S：Bk）、103頁（U：Bk）、104–105頁（S・N：Bk・S脇に「古来天才ニ剽窃癖アリ」、U・Bk）、106頁（S：Bk）、110頁（S：Bk）、124–125頁（S：Bk）、126–127頁（S・N：Bk・S脇に「How modern!」）、128頁（S：Bk）	〔71〕〔倉1〕 評論集
A446	Scarborough, Dorothy	*The supernatural in modern English fiction*・New York ; London, G.P. Putnam・1917・329p.	表見返し（丸善シール）、255頁（S：Bk）	超自然に関する評論集 折れ目：76頁左上（跡）、107頁右上（跡）、109頁右上（跡）、240頁左上、266頁左上（跡）、275頁右上（跡）
A447	Schiller, Friedrich	*The poems and ballads of Schiller*・Sir Edward Bulwer Lytton・London ; New York, Frederick Warne・[n. d.]・384p.	扉（N：Ak・芥川とは異なる筆跡で「Bought this book at Kagurazaka on the 2nd of September, ／1916, a memorial night about certain matter.」、蔵書印：「小山」印）、xi頁（U：Bk）、xii–xiii頁（U：Bk）、104–105頁（S・N：Bk・105頁のS脇に「アザヤカナモノナリ」とある。芥川の筆跡か）	〔倉2〕 詩集
A448	Schmidt, Ferdinand	*Homers Odyssee : 13. Aufl.*・Einbeck, A. Dehmigke・[n. d.]・232p.	表見返し（南江堂シール）、4–5頁（N：Bp、U：Rk）、6–7頁（N：Bp、U：Rk）、8–9頁（N：Bp、U：Rk）、21頁（N：Rp	〔倉2〕 ホメロスの『オッデュセイ』の要約本 ドイツ語学習用の読書か

			でカギカッコ閉じ）、33 頁（N：Rp でカギカッコ閉じ）、65 頁（N：Rp でカギカッコ閉じ）、73 頁（N：Rp でカギカッコ閉じ）、89 頁（N：Rp でカギカッコ閉じ）、121 頁（N：Rp でカギカッコ閉じ）、144 頁（N：Rp でカギカッコ閉じ）、186 頁（N：Rp でカギカッコ閉じ）、232 頁（N：Rp でカギカッコ閉じ）、裏見返し（N：Bp で「自明治四拾四年八月廿日／至同年同月卅日／於田端」）		芥川が通読したドイツ語の本＝芥川の語学力（ドイツ語）を知る手掛かりになる。
A449-2	Schnitzler, Arthur	*Die Theaterstücke von Arthur Schnitzler Bd. 2* ・Berlin, S. Fischer・1913・420p.・Gesammelte Werke / Arthur Schnitzler ; 2. Abt. : Die Theaterstücke in vier Bänden	表見返し（Geiser & Gilbert シール）	戯曲集
A449-3	Schnitzler, Arthur	*Die Theaterstücke von Arthur Schnitzler Bd. 3* ・Berlin, S. Fischer・1913・347p.・Gesammelte Werke / Arthur Schnitzler ; 2. Abt. : Die Theaterstücke in vier Bänden	表見返し（Geiser & Gilbert シール）	戯曲集
A449-4	Schnitzler, Arthur	*Die Theaterstücke von Arthur Schnitzler Bd. 4* ・Berlin, S. Fischer・1913・419p.・Gesammelte Werke / Arthur Schnitzler ; 2. Abt. : Die Theaterstücke in vier Bänden	表見返し（Geiser & Gilbert シール）	戯曲集
A450	Schnitzler, Arthur	*The green cockatoo and other plays* ・Horace B. Samuel・London, Gay & Hancock・1913・123p.	表見返し（丸善シール）、9 頁（N：Bp）、15 頁（U・N：Bp）、124-125 頁（N：Bb で「Green Cockatoo が一番うまい　同じテーマ／パラセルサスにも幾分のモディフィケー／ションを加へて現れて来るが／mate もうまいがややきすぎる／三つともとにかく自分にはサジェスティヴだ／つた／大正六年／六月八日／鎌倉ニテ」）	〔51〕〔倉1〕戯曲集 折れ目：7 頁右上（跡）、72 頁（跡）
A451	Schnitzler, Arthur	*The shepherd's pipe and other stories* ・O. F.Theis・New York, N. L. Brown・1922・169p.・The sea gull library	表見返し（丸善シール）	短篇集 折れ目：87 頁右上（跡）、94 頁左上（跡）
A452	Schnitzler, Arthur	*Viennese Idylls* ・Frederick Eisemann・Boston, J. W. Luce・[c1913]・182p.	表見返し（丸善シール）	短篇集 折れ目：34 頁左上（跡）
A453	Schopenhauer, Arthur	*The art of controversy and other posthumous papers* ・T. Bailey Saunders・London, George Allen & Unwin・1921・120p.	見返し（教明社シール）	ショーペンハウアーの評論集
A454	Schopenhauer, Arthur	*On human nature : essays (partly posthumous) in ethics and politics : 6th ed.* ・Thomas Bailey Saunders・London, G. Allen & Unwin・1918・132p.・The philosophy at home series	見返し（教明社シール）、裏見返し（N：Bk で「心斎橋の通りをとほり　思はず驚嘆の声を発す　これほど／人欲をそそるものが並んでみながら、泥棒が少なすぎる事よ」）	〔61〕評論 折れ目：11 頁右上（跡）
A455	Schultz, William Eben	*Gay's Beggar's opera : its content, history & influence* ・New Haven, Yale University Press ／ London, Oxford University Press・1923・407p.		『乞食オペラ（「三文オペラ」の雛型）』に関する研究書
A456	Scott, Sir Walter	*Lives of the novelists* ・London, H. Frowde : Oxford University		評伝集

巻末附録　2. 芥川龍之介旧蔵書・洋書に関する書き入れ調査結果一覧表　　　435

A457	Shackford, Martha Hale 〔編〕	*Legends and satires from mediæval literature*・Boston, Ginn・[c1913]・176p.	表見返し（丸善シール）、扉（蔵書印：「天丙墓地爲席」印）、裏見返し（N：Bbで「我鬼書屋」）	〔G〕 中世の伝説や皮肉噺 折れ目：10頁左上、12頁左上、112頁左下 未裁断：31–34頁、43–46頁、47–50頁、59–62頁、63–66頁、75–78頁、91–94頁、95–98頁、139–142頁、143–146頁（ところどころ読んだ形跡あり）
A458	Shakespeare, William	*Antony and Cleopatra*・London, Macmillan・1907・230p.・Macmillan's English classics	表見返し（中西屋書店シール）、扉（蔵書印：「芥川文庫」印）、2–3頁（U・S：Rk、N：Bk）、4–5頁（N：Bk）、8頁（N：Bk）、10頁（N：Bk）、15頁（N：Bk）、16頁（N：Bk）、18頁（N：Bk）、20–21頁（N：Bk）、22–23頁（N：Bk）、24–25頁（N：Bk）、27頁（N：Bk）、28–29頁（U：Rk、N：Bk）、30–31頁（N：Bk）、34–35頁（N：Bk）、36頁（N：Bk）、39頁（N：Bk）、41頁（N：Bk）、42–43頁（N：Bk）、44–45頁（N：Bk）、47頁（N：Bk）、48–49頁（N：Bk）、50頁（N：Bk）、52–53頁（N：Bk）、54–55頁（N：Bk）、56–57頁（N：Bk）、58–59頁（N：Bk）、60頁（N：Bk）、62–63頁（N：Bk）、64–65頁（N・U：Bk）、66–67頁（N：Bk）、68頁（N：Bk）、71頁（N：Bk）、72–73頁（N：Bk）、74頁（N：Bk）、82頁（N：Bk）、111頁（U：Rk）	〔倉2〕〔G〕 『アントニーとクレオパトラ』 書入れは語学学習の跡か 48頁に英文で長文コメント二つ①「excellet sonet of a nimph」、②「Virtue, beauty and speach did strike, warned, charm my hearts, eyes, ears with wonder, love, delight. For nothing, time nor place can leave quench case mine own embraced, tought, clever, fine, disease.」
A459	Shakespeare, William	*Macbeth*・London, Macmillan・1911・223p.・Macmillan's English classics	表見返し（中西屋書店シール）、扉（蔵書印：「芥川文庫」印）、18頁（U：Rk）、21頁（U：Rk）、23頁（U：Rk）、24頁（U：Rk）、33頁（N：Bk）、34頁（U：Bk）、41頁（U：Rk、N：Bk）、42–43頁（N：Bk）、60頁（N：Rkでカギカッコ始め及び閉じ）、65頁（U：Rk）、68頁（U：Rk）、71頁（U：Rk）、75頁（N：Bk）、160頁（U：Rk）	〔倉2〕〔G〕 『マクベス』
A460	Shanks, Lewis Piaget	*Anatole France*・Chicago, Open Court Pub. Co.・1919・241p.	表見返し（丸善シール）、扉（蔵書印：「我鬼B」印）、28頁（S：Bb）、36頁（S：Bb）、57頁（S：Bb）、62頁（S：Bb?）、66–67頁（N・U：Bkで「something / of ／ Mérimée / too」、S：Bb?）、86頁（S：U：Bp）、182頁（N：Bkで「メリメを挙げざるは如何」）、229頁（N：Bkで「Oct. 8th 1921 / Yugawara」）	〔倉1〕 アナトール・フランスの評伝 折れ目：88頁左上（跡）、124頁左上（跡）
A461	Sharp, William〔編〕	*Great English painters*・London, W. Scott・[n. d.]・311p.・The Scott library	表見返し（丸善シール）、扉（蔵書印：「森口文庫」印）、3頁（N・U：Bp）	画家の評伝集 Selected from Cunningham's "Lives of the most eminent British painters" 未裁断（裁断ミス?）：ix–xii頁、

					153–156 頁、157–160 頁折れ目：201 頁右上
A462	Shaw, George Bernard	*Back to Methuselah : a metabiological pentateuch*・London, Constable・1921・267p.	表見返し（丸善シール）、xliii 頁（N：Bp）、xlv 頁（N：Bp）、xlviii–xlix 頁（N：Bp）、lii–liii 頁（N：Bp）、liv 頁（N：Bp）		〔本〕戯曲書入れはモダン・シリーズ編纂時のものと思われる。未裁断：89–92 頁、101–104 頁、109–112 頁、113–116 頁、121–124 頁、133–136 頁、141–144 頁、145–148 頁、153–156 頁、165–168 頁、173–176 頁、177–180 頁、185–188 頁、197–200 頁、205–208 頁、209–212 頁、217–220 頁、229–232 頁、237–240 頁、241–244 頁、249–252 頁折れ目：xxxix 頁右上（跡）、xli 頁右上（跡）、xlviii 頁左上（跡）、xlix 頁右上（跡）、liii 右上、lvi 頁左上（跡）、lxii 頁左上（跡）、lxxxii 頁左上（跡）
A463	Shaw, George Bernard	*The commonsense of municipal trading*・London, Publishd for the Fabian Society by J. Cape・［1908］・120p.			評論集折れ目：96 頁左上
A464	Shaw, George Bernard	*The doctor's dilemma ; Getting married ; and The shewing-up of Blanco Posnet*・New York, Brentano's・1918・443p.			戯曲集折れ目：xx 頁左下、xlvii 頁下、xlix 頁左下、12 頁左下、263 頁右上（跡）、353 頁右下（跡）、431 頁右下（跡）
A465-1	Shaw, George Bernard	*Dramatic opinions and essays with an apology vol. 1*・London, Constable・1917・449p.	表見返し（丸善シール）		批評・エッセイ集未裁断：15–18 頁、31–34 頁、43–46 頁、47–50 頁、63–66 頁、75–78 頁、91–94 頁、95–98 頁、107–110 頁、111–114 頁、123–126 頁、127–130 頁、155–158 頁、171–174 頁、175–178 頁、203–206 頁、207–210 頁、219–222 頁、223–226 頁、251–254 頁、255–258 頁、267–270 頁、271–274 頁、287–290 頁、299–302 頁、303–306 頁、315–318 頁、331–334 頁、335–338 頁、363–366 頁、367–370 頁、379–382 頁、395–398 頁、399–402 頁、411–414 頁、415–418 頁、431–434 頁
A465-2	Shaw, George Bernard	*Dramatic opinions and essays with an apology vol. 2*・London, Constable・1917・470p.	表見返し（丸善シール）		批評・エッセイ集未裁断：13–16 頁、33–36 頁、45–48 頁、49–52 頁、93–96 頁、157–160 頁、161–164 頁、177–180 頁、193–196 頁、221–224 頁、225–228 頁、241–244 頁、253–256 頁、257–260 頁、269–272 頁、273–276 頁、285–288 頁、317–320 頁、321–324 頁、333–336 頁、337–340 頁、349–352 頁、353–356 頁、381–384 頁、385–388 頁、397–400 頁、413–416 頁、417–420 頁、429–432 頁、

巻末附録　2．芥川龍之介旧蔵書・洋書に関する書き入れ調査結果一覧表　　　437

				433–436 頁、445–448 頁、449–452 頁
A466-7	Shaw, George Bernard	*You never can tell : a comedy in four acts*・London, Constable・1921・[208-] 320p.・The dramatic works of Bernard Shaw : no. 7		戯曲 本のページが 207 頁から始まる。何かの分冊本か。 折れ目：259 頁右上（跡）、261 頁右上（跡）、263 頁右上（跡）
A466-7a	Shaw, George Bernard	*You never can tell : a comedy in four acts*・London, Constable・1923・320p.・The dramatic works of Bernard Shaw : no. 7		戯曲
A466-11&14 (合本)	Shaw, George Bernard	*How he lied to her husband : in one act, with preface ; The admirable Bashville, or, constancy unrewarded : being the novel of Cashel Byron's profession done into a stage play in three acts and in blank verse*・London, Constable・1912, 1913・144p., 332p.・The dramatic works of Bernard Shaw : no. 14, 11	扉（N：Bk で「Bought at／Nakanishiya／Book Seller's／on the 11th ／ of April／1919」)、125 頁（N：Bk で「コノ仮名ヲツケタル男必シモ／知ラヌ字バカリニツケタルニア／ラズ人間ハコレ程 variety／ツヨキモノナリ／第二代ノ読者／我鬼」および その他 2 点〔単語の意味〕)、126 頁（N：Bk〔単語の意味〕)、144 頁（N：Bk で「器用ナリ」)、293 頁（N・U：Bk で台詞に U を施し、そこに矢印した上で「ああ、偉大なる芸術だ　ああ渾然たる芸術心だ」および「fool! These lines are／from Marlowe's Faustus.」とある)、294 頁（U：Bk)、296–297 頁（N：Bk)、298 頁（N・U：Bk）	〔倉2〕〔G〕〔本〕 戯曲集（合冊本） 14 巻 293 頁コメントについて〔G〕に「日本語の書き入れと英語の書き入れのインクの色が明らかに違う。より古い物（日本語）・より新しい物（英語）であろう」と指摘がある。 折れ目：310 頁左下（跡） 未裁断：333–336 頁（広告ページ）
A466-13	Shaw, George Bernard	*John Bull's other island : in four acts*・London, Constable・1913・116p.・The dramatic works of Bernard Shaw : no. 13	扉（蔵書印：「木幡蔵書」印）	戯曲 折れ目：110 頁左下
A466-15	Shaw, George Bernard	*Major Barbara : in three acts*・London, Constable・1921・293p.・The dramatic works of Bernard Shaw : no. 15		戯曲 未裁断：157–160 頁、169–172 頁、173–176 頁、185–188 頁（以上、序文部分。本文は全開封)
A466-16	Shaw, George Bernard	*The doctor's dilemma : a tragedy*・London, Constable・1920・105p.・The dramatic works of Bernard Shaw : no. 16	表見返し（丸善シール）、105 頁（N：Bk で「Clever!／17th Oct 1920」〔本文末尾〕）	〔倉2〕〔G〕 戯曲 折れ目：xxviii 頁左上 未裁断（製本ミス？）：xxxix–xlii 頁、xliii–xlvi 頁
A466-18	Shaw, George Bernard	*The shewing-up of Blanco Posnet : a sermon in crude melodrama*・London, Constable・1920・407p.・The dramatic works of Bernard Shaw : no. 18		戯曲
A466-19	Shaw, George Bernard	*Fanny's first play : an easy play for a little theatre*・London, Constable・1921・234p.・The dramatic works of Bernard Shaw : no. 19		戯曲
A466-20&24	Shaw, George Bernard	*Overruled, and the dark lady of the sonnets*・London, Constable・1920, 1910・96p., 147p.・The dramatic works of Bernard Shaw : no. 24, 20	70 頁（N：Bk で「Good grand Shaw!」)、133 頁（N：Bp)、136 頁（N：Bp でカギカッコ始め)、142 頁（U：Rk)、147 頁（N：Bk で「June 10th 1921／京漢鉄道車中」）	〔倉2〕 戯曲（合冊本） 折れ目：310 頁左下（跡） 未裁断：333–336 頁（広告ページ）
A466-21	Shaw, George Bernard	*Misalliance : with a treatise on Parents & children*・London, Constable・1919・99p.・The dramatic works of Bernard Shaw:	表見返し（丸善シール）、99 頁（N：Bk で「April 25th 1922／in the train for／Kyoto」）	〔倉2〕 戯曲集 未裁断：cxix–cxxii 頁（該当箇所は白紙頁）

A466-23	Shaw, George Bernard	*Androcles and the lion : a fable play*・London, Constable・1920・51p.・The dramatic works of Bernard Shaw : no. 23 no. 21	xxix 頁（S：Bk）	〔本〕 戯曲 折れ目：lxvii 頁左上（跡）、lxx 頁左上（跡）、lxxviii 頁左上（跡）、lxxx 頁左上（跡）、lxxxiii 頁右上（跡）
A466-25	Shaw, George Bernard	*Pygmalion : a romance in five acts*・London, Constable・1920・205p.・The dramatic works of Bernard Shaw : no. 25	表見返し（丸善シール）、205 頁（N：Bk で「Nov. 7th 1920 / Tabata」〔本文末尾〕）	〔倉2〕〔G〕 戯曲
A467	Shaw, George Bernard	*Heartbreak house ; Great Catherine ; Playlets of the war*・London, Constable・1920・266p.	表見返し（四方堂書店シール）、110 頁（N：Bk で「the most terrible / drama Shaw has ever / written. / June 18th '22 / Tabata」〔"Heartbeak House" 末尾〕）	戯曲集 折れ目：23 頁右上（跡）、34 頁左上（跡） 未裁断：233–236 頁、237–240 頁（以上の未開封は "Augustus Does His Bit" のみで、その他三作は通読か）
A468	Shaw, George Bernard	*Major Barbara : with an essay as first aid to critics*・New York, Brentano's・1913・159p.・Bernard Shaw's plays	表見返し（丸善シール）	戯曲
A469	Shaw, George Bernard	*Man and superman : a comedy and a philosophy*・New York, Brentano's・1913・175p.・Bernard Shaw's plays	表見返し（丸善シール）、ix 頁（N：Rk）、23 頁（U：Rp）、53 頁（S：Rk）、54 頁（S：Rk）、106–107 頁（S：Rk）、108–109 頁（S：Rk）	〔倉2〕〔G〕 戯曲
A470	Shaw, George Bernard	*An essay On going to church*・Boston [Mass.], J. W. Luce・1909・60p.	表見返し（郁文堂シール）	エッセイ
A471	Shaw, George Bernard	*The perfect Wagnerite : a commentary on the Niblung's Ring : 4th ed.*・London, Constable・1923・155p.	30 頁（U：Bp）	評論 折れ目：28 頁左上（跡）、30 頁左上（跡）、64 頁左上（跡）、68 頁左上（跡）、88 頁左上（跡）、110 頁左上（跡）
A472-1	Shaw, George Bernard	*Plays, pleasant and unpleasant vol.1*・London, Constable・1908・235p.	表見返し（世界堂シール）、扉（蔵書印：「芥川文庫」印）、192–193 頁（S：Rp）、194–195 頁（S：Rp）、196–197 頁（S：Rp）、198–199 頁（S：Rp）、213 頁（U：Rp）、221 頁（U・S：Rp）、230–231 頁（S：Rp）、232–233 頁（U：Rp）、234 頁（S：Rp、N：Bk で「15th Nov. '12. / in Tokio.」〔本文末尾〕）	〔倉2〕〔G〕 戯曲集 the three unpleasant plays 所収 折れ目：xix 頁右上（跡）
A472-2	Shaw, George Bernard	*Plays, pleasant and unpleasant vol.2*・London, Constable・1920・320p.	表見返し（丸善シール）	戯曲集 the four pleasant plays 所収 折れ目：175 頁右上（跡）、195 頁右上（跡）、192 頁左上（跡）、288 頁左上（跡）
A473	Shaw, George Bernard	*Press cuttings : a topical sketch compiled from the editorial and correspondence columns of the daily papers by Bernard Shaw, as performed by the civic and dramatic guild at the Royal Court Theatre, London, on the 9th July 1909*・London, Constable・1913・39p.	39 頁（N：Bk で「June 1st 1922 / Tabata」〔本文末尾〕）	〔倉2〕 戯曲
A474	Shaw, George Bernard	*The quintessence of Ibsenism : now completed to the death of Ibsen : 3rd ed.*・London, Constable・1922・210p.		〔本〕 評論（イブセン論） 折れ目：131 頁右上（跡）、152 頁左上（跡）、156 頁左上（跡） 未裁断：203–206 頁、207–210 頁

巻末附録　2．芥川龍之介旧蔵書・洋書に関する書き入れ調査結果一覧表　　　439

A475	Shaw, George Bernard	*Saint Joan : a chronicle play in six scenes and an epilogue*・London, Constable・1924・114p.	26–27 頁（S：Bk．N は 27 頁側の S 脇に「fine」）、96–97 頁（S：Bk）、114 頁（N：Bk で「11th January '15 ／ Tabata」〔本文末尾〕）	〔倉2〕 戯曲
A476	Shaw, George Bernard	*The sanity of art : an exposure of the current nonsense about artists being degenerate*・London, Constable・1911・104p.	表見返し（中西屋書店シール）、104 頁（N：Bb で「1 Oct '14」〔本文末尾〕）	〔倉2〕〔G〕〔本〕 評論集 折れ目：46 頁左上（跡）
A477	Shaw, George Bernard	*Three plays for Puritans : The devil's disciple, Cæsar and Cleopatra, and Captain Brassbound's conversion*・London, Constable・1908・308p.	表見返し（世界堂シール）、扉（蔵書印：「芥川文庫」印）、29 頁（U：Rp）、79 頁（S：Rp）、81 頁（U：Rp）、88 頁（N：Bk で「27th August '13」〔"The Devil's Disciple" 末尾〕）、102–103 頁（S：Rp）、113 頁（S：Rp）、135 頁（U：Rp、U：Bk）、189 頁（S：Rp）、191 頁（S：Rp、S．N：Bk で「コノ対話ハ F ノ仕業タル事ヲ R 二知ラセル為バ／カリカ R ガ F ヲ殺シテ F ガ叫声ヲ立テザル／弁解ニモナツテキル」）、192 頁（S：Rp）、195 頁（S：Rp）、196–197 頁（S：Rp）、198–199 頁（S：Rp）、200 頁（S：Rp）、211 頁（N：Bk で「11th April 1913.」〔"Cæsar and Cleopatra" 末尾〕）、裏見返し（N：Bk）	〔倉2〕〔本〕 戯曲集 折れ目：xxxiii 頁右上（跡）、xxxv 頁右上（跡）、110 頁左上（跡）、136 頁左上（跡）、151 頁右上（跡）、185 頁右上（跡）
A478	Shelley, Mary W.	*Frankenstein or the modern Prometheus*・London, J.M. Dent ／ New York, E.P. Dutton・[n. d.]・242p.・Everyman's library	表見返し（丸善シール）、x–xi 頁（S：Bk）、242 頁（N：Bk で「May 27th '15 ／ Tabata.」〔本文末尾〕）、裏見返し前（N：Bk で「己はこの本をよんで少しも怖くなかった　そして／寧　フランケンスタ〔一字削除〕インの創造した巨人（「は」を削除）が人間／の世界に接触してゆく段どりに興味をひか／れた／この本は時に枝葉の為に根本の Keynote を弱め／られてゐる」）	〔45〕〔倉2〕〔G〕 『フランケンシュタイン』
A479	Sherard, Robert Harborough	*The life of Oscar Wilde : 3rd ed.*・London, T.W. Laurie・1911・403p.	表見返し（丸善シール、蔵書印：「芥川文庫」印）、4 頁（U：Rk）、34 頁（U：Rk）、63 頁（U：Rk）、66 頁（S：Rk）、131 頁（S・U：Bk）、137 頁（U：Bk）、355 頁（S：Rk）、356–357 頁（S・N：Rk．N は 357 頁側の S 脇に「touching」）、358–359 頁（S：Rk）、360–361 頁（S：Rk）、388 頁（N：Bk で「23rd Sept '14」〔本文末尾〕）	〔倉2〕〔G〕 オスカー・ワイルドの評伝
A480	Sherard, Robert Harborough	*The life, work, and evil fate of Guy de Maupassant (gentilhomme de lettres)*・London,T.W. Laurie・1926・399p.・Gentilhomme de lettres		モーパッサンの評伝 未裁断：ix–xii 頁、xiii–xvi 頁、9–12 頁、13–16 頁、29–32 頁、45–48 頁、73–76 頁、89–92 頁、105–108 頁、109–112 頁、121–124 頁、125–128 頁、137–140 頁、141–144 頁、153–156 頁、157–160 頁、169–172 頁、173–176 頁、217–220 頁、221–224 頁、233–236 頁、237–240 頁、249–252 頁、265–268 頁、269–272 頁、281–284 頁、

				285–288 頁、301–304 頁、313–316 頁、317–320 頁、361–364 頁、393–396 頁、397–400 頁
A481	Sherard, Robert Harborough	*Modern Paris : some sidelights on its inner life*・London, T. Werner Laurie・[n. d.]・300p.	表見返し（丸善シール）	評論集 折れ目：98 頁左上（跡）、138 頁左上
A482	Shestov, Leo	*All things are possible*・S. S. Koteliansky・New York, R.M. McBride・1920・243p.	表見返し（丸善シール）	随想集
A483	Showerman, Grant	*Horace and his influence*・Boston, Mass., Marshall Jones Company・1922・176p.・Our debt to Greece and Rome		古代ローマの詩人ホラティウスの評伝
A484	Sienkiewicz, Henryk	*Her tragic fate*・J. Christian Bay・New York, Hurst・[c1901]・216p.	表見返し（N：Bp で「聖ドミニコ会日本教会伝 一 326 354／山口公教会史 一 七六 三六／聖規則書 一 七六 三六／〃会準縄 一 一 一三七／〃職指鍼 一 七二 五九」）	〔61〕〔G〕 長編（中編）小説『パンの裏側』表見返しに、キリシタン資料の名前が列記されている。 折れ目：84 頁左上（跡）、102 頁左上（跡）、106 頁左上（跡）
A485	Sienkiewicz, Henryk	*Quo vadis? : whither goest thou? : a tale of the time of Nero*・London, George Routledge・[n. d.]・480p.	扉（蔵書印：「芥川文庫」印）、480 頁（N：Bk で「8th Feb 1910」〔本文末尾〕）、裏見返し（N：Bk で「一九一〇年十二月三十日 此一巻は屋廣瀬先生の推奨し給へるものなりき／芥川文庫」）	〔61〕〔G〕 長編小説
A486	Sinclair, May	*The romantic*・London, W. Collins・1923・249p.・Collins' 2/6 novels		長編小説
A487	Smith, C. Alphonso	*Edgar Allan Poe*・Indianapolis, Bobbs-Merrill・[c1921]・350p.		エドガー・ポー論 折れ目：16 頁左上、29 頁右上、128 頁左下、158 頁左上、176 頁左下、244 頁左下
A488	Sophocles	*Oedipus, King of Thebes*・Gilbert Murray・London, G. Allen・1912・91p.・The Athenian drama for English readers	表見返し（丸善シール、岩波書店シール）	ギリシャ悲劇「オイディプス王」
A489	Sparling, H. Halliday	*The Kelmscott Press and William Morris, master-craftsman*・London, Macmillan・1924・176p.		ウィリアム・モリスとケルムスコット・プレスに関する研究書 "An annotated list of all the books printed at the Kelmscott Press in the order in which they were issued" by S.C. Cockerell 未裁断：175–178 頁（Index の頁）
A490	Squire, J. C.	*Songs from the Elizabethans*・London, Herbert Jenkins・1924・315p.・The Fireside library	表見返し（教明社シール）、314 頁（N：Bk で Index の "Love not me for comely grace" に○）	エリザベス朝のフレーズ集 未裁断：9–12 頁、13–16 頁、25–28 頁、29–32 頁、41–44 頁、45–48 頁、57–60 頁、61–64 頁、73–76 頁、77–80 頁、89–92 頁、93–96 頁、137–140 頁、141–144 頁、169–172 頁、173–176 頁、185–188 頁、189–192 頁、205–208 頁、217–220 頁、221–224 頁、233–236 頁、249–252 頁、253–256 頁、265–268 頁、269–272 頁、281–284 頁、285–288 頁、297–300 頁、301–304 頁、317–320 頁（白紙）所々、裁断して読んだ形跡有
A491	Starrett, Vincent	*Ambrose Bierce*・Chicago, Walter M. Hill・1920・50p.	表見返し（丸善シール）、50 頁（N：Bk で「June 10th／Tabata」〔本文末尾〕）	〔倉 2〕 アンブローズ・ビアス論（"The Man", "The Master", "The

				Mystery"の三章立て）初版限定250部の第134番
A492	Stendhal	*On love*・Philip Sidney Woolf and Cecil N. Sidney Woolf・London, Duckworth・1915・356p.	表見返し（丸善シール）、52頁（S：Bp）、58頁（S・N：Bp・S脇に「true!」）、66頁（S：Bp）、210頁（N：Bkで「往年デカメロン中の話を読み、我若くしての〔一字削除〕話を書かばかくせんと／思ひし事あり。今このプロヴァンスの話を読めば、我が構想と異ること／なし。人人見る所相同じき乎。」）、268頁（S：Bp）、272–273頁（S：Bp）、274–275頁（S：Bp）、280頁（S：Bp）	〔65〕〔倉1〕〔G〕 スタンダール『恋愛論』 折れ目：124頁左上（跡）、126頁左上（跡）、130頁左上（跡）、6頁左上（跡）
A493	Stendhal	*The red and the black : a chronicle of 1830*・Horace B. Samuel・London, Kegan Paul, Trench, Trübner／New York, E.P. Dutton・1914・527p.	表見返し（丸善シール）、v頁（蔵書印：「我鬼A」印）	〔G〕 『赤と黒』 折れ目：24頁左下（跡）、30頁左上（跡）、33頁右下、36頁左下（跡）、42頁左上
A494	Stern, G. B.	*Smoke rings*・New York, A. A. Knopf・1924・262p.		ユダヤ系作家による短篇小説集
A495	Sterne, Laurence	*The complete works of Laurence Sterne : New ed.*・Edinburgh, W. P. Nimmo・1897・455p.・Nimmo's standard library		〔G〕 漱石『吾輩は猫である』にも影響を与えたローレンス・スターンの全作品集。本人による自伝付き。 折れ目：107頁右上、151頁右上（跡）、153頁右上（跡）、199頁右上、405頁右下 未裁断（製本ミス）：187–190頁、307–310頁
A496	Stevens, C. L. McCluer	*Famous crimes and criminals : 2nd ed.*・London, Stanley Paul・[n. d.]・263p.・The library of crime		有名犯罪・事件の実例集 折れ目：205頁右上（跡：Alice Grayの章）
A497	Stevenson, Robert Louis	*New Arabian nights : Fine-paper ed.*・London, Chatto & Windus・1908・325p.	表見返し（中西屋書店シール）、1頁（N：Bp）、2–3頁（N・U：Bp）、4–5頁（N・U：Bp）、6–7頁（N・U：Bp）、8–9頁（N・U：Bp）、10頁（N・U：Bp、N：Bkで「コレラノカナヲツケシハ中学五年生位乎／僕 N.A.N ヲ買ヒテハ失ヒ、買ヒテハ失フ コレソノ四冊目／ナリ」）	『新アラビアン夜話』 収録作品は"The suicide club"、"The Rajah's diamond"、"The pavilion on the links"、"A lodging for the night"、"The Sire de Maléstroit's door"、"Providence and the guitar" 10頁迄の黒鉛筆の書き込みは、単語の意味など。
A498	Stevenson, Robert Louis	*The poems of Robert Louis Stevenson : Astor ed.*・New York, T. Y. Crowell・[c1900]・376p.	表見返し（中西屋書店シール）	詩集
A499	Stewart, Edith Anne	*The life of St. Francis Xavier : evangelist, explorer, mystic*・Kingsway, W.C. [London], Headley Bros.・1917・356p.	表見返し（丸善シール）	フランシスコ・ザビエル伝 David Macdonaldによるザビエルの書簡の英訳付き
A500	Stirner, Max	*The ego and his own*・Steven T. Byington・London, A.C. Fifield／New York, E.C. Walker・1913・506p.・The Tucker series	表見返し（丸善シール、N：Bkで署名〔芥川以外か〕と日付〔Sept 1. –14〕）、11頁（S：Pp、N：Bk）、12–13頁（U：S：Pp、N：Bk）、14–15頁（S：U：Pp、N：Bk）、16頁（N：Bk）、19頁（N：Bk）、20–21頁（N：Bk、U：Pp）、22–23頁（S・U：Pp）、25頁（U：Pp、N：Bk）、26–27頁（S：Pp、N：Bk）、28–29頁（N：Bk）、32頁（U：Pp）、34–35頁（N：Bk、S：Pp）、36–37頁（N：Bk）、38–39頁（N：Bk、U：	〔78〕〔倉2〕 評論 書入れは英単語がほとんどで、内容の要約や短い感想と思われる。これまで芥川の書入れとして報告されてきたが、署名と同じ筆跡で（490頁の書入れを含め）芥川とは別人の書入れの可能性が非常に高い。 折れ目：127頁右上（跡）

			Pp)、40–41 頁（N：Bk、S：Pp）、42 頁（S：Pp）、44–45 頁（N：Bk、S：Pp）、46–47 頁（S・U：Pp、N：Bk）、48 頁（N：Bk）、52–53 頁（S：Pp、N：Bk）、54–55 頁（S：Pp、N：Bk）、60 頁（N：Bk）、62–63 頁（N：Bk、U：Pp）、64–65 頁（N：Bk、U：Pp）、66–67 頁（U：Pp、N：Bk）、68 頁（N：Bk）、71 頁（N：Bk）、73 頁（N：Bk）、74–75 頁（N：Bk）、77 頁（S：Pp、N：Bk）、80–81 頁（U・S：Pp）、82 頁（N：Bk）、85 頁（N：Bk）、92 頁（S：Ap、N：Bk）、97 頁（S：Pp、N：Bk）、98 頁（S：Pp）、104–105 頁（S：Pp）、129 頁（S：Pp）、138–139 頁（N：Bk、S：Pp）、140 頁（S：Ap、N：Bk）、143 頁（S：Pp）、150–151 頁（S：Pp）、152 頁（N：Bk）、213 頁（S：Bp）、425 頁（U：Bk）、490 頁（N：Bk で「大正三年十月九日／著者はよくもこの長い論文／が書き得たと思ふ。ペッシミスムス／にも陥らずに、又、ニイチェの様／に詩的な表現法を／〔『執』を削除〕採ら／ずに／初めは面白く読んだが、余りに／藝術的要素と、学術的品格が／欠けて居、且つ、反覆する事／が多□に過ぎて、いやになった」〔本文末尾〕）	
A501	Stoker, Bram	*Dracula : 8th ed.*・Westminster [London], Constable・1904・390p.	390 頁（N：Bk で「クダラン小説ダ／怪談モカウナツテハ一向怖ダネ　我鬼／〔一字削除〕ク／ナイ／鏡花以下ダネ　我鬼／July 27th ／1920／Tabata」〔本文末尾〕）	怪奇小説の古典『ドラキュラ』折れ目：48 頁左上（跡）、95 頁右上（跡）、106 頁左上（跡）、109 頁右上（跡）、122 頁左上（跡）、166 頁左上（跡）、184 頁左上（跡）、209 頁右上（跡）、231 頁左上（跡）、242 頁左上（跡）、248 頁左上（跡）、256 頁左上（跡）、268 頁左上（跡）、273 頁右上（跡）、330 頁左上（跡）、351 頁左上（跡）、353 頁右上（跡）、362 頁左上（跡）、364 頁左上（跡）、366 頁左上（跡）
A502	Stokes, Hugh	*Francisco Goya : a study of the work and personality of the eighteenth century Spanish painter and satirist*・London, H. Jenkins・1914・397p.	表見返し（丸善シール）、扉（蔵書印：「龍之介印」印）、324 頁（N：Bk で「April 16th 1919／Tabata」）	ゴヤの評伝 折れ目：91 頁隣りのイラスト裏頁左下（跡：製本時にできたものか）
A503	Strindberg, August	*The confession of a fool*・Ellie Schleussner・London, Methuen・[1913]・319p.	204–205 頁（S：Bp）、207 頁（S：Bp）、208–209 頁（N：Bp で「a woman □□□□ by a man」、S・U：Bp）、218 頁（N：Bk で「妖婦傳」、S・N：Bk で S 脇に「good」）	芥川の遺書に登場するストリントベリイの長編小説『痴人の懺悔』英題は（邦題より）「或阿呆の一生」を想起させる。折れ目：93 頁右上（跡）、147 頁右上（跡）、301 頁右下（跡）
A504	Strindberg, August	*Fair haven and foul strand : Colonial ed.*・London, T. Werner Laurie・[n. d.]・243p.	表見返し（郁文堂シール）、裏見返し（N：Bk で「1916 R. Saitoh」）	長編小説 折れ目：38 頁左上
A505	Strindberg, August	*The father : a tragedy*・N. Erichsen・London, Duckworth・1911・99p.・Modern plays	表見返し（丸善シール）、扉（蔵書印：「芥川文庫」印）、14 頁（U：Ap）、57 頁（U：Ap）、70–71 頁（U：Ap）、72 頁（U：Ap）、89 頁（U：Ap）、90 頁	〔62〕〔倉 2〕〔G〕戯曲

巻末附録　2．芥川龍之介旧蔵書・洋書に関する書き入れ調査結果一覧表　　　443

			(U：Ap)、92 頁（U：Ap）、94-95 頁（U：Ap）、96 頁（U：Ap)、裏見返し（N：Bk で「一九一二年四月六日／我弟の芝中學に入学したる紀念として／伯母上より贈らる／芥川龍之介」）	
A506	Strindberg, August	*The German lieutenant and other stories : Colonial ed.*・Claud Field・London, T. Werner Laurie・[n. d.]・295p.	表見返し（中西屋書店シール）、70 頁（N：Bp で「8th. Nov. 1915 ／ Very forrible ／ but slightly difficult ／ in the article's effects」(“The German Lieutenant" 末尾])、141 頁（N：Bp で「Cleverly written though ／ with a little artificiality」(“Over-refinement" 末尾])、176 頁（N：Bp で「Cleverly written too」(““Unwelcome.” 末尾])、210 頁（N：Bp で「The transition to madman is too sudden.」(“Higher aims" 末尾])、259 頁（S・N：Bp で「a vivid description of the ／ sugesstive contrasting with ／ the objective.」(“Paul and Peter"])、260 頁（S：Bp [同前])、264 頁（N：Bp で「The last paragraph is somewhat ／ too mediocre.」[同前末尾])、278 頁（N：Bp で「A subite miniature」(“A funeral" 末尾])、295 頁（N：Bp で「April 15th '17 ／ on the way from ／ Kyoto to ／ Tokio」(“The last shot" 及び本書末尾])	〔倉 2〕短篇集収録作品は “The German lieutenant"、“Over-refinement"、““Unwelcome."”、“Higher aims"、“Paul and Peter"、“A funeral"、“The last shot"京都から東京への帰宅時の列車にての読書
A507	Strindberg, August	*The growth of a soul*・Claud Field・London, W. Rider・1913・252p.	表見返し（郁文堂シール）、N：Bk で「1916 ／ R. Saitoh」の署名）	〔G〕長編小説折れ目：62 頁左上
A508	Strindberg, August	*Historical miniatures*・Claud Field・London, G. Allen・1913・362p.	表見返し（丸善シール）、362 頁（N：Ak で「3rd Oct. ／ '17 ／ Yokosuka」[本文末尾]）	〔倉 2〕短篇集〔倉 2〕には「5rd Oct. '17 Yokosuka」と報告がある。
A509	Strindberg, August	*The Inferno*・Claud Field・London, W. Rider・1912・188p.	表見返し（丸善シール）、N：Bp で「この本をよんでから妙に Super-stitious にな／って弱った／こんな妙な その癖にいやに真剣な／感銘をうけた本は外にない」)、1 頁（U・N：Bp）、2-3 頁（N・U：Bp）、9 頁（N：Bp）、11 頁（N・U：Bp）、12-13 頁（U：Bp）、14-15 頁（N・U：Bp）、16-17 頁（N・U：Bp）、18-19 頁（N・U：Bp）、22-23 頁（N・U：Bp）、27 頁（U：Bp）、28-29 頁（U・N：Bp）、32-33 頁（U：Bp）、35 頁（N：Bp）、41 頁（N：Bp）、42 頁（N：Bp）、44 頁（U：Bp）、47 頁（N：Bp）、48-49 頁（N：Bp）、51 頁（N・U：Bp）、52-53 頁（U：Bp）、54 頁（N：Bp）、60 頁（N：Bp）、62 頁（N：Bp）、64 頁（S・U：Bp）、66-67 頁（U：Bp）、68-69 頁（U・N：Bp）、70 頁	〔12〕〔倉 2〕〔図〕「歯車」との関連が指摘される長編小説。表見返しの書き入れは長文。そのほか、翻刻した以外は単語の意味等と思われる。傍線を除き、下線は単語一語に施されているものがほとんど。折れ目：16 頁左上（跡）、86 頁左上（跡）、102 頁左上（跡）

			（U：Bp)、72–73 頁（U・N：Bp)、76–77 頁（N・U：Bp)、79 頁（U：Bp)、91 頁（S：Bp)、92–93 頁（S・N・Bp・93 頁のS脇に「ココイラノ描写ハ息モツカセナイ」)、110 頁（N：Bp)、112–113 頁（N・U・S：Bp)、115 頁（U・N：Bp)、118 頁（N・U：Bp)、122–123 頁（N・U：Bp)、125 頁（N・U：Bp)、126 頁（U・N：Bp)、145 頁（U：Bp)、151 頁（U：Bp)、154 頁（N：Bp)、158 頁（N：Bp)、161 頁（U：Bp)、163 頁（U：Bp)、164–165 頁（U：Bp)、166–167 頁（U・N：Bp)、176 頁（U：Bp)、178–179 頁（U・N：Bp)、180 頁（S：Bp)、182 頁（U：Bp)、188 頁（N：Bp で「Jan. 12th '7 ／ Kamakura」)〔本文末尾〕)	
A510	Strindberg, August	*Inferno ; Legenden : 2. Aufl* ・Emil Schering・München ; Leipzig, Müller・1910・426p.・Strindbergs Werke : deutsche Gesamtausgabe ; 4. Abt. . Lebensgeschichte ; 4. Bd.	4–5 頁（S・U：Bp)、6–7 頁（S：Bp)、8–9 頁（S：Bp)、16 頁（S：Pp)、20–21 頁（S・N：Bp)、23 頁（U：Pp)、30 頁（S：Pp、N：Pp で頁番号を○で囲っている)、37 頁（N：Bp で頁番号を○囲い)、41 頁（U：Bp)、42 頁（S：Bp)、45 頁（N：Bp で頁番号を○囲い)、46 頁（N：Bp で「Symptome der Paranoia simplex chronica〔慢性単純性パラノイアの症状〕」、54–55 頁（S：Bp、N：Bp で 55 頁の頁数字を○囲い)、88 頁（S：Ap)、95 頁（S：Bp)、97 頁（S：Bp)、100 頁（S：Bp)、132 頁（N：Ap で「Vid. Schwarge Fahren ／ Kaptil 12.」)、209 頁（U：Ap)、210 頁（U：Ap)、364–365 頁（S：Bp)、366–367 頁（S：Bp)、373 頁（S：Bp)、387 頁（S：Bp)、402–403 頁（S：Bp)、404–405 頁（S：Bp、N：それぞれの頁番号をBpで○囲い)、410 頁（N：Bp でカギカッコ始め)、414 頁（N：Bp でカギカッコ閉じ)	〔倉2〕〔G〕ドイツ語訳の小説集（「伝説」と「地獄」)
A511	Strindberg, August	*In midsummer days : and other tales*・Ellie Schleussner・New York, McBride, Nast・1913・176p.	表見返し（丸善シール、N：Bk で「R. Akutagawa」)、176 頁（N：Bk で「28th Feb '16 ／ Tabata」〔本文末尾〕)	〔倉2〕短篇小説集収録作品は "In midsummer days"、"The big gravel-sifter"、"The sluggard"、"The pilot's troubles"、"Photographer and philosopher"、"Half a sheet of foolscap"、"Conquering hero and fool"、"What the tree-swallow sang in the buckthorn tree"、"The mystery of the tobacco shed"、"The story of the St. Gotthard"、The story of Jubal who had no "I"""、"The golden helmets in the Alleberg"、"Little Bluewing finds the goldpowder"

巻末附録　2．芥川龍之介旧蔵書・洋書に関する書き入れ調査結果一覧表

A512	Strindberg, August	*Married : Cheap ed.*・Ellie Schleussner・London, Frank & Cecil Palmer・1915・351p.	表見返し（N：Bkで「a Husband (monomaniac of happiness) ／ crippled ／ loced by his wife for the first time」）	〔G〕 長編小説 折れ目：267頁右下
A513	Strindberg, August	*Master Olof : a drama in five acts*・Edwin Björkman・New York, American-Scandinavian Foundation・1915・125p.・Scandinavian classics	表見返し（丸善シール、N：Bpで「Nagano」）	〔G〕 戯曲
A514	Strindberg, August	*Legends : autobiographical sketches*・London, Andrew Melrose・1912・245p.	表見返し（岩波書店シール）、扉（蔵書印：「朧欣」?印）、vii頁（N：S）、96–97頁（U：Ap）、100–101頁（S跡：色が抜けた跡のみ）、110頁（S：Ap）、144頁（N：Bkで「Haubert's」に訂正線を入れ、その脇に「Flaubert's」と記す）、176頁（S・U：Ap）、221頁（S・U：Ap）、243頁（N：Bkで「June 20th 1917 ／ Kamakura」）、245頁（N：Bkで「Sept. 22. 1914」）	〔倉2〕 長編小説「伝説」 243頁の書入れ「June 20th 1917 ／ Kamakura」は芥川の字だろう。245頁の「Sept. 22. 1914」は芥川と異なるため、蔵書印の主の読了日と思われる。 折れ目：97頁右上（跡）、155頁右上（跡）、200頁左上（跡）、210頁左下（跡）
A515	Strindberg, August	*The martyr of Stockholm*・Claud Field・London, C. J. Thynne・1914・49p.	2頁（N：Rkで「スバラシイ短篇ダ／落チツイテキテ情熱ガアツテ／シカモ恐シク美シイ／火刑scene ハ勿論最初ノGreyfriars ノ／Covent ノ描写モ部屋ノ奥行ヤ／幅員マデ歴々ト書イテアル／大ニ感心シタ／ストリンドベルグ以外ノ作家／デハトテモカウハイカン／学校ニテ／大正七年五月廿三日」）	〔45〕〔倉2〕 中編小説 折れ目：5頁右上（跡）、7頁右上（跡）
A516	Strindberg, August	*On the seaboard : a novel of the Baltic Islands : Authorized ed.*・Elizabeth Clarke Westergren・Cincinnati, Stewart & Kidd・1913・300p.	31頁（U・S：Bp、N：Bpで S脇に「コノ世ノ」）、32頁（S：Bp）、46–47頁（S・U：Bp）、48頁（S・U：Bp）、50頁（S：Bp）、53頁（S・U：Bp）、54–55頁（S・U：N：Bp）、56–57頁（S・U：Bp）、58頁（U：Bp）、63頁（U：Bp）、64–65頁（S・U：Bp）、72–73頁（U・S：Bp）、74–75頁（U・S：Bp）、176頁（U・S：Bp）、178–179頁（S：Bp）、193頁（S・U・N：Bp）、194頁（S・U：Bp）、204頁（S・U：Bp）、207頁（U：Bp）、208頁（U：Bp）、215頁（S：Bp）、216頁（S・U：Bp）、219頁（U・S：Bp）、228頁（U：Bp）、239頁（S：Bp）、240–241頁（S・U：Bp）、244–245頁（S：Bp）、254頁（U：Bp）、256頁（S：Bp）、262–263頁（S・U：Bp）、290–291頁（S：Bp）、292–293頁（S：Bp）、297頁（U：Bp）、300頁（N：Bpで「21. Apil '16」【本文末尾】）	〔倉2〕 長編小説 300頁の黒鉛筆の「21. Apil '16」の筆跡は芥川のものとやや異なるか。 折れ目：14頁左上（跡）
A517-1	Strindberg, August	*Plays by August Strindberg 1st series*・Edwin Björkman・New York, C. Scribner・1912・268p.	表見返し（丸善シール）、扉（蔵書印：「芥川文庫」、U：Rp）、61頁（U：Rp）、63頁（S：Rp）、75頁（U・S：Rp）、76–77頁（U・S：Rp）、93頁（S：Rp）、99頁（S：	戯曲集 収録作品は "The dream play"、"The link"、"The dance of death, part 1"、"The dance of death, part 2" 折れ目：194頁左上

			Rp)、101 頁（U・S：Rp）、129 頁（S：Rp）、130-131 頁（S：Rp）、142 頁（U：Rp）、216 頁（S：Rp）	未裁断：225-228 頁、229-232 頁、241-244 頁、245-248 頁、259-262 頁、263-266 頁 "The dream play" & "The link" & "The dance of death" の part 1 まで読了の跡があるが、part2 は読了していない。
A517-4	Strindberg, August	*Plays by August Strindberg : 4th series : Authorized ed.*・Edwin Björkman・New York, C. Scribner・1916・283p.	表見返し（丸善シール）、裏見返し（N：Bb で「最初になす事は冒険なり 即度々アルプスへ／上り人のアルプス登りは或ハ平凡な男の平凡な冒険／小供の折リノ魂を懐にして死す士官」）	〔62〕〔倉2〕 戯曲集 収録作品は "The bridal crown"、"The spook sonata"、"The first arning"、"Gustavus Vasa"
A518	Strindberg, August	*Plays by August Strindberg vol. 4*・Edith and Warner Oland・London, F. Palmer・1914・58p.&90p.&55p.	表見返し（丸善シール、N：Bk で「Brown-Sequard〔脊髄半側切断症候群〕」）、"Swanwhite" の 8 頁（N：Bk で「be」の「b」に×をし「m」を書き込む誤植の修正）、"The Storm" の 55 頁（N：Bk で「Sept 3rd '16／Tabata」〔"The Storm" 末尾〕）	〔倉2〕 戯曲集 収録作品は "Swanwhite"、"Advent"、"The storm" 各戯曲ごとに頁番号がリセット。"The Storm" の 55 頁は本書末尾に当たる。 折れ目："The Storm" の 32 頁左下（跡）
A519	Strindberg, August	*The red room*・Ellie Schleussner・New York, G.P. Putnam's Sons／London, Knickerbocker Press・1913・393p.	表見返し（岩波書店シール）、扉前（N：Bk で「1916. May ／ Hitoshi. N.」）、393 頁（N：Bk で「July 7th ／ '17 ／ Kamakura」〔本書末尾〕）	〔倉2〕 長編小説 挿入物が二点。一点目は 118-119 頁の間に時事新報社の払出通知表が挟まれていた。昭和 10 年 1 月 20 日付のもので、「平野卓」宛てに「懸賞入選」の稿料として「参拾」円が振り込まれたようだ。二点目は 200-201 頁の間に草花（茎と葉のみ） 折れ目：52 頁左上（跡）、68 頁左上（跡）、76 頁左上（跡）、86 頁左上（跡）、98 頁左上（跡）、138 頁左上（跡）、156 頁左上（跡）、177 頁右上（跡）、245 頁右上（跡）、262 頁左上（跡）、272 頁左上（跡）、282 頁左上（跡）、298 頁左上（跡）、342 頁左上
A520	Strindberg, August	*The son of a servant*・Claud Field・London, W. Rider & Son, limited・1913・208p.	表見返し（N：Bp で「A child is accused of theft and thrashed／hardly, he hated his father & mother,／but not his grandmother. She didn't／trash him, not even scold him, but／she was silent. Afterward he ac-／cidentally found his grandmother com-／mitted the theft. Bitterness--／his destruction of his belief in human／goodness.」）、11 頁（U：Rp）、12 頁（U：Rp）、34 頁（U：Rp）、64-65 頁（U：Rp）、87 頁（U：Rp）、117 頁（U：Rp）、131 頁（U：Rp）、132 頁（U：Rp）、139 頁（U：Rp）、140 頁（U：Rp）、177 頁（U：Rp）、201 頁（U：Rp）	〔62〕〔倉2〕〔G〕 長編小説 折れ目：15 頁右上（跡）、28 頁左上（跡）
A521	Strindberg, August	*The stronger woman ; Montherly love : two plays*・Horace B. Samuel・London, Hendersons・1914・41p.	表見返し（丸善シール）、扉（蔵書印：漢字一文字の印〔芥川以外か〕）、41 頁（蔵書印：扉のもと同一）	戯曲

巻末附録 2. 芥川龍之介旧蔵書・洋書に関する書き入れ調査結果一覧表　　447

A522	Strindberg, August	Zones of the spirit : a book of thoughts・Claud Field・London, G. Allen・1913・285p.	表見返し（丸善シール）、v 頁（U：Bp）、xviii 頁（N：Bp で目次のタイトル前に○印）、xx 頁（N：Bp で目次のタイトル前に○印）、17 頁（N：Bp で○印）、39 頁（U：Bk）、62 頁（N：Bp で章題 "Constant Illusions" 前に○印）、92-93 頁（N：Bp）、129 頁（N：Bp で章題 "The Galley-slaves of Ambition" の後ろに○印）、131 頁（U：Bp で章題 "Hard to Disentangle" に U）、132 頁（U：Bp で章題 "The Art of Settling Accounts" に U）、134-135 頁（U：Bp で章題 "Growing Old Gracefully" および "The Eight Wild Beasts" に U）、150 頁（U：Bp で章題 "The After-Odour" に U）、238-239 頁（U：Bp で章題 "The Thorn in the Flesh" および "Despair and Grace" に U、S：Bp で "The Thron in the Flash" に S）、240-241 頁（S：Bp で "Despair and Grace" の最終段落に S、U：Bp で "The Last Act" に U）	〔倉2〕〔G〕随筆集、箴言集「青巻」目次の xviii & xx 頁に○があるタイトルは次の通り。"Growing Old Gracefully"、"The Eight Wild Beasts"、"Deaf and Blind"、"A Whole Life in an Hour"、"The After-Odour"、"Peaches and Turnips"、"The Web of Lies"、"Lethe"、"The Thorn in the Flesh"、"Despair and Grace"、"The Last Act"。本文中の下線や○印は章題に施されている。挿入物三点。一点目は xvi-xvii 頁の間に映画広告の切り抜き（昭和初期のものと思われる）。二点目は 100-101 頁（"Cringing before the Beast" と "Ecclesia Triumphans"）の間に紅葉。三点目は新聞の切り抜きで、228-229 頁（"The Christianity and Radicalism"）の間に荒畑寒村による和田軌一郎『ロシア放浪記』（昭和 3 年 2 月刊行）の書評が挟まれていた。折れ目：186 頁左上（跡）、239 頁左上（跡）
A523	Swift, Jonathan	Gulliver's travels・London, Grant Richards・1904・289p.・The world's classics	表見返し（丸善シール）、73 頁（S・N：Bk で、S 脇に「ウマイ ウマイ」）、74-75 頁（S・N：Bk で S 脇に「ヨロシ」）、76-77 頁（S：Bk）、78-79 頁（S・N：Bk で S 脇に「swift ナルカナ」）、232-233 頁（S：Bk）、裏見返し（N：Bp で「snail／maid servant Lady -」）	〔G〕『ガリヴァー旅行記』（ポケットサイズ）折れ目：190 頁右上（跡）、252 頁左上（跡）
A524	Swift, Jonathan	Gulliver's travels ; The tale of a tub ; The battle of the books, etc. : Oxford ed.・London, Oxford University Press・1919・599p.		『ガリヴァー旅行記』（通常サイズ）
A525	Swift, Jonathan	The journal to Stella, A.D. 1710–1713・London, G. Bell and Sons・1913・507p.・Bohn's standard library ; . The prose works of Jonathan Swift, D.D. / edited by Temple Scott：vol. 2	表見返し（郁文堂書店シール）	〔G〕書簡集『ステラへの消息』未裁断：57-60 頁、61-64 頁、65-72 頁、73-80 頁、81-88 頁、89-96 頁、97-104 頁、105-112 頁、113-120 頁、121-128 頁、129-136 頁、137-144 頁、145-152 頁、153-160 頁、161-168 頁、169-176 頁、169-176 頁、177-184 頁、185-192 頁、193-200 頁、201-208 頁、209-216 頁、217-224 頁、225-232 頁、233-240 頁、241-248 頁、249-256 頁、257-264 頁、267-272 頁、273-280 頁、281-288 頁、289-296 頁、297-304 頁、305-312 頁、313-320 頁、321-328 頁、329-336 頁、337-344 頁、345-352 頁、353-360 頁、361-368 頁、369-376 頁、377-384 頁、385-392 頁、393-400 頁、401-408 頁、

				409–416 頁、417–424 頁、425–432 頁、433–440 頁、441–448 頁、449–456 頁、457–464 頁、465–472 頁、473–480 頁、481–488 頁、489–496 頁、497–500 頁、501–504 頁、505–508 頁
A526-1	Swinburne, Algernon Charles	*Poems & ballads : Golden Pine ed. 1st ser*・London, W. Heinemann・1917・296p.	表見返し（丸善シール）	詩集（バラード集）折れ目：121 頁右下
A526-2	Swinburne, Algernon Charles	*Poems & ballads : Golden Pine ed. 2nd and 3rd ser*・London, W. Heinemann・1917・290p.・The Golden pine edition	表見返し（丸善シール）	詩集 未裁断：15–18 頁、19–22 頁、23–26 頁、27–30 頁、31–34 頁、35–38 頁、39–42 頁、43–46 頁、47–50 頁、59–62 頁、65–68 頁、69–72 頁、73–76 頁、77–80 頁、97–100 頁、103–106 頁、115–118 頁、173–176 頁、177–180 頁、181–184 頁、185–188 頁、189–192 頁、193–196 頁、197–200 頁、201–204 頁、209–212 頁、225–228 頁、229–232 頁、233–236 頁、237–240 頁、241–244 頁、245–248 頁、253–256 頁、257–260 頁
A527	Swinburne, Algernon Charles	*Selections from the poetical works of A.C. Swinburne : from the latest English edition of his works : Gladstone ed.*・New York, T.Y. Crowell・[c1884]・634p.	扉（蔵書印：「芥川文庫」印）、viii 頁（U：Rk）、xi 頁（U：Rk）、xii–xiii 頁（U：Rk）、xv 頁（U：Rk）、xvi–xvii 頁（U：Rk）、xviii–xix 頁（U：Rk）、5 頁（U：Rk）、6–7 頁（U：Rk）、8 頁（U：Rk）、10–11 頁（U：Rk）、14 頁（U：Rk）、17 頁（U：Rk）、18–19 頁（U：Rk）、25 頁（U：Rk）、27 頁（U：Rk）、33 頁（U：Rk）、43 頁（U：Rk）	〔倉2〕〔G〕 詩集
A528	Swinburne, Algernon Charles	*Tristram of Lyonesse : Golden Pine ed.*・London, W. Heinemann・1917・151p.	表見返し（丸善シール）	詩集 A526 と同じ叢書シリーズ
A529	Symons, Arthur	*An introduction to the study of Browning : New ed., rev. and enl.*・London ; Paris ; Toronto, J.M. Dent・1916・263p.	表見返し（丸善シール）、裏見返し（N：Bb で「方外山房」）	ブラウニング（Browning）の研究書 未裁断：9–12 頁、13–16 頁、25–28 頁、29–32 頁、41–44 頁、45–48 頁、57–60 頁、61–64 頁、121–124 頁、125–128 頁、137–140 頁、141–144 頁、153–156 頁、157–160 頁、169–172 頁、173–176 頁、185–188 頁、189–192 頁、201–204 頁、205–208 頁、217–220 頁、221–224 頁、233–236 頁、237–240 頁、249–252 頁、253–256 頁 裁断済みの 65–120 頁（≒読了部分）には "Men and women"（104–122 頁）の大部分が含まれている。
A530	Symons, Arthur	*Knave of hearts : 1894–1908*・London, Heinemann・1913・163p.	扉（丸善シール）、裏見返し（N：Bp で「沙金」、「沙金」、「袈裟、佛」〔「袈裟、佛」の上に二重削除線〕）	詩集 書き込みは「偸盗」絡みか
A531-1	Symons, Arthur	*Poems : New ed. vol.1*・London, W. Heinemann・[1908]・219p.	表見返し（丸善シール）、扉（蔵書印：「芥川文庫」印）、vii 頁（N：Bp でタイトルに○印）、3 頁（U：Rp〔"The Opium-Smoker"〕）、15 頁（U：Rp〔詩	〔倉2〕〔G〕 詩集 タイトルに○印があった作品は次の通り。"The Opium-Smoker"、"The Nun"、"At Dieppe" の

			"After Sunset" に施されている〕）、16–17頁（U：Rp〔"Ⅱ. On the Beach"&"Ⅲ. Rain on the Down"〕）、21頁（U：Rp〔"Pastel"〕）、22–23頁（U：Rp〔"Eyes"&"Morbidezza"〕）、25頁（U：Rp〔"Impression／to M.C."〕）、33頁（U：Rp〔"At the Cavour"〕）、38頁（U：Rp〔"The Absinthe-Drinker"&"Javanese Dancers"〕）、40頁（U：Rp〔"Love in Spring"〕）、42頁（U：Rp〔"In Kensington Gardens"〕）、44頁（U：Rp〔"Perfume"〕）、46頁（U：Rp〔"In Carnival"〕）、48頁（U：Rp〔"Music and Memory／To K. W."〕）、50頁（U：Rp〔"In Winter"〕）、58頁（U：Rp〔"Tears"〕）、62頁（U：Pp〔"Nocturne"〕）、66頁（U：Rp〔"City Nights"にU〕）、72頁（U：Rp〔"At Dawn"〕）、81頁（U：Rp〔"To a Dancer"〕）、85頁（U：Rp〔"Ⅰ. Prelude"〕）、87頁（U・N：Rpで"Ⅲ. Declaration"にUと✓）、89頁（U：Rp〔"V. At Seventeen"〕）、93頁（U：Rk〔"IX. Kisses"〕）、99頁（U：Rp〔"V. La Mélinite: Moulin-Rouge"〕）、109頁（U：Rk〔"Rosa Mundi"〕）、117頁（U：Rp〔"Rosa Alba"〕）、119頁（U：Rp〔"Hallucination：Ⅱ"〕）、121頁（U：Rp〔"Mauve, Black, and Rose"〕）、123頁（U：Rp〔"White Heliotrope"〕）、132頁（U：Rp〔"Nerves"〕）、163頁（U：Rp〔"IV. Hands"〕）、203頁（U：Rp〔"From Théophile Gautier：Posthumous Coquetry"〕）、208頁（U：Rp〔"Ⅱ. Sigh"〕）、211頁（U：Rp〔"From Paul Verlaine：Fêtes Galantes／Ⅰ. Mandoline"〕）、219頁（U：Rp〔"IX. From Romances san Paroles"〕）	"Ⅱ.On the Beach"、"Pastel"、"Eyes"	
A531–2	Symons, Arthur	*Poems : New ed. vol.2*・London, W. Heinemann・[1908]・227p.	表見返し（丸善シール）、扉（蔵書印：「芥川文庫」印）、3頁（U：Bp〔"Ⅰ. Amoris Victima／Ⅰ"〕）、4頁（U：Bp〔"Ⅱ"〕）、13頁（U：Bp〔"XI"〕）、17頁（U：Bp〔"Ⅱ. Amoris Exsul"の"Ⅰ. Moonrise"〕）、23頁（U：Rp〔"VII. Love and Sleep"〕）、38頁（U：Rp〔"V. The Return"〕）、71頁（U：Rp〔"The Dance of the Seven Sins"〕）、74–75頁（U：Rp〔同前〕）、76–77頁（U：Rp〔同前〕）、80頁（U：Rp〔同前〕）、100頁（U：Rp〔"The Lover of the Queen of	詩集

			Sheba"〕)、103 頁（U：Rp〔"The Dance of the Daughters ofHerodias"〕)、104 頁（U：Rp〔同前〕)、106–107 頁（U：Rp〔同前〕)、117 頁（U：Rp〔"The Unloved"〕)、174 頁（U：Rp〔"Haschisch"〕)、187 頁（U：Rp〔"Wander's Song"〕)、198 頁（U：Rp〔"The Flag"〕)	
A532–1	Synge, John M.	*The Aran Islands :*〔*Library ed.*〕*pts. 1 and 2*・Dublin, Maunsel・1912・120p.	表見返し（丸善シール)、32–33 頁（N：Bp で 32 頁に「most vivid」& 33 頁に「Synge is a first rate colonist.」)、37 頁（N：Bp で「The original story of "The Shadow of the Glen"」)、44–45 頁（S：Bp)、46–47 頁（S：Bp)、48–49 頁（S・N・U：Bp で 48 頁の S 脇に「pictural」& 49 頁の S 部分にも「pictural」)、55 頁（S・N：Bp で S 脇に「Sensible beauty island」)、76 頁（N：Bp で「The original tale of "Play boy"」)、80 頁（S・N：Bp で S 脇に「vivid」)、96 頁（S・N：Bp で S 脇に「touching」)、102 頁（S：Bp)、104–105 頁（S：Bp)、106 頁（S・N：Bp で S 部分に「the vividness of vision is about unique」)、112–113 頁（S：Bp)、119 頁（S：Bp)、120 頁（S：Bp、N：Bk で「1st July '14／Tabata」〔本文末尾〕)	〔倉2〕〔G〕『アラン島』第一巻・第二巻【A532】から【A536】までは同一の叢書シリーズ
A532–2	Synge, John M.	*The Aran Islands :*〔*Library ed.*〕*pts. 3 and 4*・Dublin, Maunsel・1912・99p.	表見返し（丸善シール)、9 頁（S：Bp)、10–11 頁（S・N：Bp で両頁の S 脇にそれぞれ「Pictorial」)	〔倉2〕〔G〕『アラン島』第三巻・第四巻
A533	Synge, John M.	*Deirdre of the sorrows : a play : Pocket ed.*・Dublin；London, Maunsel・1912・98p.	表見返し（丸善シール)、扉（蔵書印：「芥川文庫」印)、35 頁（S：Rp)、98 頁（N：Bk で「10th October 1913」〔本文末尾〕)	〔倉2〕〔G〕戯曲
A534	Synge, John M.	*The playboy of the western world : a comedy in three acts : Pocket ed.*・Dublin, Maunsel・1912・132p.	表見返し（丸善シール)、扉（蔵書印：「芥川文庫」印)	〔倉2〕〔G〕戯曲
A535	Synge, John M.	*The tinker's wedding ; Riders to the sea ; and The shadow of the glen : Pocket ed.*・Dublin；London, Maunsel・1912・112p.	表見返し（丸善シール)、扉（蔵書印：「芥川文庫」印)、74–75 頁（S：Rp)、76 頁（S：Rp)、112 頁（N：Bk で「7th Oct. 1913」〔本文末尾〕)	〔倉2〕〔G〕戯曲
A536	Synge, John M.	*The well of the saints : a play : Pocket ed.*・Dublin；London, Maunsel・1912・92p.	表見返し（丸善シール)、扉（蔵書印：「芥川文庫」印)、92 頁（N：Bk で「7th Oct. 1913」〔本文末尾〕)	〔倉2〕〔G〕戯曲
A537	Tagore, Sir Rabindranath	*Hungry stones and other stories*・various writers・London, Macmillan・1916・271p.	表見返し（丸善シール)、vii 頁（N：Bp でタイトルに◎及び◯印)、39 頁（S：Ap〔"The Victory"〕)、40 頁（S：Ap〔同前〕)、56 頁（N：Bk で「cleverly written」〔"Once there was a King" の末尾〕)、69 頁（S：Ap〔"The Home-coming"〕)、70 頁（S：Ap〔同前〕)、135 頁（S：Ap〔"Vision"〕)、169 頁（N：Bp で「very touching though／somewhat too easily so」〔同前〕)	〔倉2〕インドの詩人タゴールの短篇集目次でタイトルに◎があるのは "Vision"、◯があるのは "The Victory"＆"The Home-coming"＆"The Cabuliwallah"

巻末附録　2. 芥川龍之介旧蔵書・洋書に関する書き入れ調査結果一覧表　　　451

A538	Tagore, Sir Rabindranath	*Mashi, and other stories*・various writers・London, Macmillan・1918・223p.	表見返し（丸善シール）、107頁（N：Bpで「zemindar of Jhikrakota」の上に「landowner ind」〔"The Riddle Solve"〕）、119頁（S：Rp〔同前〕）、128–129頁（S：Rp）	短篇集 収録作品は "Mashi"、"The skeleton"、"The auspicious vision"、"The supreme night"、"Raja and Rani"、"The trust property"、"The riddle solved"、"The elder sister"、"Subha"、"The postmaster"、"The river stairs"、"The castaway"、"Saved"、"My fair neighbour" 未裁断：(-i) -ii頁、73–76頁、77–80頁、141–144頁、157–160頁、161–168頁、169–176頁、177–184頁、185–192頁、193–200頁、201–204頁 全頁が通読できるようになっているのは次の作品。"The Mashi"&"The Skeleton"&"The Auspicious Vision"&"The Supreme Night"&"Raja and Randi"&"The Trust Property"&"The Riddle Solved"&"The Elder Sister"&"Subha"&"Saved"&"My Fairy Neighbour"
A539–1	Taine, H. A.	*History of English literature vol.1*・H. Van Laun・London, Chatto & Windus・1920・433p.	表見返し（DAIKOKUYAシール）、x頁（S：U：Bp）、42–43頁（S：Bp）、45頁（S：Bp）、46–47頁（S：Bp）、48–49頁（S：Bp）、50–51頁（S：N：Bp）、115頁（S：Bp）、116–117頁（S：U：Bp）、118頁（S：Bp）、145頁（S・U：Bp）、146頁（S：Bp）	イギリス文学史についての研究書 目次ではRobin Hood伝説に関する項目に下線
A539–2	Taine, H. A.	*History of English literature vol.2*・H. Van Laun・London, Chatto & Windus・1920・447p.	表見返し（DAIKOKUYAシール）、224–225頁（N・S：Bp）	イギリス文学史
A539–3	Taine, H. A.	*History of English literature vol.3*・H. Van Laun・London, Chatto & Windus・1920・462p.	表見返し（DAIKOKUYAシール）	イギリス文学史 折れ目：225頁（Swiftの章）
A539–4	Taine, H. A.	*History of English literature vol.4*・H. Van Laun・London, Chatto & Windus・1920・476p.	表見返し（DAIKOKUYAシール）	イギリス文学史 折れ目：170頁（跡：Modern Authorsの章）
A540	Tallentyre, S. G.	*The friends of Voltaire*・London, Smith, Elder・1906・303p.	表見返し（丸善シール）、179頁（U：Bk）、裏見返し（N：Bbで「大正六年五月／山中草堂」）	〔倉1〕 ヴォルテールの交遊録 折れ目：37頁右上（跡）、87頁右上（跡）、111頁右上（跡）、249頁右上 未裁断：269–272頁
A541	Tchekhov, Anton	*A bear*・Roy Temple House・New York, Moods・1909・32p.・The people's library of international dramas	表見返し（丸善シール）、扉（蔵書印：「芥川文庫」印）	戯曲
A542	Tchekhov, Anton	*The black monk, and other stories*・R. E. C. Long・London, Duckworth・1914・302p.	表見返し（丸善シール、N：Bkで「R. Akutagawa／'16」の署名）、79頁（N：Bkで「Theme itself is not so good, but／the keen descriptive power of／this author is also found in this／story almost without any regret.」〔"On the Way" 末尾〕、161頁（U：Rk、N：BkでRのS脇に「good but not／enough」〔"Two Tragedies"〕）、162頁（U：Rk	〔62〕〔倉2〕 短篇集 収録作品は "The black monk"、"On the way"、"A family council"、"At home"、"In exile"、"Rothschild's fiddle"、"A father"、"Two tragedies"、"Sleepyhead"、"At the manor"、"An event"、"Ward No. 6" タイトルに○印がある作品は次の通り。

			〔同前〕)、164 頁（S：Rk〔同前〕)、176–177 頁（U：Rk, N：Bk で、RU の脇に「good!」、S：Rk)、178 頁（S：Rk、N：Bk で、RS の脇に「masterly」、N：Bk で「This piece makes me think／on many problems, truly a／story written by a master.」〔同前末尾〕)、188 頁（N：Bk で「Very skillful, but that's all!」〔"Sleepyhead" 末尾〕)、211 頁（N：Bk で「Tchekhoff presents the children／as truly as Millet does.」〔"An Event" 末尾〕)	"A Family Council"&"A Father"&"Two Tragedies"&"An Event"&"Ward No.6"
A543	Tchekhov, Anton	The kiss, and other stories・R. E. C. Long・London, Duckworth・1908・317p.	表見返し（丸善シール)、320 頁（蔵書印：「東洋堂」印)	短篇集 収録作品は "The kiss"、"Verotchka"、"On trial"、"The mass for the dead"、"The privy councillor"、"The runaway"、"The reed"、"La cigale"、"The head gardener's tale"、"Oysters"、"Women"、"Woe"、"Zinotchka"、"The princess"、"The muzhiks" 折れ目：124 頁左上（跡："The Reed")
A544	Tchekhov, Anton	The Steppe & other stories・Adeline Lister Kaye・London, William Heinemann・1915・296p.	表見返し（丸善シール、N：Bk で「R. Akutagawa」)、裏見返し（N：Bb で「芥川蔵書」)	〔G〕 短篇集 収録作品は "The steppe"、"The hollow"、"Rolling-flax"、"Vanka"、"The incubus"、"Grief"、"He who wore a husk"、"The gooseberry-bush"、"Of love" 未裁断：163–166 頁
A545-1	Tchekhov, Anton	The darling, and other stories・Constance Garnett・London, Chatto & Windus・1916・312p.・The tales of Tchehov / Anton Tchehov : vol. 1	表見返し（丸善シール)、扉（蔵書印：「我鬼 A」印)、15 頁（S：Bp〔"The Darling"〕)、18–19 頁（S：Bp、N：Bp で 19 頁上に「Simply but powerfully／descripted.」〔同前〕)、20–21 頁（S：Bp〔同前〕)、187 頁（S：Bp〔"Three Years"〕)	〔12〕〔倉 2〕 チェーホフの短篇集
A545-2	Tchekhov, Anton	The duel, and other stories・Constance Garnett・London, Chatto & Windus・1916・307p.・The tales of Tchehov / Anton Tchehov : vol. 2	表見返し（丸善シール)、扉（蔵書印：「我鬼 A」印)	チェーホフの短篇集
A545-4	Tchekhov, Anton	The party, and other stories・Constance Garnett・London, Chatto & Windus・1917・303p.・The tales of Tchehov / Anton Tchehov : vol. 4	表見返し（中西屋書店シール)、扉（蔵書印：「我鬼 A」印)	チェーホフの短篇集
A545-5	Tchekhov, Anton	The wife, and other stories・Constance Garnett・London, Chatto & Windus・1918・318p.・The tales of Tchehov / Anton Tchehov : vol. 5	表見返し（中西屋書店シール)、扉（蔵書印：「我鬼 A」印)、69 頁（N：Bp で「コンナ女モロシアニハキルダラウナ」〔"The Wife" 末尾〕)、85 頁（N：Bp で「ウマイ／親父殊ニヨシ／二度目ニ腹ヲ立テル所／洗錬トシテキル」〔"Difficult People" 末尾〕)、127 頁（N：Bp で「Osip Dymov ノ	〔12〕〔62〕〔倉 2〕 短篇集 折れ目：198 頁左側（跡)

			号／これによる乎／好短篇／女主人公ガ亭主ヲ人ノ／前デ大ツビラニ褒メルノ／ハ日本デ見ラレナイ図ダ」〔"The Grasshopper" 末尾〕）、219 頁（N：Bp で「Professor 最もよく描か／れたり Katya は稍物足らず／主人公の心境を描いて霊／活なる事 Tchehov の独壇場／なり」〔"A Dreary Story" 末尾〕）、249 頁（N：Bp で「好〔一時削除〕短篇／但 lawyer 夫妻は十分に描れて／ゐない／どこかで Uncle Wanya の匂／がする」〔"The Privy Councillor" 末尾〕）、272 頁（N：Bp で「ウマイ 末篇殊ニヨロシ Pathos ガア／リ humour ニ満チテヰル」〔"The Man in a Case" 末尾〕）、308 頁（N：Bp で「ウマイ 独立シタ短篇ナラ最後ノ／一パラグラフハ不用ダラウ」〔"About Love" 末尾〕）、318 頁（N：Bp で「巧ヲ極ムト云フベシ／ロシアノ宮島新三郎／評シテ日小咄デアル云々／August 20th '19 Kanazawa」〔"The Lottery Ticket" 及び本書末尾〕）		
A545-6	Tchekhov, Anton	*The witch, and other stories*・Constance Garnett・London, Chatto & Windus・1918・328p.・The tales of Tchehov / Anton Tchehov : vol. 6	表見返し（中西屋書店シール）、扉（蔵書印：「我鬼 A」印）、46 頁（N：Bp で「Witch ノ／コンナモノダラウナ／作品トシテハ余リヨイ出来ト／ハ思ハン／Peasant wives ノ評／話ヲスル旅人ノ／下等サガヨク書ケテヰル」〔"Peasant Wives" 末尾〕）、51 頁（N：Bp で×印〔"The Post"〕）、58 頁（N：Bp で「気ノ利イタ小品」〔同前の末尾〕）、99 頁（N：Bp で「ウマイ ガモウ少シ Tchekhov ナ／ラウマクモ書ケサウナ気ガスル」〔"Dreams" 末尾〕）、115 頁（N：Bp で「Daudet ヲ〔「思」を削除〕想ハシム」〔"The Pipe" 末尾〕）、134 頁（N：Bp で「八分ノ出来」〔"Agafya" 末尾〕）、144 頁（N：Bp で「ウマイ 一字ヲ増減スベカラ／ズダ」〔"At Christmas Time" 末尾〕）、167 頁（N：Bp で「大手腕　敬服ニ堪ヘン」〔"Gusev" 末尾〕）、176 頁（N：Bp で「Student ガヨク書ケテル」〔"The Student" 末尾〕）、226–227 頁（S・N：Bk で、227 頁の S 脇に「ウマイ ヘ」〔"In the Ravine"〕）、240 頁（S・N：Bp で、S 脇に「touching」及び末尾に「ウマイ／所々スキガアルガ」〔同前の末段〕）、249 頁（S：Bp、N：Bp で「末段可憐ナリ Mastery touch／ト云フベシ」〔"The Huntsman"〕）、267 頁（N：Bp で「ウマイ Huntsman ヨリ／遥ニヨイ出来ダ」〔"Happiness" 末尾〕）、276 頁（N：Bp で「莫迦野郎ガ或 pathos ヲ以テヨク／書カレテヰ	〔63〕〔倉 2〕短篇集 折れ目：10 頁左上（跡）、288 頁左側（跡）

			ル」（"A Malefactor" 末尾〕）	
A545–10	Tchekhov, Anton	*The horse-stealers, and other stories*・Constance Garnett・London, Chatto & Windus・1921・312p.・The tales of Tchehov / Anton Tchehov : vol. 10		短篇集
A546	Tennyson, Alfred Lord	*Poetical works of Alfred Lord Tennyson, poet laureate : Albion ed.*・London, Macmillan・1905・646p.	1 頁（N：Bp〔"To the Queen"〕）、28 頁（U：Rk）、46–47 頁（U：Rk、N：Bk で「soul」および「MARK 5. 10.」）、48–49 頁（N・S：Bk）、51 頁（U：Rk）、56 頁（U：Rk）、89 頁（N：Bk）、96–97 頁（U：Rk）、99 頁（U：Rp）、100 頁（U：Rp）、102 頁（U：Rp）、104 頁（U：Rk）、114 頁（U：Rk）、119 頁（N：Bk）、124 頁（U：Rk）、139 頁（U：Rk）、141 頁（U：Rk）、165 頁（N：Bk で「亜米利加印度人の／煙管」や「匕首」など）、166–167 頁（N：Bk）、168–169 頁（N：Bk）、170 頁（N：Bk）、179 頁（N：Bk）、180 頁（U：Rk）、186–187 頁（U：Rk、N：Bk）、208 頁（N：Bk）、233 頁（U：Rk）、252 頁（U：Rk）、266 頁（N：Bk）、281 頁（N：Bk）	〔倉 2〕〔G〕 詩集 折れ目：165 頁右上（跡） 未裁断：413–416 頁
A547	Thomae Kempensis	*Thomae Kempensis De imitatione Christi : libri quatuor*・Berolini, Carolus Habel・1874・375p.	表見返し（N：Bp で、芥川以外の署名）、扉（N：Bp）、3 頁（N：Bp）、4–5 頁（N：Bp）、6 頁（N：Bp）、9 頁（N：Bp）、10–11 頁（N：Bk）、13 頁（N：Bp）、14–15 頁（N：Bp）、17 頁（N：Bp）、18–19 頁（N：Bp）、20–21 頁（N：Bp）、22–23 頁（N：Bp）、24 頁（N：Bp）、26 頁（N：Bp）、28 頁（N：Bp）、31 頁（N：Bp）、32 頁（N：Bp）、35 頁（N：Bp）、37 頁（N：Bp）、38–39 頁（N：Bp）、41 頁（N：Bp）、45 頁（N：Bp）、47 頁（N：Bp）、49 頁（N：Bp）、50 頁（S：Bp）、54–55 頁（S・N：Bp）、56 頁（N：Bp）、58 頁（N：Bp）、61 頁（N：Bp）、63 頁（N：Bp）、65 頁（N：Bp）、66 頁（N：Bp）、69 頁（N：Bp）、70 頁（N：Bp、S・N：Bp）、73 頁（N：Bp）、75 頁（N：Bp）、76–77 頁（N・S：Bp）、78 頁（N：Bp）、80 頁（S：Bp）、85 頁（S：Bp）、86–87 頁（N：Bp）、89 頁（N：Bp）、91 頁（N：Bp）、92–93 頁（S・N：Bp）、95 頁（N：Bp）、97 頁（N：Bp）、99 頁（N：Bp）、100–101 頁（N：Bp）、102–103 頁（N：Bp）、104–105 頁（N：Bp）、106 頁（N・U：Bp）、108 頁（N：Bp）、110–111 頁（N：Bp）、	〔倉 2〕〔G〕 ラテン語 『こんてむつす・むんぢ（キリストに倣いて）』 書き込みは芥川の物と異なるか。 〔G〕によると「中にアクセント記号、単語メモの書き入れが多いが、全てが「J. Lawrence」という人物による物である」。

			113 頁（N：Bp）、114 頁（N：Bp）、117 頁（N：Bp）、119 頁（N：Bp）、120–121 頁（N：Bp）、123 頁（N：Bp）、125 頁（N：Bp）、132–133 頁（N：Bp）、134–135 頁（N・S：Bp）、138 頁（N：Bp）、140 頁（N：Bp）、198 頁（U：Bp）、230–231 頁（S：Bp）	
A548	Thompson, Francis	*Complete poetical works of Francis Thompson*・New York, Boni and Liveright・[1919]・358p.・The modern library of the world's best books		イギリスの宗教詩人による詩集
A549	Thomson, James	*The city of dreadful night and other poems : being a selection from the poetical works of James Thomson ("B.V.")*・London, B. Dobell・1910・256p.	表見返し（丸善シール）、蔵書印（蔵書印：「昏雪草堂」印）、4 頁（S：Pp）、6 頁（S：Pp）、11 頁（S：U：Pp）、19 頁（S：Pp）、32–33 頁（S：Bp）、47 頁（S：Bp）、246 頁（S：Gp）、251 頁（U：Gp）	詩集
A550	Thorpe, Benjamin〔編〕	*Yule-tide stories : a collection of Scandinavian and north German popular tales and traditions, from the Swedish, Danish, and German*・London, George Bell・1892・504p.		〔G〕 イギリスの言語学者による民話集 折れ目：3 頁右下（跡：序文）、351 頁右上（"Svend's Exploits"）、355 頁右上（"Toller's Neighbours"）、397 頁右下（"The Ness King"）
A551	Tietjens, Eunice	*Profiles from China : sketches in free verse of people and things seen in the interior*・New York, A.A. Knopf・1919・77p.	表見返し（N：Bp）、40 頁（U：Bp）、47 頁（U：Bp）、54 頁（N：Bp）	〔本〕 詩集 表見返し書入れは「Mrs. Sung 孫／P'in Concubine ／ Mr. Chu. 朱」と読める。それぞれ対応する固有名詞が登場する部分に下線（41,47,54 頁）。 名刺：42–43 頁の間に「萩原秀次（中央新聞社）」「大久保北秀（萬朝報記者）」の名刺。50–51 頁の間に「原田稔（東京朝日新聞社）」の名刺。
A552	Tolstoy, Leo	*Anna Karénina*・London, Walter Scott・[n. d.]・769p.・The world's great novels	表見返し（世界堂シール）、11 頁（U：Rp）、12 頁（U：Rp）、14 頁（U：Rp）、23 頁（U：Rp）、34 頁（U：Rp）、79 頁（U：Rp）、82 頁（U：Rp）、86 頁（U：Rp）、91 頁（U：Rp）、92 頁（U：Rp）、110 頁（U：Rp）、112 頁（N：Rp で「upder」の「p」を「n」と朱入れ〔誤植の訂正〕）、114 頁（U：Rp）、116 頁（U：Rp）、134 頁（U：Rp）、161 頁（U：Rp）、162–163 頁（U：Rp）、175 頁（U：Rp）、184 頁（U：Rp）、193 頁（U：Rp）、197 頁（U：Rp）、201 頁（U：Rp）、203 頁（U：Rp）、250 頁（N：Rp〔誤植の校正〕）、254 頁（U：Rp）、262 頁（N：Rp でカギカッコ始め）、264 頁（N：Rp でカギカッコ閉じ）	〔倉 2〕〔G〕〔本〕 『アンナ・カレーニナ』 挿絵は Paul Frénzeny が担当
A553	Tolstoy, Leo	*The Cossacks : a tale of the Caucasus in the year 1852*・Nathan Haskell Dole・London, Walter Scott・[n. d.]・350p.	表見返し（中西屋書店シール）、扉（蔵書印：「芥川文庫」印）、129 頁（U：Pp）、145 頁（U：Pp）、287 頁（U：Pp）、288 頁	〔63〕〔倉 2〕〔G〕 『コサック』

			（U：Pp）、裏見返し（N：Bk で「井川君にすすめられてよむ気／になる／芥川文庫／一九一一年九月廿一日」）	
A554	Tolstoy, Leo	*Iván Ilyitch and other stories*・Nathan Haskell Dole・London, Walter Scott・[pref. 1887]・311p.	表見返し（丸善シール）、xi〔目次〕頁（U：Rk でタイトルにライン）、75 頁（U：Rk で、「イワン・イリッチの死」第 IX 章の章番号にライン）、79 頁（U：Rk で、同前第 X 章の章番号にライン）、83 頁（U：Rk で、同前第 XI 章の章番号にライン）、87 頁（U：Rk で、同前第 XII 章の章番号にライン）、90 頁（S：Rk で、同前の最終段落にライン）、181 頁（U：Rk、N：R 線の引かれた章題 "Little Girls Wiser Than Old Men" の横に、Bk で「very beautiful」）、310 頁（N：Bk で「22nd Feb. '15 ／ Tabata」〔本文末尾〕）	〔倉 2〕〔G〕中短篇集タイトルに下線があった作品は次の通り。"The Death of Iván Ilyitch"、"Texts for Wood-cuts:--〔三作録〕"、"Popular Legends:--〔「小さな悪魔がパン切れの償いをした話」を含む四作収録〕"、"Skazka (Ivan the Fool)"
A555	Tolstoy, Leo	*The Kreutzer sonata ; Family happiness*・London, W. Scott・[n. d.]・158p. &129 p.	表見返し（丸善シール）、扉（蔵書印：「芥川文庫」印）、14–15 頁（U：Rp）、16 頁（U：Rp）、33 頁（S・U：Rk）、34–35 頁（S・U：Rk）、41 頁（S：Rk）、42–43 頁（S：Rk、N：Rk で「Very Subtle」）、45 頁（S・N：Rk で、S 脇に「yes」〔「クロイツェル・ソナタ」第 X 章冒頭〕）、60–61 頁（S・U：Bk）、62–63 頁（S：Rk）、64–65 頁（S：Rk）、66–67 頁（S：Rk）、146–147 頁（S：Ak）、裏見返し（N：Bk で「一九一一年七月十三日　芥川文庫／ tolstoi を繙く　之に始む」）	〔63〕〔倉 2〕〔G〕「クロイツェル・ソナタ」と「家庭の幸福」
A556	Tolstoy, Leo	*Master and man, and other parables and tales*・London, J. M. Dent ／ New York, E. P. Dutton・1911・320p.・Everyman's library	表見返し（中西屋書店シール、N：Bk で「This is a work unique in ／ modern art. It is higher than ／ art: Romain Rolland.」）、0 頁（U：Rk で、目次にライン）、99 頁（U：Rk）、105 頁（S：Rk）、111 頁（N：Bk で「None but Tolstoi can't write such ／ a story」〔"That whereby Men Live" 末尾〕）、177 頁（S：Rk）、178–179 頁（S：Rk）、180 頁（S：Rk、N：Bk で「Well written and very beautiful」〔"The Three Old Men" 末尾〕）	〔63〕〔倉 2〕〔G〕短篇集表見返しのコメントはロマン・ロラン著『Tolstoy』からの引用⇒井川恭宛て書簡（1915/2/28 付け・171 番）に「ロランに導かれてトルストイの大いなる水平線が僕の前にひらけつつある」とある他、第四次『新思潮』の資金集めのために同人で同書の共訳を出版している。目次に下線があるのは "Master and Man"、"How much Land does a Man Require"、"That whereby Men Live"、"Elias"、"Where Love is, There God is also"、"The Two Old Men"、"The Three Old Men"、"The Candle: or, How the Good Peasant Overcame the Cruel Overseer"、"The Godson"、"Neglect a Fire, and 'twill not be Quenched" の 10 作品。
A557	Tolstoy, Leo	*Sevastopol*・Isabel F. Hapgood・London, Walter Scott・[n. d.]・262p.	扉（蔵書印：「芥川文庫」印）、第二扉の左〔広告〕頁（U：Rk で広告 "By the Same Author" の作品名に U）、47 頁（U：Rk、N：Bk で「I see Tolstoi's」）、48 頁（U：Rk）、60 頁（U：Rk）、72	〔倉 2〕〔G〕長編小説『セヴァストポリ物語』広告で下線があるのは "Ivan Ilyitch"、"The Invaders"、"Childhood, Boyhood, Youth"、"Anna Karenina"、"War and

巻末附録　2. 芥川龍之介旧蔵書・洋書に関する書き入れ調査結果一覧表

			頁（U：Rk、N：Bkで「intersting fear」）、75 頁（S：Rk、N：Bkで「vivid」）、76–77 頁（S：Rk）、79 頁（S：Rk、N：Bkで「vanity under heroism」）、80–81 頁（S：Rk、N：Bkで「ironical」）、82–83 頁（S：Rk）、85 頁（S：Rk）、88 頁（S：Rk）、92–93 頁（S：Rk）、95 頁（S：Rk、N：Bkで「cruelly／real」）、96 頁（S：Rk）、99 頁（S：Rk）、100–101 頁（二重S：Rk、N：Bkで「What a／description !」）、102–103 頁（二重S・S：Rk）、104–105 頁（S・U：Rk）、106 頁（S：Rk、N：Bkで「cynically」）、111 頁（S：Rk、N：Bkで「Here too／the later／Tolostoi」）、119 頁（S：Rk）、120–121 頁（S・U：Rk、N：Bkで「Yes」）、裏見返し（N：Bkで「一九一一年九月十日　芥川文庫」）	Peace".
A558	Tolstoy, Leo	*What is art?*・Aylmer Maude・London ; New York, Walter Scott・[intro. 1899]・The Scott library	表見返し（中西屋書店シール）	評論 折れ目：79 頁右上（跡） 未裁断（製本ミス）：153–156 頁、157–160 頁
A559	Tolstoy, Leo	*Work while ye have the Light*・E. J. Dillon・London, W. Heinemann・1890・218p.・Heinemann's international library		評論
A560	Towle, George Makepeace	*Beaconsfield*・New York, D. Appleton and Company・1879・163p.・Appleton's new handy-volume series	表見返しの次頁（N：Bkで「September 2nd ／ 1885 ／ ballange Grove ／ Pongh Keepsie ／西」）	〔G〕 著者はアメリカの政治家、弁護士、作家、翻訳者（ジュール・ベルヌ『世界八十日旅行』の翻訳者として知られる）。 折れ目：61 頁右上（跡）、89 頁右上（跡）
A561	Trollope, Henry M.	*The life of Molière*・London, A. Constable・1905・578p.	表見返し（丸善シール）、59 頁（N：Bkで「migh」に「t」を書き足している〔脱字の指摘〕）、78 頁（S・N：Bkで、S脇に「good／comedy」）、87 頁（S・N：Bkで「these／Moliéres」）、125 頁（U：Bk）、138 頁（N：Bkで「コノ評論ノ是ナルヲ見ヨ」）	〔G〕 モリエールの評伝 未裁断：25–28 頁、29–32 頁、45–48 頁、141–144 頁、153–156 頁、157–160 頁、185–188 頁、189–192 頁、201–203 頁、205–208 頁、233–236 頁、237–240 頁、249–252 頁、253–256 頁、265–268 頁、269–272 頁、281–284 頁、285–288 頁、297–300 頁、301–304 頁、313–316 頁、317–320 頁、329–332 頁、333–336 頁、345–348 頁、349–352 頁、361–364 頁、365–368 頁、377–380 頁、381–384 頁、393–396 頁、397–400 頁、413–416 頁、425–428 頁、429–432 頁、441–444 頁、445–448 頁、457–460 頁、461–464 頁、477–480 頁、489–492 頁、493–496 頁、505–508 頁、509–512 頁、521–524 頁、553–556 頁、557–560 頁、569–572 頁、573–576 頁
A562	Trowbridge, W. R. H.	*Seven splendid sinners*・London [etc.], T. F. Unwin・1909・	表見返し（丸善シール）	犯罪者の伝記 折れ目：29 頁右下（跡）、148

		343p.		頁左上 未裁断：45–48 頁、73–76 頁、77–80 頁、89–92 頁、173–176 頁、201–204 頁、205–208 頁、269–272 頁、281–284 頁、285–288 頁
A563–3	Turgenev, Ivan	On the Eve : a novel : Large type fine-paper ed.・Constance Garnett・London, W. Heinemann・1906・289p.・The novels of Ivan Turgenev : vol.3	表見返し（丸善シール）、扉（N：広告の小説名に Bp で○印）、xviii 頁（N：糊付けされていて見れないようになっているが、英文で長文が書き込まれているのが透けて見える）、10 頁（U：Bp）、13 頁（U：Bp）、14 頁（U：Bp）、23 頁（U：Bp）、24–25 頁（U・N：Bp）、27 頁（U：Bp）、36–37 頁（U：Bp）、48 頁（U：Bp）、82 頁（U：Bp）、107 頁（U：Bp）、111 頁（U：Bp）、112 頁（U：Bp）、129 頁（S：Rp）、130–131 頁（S：Rp）、141 頁（S：Rp）、144–145 頁（U：Bp）、159 頁（U：Bp）、167 頁（U：Bp）、170 頁（U：Bp）、184 頁（U：Bp）、199 頁（S：Rp）、200 頁（S：Rp）、208–209 頁（S：Bp）、217 頁（U：Bp、N：Bp で「A. P.」の下に「Andrei Petrovitch」）、222–223 頁（U：Bp）、225 頁（U：Bp）、234 頁（S：Bp）、238 頁（U：Bp）、251 頁・Bp・Rp）、252–253 頁（U：Bp・Rp）、255 頁（S：Rp）、256 頁（S：Rp）、260–261 頁（S・U：Rp）、262–263 頁（S・U：Rp）、266–267 頁（U：Bp、S・U：Rp）、268–269 頁（S：Rp、U：Bp）、270–271 頁（S：Rp）、272–273 頁（S・U：Rp）、283 頁（N：Bp で「(」と「)」）、285 頁（S：Bp）	〔倉2〕〔G〕 長編小説 広告（ツルゲーネフ小説全集）で○が付いているのは "Rudin", "Fathers and Children", "Virgin Soil", "A Sportsman's Sketches", "Dream Tales and Prose Poems", "A Lear of the Steppes", "The Diary of a Superfluous Man, etc", "A Desperate Character, etc", "The Jew, etc"。 折れ目：99 頁右下（跡）
A563–4	Turgenev, Ivan	Fathers and children : a novel : Large type fine-paper ed.・Constance Garnett・London, W. Heinemann・1910・358p.・The novels of Ivan Turgenev : vol.4	表見返し（中西屋書店シール）、扉（蔵書印：「芥川文庫」印）、52 頁（U：Rp）、54–55 頁（U：Rp）、裏見返し（N：Ak で「一九一一年八月廿五日読了　芥川文庫」）	〔倉2〕〔G〕 ツルゲーネフ「父と子」
A563–5	Turgenev, Ivan	Smoke : a novel : Large type fine-paper ed.・Constance Garnett・London, William Heinemann・1906・315p.・The novels of Ivan Turgenev : vol.5	表見返し（中西屋書店シール）、扉（蔵書印：「芥川文庫」印）、67 頁（U・N：Rp で、U 脇に「vivid」）、238–239 頁（U・S：Rp）、286–287 頁（S：Rp）、293 頁（S：Rp）、294–295 頁（S：Rp）	長編小説 折れ目：61 頁から 65 頁まで共通の跡
A563–6	Turgenev, Ivan	Virgin soil : a novel : Large type fine-paper ed. vol.1・Constance Garnett・London, W. Heinemann・1906・243p.・The novels of Ivan Turgenev : vol.6	表見返し（丸善シール）、扉（N：広告の小説名に Rp で点）、188 頁（U：Rp で "Love not me, but the idea!" にライン）	長編小説 広告に赤点があるのは "Rudin", "A house of Gentlefolk", "Fathers and Children", "Smoke", "Virgin Soil", "A Sportsman's Sketches", "Dream Tales and Prose Poems", "The Diary of a Superfluous Man, etc", "The Jew, etc"。
A563–7	Turgenev, Ivan	Virgin soil : a novel : Large type fine-paper ed. vol.2・Constance	表見返し（丸善シール）、19 頁（U：Rp）、20 頁（U：Rp）、28	〔倉2〕 長編小説の第二巻

巻末附録　2. 芥川龍之介旧蔵書・洋書に関する書き入れ調査結果一覧表　　　459

		Garnett・London, W. Heinemann・1906・261p.・The novels of Ivan Turgenev : vol.7	頁（U：Rp）、127 頁（N：Bp で区切り線）、244 頁（S：Bp）	
A563-8	Turgenev, Ivan	*A sportsman's sketches : Large type fine-paper ed. vol.1*・Constance Garnett・London, Heinemann・1906・291p.・The novels of Ivan Turgenev ; 8	表見返し（中西屋書店シール）、(-1)〔目次〕頁（U：N：Bp で、題名 "The District Doctor" に U と○印）、14 頁（U：Rp）、22 頁（N：Bk）、44 頁（U：Bp）、56 頁（U：Rp で題名 "The District Doctor" にライン、N：Bp で「a sick girl Alexandra Andreevna／Doctor Trifon Ivanitch」）、68 頁（U：Bp）、104 頁（N：Bp で「Mitya Ovsyanikov」〔"The Peasant Proprietor Ovsyanikov" 冒頭〕）、110 頁（U：Bp）、133 頁（U：Rp で題名 "Byezhin Prairie" にライン）、159 頁（S：Rp）、160 頁（S：Rp）、165 頁（U：Rp、N：Bk で「the most loving short shory ever I read.」〔"Byezhin Prairie" の末尾〕）、181 頁（S：Rp）、182 頁（S：Rp）、244 頁（N：Bp）、247 頁（U：Rp で題名 "Biryuk" にライン、256 頁（S：Rp）、260 頁（N：Bp で「Ilarionovitch and Apollonotch」）	〔78〕〔倉2〕〔G〕短篇小説集
A563-9	Turgenev, Ivan	*A sportsman's sketches : Large type fine-paper ed. vol.2*・Constance Garnett・London, Heinemann・1906・283p.・The novels of Ivan Turgenev : vol.9	表見返し（中西屋書店シール）、1 頁（U：Rp で題名 "Tatyana Borissovna and her Nephew" にライン、S：Rp）、2 頁（U：Rp）、20 頁（U：Rp で題名 "Death" にライン、N：Bp で「The Russians die／in a wonderful way.」）、60-61 頁（S：Rp）、62-63 頁（S：Rp）、92-93 頁（U：Rp で題名 "The Tryst" にライン、N：Bp でタイトル横に「×」印、S：Rp）、94 頁（S：Rp）、104-105 頁（S：Rp）、134-135 頁（S：Rp）、136-137 頁（S：Rp）、138-139 頁（S：Rp）、140 頁（S：Rp）、175 頁（U：Rp で題名 "The End of Tchertop-Hanov" と章番号 "Ⅰ" にライン）、274 頁（U：Rp で題名 "The Forest and the Steppe" にライン）	〔78〕〔倉2〕〔G〕短篇小説集
A563-10	Turgenev, Ivan	*Dream tales and prose poems : Large type fine-paper ed.*・Constance Garnett, William Heinemann・1906・323p.・The novels of Ivan Turgenev : vol.10	表見返し（中西屋書店シール）、扉（蔵書印：「芥川文庫」印）、(-1)〔目次〕頁（N：Bp で点）、242 頁（U：Ap で題題 "A Conversation"、N：Bp でカギカッコ始め）、244 頁（N：Bp でカギカッコ閉じ〔カギカッコは "A Conversation" 全体に係る〕、U：Ap で題題 "The Old Woman" にライン）、247 頁（U：Ap で題題 "The Dog" にライン）、250 頁（N：Bp でカギカッコ〔"The Beggar" の始めと終わり〕）、254 頁（U：Ap で題題 "The End of the World" にライン）、259 頁（U：Ap で題題 "The Fool" にライン）、	〔倉2〕〔G〕短篇小説と散文詩収録作品は "Clara Militch"、"Phantoms"、"The song of triumphant love"、"The dream"、"Poems in prose"押し花：168-169 頁の間に三つ葉のクローバーの押し花〔短篇 "The Song of Triumphant Love" の間〕目次に赤点があるのは "Clara Militch"、"Phantoms"、"The Songs of Triumphant Love"、"The Dream"、"Poems in Prose"で、この本に収録されている全作品に施されている。

			269 頁（U：Ap で詩題 "The Sparrow" にライン、N：Bp でカギカッコ始め）、270 頁（N：Bp でカギカッコ閉じ〔カギカッコは "The Sparrow" 全体に係る〕、U：Ap で詩題 "The Workman and the Man with Hands" にライン）、273 頁（U：Ap で詩題 "The Rose" にライン）、277 頁（U：Ap で詩題 "The Last Meeting" にライン）、278 頁（U：Ap で詩題 "A Visit" にライン）、280–281 頁（U：Ap で詩題 "Necessitas-Vis-Libertas!" と "Alms" にライン）、283 頁（U：Ap で詩題 "The Insect" にライン）、303 頁（U：Bp で詩題 "Christ" にライン）	
A563-11	Turgenev, Ivan	The torrents of spring, etc : Large type fine-paper ed.・Constance Garnett・London, Heinemann・1919・405p.・The novels of Ivan Turgenev : vol.11	表見返し（郁文堂シール）	小説集 収録作品は "The torrents of spring"、"First love"、"Mumu"
A563-12	Turgenev, Ivan	A Lear of the steppes, etc : Large type fine-paper ed.・Constance Garnett・London, Heinemann・1906・318p.・The novels of Ivan Turgenev : vol.12	表見返し（丸善シール、N：Bk で「S. Yasunari／Jan. 9, 1908」の署名）、2〔広告〕頁（U：Bk で題名に印）、vi–vii 頁（U：Bk）、viii–ix 頁（U：Bk、N：Bk で「リア」・「アーシャ」・「ファウスト」・「イワン・イリッチの死」・「印象派」）、x–xi 頁（U：Bk、N：Bk で「「リア」論」・「ユーゴーとバルザックと印象派と」・「ツルゲェフの描く人生は、切花に非ず。」）、xii–xiii 頁（U：Bk、N：「婦人を描くツルゲェフの力」）、xiv–xv 頁（U：Bk、N：Bk で「And he never shuts his eyes against the true」〔以上まで "Introduction"〕）、99 頁（S：Rp）、100 頁（S：Rp）、163 頁（U：Bp）、164 頁（U：Bk で「He」に U、N：Bk で「?」と「Who is he?」）、176–177 頁（S・N：Bk で S 脇に「性的描写の妙」）、180 頁（U：Bk）、191 頁（U：Bk）、193 頁（U：Bk）、199 頁（U：Bk）、204 頁（U：Rp）、274 頁（S：Bk）、278 頁（U：Bk）、280 頁（二重 U：Rp で章番号 "X" にライン）、310 頁（U：Rp）	〔78〕〔倉 2〕〔G〕 中編小説集 黒インクの書入れは、ペン種・筆跡が表見返しの「S. Yasunari」のものと似ているため、芥川の書入れでない可能性が高い。 題名に印があるのは "Rudin"、"A House of Gentlefolk"、"On the Eve"、"Fathers and Children"、"Smoke"、"Virgin Soil"、"A Sportsman's Sketches"、"Dream Tales and Prose Poems"、"The Torrents of Spring, etc"、"A Lear of the Steppes"、"The Diary of a Superfluous Man, etc."、"A Desperate Character, etc."、"The Jew, etc."。
A563-13	Turgenev, Ivan	The diary of a superfluous man, etc. : Large type fine-paper ed.・Constance Garnett・London, William Heinemann・1906・325p.・The novels of Ivan Turgenev vol.13	表見返し（丸善シール）、(-1)〔目次〕頁（N：Rp で題名に点）、扉（蔵書印：「芥川文庫」印）、13 頁（U：Rp）、101 頁（U：Pp）	〔倉 2〕 短篇集 目次でタイトルに赤点があるのは "A Tour in the Forest"、"Yakov Pasinkov"
A563-14	Turgenev, Ivan	A desperate character etc. : Large type fine-paper ed.・Constance Garnett・London, Heinemann・1906・317p.・The novels of Ivan Turgenev vol.14	表見返し（丸善シール）	短篇集 収録作品は "A desperate character"、"A strange story"、"Punin and Baburin"、"Old portraits"、"The brigadier"、"Pyetushkov"
A563-15	Turgenev, Ivan	The Jew etc. : Large type fine-paper ed.・Constance Garnett・	表見返し（中西屋書店シール）、扉（蔵書印：「芥川文庫」印）、xv〔目	〔倉 2〕〔G〕 短篇集

巻末附録　2. 芥川龍之介旧蔵書・洋書に関する書き入れ調査結果一覧表　　461

		London, W. Heinemann・1906・321p.・The novels of Ivan Turgenev : vol.15	次〕頁（N：Rpで題名に点）、313頁（U：Rp）、314頁（U：Rp）、317頁（U：Rp）、318–319頁（U：Rp）、320頁（U：Rp）、裏見返しで（N：Bkで「一九一一年九月八日　芥川文庫」）	収録作品は "The Jew"、"An unhappy girl"、"The duellist"、"Three portraits"、"Enough"　目次でタイトルに赤点があるのは "The Jew"、"The Duellist"、"Three Portraits"、"Enough"
A564	Uddgren, Gustaf	Strindberg the man・Axel Johan Uppvall・Boston, Four Seas・1920・165p.	表見返し（丸善シール）、158頁（N：Bkで「October 18th 1922 ／ Tabata」〔本文末尾〕）	〔倉2〕ストリンドベリの評伝
A565	Vasari, Giorgio	Vasari's Lives of Italian painters・London, W. Scott・［pref.1892］・291p.・The Scott library	表見返し（丸善シール）	画家の伝記集　未裁断：83–86頁、91–94頁、137–140頁、141–144頁、147–150頁、257–264頁
A566	Verhaeren, Emile	The dawn・Arthur Symons・London, Duckworth・1910・110p.	表見返し（丸善シール）、扉（蔵書印：「芥川文庫」印）、25頁（U：Ap）、28–29頁（U：Ap）、43頁（U：Ap）、44頁（U：Ap）、52–53頁（U：Rp）、64頁（U：Rp）、81頁（U：Ap）、87頁（U：Ap）、裏見返しで（N：Bkで「一九一二年四月六日／我弟の芝中学に入学したる紀念として／伯母上より贈らる／芥川龍之介」）	〔63〕〔倉1〕〔G〕戯曲
A567	Verhaeren, Emile	The love poems of Emile Verhaeren・F. S. Flint・London, Constable・1916・94p.	表見返し（丸善シール）	詩集
A568	Verhaeren, Emile	The plays of Emile Verhaeren・Arthur Symons, Osman Edwards, F. S. Flint & Jethro Bithell・London, Constable・1916・325p.	表見返し（丸善シール）、325頁（N：Bkで「June 28 Tokio ／ '17」〔本文末尾〕）	〔倉1〕戯曲集　収録作品は "The dawn"、"The cloister"、"Philip II"、"Helen of Sparta"　未裁断：(-1) -2〔扉〕頁、41–44頁 "The Dawn"）　折れ目：262頁左上（跡）
A569	Verhaeren, Emile	Rembrandt・Stefan Zweig・Leipzig, Insel・1912・111p.	表見返し（丸善シール）、扉（蔵書印：「我鬼B」印）、6–7頁（S・U：Rk）、8頁（S・U：Rk）	〔倉1〕画家レンブラントの美術書　ドイツ語訳
A570	Verhaeren, Emile	Rubens・Stefan Zweig・Leipzig, Insel-Verlag・1920・84p.	表見返し（丸善シール）	画家ルーベンスの美術書　ドイツ語訳
A571	Villiers de L'Isle-Adam, Auguste	The revolt ; and, The escape・Theresa Barclay・London, Duckworth・1910・61p.	表見返し（丸善シール）、扉（蔵書印：「芥川文庫」印）、v頁（S・U：Rk）、vi–vii頁（S：Rk）、viii頁（S：Rk）、19頁（S：Rp）、20–21頁（S：Rp）、22–23頁（S：Rp）、24–25頁（S：Rp）、35頁（S：Rp）、36頁（S：Rp）、61頁（N：Bkで「23rd July '13 ／ at Shinjuku」〔本文末尾〕）	〔倉1〕〔G〕戯曲集
A572	Villon, François	Poems of François Villon・John Payne・New York, Boni and Liveright・［n.d.］・246p.・The modern library of the world's best books	扉（蔵書印：「壷天癸尹」印）、39頁（U：Bk）、186頁（S：Bp）、189頁（U：Bp）、191頁（U：Bp）、197頁（S：Bp）	〔倉1〕〔G〕詩集
A573	Vizetelly, Ernest Alfred	Émile Zola, novelist and reformer : an account of his life & work・London ; New York, John Lane・1904・560p.	表見返し（N：Bkで「Akira Fukami ／ July 1913 New York city」の署名）、扉（蔵書印：「我鬼B」印）	〔G〕エミール・ゾラの評伝　折れ目：38頁左下（跡）
A574	Voltaire	Candide・New York, Boni and Liveright・［c1918］・173p.・The modern library of the world's best books	表見返し（丸善シール）	ヴォルテール『カンディード』折れ目：138頁左上（跡）

A575	Voltaire	*The Famous romances of Voltaire*・Chicago, Laird & Lee・［1892］・498p.・The library of choice fiction		ヴォルテールの小説集 収録作品は"Zadig; or, Fate"、"The Huron; or, Nature's pupil"、"The princess of Babylon"、"The black and the white"
A576	Walkley, A. B.	*Pastiche and prejudice*・London, W. Heinemann・1921・299p.		〔本〕 文芸評論集
A577	Wassermann, Jacob	*The goose man*・Allen W. Porterfield & Ludwig Lewisohn・New York, Harcourt, Brace・［c1922］・470p.・The European library		長編小説 折れ目：180頁左下
A578	Watrous, George Ansel	*Elizabethan dramatists : Marlow's "Dr. Faustus", Jonson's "Every man in his humour", Beaumont and Fletcher's "Philaster"*・New York, T.Y. Crowell & Co・［c1903］・293p.・Handy volume classics	20頁（U：Rk）、59頁（U：Rk）、194–195頁（N：Bp）、196–197頁（N・U：Bp）	マーロウ「フォースター博士」、ベン・ジョンソン、Beaumont and Fletcherの戯曲集
A579	Watts, Henry Edward	*Life of Miguel de Cervantes*・London, W. Scott・1891・185p.・Great writers	表見返し（丸善シール）	セルバンテスの評伝
A580	Wedmore, Sir Frederick	*Painters and painting*・New York, Henry Holt／London, Williams and Norgate・［pref.1912］・256p.・Home university library of modern knowledge	表見返し（中西屋書店シール）	美術書
A581	Wells, H. G.	*The first men in the moon : Copyright ed.*・Leipzig, Bernhard Tauchnitz・1902・287p.・Collection of British authors		SF長編小説『月世界最初の人間』 A581からA586は同一の叢書
A582	Wells, H. G.	*The invisible man : a grotesque romance : Copyright ed.*・Leipzig, Bernhard Tauchnitz・1898・278p.・Collection of British authors	278頁（N：Bkで「割合にヨク書カレタリ／但何ノ為ニ書イタかヘンナモノ／ナリ」と「Dec. 7th／1922／Tabata」〔本文末尾〕）	〔63〕〔倉2〕 SF長編小説『透明人間』
A583	Wells, H. G.	*In the days of the comet : Copyright ed.*・Leipzig, Bernhard Tauchnitz・1906・319p.・Collection of British authors		SF長編小説『彗星の時代』
A584	Wells, H. G.	*The plattner story and others*・Leipzig, Bernhard Tauchnitz・［1919］・294p.・Collection of British authors	35頁（N：Bk「愚作！」〔"The Planttner Story"末尾〕）、75頁（N：Bkで「薬ナゾヲ使／フ故Wellsハ遂に／Wellsニドクマル／ナリ」〔"The Story of the Late Mr. Elvesham"末尾〕）、108頁（N：Bkで「ヨロシ／一冊中／ノ白／眉乎」〔"The Apple"末尾〕）、127頁（N：Akで「ツマラン事ニ興味ヲ持ツタモノナリ」〔"Under the Knife"末尾〕）、141頁（N：Akで「悪シカラ／ズ」〔"The Sea-Raiders"末尾〕）、163頁（N：B・Akで「Not so bad」〔"Pollock and the Porroh Man"末尾〕）、176頁（N：Akで「trash！」〔"The Red Room"末尾〕）、192頁（N：Bkで「下等ナリ」〔"The Cone"末尾〕）、208頁（N：Bkで「俗」〔"The Purple Pileus"末尾〕）	〔63〕〔倉2〕〔G〕〔本〕 短篇集 折れ目：234頁左上（跡："A Catastrophe"冒頭）
A585	Wells, H. G.	*The stolen bacillus ; and other incidents : Copyright ed.*・Leipzig,	36頁（N：Rk）	短篇集 折れ目：253頁右上（跡）

巻末附録　2. 芥川龍之介旧蔵書・洋書に関する書き入れ調査結果一覧表　　　463

		Bernhard Tauchnitz・［1920］・285p.・Collection of British authors		
A586	Wells, H. G.	*Tales of space and time : Copyright ed.*・Leipzig, Bernhard Tauchnitz・［1920］・278p.・Collection of British authors		短篇小説集
A587	Wells, Louis Ray	*Industrial history of the United States*・New York, Macmillan・1923・584p.	50頁（N・U：Bp）、128頁（N：Bp）、132頁（N：Bpで「第二学期／ Mr. Wildes」〔第9章冒頭の余白〕、N：Bkで133頁の頁番号上部に○印）、134–135頁（U・N：Bp、N：Bkで135頁の頁番号上部に○印）、137頁（N：Bp、N：Bkで137頁の頁番号上部に○印）、139頁（N：Bp、N：Bkで139頁の頁番号上部に○印）、141頁（N：Bkで141頁の頁番号上部に○印）、143頁（N：Bkで143頁の頁番号上部に○印）、149頁（U・N：Bp）、151頁（N：Bp）、153頁（U・N：Bp）、154頁（U・N：Bp、N：Bk）、156–157頁（U・N：Bp）、158–159頁（N：Bp）、160–161頁（N・U：Bp、N：Bk）、163頁（U：Bp、N：Bpで「Q.1」「Q.2」など）、164–165頁（U：Bp、N：Bpで「Q.3.」「Q.4」など）、166–167頁（N：Bp）、168–169頁（U：Bp、N：Bpで「Q.5」「Q.6.」「Q.7」など）、172–173頁（N：Bpで「Q.8」「Q.9」など）、174頁（U：Bp）、178–179頁（N：Bp）、181頁（U・N：Bp）、182–183頁（U・N：Bp）、184–185頁（U・N：Bp）、190頁（U：Bp）、193頁（U・N：Bp）、203頁（N・U：Bp）、205頁（N：Bp）、206頁（N：Bp）、208–209頁（N・U：Bp）、210–211頁（N：Bp）、223頁（N：Bk、N：Bp）、224頁（N：Bk）、247頁（N：Bp）、254–255頁（N：Bp）、256–257頁（N：Bp）、258–259頁（N：Bp）、270–271頁（N：Bpで「第参学期」など）、272–273頁（N：Bp）、274頁（N：Bp）、276–277頁（N：Bp）、278–279頁（N：Bp）、280–281頁（N：Bp）、282頁（N：Bp）、305頁（N：Bp）、306–307頁（N・U：Bp）、308–309頁（N・U：Bp）、310–311頁（N：Bp）、312–313頁（N：Bp）、314–315頁（N：Bp）、316–317頁（N：Bp）、318–319頁（N：Bp）、320–321頁（N：Bp、U：Bk）、322–323頁（N：Bp、N：Bk）、324頁（N：Bp、N：Bk）、328–329頁（N：Bp）、330–331頁（N：	アメリカの産業史 書入れのは大半は頁番号に○印か単語の意味 「第二学期」「第参学期」などとあることから、学校の歴史の授業で使用したか

			Bp)、332–333 頁（N：Bp)、334–335 頁（N：Bp)、336–337 頁（N：Bp)、338–339 頁（N：Bp)、340 頁（N：Bp)、342–343 頁（N：Bp, U：Bp)、344–345 頁（N：Bp)、393 頁（N：Bp)、394–395 頁（N：Bp)、396–397 頁（N：Bp)、407 頁（N：Bp)、408–409 頁（N：Bp)、410–411 頁（N：Bp)、412–413 頁（N：Bp)、414–415 頁（N：Bp)、416–417 頁（N・U・Bp)、418–419 頁（N・U：Bp)、420 頁（N：Bp)、426–427 頁（N：Bp)、428–429 頁（N：Bp)、430–431 頁（N：Bp)、432–433 頁（N：Bp, N・U：Pk)、434 頁（N：Bp)、436 頁（N：Bp)、440 頁（N：Bp)、447 頁（N：Bp)、448–449 頁（N：Bp)、450–451 頁（N・U・Bp)、452–453 頁（N・U：Bp)、454–455 頁（N：Bp)、459 頁（N・U：Bp)、460–461 頁（N・U：Bp)、462–463 頁（N・U：Bp)、493 頁（N・U：Bp)、494 頁（N：Bp)、498–499 頁（N：Bp)、500–501 頁（N・U：Bp)、502–503 頁（N・U：Bp)、504 頁（N・U：Bp)、509 頁（N：Bp)、510–511 頁（N・U：Bp)、512–513 頁（N・U：Bp)、514–515 頁（N：Bp)、516–517 頁（N：Bp)、522–523 頁（N：Bp)、524–525 頁（N：Bp)、531 頁（N・U：Bp)、532–533 頁（N：Bp)、534–535 頁（N・U：Bp)、536–537 頁（N・U：Bp)、538–539 頁（N・U：Bp)、540–541 頁（N：Bp)		
A588	Whitman, Walt	*Poems of Walt Whitman* (*from "Leaves of grass"*)・London ; New York, Walter Scott・[intro.1886]・318p.・The Canterbury poets	表見返し（機山閣書店シール）	詩集 未裁断（製本ミス）：313–316 頁
A589	Wickwar, J. W.	*The ghost world : its realities, apparitions, & spooks*・London, Jarrolds Publishers・[1919]・158p.	表見返し（丸善シール）、49 頁（N：Bk で「Scott ガ見タル Byron ノ幽霊」）、裏見返し（N：Bk「作中の人物を莫迦と云はれて怒り／その人を莫迦と云ふ　されど作中の／人物よりその人遥に humani (anti-baka) なり。／古銅先生伝〔博？〕」)	〔63〕〔倉 2〕〔G〕 幽霊・怪異についての本 折れ目：61 頁右上（跡）、82 頁左上（跡）、138 頁左下（跡）
A590	Wilde, Francesca Speranza	*Ancient legends, mystic charms & superstitions of Ireland : with sketches of the Irish past : New ed.*・London, Chatto & Windus・1919・347p.	表見返し（丸善シール）、12 頁（N：Bk で「チヨツト無気味ダ」（"The Horned Women" 末尾」)、17 頁（N：Bk で「ヤナが天より来る前ハ平凡なる御伽噺なり」〔"The Legend of Ballytowtas Castle" 末尾」)、20 頁（N：Bk で「支那小説ヲ想起セシム」（"A Wolf Story" 末尾」)、27 頁（N：Bk で「詩人	〔12〕〔倉 2〕 アイルランドのフォークロア集（「貉」のような話が多い。ただし、「貉」の初出が1917年なのでこの本が典拠ではない。） 折れ目：36 頁左上（跡）、38 頁左上（跡）、42 頁左上（跡）、50 頁左下（跡）、63 頁右上（跡）、66 頁左上（跡）、260 頁左上（跡）、262 頁左上、345 頁

巻末附録　2. 芥川龍之介旧蔵書・洋書に関する書き入れ調査結果一覧表

				が女ニ惚レラレルノハ□□ナリ」（"The Evil Eye" 末尾）、29頁（N：Bkで「コノ花嫁ヲ盗ムモノハ何者ナルカ farmer か」（"The Stolen Bride" 末尾）、N・S：BkでS脇に「人間 fairy music ヲ聞カザルモノアリ／コレヲ俗物トモフ」（"Fairy Music" 冒頭部分））、30-31頁（S：Bk、N：Bkで「踊ツテ暮ラスモノ　オペラ女優トFairy アルノミ」（"The Fairy Dance"））、32頁（N：Bkで「fairy ト煙草ヲ買ヒニ行クナドハ乙デスナ」（"Fairy Jutice"））、37頁（N：Bkで「Irish ノ Faust ナドト云フ程大シタモノナラズ」（"The Priest's Soul"））、39頁（N：Bkで「Fairies ヲ父母ニ持チタキモノ我ノミナランヤ」（"The Fairy Race" 末尾）、40-41頁（N：Bkで、「ソノ身代リノR坊トハ抑ナニ者ナルカ」（"The Trial by Fire" 末尾）および「荷家三娘子一話ニ似タリ」（"The Lade Witch" 末尾））、45頁（N：Bkで「コノ嫁 fairy ノ King ニ惚レシヤ否ヤ　ドウモ fairy ノ方ガ上等／ダカラ大概ハ人間ノ方ガ嫌ハレサウナリ」（"Ethna the Bride" 末尾））、47頁（N：Bkで「親ノ因果ガ子ニ報フトハ是ナリ」（"The Fairies's Revenge" 末尾））、49頁（N：Bkで「愛スベシコノ fairy ニ bourgeois 気分アリ」（"Fairy Help" 末尾））、52頁（N：Bkで「凄イ」（"The Farmer Punished" 末尾））、55頁（N・S：Bkで「コノ終リ方ヨロシ」（"The Midnight Ride" 末尾））、59頁（N・S：Bkで「八十神の一人は蕗を傘にせり」（"The Leprechahun" 末尾））、64-65頁（N：Bkで「コノ話妙ニ哀なり」（"The Child's Dream" 末尾）と「雪国の夜寒　髯あるR児見ぬ」（"The Fairy Child"））、67頁（N：Bkで「Rん坊の beard は凄い」（"The Fairy Child" 末尾））、70頁（N：Bkで「dramatic ダ」（"The Holy Well ad the Murder" 末尾））、72頁（N：Bkで「大食ノ呪ヒ微アリ今朝ノ秋」（"Legends of Innis-Sark" 末尾））、77頁（N：Bkで「芳ノ輪ハ愛蘭土ニモアリ」（"Legends of the Dead in the Western Islands"））、78頁（N：Bkで「籠ノ蓋トレバ侏儒アリ春ノ風　とは如何」（"November Eve"））、80-81頁（N：Bkで「幽霊ト fairy トハドウモ映リガ悪イ」および「コンハ話アリサウナリ」（どちらも "The Dance of the Dead"））、85頁（N：Bkで「愛蘭土ニ於ケル□□□〔英単語不	右上（跡・外向き）未裁断：237-240頁、265-268頁、269-272頁、281-284頁、285-288頁、297-300頁、301-304頁、313-316頁、317-320頁、329-332頁、333-336頁、345-348頁	

				明〕ナリ」〔"The Fenian Knights" 末尾〕）、86 頁（N：Bk で「コレハ実話ナラン」〔"The Strange Guests"〕）、93 頁（N：Bk で「コノ話荒唐無稽愛スベキ所アリ」〔"Shaun-Mor" 末尾〕）、96 頁（N：Bk で「西洋ニモ跳馬アリ」〔"The Royal Steed" 末尾〕）、99 頁（N：Bk で「原稿料少ナキ作家ノ腹ヲ立テル／ニ似タリ」〔"The Poet's Malediction" 末尾〕）、118 頁（N：Bk で「コノ恋人等共ニ天國ニ入リシ事何人ガ語リシカ」〔"The Dead"〕）、120 頁（N：Bk で「日本ノ通夜ニ似テキル」〔"The Wake Orgies" 末尾〕）、133 頁（N・S：Bk で S 脇に「一ハ詩人トナリ一ハ自殺ス／fairy-music ヲキクモノ正ニ然ラン」〔"The Poet and the King"〕）、152 頁（N：Bk で「コノ男惚レタ後デアレハアノ女ニ魔法ヲ使ハレ／タノサナドト云ツタノダラウ」〔"Concerning Cats"〕）、154 頁（N：Bk で「妻を恋ふ B きは猫の帝とよ」〔"The King of the Cats"〕）、162 頁（N：Bk で「コノ話莫迦ゲテキテヨロシ」〔"Seanchan the Bard and the King of the Cats" 末尾〕）、168 頁（N：Bk で「桃太郎の鬼退治に似たり」〔"King Arthur and the Cat" 末尾〕）、173 頁（N：Bk で「この witch 哀レナリ蜜蜂ハ witch デモ何デモナカツタラウ」〔"The Dead Hand" 末尾〕）、178 頁（N：Bk で「好々」〔"The Beetle"〕）	
A591	Wilde, Oscar		*De profundis :15th ed.*・London, Methuen・1911・151p.・Methuen's shilling library	表見返し（中西屋書店シール）、扉（藏書印：「芥川文庫」印）、ix 頁（U：Rp）、13 頁（U：Rp）、16 頁（U：Rp）、20–21 頁（U：Rp）、22–23 頁（U：Rp）、25 頁（U：Rp）、26 頁（U：Rp）、30–31 頁（U：Rp）、32–33 頁（U：Rp）、35 頁（U：Rp）、36–37 頁（U：Rp）、39 頁（U：Rp）、47 頁（U：Rp）、54–55 頁（U：Rp）、56 頁（U：Rp）、59 頁（U：Rp）、66–67 頁（U：Rp）、69 頁（U：Rp）、70–71 頁（U：Rp）、73 頁（U：Rp）、80 頁（U：Rp）、82–83 頁（U：Rp）、84 頁（U：Rp）、89 頁（U：Rp）、91 頁（U：Rp）、92 頁（U：Rp）、96 頁（U：Rp）、102–103 頁（U：Rp）、104–105 頁（U：Rp）、106–107 頁（U：Rp）、112–113 頁（U：Rp）、114 頁（U：Rp）、119 頁（U：Rp）、120 頁（U：Rp）、126–127 頁（U：Rp）、129 頁（U：Rp）、130–131 頁（U：Rp）、133 頁（U：Rp）、140 頁	〔倉 2〕〔G〕〔本〕ワイルド『獄中記』折れ目：130 頁左上（跡）、131 頁右上（跡）、138 頁左上（跡）

巻末附録　2. 芥川龍之介旧蔵書・洋書に関する書き入れ調査結果一覧表

			（U：Rp）、裏見返し（N：Bk で「千九百十一年八月八日　芥川文庫」）	
A592	Wilde, Oscar	*A house of pomegranates : 3rd ed.*・London, Methuen・1909・179p.	表見返し（中西屋書店シール）、扉（蔵書印：「芥川文庫」印）、第二扉（蔵書印：「龍之介印」印）、5 頁（U：Rp）、92 頁（U：Rp）、94 頁（U：Rp）、137 頁（U：Rp）、138 頁（U：Rp）、179 頁（N：Ap で「28th, August, 1912.／in Tokio.」〔本文末尾〕）	〔倉2〕〔G〕短篇集『柘榴の家』
A593	Wilde, Oscar	*An ideal husband : a play : 5th ed.*・London, Methuen・1912・246p.・Methuen's shilling library	表見返し（中西屋書店シール〔天地逆さま〕）、15 頁（S：Rp）、16–17 頁（S：Rp）、18 頁（S：Rp）、28–29 頁（S：Rp）、39 頁（S：Rp）、43 頁（S：Rp）、47 頁（S：Rp）、48 頁（S：Rp）、75 頁（S：Rp）、78–79 頁（S：Rp）、82 頁（S：Rp）、86 頁（S：Rp）、93 頁（S：Rp）、98 頁（S：Rp）、103 頁（S：Rp）、125 頁（S：Rp）、130 頁（S：Rp）、142–143 頁（S：Rp）、160–161 頁（S：Rp）、179 頁（S：Rp）、181 頁（S：Rp）、182–183 頁（S：Rp）、184 頁（S：Rp）、204–205 頁（S：Rp）、206 頁（S：Rp）、234–235 頁（S：Rp）、236–237 頁（S：Rp）、246 頁（N：Bk で「25th August／1913」〔本文末尾〕）	〔倉2〕〔G〕戯曲『理想の夫』
A594	Wilde, Oscar	*The importance of being Earnest : a trivial comedy for serious people : Copyright ed.*・Leipzig, B. Tauchnitz・1910・246p.・Collection of British authors	扉（蔵書印：「芥川文庫」印）、16–17 頁（U・N：Bp）、18–19 頁（U・N：Bp）、23 頁（N：Bp）	〔G〕戯曲『真面目が肝心』折れ目：97 頁右下（跡）
A595	Wilde, Oscar	*Intentions : 4th ed.*・London, Methuen・1909・263p.	表見返し（中西屋書店シール）、扉（蔵書印：「芥川文庫」印）、2 頁（S：Bk）、14 頁（U：Rk）、19 頁（N：Bk で「Bulter／ノ□□□／ト比較せ／よ）、20 頁（S：Rp）、24 頁（S：Rp）、29 頁（S：Rp）、30–31 頁（S：Rp）、32 頁（S・U：Rp）、37 頁（S：Rp）、38–39 頁（S：Rp）、40–41 頁（S：Rp）、42–43 頁（S・U：Rp）、44–45 頁（S：Rp）、46–47 頁（S：Rp）、50–51 頁（U：Rp）、52–53 頁（S・U：Rp）、57 頁（U：Bp）、65 頁（U：Rp）、88 頁（S：Bp）、96 頁（U の消えた跡）、98–99 頁（U：Rp）、121 頁（S・U：Rp）、122–123 頁（U・S：Rp）、124–125 頁（S：Rp）、128 頁（S：Rp）、131 頁（S：Rp）、132–133 頁（S：Rp）、138 頁（S：Bk）、140–141 頁（S：Rp）、145 頁（U：Rp）、156 頁（S：Rp）、159 頁（S：Rp）、160 頁（S：Rp）、167 頁（S：Rp）、168–169 頁（S・U：Rp）、	〔倉2〕〔G〕『芸術論』折れ目：132 頁左上（跡）、138 頁左上（跡）

			170–171 頁（S・U：Rp）、172–173 頁（S：Rp）、174–175 頁（S：Rp）、176–177 頁（S・U：Rp）、183 頁（S：Rp）、185 頁（U：Rp）、188 頁（S：Rp）、190 頁（U：Rp、S：Bp）、194 頁（N：Rp で○印）、200–201 頁（U・S：Rp）、202 頁（S：Rp）、205 頁（S：Bp）、206 頁（S：Bp）、211 頁（N：Rp）、212–213 頁（S：Bp）、214–215 頁（S：Rp）、216–217 頁（S：Rp・Bp）、243 頁（S：Rp）、256 頁（S：Bp）、263 頁（U：Rp、N：Bk で「31rst March, 1913／in Tokio」〔本文末尾〕）	
A596	Wilde, Oscar	Lady Windermere's fan : a play about a good woman : 6th ed.・London, Methuen・1911・157p.・Methuen's shilling books	表見返し（中西屋書店シール）、扉（蔵書印：「芥川文庫」印）、76–77 頁（U：Rp）、104–105 頁（U：Rp）、107 頁（U：Rp）、108–109 頁（U：Rp）、112–113 頁（U：Rp）、114 頁（U：Rp）、127 頁（U：Rp）、135 頁（U：Rp）、142–143 頁（U：Rp）、144 頁（U：Rp）、147 頁（U：Rp）、150 頁（U：Rp）	〔倉2〕〔G〕戯曲『ウィンダミア卿夫人の扇』
A597	Wilde, Oscar	Lord Arthur Savile's crime ; The portrait of Mr. W.H., and other stories : 6th ed.・London, Methuen・1912・196p.・Methuen's shilling books	表見返し（丸善シール）、表見返しの次頁（N：Bk で「13rd July 1912.／R. Akutagawa」）、扉（蔵書印：「芥川文庫」印）、10 頁（U：Rk）、12 頁（U：Rk）、25 頁（S：Rk）、55 頁（U：Rk）、133 頁（U：Rp）、143 頁（U：Rp で題名 "The Portrait of Mr. W. H." にライン）、147 頁（S：Rk）、153 頁（U：Rp）、196 頁（N：Bk で「One of Wilde's masterpieces.／Its mysterious charm is almost in-／comparable」（"The Portrait of Mr. W. H." 末尾〕）	〔64〕〔倉2〕〔G〕短篇集
A598	Wilde, Oscar	Poems : with the ballad of reading gaol : 10th ed.・London, Methuen・1910・320p.	表見返し（丸善シール）、扉（蔵書印：「芥川文庫」印）、83 頁（N：Rp で詩題 "Impression du Matin" に印）、89 頁（N：Rp で詩題 "Serenade" に印）、94 頁（S：Rp〔"La Bella Donna Della Mia Mente"〕）、147 頁（U：Rp で詩題 "A Vision" にライン）、150 頁（U：Rp で詩題 "By the Arno" にライン）、163 頁（S：Rp〔"Panthea"〕）、167 頁（S：Rp〔同前〕）、171 頁（S：Rp〔同前〕）、182 頁（S：Rp〔"Her Voice"〕）、225 頁（U：Rp で詩題 "The Harlot's House" にライン）、235 頁（U：Rp で詩題 "Symphony in Yellow" にライン）、245 頁（U：Rp で詩集題名 "The Sphinx" にライン）、267 頁（S：Rp）、268 頁（S：Rp）、273 頁（S：Rp）、274–275 頁（S：Rp〔"The Ballad of Reading Gaol"〕）、280	〔倉2〕〔G〕詩集

巻末附録　2. 芥川龍之介旧蔵書・洋書に関する書き入れ調査結果一覧表　　　469

			頁（S：Rp〔同前〕）、286–287頁（S：Rp〔同前〕）、289頁（S：Rp〔同前〕）、295頁（S：Rp〔同前〕）、296頁（S：Rp〔同前〕）、302–303頁（S：Rp〔同前〕）、305頁（S：Rpで詩集題名 "Ravenna" にライン）	
A599	Wilde, Oscar	*Salome : a tragedy in one act*・London, John Lane, The Bodley Head・1912・65p.	表見返し（丸善シール）、扉（蔵書印：「芥川文庫」印）、65頁（U：Rp〔"the mystery of love is greater than the mystery of death." にU〕）	〔倉2〕〔G〕『サロメ』
A600	Wilde, Oscar	*A woman of no importance : a play : Copyright ed.*・Leipzig, B. Tauchnitz・1909・246p.・Collection of British authors	表見返し（中西屋書店シール）、扉（蔵書印：「芥川文庫」印）、23頁（S：Rp）、145頁（S：Rp）、146–147頁（S：Rp）、148–149頁（S：Rp）、150–151頁（S：Rp）、152–153頁（S：Rp）、155頁（S：Rp）、156頁（S：Rp）、162–163頁（S：Rp）、165頁（S：Rp）、166–167頁（S：Rp）、169頁（S：Rp）、196頁（S：Rp）、241頁（S：Rp）、246頁（N：Bkで「27th August／'13」〔本文末尾〕）	〔倉2〕〔G〕戯曲
A601	Woodberry, George Edward	*Swinburne*・London, W. Heinemann・1905・117p.・Contemporary men of letters series	表見返し（N：Bbで「星Rし／人無き路の／麻の丈」）、裏見返し（N：Bbで「細雨簷花山房」）	〔64〕〔G〕スウィンバーンの評伝表見返しの書き入れについては〔G〕に「1920年3月27日の書簡に芥川が森幸枝宛に送っている俳句である。同じ俳句を、後ほど（1920年3月31日）に松岡譲宛にも送っている」と指摘がある。
A602	Wordsworth, William	*The poetical works of William Wordsworth : with introductions and notes : Oxford ed.*・London, H. Milford, Oxford University Press・1914・986p.	表見返し（丸善シール）、183頁（U：Rk〔"To the Cuckoo"〕）	詩集
A603	Wundt, Max	*Griechische Weltanschauung*・Leipzig, B.G. Teubner・1910・130p.・Aus Natur und Geisteswelt	1頁（U・N：Bk、N：Rp・Bp）、2–3頁（U：Rp・Bk、N：Bk・Bp・Ap）、4–5頁（N：Bk・Rp・Ap・Bp、U：Bk・Rp）、6–7頁（N：Bk・Rp・Bp、U：Bk・Rp、S：Rp）、8–9頁（N：Bk・Rp、U：Bk、S：Bp）、10–11頁（N：Bk・Rp、U：Bk・Rp、S：Rp）、12–13頁（N：Bk・Rp、U：Bk・Rp、S：Rp）、14–15頁（N：Bk・Rp、U：Bk・Rp、S：Rp）、16–17頁（N：Bk、U：Bk）、18–19頁（N：Bk・Rp・Bp、U：Bk・Rk・Rp・Bp）、20–21頁（N：Bk、U：Rk・Rp）、22–23頁（N：Bk・Rp、U：Bk・Rk・S：Bp）、24–25頁（N：Bk・Bp、U：Bk・Rk）、26–27頁（N：Bk・Bp、U：Rp、S：Bp・Rp）、28–29頁（N：Bk・Bp、U：Bk、S：Rp）、30–31頁（N：Bk・Rp・Ap・Bp、U：Bk・Bp、S：Ap）、32–33頁（N：Bk、U：Bk・Ap、S：Ap）、	〔倉2〕〔G〕ギリシアの世界観について書き込みは語学学習の跡とみられる（例えば "damit" に「dass」、"Sich zu verschaffen" に「中に入れる（求める）」など）

			34–35 頁（N：Bk、U：Bk・Ap）、36–37 頁（N：Bk、U：Bk・Rp・Ap、S：Rp・Ap）、38–39 頁（N：Bk・Rk・Ap、U：Bk）、40–41 頁（N：Bk・Rk・Bp・Rp、U：Bk・Rp・Ap）、42–43 頁（N：Bk・Rk・Bp・Rp・Ap、U：Ap）、44–45 頁（N：Bk・Bp・Ap、U：Rp・Ap）、46–47 頁（N：Bk・Bp・Rk、U：Bk・Bp）、48–49 頁（N：Bk・Rk、U：Bk・Rk）、50–51 頁（N：Bk・Rk、U：Bk）、52–53 頁（N：Bk・Rk、U：Bk）、54–55 頁（N：Bk、U：Bk）、56–57 頁（N：Bk・Bp・Rk、U：Bk・Bp）、58–59 頁（N：Bk・Rk、U：Bk）、60–61 頁（N：Bk・Rk、U：Bk、S：Bk）、62–63 頁（N・U：Bk）、裏見返し（NANKODO シール）	
A604	Yeats, William Butler	*The Celtic twilight*・London, A.H. Bullen・1912・221p.・The collected works of W.B. Yeats : vol. 5	扉（丸善シール）、2 頁（U：Rk〔序文〕）、6–7 頁（U：Rk〔"A Teller of Tales" 末尾〕）、10 頁（U：Rk〔"Belief and Unbelief" 末尾〕）、13 頁（U：Rk〔"A Visionary"〕）、14 頁（U：Rk〔同前〕）、18 頁（U：Rk）、28 頁（N：Bk で「It remains me of Maeterlinck's Intruder」〔"Village Ghosts"〕）、38 頁（U：Rk、N：Bk で「simple but／vivid」〔"'Dust hath closed Helen's eye'"〕）、61 頁（U：Rk〔"The Sorcerers" 末尾〕）、82–83 頁（U：Rk〔"The Last Gleeman" 末尾〕、U：Rk で題名 "Regina, Regina Pigmeorum, Veni" にライン）、87 頁（U：Rk〔"Regina, Regina Pigmeorum Veni"〕）、88 頁（U：Rk〔同前末尾〕）、120–121 頁（U：Rk〔"Kidnappers" 末尾〕）、158 頁（U：Rk〔"The Eaters of Precious Stones"〕）、160 頁（U：Rk で題名 "Our Lady of the Hills" にライン）、165 頁（U：Rk〔"The Golden Age"〕）、182 頁（U：Rk〔"The Queen and the Fool"〕）、219 頁（U：Rk〔"By the Roadside" 次頁の末尾まで〕）、220–221 頁（U：Rk、N：Bk で「2nd Feb. 1914」〔本文末尾〕）、221 頁（U：Rk〔巻末詩 "Into the Twilight"〕）	〔倉2〕〔G〕〔本〕『ケルトの薄明』芥川が『心の花』（1914 年 4 月）に発表した「「ケルトの薄明」」の三篇の短篇小説はこの短篇集より取られている。
A605	Yeats, William Butler	*Poems*・London, T. Fisher Unwin・1912・322p.	表見返し（丸善シール）、扉（蔵書印：「芥川文庫」印）、177 頁（S：Rp〔"The Land of Heart's Desire"〕）、180 頁（S：Rp〔同前〕）、183 頁（S：Rp〔同前〕）、248 頁（U：Rk〔"The Wanderings of Usheen" の Book1〕）、253 頁（U：Rk〔同前〕）、256 頁（U：Rk〔同	〔G〕戯曲と詩集

巻末附録　2. 芥川龍之介旧蔵書・洋書に関する書き入れ調査結果一覧表　　471

			前］）、262 頁（U：Rk〔同前］）、268 頁（U：Rk〔同前］）	
A606	Yeats, William Butler	Stories of Red Hanrahan ; The secret rose ; Rosa Alchemica・London, A.H. Bullen・1913・228p.	表見返し（丸善シール）、扉（蔵書印：「芥川文庫」印）、118 頁（U：Rp で題名 "The Heart of the Spring" にライン）	短篇集
A607	Zamacois, Eduardo	Their son ; The necklace・George Allan England・New York, Boni and Liveright・1919・186p.・Penguin series	表見返し（丸善シール、蔵書印：「河郎之舎」印）、1 頁（N：Bk で二段落間にカギカッコ始め・閉じを行い、脇に「コレダケ入ラン」）、2-3 頁（N：Bk でカギカッコ始め・閉じ&コメント「コレモ後へ譲ツタガヨシ」）、4 頁（N：Bk でカギカッコ始め・閉じ&コメント「コレモ入ラン」）、13 頁（N：Bk で「コノ友ダチ必姦通スペシ」）、56-57 頁（S・N：Bk で S 脇に「ヨロシ」）、62 頁（N：Bk で「ノ episode ハ作意見エ透キテ悪シ」）、84 頁（N：Bk で「コノ親父息子ト喧嘩スペシ サウシテコノ息子／親父ヲ殺スペシ　スペテ見エ透クナリ」〔以上迄が "Their Son"〕）、183 頁（S・N：Bk で S 脇に「僅ニ作者のオカヲ見ル」）、184–185 頁（S・N：Bk で S 脇〔185 頁〕にコメント「コノ辺ヨロシ」）、186–187 頁（N：Bk で「9th March 1921／支那旅行ニ行カントスル前」〔186 頁："The Necklace"本文末尾］および「コノ作者刻銘ニ描写スル根気アリ／オカニ至ツテハ容易ニ許シ難シ／日本ノ文壇振ハズ雖モ豈コノ種ノ作者ニ乏シ／カランヤ」〔187 頁］	〔64〕〔倉 2〕中篇集（"Their Son" 及び "The Necklace" 収録）折れ目：37 頁右上（跡）、120 頁左上（跡）、185 頁右下（跡）最終ページの書き込みは倉智に「オカニ至ツテ」と報告があるが、「オカニ至ツテ」の誤り。
A608	Zola, Émile	The ladies' paradise・London, Hutchinson & Co.・[189-?]・416p.	表見返し（中西屋書店シール）、扉（N：Bk で「大正元年十月二十八日夕 初読」を訂正線で消し、「□□ read」）、5 頁（U：Bk）、9 頁（U：Bp）	〔倉 1〕ゾラ『貴女の楽園』
A609	Zola, Émile	The mysteries of Marseilles : a novel・Edward Vizetelly・London, Hutchinson・[1894?]・384p.	表見返し（中西屋書店シール）、1 頁（U・N：Bp）、2–3 頁（U・N：Bp）、4–5 頁（U・N：Bp）、8 頁（U・N：Bp）	〔G〕長編小説『マルセイユの秘密』書き入れは単語の意味がほとんど（例えば "impetuously" に「to delay」、"insignificant" に「unimportant」など）
A610-1		Law & history : Ancient Hebrew literature arranged in 4 volumes : vol.1・London, J. M. Dent／New York, Dutton・[intro.1907]・485p.・Everyman's library	表見返し（丸善シール）	古代ヘブライ集A610 から A611 まで（全五冊）は同一叢書のもの折れ目：143&144 頁上端（偶然折れた可能性あり。"Exodus" の章）
A610-2		Law & history : Ancient Hebrew literature arranged in 4 volumes : vol.2・London, J. M. Dent／New York, Dutton・[1907]・530 p.・Everyman's library	表見返し（丸善シール）	
A610-3		Prophecy and poetry : Ancient Hebrew literature arranged in 4 volumes : vol.3・London, J. M. Dent／New York, E. P. Dutton・[1907]・558 p.・Everyman's library	表見返し（丸善シール）	未裁断（製本ミス）：345–348 頁、349–352 頁、477–480 頁

A610-4		Wisdom literature, Homiletic narratives, & Apocalypses : Ancient Hebrew literature arranged in 4 volumes : vol.4・London, J. M. Dent ／ New York, Dutton・〔1907〕・421p.・Everyman's library	表見返し（丸善シール）	
A611		Aucassin & Nicolette, and other mediaeval romances and legends・Eugene Mason・London, J. M. Dent ／ New York, Dutton・1912・235p.・Everyman's library	表見返し（丸善シール）、viii 頁（U：Rk）、xi 頁（U・S：Rk、N：Bk）、xii 頁（U：Rk）、xvii 頁（U・S：Rk）、xix 頁（U：Rk で、タイトルにライン）、13 頁（S・U：Bk）、14 頁（S・U：Rk）、66–67 頁（N：Bk で 66 頁の "Our Laddy's Tumbler" 末尾に「Anatole France はこの話からうつくしい短／篇を書いてゐる。しかし The Mother of GOD の／現れる所はこの original の方がいいやうに思ふ」、U：Rk〔67 頁の "The Lay of the Little Bird" 側〕）、69 頁（U：Rk）、87 頁（S：Rk）、88–89 頁（S：Rk）、90 頁（U：Rk）、204 頁（S：Rk）、207 頁（S：Rk）、210 頁（S：Rk）、裏見返し（N：Bb で「壽陵余子居蔵」）	〔64〕〔倉 1〕 中世伝説集 目次に下線のあるタイトルは下記の通り：" 'Tis of Aucassin and of Nicolette、"The Story of king Constan, the Emperor"、"Our Lady's Tumbler"、"Sir Hugh of Tabarie"、"Of the Covetous Man and of the Envious Man"、"Of a Jew who took as Surety the Image of our Lady"、"The Three Thieves"、"Of the knight who Prayed Whilst our Lay Tourneyed in his Stead"、"The Story of Asenath"
A612		A beautiful play of Lancelot of Denmark ; how he fell in love with a lady who waited upon his mother・P. Geyl・Hague, Martinus Nijhoff・1924・49p.・The Dutch library		English translated from the-middle-Dutch.
A613		The best ghost stories・New York, Boni and Liveright・〔c1919〕・217p.・The modern library of the world's best books	表見返し（丸善シール）、扉（蔵書印：「我鬼 A」印）、30 頁（N：Bk で「イササカ無気味ナリ」〔Montague Rhodes James "Canon Alberic's Scrap-book" 末尾〕）、59 頁（N：Bk で「コンナモンダラウト思ツタ／原始的妖怪談以上ノ何物デモナイ」〔Edward Bulwer-Lytton "The Haunted and the Haunters" 末尾〕）、78 頁（N：Bk で「コレハ幽霊ノ話ジヤナイジヤナイカ」〔Leopold Kompert "The Silent Woman" 末尾〕）、107 頁（N：Bk で「チヨツト面白イ」〔E. F. Benson "The Man who went too far" 末尾〕）、159 頁（N：Bk で「コンナ話ヲ書ク大学教授／ガアルンダカラタノモシイ」〔Brander Matthews "The Rival Ghost" 末尾〕）、176 頁（N：Bk で「ヨロシ　但シ夢ノ scen ／ノ話ガ少シ釣合上重スギル」〔Vincent O'Sullivan "The Interval" 末尾〕）、204 頁（N：Bk で「チヨツトスゴイ」〔"An Idiot Ghost with Brass Buttons" 末尾〕）、206 頁（N：Bk で「コレモヨロシ」〔"A Model Ghost Story" 末尾〕）、212–213 頁（S：Bk〔"Ghosts in Connecticut" 末尾〕）、217 頁（N：Bk で「August 31st ／ 1920 ／ Tabata	〔65〕〔倉 2〕〔本〕 幽霊譚アンソロジー 収録作品は Daniel De Foe "The apparition of Mrs. Veal"、Montague Rhodes James "Canon Alberic's scrap-book"、Edward Bulwer-Lytton "The haunted and the haunters"、Leopold Kompert "The silent woman"、from "True Irish ghost stories" "Banshees"、E. F. Benson "The man who went too far"、Algernon Blackwood "The woman's ghost story"、Rudyard Kipling "The phantom rickshaw"、Brander Matthews "The rival ghosts"、Ambrose Bierce "The damned thing"、Vincent O'Sullivan "The interval"、Ellis Parker Butler "Dey ain't no ghosts"、"Some real American ghosts"〔アメリカの幽霊体験談集〕」

巻末附録　2．芥川龍之介旧蔵書・洋書に関する書き入れ調査結果一覧表

			〔本文末尾〕）	
A614–1		*A plain and literal translation of the Arabian nights entertainments, now entituled, The book of the thousand nights and a night, with introduction explanatory notes on the manners and customs of Moslem men and a terminal essay upon the history of the Nights vol. 1*・Richard F. Burton・［London］, Printed by the Burton Club for private subscribers only・［1885］・362p.		バートン版『千夜一夜物語』全17巻。その内第11巻～第17巻は補遺（"Supplemental nights to The thousaend nights and a night ; supplement vol.1–7"）。千部限定の limited edition の No.137.　挿絵付き。アンカット（風）製本か。未裁断：361–364頁（Index の最終ページ）
A614–2		*A plain and literal translation of the Arabian nights entertainments, now entituled, The book of the thousand nights and a night, with introduction explanatory notes on the manners and customs of Moslem men and a terminal essay upon the history of the Nights vol.2*・Richard F. Burton・［London］, Printed by the Burton Club for private subscribers only・［1885］・343p.	21頁（S：Bp）、22–23頁（S：Bp）、24–25頁（S：Bp）、26–27頁（S：Bp、N：Bp で 27頁 S 脇に「未ダカカル文章ノ天下ニアルヲ知ラズ」）	〔本〕No.157 of 1000 傍線は36夜から37夜冒頭にかけて。コメントは37夜
A614–3		*A plain and literal translation of the Arabian nights entertainments, now entituled, The book of the thousand nights and a night, with introduction explanatory notes on the manners and customs of Moslem men and a terminal essay upon the history of the Nights vol.3*・Richard F. Burton・［London］, Printed by the Burton Club for private subscribers only・［1885］・356p.		No.163 of 1000
A614–4		*A plain and literal translation of the Arabian nights entertainments, now entituled, The book of the thousand nights and a night, with introduction explanatory notes on the manners and customs of Moslem men and a terminal essay upon the history of the Nights vol.4*・Richard F. Burton・［London］, Printed by the Burton Club for private subscribers only・［1885］・308p.		No.163 of 1000
A614–5		*A plain and literal translation of the Arabian nights entertainments, now entituled, The book of the thousand nights and a night, with introduction explanatory notes on the manners and customs of Moslem men and a terminal essay upon the history of the Nights vol. 5*・Richard F. Burton・［London］, Printed by the Burton Club for private subscribers only・［1885］・406p.		No.137 of 1000 未裁断：397–400頁（Index の冒頭）
A614–6		*A plain and literal translation of the Arabian nights entertainments, now entituled, The book of the*		No.137 of 1000

		thousand nights and a night, with introduction explanatory notes on the manners and customs of Moslem men and a terminal essay upon the history of the Nights vol. 6・Richard F. Burton・[London], Printed by the Burton Club for private subscribers only・[1885]・303p.		
A614–7		*A plain and literal translation of the Arabian nights entertainments, now entituled, The book of the thousand nights and a night, with introduction explanatory notes on the manners and customs of Moslem men and a terminal essay upon the history of the Nights vol. 7*・Richard F. Burton・[London], Printed by the Burton Club for private subscribers only・[1885]・382p.		No.163 of 1000 未裁断：377–380 頁、381–384 頁（共に Index）
A614–8		*A plain and literal translation of the Arabian nights entertainments, now entituled, The book of the thousand nights and a night, with introduction explanatory notes on the manners and customs of Moslem men and a terminal essay upon the history of the Nights vol. 8*・Richard F. Burton・[London], Printed by the Burton Club for private subscribers only・[1885]・359p.		No.163 of 1000
A614–9		*A plain and literal translation of the Arabian nights entertainments, now entituled, The book of the thousand nights and a night, with introduction explanatory notes on the manners and customs of Moslem men and a terminal essay upon the history of the Nights vol. 9*・Richard F. Burton・[London], Printed by the Burton Club for private subscribers only・[1885]・359p.		No.137 of 1000 印刷時の黒インクが傍線のように見えるところが多数ある（以下の巻、同様）。
A614–10		*A plain and literal translation of the Arabian nights entertainments, now entituled, The book of the thousand nights and a night, with introduction explanatory notes on the manners and customs of Moslem men and a terminal essay upon the history of the Nights vol. 10*・Richard F. Burton・[London], Printed by the Burton Club for private subscribers only・[1886]・532p.		No.157 of 1000 この巻の冒頭で千夜一夜が終わる。
A614–11		*A plain and literal translation of the Arabian nights entertainments, now entituled, The book of the thousand nights and a night, with introduction explanatory notes on the manners and customs of Moslem men and a*		No.137 of 1000 未裁断：365–368 頁（Index）

		terminal essay upon the history of the Nights : supplement vol. 1・Richard F. Burton・[London], Printed by the Burton Club for private subscribers only・[1886]・370p.		
A614-12		A plain and literal translation of the Arabian nights entertainments, now entituled, The book of the thousand nights and a night, with introduction explanatory notes on the manners and customs of Moslem men and a terminal essay upon the history of the Nights : supplement vol. 2・Richard F. Burton・[London], Printed by the Burton Club for private subscribers only・[1886]・392p.		No.163 of 1000
A614-13		A plain and literal translation of the Arabian nights entertainments, now entituled, The book of the thousand nights and a night, with introduction explanatory notes on the manners and customs of Moslem men and a terminal essay upon the history of the Nights : supplement vol. 3・Richard F. Burton・[London], Printed by the Burton Club for private subscribers only・[1887]・392p.		No.157 of 1000
A614-14		A plain and literal translation of the Arabian nights entertainments, now entituled, The book of the thousand nights and a night, with introduction explanatory notes on the manners and customs of Moslem men and a terminal essay upon the history of the Nights : supplement vol. 4・Richard F. Burton・[London], Printed by the Burton Club for private subscribers only・[1887]・[307-] 661p.		No.161 of 1000 折目：388 頁左下（"Ali Baba and the Forty Thieves" 章の "The end of the Six Hundred and Thirty-third Night"）
A614-15		A plain and literal translation of the Arabian nights entertainments, now entituled, The book of the thousand nights and a night, with introduction explanatory notes on the manners and customs of Moslem men and a terminal essay upon the history of the Nights : supplement vol. 5・Richard F. Burton・[London], Printed by the Burton Club for private subscribers only・[1888]・381p.		No.157 of 1000
A614-16		A plain and literal translation of the Arabian nights entertainments, now entituled, The book of the thousand nights and a night, with introduction explanatory notes on the manners and customs of Moslem men and a terminal essay upon the history of the Nights : supplement vol. 6・Richard F. Burton・[London], Printed by the Burton Club for private subscribers only		No.161 of 1000 未裁断：493–496 頁（Index）

		[1888]・515p.		
A614–17		A plain and literal translation of the Arabian nights entertainments, now entituled, The book of the thousand nights and a night, with introduction explanatory notes on the manners and customs of Moslem men and a terminal essay upon the history of the Nights : supplement v. 7・Richard F. Burton・[London], Printed by the Burton Club for private subscribers only・[1888]・500p.		No.157 of 1000
A615		Chronicles of the crusades : contemporary narratives of the crusade of Richard Cœur de Lion / by Richard of Devizes and Geoffrey de Vinsauf and of the crusade of Saint Louis by Lord John de Joinville・London, Bell・1914・562p.・Bohn's libraries	表見返し（丸善シール）	十字軍に関する年代記 未裁断（製本ミス）：9–12 頁、13–16 頁、121–124 頁、125–128 頁、457–460 頁、461–464 頁、505–508 頁、509–512 頁
A616		A dictionary of Latin and Greek : quotations, proverbs, maxims and mottos・London, G. Bell and Sons・1914・622p.・Bohn's classical library	表見返し（丸善シール）	ラテン語とギリシア語のことわざ・格言辞典 未裁断：9–12 頁、13–16 頁、45–48 頁、57–60 頁、73–76 頁、89–92 頁、93–96 頁、105–108 頁、137–140 頁、141–144 頁、153–156 頁、157–160 頁、185–188 頁、189–192 頁、201–204 頁、205–208 頁、237–240 頁、313–316 頁、317–320 頁、329–332 頁、429–432 頁、461–464 頁、473–476 頁、477–480 頁、505–508 頁、567–570 頁、583–586 頁、615–618 頁 折れ目：104 頁左下（跡："EST" の項）、119 頁右上（"FAC-FAL" の項）、133–136 頁上端（跡：2 枚重ねか："FRU-GEN" まで）
A617		The enchanted parrot, being a selection from the "Suka Saptati", or The seventy tales of a parrot・B. Hale Wortham・London, Luzac・1911・127p.	5〔目次〕頁（U：Rk で章番号にライン）、6〔目次〕頁（U：Rk で章番号にライン）、75 頁（U：Rk で "STORY XXXI" の「STORY」の部分のみにライン）、84 頁（U：Rk で、章番号 "STORY XXXIX" の「STORY」部分のみにライン）、88 頁（U：Rk で "STORY XLII" の「STORY」のみにライン）、92 頁（U：Rk で "STORY XLVI" の「STORY」のみにライン）、95 頁（U：Rk で "STORY XLVIII" の「STORY」のみにライン）、97 頁（U：Rk で "STORY L" の「STORY」のみにライン）、99 頁（U：Rk で "STORY LI" の「STORY」のみにライン）、100 頁（U：Rk で "STORY LII" の「STORY」のみにライン）、104 頁（U：Rk で "STORY LIV" の「STORY」のみにライン）、106 頁（U：Rk で "STORY LV" の	インドの説話集。日本では『鸚鵡七十話』として知られる。 目次でアンダーラインがあるのは 31, 39, 42, 43, 44, 46, 47, 48, 50, 51, 52, 54, 55, 60, 65, 66, 67 夜

巻末附録　2. 芥川龍之介旧蔵書・洋書に関する書き入れ調査結果一覧表

			「STORY」のみにライン)、112 頁 (U：Rk で "STORY LX" の 「STORY」のみにライン)、115 頁 (U：Rk で "STORY LXV" の 「STORY」のみ)、116–117 頁 (U：Rk で "STORY LXVI" と "LXVII" の「STORY」のみにライン)	
A618		English short stories : selected to show the development of the short story from the fifteenth to the twentieth century・London, J. M. Dent／New York, Dutton・[n. d.]・368p.・Everyman's library	表見返し (丸善シール)、1 頁 (U：Ak, N：Ak〔単語の意味〕)、2 頁 (N：Bp〔複数あり。単語の意味〕)	英文学短篇アンソロジー 折れ目：363 頁右上（John Galsworthy "Spindleberries〔未邦訳〕")
A619		"Everyman" with other interludes, including eight miracle plays・London, J. M. Dent／New York, E. P. Dutton・1914・208p.・Everyman's library	表見返し (丸善シール)、209 頁 (N：Bk で「やれさて　ものもお案内 ――御殿にござるか／おらしやつてたまふ（云つて貰はう）／え　ここな／え、嬉しかなし (ah I am sorry)／したらば／弓矢八幡　南無三宝／出为へ出为へ／「ざざんず　浜松のおとはぎんさ」ああいかう酔うたことかな／「めがゆく〳〵御目がゆき候　さても〳〵いつもは道が一筋あるが　ああ幾筋も／見ゆる／あなたは誰にでも勝つ　だから一人もほんたうに勝負しきれないのです」〔本文末尾の次頁〕)	〔66〕〔G〕〔本〕 Everyman's library の霊源となった中世の戯曲 "Everyman" を含む戯曲集収録内容は "Everyman"、"The deluge"、"Abraham, Melchisedec, and Isaac"、"The Wakefield second Shepherds' play"、"The Coventry nativity play"、"The Wakefield miracle-play of the crucifixion"、"The Cornish mystery-play of The three Maries"、"The mystery of Mary Magdalene and the apostles"、"The Wakefield pageant of the harrowing of hell"、"God's promises"、"Appendices" 209 頁の書き入れについて〔G〕で狂言『茶壺』と小泉八雲「蝉（シカダ）」との関連が指摘されている。
A620		French Belles-Lettres : from 1640 to 1870, Paul Scarron, Count Volney, Prosper Mérimée, Gustave Flaubert, Alphonse de Lamartine ; humor, sentiment, romance・New York ; London, M.Walter Dunne・[c1901]・415p.・Library of world's classics	表見返し (CHIHEISHA シール)、147 頁 (S：Bp)、148 頁 (S：Bp)、150–151 頁 (S：Bp)、152 頁 (S：Bp)	〔倉1〕 フランス名作選 収録作品は Paul Scarron "The strolling players"、Count Volney "The ruins of empires"、Prosper Mérimée "Letters to anonyma"、Alphonse de Lamartine "Twenty-five years of my life"、Gustave Flaubert "Sallambo" 傍線はメリメの書簡集部分。「歯車」で言及のあるメリメ書簡集か（メリメの書簡は 141 頁から 243 頁まで)。
A621		French wit and humor : a collection from various sources classified in chronological order and under appropriate subject headings・Philadelphia, George W. Jacobs・[c1902]・293p.	表見返し (署名：Bk で「S. Yamaguchi／1905」の署名)、5 頁〔目次〕頁 (N：Bk)、159 頁 (点：Bp)、162 頁 (点：Bp)、165 頁 (点：Bp)、166 頁 (点：Bp)、173 頁 (点：Bp)、175 頁 (点：Bp)、176–177 頁 (点：Bp)、178–179 頁 (点：Bp、二重 S：Bk)、180 頁 (点：Bp、二重 S：Bk)、184–185 頁 (点：Bp)、214 頁 (点：Rp)、222–223 頁 (点：Bp)、225 頁 (点：Bp)、226–227 頁 (点：Bp)	箴言集。 折れ目：91 頁右下（跡)、93 頁右下（跡)、176 頁左上（跡)、184 頁左上（跡)、199 頁右下（跡)、210 頁左上
A622		Funk & Wagnalls new standard		〔本〕

		dictionary of the English language : upon original plans designed to give, in complete and accurate statement, in the light of the most recent advances in knowledge, ... ・ New York ; London, Funk & Wagnalls・［c1913］・2916p.		英英辞典。全 2916 頁＋宣伝。図が豊富 1802 頁と 1803 頁がご飯粒か何かでくっついている 2710 頁と 2711 頁にインクをこぼした跡 折れ目：768 頁左下（跡？）、1288 頁左下（跡）、1289 頁右下、1291 頁右下、1545 頁右上（"melancholy" のページ）、1639 頁右上、2423 頁右下、2601 頁右下（製本ミス）、2631 頁右上（偶然できた小さな折れ目？）
A623		*Gesta Romanorum* :［Rev. ed.］・Charles Swan・London, G. Bell & sons・1912・425p.・Bohn's libraries	表見返し（丸善シール）、裏見返し（N：Bb で「芥川蔵書」）	ゲスタ・ローマーノールム 折れ目：85 頁右下（跡） 未裁断（裁断ミスか）：205–208 頁、233–236 頁、237–240 頁、249–252 頁、253–256 頁、297–300 頁、301–304 頁、313–316 頁、317–320 頁、361–364 頁、365–368 頁
A624		*A history of American Literature* : supplementary to the Cambridge history of English literature vol. 2・Cambridge, At the University Press ／ New York, G.P. Putnam's sons・1919・658p.	464 頁（N：Bk で「○」（"Biographies" のリスト内の「Edgar Allan Poe: His Life, Letter, and Opinions. 2 vols. London, 1880. Also 1 vol,, London, 1884, etc.」に「○」印）	アメリカ文学史（全三巻中の第二巻） アンブローズ・ビアスの事をここで知った or 調べたか？→ 387–388 頁に Ambrose Bierce が紹介（The Short Story の章）
A625		*An ingenious play of Esmoreit* : the king's son of Sicily・Harry Morgan Ayres・The Hague, M. Nijhoff・1924・58p.・The Dutch library		戯曲（English translated from the-middle-Dutch.） A626 と同一叢書（本来は全三巻だが第二巻と第三巻だけがある） 未裁断：IX–XII 頁、XIII–XVI 頁、XXV–XXVIII 頁、XXIX–XXXII 頁〔ここまで "Introduction"〕、9–12 頁、13–16 頁、25–28 頁、29–32 頁、41–44 頁、45–48 頁
A626		*A marvelous history of Mary of Nimmegen, who for more than seven year lived and had ado with the devil*・Harry Morgan Ayres・The Hague, M. Nijhoff・1924・78p.・The Dutch library		戯曲（English translated from the-middle-Dutch.） 未裁断：XIX–XXII 頁、XXIII–XXVI 頁〔ここまで "Introduction"〕、9–12 頁、13–16 頁、29–32 頁、41–44 頁、45–48 頁、57–60 頁、61–64 頁、73–76 頁、77–80 頁→ Introduction の X 頁までは裁断されている。中途で読み止めたか。
A627		*The New Testament of our Lord and Saviour Jesus Christ*・Oxford,［printed at the University Press, for the British and foreign Bible society］・1902・432p.	0 頁（N：Bk で「一高在学中／井川君より贈らる」）、5 頁（U：P・Rp、N：Bp〔単語の意味〕）、6–7 頁（U：P・Rp・Rk、N：Bp）、8 頁（U：P・Rp・Rk、N：Bp）、10 頁（U：Rk）、12–13 頁（U：Rk）、14–15 頁（U：Rk、N：Pp）、21 頁（U：Rk）、24 頁（U：Rk）、26 頁（U：Rk）、29 頁（U：Rk）、31 頁（U：Rk）、35 頁（U：Rk）、36 頁（U：Rk）、39 頁（U：Rk）、47 頁（U：Rk）、65 頁（U：Rk）、66–67 頁（U：Rk）、68 頁（U：Rk）、71 頁（N：Bp）、72–73 頁（N：Bp）、74 頁（N：Bp）、81	〔倉 2〕 新約聖書 折れ目：124 頁左上（跡："St. Luke" の第 11 章）

巻末附録　2. 芥川龍之介旧蔵書・洋書に関する書き入れ調査結果一覧表

			頁（U：Rk）、85 頁（U：Rk）、103 頁（U：Rk）、110–111 頁（U：Rk）、115 頁（U：Rk）、116 頁（U：Rk）、123 頁（U：Rk）、124–125 頁（U：Rk、N：Rk でカギカッコ閉じ、N：Bp でカギカッコ始め×1 と閉じ×2）、127 頁（U：Rk、N：Bp でカギカッコ始めと閉じ）、128 頁（U：Rk、N：Bp でカギカッコ始めと閉じ）、130 頁（U：Rk）、132–133 頁（U：Rk）、134–135 頁（U：Rk、N：Pp）、136–137 頁（U：Rk）、138–139 頁（U：Rk）、140–141 頁（U：Rk）、143 頁（U：Rk）、144–145 頁（U：Rk）、146–147 頁（U：Rk）、148–149 頁（U：Rk）、157 頁（U：Rk）、160 頁（U：Rk）、163 頁（U：Rk）、170 頁（U：Rk）、275 頁（U：Rk）、296 頁（U：Rk）、305 頁（U：Rk）、356 頁（U：Rk）、433 頁（N：Bk で本書末尾の余白に「R.I.」）	
A628		*Prize stories of 1924 : O. Henry memorial award*・Garden City ; New York, Doubleday, Page・1925・256p.	24 頁（N：Bk で「trash！」〔Inez Haynes Irwin "The Spring Flight" 末尾〕）、44 頁（N：Bk で「ウマイ　但シモツト短クモツト effective ニモカケル」〔Chester T. Crowell "Margaret Blake" 末尾〕、53 頁（N：Bk で「ヨロシ」〔Frances Newman "Rachel and her Children" 末尾〕）、70 頁（N：Bk で「チヨツト通俗小説ジミテキル」〔Stephen Vincent Benet "Urian's Son" 末尾〕、92 頁（N：Bk で「trash！」〔Richard Connell "The Most Dangerous Game" 末尾〕）、141 頁（N：Bk で「ヨロシ」〔Jefferson Mosley "The Secret at the Crossroads" 末尾〕）、171 頁（N：Bk で「ウマイウマイ」〔Elsie Singmaster "The Courier of the Czar" 末尾〕	〔倉 2〕O・ヘンリー賞受賞作集
A629		*Old French romances : done into English : new ed.*・William Morris・London, G. Allen, Ruskin House・1914・179p.		フランスの伝説集収録作品は "The tale of King Coustans the emperor"、"The friendship of Amis and Amile"、"The tale of King Florus and the fair Jehane"、"The history of over sea"
A630		*Plays from Molière by English dramatists : 4th ed.*・London, G. Routledge・1885・320p.・Morley's universal library	表見返し（丸善シール）、99 頁（N：Ap）、100–101 頁（S・N：Ap）、102 頁（U・N：Ap）、104 頁（N：Ap）、106 頁（N：Ap）、109 頁（N：Ap）、110 頁（N：Ap）、112 頁（N：Ap）、116–117 頁（N：Ap）、119 頁（N：Ap）、120–121 頁（N：Ap）、122 頁（N：Ap）、125 頁（N：Ap）、126–127 頁（N：Ap）	モリエール原作の戯曲集。収録作品は John Dryden "Sir Martin Marr-all (Molière's "L'Étourdi")"、John Vanbrugh, "The mistake (Molière's "Le Dépit amoureux")"、William Wycherley "The plain dealer (Molière's "Le Misanthrope")"、Henry Fielding "The mock doctor (Molière's "Le Médecin malgré

				lui")"、Henry Fielding"The miser (Molière's "L'Avare")"、Colley Cibber"The non-juror (Molière's "Le Tartufe")" 書き入れの色は「青色」としたが、色が褪色したような色合い。 折れ目：185 頁右上（跡）
A631		Poems of Ossian・James Macpherson・London, Walter Scott・[n. d.]・298p.・The Canterbury poets	表見返し（丸善シール）	偽書の「翻訳」。アイルランド文学の先駆け 折れ目：69–72 頁迄の下端を重ねて、山折り+谷折りしたような折り目跡（"Carton: a poem" の最後の部分）、247–248 頁を山折り・谷折りしたような折り目跡（隅ではなく、頁全体の淵を折ったような折り方）
A632		Selected English short stories : nineteenth century・London ; Edinburgh, Humphrey Milford, Oxford University Press・1915・486p.・The world's classics	表見返し（丸善シール）、裏見返し（N：Bb で「芥川蔵書」）	英文学選集
A633		Tragic stories from Russia (forbidden in Russia) : done into English・William Frederick Harvey・London, David Nutt・1905・145p.	表見返し（丸善シール、N：Bk で「K. Matsumura」の署名）	ロシア文学アンソロジー 書誌に（Forbidden in Russia）の副題あり。序文によると当地で発禁処分されたものとのこと。収録作品は Nemirovitch-Dantchenko"The great heart"、Maxim Gorky"Man's life"、Leo Tolstoy"Nicholas with the stick"、Maxim Gorky"The billows' fight for freedom"、"In the lord's house"、"Leo Tolstoy's letter to the Swedish peace party"、"Leaves from the life of Sofia Perovskaya" の七作品
A634		Webster's international dictionary of the English language : being the authentic edition of Webster's unabridged dictionary, comprising the issues of 1864, 1879, and 1884 : New ed. with suppl. of new words・Springfield, Mass., G. & C. Merriam／Tokyo, Maruzen・1904・238p.	表見返し（購入シール）、575 頁（汚れ：Rk）、735 頁（点 or 汚れ?：Rk）、983 頁（点 or 汚れ?：Rk）、989 頁（汚れ：Rk）、1119 頁（Rk）	[本] もう一つの辞書と比べると、かなり使い込んだ印象。 側面のインデックスにアルファベットごとに凹穴（溝）があり、赤インクで汚れている箇所が数か所ある。246–247 頁の間にメモ（246:Cherry から chiasmus まで、247:CHilastolite から Childermas day まで）。「shianhei 志願兵／shigansha 志願者／shigarami 柵…」など、辞書風にアルファベット表記と日本語が筆記体で並んでいる。芥川の字を見るのにかなり便利。 折れ目：366 頁左上と左下（"Dallier" から "Damnum" のページ。Damage など）、882 頁左上（"Magna Charta" から "Magnitude"）、1044 頁左上（跡："Parkesine" から "Parr"）、1077 頁右上（偶然できた可能性も。"Philomath" から "Phocenin"）、1079 頁右上（偶然できた可能性も。"Phosphoryl" から "Phrenetic"）、1684 頁左上〔Appedix〕、1686 頁左上〔同前〕、1696 頁折れ目（跡："Dictionary of noted names in fiction" の "F" から "G" にかけて）

巻末附録　2. 芥川龍之介旧蔵書・洋書に関する書き入れ調査結果一覧表　481

				1123–1124 頁が破れているのを余白に紙を貼って、補填している。1196–1197 頁（Reason から Receptacle）に白紙の紙片が挿入。のちの研究者によるもの？にしては紙片の切り方が雑。1736–1737 頁（A Pronouncing Gazetteer）の間に紙片挿入。新聞か雑誌の端か。紙片には「キユーピーマヨネーズ」などの広告が印刷されている。本編 2011 頁＋supplement238 頁＋広告や Statement。
A635		An almanack for the year of Our Lord : 56th［ed.］: 1924 / half-bound ed.・London, J. Whitaker・［pref. 1923］・1079p.		時事参考書 "Whitaker's almanack"。Modern Series の参考図書？全 1079 頁
A636		Who's who : an annual biographical dictionary with which is incorporated "men and women of the time" : 1924 : 76th・London, A. & C. Black・［1924］・3110p.		人物事典（全 3110 頁＋広告）Modern Series の参考書 未裁断：89–92 頁、93–96 頁、281–284 頁、473–476 頁、477–480 頁、721–724 頁、725–728 頁、729–732 頁、733–736 頁、1277–1280 頁、1785–1788 頁、1789–1792 頁、2865–2868 頁、2869–2872 頁、2873–2876 頁、2877–2880 頁、3025–3028 頁、3029–3032 頁、3033–3036 頁、3037–3040 頁 折れ目：236 頁左端（左端全体にわたって折れ目跡。ただ雑なので偶然できたものかも）、495 頁右下、1796 頁左上（はっきりとした折れ目）破れ：2801–2802 頁の右端が千切れている。断片が 2800–2801 頁に挟まれている。
A637		Wine, women, and song : mediæval Latin students' songs now first translated into English verse with an essay・John Addington Symonds・London, Chatto and Windus・1907・208p.・The King's classics	表見返し（丸善シール）、広告 7 頁（N：Ap で「／〔チェック〕」×2）、8–9 頁（N：Ap で「／」×7）、12–13 頁（N：Ap で「／」×4）、14–15 頁（N：Ap で「／」×3）、16 頁（N：Ap で「／」×1）	ラテン語で作られた学生歌（の英訳）広告は The King's Classics シリーズの広告。
A638		Die deutsche Literatur der Gegenwart = 現代獨逸文學集 : Deutsche Texte für japanische Studenten : Band 7・Tokyo, Nankodo（南江堂）・1913・270p.	表見返し（N：落書き）、2–3 頁（U・N：Bk、N・U：Rk）、4–5 頁（U・N：Bk、N・U：Rk）、6–7 頁（U・N：Bk、U：Rk）、8–9 頁（U・N：Bk、N・U：Rk）、10–11 頁（U・N：Bk）、12–13 頁（U・N：Bk、N・U：Rk）、14–15 頁（U・N：Bk、U：Rk）、16–17 頁（U・N：Bk）、18–19 頁（U・N：Bk、U：Rk）、20–21 頁（U・N：Bk、U・S：Rk）、22–23 頁（U・N：Bk、U：Rk）、24–25 頁（U・N：Bk、N：Rk）、26–27 頁（U・N：Bk）、28–29 頁（U・N：Bk、N・U：Rk）、30–31 頁（U・N：Bk、N・U：Rk）、32–33 頁（U・N：Bk、U：Rk）、34–35 頁（U・N：Bk、U：Rk）、36–37 頁（U・N：Bk、U：	ドイツ語の教科書か。学習の跡。収録作品：①ウイルヘルム・ラーベ「餓僧」②テオドール・シュトルム「人形使のパウル」③ゴットフリード・ケッラ「馬子どもの衣裳」④ゲルハルト・ハウプトマン「ハンネレの昇天」

Rk)、38–39 頁（U・N：Bk、N：Rk）、40–41 頁（U・N：Bk、U：Rk）、42–43 頁（U・N：Bk、U：Rk）、44–45 頁（U：Bk）、46–47 頁（U・N：Bk、U・N：Rk）、48–49 頁（U・N：Bk、U：Rk）、50–51 頁（U・N：Bk、U：Rk）、52–53 頁（U・N：Bk、U：Rk）、54–55 頁（U・N：Bk）、56–57 頁（U・N：Bk、U：Rk）、58–59 頁（U・N：Bk、N・U：Rk）、60–61 頁（U・N：Bk、N・U：Rk）、62–63 頁（U・N：Bk、N・U：Rk）、64–65 頁（U・N：Bk、N・U：Rk）、66–67 頁（U・N：Bk、U：Rk）、68–69 頁（U・N：Bk）、70–71 頁（U・N：Bk、U：Rk）、72–73 頁（U・N：Bk、U：Rk）、74–75 頁（U・N：Bk）、76–77 頁（U・N：Bk）、78–79 頁（U・N：Bk、N：Rk）、80–81 頁（U・N：Bk〔ここまで"Der Hungerpaftor"〕）、85 頁（N・U：Bk）、86–87 頁（N・U：Bk）、88–89 頁（N・U：Bk）、90–91 頁（N・U：Bk〔ここまで"Bole Boppenfpäter"〕）、171 頁（N：Bp・Bk）、172–173 頁（N：Bp、N・U：Bk）、174–175 頁（N：Bp、N・U：Bk）、176–177 頁（N：Bp、N・U：Bk・Rk）、178–179 頁（N：Bp、N・U：Bk・Rk）、180–181 頁（N：Bp、N・U：Bk・Rk）、182–183 頁（N：Bp、N・U：Bk、U：Rk）、184–185 頁（N・U：Bk）、186–187 頁（N・U：Bk、U：Rk）、188–189 頁（N・U：Bk、S：Rp）、190–191 頁（N・U：Bk、U：Rk）、192–193 頁（N・U：Bk、S・U：Rk）、194–195 頁（N・U：Bk、U・N：Rp）、196–197 頁（N・U：Bk、U・N：Rk）、198–199 頁（U・N：Bk）、200–201 頁（U・N：Bk）、202–203 頁（N・U：Bk、S：Rp、U・N：Bk）、204–205 頁（U・N：Bk、S：Rp）、206–207 頁（U・N：Bk、U・N：Rp、U：Rk）、208–209 頁（N・U：Bk）、210–211 頁（N・U：Bk、N：Rp）、212–213 頁（N：Bk、N：Rp、N・U：Rk）、214–215 頁（N・U：Bk）、216–217 頁（N・U：Bk）、218–219 頁（N・U：Bk、U・N：Rp）、220–221 頁（N：Bk、U：Rp、N：Rk）、222–223 頁（N・U：Bk、U：Rp）、224–225 頁（N：Bk、N：Rp、N・U：Bk）、

巻末附録　2．芥川龍之介旧蔵書・洋書に関する書き入れ調査結果一覧表

			226–227頁（N：Bk、U：N：Rp）、228–229頁（N・U：Bk、N：Rp、N・U：Rk）、230頁（N：Bk・Rp）、232–233頁（N：Bk・Rk）、234–235頁（N：Bk）、236–237頁（N・U：Bp）、238–239頁（N・U：Bk、N：Rk）、240–241頁（N・U：Bk）、242頁（N：Bk、U：Rk〔ここまで "Rleiber machen Leute"〕）、245頁（N：Bk）、246–247頁（N：Bk）、248–249頁（N：Bk）、250–251頁（N：Bk）、252–253頁（N：Bk）、254–255頁（N：Bk）、256–257頁（N：Bk）、258–259頁（N：Bk〔ここまで "Hanneles Himmelfahrt"〕）、11〔奥付〕頁（印鑑：不明）、白紙〔広告最終頁の次頁〕頁（N：Bkで18名分の氏名・生徒氏名か？）、裏見返し（N：Bkで文言「己に望起らば困弱したる時を思ひ出すべし　怒は敵とおもへ　勝つ事はかり知りて／負くる事をしらざれば害その身に至る　己をせめて大をせむるな　及ばざるはすぎたるに／まされり」及び落書き）	
A639		Thoughts and anecdotes of great men・Tokyo, Kobunsha（興文社）・1924・202p.		Modern Seriesの参考図書か（イメージのモデルとなった本かも）
A1315	Lobscheid, William 著、井上哲次郎訂増	An English and Chinese dictionary : Rev. and enl. ed.・Tokio, J. Fujimoto・1883・1357p.		1210頁まで英語から中国語の辞書。1210頁から1357頁は "Appendix"〔双方のイディオムなど収録〕

● 山梨県立文学館

110128854	Alcock, Sir Rutherford	The Capital of the Tycoon: A narrative of a three years' residence in Japan, vol.1・New York, Harper & Brothers・1863・407p.	地図（N：Bpで数か所に×印や線〔滞在先や移動ルートを示すものか〕）、扉（蔵書印：「芥川文庫」印）、34–35頁（N：Bkでカギカッコ閉じと始め）、36頁（N：Bkでカギカッコ閉じ）、51頁（N：Bkでカギカッコ閉じ）、52頁（N：カギカッコ閉じなど）、60–61頁（N：Bkでカギカッコ始めとその上から取り消し線）、66頁（N：Bkでカギカッコ始め、S：Bp・Rp）、68頁（S：Bp、N：Rpで点）、71頁（S：Bp）、72–73頁（S：Bp）、74–75頁（S：Bp）、76–77頁（S：Bp）、78–79頁（S：Bp）、80–81頁（S：Bp）、82頁（N：Bp）、85頁（N：Bp）、89頁（U：Bp）、97頁（N：Bpでカギカッコ始め）、98頁（N：Bpでカギカッコ閉じ）、109頁（U・N：Bpで「Xendai」にラインし、欄外に「センダイ」）、122頁（N：Bp）、126–127頁（S：Rp、N：Bp）、133頁（U：Bp）、136–137頁（S・U：Bp）、140–141頁（S・N：Bp）、144–145頁（S：Bp）、	〔山〕オールコックの日本滞在記折れ目：313右下（跡）、357頁右上（跡）

146–147頁（U・S・N：Bp）、148頁（N：Bkでカギカッコ閉じ）、151頁（S：Bp）、153頁（S・N：Bp）、155頁（S：Bp）、156–157頁（S：Bp）、159頁（S：Bp）、161頁（S：Bp）、162–163頁（N・S：Bp）、164頁（S：Bp）、166頁（S：Bp）、170–171頁（S：Bp）、173頁（N：Bpで「? then」など）、174–175頁（S：Bp）、176–177頁（S・U：Bp）、178–179頁（N：Bp、S：Bk）、180頁（N：Bp）、183頁（N・S：Bp）、185頁（N・S：Bp）、186–187頁（S・N：Bp、S：Bk）、191頁（U：Bk）、193頁（N：Bp）、199頁（N：Bp）、200–201頁（N：Bp）、206頁（N：Bp）、210–211頁（N：Bp）、212–213頁（N・U：Bp）、214–215頁（S：Bp）、216頁（N・S：Bp）、218–219頁（S・N：Bp、N：Bkでカギカッコ閉じ）、220–221頁（N・S：Bp）、222–223頁（U・S：Bp）、224–225頁（S・U：Bp）、226頁（U・S：Bp）、228–229頁（S・N・Bpで「このbyがどこにかかるかか／わからず二通り考へられる」）、230–231頁（S・N：Bp）、232–233頁（S・U：Bp）、234–235頁（S・N：Bp）、236頁（N：Bp）、241頁（U：Bp）、251頁（S：Bp）、253頁（S：Bp）、256–257頁（S：Bp）、258頁（U：Bp）、299頁（N：Bpでカギカッコ閉じ・始め×2セット）、315頁（U：Bk）、321頁（U：Bp）、325頁（N：Bpで「突キ／トメル」）、327頁（N：Bpでカギカッコ閉じ）、328頁（N：Bp）、334頁（N：Bpでカギカッコ閉じ）、343頁（N：Bpで「行列」）、344–345頁（U・N：Bp）、346頁（N：Bpで「接待」）、367頁（N：カギカッコ閉じ）、368–369頁（N：Bp）、370頁（N：Bp）、373頁（N：Bp）、376–377頁（S・N：Bp、U：Bk）、378頁（U・S・N：Bp）、381頁（N：Bp）、382–383頁（N・S：Bp）、384頁（S：Bp）、386–387頁（S・N：Bp）、388–389頁（S・N：Bp）、390頁（N・S：Bp）、392頁（N・S：Bp）、395頁（S：Bp）、396–397頁（S・U・N：Bp）、399頁（S：Bp）、402頁（U：Bp）、405頁（S：Bp）、406頁（S：Bp）、409頁（N：Bpで「2nd×1／July 1915」〔芥川の物かどうかは不確か〕）

110128863	Alcock, Sir Rutherford	*The Capital of the Tycoon: A narrative of a three years' residence in Japan, vol.2*・New York, Harper & Brothers・1868・370p.	扉（蔵書印：「芥川文庫」印）、26–27 頁（N・U：Bp）、28–29 頁（N・U：Bp）、30–31 頁（N・U：Bp）、32–33 頁（N・U：Bp）、34 頁（N・U：Bp）、53 頁（N：B で「Hr.」の「H」の上に「M」〔誤植の修正〕）、57 頁（U：Bk）、62–63 頁（U・S：Bk、U・N：Bp）、69 頁（U・S：Bk）、78–79 頁（N：Bk でカギカッコ、U：Bk）、91 頁（U：Bk）、93 頁（U：Bk）、104–105 頁（U：Bk）、114 頁（U：Bk）、117 頁（U：Bk）、121 頁（N：Bp）、124–125 頁（U：Bk）、140 頁（U：Bk）、145 頁（N：Bp で頁番号の 145 を○で囲む、S：Bp）、146 頁（S・U：Bp、N：Bp で頁番号の上に○印）、148–149 頁（U・S：Bp）、150 頁（U：Bp）、152–153 頁（S・U・N：Bp）、154–155 頁（U・N：Bp・N はカギカッコ、156–157 頁（U・S：Bp、N：Bp で頁番号の 157 を○で囲む）、158–159 頁（N・U：Bp、N：Bk で「Prave」を「Brave」と指摘〔誤植の修正〕）、161 頁（U：Bk）、164 頁（U：Bk）、166–167 頁（S：Bp、N：Rp でカギカッコ始め、N：Bp でカギカッコ始め、N・U：Ap、U：Bk）、168–169 頁（N：Rp でカギカッコ閉じ、N：Bp でカギカッコ閉じ、U：Bk）、174 頁（N：Bp でカギカッコ、U：Bk）、177 頁（U：Bk）、180 頁（N：Bk）、183 頁（U：Bk）、187 頁（U：Bk）、188 頁（U：Bk）、191 頁（N：Bk でカギカッコ始め）、192 頁（N：カギカッコ閉じ）、194 頁（U：Bk、U：Bp）、198–199 頁（U：Bk）、201 頁（U：Bp）、202–203 頁（U：Bp）、206 頁（N：Bp で 206 頁上余白に○印、N：Bk でカギカッコ）、208–209 頁（N：Bk でカギカッコ、U：Bp、U：Bk）、210–211 頁（U・N：Bp）、213 頁（U・N：Bp）、214–215 頁（U：Bp・Bk）、216–217 頁（U：Bk）、218–219 頁（U：Bp）、221 頁（U：Bp）、222–223 頁（U：Bp）、224–225 頁（U：Bk・Bp）、226 頁（U・N：Bp）、228 頁（N：Bp で 228 頁上の余白に○、N：Bp でカギカッコ）、230 頁（U：Bk）、235 頁（U：Bk）、236–237 頁（U：Bk）、238 頁（N：Bk でカギカッコ閉じ）、243 頁（U：Bk）、245 頁（U：Bk）、246 頁（U：Bk）、249 頁（U：Bk）、253 頁（U：Bk）、262–263 頁（U：Bp）、269 頁（U：Bp）、270 頁（N：Bk でカ	〔山〕オールコックの日本滞在記 26–34 頁 &121 頁の書き込みは単語の意味 折れ目：30 頁左上（跡）、33 頁右上（跡）、38 頁左上（跡）、63 頁右上（跡）、78 頁左上（跡）、99 頁右下（跡）、142 頁左上（跡）、146 頁右上（跡）、151 頁右上（跡）、154 頁左上（跡）、165 頁右下（跡）、191 頁右下（跡）、193 頁右下（跡）、195 頁右上（跡）、204 頁左上（跡）、211 右上（跡）、215 右上（跡）、217 頁右上（跡）、221 頁右上（跡）、226 頁左上（跡）、233 頁右上（跡）、243 頁右上（跡）、251 頁右上（跡）、262 頁左下（跡）、264 頁右上（跡）、286 頁左上（跡）、321 頁右上（跡）、331 頁右上（跡）、339 頁右上（跡）、345 頁右上（跡）、363 頁右上（跡）、371 頁右上（跡）

			ギカッコ始め)、278頁（N：Bpで278頁上の余白に○印)、282–283頁（N：Bpで283頁上の余白に○印、S・U：Bp、N：Bpでカギカッコ×2)、285頁（N：Bpでカギカッコ始め、U：Bp)、286–287頁（U・N：Bp)、288–289頁（U：Bp)、290–291頁（U：Bp・Bk)、292–293頁（U：Bk)、299頁（N：Bpでカギカッコと299頁上余白に○印)、302–303頁（N：Bpでカギカッコと302頁上の余白に○、U：Bk)、305頁（U：Bk)、311頁（U：Bk、N：Bpで311頁上余白に○印)、312頁（U・N：Bp)、318頁（U：Bp)、323頁（N：Bpで323頁上余白に○印)、326頁（N：Bpでカギカッコと326頁上余白に○印)、328頁（N：Bpでカギカッコ×2と326頁上余白に○印)、338–339頁（N：Bpで✓×2)、340–341頁（N・U：Bp)、342–343頁（N・U：Bp、N：Bpでカギカッコ、N：Bpで343頁上余白に○印)、344頁（N：Bpで◎と✓)、346頁（N：Bpで✓×2)、349頁（N：Bkで「cash／の扱ひ」)、350–351頁（N・U：Bpでカギカッコや350頁上余白に○印など)、353頁（N：Bpで✓)、354頁（N：Bpでカギカッコや354頁上余白に○印など)、357頁（N：Bpでカギカッコや357頁上余白に○印)、358頁（N：Bpで358頁上余白に○印など)、361頁（N：Bpでカギカッコおよび361頁上余白に○印)、363頁（N：Bpで363頁上余白に○印)	
2101693S6	Awada, Sango	*Nuovo Libro Di Lettura*・丸善株式会社・1913・145p.	10–11頁（N：Bk)、12–13頁（N・U：Bk)、14–15頁（N：Bk)、16–17頁（N・U：Bk)、18–19頁（N・U：Bk)、20–21頁（N・U：Bk)、23頁（N・U：Bk)、24–25頁（N：Bk)、26–27頁（N・U：Bk)、28–29頁（N・U：Bk)、30–31頁（N・U：Bk)、32–33頁（N・U：Bk)、34–35頁（N・U：Bk)、36–37頁（N・U：Bk)、38–39頁（N・U：Bk)、40–41頁（N・U：Bk)、42–43頁（N・U：Bk)、44–45頁（N：Bk)、46–47頁（N・U：Bp、N：Bk)、48–49頁（N・U：Bk)、50–51頁（N・U：Bk)、52–53頁（N・U：Bk)、54–55頁（N・U：Bk)、56–57頁（N：Bk)、58–59頁（N・U：Bk)、60–61頁（N・U：Bk)、62–63頁（N・U：Bk)、64–65頁（N・U：Bk)、66–67頁（N・U：Bk)、68–69頁（N・	〔山〕粟田三吾『新編伊語読本』イタリア語学習書

巻末附録　2. 芥川龍之介旧蔵書・洋書に関する書き入れ調査結果一覧表　　　487

110128845	Baudelaire, Charles	*Les Fleurs du Mal*・Paris, Calmann-Lévy・n. d.・289p.	U：Bk)、70–71 頁（N・U：Bk)、72 頁（N・U：Bk) 扉（蔵書印：「芥川文庫」印)、第二扉（蔵書印：「我鬼Ａ」印および「葛巻義敏」印)、291（目次）頁（N：Bk で○印)、292–293（目次）頁（N：Bp・詳しくは備考欄に)、裏見返し（N：Bk で「September 25, TABATA ／ Y. Kuzumaki」〔葛巻による日付〕)	〔山〕 「裏表紙と本文最終頁がのり付けされているが、裏遊び紙に「佳◆〔魚+輿〕愛柳」の落款（23mm 角）が押されているのが、透けて見ることができる」〔山〕と紹介されているが、裏遊び紙の印は印譜集で紹介されている「維鯉鬘柳」。 帙に紙が貼られ、そこにペン字で次のコメントあり。「シヤルル・ボオドレエル「悪の華」原本／「或阿呆の一生」の「一、時代」「文芸的な、余り／に文芸的な」、九年版別冊巻末詩、／ sois belle et sois triste を見ても／わかるとほり、彼青年時代の只一冊のフランス／語原本。もらい受けたのは巻末の通り／一九二五年（大正十四年）九月、昭和二年／「文芸的な」の最後近くにこの本のこと／あり」 未開封：273–276 頁（CLII "Les Bijoux") 290–291 頁が脱落している 28–29 頁、38–39 頁、292–293〔目次〕頁が何かでくっつき、開くことが出来なかったので確認できなかった。ただし、292–293〔目次〕頁のいくつかの詩題の前に黒鉛筆で印がついているのが確認できた。視認できた範囲では、次の作品の題名の前に黒鉛筆で○印がつけられえている。"XXIII. Parfum exotique (1857)"、"XXXV. Le Chat (1857)"、"LXVIL. Tristesses de la lune (1857)"、"LXXVIII. Spleen (1857)"、"LXXIX. Spleen (1857)"、"LXIX. Spleen (1857)"。 また、291 頁で○があった作品は次の通りである。"VII. La Muse malade (1857)"、"IX. Le mauvais Moine (1857)"、"XIV. L'Homme et la Mer (1857)"、"XVIII. La Beauté (1857)"。
110128827	Byron, George Gordon	*Sardanapalus, A Tragedy. The Two Foscari, A Tradedy. Cain, A Mystery.*・London, John Murray・1821・438p.	扉（蔵書印：「芥川文庫」・「海軍機関学校蔵書」・「海軍図書之印」〔上から「消印」〕×2・「横鎮文庫　英五三號」〔上から「消印」〕・「英学第 267 号 1 部 1 冊」)、v〔目次〕頁（蔵書印：「芥川文庫」)、裏表紙（図書整理番号のシール〔番号は 4/4/52/1〕)	〔山〕 戯曲集
110128952	Dickens, Charles	*Christmas Books*・London, Chapman and Hall・[n. d.]・256p.	表見返し（蔵書印：「芥川文庫」、図書整理番号のシール〔番号は 4/6/45/1〕、N：筆で「八百八拾五番」)、扉前（蔵書印：「芥川文庫」・「海軍図書之印」〔上から「消印」〕・「横鎮文庫　英五一七號」〔上から消印〕・「英学第 340 号 1 部 1 冊」)、裏	〔山〕 ディケンズによるクリスマスの物語を集めた短篇集 収録作品は "A Christmas Carol"、"The Chimes"、"The Cricket on the Hearth"、"The Battle of Life"、"The Haunted Man" の五作品

110128943	Goethe, Jonah Wolfgang von	*Werthers Leiden*・Berlin. Cotta'sche Fandbibliothek・[n. d.]・114p.	表紙（図書整理番号のシール〔4/6/45/1〕）表見返し（南山堂書店シール）、7 頁（U：Rp、N：Bk）、8–9 頁（U：Rp、N：Bk）、10–11 頁（U：Rp、N：Bk・Ap）、12–13 頁（U・S：Rp、N：Bk、N：Ap）、14–15 頁（U：Rp、U・N：Bk）、16–17 頁（U・N・S：Rp、N：Bk、N・U：Ap）、18–19 頁（U：Rp、N：Bk・Ap）、20–21 頁（U：Rp、N：Bk）、22–23 頁（S・U・N：Rp、U・N：Bk）、24–25 頁（N・U：Bk、N：Rp）、26–27 頁（U・N：Rp、N：Bk）、28–29 頁（U・N：Rp・Bk、N：Bp）、30–31 頁（U・N：Rp・Bk）、32–33 頁（N・U・S：Rp、U・N：Bk）、34–35 頁（U・N：Rp・Bk、N：Bp）、36–37 頁（N・U：Bk、N：Rp、N・U：Bp）、38–39 頁（N：Rp・Bk）、40–41 頁（N・U：Bk、N：Bp）、42–43 頁（U：Rp、N：Bk・Ap）、44–45 頁（U：Rp、N・U：Ap・Bk）、46–47 頁（N・U：Bk、U：Rp、N・S：Ap）、48–49 頁（U：Rp、N・U：Bk、N・S：Ap、N：Bp）、50–51 頁（U：Rp、U・N：Ap・Bk、N：Bp）、52–53 頁（N・U：Rp・Bk・Ap）、54–55 頁（U：Rp、N：Bk、N・U：Ap）、56–57 頁（N：Bk・Ap、U：Rp）、58–59 頁（U・N：Bk）、60–61 頁（N・U：Bk、N：Bp）、62–63 頁（N：Bk・Bp）、64–65 頁（N・U：Bk・Rp・Bp）、66–67 頁（N・U：Bk）、68–69 頁（N・U：Bk）、84 頁（S：Rk）、96 頁（S：Rk）、114 頁（N：Bb で「この N は、芥川龍之／介筆なり。その／第一高等学校時／代、（若しくは　大学／初年、）なりと想ふ。／昭和みづのとのう春／葛巻義敏」）	〔山〕ゲーテ『若き日の悩み』〔山〕によれば葛巻のコメント中の「昭和みずのとのう」は 1963 年とのこと葛巻のコメントの通り、書き込みのほとんどは語学の勉強の跡
110128961	Gregory, Lady	*A Book of Saints and Wonders put down here by Lady Gregory according to the old writings and the memory of the people of Ireland*・London, John Murray・1912・212p.	扉（蔵書印：「芥川文庫」印）、裏見返し（The Times Book Club シール、N：Ak で「此本は、芥川龍之介が／（歿後の混乱を思ひ、）／その蔵書中より、自ら選び、／特に託したる一本なり。」、落款：「葛巻義敏」、N：Bb）	〔山〕アイルランドの逸話集
110128907	Gregory, Lady	*New Comedies*・New York and London, G. P. Putnam's Sons・1913・154p.	表見返し（丸善シール）、扉（蔵書印：「芥川文庫」印）、裏見返し（N：Bk で「この本は、（歿後の混乱を考へ）その蔵書／中より、死の数日前、自ら撰び、特に託／したる愛蘭土文学書中の一なり。／（購ひたるは、恐らく彼の A 年時代なら／ん。」、落款：「葛巻義敏」印）	〔山〕戯曲集

巻末附録　2．芥川龍之介旧蔵書・洋書に関する書き入れ調査結果一覧表

110128809	Langsdorff, G. H. von	*Voyages and Travels in various parts of the world. during the years 1802,1804, 1805, 1806, and 1807*・London, English and foreign public library・1813・348p.	表見返し（蔵書印：「芥川文庫」印、N：Bk で「Charles Lauman」の署名）、50 頁（N：Bk で、カギカッコ始め）、裏見返し（N：Bb で「芥川龍之介旧蔵書／（part IIアリ）／ Septembre 49. ／ Kuguénuma.」、落款：「葛巻義敏」印）	〔山〕旅行記
110128818	Langsdorff, G. H. von	*Voyages and Travels in various parts of the world. during the years 1802,1804, 1805, 1806, and 1807*. Part II・London, English and foreign public library・1814・386p.	表見返し（N：Bk で「Charles Lauman」の署名）、扉前（蔵書印：「芥川文庫」印）、裏見返し（N：筆墨で「此本ハ芥川龍之介ガ死ノ直前、ソノ蔵書中カラ特ニ選ビ、託シタ／モノ内ノ一冊ナリ。　彼ノ死後、二十二ノ年目ノ秋ハジメ、コレヲ誌ス。／ Septembre 49. Kugénuma.」、落款：「葛巻義敏」印）	〔山〕旅行記の第二巻
110128916	Levine, Issac Don	*The Man Lenin*・New York, Thomas Seltzer・1924・207p.	30–31 頁（U・S：Rp）、35 頁（S：Rp）、38–39 頁（S：Rp）、48–49 頁（S：Rp）、50–51 頁（S：Rp、N：Rp で 51 頁の S 脇に「What a comedy！」）、52–53 頁（S：Rp）、54–55 頁（S：Rp）、56–57 頁（S：Rp）、58–59 頁（S：Rp で 58 頁にライン、U：Rp で 59 頁の "Revolution is an art" にライン）、72–73 頁（S：Rp）、74–75 頁（S：Rp）、76–77 頁（S：Rp）、78–79 頁（S：Rp）、80–81 頁（S：Rp）、82–83 頁（S：Rp）、84 頁（S：Rp）、85 頁（S：Rp）、86 頁（S：Rp）、178 頁（S：Bk）、裏見返し（蔵書印：「葛巻義敏」印×2〔一つは押し損じで不鮮明〕）	〔山〕レーニンの伝記本 未裁断：201–204 頁、205–208 頁
110128881	Liebknecht, Wilhelm	*Karl Marx Biographical Memories*・Ernest Untermann・Chicago, Charles H. Kerr & Company・1901・181p.	表見返し（丸善シール）、3 頁（U：Bp）、4–5 頁（N：Bp で「〔数字不明〕ますますつもる仕事の逼迫」など、U：Bp）、9 頁（N：Bp〔誤植の訂正〕）、13 頁（N：Bp）、14 頁（N：Bp）、20 頁（N：Bp）、28–29 頁（U：Bp）、52 頁（U・N：Bp）、115 頁（U：Bp）	〔山〕カール・マルクスの評伝 折れ目：26 頁左上（跡）
110128836	Mac Farlane, Charles	*Japan ; An Account, Geographical and Historical, from the earliest period at which the islands composing this empire were known to europeans, down to the present time ; and the expedition fitted out in the united states, etc.*・London, George Routledge & Co.・1852・435p.	扉（蔵書印：「我鬼 A」印）、裏見返し（N：筆墨で「この本は、芥川龍之介が死の直前、その蔵書中から特に／選び、託した数種類の中の一冊なり。　彼の死後、二十二／年目の秋はじめ、これを誌す。Septembre 49. ／ Kuguénuma.」、落款：「葛巻義敏」印）	〔山〕ペリー来航前の日本についての研究書
210516740	Shaw, Bernard; Oilvier, Sir Sydney; Clarke, William; Bland, Hubert; Webb, Sydney; Besant, Annie; Wallas, Graham	*Fabian Essays in Socialism*・London, Fabian Society・1920・218p.	表見返し（教明社シール）	〔山〕評論集 折れ目：167 頁右上（偶然できた可能性も） 裏表紙が欠け、その代わりに白い紙が貼つけてあり、そこに青インクで「芥川龍之介旧蔵書」と書かれている。
110128756	Worman, James H.	*First French Book after the Natural or Pestalozzain*	表見返し（蔵書印：「葛巻」印）、扉（蔵書印：「芥川」印）、	〔山〕フランス語リーダー

		Method・岡崎屋書店・1902・83p.	9 頁（N：Bp）、10–11 頁（N：Bp）、12–13 頁（N：Bp）、14 頁（N：Bp）、16–17 頁（N：Bp・Bk）、18–19 頁（N：Bk）、21 頁（N：Bk、N：Rk）、22–23 頁（N：Bk）、24–25 頁（N：Bk）、26–27 頁（N・U：Bk）、28–29 頁（N・U：Bk）、30–31 頁（N・U：Bk）、32 頁（N・U：Bk）、34–35 頁（N・U：Bk）、36–37 頁（N・U：Bk）、38–39 頁（N・U：Bk）、40–41 頁（N・U：Bk）、42–43 頁（N・U：Bk）、44–45 頁（N・U：Bk）、46–47 頁（N・U：Bk）、48–49 頁（N：Bk）、50–51 頁（N：Bk）、52 頁（N・U：Bk）、60–61 頁（N・U：Bk）、62–63 頁（N・U：Bk）、64–65 頁（N・U：Bk）、67 頁（N・U：Bk）、68–69 頁（N・U：Bk）、70–71 頁（N：Bk）、75 頁（N・U：Bk）、76 頁（N：Bk）、82–83 頁（N：Bk）、裏返し（N：落書き〔女性や二本の樹、蓮、石など〕）	学校でのフランス語学習用と思われる
110128890	Yeats, William Butler	Where there is Nothing : Plays for an Irish Theatre, vol.1・London, A. H. Bullen・1903・130p.	表見返し（丸善シール）、扉（蔵書印：「我鬼」印）、130 頁（N：Bk で「22nd June '14」〔本文末尾〕）、132〔遊び紙〕頁（N：Ak と Bk で「これは、芥川龍之介がその蔵書中から、死／の数日前、（歿後の混乱を思ひ）特に撰び、託／したる数冊の愛蘭土文学書中の一冊／なり。」、落款：「葛巻義敏」）、裏見返し（N：墨書で「壽陵余子蔵」、蔵書印：「芥川文庫」印）	〔山〕戯曲集
110128925	Yeats, William Butler	Poems: Second Series・London, A. H. Bullen・1904・142p.	表見返し（丸善シール）、扉（蔵書印：「芥川文庫」印）、9 頁（U：Rp で "The Fisherman" のタイトルにライン）、11 頁（S：Rp〔"Into the Twilight" の冒頭四連〕）、15 頁（U：Rp で "The Lover mourns for the Loss of Love" のタイトルにライン）、38 頁（N：Rp で "The Travail of Passion" のタイトル前に点）、40 頁（N：Rp で "A Lover speaks to the Hearers of his Songs in Coming Day" のタイトル前に点）、43 頁（U：Rp で "He wishes his Beloved were dead" のタイトルにライン）、44 頁（N：Rp で "He wishes for the Cloths of Heaven" のタイトル前に点）、76 頁（U：Rp〔"The Withering of the Bough"〕）、142 頁（N：Bk で「3rd June '13. ／ at Shinjuku」〔本文末尾〕）、164〔遊び紙〕頁（N：Bk で「これは、芥川龍之介が其蔵書中より（歿／後の混乱を考へ）特に撰び、自ら託したる／愛蘭土文学書中の一なり。」、印鑑：「葛巻義敏」印）	〔山〕イエーツの詩集（戯曲 "The Shadowy Waters" を含む）64–65 頁〔"Baile and Aillinn"〕の間に押し花

110128934	Yeats, William Butler	*Plays for an Irish Theatre*・London, A. H. Bullen・1906・212p.	表見返し（丸善シール）、扉（蔵書印：「我鬼A」）、48–49 頁（S：Rp〔"The Green helmet"〕）、68 頁（S：Rp〔"On Baile's Strand"〕）、84 頁（S：Rp〔同前〕）、99 頁（U：Rk〔"The King's Threshold"〕）、133 頁（N：Bp で◯印〔"The Shadowy Waters"〕）、裏見返し（N：筆墨で「此本ハ芥川龍之介ガ死ノ直前、ソノ蔵書中カラ特ニ選ビ、託シタ／数冊中ノ一冊ナリ。（彼ノ死後、二十二年目ノ秋ハジメ、コレヲ誌ス。）／ Septembre 49. Kuguénuma.」、落款：「葛巻義敏」印、N：Bk で「これら数冊の愛蘭土文学書〔「中」の字を削除〕の他／英書三、全「Japan」上・下、本邦に関する英書二（上・下）、／元禄本数冊、和書「横浜開港見聞録」等数冊有り。／追記．右の内、和本は、――或事情の為、――昭和三／十年――一覧書者より、芥川家に再び入る。（但し、各／群共に、彼の「遺品」として《所蔵の奈何にかはらず、》／散佚せざることを――強く希ふ已。）昭和辛丑（＝1961 年。〔山〕より／於世田谷」、落款：「葛巻義敏」印〔計2つ〕）	〔山〕戯曲集
110128872	Symons, Arthur; Moore, Arthur; Beardsley, Aubrey; Sickert, Walter; and the othres	*The Yellow Book, An Illustrated Quarterly, Volume III.*・London: John Lane, Boston: Copeland & Day・1894・279p.	表見返し（丸善シール）、扉（蔵書印：「我鬼A」印）、裏見返し（蔵書印：「維鯤橐柳」印）	〔山〕『イエロー・ブック』第三巻

● 神奈川近代文学館　堀辰雄文庫

H01–041	Dowson, Ernest	*Dilemmas*・London, Elkin Mathews, Vigo Street・1912・139p.	表見返し（丸善シール、N：Bk で「R. Akutagawa」の署名）、139 頁（N：Bk で「Jan. 12th '16」〔本文末尾〕）	〔本〕長編小説
H01–295	Claudel, Paul	*The Tidings Brought to Mary*・London, Chatto & Windus・1916・177p.	表見返し（丸善シール、N：Bk で「R. Akutagawa」）、扉（蔵書印：「我鬼B」印）、1 頁（S：Ap）、39 頁（U：Rk）	〔本〕戯曲
H01–355	France, Anatole	*Little Pierre*・London, John Lane, The Bodley Head・1920・297p.	表見返し（丸善シール）、297 頁（N：Bk で「5th／March 1924／Tabata」〔本文末尾〕）	〔本〕長編小説
H01–356	France, Anatole	*My Friend's Book*・London John Lane, The Bodley Head・1913・297p.	296 頁（N：Bp で「Jan 29th '18／Kamakura」〔本文末尾〕）	〔本〕子供時代についての自伝的小説
H01–357	France, Anatole	*Pierre Nozière*・London John Lane, The Bodley Head・1916・283p.	38–39 頁（S：Bp）、46 頁（S：Bp）、93 頁（S・N：Bp で、S 脇に「good」）、99 頁（S：Bp）、104 頁（S：Bp）	〔本〕長編小説　未裁断：265–268 頁

著者紹介　澤西祐典（さわにし ゆうすけ）

〈略歴〉　一九八六年生まれ。京都大学大学院人間・環境学研究科博士後期課程修了、博士（人間・環境学）。日本近代文学・比較文学専攻。現在、龍谷大学国際学部准教授。

〈主な著作〉　『芥川龍之介選 英米怪異・幻想譚』（柴田元幸氏との共編訳、岩波書店、二〇一八）、『芥川龍之介・菊池寛共訳 完全版 アリス物語』（訳補・注解、グラフィック社、二〇二三）、共著に宮坂覺編『芥川龍之介ハンドブック』（翰林書房、二〇一四）、庄司達也編『芥川龍之介と切支丹物──多声・交差・越境』（鼎書房、二〇一五）、小説に『フラミンゴの村』（第35回すばる文学賞、集英社、二〇一三）、『文字の消息』（書肆侃侃房、二〇一八）、『雨とカラス』（書肆侃侃房、二〇一九）などがある。

ひつじ研究叢書（文学編） 18

芥川龍之介における海外文学受容
──旧蔵書越しに見える風景──

Through Akutagawa Ryunosuke's Bookshelves: Western Literatures He Read and the Works He Wrote
Sawanishi Yuten

発行　2025年3月20日 初版1刷

定価　7200円+税

著者　©澤西祐典

発行者　松本功

ブックデザイン　坂野公一（welle design）

印刷・製本所　亜細亜印刷株式会社

発行所　株式会社 ひつじ書房
〒112-0011 東京都文京区千石2-1-2 大和ビル2階
Tel. 03-5319-4916
Fax. 03-5319-4917
郵便振替 00120-8-1428852
toiawase@hituzi.co.jp　https://www.hituzi.co.jp

ISBN 978-4-8234-1279-0

◎ 造本には充分注意しておりますが、落丁・乱丁などがありましたら、小社かお買い上げ店にてお取りかえいたします。
◎ ご意見、ご感想など、小社までお寄せ下されば幸いです。